EHEMÄNNER & LIEBHABER

EHEMÄNNER & LIEBHABER

EIN ROMAN

BEATRIZ WILLIAMS

Dieses Buch behandelt Themen, die für manche Leserinnen und Leser verstörend sein können, dazu gehören explizite Gewaltbeschreibungen, sexualisierte Gewalt und Alkoholkonsum.

Ehemänner & Liebhaber ist ein fiktionales Werk. Alle Begebenheiten und Dialoge sowie alle Charaktere, mit Ausnahme einiger bekannter historischer Figuren, sind Produkte der Fantasie der Autorin und nicht als real zu verstehen. Wo reale historische Personen vorkommen, sind Situationen, Begebenheiten und Dialoge, die diese Personen betreffen, völlig fiktiv und nicht dazu gedacht, tatsächliche Ereignisse darzustellen oder den völlig fiktiven Charakter des Werkes zu ändern. In allen anderen Aspekten ist jede Ähnlichkeit mit lebenden oder verstorbenen Personen rein zufällig.

ISBN: 978-3985853038

1. Auflage 2025

Die Originalausgabe ist 2024 in den Vereinigten Staaten unter dem Titel HUSBANDS & LOVERS von Ballantine Books, einem Imprint von Random House, einer Abteilung von Penguin Random House LLC, New York. Ballantine Books & Kolophon sind eingetragene Marken von Penguin Random House LLC.

Übersetzung: G. M. Pum

Lektorat & Korrektorat: Annerose Sieck

Umschlaggestaltung: Eileen Carey

Umschlagillustration: T. S. Harris / Bridgeman Images

Buchsatz deutsche Ausgabe: Catherine Strefford

Bei Fragen zur Produktsicherheit wenden Sie sich bitte an post@wimmelbuchverlag.de

www.adrian-verlag.dee

FSC www.fsc.org MIX Papier | Fördert gute Waldnutzung FSC® C014496

In Dankbarkeit für meine Kinder,
die niemals falsche Pilze aßen

PROLOG

Mallory

Juni 2019
Mystic, Connecticut

Mit einem Kuss verabschiedete ich mich an einem Samstagmorgen Ende Juni von Sam, und der Anruf, der mein Leben veränderte, kam am darauffolgenden Freitagnachmittag.

Eigentlich kam der Anruf zweimal herein. Ich hatte meinen Schreibtisch verlassen, um etwas Gartenarbeit zu erledigen. Ich erinnere mich, dass die Tomaten in diesem Sommer wie verrückt wuchsen und die Rosen an ihren Büschen explodierten. Alles war so üppig. Manchmal, wenn ich bei einer Idee feststecke, hilft es mir, für eine Weile etwas anderes zu tun, etwas mit den Händen, etwas Nützliches, und dieser Knoten in meinem Kopf entwirrt sich und löst sich im Brotteig oder dem Seifenwasser oder im Stapel gefalteter Wäsche auf.

Oder in der weichen, reichen Erde eines Gemüsebeetes.

Noch immer erfüllt es mich mit Schrecken, wenn ich auf dieses Stück Erde blicke und mich daran erinnere, wie ich dort kniete, die üppigen neuen Ranken abstützte und vor mich hinsummte, während sich in meinem Kopf ein neues Muster formte – eine sich windende Ranke in einem makellosen Frühlingsgrün, nicht zu dunkel und nicht zu hell, in der Farbe der Verheißung, mit zarten Trieben und Blättern, die sich von der Mutterranke wegkräuselten.

Kurz vor drei stand ich auf, klopfte meine Jeans ab, streifte meine Handschuhe ab und ging ins Haus, um ein Glas Wasser und meinen Skizzenblock zu holen.

Ich erinnere mich, mein Handy lag auf der Küchentheke, weil ich es nicht mit nach draußen genommen hatte. Du weißt ja, wie das ist. Ich wollte nur für ein paar Minuten rausgehen, um etwas Unkraut zu jäten, vielleicht die Tomaten zu gießen, frische Luft zu atmen, aber eins führte zum anderen. Es war ein wunderschöner Tag, 27 Grad und nicht so schwül, wie es später im Sommer wird. Eine Brise wehte vom Mystic River herüber, ein Hauch von Salzwasser. Touristen würden die Zugbrücke für ein Eis stürmen. Im Aquarium würden Kinder vor Freude kreischen, wenn die Belugas auf der anderen Seite des Plexiglases vorbeischossen. Jedenfalls lag mein Handy einsam auf der Theke, also nahm ich es, um ein paar wichtige oder weniger wichtige Nachrichten zu lesen und ein bisschen zu scrollen. Stattdessen sah ich, dass ich zwei Anrufe vom Camp Winnipesaukee verpasst hatte.

Du kennst dieses Gefühl. Jeder Mensch, der Kinder hat, kennt dieses Gefühl.

Wahrscheinlich ist nichts, denkst du, *wahrscheinlich nur ein paar fehlende Unterlagen oder impulsives, unangemessenes Verhalten.* Vielleicht eine Schlägerei, Gott bewahre. Kinder konnten in diesem Alter mitunter zügellos sein.

Aber dein Körper reagiert nicht so logisch, oder? Dein Körper ist für Katastrophen programmiert. Dein Körper springt direkt zum schlimmsten Szenario. Dein Magen dreht sich um, deine zitternde Hand greift nach dem Telefon. Dein Herz pocht gegen deinen Brustkorb.

Du wischst zur Telefonnummer, um zurückzurufen.

Mit gespielter Fröhlichkeit trötest du: *Hallo! Hier ist Mallory Dunne. Sams Mutter. Sie haben versucht, mich zu erreichen?*

Und du hörst die winzige, stille Pause, den Bruchteil eines Seufzers, weil die Person am anderen Ende Mut für die vor ihr liegende Aufgabe sammelt.

Dann die gefürchteten Worte:

Mrs. Dunne, ich fürchte, ich habe schlechte Neuigkeiten.

Ich glaube, die ganzen drei Stunden nach New Hampshire muss ich in einem Schockzustand gefahren sein. *Jetzt nur nicht in Panik geraten*, redete ich mir immer wieder ein. *Das passiert gerade nicht wirklich. Das ist nur ein Film, den du dir ansiehst, ein Drehbuch, das du durchspielst. So wie das Metaversum!* Was auch immer das war.

Das hier ist jedenfalls nicht *real.*

Nicht dein echter Sohn, die Liebe deines Lebens.

Ich erinnere mich, wie ich meine Kaffeetasse ausspülte und in die Spülmaschine stellte, bevor ich ging. Ich meine, man kann doch nicht einfach eine Tasse Kaffee auf der Küchentheke stehen lassen, wenn man für – Gott weiß wie lange – nach New Hampshire aufbricht! Ich trug etwas Lippenstift auf, obwohl meine Hand so stark zitterte, dass ich wie eine dieser Leute auf Instagram aussah, die die Ränder ihrer Lippen überschminken, um sie größer erscheinen zu lassen. Ich fing an, ein paar Sachen in eine Übernachtungstasche zu werfen, und dachte dann: *Was, wenn er stirbt und ich nicht rechtzeitig da bin, um mich zu verabschieden?*

Ich ließ die Übernachtungstasche fallen und rannte zur Tür hinaus zum Auto. Ich schaffte es bis nach Springfield, bevor mir auffiel, dass ich keine Schuhe trug, also musste ich an einer Tankstelle anhalten um mir Flip-Flops zu kaufen. Und Benzin. Und drei Kinderriegel und eine Flasche Wasser, weil ich kurz davor war, ohnmächtig zu werden.

Er wird nicht sterben, betete ich mir vor. Ein völlig gesunder Junge stirbt nicht einfach, nur weil er einen schlechten Pilz gegessen hat.

Es sei denn, es ist zu spät.

Es sei denn, dieser Junge aß besagten Pilz am Tag zuvor im Rahmen einer Mutprobe und erwähnte diese Tatsache nicht, weil er seine Freunde nicht in Schwierigkeiten bringen wollte. Und verbrachte dann die Nacht und den Morgen mit sogenannten Magenbeschwerden auf der Krankenstation, betreut von einer Krankenschwester, die keine Ahnung davon hatte, dass sie es mit einem Fall von Pilzvergiftung zu tun hatte.

Es sei denn, der Schaden war bereits angerichtet.

Es sei denn, sie hielten ihn nur am Leben, damit ich mich verabschieden und die Erlaubnis zur Organspende geben konnte.

Konnte man die Organe eines Kindes spenden, wenn es einen giftigen Pilz zu sich genommen hatte?

Ein Range Rover raste vorbei, New Yorker Kennzeichen. Ich schaute auf den Tacho und sah, dass ich nur 103 km/h fuhr, ganz so, als gäbe es keinen Grund zur Eile, als gäbe es keinen Notfall, als wolle ich keinen Strafzettel riskieren oder so.

Ich trat aufs Gaspedal.

Er wird nicht sterben, sagte ich laut.

Mein strahlender, wunderschöner Junge.

Der im Herbst gerne Fußball und im Frühling Baseball spielte.

Dessen Lieblingsessen S'mores waren.

Der letzte Woche mit seinen Cousins am Haus seiner Tante auf Cape Cod Boogie-Boarding machte und so tat, als würde er von einem Hai angegriffen. (*Nicht lustig*, sagte ich zu ihm, nachdem ich ihn aus dem Wasser gefischt hatte.)

Der am Abend vor seiner Abreise ins Camp ein altes Marmeladenglas mit Glühwürmchen füllte und mir sagte, er glaube, die Lichter kämen von all deinen Vorfahren im Himmel, die über uns wachen.

Ich schlug auf das Lenkrad. Wo waren also gestern all die verdammten Glühwürmchen?

Gerade als ich White River Junction erreichte und von der Autobahn abfuhr, begann es zu regnen. Ein paar dicke Tropfen, noch ein paar mehr, und im nächsten Moment – Monsunregen. Ich schaltete die Scheibenwischer ein. Drei Sekunden später stellte ich sie auf die höchste Stufe. Wild pumpten sie über das Glas und trotzdem konnte ich nichts sehen. Vorhänge, die vor mir herabstürzten. Als würde man versuchen, durch einen Wasserfall zu schauen.

Was als Nächstes passierte, ist eine wahre Geschichte.

Ich rase also diese Straße durch die Wälder von New Hampshire Richtung Krankenhaus. Jede Sekunde zählt. Aber ich kann keine drei Meter weit sehen. Ich strenge meine Augen an, blinzle nicht einmal, und plötzlich blitzt dieser dunkle Schatten auf und *wumm*! Er knallt gegen die Windschutzscheibe und die Scheibenwischer.

Wahrscheinlich schreie ich auf, ich weiß es nicht.

Nur wenige Zentimeter lang ist dieses arme Geschöpf, dieser Vogel. Er wird hin- und hergeschleudert, hin und her. Überall sind Federn, und jetzt weine ich, schreie und weine, flehe Gott an, den Vogel zu befreien, weil ich nicht anhalten kann. Ich muss meinen Sohn erreichen, bevor er stirbt.

Aber das arme Wesen bleibt in den Scheibenwischern stecken und meine Windschutzscheibe ist blutverschmiert und der Regen wäscht das Blut wieder weg. Ich kann nicht einmal erkennen, was für ein Vogel es ist. Ich fahre einfach weiter und bete und weine.

Der Regen ließ nach, als ich auf den Parkplatz des Dartmouth-Hitchcock Medical Center einbog, wohin sie Sam heute kurz nach Mittag mit dem Hubschrauber gebracht hatten.

(Später, als ich *diesen* Hubschrauberflug auf der Leistungsübersicht von Blue Cross sah, würde ich aufstehen, um mir ein Glas Bourbon einzuschenken.)

Aber in diesem Moment dachte ich nicht darüber nach, wie viel das alles kosten würde. Rettet meinen Sohn, das war alles, was mich interessierte. Wie durch ein Wunder fand ich einen Parkplatz in der Nähe der Notaufnahme, trat auf die Bremse und stieg aus. Ein Mann stand in der Nähe und rauchte eine Zigarette. Er starrte auf den Vogel an der Windschutzscheibe meines alten Volvo Kombis, den ich von meiner Schwester geerbt hatte.

»Ist er tot?«, fragte ich aufgewühlt.

Er sah mich an. Ich habe sein Bild immer noch im Kopf – dieser junge, kluge, abgearbeitete Kerl in grüner OP-Kleidung. Ich erinnere mich, dass ich dachte, er könnte ein Assistenzarzt oder Medizinstudent gewesen sein, so wie er aussah – ein Junge, der es auf die harte Tour geschafft hatte, keine teuren Privatschulen, keine Nachhilfelehrer oder ehrgeizigen Eltern. Mit einem Job nach der Schule als Einkaufstüten-Packer. Er wollte einfach nur Arzt werden.

»Das ist eine Eule«, stellte er fest. »Eine Baby-Eule.«

»Ist sie tot? Sagen Sie es mir einfach, ist sie tot?«

»Natürlich ist sie tot«, antwortete er.

An der Anmeldung der Notaufnahme stammelte ich dem diensthabenden Krankenpfleger eine Erklärung über Sommercamp und Pilze. Er war an hysterische Eltern gewöhnt und unterbrach mich, um mit einer Stimme, die weder freundlich noch unfreundlich war, nach dem Namen des Patienten zu fragen.

Ich holte tief Luft. »Sam Dunne.«

»Geburtsdatum?«

»10. Mai 09.«

»In welchem Verhältnis stehen sie zu dem Patienten?«

»Ich bin seine Mutter, um Gottes willen!«

Er tippte auf seiner Computertastatur und starrte auf den Bildschirm. »Name?«

»*Mein* Name?«

»Ja, Ma'am.«

Ich starrte auf seinen Scheitel. Hellbraune Wellen. Rosa Kopfhaut.

Der Krankenpfleger sah auf. »Ma'am? Ihr Name?«

Fängt mit M an, dachte ich. *Du schaffst das.*

Er wedelte langsam mit der Hand vor meinem Gesicht. »Ma'am? Möchten Sie sich setzen?«

»Mallory!« Ich sackte erleichtert zusammen. »Mallory Dunne.«

Der Krankenpfleger wandte sich wieder seinem Computer zu und tippte weiter. »Ich brauche Ihren Ausweis und Ihre Versicherungskarte, bitte, Mrs. Dunne.«

»Mein was?«

»Ausweis und Versicherung, bitte.«

Ich umklammerte die Kante des Tresens und lehnte mich vor. »Mein Sohn liegt im Sterben und Sie wollen meinen *Ausweis* sehen?«

»Mrs. Dunne, ich muss Sie bitten, sich zu beruhigen –«

»Mich *beruhigen*? Ich bin gerade drei Stunden hierher gefahren! Ich weiß nicht einmal, ob er noch lebt! Er ist zehn Jahre alt! Er ist von Fremden umgeben! Er braucht seine Mutter!«

»Mrs. Dunne –«

»Ich will – meinen – *Sohn* sehen!«

Der Krankenpfleger schloss die Augen, atmete geduldig ein und sagte mit einer netten, langsamen Kindergartenstimme: »Ich verstehe. Und ich muss Sie trotzdem um einen Ausweis bitten. Aus Sicherheitsgründen. Wenn Sams Vater –«

»Sams Vater«, sagte ich, »ist nicht im Bild.«

»Ungeachtet dessen –«

»Zur Hölle mit *ungeachtet dessen*!«

Der Krankenpfleger nahm das Telefon. »Ich werde jetzt den Sicherheitsdienst rufen.«

»Den *Sicherheitsdienst*? Machen Sie Witze? Mein *Sohn* ist da drin! Ich muss meinen Sohn sehen und Sie wollen den Sicherheitsdienst rufen?«

»Mrs. Dunne, Sie müssen sich beruhigen –«

Ich zeigte mit dem Finger auf seine Brust. »Sagen Sie einer Frau *nie*, sie soll sich beruhigen! Besonders nicht einer *Mutter*, deren *Kind* in der *Notaufnahme* liegt! Während irgendein *Mann* versucht, sie davon abzuhalten, es zu *sehen*! Und übrigens ich bin keine *Misses*!«

Der Krankenpfleger erhob sich von seinem Stuhl, das Telefon in einer Hand. »Hören sie mir jetzt zu, Ms. Dunne, Sie müssen jetzt wirklich zur Ruhe kommen. Denn die werden sie brauchen. Um Ihres Sohnes willen.«

Eine halbe Stunde später kam meine Schwester in den Warteraum, den sie für hysterische Eltern reserviert hatten. Ich sprang von meinem Stuhl auf.

»Paige? Was zum Teufel machst du hier?«

»Ich bin der Notfallkontakt, erinnerst du dich? Ich bin so schnell gekommen, wie ich konnte. Oh, Mallory.« Sie trat auf mich zu und zog mich in ihre Arme. Sie roch nach Gardenien-Seife und Verantwortung. »Du bist so ein Chaot, Schatz. Im Krankenhaus-Gefängnis zu landen, sowas kann nur dir passieren.«

»Hast du ihn gesehen? Geht es ihm gut?«

»Ich habe mit dem Arzt gesprochen. Er ist stabil. Kritisch, aber stabil –«

»Kritisch? Was bedeutet das?«

Paige trat einen Schritt zurück und hielt mich an den Schultern. »Lass uns gemeinsam zu dem Arzt gehen, okay?«

Dr. Stephens war eine zierliche, resolute Frau mit blondem Pferdeschwanz, eine von der Sorte, die frühmorgens vor der Arbeit acht Meilen laufen geht. Als ich mich ihr mit Paige näherte, blickte sie von ihrem Klemmbrett auf und sah mich durchdringend an.

»Mrs. Dunne«, grüßte sie.

Ich öffnete den Mund, um sie zu korrigieren, schloss ihn dann aber wieder.

»Doktor?«, sagte ich kleinlaut. »Ich bin Sams Mutter.«

»Ja. Es tut mir sehr leid, was passiert ist. Wir behandeln jedes Jahr eine gewisse Anzahl von Pilzvergiftungen, aber es ist selten so ernst wie in diesem Fall.«

»Wie ernst?«

»Die nächsten achtundvierzig Stunden werden entscheidend sein. Ihr Sohn hat einen Pilz namens *Amanita phalloides* zu sich genommen –«

»Entschuldigung, was?«

Wieder durchbohrten mich ihre Augen. »Einen Grünen Knollenblätterpilz.«

»Oh, Scheiße«, sagte ich.

»Ich dachte, Sie wären bereits informiert worden.«

»Sie sprachen von einem *Pilz*. Nicht von einem verfluchten Grünen Knollenblätterpilz.«

Man konnte fast hören, wie sich ihre Borsten aufstellten. Ihre Augen waren nicht klar blau, sondern undurchdringlich, wie ein bewölkter Himmel im Morgengrauen, und ich konnte nicht sagen, ob sie meine Einstellung oder meine Sprache oder beides missbilligte.

Paige packte meinen Ellbogen. »Entschuldigen Sie sie, Doktor. Es rutscht ihr raus, wenn sie emotional ist.«

»Natürlich«, sagte Dr. Stephens. »Der Grüne Knollenblätterpilz enthält zwei Hauptarten von Toxinen – Amatoxin und Phallotoxin. In der Anfangsphase, die mehrere Stunden nach der Einnahme beginnt, erlebt der Patient die üblichen Symptome einer Magen-Darm-Erkrankung – Erbrechen, Durchfall. In diesen frühen Stadien ist es also leicht zu übersehen oder als Norovirus fehlzudiagnostizieren, es sei denn, wir wissen, dass der Patient einen Pilz gegessen hat.«

»Magen-Darm-Grippe«, erklärte Paige sachkundig.

»Genau. Besonders bei Kindern, und *besonders*, wenn sie zögern, Erwachsenen zu erzählen, was sie angestellt haben.« Dr. Stephens klickte auf das Ende ihres Kugelschreibers. »In dieser Zeit haben die Toxine jedoch bereits begonnen, die Organe des Patienten anzugreifen –«

»Oh, Shit«, sagte ich. »Oh, Shit.«

»– hauptsächlich die Leber und die Nieren, in den schlimmsten Fällen führt das zu Organversagen und Tod.«

Ich spielte in einem Film mit, erinnerte ich mich. Das passierte nicht wirklich.

»Aber Sie können es behandeln, oder? Das ist moderne Medizin. Sie können ihm etwas geben.«

Sie sah auf ihr Klemmbrett. »Die unmittelbare Sorge gilt der Dehydrierung. Er ist an einem Tropf, der Flüssigkeit und Elektrolyte auffüllt. Es gibt ein paar verschiedene Antibiotika, die sich als wirksam erwiesen haben, um dem Toxin entgegenzuwirken –«

»Und die geben Sie ihm?«

»Ja, zusammen mit intravenösem Silibinin – das ist ein Extrakt aus der sogenannten Mariendistel –, das der Leber hilft, die durch beide Toxine verursachten Schäden zu bekämpfen.«

»Was noch?«

Sie zuckte mit den Schultern. »Wir behandeln die Symptome. Der Rest liegt an seinem Körper. Wie viel er zu sich genommen hat, wann genau er es zu sich genommen hat.«

»Hat er Schmerzen?«

»Er liegt im Koma, Mrs. Dunne. Das ist in diesen Fällen üblich.«

»Kann ich ihn sehen?«

Ihr Gesicht wurde weicher. »Natürlich. Kommen Sie mit mir.«

Sie ging an uns vorbei. Ich berührte den Ellbogen ihres weißen Laborkittels, um sie aufzuhalten.

»Dr. Stephens? Es ist *Ms.* Dunne. Nicht Mrs.«

Die Ärztin machte eine Notiz auf ihrem Klemmbrett. »Und sein Vater?«

Diesmal war es Paige, die antwortete. »Sein Vater ist nicht im Bild.«

Gegen das weiße Kissen hatte Sams Gesicht die Farbe eines Doritos. Es kann sein, dass ich keuchte, als ich ihn sah.

»Das kommt von der Gelbsucht«, sagte die Krankenschwester.

Ich ließ mich in den Stuhl neben dem Bett fallen. Nicht weil ich wollte, sondern weil ich mich nicht mehr aufrecht halten konnte. »Scheiße«, flüsterte ich.

»Sie können ihn berühren. Mit ihm sprechen. Lassen Sie ihn wissen, dass Sie da sind.«

Um ihn herum piepsten und gurgelten die Maschinen. Sam war für sein Alter immer groß gewesen, robust wie sein Vater. Strahlend. Voll Energie, die aus seiner Haut platzte. Manchmal zu viel. So viel, dass ich abends ins Bett fiel und weinte, weil ich so erschöpft war, weil niemand sonst da war, um diesen Feuerball davon abzuhalten, in den Weltraum zu schießen, weil Sam ganz allein meine Aufgabe war.

Der geschrumpfte, gelbliche Körper auf dem Bett konnte nicht Sam sein. Er war es nicht. Da musste ein Fehler vorliegen.

Dann sah ich sein Gesicht. Eine Locke feuchten goldenen Haares auf seiner Stirn, in der gleichen Farbe seiner Haut. Ich strich sie zurück. Hinter mir legte Paige ihre Hand auf meine Schulter.

»Hey, Kumpel«, krächzte ich. »Hier ist Mom. Tut mir leid, dass es eine Weile gedauert hat. Stau.«

Die Monitore piepsten zurück.

»Wie auch immer, ich hab's geschafft. Ich bin hier. Wir werden dich in Nullkommanichts wieder gesund machen. Und sobald du aufwachst, werde ich –«

Paige schnaubte, und hielt wohl ein Lachen zurück.

»Ein Pilz, um Gottes willen. Ein verfluchter Scheißpilz.«

»Mallory, nicht vor dem Kind fluchen.«

»Tut mir leid, Kumpel. *Blöder* Pilz.«

Die Krankenschwester beendete die Überprüfung aller Monitore und wandte sich uns zu. Hin und her, zwischen mir und Paige. »Also … Sie sind die Eltern?«

Paige zog ihre Hand von meiner Schulter. »Oh Gott, nein. Ich bin ihre Schwester. Sie ist die Mutter.«

»Verstehe. Nun, Sie haben da ein zähes Kind, das muss ich schon sagen.«

»Meinen Sie?«, hoffte ich.

»Auf jeden Fall. Irgendwie süß unter all dem Gelb, oder? Er sieht aus wie dieser Sänger.«

»Oh?«, fragte Paige unschuldig. »Welcher Sänger?«

»Sie wissen schon. Sitzt auf einem Hocker und spielt Gitarre? Dieses neue Lied über die Vögel, die nach Süden fliegen, ohne zurückzublicken.«

Sie summte ein paar Takte. »Sie wissen, wen ich meine. Er war vor ein paar Wochen auf dem Cover von *People*. Ist ihm wie aus dem Gesicht geschnitten, dieser Junge.«

Ich wandte mich wieder Sam zu und umschloss seine schlaffe Hand mit meinen beiden. Mir war so schwindelig, dass ich dachte, ich müsste mich übergeben.

»Ich weiß nicht«, sagte ich. »Das habe ich nicht gehört.«

Später, wenn ich auf diese erste Woche im Krankenhaus zurückblickte, würde ich mich an nicht viel erinnern können. Man sagt, solche Erfahrungen blieben verschwommen, und vielleicht ist es ein Klischee, aber es stellte sich als wahr heraus, so wie es oft ist mit Klischees. Ich würde gerne sagen, es gab einen einzigen Moment der Offenbarung, einen Wendepunkt, nach dem wir wussten, Sam würde überleben, und wir spürten Freude und Entschlossenheit und dann gab es ein Happy End und wir dankten allen Ärzten dafür, sein Leben gerettet zu haben. Wir fuhren in diesem zerbrechlichen Moment des späten Nachmittags nach Hause, die Luft gewaschen wie Gold. Wie in den Filmen.

Aber das Leben ist kein Film, und dieser Moment kam nie.

Wir maßen die Zeit am Piepen der Monitore und am Auf- und Untergehen der Sonne auf der anderen Seite des Fensters, und dort draußen war die Welt, wo gewöhnliche Menschen mit ihrem Leben weitermachten, in den Urlaub fuhren, den Sommer genossen. Paige brachte ihre Kinder mit und buchte eines dieser Langzeithotels. Niemand beschwerte sich darüber, den Sommer am Meer zu verpassen oder über den Mangel an frittierten Muscheln in den Hügeln von New Hampshire. Ihr Mann fuhr an den Wochenenden hoch, um sich uns anzuschließen. Netter Kerl, Jake.

Paige brachte mir Kaffee und Sandwiches und stellte sicher, dass ich mir die Zähne putzte und die Kleidung wechselte.

Tag für Tag lebte Sam weiter, atmete, existierte, und die Angst vor seinem Tod wurde ersetzt durch die Angst vor der Zukunft, die vor uns lag.

Was in dieser neuen Welt kommen würde, in der mein zehnjähriger Sohn kein funktionierendes Nierenpaar besaß.

An einen bestimmten Moment erinnere ich mich. Ich erinnere mich, wie ich aus dem Krankenhaus schlurfte, um zum Hotelzimmer zu fahren, das Paige für uns gebucht hatte, nicht weil ich gehen wollte, sondern weil sie darauf bestand. Das muss am zweiten Tag gewesen sein, nachdem ich die erste Nacht schlafend – oder eher nicht schlafend – auf dem Stuhl in Sams Krankenzimmer verbracht hatte.

Du musst in einem Bett schlafen, sagte Paige zu mir. *Für Sam ist es wichtig, dass du in einem Bett schläfst.*

Also schleppte ich mich zum Parkplatz und fand mein Auto. Es war spät, und weil es Ende Juni und wir in New Hampshire waren, hatte der Himmel gerade erst begonnen, sich zu verdunkeln. Die Luft war schwer von Schatten. Es wäre unheimlich gewesen, wäre in dieser Welt noch irgendetwas übrig gewesen, das mich erschrecken konnte.

Ich kam zum Auto und starrte auf den Klumpen Federn, der an der Halterung der Scheibenwischer klebte.

Ich hatte den Vogel vergessen.

Ein Babyeule, hatte der Mann mit der Zigarette gesagt, und er hatte recht. Ich wusste nicht viel über Waldvögel, aber man konnte an der Form ihres Kopfes und ihren toten Glasaugen erkennen, dass er eine Eule war. Eine kleine, junge Eule. Wahrscheinlich hatte sie gerade erst das Nest verlassen. War in die weite Welt hinausgeflogen und direkt gegen meine panische Windschutzscheibe geprallt und gestorben, und die Muttereule und die Vatereule würden nie wissen, was mit ihr passiert war.

In meinen Ohren hörte ich immer noch das unerbittliche Piepen der Monitore. Das Ticken von Sams Leben.

»Es tut mir leid«, flüsterte ich der Babyeule zu. »Es tut mir so leid.«

Ich setzte mich auf den Bordstein und öffnete meine Handflächen.

An meinem rechten Handgelenk war das Armband meiner Mutter auf die falsche Seite gerutscht, sodass die Enden in die empfindliche Haut an der Innenseite meines Arms kniffen. Sie hatte es mir hinterlassen, als sie starb, und ich spürte immer noch den Schock, es um mein eigenes Handgelenk gelegt zu sehen, statt um das meiner Mutter – eine goldene Kobra, ihre Haube zum Angriff gespreizt, zwei winzige smaragdgrüne Augen und eine winzige rubinrote Zunge, die ewig nach der Spitze ihres Schwanzes griff. Ihre eigene Mutter hatte es ihr geschenkt, das hatte sie uns erzählt, als wir klein waren, und ich hatte Moms Arm nie ohne das Armband gesehen.

Bis zu ihrer Beerdigung, vor eineinhalb Jahren.

Die Augen der Schlange glitzerten mich an, in der gleichen Farbe wie die meiner Mutter.

»Ich brauche sie so sehr«, flüsterte ich. »Warum hast du sie mir genommen?«

Aber die Kobra sagte kein Wort.

KAPITEL EINS

Hannah

August 1951
Kairo, Ägypten

Die Kobra hatte sich wahrscheinlich in den Pavillon geflüchtet, als die Sonne hinter dem Hoteldach verschwand. Jetzt spreizte sie empört ihre Haube gegen Hannah. Ihre Augen waren wie Öltropfen. Sie züngelte, um die Luft zu schmecken, und schlug zu.

Hannah konnte es der Kobra nicht verübeln. Wie kann man eine Schlange dafür verurteilen, eine Schlange zu sein?

Alistair hatte sie vor den Kobras gewarnt, als sie zum ersten Mal in Kairo ankamen. Er war während des Krieges dort stationiert gewesen, also hielt er sich für einen echten Experten. *Eine ägyptische Kobra wird etwa vier oder fünf Fuß lang* – in seiner imperialen Stimme, während er zwei muskulöse Arme auseinanderhielt – *und ist giftig wie der Teufel. Das Biest kriecht dir direkt ins Haus oder Zelt oder Hosenbein, also pass verdammt gut auf, wo du hintrittst.*

Hannah hatte aufmerksam zugehört und auf ihre Schritte geachtet. Als sie und Alistair letzte Woche diesen Ausflug nach Luxor gemacht hatten, hatte sie sie von Zeit zu Zeit zwischen den Felsen erspäht, Skorpione auch, aber sie schlängelten sich immer davon. Alistair war wahrscheinlich enttäuscht. Den ganzen Tag hatte er eine Machete an seinem Gürtel getragen und die Vorstellung gehegt, im entscheidenden Moment irgendeiner

Kobra den Kopf abzuschlagen. Was für eine *großartige* Geschichte *das* gewesen wäre!

Hannah hatte jetzt keine Machete. Sie hatte nicht einmal eine Nagelfeile – sie hatte einfach ihre Handtasche genommen und den Tisch verlassen. Ein Impuls, das war alles. Alistair, der über die indische Teilung schwadronierte, die Beverleys, die stumpf nickten, Alistairs überhebliche Bemerkung, als sie versuchte, eine kleine Beobachtung einzuwerfen – *Sei nicht albern, Hannah.*

Sie hatte etwas von einer Zigarette gemurmelt und war durch den vollen, schwatzenden Speisesaal gestolpert, durch die Arab Hall in die Gärten.

Die Luft brütete immer noch schwer und warm von der Spätsommersonne. Die Mücken regten sich. Der Duft von Jasmin machte sie trunken. Sie hatte Gelächter in der Nähe der Loggia gehört und war in den Schutz des Pavillons geschlichen, wo sie eine Kobra überraschte, die sich gerade für ein schönes ruhiges Nickerchen niederließ.

Von allen Orten zu sterben! Dachte man darüber nach, war es fast komisch. All diese Möglichkeiten, wie sie hätte enden können – diese Unfälle und Gegenstände, die sie hätten töten können, die Wellen von Bomben, die deutschen Soldaten, gefolgt von den sowjetischen Soldaten, ganz zu schweigen von Wetter und Keimen und hundert anderen Dingen – all diese tödlichen Momente, die sie durch ein Wunder oder Willenskraft oder einen launischen Gott, an den sie nicht mehr glaubte, überlebt hatte – und jetzt das?

Im hinteren Garten des Shepheard's Hotel in Kairo. An einem langweiligen, vorhersehbaren Abend im August.

Was für ein Witz, ein kolossaler Witz.

Wer hätte gedacht, es würde so enden, als sie an diesem Morgen in dem weichen, schmalen Bett im Schlafzimmer erwachte, das sie mit ihrem Ehemann teilte? Als der leichtfüßige Diener an die Tür klopfte und Alistairs Tee sowie die erste von mehreren Tassen starken, süßen türkischen Kaffees brachte, die Hannah bis zum Mittagessen begleiten würden – wer hätte Hannah gesagt, sie solle diese Kaffees in vollen Zügen genießen, da es ihre letzten auf Erden sein würden?

Wer hätte gedacht, dass sie bis Mitternacht tot sein würde, als sie Alistair beim Frühstück, das auf dem Tablett serviert wurde, aus der Zeitung vorlas?

Als sie an diesem Morgen wie üblich Alistairs Krawatte gerichtet und ihm einen trockenen Kuss auf die Wange gegeben hatte? Als sie die Papiere, die er am Vorabend auf der Ecke des Schreibtisches abgelegt hatte, genommen und auf der Schreibmaschine abgetippt und korrigiert hatte? (Alistair war ein nachlässiger Rechtschreiber.) Als sie sich wie immer die Zigarette während der Fahrt zum Club erlaubt hatte, gefolgt vom Mittagessen, dem Tennis mit den Ehefrauen des Außenministeriums, gefolgt vom Gin Tonic, vor der Heimfahrt und dem langen Bad und der zweiten Zigarette?

Wer hätte gedacht, sie würde diese Dinge nie wieder erleben?

Und als Alistair vom Konsulat zurückgekehrt war und wie immer seine Bücher und seinen Stift zur Hand genommen hatte, während sie sich auf dem Sofa niederließ, um den englischen Roman zu lesen, und innehielt, um einer Eidechse zuzusehen, die hierhin und dorthin über den Boden und die Wand hinaufhuschte, um in dem Riss nahe der Decke zu verschwinden? Wer hätte sich vorstellen können, dass sie nie erfahren würde, was mit dem Mann geschah, der die Frau liebte, die mit dem anderen Mann verheiratet war?

Als es sechs Uhr schlug und sie sich vom Sofa erhob, um ihrem Mann den Scotch mit Soda einzuschenken und ihm beim Ankleiden für das Abendessen zu helfen?

Als sie das lange schwarze Kleid anzog, das ihrer Figur schmeichelte, und die Perlen und die Ellbogenhandschuhe anlegte?

Als sie den zweiten Gin Tonic mit Limette trank?

Dann die stille Fahrt über den Fluss zum Hotel. Der Champagner-Cocktail. Der zweite Champagner-Cocktail. Der Garnelen-Cocktail gefolgt von der gekühlten Tomatensuppe.

Das Gespräch über den König – diesen Esel Farouk, wie Alistair ihn genannt hatte.

Das Orchester, das nun einen Walzer spielte, als die Kellner die Suppe abräumten und den Fisch servierten. Darauf das Fleisch und das Gemüse. Dann den Salat. Das Dessert und den Käse. Und der schöne Yquem und die Indische Teilung und »Sei nicht albern, Hannah.«

Wer hätte ihr ins Ohr geflüstert – als sie sich in ihrem Stuhl zurücklehnte und den Yquem austrank und dachte: »Ich werde schreien« – »Nun, mach dir keine Sorgen, alte Hannah, du hast nur noch fünfzehn Minuten zu leben«?

Dass gerade ihre letzten Minuten verstrichen, als Hannah von ihrem Stuhl aufstand, etwas von einer Zigarette murmelte und sich ihren Weg aus dem Speisesaal durch die Arabische Halle zu den Türen bahnte, die zu den Gärten führten, wo Mr. Beck, der stellvertretende Hoteldirektor, wie aus dem Nichts auftauchte und sie fragte, ob sie etwas benötige.

* * *

Oh, Mr. Beck. Wie schade um ihn! Nun würde sie Mr. Beck nie wiedersehen.

Er war Schweizer, hatte eine der anderen Ehefrauen aus dem Außenministerium zu berichten gewusst. Alle Hoteliers im Ausland waren Schweizer. Irgendwie war ihnen der Beruf wohl angeboren, diese Frau konnte es sich nicht erklären. Vielleicht hatte es etwas mit ihrer Neutralität zu tun. Oder mit der traditionellen Gastlichkeit in den Bergen. Für Hannah war das einzig Schweizerische an Mr. Beck jedoch sein Nachname. Er hatte große, kühle grüne Augen unter geraden schwarzen Augenbrauen und lange schwarze Wimpern obendrein. Seine Gesichtszüge wirkten fast zart, abgesehen von dem starken Kinn, das den unteren Teil seines Gesichts verankerte. Wie jeder gute Hoteldirektor war er unsichtbar und lautlos, außer wenn man ihn brauchte.

Dann erschien er wie ein Dschinn.

»Benötigen Sie etwas, Mrs. Ainsworth?«, hatte er sie vor nicht einmal fünf Minuten gefragt, und dummerweise hatte sie »Nein, danke« erwidert und war weitergegangen.

»Hochmütig« nannten sie sie. Das hatte sie einmal mitgehört. »Hochmütige Schlampe, diese Frau von Ainsie. Sie wissen, wie er sie gefunden hat? Gott weiß, woher sie kam. Wer ihre Leute sind. Sie hat verdammtes Glück gehabt, dass der alte Ainsie Gefallen an ihr fand.«

Oh, sie hatte sie gut gehört. War wohl beabsichtigt. Die Engländer waren ja so höflich – sie hätten ihr diese Dinge nie ins Gesicht gesagt.

»Nein, danke«, hatte sie zu Mr. Beck gesagt, dem Hoteldirektor mit den grünen Augen, und war allein in die Gärten weitergegangen, ein wenig betrunken.

Oder sich selbst.

Jetzt diese verdammte Kobra.

In Ägypten wurde die Kobra manchmal Asp genannt, was einen an Kleopatra denken ließ. Der Legende nach ließ sie ihre Diener einen Korb mit einer Asp in ihre privaten Gemächer schmuggeln, in denen sie von Cäsar oder wem auch immer eingesperrt war.

Hannah bezweifelte diese Geschichte. Eine ägyptische Kobra war eine große Schlange und würde sich mit ziemlicher Sicherheit dagegen wehren, in einen Korb gestopft zu werden – besonders in einen, der klein genug war, um ihn unbemerkt in Kleopatras Gemächer zu schmuggeln. Aber Ptolemäus sagte es so; also musste es stimmen. Spielte es überhaupt eine Rolle, wie die Schlange in Kleopatras Schlafgemach kam? Der Punkt war, sie starb an einem Schlangenbiss. Es sei denn, der ganze Vorfall war eine Metapher – die Schlange im Schlafgemach der Dame, die die tödliche Dosis Gift verabreichte. Man versteht die Idee.

Hannahs Schlange – Kobra, Asp, wie auch immer man sie nennen wollte – war auf jeden Fall echt. Ihre winzigen Schuppen waren braun gesprenkelt und ihre Haube bildete einen perfekten Bogen. Sie lag auf dem Geländer. Als Hannah sich vor einem Moment hingesetzt hatte, war ihr Gesicht nur einen Meter von dem der Kobra entfernt. Jedenfalls war es nahe genug. Im Licht, das aus dem Hotelfenster hinter ihr fiel, war jedes Detail scharf zu erkennen.

Man sagt, die Zeit verlangsame sich im Moment der Gefahr, und Hannah hätte dem zugestimmt. Sie hatte alle Zeit der Welt gehabt, um die Schönheit der Schlange zu bewundern, die perfekte Haube, die unendlichen braungefleckten Schuppen. Alle Zeit der Welt, um den Jasmin zu riechen, die leise Melodie des Orchesters zu hören, die sie in den Schlaf singen würde.

Sie bemerkte das exquisite Muster der Mosaikfliesen im Pavillon.

Sie stellte sich Alistairs rotes Gesicht vor, vor Entsetzen zusammengekniffen – was für ein Schock das sein würde, und wer um alles in der Welt würde ihm nun seinen Scotch mit Soda so servieren, wie er es mochte. Aber das war nur ein Augenblick. Ein anderes Gesicht schob sich vor das von Alistair; dann weitere Gesichter, jedes für sich und doch alle auf einmal, ihr Anblick traf sie in den Magen, sie konnte nicht atmen.

Wut.

Trauer.

Eine innere Aufruhr, die sie seit Jahren nicht mehr hatte fühlen können. All das in den öligen Augen der Kobra, die nach ihrem Hals schnappte. Wie dumm.

Hannah warf ihren Arm hoch. Die Zähne versenkten sich in ihren Handrücken. Als sie fiel, wurde die Welt weiß, zu hell, um es zu ertragen. Das Paar Arme, das sie auffing, war Teil des Traums.

»Benötigen Sie etwas, Mrs. Ainsworth?«

»Ja, Mr. Beck. Ich benötige alles. Ich benötige Sie.«

KAPITEL ZWEI

Mallory

Juni 2022
Cape Cod, Massachusetts

Paige ruft mich auf dem Heimweg von der Dialyse an.

»Kannst du reden?«, fragt sie.

Ich werfe einen Blick auf Sam im Sitz neben mir. Er hat seine AirPods in den Ohren und hört Musik. Zu seinem zwölften Geburtstag habe ich nachgegeben und ihm ein Handy geschenkt, mit der Begründung, dass ich ihn im Notfall erreichen können muss, nicht wahr? Seine Haare fallen ihm jetzt über die Stirn, ein paar Nuancen dunkler als in seiner Kindheit. Ich kann seinen Gesichtsausdruck nicht erkennen, während er die vorbeiziehenden Dünen beobachtet. Manchmal tut es weh zu sehen, wie er erwachsen wird und sich in jemand anderen verwandelt. Früher konnte ich jeden Gedanken, der über sein Gesicht huschte, deuten.

»Ich höre«, sage ich zu Paige.

Sie sammelt sich mit einem Seufzer. »Also, es geht um Mom«, meint sie.

»Es geht um Mom.«

Zufälligerweise waren genau das die Worte, die sie benutzt hatte, um mir die Nachricht zu überbringen, als Mom vor viereinhalb Jahren starb. Ich erinnere mich, es war Oktober, weil ich gerade Sams Halloween-Kostüm nähte. Er war acht Jahre alt und wollte ein Außerirdischer sein. Ich hatte das ganze Ding selbst entworfen. Gerade war ich dabei, die Hände fertigzustellen – eine Art Schnitt-und-Näh-Kombination aus diesem kotzgrünen Satin, den ich unter den Stoffresten gefunden hatte, und einem Paar Gummi-Haushaltshandschuhen – also war ich ein wenig genervt, als sie mich mit ihrem verdammten Anruf unterbrochen hatte.

Ich seufzte und sagte »Was ist mit Mom?« Wisst ihr, ich erwartete eine weitere unendliche Schwester-zu-Schwester-Diskussion über Viljo, Moms neuesten Liebhaber. Viljo war dieser blonde finnische Gott, etwa zwei Meter groß, mit dem Mom anscheinend den besten Sex ihres Lebens hatte, also missbilligte Paige ihn natürlich. Blabla, er ist zu jung für sie. Blabla, er will sie nur wegen ihres Geldes.

Worauf ich vielleicht etwas wie »Welches Geld?« erwidert hätte.

Worauf Paige vielleicht etwas wie »Oma und Opa waren doch reich, oder?« geantwortet hätte.

Worauf ich nie geantwortete hätte, weil Paige nicht wusste, was ich wusste, nämlich dass Mom dieses Geld als befleckt betrachtete und jeden Dollar an den Appalachian Mountain Club für die Renovierung von Hütten spendete, sobald sie es geerbt hatte. Gott weiß, Paige wäre in Ohnmacht gefallen, hätte sie *das* gewusst. Sie hasste schon immer diese Wanderungen in den White Mountains, zu denen Mom uns jeden Sommer schleppte. *Buchstäblich das schlimmste Wetter der Welt*, erinnerte sie uns. *Das steht sogar in der Broschüre.* Also lenkte ich das Gespräch um, und es war eine Art Schock für Paige, als der Anwalt Moms Testament vorlas, das Paige das kleine Haus in Provincetown und mir das übrige Bargeld in einem Treuhandfonds für Sams Ausbildung hinterließ.

Aber ich schweife ab.

Paige riet mir, ich solle mich setzen, und ich erklärte ihr, dass ich bereits saß, ob sie zum Punkt kommen könne, und Paige sagte: *Also gut. Der Punkt ist, Mom ist gegangen.*

Ich meinte, ich wüsste bereits, dass Mom weggegangen sei. Sie war mit Viljo nach Peru abgehauen.

Schätzchen, ich meine für immer weg, korrigierte Paige. *Ich meine, sie ist tot.*

Sie und Viljo – Paige nannte ihn *Dildo* – waren auf den Terrassen des Machu Picchu geklettert und Mom hatte den Halt verloren. Ich weiß nicht, ob ihr jemals Machu Picchu besucht oder die Fotos gesehen habt, aber diese Terrassen sind offenbar steil. Sie fiel ein Stück und prallte mit dem Kopf auf die Steine. Als sie per Hubschrauber ins Krankenhaus gebracht wurde, lag sie bereits mit einer Hirnblutung im Koma. Sie starb am nächsten Tag in Viljos Armen.

Ehrlich, so etwas kann man sich nicht ausdenken.

Ich erspare euch das ganze Drama um Moms Überführung. Der Flug nach Peru, die Gedenkfeier, die Einäscherung, das Verstreuen der Asche vor der Küste von Cape Cod bei Sonnenuntergang. Auf der Zielgeraden das Aufspüren von Dad in Santa Anita, von wo aus er sein Beileid sandte, aber sich weigerte, an den Feierlichkeiten teilzunehmen, mit der Begründung, dass Beerdigungen ein Graus seien und der Breeders' Cup vor der Tür stünde.

Ich erspare euch die Phasen der Trauer und die Art und Weise, wie ich mich immer noch dabei ertappe, zum Telefon zu greifen, um ihr etwas zu erzählen, nur um zu realisieren, dass sie nicht mehr da ist. Das habt ihr alles schon einmal gehört, und solltet ihr es selbst erlebt haben, tut es mir sehr leid.

Der Punkt dieser Geschichte ist, Paige rief *mich* an, um mir die Nachricht von Moms Tod zu überbringen, anstatt umgekehrt. Ich meine, Mom und ich waren doch ein Herz und eine Seele, oder? Sie erzählte mir alles, Dinge, die sie wahrscheinlich nicht hätte erzählen sollen, wie und wo sie ihre Jungfräulichkeit verlor und wie oft Viljo sie oral befriedigte. Sie erzählte mir die ganze Geschichte mit Dad und von dem Jahr, in dem sie ihr Cello nach Paris schleppte und in einer Metrostation musizierte, um Geld für Essen zu haben. Sie rief mich an, wenn sie einen schlechten Pap-Abstrich hatte oder einen tollen neuen Käse auf dem Bauernmarkt fand oder die Katze zum Tierarzt bringen musste.

Sie rief Paige an, um ihr zu sagen, was sie mir zu Weihnachten schenken sollte.

Wie kam es also, dass Paige vor mir von Moms Tod wusste?

Weil sie mich als ihren Notfallkontakt angegeben hat, erklärte Paige, ein wenig verlegen.

Nun, das ergab Sinn. Paige ist jedermanns Notfallkontakt. Sie ist *mein* Notfallkontakt. Hättet ihr einen Notfall, wolltet ihr Paige am anderen Ende der Leitung. Paige wird das Telefon abnehmen, sie wird alles stehen und liegen lassen, sie wird ihr eigenes Blut spenden. (Paige hat die Blutgruppe 0 negativ, wie zu erwarten.) Wenn eine Katastrophe eintritt, will man Paige. Sie sorgt dafür, dass Zahnpasta in der Übernachtungstasche ist und dieser Spezialist aus Dallas für eine Beratung einfliegt.

Man verlässt sich ganz sicher nicht darauf, dass Mallory die Dinge regelt.

Ich verstand das. Ich verstand das sehr gut.

Aber das bedeutet nicht, es tat nicht weh.

Oh, und was geschah mit Viljo? Er war so erschüttert über Moms Tod, dass er nach Finnland zurückkehrte und in einem Kloster knapp innerhalb des Polarkreises die Gelübde ablegte. Er schickt uns immer noch jedes Jahr Weihnachtskarten.

Wie gesagt, so etwas kann man sich nicht ausdenken.

* * *

Der gebrauchte Volvo ist gerade jung genug, um eine Bluetooth-Verbindung zu meinem Handy zu haben, und Paiges Stimme dröhnt durch die Lautsprecher.

»Mallory? Bist du noch da?«

Ich werfe einen Blick auf Sam, der immer noch aus dem Fenster starrt. Sein Finger tippt auf seinen Knien den Takt dessen, was auch immer aus seinen Kopfhörern kommt. Ich drehe die Lautstärke der Freisprechanlage herunter.

»Ich bin noch da. Was ist mit Mom?«, frage ich vorsichtig.

»Also, ich muss dir etwas gestehen«, beginnt sie.

»Oh, Mist.«

»*Na ja!* Da *du* die Sache nicht selbst in die Hand nimmst, bleibt mir keine Wahl, oder? Ich meine, wir könnten ewig darauf warten, dass unser Arschloch von Vater seine Meinung ändert und seinem Enkel eine Niere spendet –«

»Paige, um Gottes willen. Fluche nicht vor dem Kind.«

»Was, Sam hört zu?«

»Er sitzt mit mir im Auto. Er hat seine AirPods drin.«

Paige gibt ein frustriertes Geräusch von sich. »Mallory, das ist wichtig. Das ist … das ist groß.«

»Warum konntest du dann nicht warten, bis ich persönlich da bin?«

»Wie weit bist du noch entfernt?«

»Ich weiß nicht. Eine halbe Stunde, ohne Verkehr? Gerade an der Ausfahrt Orleans vorbei.«

Sie macht ein weiteres Geräusch. »Gut. Ich werde die Wodka-Spindrifts einschenken.«

Seit Mom Paige das Haus in Provincetown, an der Spitze des Skorpionschwanzes, der Cape Cod ist, hinterlassen hat, haben Paige und ihr Mann Jake viel daran gewerkelt.

Ich weiß nicht, wie ich das taktvoll sagen soll, also sage ich es einfach geradeheraus: Jake verdient eine Menge Geld. Er ist in der Private-Equity-Branche, was auch immer das ist, und offenbar ist er gut bei dem, was er tut, obwohl man das nicht merken würde, wenn man ihm auf einem Zebrastreifen begegnet. Er würde sich entschuldigen und fragen, ob es dir gut geht und das Ding aufheben, das du fallen gelassen hast, und du würdest deinen Weg fortsetzen, die Straße überqueren, ohne je zu ahnen, dass der glatt rasierte Typ in der schmalen Khakihose und mit der Red-Sox-Kappe und der marineblauen L.L. Bean Fleece-Weste mit dem gestickten East Rock Partners-Wappen auf der linken Seite letztes Jahr fünf Millionen Dollar verdient hat. (Ich nenne einfach eine Zahl. Ich habe keine Ahnung, wie viel Kohle Jake macht – Paige spricht peinlich genau nie über Geld.) Er ist einen Meter achtzig groß, hat braunes, schütteres Haar und ein Gesicht, das so unscheinbar ist, dass es sich jeder Beschreibung entzieht. Paige lernte ihn an der Yale kennen, im ersten Jahr, und sie heirateten im Sommer nach dem Abschluss in der winzigen katholischen Kirche hier in Provincetown, mit einem Empfang am Strand vor Moms Haus.

In jenen Tagen benutzten wir das Wort *skurril*, um unser Elternhaus zu beschreiben. Es waren knapp neunzig Quadratmeter aus Stein und Zedernschindeln, die hundert Jahre lang Nordoststürme und gelegentliche Hurrikane überstanden hatten, ohne viel am ursprünglichen Plan zu ändern, abgesehen davon, dass Strom und Warmwasser eingeleitet wurden. Ich erinnere mich, es gab ein Schlafzimmer für Mom und ein Schlafzimmer, das ich mir mit Paige teilte, ein Badezimmer den Flur hinunter, das stöhnte, wenn man die Wanne füllte, und stöhnte, wenn man sie wieder leerte. Die Küche war ein Anbau und das Wohnzimmer diente auch als

Esszimmer und Bibliothek, mit großen Fenstern, die zum Ozean zeigten und vor jedem Sturm mit Sperrholzplatten verrammelt werden mussten.

Zu ihrer Ehre sei gesagt, dass Paige, die respektvoll mit Geschichte umgeht, dieses Haus nicht abriss, als sie und Jake die Renovierungen in Angriff nahmen. Es dient jetzt tatsächlich als ihr Hauptschlafzimmer, auch die Rohre stöhnen nicht mehr, wenn man die Wanne füllt, vielleicht weil Paige ein paar Wände einriss, um das Badezimmer zu einer Oase aus Marmor und wiederverwendetem Treibholz zu vergrößern, in der es nach Spa duftet.

Dann bauten sie an unser ursprüngliches Haus ein komplettes weiteres Haus an, ein Haus im Stil einer Küstengroßmutter, was Sam als Vibe bezeichnet. (Paige und Jake nennen es Summersalt – du verstehst, wovon ich spreche?) Hier verbringen wir jeden Sommer mehrere Wochen und versuchen, nichts zu verschütten, während Sam und ich dreimal wöchentlich zur Dialyse nach Barnstaple und wieder zurückfahren, wie auch heute. Wir parken unser Auto neben der Garage und laufen über den Kies zur vorbildlichen Garderobe, wo jeder sein eigenes Fach hat, wie im Kindergarten. In der schneeweißen Küche telefoniert Paige mit jemandem, der, so hört es sich an, neue Tapeten besorgt. Sie sieht uns und sagt dieser Person, sie müsse jetzt auflegen, sie werden später wieder anrufen.

»So!« Sie schaut Sam an. »Wie ist es gelaufen, Kumpel?«

Sam gibt ihr einen seltsamen Blick. »Toll. Danke. Ist Ollie in der Nähe?«

»Sie sind unten am Strand mit Brittani, Schatz. Willst du runtergehen und dich zu ihnen gesellen?«

»Klar.« Sam wendet sich zurück zur Garderobe.

»Denk daran, nicht zu viel Wasser zu trinken!«, rufe ich ihm hinterher. Am neuen Badehaus am Rand des Rasens, kurz bevor man zum Damm über die Bucht kommt, die zu den Dünen führt, hat Paige eine Getränkestation eingerichtet, was, wie ich zugeben muss, ziemlich praktisch ist. Eis und Wasser und ein Kühlschrank voller Spindrift.

»Geht es ihm gut?«, fragt Paige. »Er ist jetzt so schwer zu lesen.«

»Ihm geht's gut. Also, was gibt's?«

Sie starrt immer noch auf den Eingang der Garderobe, die Stirn gerunzelt. »Haben die Ärzte etwas gesagt? Ich habe mich über die Auswirkungen von Nierenversagen und Langzeit-Dialyse informiert –«

»Hör zu, ich weiß, was du sagen willst, okay? Ja, mein Sohn braucht eine neue Niere. Ja, er steht auf der Spenderliste. Ja, wir haben alle bekannten Verwandten auf eine gute Übereinstimmung getestet. Du weißt, wie das ausgegangen ist.«

»Verdammter Dad.«

Ich zucke mit den Schultern. »Die Gewebeübereinstimmung war sowieso nicht ideal. Drei von sechs. Und es ist ja nicht so, als hätte Dad in all den Jahren besonders gut auf sich geachtet.«

»Eine schlechte Niere ist besser als keine Niere.«

»Außerdem ist er in seinen Siebzigern. Es ist eine alte Niere. Und es ist seine Entscheidung, oder? Organspende ist nicht jedermanns Sache.«

»Nur damit du es weißt«, sagt sie, »ich betrachte ihn nicht länger als meinen Vater.«

»Und ich schätze deine Loyalität. Wo ist jetzt mein Drink?«

»Oh, Mist! Ich hab's vergessen. Der Dekorateur hat angerufen. Tapeten-Drama. Warte kurz.«

»Kein Drama ist so groß wie ein Tapeten-Drama, sage ich immer.«

Sie eilt zum Spirituosenschrank. »Im Ernst, du wirst einen brauchen. Ich bin immer noch zittrig.«

»Zittrig? Wovon redest du?«

Paige stellt den Wodka auf den makellosen Quarz und öffnet den Getränkekühlschrank, nicht zu verwechseln mit dem industriellen Sub-Zero an der gegenüberliegenden Wand, zu dem eine eigene Eversource-Unterstation gehört. »Willst du etwas Limette schneiden? Das Schneidebrett ist im Schrank direkt unter dir.«

Ich beuge mich herunter, um die Schranktür zu öffnen und hole das Holzbrett heraus. In dieser Küche aus makellosem Stein, Edelstahl und Geräten wie aus dem Weltraum scheint das Schneidebrett ein Relikt aus der Kindheit zu sein. Ich liebe die Flecken und Narben, die vertraute Maserung des Holzes. Ich kann Mom vor mir sehen, wie sie Zwiebeln, Tomaten, Auberginen, Zucchini und Basilikum schneidet. Ich greife nach einer Limette aus dem Zitrusarrangement in der Mitte der Kücheninsel.

»Es hat mich früher schon erschreckt«, sage ich, »wie du an Tapeten oder Limetten denken konntest, wenn du wegen etwas aufgebracht warst. Weißt du, dafür zu sorgen, dass jeder einen Nachmittagscocktail in geschmackvollem Ambiente bekommt.«

»Moment, was? Was soll das denn heißen?«

Ich schneide die Limette in Hälften und die Hälften in Viertel. »Dann wurde mir klar, so gehst du mit Shit um.«

»Das ist besser als Verdrängung.«

»Wer verdrängt denn hier?«

»Das ist etwas verdammt Großes, oder?«

Ich warte, bis sie fertig mit dem Eingießen des Spindrift ist und lasse ein Limettenviertel in jedes Glas fallen. »Ich verdränge nichts, okay? Ich lebe jeden Tag mit dieser Sache. Keine Pommes, keine Bananen. Jeden Tag sehe ich meinen Sohn an und höre die Uhr ticken, verstehst du? Also sag mir nicht, ich würde verdrängen.«

Sie nippt an ihrem Drink und ich bemerke, ihre Hand zittert tatsächlich.

»Schau, wir haben es mit den Familienmitgliedern versucht, okay? Wir haben einfach nicht so viele davon. Mom ist tot. Ihre Eltern sind tot. Dad interessiert sich einen Scheiß dafür. Du kümmerst dich, wofür ich ewig dankbar bin, sogar mehr als ich sagen kann, aber du hast keine gute Übereinstimmung. Deine Kinder sind zu jung.«

»Schätzchen«, sagt sie, »ich weiß das alles. Wir haben das schon durchgekaut.«

»Also sitzen wir fest und warten auf unseren Platz auf der Transplantationsliste. Die sich dank Covid und dank Sams seltenem Gewebetyp nicht gerade schnell bewegt.«

»Wir sitzen nicht fest und warten auf der verdammten Nierentransplantationsliste, okay? Es gibt *Optionen*.«

Ich stelle mein Glas ab. »Nein.«

»Mallory.«

»*Das* ist keine Option, Paige. Das war *nie* eine Option.«

»Nicht einmal, um das Leben deines Sohnes zu retten?«

»Also, lass uns das mal für einen Moment auseinandernehmen –«

»Da gibt es nichts *auseinanderzunehmen*, Mallory.« Paige hebt ihre Finger, um Anführungszeichen um das Wort zu machen. »Er ist Sams Vater. Biologische Tatsache. Er hat Nieren. Auch eine biologische Tatsache.«

»Erstens, falls du denkst, es wäre möglich für mich, auch nur ansatzweise dieses Gespräch mit, sagen wir mal, einem Mann in seiner Position zu beginnen, bist du wahnhaft.«

»Wahnhaft? Alles, was du tun musst, ist ihm eine E-Mail zu schicken. Es ist ja nicht so, als würde er deinen Namen nicht kennen.«

»Sollte Monk Adams seine eigenen E-Mails lesen, dann bin ich Beyoncé. Seine Handlanger erhalten wahrscheinlich zehn E-Mails am Tag von Frauen, die behaupten, sein Kind der Liebe geboren zu haben. Oder es zu wollen.«

Paige zeigt mit dem Finger auf mich. »Weißt du, was du bist? Du bist feige.«

»Verarschst du mich?«

»Du hast so viel Angst davor, verletzt zu werden, dass du deinen eigenen Sohn opferst.«

»Das ist vollkommender Schwachsinn. Ich tue Sam einen Gefallen. Ich *verschone* ihn.«

»Wovor verschonst du ihn genau? Davor, einen Vater zu haben? Eine funktionierende Niere?«

»Denkst du – denkst du *ernsthaft* – ich könnte einfach zu einem der berühmtesten Männer der Welt gehen und sagen: ›Hi, Monk. Ich habe vor dreizehn Jahren deinen Sohn zur Welt gebracht, und übrigens, könntest du ihm eine Niere spenden?‹«

Paige verschränkt die Arme. »Ja. Das ist genau das, was ich denke, was du tun solltest.«

»Was, wenn er Sam *ablehnt*? Dafür gäbe es nicht genug Therapeuten auf der Welt, Paige. Oder schlimmer, was wenn er Sam in sein Leben hineinzieht, in diese ganze Musikwelt-Promi-Scheiße?«

»Du musst es *versuchen*, Mallory.«

»Er hat nicht einmal eine gute Übereinstimmung.«

»Woher willst du das wissen?«

»Die Wahrscheinlichkeit spricht dagegen.«

»Die *Wahrscheinlichkeit* spricht dagegen? Ist das dein Ernst?«

Ich schaue hinunter auf das Schneidebrett und die zwei übrigen Limettenspalten, die auf der Seite liegen. Das Schälmesser liegt zwischen ihnen, eine dieser deutschen Marken mit dem tödlich schwarzen Griff. Zum ersten Mal bemerke ich die Musik, die aus den magischen Lautsprechern ertönt. Ein Klavierstück, wahrscheinlich Chopin. Mom spielte immer Chopin, als wir Babys waren, um uns zu beruhigen. Da Paige nie auch nur ein einziges Detail dem Zufall überlässt, stelle ich mir vor, diese Musikauswahl ist kein Zufall.

»Paige. Lass es gut sein, okay?«

»Ich sage nur, wenn es *mein* Kind wäre –«

»Nun, es *ist* nicht dein Kind. Du weißt es nicht. Du weißt nicht, wie es ist, ein Kind ohne Vater großzuziehen –«

»Das ist *deine* Entscheidung, Mallory –«

»Du *weißt* es nicht! Du hast keine Ahnung, wie es ist, das allein durchzustehen.«

Paige nimmt ihren Wodka Spindrift und lässt das Eis klirren. Ein Pferdeschwanz hält ihr blond gestreiftes Haar zurück; etwas rosa Balsam färbt ihre Lippen. Sie trägt marineblaue Lululemon-Caprihosen und ein marineblaues V-Ausschnitt-T-Shirt. Alles an ihr ist poliert und symmetrisch.

»Weißt du was?«, sagt sie. »Du hast recht. Ich habe absolut keine Ahnung, wie es ist, den Vater seines Kindes aus seinem Leben auszuschließen. Ich habe keine Ahnung, warum du dir und Sam so etwas antust. Und weißt du, warum das so ist?«

»Weil du keine verdammte Vorstellungskraft hast?«

»Weil du mir nie ein einziges Wort darüber erzählt hast, Mallory. Du sagst kein Sterbenswörtchen darüber, was in diesem Sommer passiert ist. Wie du schwanger wurdest. Ich meine, Monk *Adams*. Von allen Menschen. Also ja. Gib mir nicht die Schuld, wenn ich die Lücken selbst fülle.«

»Können wir bitte kurz festhalten, dass er damals nicht berühmt war? Er war ein College-Student, okay? Er war ein Niemand.«

»Für dich war er jemand.«

»Er war ein Fehler, das ist alles. Ein großer, fetter, verdammter Fehler, für den ich jeden einzelnen Tag meines Lebens seither bezahlt habe, glaub mir.«

Weil ich das in mein Glas murmle, während ich nach der Spindrift-Dose greife, um nachzuschenken, verpasse ich den entsetzten Blick auf dem Gesicht meiner Schwester, bis mir auffällt, sie hat keine Antwort gegeben.

Ich schaue auf. Paige starrt über meine Schulter zum Eingang der Waschküche.

Ich stoße mein Glas um, als ich mich umdrehe. Überall Alkohol. Paige greift nach einem Geschirrtuch.

»Mom?«, fragt Sam. »Ich habe meine Badehose in der Wäsche vergessen.«

»Nur um das klarzustellen«, sage ich, während ich in dem Wäschehaufen wühle, »*du* bist nicht der Fehler, okay?«

»Mom, hör auf.«

»*Dich* bereue ich nicht. Ich bereue dich keine Sekunde und habe es nie getan. Das ist nicht deine, oder?«

Ich ziehe eine rosa Badehose heraus, übersät mit kleinen blauen Walen. Sam schüttelt den Kopf.

»Die gehören Onkel Jake«, sagt er.

»Gott, sie ist wie ein Vineyard-Vines-Fiebertraum. Welche Farbe hat deine?«

»Blau. Also, dunkelblau.«

»Jedenfalls, mein Punkt ist – du weißt schon, ich liebe dich und all das. Ich würde dich gegen nichts eintauschen.«

»Mom, *hör auf*, okay? Ich weiß, was du meintest.«

Ich entdecke eine schmale dunkelblaue Badehose mit einem neongrünen Bund. »Kommt dir die bekannt vor?«

Er schnappt sie sich. »Danke.«

»Also, was denkst du, was ich gemeint habe?«, stochere ich nach.

Sam seufzt. Er trägt Shorts und ein T-Shirt mit der Aufschrift Bear Lake Campground – so einen Ort gibt es gar nicht; ich glaube, das Shirt ist von J. Crew Factory – und es hängt so locker an seinem dünnen Körper, dass ich ihm am liebsten einen Hamburger geben möchte. Er lässt seine Haare wachsen und die Locken fallen ihm über die Stirn. Er schiebt sie zurück und sagt: »Du meinst, es ist scheiße, mich ganz allein großzuziehen.«

»Und was ist mit dir? Ist es scheiße für dich? Keinen Vater zu haben?«

Er zuckt mit den Schultern.

»Was ist mit Onkel Jake? Er ist wie ein Vater, oder?«

»Irgendwie schon.«

»Denkst du jemals an deinen richtigen Vater?«

»Irgendwie schon.«

»Fragst du dich jemals, warum er nicht da ist?«

»Ich *weiß*, warum er nicht da ist.«

»Warum denn?«

»Mom, hör auf.«

»Womit aufhören?«

»Hör auf, meine Therapeutin zu spielen.«

»Aber du hast keine Therapeutin.«

»Ach was.«

»Denkst du, du *brauchst* eine Therapeutin?«

»Mom, du bist so *schlecht* darin.«

»Es tut mir leid, okay? Ich will nur, dass es dir gut geht. Ich hasse es, dass du keinen Vater hast wie die anderen Kinder. Ich meine, selbst die Scheidungskinder haben Väter, auch wenn sie nicht so oft da sind. Also fühle ich mich schlecht. Das meinte ich damit, ich würde für meinen Fehler bezahlen. Mein Fehler war, dir keinen richtigen Vater zu geben.«

»Mom, ich weiß.«

»Was weißt du?«

Er seufzt mich an, wie nur ein dreizehnjähriger Junge seine Mutter anseufzen kann. Seufzt und schiebt sein sandfarbenes Haar wieder aus dem Gesicht, und für einen Moment fühlt sich die Geste genauso an wie eine ähnliche Geste vor vierzehn Sommern, dass ich vergesse zu atmen.

»Ich weiß, wer er ist, okay? Mein Dad.«

»*Was?*«

»Ich sagte, ich weiß, wer er ist.«

»*Wer?* Wer denkst du, ist er?«

»Dieser Sänger-Typ.«

»Welcher Sänger-Typ?«

»Monk«, sagt er. »Monk Adams.«

Ich lache wie eine Verrückte. »Das ist einfach albern. Monk Adams. Wie kommst du darauf?«

»Erstens, ich habe Ohren, okay?«

»Oh, *das*? Du meinst gerade eben unten in der Küche?«

»Mom, bitte. So wie die ganze Zeit. Du und Tante Paige. Tante Paige und Onkel Jake. Das Mädchen, das meine Haare schneidet: *Alter, du siehst genau aus wie Monk Adams.*« Sam verdreht die Augen. »Außerdem ergibt es Sinn, oder? Ich meine, ich weiß, wie man Google benutzt. Ihr wart auf derselben Privatschule und alles.«

»Er lebt auf dieser Insel, wo du früher gearbeitet hast.«

Ich setze mich und lehne mich gegen den Wäschetrockner. »Also gut, Sherlock. Was noch?«

»Was meinst du mit was noch?«

»Was lässt dich noch glauben, du wärst Monk Adams' uneheliches Kind? Abgesehen von deiner überirdischen Schönheit und deinem universumserschütternden Charisma, meine ich.«

Sam knüllt die Badehose in seiner Hand zusammen und dreht sich um, um den Raum zu verlassen.

»Weil du nie eines seiner Lieder spielst.«

* * *

Diese Worte schießen mir wieder durch den Kopf, während ich die Spülmaschinentür schließe und den Startknopf drücke.

Es geht um Mom.

Ich wende mich Paige zu, die an der Kücheninsel steht und ihr Glas Rosé nachfüllt. Seit dem Nachmittag haben wir vorsichtig umeinander herumgetanzt – das Abendessen vorbereitet, den Kinderverkehr gemanagt, jeder Satz eine halbe Oktave höher als sonst. Paige beschäftigt eine örtliche Studentin, um ihre drei Mädchen bei all den Tennisstunden, dem Schwimmtraining, der Khan Academy und dem, was sie *Strandzeit* nennt, auf Kurs zu halten. Das ist jetzt der offizielle Name für die Art, wie wir all unsere Sommer als Kinder verbracht haben, einfach unter minimaler Aufsicht von Erwachsenen herumzualbern. Aber Brittani geht um fünf nach Hause, um sich für ihre Kellnerinnenschicht im Black Sheep fertig zu machen, und Jake arbeitet natürlich unter der Woche in der Stadt.

So war ich mit dem einen und anderen abgelenkt.

Ich greife nach der Weinflasche. »Warte mal. Was *ist* mit Mom?«

»Mom?«

»Im Auto. Am Telefon. Irgendwas über Mom.«

Sie stellt das Glas ab und schlägt sich die Hand vor den Mund. »Oh mein Gott. Ich kann nicht glauben, dass ich vergessen habe, es dir zu erzählen.«

Paiges Büro liegt neben der Küche, wie eine Speisekammer, nur dass es die gesamte Familienadministration in exquisit organisierten Regalen und Aktenschubladen enthält, die geräuschlos auf ihren Schienen gleiten. Die Tapete ist eine Art modernes Paisleymuster auf meeresblauem Hintergrund. Auf der Fensterbank ist ein Stapel Kunstbücher arrangiert. Ihr Laptop liegt geschlossen auf dem eingebauten Schreibtisch. Daneben ein glänzender Aktenordner mit Madras-Karomuster, der irgendwie mit den Tapetenfarben harmoniert.

Sie nimmt den Ordner und öffnet ihn.

»Also, ich habe beschlossen, ein wenig zu recherchieren«, sagt sie.

»Was für eine Recherche?«

»Familienforschung.«

»Oh, Paige. Komm schon. Glaubst du wirklich, irgendein Cousin dritten Grades wird Sam eine Niere spenden?«

»Mallory«, sagt sie, »ich *muss* irgendetwas tun.«

»Weil *ich* nichts tue. Ist es das, was du sagen willst?«

»Die Sache mit dem Nierenspender ist, wie sie ist. Ich werde deine Meinung nicht ändern.« Sie drückt mir den Ordner gegen die Brust. »Aber vielleicht tut es das hier.«

Irgendein unwillkürlicher Reflex lässt mich nach dem Ordner greifen. Ich halte ihn zwischen meinen Fingern, als wäre es Yoricks Schädel. »Was meinst du damit?«

»Ich meine, ich habe all diese Aktenkisten durchgesehen, die Mom auf dem Dachboden gehortet hat. Sachen, die sie aus unserer Kindheit aufbewahrt hat, Sachen von ihren Eltern.«

»Und?«

Paige verschränkt die Arme. »Sieh dir die erste Seite an.«

Ich schaue nach unten.

ADOPTIONSURKUNDE, steht da.

»Heilige Scheiße. Wir wurden *adoptiert*?«

»Nicht *wir*, Dummerchen. Sie. Mom. Sieh dir das Datum an. Siebenundzwanzigster Juni 1952.«

Mein Gehirn fühlt sich an, als würde es sich auf einem Rad drehen. Die alte Maschinenschrift verschwimmt. Ich kann das nicht begreifen; ich kann es nicht einmal lesen. *Adoptiert.*

Ich denke an meine Großeltern. Älter, förmlich. Wie sie uns zum Abendessen in ihr Haus in Brookline einluden, der Geruch von Zitronenpolish.

Mom, die sich eine Zigarette anzündete, nachdem wir wieder gegangen waren.

Ich schaue wieder zu Paige auf. »Was zum Teufel? Warum hat sie uns das nie erzählt?«

»Wer weiß? Ich meine, ich schätze, das erklärt, warum sie ein Einzelkind ist. Oma und Opa haben sie aus einem katholischen Waisenhaus in der Nähe von Galway adoptiert –«

»Warte, *Irland*? Du sagst, Mom wurde in einem irischen Waisenhaus geboren?«

»Und das ist nicht mal das wirklich Seltsame. Das wirklich Seltsame ist, dass die Mutter keine unverheiratete Teenagerin war –«

»Wow, danke.«

»Halt die Klappe und hör zu.« Paige schnappt sich den Ordner zurück und blättert ein paar Seiten weiter. »Sieh dir das an. Es steht kein Name da, richtig, weil es anonym sein soll. Aber wo die Beschreibung der leiblichen Mutter steht, heißt es – genau hier – es heißt, sie sei weiß, Engländerin, vierunddreißig Jahre alt …«

Sie zieht das Papier aus dem Stapel und hält es mir vor die Nase.

»… und verheiratet.«

KAPITEL DREI

Hannah

September 1951
Kairo, Ägypten

Die Blumen standen in ihrer Vase auf Hannahs Schreibtisch – weiße Lilien mit zarten rosa Zentren, englische Rosen in Pink, sich violett färbender Phlox. Die Krankenschwester hatte sie vor neun Tagen in ihr Zimmer gebracht, als Hannah aus dem Krankenhaus nach Hause kam.

Miss Britton war von Mr. Beck empfohlen worden, er war der stellvertretende Manager des Shepheard's Hotel. Für jedes Dilemma, das man ihm vortrug, schien er eine Lösung zu haben. Sie war eine ältere britische Dame, wie eine Großtante, mit kurzen bläulich-weißen Haaren und einem schmalen, faltigen, resoluten Gesicht. Sie und Hannah hatten am zweiten Tag, als sie sich etwas besser gefühlt hatte, eine angenehme Unterhaltung über Schlangen geführt. Miss Britton hatte sie mit einigen Kissen aufgerichtet, mehr Kaffee geholt und alle Schlangenbisse aufgezählt, die sie kannte. Das dauerte eine Weile. »Sie hatten Glück, dass Sie diese Handschuhe trugen«, hatte sie zum Schluss zu Hannah gesagt, »so hatte die Schlange keine Gelegenheit, tief einzudringen. Das ist der Unterschied, verstehen Sie. Wie viel Gift in Sie eindringt. Wie um alles in der Welt haben Sie es geschafft, sich zu retten?«

Hannah hatte erklärt, sie hätte sich überhaupt nicht selbst gerettet. Zufällig wäre der stellvertretende Manager des Hotels im entscheidenden Moment am Pavillon vorbeigekommen.

»Nun, dann haben Sie einen Schutzengel, wie mir scheint«, hatte Miss Britton festgestellt.

Einen Schutzengel. Die Worte hallten in Hannahs Kopf wider, als sie die üppigen Blumen in ihrer Vase betrachtete und ihren intensiven Duft roch. In ihrer Schreibtischschublade bewahrte sie die Karte auf, die mit den Blumen angekommen war.

Oben die Worte *Shepheard's Hotel* in erhabener schwarzer Tinte. Darunter eine schnelle, kleine Handschrift –

Wünsche Ihnen schnellstmögliche Genesung,
damit wir uns bald wieder an Ihrer charmanten
Gesellschaft hier im Shepheard's erfreuen können.
J. Beck

Die Ironie war, sie waren wegen Alistairs Gesundheit nach Ägypten gekommen.

Eine schlimme Lungenentzündung in einem Winter, gefolgt von einem Aufflammen des Rheumatismus, der ihn seit dem Krieg plagte – so lief es für einen Mann in Alistairs Alter, der sich dem Dienst am Empire verschrieben hatte. Der lange Stunden in grässlichen Klimazonen verbracht hatte, dazwischen zwei Weltkriege und all die Unruhen und Krisen und Wirtschaftsdepressionen. Der Sommer auf dem englischen Land hatte nicht geholfen – ein nieselgrauer Tag nach dem anderen. Ein weiterer trister Londoner Winter mit Kohlenrauch, gewürzt mit bitterer Feuchtigkeit und Arbeiterstreiks, hätte ihn beinahe umgebracht.

»Was Sie brauchen, ist ein heißes, trockenes Klima, Mr. Ainsworth«, hatte der Arzt streng befohlen und sein Stethoskop abgenommen, »oder ich kann für die Folgen nicht garantieren.«

Also hatte Alistair mit dem Außenminister gesprochen, einem alten Freund, und eine Versetzung als eine Art politischer Verbindungsmann zum Botschafter in Kairo arrangiert, nichts zu Anstrengendes, ein Schreibtisch im Konsulat und eine angenehme Wohnung in einem britischen Viertel.

Anfang Juli, als alles bereits arrangiert war, hatte er Hannah die Neuigkeiten mitgeteilt. Sie waren im Schlafzimmer. Hannah erinnerte sich, wie Alistair in seinem Sessel saß, mit dem Fußhocker und der Schottenkaro-Decke auf dem Schoß, während Hannah mitten auf dem Teppich mit dem Teetablett stand und versuchte, ihre Gedanken um die Idee, ja sogar um das Wort zu ordnen – *Ägypten.*

Sie wusste nicht viel über die politische Situation dort, außer dass die Ägypter nicht erfreut über den neuen Staat Israel waren und noch weniger über die Briten, die seit Jahren versuchten, sie ganz aus Ägypten hinauszuwerfen – den Suezkanal eingeschlossen. Nun, das war Alistairs Sache, oder? Hannah befasste sich nicht mit Politik, nicht mehr. Sie hatte das Teetablett abgestellt und die Teekanne hochgenommen.

Alistair hatte gemeint: »Du triffst doch gerne alle Vorbereitungen und so weiter, nicht wahr, Liebling?«

Hannah hatte Alistair seinen Tee gereicht und erwidert, das klinge wunderbar.

Alistair hatte an seinem Tee genippt und sich in seinem Sessel zurückgelehnt. »Weißt du, was ich glaube«, hatte er eingeworfen. »Ich glaube, ich werde mit diesem Buch beginnen, von dem ich gesprochen habe. Was meinst du? Du kannst beim Tippen und bei der Recherche und so weiter helfen. Das gibt dir etwas zu tun, nicht wahr?«

Er hatte nach einem Gurkensandwich gegriffen. Hannah hatte auf seine Hand gestarrt – blass, langfingrig.

»Ja, Liebling«, hatte sie geantwortet.

Das Apartmentgebäude blickte auf die weiten grünen Polofelder des Gezira Sporting Clubs, sodass man so tun konnte, als hätte man England nie verlassen, abgesehen von der Hitze und dem Bawab, dem ägyptischen Portier. Sein Name war Salah und er hatte eine Frau und drei Kinder, die auf der anderen Seite des Flusses im Bulaq-Viertel lebten. Der Älteste war ein neunzehnjähriger Junge, der die Königliche Militärakademie besucht hatte und gerade zum Leutnant befördert worden war. Salah wartete gespannt auf Neuigkeiten über seine erste Versetzung.

»Guten Tag, Mrs. Ainsworth«, grüßte Salah. »Benötigen Sie heute Morgen das Auto?«

»Nein, danke. Ich denke, ich werde heute zu Fuß gehen. Haben Sie in letzter Zeit von Abdel gehört?«

Salahs Gesicht strahlte vor Freude. »Er ist in der Kaserne in Ismailia, eine sehr prestigeträchtige Aufgabe.«

»Das klingt wunderbar. Ismailia liegt im Osten, nicht wahr?«

»Ja, entlang des Kanals. Wenn also die verdammten Juden versuchen, den Sinai zu überqueren, wird er direkt dort sein, um sie aufzuhalten, inschallah.«

Hannahs Hand schloss sich um ihre Handtasche. »Nun«, sagte sie, »ich hoffe wirklich, dass es nicht so weit kommt.«

Die Luft wurde bereits heiß, der staubige Abgrund der Straßen Kairos baute sich zu seinem täglichen Crescendo auf. Als sie vor fünf Wochen hier ankamen, hatte Hannah dieses Spektakel in sich aufgenommen und gespürt, wie sich etwas in ihrem Inneren umkehrte. Es waren nicht nur die Menschenmassen – die Männer in ihren Gewändern, die Esel, die ihre Karren zogen, die Bettler, die Gebete, der Geruch von Obst, Gewürzen und Sonnenschein, von Schmutz und Exkrementen. Es war der Rand des Chaos. Es war das Elend, das neben dem gleichgültigen Wohlstand existierte. Es war die Wut, die man unter der Haut von allem brodeln spürte – Gebäude, Straßen, Menschen – bis man dachte, sie müsse gewiss ausbrechen.

Kairo war England so unähnlich, wie es nur sein konnte – so unähnlich ihrem Eheleben, wie sie es sich vorstellen konnte – das hohe, schmale Haus in Cheyne Place; die kühle, feuchte Landschaft Lincolnshires, wo Alistairs Familienhaus über einem Moor brütete. Und doch sah man überall in dieser heißen, verrückten Stadt den Stempel der westlichen Zivilisation. Der Sportclub mit seinen Polofeldern, der Rennbahn und dem Clubhaus. Die geordneten Viertel und Vororte Kairos, verziert wie die Arrondissements von Paris. Die Cafés, die Hotels, der Turf Club. Die Männer und Frauen in ihrer modischen Kleidung, ihren Hüten, die Französisch und Italienisch und Englisch sprachen, wenn man auf dem Weg zum Eisessen bei Groppi's an ihnen vorbeiflanierte.

Manchmal hatte man das Gefühl, die gewöhnlichen Ägypter wären selbst nur Zuschauer all dessen, des pulsierenden bürgerlichen Lebens Kairos und Ägyptens selbst – ihres eigenen Landes.

Wie ich, dachte Hannah, als sie die Brücke in die Innenstadt Kairos überquerte. *Eine Zuschauerin meines eigenen Lebens.*

Der Schweiß strömte Hannahs Rücken und Arme hinunter und durch ihre weißen Handschuhe. Sie eilte die Bürgersteige entlang, durch die geschäftigen Straßen, ohne einen einzigen Blick nach links oder rechts, sie verschloss ihre Ohren vor den Stimmen, die um sie herum lärmten.

An manchen Tagen, wenn sie durch die Stadt ging oder fuhr, musste sie anhalten und sich irgendwo hinsetzen – egal wo, in einem Café oder einem Kaufhaus – um die Panik in ihrem Hals hinunterzuschlucken, diese Schwärze wie ein Ölfleck in ihrem Kopf zurückdrängen.

An manchen Tagen konnte sie einfach alles ausblenden, eine Frau sein, ohne jegliche Vergangenheit, und ohne Zukunft.

Weitergehen, dachte sie.

Sie ging und ging, ihre Absätze klackerten auf dem Bürgersteig, heißer Verkehr strömte um sie herum, bis endlich die Veranda des Shepheard's Hotel erschien.

Shepheard's, die britischste Einrichtung von allen.

Hannah eilte an den Eingangstüren und den Portiers vorbei, durch die Lobby und direkt zur Rezeption, wo sie nach Mr. Beck, dem stellvertretenden Manager, fragte.

Der Angestellte warf ihr einen wissenden Blick zu und nahm das Haustelefon ab.

Vor über einem Monat wurde Hannah im Speisesaal des Shepheard's Mr. Beck vorgestellt.

Sie war seit vier Tagen in Kairo, und einige der Ehefrauen aus dem Außenministerium hatten sie zum Tee eingeladen. Drei von ihnen standen wartend in der Lobby, als sie hereinstürmte, sechs Minuten zu spät, errötet und zerzaust, weil sie eine falsche Abzweigung genommen und in einer Straße gelandet war, die sie auf ihrer Karte nicht finden konnte. Alle trugen helle Farben und Perlen und den Blick, der nach Unvollkommenheiten suchte. Hannah hatte immer das Gefühl, sie sollte ihren Hut oder ihr Haar oder ihren Rock richten. Es waren Frauen, die als Ehefrau von jemandem ihr Leben lebten – Mrs. Bertrand Beverley, Mrs. Colin Hill, Mrs. Stanley Marlow – sodass Hannah manchmal Schwierigkeiten hatte, sich an ihre Vornamen zu erinnern.

Der Teesalon war prunkvoll und erhaben, voller flatternder Frauen, dem Klirren von Porzellan und dem Duft von Orange Pekoe. Zunächst hatte Hannah den Mann, der zum Pult des Maître kam, kaum beachtet. Er trug einen Anzug aus hellem Leinen und beugte sich über den Schreibtisch, vermutlich um das Reservierungsbuch einzusehen. Er war schlank und vielleicht etwas über mittelgroß – ein oder zwei Zoll unter sechs Fuß – und eigentlich nicht besonders bemerkenswert, bis er den Kopf drehte, um einen Tisch einige Meter rechts von Hannah zu betrachten, und diese Bewegung aus irgendeinem Grund ihre Aufmerksamkeit erregte. Sie konnte nicht sagen warum. Sie war mitten in einem Gespräch mit Helen Hill und verlor einfach den Faden.

Hannah wand ihr rasch wieder den Blick zu. »Entschuldigung, was haben Sie gesagt?«

»Ich *sagte*« – Helen legte ein Lächeln auf das Wort *sagte* – »es ist schade, dass Sie während des Krieges nicht in Kairo waren. Jeden Abend Partys. Jeder kam irgendwann vorbei. Erinnern Sie sich, Lillian?«

Lillian Beverley schüttelte den Kopf. »Wir kamen erst '48 an.«

»Schade. Waren *Sie* während des Krieges in Kairo, Mr. Beck?«

Hannah erschrak. Ein Mann stand an ihrer Schulter, zwischen ihr und Lillian.

»Natürlich«, erwiderte er.

Es war der Mann im Leinenanzug, der mit dem Maître gesprochen hatte. Er sprach mit leichtem Akzent, möglicherweise französisch, obwohl man das nicht mit Sicherheit sagen konnte. Er lächelte jede von ihnen an – ein Tisch mit vier Damen, Hannah und Helen und die anderen beiden – und verweilte zuletzt bei Hannah. Er wandte ihr sein Gesicht zu und die beiden starrten einander an, wie vom Blitz getroffen.

Diese Augen, erinnerte sie sich. *Die Farbe der Hoffnung.*

»Das ist unsere Neuankömmling«, stellte Lillian vor. »Mrs. Ainsworth. Sie haben Alistair Ainsworth doch schon hier gesehen, nicht wahr? Mit meinem Bertie? Zurück in Kairo aus England? Seine Frau.«

Mr. Beck nahm Hannahs Hand und küsste sie. »Willkommen in Kairo, Mrs. Ainsworth.«

Sie muss erstaunt ausgesehen haben, denn Helen lachte. »Mr. Beck kümmert sich persönlich um alle seine Gäste. Das ist sein Job. Nicht wahr, Lucien?«

»Es ist mir ein Vergnügen«, sagte er und verbeugte sich leicht.

Nachdem er gegangen war, lehnte sich Helen vor und senkte ihre Stimme. »Man *sagt*, er hatte während des Krieges mit Sonderoperationen zu tun.«

»Sonderoperationen?«

»Geheimdienst und solche Dinge. Sabotage. Können Sie sich das vorstellen?«

Am Nebentisch schenkte Mr. Beck gerade zwei Frauen in weißen Kleidern ein freundliches Lachen, eine etwa vierzig und wunderschön gepflegt, die andere ein langgliedriger Teenager, über seinen Teller gebeugt – vielleicht Mutter und Tochter.

Helen fuhr fort. »Ich habe ihn einmal direkt danach gefragt, aber er hat nur gelacht und das Thema gewechselt. Sie dürfen nichts darüber sagen, wissen Sie. Official Secrets Act.«

Hannah hatte sich einen letzten Blick auf Mr. Beck erlaubt, der sich von dem anderen Tisch entfernt hatte und nun zügig auf die französischen Türen an der Seite des Speisesaals zusteuerte. Sie hatte darüber nachgedacht, wie es wohl wäre, nachdem man einst in der Wüste gelebt und gefährliche Sabotageoperationen gegen einen rücksichtslosen Feind durchgeführt hatte, den Speisesaal eines eleganten Hotels zu leiten.

Mit den Ehefrauen britischer Diplomaten zu flirten, die am Nachmittag zum Tee und Klatsch vorbeischauten.

Mr. Becks Büro war klein und ordentlich. Es gab nirgendwo ein verirrtes Papier, nicht einen Hauch des üblichen Treibguts. Alles an seinem Platz. Er ließ die Tür dezent angelehnt und zog für Hannah einen Stuhl heran. Sie setzte sich und richtete sich auf, die Handtasche auf ihrem Schoß.

»Geht es Ihnen gut, Mrs. Ainsworth?«, fragte er.

»Ja.«

»Ihre Hand?«

»Sie heilt gut. Die Ärzte sagen, die Schlange konnte nicht viel Gift injizieren.«

»Es stimmt – je weniger Gift, desto besser.«

Hannah hatte all diese Sätze geplant. Eloquent, geschliffen, genau das richtige Maß an lässigem Elan. Sie hatte die ganze Unterhaltung durchgespielt, sodass sie keine Zeit zum Nachdenken brauchte – nur zum Sprechen. Sie hatte es hundertmal in ihrem Kopf geprobt, als sie in ihrem Krankenhausbett lag, in ihrem Bett zu Hause. Jetzt versuchte sie, sich an irgendeinen Rest des einstudierten Dialogs zu erinnern.

»Vielen Dank für die schönen Blumen«, sagte sie. »Und die Karte.«

Er winkte ab. »Das war nichts. Die Krankenschwester, die sich zu Hause um Sie gekümmert hat – die, die wir empfohlen haben – sie hat sich gut um Sie gekümmert?«

»Sehr gut. Wobei – letztendlich kümmerte sie sich mehr um Alistair als um mich.«

Ein Zittern bebte kurz in seinem Mundwinkel. »Dann müssen wir sicherstellen, dass sie auf ihrem Posten bleibt, nicht wahr?«

Hannah blickte auf ihren Schoß. »Ich bin gekommen, um Ihnen zu danken.«

»Mir danken?«

»Sie haben mein Leben gerettet.«

»Aber ich bitte sie. In Ägypten zählen der Schlangenbisse zu den regelmäßigen Unglücken. Das Shepheard's hält seinen eigenen Vorrat an Gegengift.«

»Hätten Sie nicht so schnell gehandelt – der Biss wäre viel schlimmer gewesen – wie Sie die Schlange weggeschleudert haben – im letzten Moment –«

»Mrs. Ainsworth, verschwenden sie keine weiteren Gedanken mehr an diesen Vorfall. Es war mir eine Ehre, Ihnen diesen Dienst erweisen zu können.«

Die ganze Zeit über hatte sie auf die Handtasche auf ihrem Schoß gestarrt. Jetzt blickte sie auf. »Aber warum?«

»Warum?«

»Warum waren Sie dort? Sie hätten sich um die Abendgäste kümmern sollen.«

Endlich setzte er sich auf die Ecke des Schreibtisches. Das Bein seiner Hose spannte sich.

Das Büro hatte keine Fenster, ähnelte einer Gefängniszelle. Hinter dem Schreibtisch füllten einige Bände einen kleinen Bücherschrank. Hannah roch das Leder der Bücher, den Tabak einer früheren Zigarette. Ein Ventilator kreiste an der Decke über ihren Köpfen. Der Raum war so winzig, dass sein Schuh fast ihr Schienbein streifte.

»Ich denke, Sie kennen die Antwort auf diese Frage, Mrs. Ainsworth«, sagte er leise und wechselte ins Französische.

»Sie sind mir gefolgt.«

»Ja. Ich war besorgt um Sie. Ich dachte, vielleicht wären Sie unglücklich, und eine unglückliche Frau …« Seine Stimme verlor sich.

»Ja? Eine unglückliche Frau ist was?«

Wie seltsam es war, mit Mr. Beck Französisch zu sprechen. Da das Shepheard's so entschieden englisch war, unterhielt man sich dort meist auf Englisch. Aber außerhalb der Mauern solcher Etablissements sprachen gebildete Ägypter Französisch. Sie bevorzugten die französische Kultur gegenüber der britischen. Sie lasen französische Bücher, sahen französische Filme, bewunderten französische Mode und Dekoration. Hannah selbst sprach Französisch so fließend wie Englisch. Sobald Mr. Beck begann Französisch zu sprechen, sprudelten die französischen Worte selbstverständlich aus Hannah heraus, und veränderten irgendwie die Atmosphäre zwischen ihnen. Auf Englisch waren sie Hotelmanager und Gast; auf Französisch wurden sie zu etwas anderem.

Mr. Beck tippte mit einem Finger gegen sein Knie. »Ist unglücklich«, sagte er.

»Und das ist ein Problem für Sie? Mein Unglück?«

»Für mich? Für *Sie*, Madame. Für Sie ist es ein schreckliches Problem. Es ist eine Farce. Es macht mich wütend.«

»Sie sollten mich Hannah nennen«, bat sie.

»Hannah.« Er streckte ihr seine Hand entgegen. »Lucien.«

Sie ergriff seine Handfläche und kostete das Wort auf ihrer Zunge. »Lucien.«

Anstatt ihre Hand loszulassen, zog er den Handschuh aus und untersuchte die Narbe an ihrem Handgelenk. »Verzeihen Sie mir«, sagte er.

»Ihnen verzeihen?«

»Dass ich nicht einen Augenblick früher da war.«

Er küsste die beiden kleinen feuerroten Male und zog ihr den Handschuh wieder über die Hand. Hannah hatte das Gefühl, dass die Wunde mehr brannte als damals, als die Zähne der Schlange in ihr steckten, aber das entsprang natürlich nur ihrer Einbildung.

Als er aufblickte, glänzten seine Augen kurz, als das Licht sie traf. »Haben Sie schon die Pyramiden auf der anderen Seite des Flusses besucht, Hannah?«

»Nein. Wir wollten sie längst angesehen haben, aber irgendwie – Alistair hat sie schon während des Krieges gesehen, also war er nicht so erpicht darauf – und dann kam die Schlange.«

»Erlauben sie mir vorzuschlagen, dass *ich* Sie dorthin begleite?«

Hannah stellte sich vor, wie es gewesen wäre, hätte sie mit ihrem Mann Giza besichtigt. Wahrscheinlich hätten sie einen Dragoman mit einem Paar Kamele gemietet und einige Stunden damit verbracht, über das Plateau zu reiten, um die Pyramiden und die Sphinx aus verschiedenen Blickwinkeln zu betrachten, während der Dragoman sie mit Fakten versorgt hätte. Irgendwann hätte sie gefragt, ob sie vom Kamel absteigen dürfe, um die Sehenswürdigkeiten selbst ein wenig zu erkunden. Der Dragoman wäre schockiert gewesen. Er hätte hilflos zu Alistair geblickt und Alistair hätte sie mit versöhnlicher Stimme ermahnt. *Das gehört sich nicht, Hannah.*

»Glauben Sie, das wäre klug?«, sagte Hannah.

Lucien zuckte mit den Schultern. »Es ist mir eigentlich egal, ob es klug ist oder nicht.«

Hannah erwiderte seinen Blick. Die intensive Kraft seiner Augen. Ein verblüffend tiefes Grün. Er musste die Kapitulation in ihrem Gesicht bemerkt haben, denn er erhob sich vom Schreibtisch und bot ihr seine Hand an.

»Gehen wir«, sagte er.

KAPITEL VIER

Mallory

Juni 2022
Cape Cod, Massachusetts

Es ist kein Geheimnis, dass ich peinlich große Schwierigkeiten habe, mich an die Namen der anderen Mütter im PTA-Ausschuss zu erinnern oder wann ich Sam vom Fußballtraining abholen soll. Aber noch immer sehe ich Paiges Gesichtsausdruck vor mir, als der Anwalt Moms Testament vorlas.

Nicht den Teil über das Geld. Wie gesagt, davon hat Paige genug. Die Sache mit dem Appalachian Mountain Club mochte sie überrascht haben, aber sie wirkte nicht sehr *enttäuscht.*

Aber dann kam er zu dem Absatz über das Armband.

Zunächst einmal waren wir beide erstaunt, dass Mom überhaupt ein Testament gemacht hatte. Wahrscheinlich hatte Paige sie dazu gedrängt. Trotzdem konnte selbst Paige kaum glauben, dass Mom das ganze Procedere durchgezogen hatte, einen Anwalt finden, alles notariell beglaubigen lassen und so weiter. Wir saßen da in seinem Büro in Provincetown mit Blick auf die Cape Cod Bay – ein nebliger, elender Tag – irgendwie betäubt und steif, und konnten kaum glauben, was wir da hörten. Das Haus, bla bla. Der Rest des vorhandenen Bargelds, bla bla. Persönliche Gegenstände, bla bla. Paige bekam das Royal Doulton- Geschirr von Grandma, viel Glück damit.

Mein goldenes Armband in Form einer Kobra, besetzt mit zwei Smaragden von etwa 1/4 Karat und einem Rubin von etwa 1/2 Karat, ist für mich von großer persönlicher Bedeutung, da ich es bei meiner Geburt von meiner Mutter geschenkt bekam. Ich vermache dieses Armband meiner Tochter Mallory Rose, weil sie es als kleines Mädchen immer anprobieren wollte, worauf ich ihr immer sagte, das Armband könne erst nach meinem Tod abgenommen werden.

Damit hatte Paige nicht gerechnet. Das war offensichtlich.

Älteste Tochter und so, richtig? Natürlich ging sie davon aus, Moms Erbstück-Armband würde ihr zufallen, wie ein königlicher Titel. Und als dieses Armband in seinem kleinen braunen Päckchen zum ersten Mal in meinem Haus in Mystic ankam, konnte ich nicht einmal daran denken, es zu tragen. Ich fühlte mich wie eine Diebin.

Ich erinnere mich, wie ich es minutenlang schweigend anstarrte und es hin- und herdrehte, der Herbst ging gerade in den Winter über. Nachts nahm ich die Kobra aus der Schublade des Nachttisches und fuhr mit dem Daumen über die Schuppen. Manchmal, wenn ich lange genug daran rieb, schien es mir, als würde die Kobra zwischen meinen Fingern zum Leben erwachen, wie ein Flaschengeist. Ein Lichteffekt oder das Verschwimmen des Blicks, vermute ich. Ich erhaschte einen Blick auf die Wärme der grünen Augen meiner Mutter, die in den Smaragden schimmerten, und dachte: *Oh, ich kenne dich.*

Eines Nachts im Januar, rastlos und ein wenig betrunken, streifte ich das Armband über meine Hand und ließ es an seinen Platz gleiten.

Man könnte meinen, es würde sich seltsam anfühlen, dieses harte neue Objekt an meinem Arm. Aber das Merkwürdige an Moms Armband ist, es passt sich spiralförmig an die Anatomie deines Handgelenks an. Die Windungen umschließen dich genau dort, wo deine Haut zu einem Organ wird. Wo dein Puls schlägt. Wo dein Liebhaber dich küsst. Ich erinnere mich, wie ich dalag und diese Schlange betrachtete, die sich um mich wand wie eine Ranke, die dort gewachsen war, das Pochen meines Herzens erwiderte, und zum ersten Mal glaubte ich zu verstehen, warum meine Mutter dieses Armband nicht abnehmen wollte, nie, nicht ein einziges Mal, nicht einmal um es ihr kleines Mädchen anprobieren zu lassen.

Jetzt liege ich in meinem Bett im blau-weißen Gästezimmer in Summersalt und beobachte, wie eine weitere Morgendämmerung über die goldenen Schuppen und den gewölbten Kopf fließt. Die smaragdgrünen Augen glitzern lebendig und dieses Gefühl trifft mich – mein Hirn pulst in einem seltsamen Rhythmus, ich habe die ganze Nacht kaum geschlafen – als hätte ich dieses Armband noch nie zuvor in meinem Leben gesehen.

Da ich es von meiner Mutter geschenkt bekam, schrieb sie.

Aber von welcher Mutter?

Es würde euch überraschen, wie viele Lebensmittel Kalium enthalten. Es ist wirklich eine Plage, denn die meisten davon zählen zu den Speisen, die Kinder lieben – Pommes frites, Orangensaft, Bananen, alles mit Tomaten.

Und mit Phosphor fangt gar nicht erst an. Denkt euch die ganze Skala von Milchprodukten – Milch, Joghurt, Eiscreme. Dann gibt es noch Salz. Wenn eure Nieren nicht funktionieren, uriniert ihr nicht viel, also müsst ihr die Flüssigkeitsaufnahme begrenzen. Salz macht durstig, ergo keine Kartoffelchips.

Kartoffelchips gab es ohnehin nicht – wegen des Kaliums.

Und ich dachte früher, die Eltern von Allergie-Kindern wären schlimm dran.

Jedenfalls, auch wenn Sam ziemlich gut darin ist, seine Ernährung selbst zu kontrollieren, behalte ich die Mahlzeiten gerne im Auge, wenn wir bei Paige und ihren Mädchen zu Besuch sind. Die meisten Mädchen verhalten sich sehr regelorientiert, zumindest bis zur Pubertät, aber Ida, die Jüngste, ist eine Art Anarchistin. Früher pflegte sie Sam heimlich Bananen zum Frühstück zuzustecken, bis Paige es herausfand und sie in den Mülleimer warf. Heute Morgen albert die Bande nur mit den Cheerios herum, aber obwohl ich Ida über alles liebe und sie insgeheim meine Lieblingsanarchistin ist – ich habe eine Schwäche für Anarchie –, würde ich ihr niemals, niemals den Rücken zukehren.

Deshalb verpasse ich fast die Geschichte in der Zeitung über Monk Adams' Hochzeit.

Zum ersten Mal habe ich seinen Namen gegoogelt, als Sam etwa ein Jahr alt war.

Es geschah aus einem Impuls heraus. Ich hatte mir vorgenommen, Monk würde mich nie wieder interessieren – ich hatte einen klaren Schnitt gemacht, es gab kein Zurück. Außerdem war ich beschäftigt! Ich hatte einen neuen Job, ein neues Leben, ein Neugeborenes. Ich verbrachte meine Tage in einem Nebel aus Babypflege und Holzschnitten, meine Nächte – nun, ebenfalls ein Nebel aus Babypflege und Holzschnitten. Zwischen Sam und der Arbeit kaufte ich Lebensmittel ein und wusch das Geschirr. Das war alles. Keine Bücher, kein Fernsehen, keine Filme, keine Nachrichten. Ich hatte keine Ahnung, was in der weiten Welt vor sich ging, bis Paige mich eines Tages anrief – sie hatte in jenem Sommer, als Sam gezeugt wurde, in Singapur gearbeitet, also hatte sie noch keine Zeit gehabt, sich irgendetwas zusammenzureimen – sie sagte: »Kanntest du in deinem Jahrgang an der Nobles zufällig einen Typen namens Monk Adams?«

Mein Herz blieb stehen. »Irgendwie schon«, erwiderte ich. »Warum?«

»Weil ich gehört habe, er würde ein Musikalbum herausbringen. Der erste Song ist gerade erschienen und steht schon auf Platz eins bei iTunes.«

Ich erinnere mich, das alles fühlte sich wie ein Autounfall an. Der Aufprall traf meine Brust und löste Schockwellen aus, die meine Arme und Beine hinunter und meinen Hals hinauf bis in meinen Kopf schwappten. Selbst wenn mir eine Antwort eingefallen wäre, hätte ich meinen Hals oder meinen Kiefer nicht bewegen können, um die Worte zu formen.

»Mallie? Bist du noch dran?«, fragte Paige.

Ich murmelte etwas in der Art von »Oh ja. Ich glaube, er beschäftigte sich ziemlich mit solchen Sachen.«

Worauf sie meinte – daran erinnere ich mich genau, es war so typisch für Paige – »Na ja, du solltest versuchen, wieder Kontakt zu ihm aufzunehmen. Man weiß nie, vielleicht erinnert er sich an dich.«

Nachdem ich aufgelegt hatte, schenkte ich mir ein Glas Wein ein und gab »Monk Adams« in das Google-Suchfeld ein.

Nun, ihr wisst bereits, was in den Ergebnissen auftauchte – Monk Adams und sein Debütalbum »Sunrise«, das ihn in eine Umlaufbahn um diese gewöhnliche Erde katapultierte, auf der Sterbliche wandeln. Inzwischen habt ihr sein Foto tausendmal gesehen, also muss ich nicht versuchen, dieses Lächeln, dieses Kinn, diese arktischen Augen zu beschreiben. Ihr alle träumt von diesen Wangenknochen, habt euch vorgestellt, wie eure Arme diese Schultern umschlingen. Ihr habt mit ihm gelacht und geweint, gejubelt und geschrien. Gebt es zu, ihr habt wie ein Baby geheult, als er den Grammy Award seiner Tante widmete, die an Eierstockkrebs gestorben war, und alle zuschauenden Frauen dazu ermunterte, ihre Termine für die jährliche Vorsorgeuntersuchung zu vereinbaren. In Erinnerung an Tante Barbara.

Vertraut mir, wenn ich euch sage, dass Tante Barbara es wert war.

Ein paar Stunden musste ich damit verbracht haben, all die Geschichten zu lesen – zu diesem Zeitpunkt waren es alles begeisterte Newcomer-Profile, ihr erinnert euch an sie, wie z. B. dieses unschuldige Fotoshooting für »Men's Health« mit all den entzückenden Anekdoten. Währenddessen leerte ich die Flasche Wein. Eine Entscheidung, die ich am nächsten Morgen bereute, als ich in diesem neuen Universum aufwachte. Ein Universum, in dem jeder wusste, wer Monk Adams war, jeder Monk verehrte – eine Welt, die sich nicht so sehr von der vorherigen unterschied, das stimmt. Aber plötzlich war es nicht nur unser Freundeskreis, der in seinem Bann gezogen worden war. Es waren alle Menschen auf der Welt. Menschen, die seine Musik hörten und sein Bild sahen und zu seinen Konzerten gingen.

Alle.

Ich redete mir ein, mich für Monk zu freuen. Natürlich tat ich das! Er tat genau das, was er gesagt hatte, er wolle es tun, als wir uns in jenem Sommer gemeinsam im Sand vergruben und uns gegenseitig unsere Geheimnisse erzählten. Mit seiner ramponierten Gitarre zupfte er Musik in die schläfrige Luft. Nun war er überwältigend erfolgreich, davon hatte er geträumt. Eigentlich war es nicht anders zu erwarten gewesen. Monk Adams, würde seinem Vater trotzen und seinen Lebensunterhalt mit dem Schreiben von Liedern verdienen. Er würde Geschichten durch Musik zum Leben erwecken. Er würde die ganze Welt zu verblüffen – was sonst?

Ich meine, ich konnte Monk kaum vorwerfen, dass er Monk war, oder?

Jedenfalls habe ich danach nie wieder bei Google nach Monks Namen gesucht, aber das war auch gar nicht nötig. Ich verfolgte ihn, ohne es zu wollen, weil es sich nun mal nicht vermeiden lässt, die Schlagzeilen der Klatschblätter zu lesen, wenn man an der Supermarktkasse steht, neben seinem Sohn, der dem Mann zum Verwechseln ähnlich sieht, der da vom Cover des »People«-Magazins strahlt.

Oder dieses Foto. Schwarz-weiß auf der Titelseite des Lifestyle-Teils des »Boston Globe«.

Ihr müsst wissen, Boston zeigt ein, ich nenne es mal *besitzergreifendes Interesse* an Monk Adams. Er ist schließlich ein Sohn der Stadt – geboren und aufgewachsen in Brookline, ging auf die Noble and Greenough-Mittelschule, dann auf's Colby-College, außerhalb von Maine. Fairerweise muss man sagen, das ist nicht gerade das, was man eine typische Bostoner Erziehung nennen würde. Aber für einen Kerl, der seinen Stammbaum bis zur »Mayflower« zurückverfolgen kann, weist er einen ziemlich soliden Durchschnittstyp-Lebenslauf auf. Um Gottes Willen; er trägt bei seinen Konzerten eine Red-Sox-Kappe. Sitzt da auf seinem Barhocker, und singt sich in deine Seele.

Jedenfalls flippt die Klatschspalte des »Globe« gerade aus; wegen unbestätigter Berichte, nach denen Adams angeblich seine langjährige Freundin in einer geheimen Zeremonie auf Winthrop Island heiraten wolle. Am östlichen Ende von Long Island, wo seine Familie den Sommer verbringt. Gerüchte deuten auf eine Zeremonie in der St. Ann's Episcopal Church hin, danach ein Empfang im Winthrop Island Club, eine Flottille von Vintage-Gar-Wood-Motorbooten, um die Gäste zur und von der Insel zu bringen, die bekanntlich keine öffentlichen Übernachtungsmöglichkeiten aufbietet, außer ein paar undichten Zimmern über der Bar im Mohegan Inn.

Als der »Globe« Kontakt aufnahm, heißt es in der Geschichte weiter, weigerte sich Adams' Sprecher, einen Kommentar abzugeben.

Aber ihr alle wisst, was das bedeutet.

Paige stürmt in die Küche. Ich drehe die Zeitung um und lege sie auf die Theke.

»Heiliger Bimbam«, sagt sie, selbst in ihrer Aufregung auf die Kinder bedacht. »Hast du gehört, dass Monk Adams diesen Sommer auf Winthrop heiratet?«

Am Rande meines peripheren Sichtfeldes blickt Sam von seiner Schüssel Cheerios mit Hafermilch auf.

Paige schaut zu Sam und dann zurück zu mir. Sie trägt eine marineblaue Stretch-Caprihose und ein Lululemon-Tanktop. Ihr Gesicht ist ungeschminkt, ihre Haut gerötet, und ihre Haare sind in einem feuchten Pferdeschwanz am Hinterkopf zusammengebunden. Sie macht gerne jeden

Morgen Pilates am Strand, während sie die Nachrichten auf ihrem Handy liest. Fragt mich nicht, wie sie das macht.

»Hey, kannst du mir helfen, die Möbel auf der Terrasse abzudecken?«, zwitschert sie. »Ich glaube, es wird regnen.«

Die schicke neue Terrasse von Summersalt war früher, in unserer Kindheit, unser Gemüsegarten. Jetzt glitzert ein Salzwasserpool in der Sonne. Es gibt einen Außenkamin, flankiert von einem Ecksofa, Stühlen und Beistelltischen, alle mit Kissen in ausgewählten Korallen- und Blautönen. Paige macht sich daran, die passenden wasserdichten Möbelbezüge aus dem Abstellraum im Poolhaus zu holen.

»Ich habe da eine Idee«, sagt Paige.

»Auf keinen Fall.«

»Du weißt ja noch gar nicht, was ich sagen will!«

»Ich kann es mir denken. Du willst, dass ich auf Monk Adams' Hochzeit dieses Supermodel crashe. Wie auch immer sie heißt.«

»Erstens heißt sie Lennox. Lennox Lassiter. Zweitens ist sie kein Supermodel. Was haben wir gerade, 1999? Sie ist eine Lifestyle-Influencerin, was du wüsstest, würdest du ab und zu mal deinen Kopf aus dem Sand ziehen.«

»Paige, ich weiß nicht einmal, was das bedeutet.«

»Drittens«, fährt Paige fort und reicht mir das eine Ende zum Ausbreiten über das Ecksofa, »Also denk nicht mal daran, diese Hochzeit zu crashen. Das wäre dumm und kontraproduktiv. Er würde dich für immer hassen.«

»Nichts Neues. Das tut er bereits.«

»Was? Warum?«

Ich justiere die Ecke ein letztes Mal und richte mich vom Sofa auf. Paige starrt mich mit ihren neugierigen Fuchsaugen an. Ich wende mich ab und ziehe einen weiteren Möbelbezug aus dem Stapel auf dem Couchtisch. »Wofür ist der hier?«

»Essgruppe.«

Ich drehe mich um und gehe auf den langen Teaktisch unter der Markise zu, die mit Lichterketten umschlungen ist. »Also, was ist deine Wahnsinns-Idee?«, frage ich über meine Schulter.

»DNA-Test«, sagt sie.

»Ist das dein Ernst? Wie soll ich an seine DNA kommen?«

»Nicht Monks DNA.« Sie hebt die zwei riesigen Laternen von der Mitte des Tisches und stellt sie auf die Pflastersteine. »Deine. Oder meine, falls du nicht kooperierst.«

»Moment, wovon reden wir?«

»Ich rede von Mom, du Trottel. Weißt du, es ist Tatsache, dass wir nicht eine einzige Sache über unsere Herkunft wissen. Alles, was wir tun müssen, ist, unsere DNA an eine dieser Abstammungs-Websites zu schicken, um es herauszufinden.«

Gemeinsam lassen wir den Bezug wie einen Teewärmer über den Tisch und die Stühle fallen. »Nein. Nee. Auf keinen verdammten Fall.«

»Mallory, komm schon. Ich weiß nicht, was dein Problem bei dieser Sache ist. Das macht jetzt jeder.«

»Du hast es nicht gemacht, sonst würdest du mich nicht fragen.«

»Mallory, es gibt hier eine Geschichte. Unsere Geschichte. Woher wir kommen. Interessiert dich das nicht? Willst du nicht die Wahrheit herausfinden?«

Bevor ich antworten kann, hebt sie die Laternen auf und marschiert zurück zum Poolhaus. Ich stehe da auf den Pflastersteinen und folge dem Metronom-Takt ihres Pferdeschwanzes.

»Nein«, rufe ich ihr nach. »Nicht wirklich.«

Paige bleibt so abrupt stehen, dass die Laternen in ihren Händen schwingen. »Was? Wie kannst du das nicht wissen wollen?«

»Hast du schon mal von dieser Lady namens Pandora und ihrer Büchse gehört?«

»Um Gottes willen, Mallory. Wovor hast du diesmal Angst?«

»Ich weiß nicht. Meine genetischen Informationen an irgendein Unternehmen zu schicken? Mein gesamtes verdammtes Genom?«

»Bitte. Das ist keine große Sache. Sie haben Datenschutzregeln. Alles ist verschlüsselt.«

»Aber sicher. Sagen sie dir das auf der Website? Alle unsere Datenbanken sind verschlüsselt und hundertprozentig hackersicher?«

Sie geht wieder in Richtung Poolhaus. »Hacker sind hinter finanziellen Informationen her, Mallory. Die kennen den Unterschied zwischen einer Doppelhelix und Konfetti nicht.«

Ich trotte hinter ihr her. »Denkst du nicht, diese Art von Information wäre für jemanden wertvoll? Die Regierung? Pharmakonzerne vielleicht? Als Nächstes erhältst du eine dieser ›Update unserer Datenschutzrichtlinien‹-E-Mails, die du nicht durchlesen kannst, bevor du auf OK klickst, und schwupps, boomen die Unternehmensgewinne –«

»Ach du meine Güte. Du und dein marxistischer Schwachsinn.«

»Wie bitte, Paige? Ich bin keine Marxistin. Jedenfalls nicht mehr seit dem College.«

Aber ich werde auch nicht meine gesamte DNA-Sequenz an die kapitalistischen Schweine übergeben.«

Paige stellt die zweite Laterne auf das Regal im Abstellraum und schließt die Tür. »Weißt du was? Es geht hier nicht um deine dummen Verschwörungstheorien. Du hast einfach nur Angst.«

»Ich? Angst? Wovor denn?«

»Davor, was du erfahren könntest. Zum Beispiel, dass du das Brustkrebsgen oder eine Veranlagung zur Makuladegeneration hast. Gib's zu.«

»Okay, gut. Ich habe schon immer die Philosophie vertreten, dass Unwissenheit ein Segen ist. Ich denke, damit bin ich ziemlich gut gefahren biher. Im Vergleich zu dir jedenfalls.«

»Mir?«

»Eine einzige Masse brodelnder Angst. Gib's zu.«

»Du bist so eine Zicke, Mallory.«

»Du bist eine Zicke, Paige.«

Paiges blaue Augen durchdringen mich mit Abscheu. Ein paar Tropfen klatschen auf meinen Kopf. Die Luft riecht warm und nach Gewitter; eine Wolke grollt vor der Küste. Sie hatte recht mit dem Regen, so wie sie mit allem recht hat.

»Gut«, sagt sie. »*Ich* werde in das verdammte Röhrchen spucken. So oder so werden wir herausfinden, was es mit Mom auf sich hat. Und weißt du warum?«

»Weil du es nicht ertragen kannst, es nicht zu wissen?«

»Weil ich meinen Neffen liebe, deshalb. Und ich will für ihn eine neue Niere finden, und zwar *bevor* die nächste globale Pandemie ausbricht.«

Um von Summersalt zu den Dünen und dem zu Ozean gelangen, spaziert man durch hohes Gras an einer langen, flachen Gezeitenbucht vorbei. Als wir Kinder waren, rollten Paige und ich die Dünen hinunter und kletterten dann wie menschliche Bulldozer wieder hinauf. Jetzt markieren zwei Maschendrahtzäune einen schmalen Pfad. Nachdem der Regenschauer vorüber ist, folge ich Sam diesen Weg hinauf und auf der anderen Seite hinunter. Hier prallt der Ozean auf den Sand und die Welt besteht nur aus Sonne und Salzwasser. Zuzusehen, wie dein Kind sein Brett unter den Arm klemmt und in dieses Pandämonium hinausschreitet – genau wie Paige und ich es vor einer Million Jahren zu tun pflegten –, bedeutet zu lernen, was Glaube wirklich bedeutet.

Vor dem Unfall – ich nenne es aus irgendeinem Grund gerne einen Unfall – sprach ich immer ein kleines Gebet, das in etwa so lautete: *Also gut, Gott, sei einfach sanft mit ihm, okay? Nimm ihn in deine zärtlichen Hände und gib ihn mir zurück, wenn du fertig bist.* Ich weiß nicht, ob ich wirklich an Gott glaubte oder ob ich seinen Namen nur anrief, weil es bequem war, zu irgendwem zu beten anstatt zu niemandem.

Jedenfalls bete ich nun nicht mehr. Ich lasse mich auf einer von Paiges Sisalstrandmatten nieder und beobachte, wie mein geschmeidiger, goldhäutiger Sohn wie ein Delfin durch die Brandung taucht, so furchtlos dem Schicksal gegenüber wie Monk es war. Ich schließe meine Augen vor der Sonne, und wenn ich überhaupt etwas denke, irgendeine artikulierte Idee, dann geht es in etwa so: *Lieber Gott, hast du mich nicht schon genug gefickt?*

Paige lässt sich neben mir in den Sand plumpsen und kickt ihre Flip-Flops von den Füßen.

»Hab' meine Spucke abgeschickt«, sagt sie. »Sollte den Abstammungsbericht in ein paar Wochen zurückbekommen.«

»Toll.«

Sie stupst meinen Fuß mit ihrem an. »Ich kann es immer noch nicht fassen. Warum Mom uns so etwas verschwiegen hat. Glaubst du, sie wollte es uns vielleicht sagen, ist aber gestorben, bevor sie konnte? Beim Ruinenklettern mit Dildo?«

»Du denkst, *Mom* hat es uns verschwiegen? Bitte. Das geht alles auf Grandma und Grandpa zurück. Genau so etwas passt doch zu ihnen. Ein Baby aus Irland adoptieren und es als ihr eigenes ausgeben.«

»Sie *war* ihr Kind, Mallory. Sie war *ihr* Kind. Sie haben sie großgezogen und geliebt, was man von dieser Frau, die sie den irischen Nonnen übergeben hat, nicht behaupten kann.« Sie zieht ihre Knie an und umschlingt sie mit den Armen. »Außerdem kennst du Grandma nicht so wie ich. Sie hätte es Mom erzählt.«

»Da bin ich anderer Meinung. Hätte sie es Mom erzählt, hätte Mom es mir erzählt.«

»Oh, darum geht es also? Du bist sauer, weil Mom ihrer exklusiven Seelenverwandten nicht *alles* erzählt hat?«

»Halt die Klappe, Paige.«

Sie wirft mir eine Zeitung in den Schoß. Ich hebe meine Sonnenbrille und starre in Monk Adams' grinsendes schwarz-weißes Gesicht, das nur um wenige Grad geneigt ist, als hätten sie ihn mitten in einem Witz erwischt.

»Schönes Foto, oder?«, sagt sie.

Ich werfe die Zeitung in den Sand neben der Strandmatte.

Paige lehnt sich auf ihre Ellbogen zurück und blinzelt zur Brandung. »Es spielt keine Rolle, wie du es ihm sagst, okay? Tatsache ist, er muss es wissen. Er muss einfach. Das ist auch für Sam wichtig. Und was auch immer damals passiert ist, *du* musst deine Große-Mädchen-Hose anziehen und es durchziehen.«

Der Ozean scheint den Atem anzuhalten. Die Oberfläche zuckt. Ungeduldig taucht Sams Kopf zwischen den langsamen Wellen auf. Ich stemme mich von meinen Ellbogen hoch und setze mich auf.

»Ich nehme an, du machst dir keine Sorgen um Haie«, wirft Paige ein.

»Doch, ich mache mir Sorgen um Haie.«

Mein Blick geht über die Brandung hinaus, wo sich eine neue Welle aufbaut. Höher und höher steigt sie. Sam klettert auf sein Brett, paddelt mit den Armen, positioniert sich genau im entscheidenden Moment, in dem der höchste Punkt des Wassers über der Oberfläche gleichzieht.

Paige springt auf die Füße und schreit: *Jesus Christus!*

Das Wasser faltet sich über sich selbst und Sam surft perfekt entlang des Kamms, pfeilgerade wie Monk es zu tun pflegte. Für einen Moment kommt alles zurück, als würde ich es noch einmal erleben – den Sommer, die Brandung, Monk, der grinsend aus den Wellen steigt, um sich neben mich in den Sand zu setzen und die Tropfen aus seinem Haar in meinen Schoß zu schütteln.

Dann ist er weg.

Nur Sam ist da, der wie ein Korken aus der Brandung auftaucht. Das Salzwasser aus seinem zotteligen goldenen Haar schleudert.

Ich falle nach hinten, schwindelig vor Erleichterung, und starre in den heißen weißen Himmel.

Ich traf Benjamin Monk Adams in einer Szene wie aus einem Film. Ich denke, der Film wäre *Der Club der toten Dichter*, nur dass Nobles koedukativ ist und hauptsächlich Tagesschüler hat, wobei einige von uns sogenannte »Fünf-Tage-Internatsschüler« waren, die an den Wochenenden nach Hause fuhren. Jeden Freitag kam Mom von Provincetown nach Dedham und holte mich ab, und jeden Sonntag brachte sie mich zurück. Paige war vier Jahre älter und fing gerade in Yale an, also saßen nur wir zwei in diesem Auto, drehten die Musik auf und plauderten wie Schwestern.

An einem Sonntagabend Mitte Oktober fuhren wir vor dem Wohnheim vor, gerade als Monk aus dem Mercedes-Kombi seiner Großeltern stieg.

Mom drehte das Radio leiser und stieß einen Wolfspfiff aus.

»Wer zum Teufel ist *das*?«, fragte sie mich.

Sechs Wochen nach Schuljahresbeginn war alles, was ich über Monk Adams wusste, Folgendes: Erstens, er war ein Drittklässler – wie ich – und bereits 1,85 Meter groß. Zweitens, er belegte alle Ehrenkurse und spielte als Quarterback für das Junior-Varsity-Footballteam. Drittens, er war der bestaussehendste Junge, den ich je gesehen hatte, wie ein Filmstar, wie ein Highschool-Schüler, der so weit außerhalb meiner Liga war, dass er in einem anderen Bundesstaat hätte leben können.

Viertens, seine Freundin war eine blonde Tagesschülerin namens Sophie, die als Stürmerin in der Mädchen-Fußballmannschaft spielte, mit Beinen, so lang und gebräunt wie die eines Rennpferdes.

Da es einer dieser warmen Oktobertage war und das Auto schon alt – der kirschrote Toyota 4Runner aus den 90ern, der uns durch den Großteil meiner Kindheit begleitete – waren die Fenster heruntergekurbelt und Moms Stimme hallte direkt in die klare Luft hinaus.

Monks Kopf schwenkte in unsere Richtung.

»Oh, Scheiße«, murmelte ich.

Mom hupte und winkte aus dem Fenster.

»Huhu!«, rief sie. »Junger Mann! Kannst du uns helfen?«

Der Mercedes brauste davon. Monk stand direkt neben der Straßenlaterne, sodass man sehen konnte, wie sich das langsame, fragende Lächeln über sein Gesicht ausbreitete. Er warf sich seine Sporttasche über die Schulter und kam auf uns zu.

»Ich werde dich umbringen«, drohte ich meiner Mutter.

Mom lehnte sich über mich. »Hallo!«

»Monk Adams, Ma'am. Sind Sie Mallorys Mutter?«

Bis zu diesem Moment bestand die Summe meiner Interaktion mit Monk Adams aus ein paar entfernten, verstohlen glühenden Blicken meinerseits und einer einzigen, leeren Gedankenblase glückseliger Unaufmerksamkeit seinerseits. Ich glaube, ich hätte mich ihm niemals auf mehr als zehn Meter genähert, bis auf dieses eine Mal in der Mensa, als ich zufällig hinter Monk in der Salatschlange gelandet war, und selbst da hatte er mich nicht bemerkt, weil er – wie üblich – von diesen Leuten umgeben war, die alle gemeinsam in der ersten Klasse in Nobles angefangen hatten, während ich noch die kleine öffentliche Mittelschule in Provincetown besuchte.

Ich erinnere mich, dass ich dachte: *Oh mein Gott. Monk Adams kennt meinen Namen.*

»Das stimmt«, sagte Mom. »Bist du gerade auf dem Weg ins Wohnheim?«

»Ja, Ma'am.«

»Würde es dir etwas ausmachen, Mallory mit ihrer Tasche zu helfen? Ich habe ihr ein paar Stiefel und Regenkleidung für das Herbstwetter eingepackt und sie ist ein bisschen schwer.«

»Mom, ich kann das selbst tragen«, keifte ich.

»Kein Problem«, sagte Monk.

Er griff nach dem Türgriff und *öffnete die Tür für mich.*

Ich stieg aus. Meine Beine waren so wackelig, dass ich mich am Rand der Tür festhalten musste, um nicht umzufallen.

»Die Tasche ist hinten?«, fragte er. Aber er war schon auf dem Weg zum abgenutzten Heck des 4Runners. Er klopfte leicht mit den Knöcheln an die Scheibe und Mom öffnete sie bereitwillig für ihn, während ich stumm ein paar Meter entfernt stand, wie eingefroren. Er griff hinein und zog beide Sporttaschen heraus.

Ich stürzte mich auf eine von ihnen und murmelte: »Ich hab' sie.«

»Keine Sorge. Eine in jeder Hand«, grinste er und hob beide gleichzeitig hoch. »Bringt mich ins Gleichgewicht.«

Ich wollte darauf hinweisen, er hätte sich bereits seine eigene Sporttasche über eine Schulter geworfen und war überhaupt nicht im Gleichgewicht, aber mein Mund war zu trocken, um meine Zunge zu lösen, und außerdem hatte ich Angst, die Worte könnten undeutlich herauskommen, als hätte ich einen Schlaganfall oder so.

Vielleicht *hatte* ich einen Schlaganfall. In diesem Moment fühlte ich mich absolut desorientiert, als hätte ich tatsächlich einen Schlaganfall erlitten.

Während ich wie ein Idiot dastand, ging Monk zur Fahrerseite. »Mallory ist super, Mrs. Dunne. Sie ist in meinem Kunstkurs in der fünften Stunde? Hat echt Talent.«

»Vielen Dank, Monk. Übrigens, es heißt *Ms.* Dunne.«

Im schummrigen Licht der Straßenlaterne sah ich, wie Monks Grinsen noch breiter wurde, falls das überhaupt möglich war.

»*Ms.* Dunne«, wiederholte er.

»Mallory hat Kunst schon immer geliebt. Du hättest ihre Zeichnungen aus der Vorschule sehen sollen. Sie stellte all ihre My Little Ponys auf und zeichnete sie perfekt. Ich meine, man konnte buchstäblich die Persönlichkeit jedes Ponys in den Gesichtern erkennen.«

»Cool. My Little Pony. Meine kleine Schwester hat die auch.« Er richtete sich auf und klopfte auf das Dach des 4Runners, sodass ich befürchtete, es könnte unter seiner Hand zusammenbrechen. »Schön Sie kennenzulernen, Ms. Dunne. Ich sorge dafür, dass Mallory sicher in ihr Zimmer kommt.«

»Vielen Dank, Monk. Du bist so ein Gentleman. Hab' eine tolle Woche!«

Sie drehte sich noch einmal zu mir um und zwinkerte. Als sie wegfuhr, winkte sie fröhlich aus dem Fenster.

Monk sah mich immer noch lächelnd an. »Coole Mom.«

»Es tut mir so leid deswegen. Wirklich, ich kann meine Taschen selbst tragen.«

Monk ging los in Richtung Eingang. »Nee, ich mach das schon. Meine Mom hat mich gut erzogen.«

»Bist du sicher?«, fragte ich und folgte ihm.

»Eigentlich war es meine Tante Barbara.«

»Was meinst du?«

»Meine Tante Barbara hat mich großgezogen. Du bist im Crosslauf-Team, oder?«

»Ja.«

»Wir beobachten euch vom Footballfeld aus bei euren Hügelsprints. Brutal.«

»Ja, der Trainer ist ziemlich hart.«

»Das Mädchen aus der Abschlussklasse ganz vorne ist der Wahnsinn.«

»Sie wird von Dartmouth angeworben.«

»Ach ja? Gut für sie. Ist ja heutzutage der einzige Weg reinzukommen, oder?«

Er öffnete mir die Tür und für einen Moment trafen sich unsere Blicke. Sonnenblind.

Dann betraten wir den Gemeinschaftsraum, wo ein Haufen Kinder in den Sesseln lümmelte und fernsah. Sie schauten alle gleichzeitig auf wie Erdmännchen.

»Hey Leute«, sagte er. »Ihr kennt doch alle Mallory, oder?«

Niemand kannte Mallory, aber alle sagten hey.

Monk sah mich an. »Wo ist dein Zimmer?«

»Zweiter Stock. Aber ich kann wirklich von hier aus –«

Aber Monk Adams war schon mit meinen beiden Reisetaschen auf dem Weg zur Treppe. Wir hielten an, um uns beim RA anzumelden – sie bauten immer noch das neue Wohnheim mit den modernen Schlüsselkarten und allem – und gingen dann hoch in mein Zimmer, wo er meine Taschen unter dem schockierten Blick meiner Mitbewohnerin Lindsay abstellte. Sie formte lautlos etwas mit den Lippen. Ich verzog meinen Mund zu einem panischen Lächeln, die Zähne fest zusammengebissen.

Monk drehte sich zu mir. »Willst du Popcorn machen?«

»Klar«, erwiderte ich.

Monk hatte ein paar Costco-Packungen Mikrowellen-Popcorn in seinem Zimmer drüben im Jungsflügel. Wir legten eine Tüte in die Mikrowelle des Gemeinschaftsraums im Erdgeschoss.

Dann setzten wir uns auf das Sofa und unterhielten uns bis zur Sperrstunde.

Ich wünschte, ich könnte mich daran erinnern, worüber wir an diesem Abend gesprochen haben. Wahrscheinlich war es nur normales Kennenlerngeplänkel, woher kommst du, wie viele Geschwister hast du, wie gefällt dir Nobles – all die Dinge, die ich über Monk weiß, ohne zu wissen, woher ich sie weiß. Vielleicht erzählte er mir damals auch, wie sehr er Musik liebte, dass er Gitarre und Klavier spielte und Lieder in seinem Kopf schrieb, während er im Bett lag und versuchte einzuschlafen. Aber ich kann es nicht mit Sicherheit sagen.

Ich wünschte, ich könnte es.

Ich wünschte, ich hätte die Weitsicht gehabt, diese Stunden in meinem Gedächtnis festzuhalten, zu verstehen, wie oft ich im Laufe der Jahre zu ihnen zurückkehren würde, als Monk Adams nicht mehr die Treppe hinunter von mir, oder auf der anderen Seite der Mensa, oder neben mir an seinem winzigen Pult in AP Lit existierte, während wir Zettel in unseren zerfledderten Taschenbuchausgaben von *Hamlet* austauschten und versuchten, nicht zu lachen.

Ich wünschte, ich könnte mich an jedes Wort erinnern, das wir je zueinander gesagt haben, wie diese Menschen, die sich an ihr ganzes Leben wie eine riesige Bibliothek von Videoclips erinnern können.

Woran ich mich erinnere, ist, wie es sich *anfühlte*, drei Stunden am Stück mit Monk Adams zu reden, als wäre man die wichtigste, faszinierendste Person der Welt. Ich erinnere mich daran, wie er den Kopf neigte, wenn er mir zuhörte, an seine hellen Augen, das Grübchen an seinem Kinn. Ich erinnere mich an die Größe seiner Hände, die einen Basketball umfassen oder sich über anderthalb Oktaven auf einer Klaviertastatur erstrecken konnten, und die Narbe auf der rechten Seite seines Kinns, die – wie ich später erfuhr – von einem Lacrosse-Schläger stammte, als er elf war.

Ich erinnere mich, dass ich in dieser Nacht, als ich im Bett lag und mein Herz gegen meine Rippen hämmerte, davon träumte, Monk Adams könnte vielleicht die gleiche Verbindung spüren wie ich. Vielleicht war er die Art von Junge, von der man träumte, der Einhornjunge, der Junge, der unter deine Oberfläche blickte, um die brodelnde Seltsamkeit darunter zu bestaunen.

Vielleicht würde er mit Soccer Sophie mit den Vollblutbeinen Schluss machen und stattdessen mich in sein Herzen lassen.

Paige lässt sich neben mir auf die Sisalmatte zurücksinken und verschränkt die Arme hinter dem Kopf.

»Habe ich dir je von meiner Yale-Freundin erzählt, die ihre Sommer auf Winthrop Island verbringt?«, fragt sie.

»Du meinst Lola? Nur etwa ein Dutzend Mal im Jahr.«

»Wir haben gerade getextet, und du wirst es nie glauben.«

Ich greife nach meinem Strohhut und lege ihn mir übers Gesicht.

»Es stellte sich heraus; das Haus ihrer Familie liegt am selben Strand wie das von Monk«, sagt Paige. »Ist das nicht seltsam?«

»Verpiss dich, Paige.«

»Nur den einen Tag. Nur einen Tag, das ist alles, worum ich bitte. Es wird Spaß machen.«

Ich hebe den Hut und drehe den Kopf zu ihr.

»Verpiss. Dich.«

Lange Rede, kurzer Sinn, ich kauere neben Paige im Beifahrersitz des Fjords und nippe Kaffee aus einer Yeti-Tasse, während wir über die Buzzard's Bay in Richtung Point Judith tuckern. Halb acht Uhr morgens. Die Sonne glüht rosa hinter den östlichen Wolken. Die Kinder machen Krach auf den Sitzen hinter uns. Ein Satzfragment wiederholt sich in meinem Kopf. Das am Ende von *Der große Gatsby*, das jeder kennt, sodass es zu einem dieser traurigen, prätentiösen Klischees geworden ist. Aber es stimmt.

Boote gegen den Strom.

Ich schlucke heißen Kaffee hinunter und starre durch den klebrigen Morgendunst auf das Ufer vor uns zu beiden Seiten.

Boote gegen den Strom, hämmert es in meinem Kopf.

Unablässig zurückgetrieben in die verdammte Vergangenheit.

KAPITEL FÜNF

Hannah

September 1951
Außerhalb von Kairo, Ägypten

Hannah hatte Alistair sechs Jahre zuvor in einem Lager für Vertriebene außerhalb von Wien kennengelernt. Manchmal konnte sie kaum glauben, dass es schon so lange her war, sechs ganze Jahre waren seit Kriegsende vergangen, der Kalender bestand darauf.

Sie hatte etwa drei Wochen in dem Lager gelebt und dort etwas an Gewicht und Farbe zurückgewonnen. Tagsüber kümmerte sie sich um Patienten in der Krankenstation – Hannah selbst schien nie krank zu werden, wahrscheinlich hatte ihr Körper inzwischen schon jeden Keim in Europa abgewehrt – und nachts las sie die Bücher, die das Rote Kreuz ins Lager geschickt hatte, egal in welcher Sprache. Manchmal gelang es ihr, ein paar Stunden wie eine Tote zu schlafen, bevor sie erschrocken aufwachte, mit hämmerndem Herzen, ohne jede Ahnung, wo sie war oder wie sie dorthin gekommen war.

Sie musste sie sich jedes Mal aufs Neue orientieren.

An einem späten Nachmittag Ende September, als die ersten kühlen Winde zwischen den Hügeln pfiffen und es nach Herbst roch, wurde nach einem ungarischen Übersetzer gefragt. Hannah erhob sich von ihrer Pritsche und folgte dem Sanitäter, entlang der Baracken, zu den Offiziersquartieren. Dort versuchten zwei Engländer – einer groß und hager, etwa sechzig Jahre alt, der andere jung und muskulös – einen ungarischen Mann zu befragen, der kürzlich aus den sowjetischen Reihen ins Lager gekommen war. Die Engländer waren vom britischen Außenministerium und wollten etwas über die deutschen Gräueltaten erfahren. Der Ältere schien eine Art Berufsdiplomat zu sein, der Jüngere war Anwalt, der durch Hannah hindurchblickte, als wäre sie Luft. Hannahs Englisch war etwas eingerostet, und sie hatte wenig Erfahrung mit juristischem oder diplomatischem Fachjargon, aber sie kam ganz gut zurecht.

Danach bat sie darum, mit dem Älteren unter vier Augen sprechen zu dürfen.

»Dieser Mann hat gelogen«, erklärte sie ihm. »Er ist gebürtiger Deutscher. Wahrscheinlich Gestapo oder SS. Ich vermute, er hat sich wie ein Feigling unter den Flüchtlingen versteckt, als die Sowjets kamen und die Gefängnisse und Lager befreiten.«

Der Diplomat bot ihr eine Zigarette an und sie rauchten zusammen. Hannah hatte seit Monaten keine echte Zigarette mehr geraucht, und es traf sie wie eine Lokomotive. »Woher wissen Sie, dass er gelogen hat?«, fragte er.

Sie zuckte mit den Schultern. »Ich erkenne einen Deutschen, der Ungarisch spricht.«

Der Mann dachte eine Weile darüber nach. Schweigend beobachtete sie, wie er rauchte. Sein Anzug hing an einem spindeldürren Körper. Er hatte graubraunes Haar, in der Mitte gescheitelt und glatt nach hinten gekämmt wie ein Mann aus einem früheren Jahrzehnt. Das ließ sein langes Gesicht noch schmaler erscheinen. Seine Wangen waren eingefallen, seine Haut dünn und blass. Nur seine Augen bewahrten ihn davor, hässlich zu sein. Sie waren von einem hellen, eisigen Blau, das einen durchbohrte. Als er die Zigarette aufgeraucht hatte, bot er Hannah ein Glas Scotch an, das sie ebenfalls annahm, sowie einen festen Job als seine Übersetzerin.

Wie sich herausstellte, hatte Hannah mit dem Gefangenen recht gehabt. Er wurde wegen Kriegsverbrechen verhaftet und in Nürnberg angeklagt, und Alistair Ainsworth erhielt für seine scharfsinnige Einschätzung der Situation und geschickte Handhabung der gesamten Angelegenheit eine Belobigung von Churchill persönlich.

Am Ende der Prozesse bat Alistair Hannah, ihn zu heiraten.

All dies erklärte sie Lucien, während sie in seinem klapprigen Fiat westlich aus Kairo herausfuhren, die Fenster offen wegen des heißen Windes.

Er reichte ihr seine Zigarette, die sie sich teilten. »Hast du ihn geliebt?«

Sie zog an der Zigarette und gab sie ihm zurück. »Ich empfand so viel für ihn, wie ich damals überhaupt für jemanden empfinden konnte.«

»Also gar nichts.«

»Nein, ich liebte ihn nicht. Aber das heißt nicht, dass ich ihn nicht mochte. Ich respektierte seinen Intellekt, seine Integrität. Ich dachte, ich könnte lernen, ihn zu lieben, sobald mein Herz wieder auftaute. Und ich hoffte, er würde mich aus Europa wegbringen.«

»Und er hatte Geld.«

»Ihr Männer«, sagte sie. »Ihr seid so schnell dabei, eine Frau zu verurteilen, die wegen des Geldes heiratet. Aber Männer verhalten sich genauso. Nur zählt für sie eine andere Art von Kapital, das ist alles.«

»Ich wusste nicht, dass es eine andere Art *gibt.*«

»Schönheit.« Sie nahm die Zigarette zurück. »Männer überschlagen sich für eine schöne Frau, Frauen überschlagen sich für einen reichen Mann. Wer ist also gieriger? Zumindest ist Geld nützlich. Und es verblasst nicht mit der Zeit.«

Er lachte. »Dem kann ich nichts entgegensetzen.«

Hannah stützte ihren Ellbogen auf die Tür und wartete auf seine Frage, was sie in das Lager für Vertriebene in Österreich gebracht hatte.

Was sie gehabt hatte, bevor sie nichts hatte.

Lucien drückte die Zigarette im überfüllten Aschenbecher aus und zündete eine neue an, während er das Auto mit den Knien steuerte. Nachdem er seine Lungen mit frischem Rauch gefüllt hatte, erkundigte er sich nach der Seereise, die sie von England nach Ägypten gebracht hatte.

Lucien parkte das Auto in der Nähe einer Ansammlung von Souvenirverkäufern und Fremdenführern, und warf einem kleinen Jungen einige Münzen zu, der das Geld in sein zerlumptes Hemd steckte und dann seine Stirn berührte. Er nahm Hannahs Hand fest in seine und führte sie durch die Menge. Hannah konnte inzwischen ein wenig Arabisch, aber nicht genug, um das Geplapper um sie herum zu verstehen, und es war eine

Erleichterung, als sie endlich in die offene Wüste traten. Alles war flach bis auf die Pyramiden, die sich über dem braunen Sand erhoben, und die Sphinx, die nach Osten zum Nil blickte.

Hannah löste ihre Hand. »Ich will auf keinem verdammten Kamel reiten.«

»Wir werden auf keinen Kamelen reiten, glaub mir.«

Der Weite um sie herum erstreckte sich eintönig. Ein gelblicher Dunst überzog den Horizont und die heiße weiße Sonne über ihnen. Lucien machte lange Schritte, anmutig wie eine Antilope. Hannah hüpfte an seiner Seite, um mitzuhalten. Sie umrundeten den Sphinx-Tempel und näherten sich dem Ungeheuer von Süden. Hannah hielt den Rand ihres Hutes fest, als sie zum Kopf hochblickte.

»Ich nehme an, du hast schon hundertmal hier gestanden«, sagte sie zu Lucien.

»Jedes Mal ist wie das erste Mal.«

Sie drehte den Kopf. Er schaute nicht die Sphinx an, sondern sie. Unter der Krempe seines Hutes waren seine Augen von einem dunklen Waldgrün. Sie trat zurück, um die ausgestreckten Steinpfoten zu betrachten, sie reichten hoch bis an ihren Kopf.

»Wurdest du in Kairo geboren?«, fragte sie.

»Nein, ich wurde in Alexandria geboren. Die Familie meiner Mutter lebt noch dort.«

»Lillian sagte, du seist Schweizer.«

»Lillian?«

»Lillian Beverley.«

»Mein Vater ist Schweizer. *War* Schweizer, sollte ich sagen. Er starb vor einiger Zeit.« Er hielt inne, um eine Hand auf den rauen Steinarm der Sphinx zu legen. »Sie haben nie geheiratet. Er hatte eine Frau in Genf.«

»Wie modern.«

»Modern? Ich würde sagen, diese Art von Arrangement ist so alt wie die Zivilisation. Aber er hat gut für uns gesorgt. Ich ging auf die amerikanische Schule in Alexandria. Dann aufs Internat in der Schweiz. Ein Jahr Universität in Frankreich, dann begann der Krieg.«

»Dein Englisch und Französisch sind tadellos.«

»Deins auch.«

»Mein Vater war Professor und meine Mutter Engländerin.« sagte sie.

Er nahm ihr rechtes Handgelenk. »Komm schon, berühre es.«

»Ich wage es nicht.«

»Letztendlich ist es nur Stein. Eines Tages wird es zu Staub zerfallen sein, wie wir.«

Hannah ließ es zu, dass Lucien ihre Handfläche auf die Seite der Pfote legte. Er zog seine Hand weg und sie schloss die Augen.

»Was siehst du?«, fragte er.

»Ich weiß nicht. Viertausend Jahre. Winter, Sommer ohne Ende, immer und immer wieder. Ein Mann, der dies unter der Sonne meißelt. Braune Haut und Schweiß.«

»Ich frage mich, wie er gestorben ist.«

»Du denkst, er ist tot? Aber er ist doch im Stein. Spürst du ihn nicht? Wie er sich durch seine Werkzeuge direkt in das Mineral ergießt, für immer.« Sie schlug mit der Hand auf den Block. »Bis er zu Staub wird. Selbst dann noch.«

»Er war etwa fünfundzwanzig, würde ich schätzen«, sinnierte Lucien. »Er verbrachte sein ganzes Leben hier. Vor ihm war schon sein Vater Steinmetz.«

»Was ist mit seiner Mutter?«

»Wäre es abwegig sich vorzustellen, dass sie in der Wäscherei arbeitete?« Er nickte zur Seite. »Es gab hier ein ganzes Dorf. Eine ganze Stadt von Menschen, die für nichts anderes lebten, als diese Gräber zu bauen.«

»Du scheinst eine Menge darüber zu wissen.«

Seine Hand entfernte sich. »Als ich ein Junge war, wollte ich diese Dinge studieren. Sie aus dem Sand ausgraben.«

»Ein Archäologe?«

»Ja. Aber mein Vater starb, und meine Mutter bestand darauf, dass ich etwas Praktisches studierte, wie Jura. Also blieb der Traum, wo er war – in meinem Kopf. Komm.« Er nahm ihre Hand und zog sie westwärts, zur Rückseite des Ungeheuers. Vermutlich hätte Hannah Scham oder Angst fühlen sollen, weil sie hier im heißen, dreisten Tageslicht Hand in Hand mit einem Mann herumspazierte, der nicht ihr Ehemann war. Aber niemand schenkte ihnen einen zweiten Blick, noch nicht mal einen ersten. Für den Rest der Welt waren Hannah und Lucien nur ein weiteres Paar, das die Pyramiden besichtigte, wahrscheinlich auf ägyptischen Flitterwochen.

Sie umrundeten die Ecke am Hinterteil des Ungeheuers. Zu Hannahs Überraschung war niemand in der Nähe. Lucien drehte sich um und zog sie an sich. Sie küssten sich schweigend. Hannah lehnte sich gegen den Stein. Lucien stützte seine Unterarme zu beiden Seiten ihres Gesichts ab und bewegte seinen weichen Mund auf ihrem. Wie süß er schmeckte, wie Kindheit. Brust und Bauch waren eng an ihn geschmiegt. Kein Zentimeter von ihr blieb unberührt. Sie war umhüllt, durchdrungen; alles andere wurde ausgelöscht. Es gab nichts auf der Welt außer einem Körper, einem Paar Hüften, an die sie ihre eigenen presste. Lucien hob seine Lippen ein wenig und streichelte ihr Haar, seufzte gegen ihren Mund.

»Sieh' mich an«, bat er.

Sie öffnete ihre Augen.

Die Sonne stach hoch von Westen herab. Ihr Schweiß verschmolz und sie starrten sich an. Sie dachte, sie würde fallen. Aus einem Traum erwachen. Wo war sie? Die warmen, weichen Augen, die auf ihr ruhten.

János, dachte sie.

Der Name stieg von ihrem Inneren auf und brannte in ihrer Kehle. Mein Gott, woher war er gekommen? Jahrelang hatte sie das Wort nicht ausgesprochen, nicht einmal die fünf Buchstaben in ihrem Kopf zusammengebracht.

Ihre Augen schmerzten; ihre Brust schmerzte. Sie konnte sich nicht bewegen. Rauer Stein in ihrem Rücken. *Pyramiden*, dachte sie. *Du bist in Ägypten. Du bist verheiratet. Verheiratet mit einem Engländer.*

János ist weg.

Lucien Beck berührte die Kerbe über ihren Lippen mit seinem Daumen.

»Was ist passiert?«, fragte er.

Hannah schob ihn weg. »Nichts. Lass uns weitergehen.«

Sie liefen den Weg entlang zur nördlichen Pyramide und kletterten die Steine hinauf, bis alle Monumente unter ihnen zu sehen waren – perfekt im Sand angeordnet. Lucien zog sie hoch, damit sie sich auf einem Block setzen konnte, und stützte sich neben ihr ab. Aus seinem Rucksack nahm er eine Feldflasche und teilte das Wasser mit ihr, dann zündete er eine Zigarette an, die sie hin- und herreichten. Sonne überflutete sie. Hannah hob ihren Arm und zeigte auf die drei kleinen Pyramiden am Fuß derjenigen, auf der sie saßen.

»Welche Bedeutung haben diese?«, fragte sie.

»Niemand weiß es mit Sicherheit. Aber siehst du diese dort? Neben der letzten Pyramide?« Er zeigte nach Süden. »Das sind die Gräber der Königinnen des Pharaos. Die seiner Mutter, seiner Schwester und seiner Frau.«

»Woher weiß man das?«

»Die Hieroglyphen, natürlich.«

»Kannst du sie lesen?«

»Ein bisschen. Ich bin aber kein Experte.«

Sie fand seine Hand und umschloss seine Finger mit ihren. »Würdest du deiner Frau eine Pyramide bauen, nachdem sie gestorben ist?«

»Ich habe keine Frau.«

»Deiner Geliebten dann.«

»Nun ja, ich nehme an, ich würde ihr einen Thron neben der Sonne errichten.«

»Oh, du bist ein Poet.«

Er lachte. »Ich? Ganz und gar nicht. Das ist aus einer Oper. *Aida*, kennst du sie? *Ergerti un trono vicino al sol …* Radames, der ägyptische Krieger. Heimlich verliebt in die Dienerin der Tochter des Pharaos.« Er hob ihre Hand und untersuchte die Knöchel. »Wusstest du, dass diese Oper bei Verdi in Auftrag gegeben wurde, um die Eröffnung des Suezkanals zu feiern?«

»Ich muss gestehen, ich mag keine Oper.«

»Nein?«

»Sie ist so sentimental. Ihr einen Thron neben der Sonne bauen? Wie dumm.«

Lucien ließ ihre Hand los und lehnte sich auf seine Handflächen zurück. Er trug einen Fedora aus hellem, feinem Stroh, und die Sonne zeichnete eine diagonale Linie über seine Wange. Er schien sie zu studieren, obwohl sie seinen Blick nicht erwiderte. Sie starrte über den Sand hinweg zu den drei kleinen Pyramiden.

»Aber wie seltsam, dass die Ägypter eine italienische Oper für ihren Kanal in Auftrag gaben«, grübelte sie.

Lucien antwortete pflichtbewusst. »Nun, Suez war ja nie wirklich Ägyptens Kanal. Die Franzosen hatten die Idee, das Geld kam von woanders her. Daraufhin kauften die Briten unseren Anteil, als Ägypten durch all diese Modernisierungsprojekte bankrott ging: Kanäle, Straßen, Opernhäuser. Nein, dieser Auftrag erwies sich als allzu passend. Ägypten für die Europäer.« Er griff nach der Krempe ihres Hutes und zupfte ein Insekt ab. »Trotzdem ist es eine wunderschöne Oper.«

Hannah stand auf. Für einen Moment wurde ihr schwindelig von der Höhe. Lucien griff nach ihren Arm.

»Ruhig«, murmelte er.

»Genug davon«, sagte sie zu ihm. »Ich möchte die Königinnen sehen.«

Jede war etwa zwanzig Meter hoch, aus denselben schweren Blöcken wie die riesigen Pyramiden gefertigt. Hannah streckte die Hand aus, um mit den Fingern über den Stein zu streichen.

»Nur für sich genommen wären sie kolossal«, stellte sie fest. »Sie wären wundersam.«

»Ich nehme an, man könnte sie aus dem Schatten des Pharaos herausbewegen.«

Sie ließ ihre Hand sinken. »Nein, das könnte man nicht. Das ist das Problem. Sie sind für die Ewigkeit hier fixiert, wie er es beabsichtigt hat.«

Der Sand hatte begonnen, sich in der heißen Nachmittagsbrise zu regen. Ein staubiger Dunst überzog den Horizont. Die Sonne sank jetzt; sie hatten den Tag zusammen verbracht. Lucien berührte ihre Schulter. Sie drehte sich um und lehnte sich gegen den rauen Steinblock. Er legte eine Hand neben ihr Gesicht und beugte sich vor, um sie zu küssen. Kurze, sanfte Küsse.

»Das ist ziemlich dumm«, sagte sie. »Wir sollten zurückgehen.«

Lucien hob den Kopf und sah ernst aus. »Jetzt sofort?«

»Bevor wir etwas noch Dümmeres tun.«

»Das ist nicht dumm, Hannah. Das ist richtig.« Er griff nach ihrer Hand am Stein und zog sie an seine Brust. »Du bist hier, weil du erkennst, wie richtig es ist.«

»Dann verstehst du mich überhaupt nicht.«

»Ich verstehe dich besser, als du denkst. Ich weiß, wie sehr du leidest.«

Hannah zog ihre Hand weg. »Jeder leidet unter irgendetwas.«

»Du verdienst jemanden, der dich anbetet.« Er lehnte sich vor und legte seine Hände zu beiden Seiten ihres Kopfes. »Jemanden, der dich an das Glück der Liebe erinnert.«

»Du meinst Ehebruch.«

»Wenn eine Frau mit einem Mann wie deinem verheiratet ist –«

»Ich habe mich entschieden, Alistair zu heiraten. Ich kannte den Handel, den ich einging.«

»Liebe ist kein Handel, Hannah.«

»Natürlich ist sie das. Jeder Austausch zwischen Menschen ist in irgendeiner Form ein Handel. Ob tatsächlicher oder moralischer Wert, es läuft auf dasselbe hinaus. Man einigt sich auf seinen Preis und vollzieht die Transaktion.«

»Dann hast du dich viel zu billig verkauft. Dein Wert ist hundertmal größer als seiner. Tausendmal.«

»Mein Gott, hör dir zu. Du und deine hübschen Worte.«

»Aber ich meine sie ernst.«

»Nein, tust du nicht. Du sagst diese Dinge, um mich ins Bett zu bekommen, das ist alles. Du zahlst den nötigen Preis, um ihn in die Tasche meines Gewissens zu stecken, damit wir zu angenehmeren Dingen übergehen können.«

»Würdest du es vorziehen, wenn ich gar nichts sagte?«

»Ehrlich gesagt, es ist mir völlig egal.«

Er flüsterte in ihr Ohr. »Warst du schon einmal im Mena House, Hannah?«

»Nein.«

»Aber du hast davon gehört, ja? Direkt am Rand der Gizeh-Ebene. Man kann es von hier aus sehen. Schau.«

Sie drehte den Kopf in die Richtung, die er meinte. Ein Fleck Grün, einige weiße Gebäude wie Zuckerwürfel.

Panik überkam sie.

Mein Gott, was tat sie hier? Was hatte sie getan? Ein Geräusch kam aus ihrer Brust, ein ersticktes Schluchzen. Sie rang nach Luft.

»Hannah –«, begann er, und dann: »Du zitterst, Liebling. Was ist los?«

Erneut griff er nach ihrer Taille, um sie zurückzuziehen. *Liebling*, dachte sie.

Sie riss sich los und stolperte um die Ecke der Pyramide, wo die Sonne ein grelles weißes Loch in den Himmel brannte. Sie merkte, dass sie weinte, ihr Tränen über die Wangen liefen und von ihrem Kinn tropften. Sie streckte eine Hand aus und brach zusammen. Hier an der Seite dieser Pyramide, erbaut zum Lob einer treuen Ehefrau, gebaut für die Ewigkeit.

Hannah hatte eine Liste vernünftiger Gründe gehabt, Alistair zu heiraten, aber sie hatte nie wirklich verstanden, warum *er* sie geheiratet hatte. Er hatte einundsechzig Jahre ohne Ehefrau gelebt – warum jetzt? Sie hatte nichts in die Ehe einzubringen gehabt – keinen Namen, kein Geld, nur sich selbst.

Aber da er ihr keine Fragen gestellt hatte, erwiderte sie ihm den Gefallen.

Der anglikanische Kaplan eines Regiments der Militärpolizei hatte sie nach einer zweitägigen Verlobungszeit getraut – lang genug für Hannah, um aus alter Fallschirmseide ein bescheidenes Hochzeitskleid zu nähen. Alistairs Kollegen bescherten ihnen ein rauschendes Hochzeitsfest im Restaurant eines Hotels in Nürnberg aus. Nachdem sie und Alistair die Feierlickeiten unter einem Konfettiregen, gerissen aus alten Gerichtsakten, weil kein Reis zu bekommen war, verlassen hatten, gingen die Feierlichkeiten noch eine Weile ohne sie weiter. Die ganze Nacht hörte Hannah sie unten, wie sie auf Braut und Bräutigam anstießen – lange nachdem der Bräutigam selbst fest eingeschlafen war.

Man hätte meinen können, sie die Hochzeitsnacht hätte sie nervös gemacht, aber sie hatte kaum einen Gedanken daran verschwendet. Sie verstand ihren Körper schon längst nicht mehr als Wunder oder Quelle der Freude. Sie hatte ihre alten Vorstellungen von Sex als heiliges Mysterium, als Liebesakt, in einen tiefen Brunnen versenkt. Wäre es anders gewesen, so hätte sie gelitten unter dem, was als Nächstes kam. Ihr Körper war nur eine Hülle aus Knochen und Haut, Sex nur ein Akt, der an einem vollzogen wurde. Die Seele existierte getrennt von all dem, wo sie sicher und unberührt blieb.

Nicht dass sie erwartet hätte, Alistair wäre nun leidenschaftlich und zärtlich, nur weil sie verheiratet waren. Tatsächlich blieb er förmlich, sogar schüchtern, was sowohl rührend als auch seltsam schien – war nicht Alistair derjenige gewesen, der den Heiratsantrag gemacht hatte? Man hätte meinen können, er hegte ein mächtiges sexuelles Verlangen nach ihr.

Aber während er in einem Nürnberger Gerichtssaal oder einer Gefängniszelle durchaus bestimmend war und sicherlich schon mit Frauen geschlafen hatte, war er noch nie mit einer rechtmäßig angetrauten Ehefrau ins Bett gegangen. Aus irgendeinem Grund brachte ihn das aus der Fassung. Er hatte sie zum Baden geschickt, während er die Glückwunschtelegramme beantwortete – seine Schwester zu Hause in England war gelinde gesagt schockiert. Und als Hannah in einem Bademantel hereinkam, frisch und rosig, war er einfach rasch an ihr vorbeigelaufen, um sich selbst zu waschen.

Da sie nicht wusste, was sie sonst tun sollte, hatte Hannah den Bademantel ausgezogen und sich ins Bett gelegt.

Einige Zeit später war er nachgekommen, hatte das Licht ausgeschaltet und war neben ihr ins Bett geklettert. Sie hörte ihn neben sich schwer atmen. Gerade als sie sich fragte, ob sie ihn jetzt vielleicht küssen sollte, drehte er sich auf die Seite und griff nach ihr. Sein feuchter Mund bedeckte ihren, während seine Hände ihre Brüste wie Teigbälle kneteten. Er sprach kein Wort. Nach ein oder zwei Minuten griff sie nach unten, um ihn zu erregen. Er stöhnte bei ihrer Berührung und begann zu murmeln. *Oh Gott, oh Gott, das ist es, da haben wir's, oh Gott, fester, fester, da haben wir's.* Sie war sich nicht sicher, ob er sie anwies oder sich selbst beglückwünschte. Vielleicht beides. Je fester sie streichelte, desto härter wurde er. Schließlich brachte er sich ächzend in Position. Er war kräftiger, als sie erwartet hatte. Er stieß in mächtigen, fast krampfhaften Bewegungen zu und entschuldigte sich dabei. *Gleich fertig, Liebling*, keuchte er. *Tut mir leid, tut mir leid, fast da.* Sie spürte, wie er sich dem Höhepunkt näherte, härter und schneller, mit eiserner Entschlossenheit – *Fast, fast, verdammt noch mal, tut mir leid, halt durch, halt durch, verdammt, fast geschafft, tut mir leid, fast geschafft.* Es gab eine Art Rhythmus darin, wurde ihr klar, wie das Keuchen eines Zuges, der Fahrt aufnahm. Sie umklammerte seine mageren Pobacken, um ihn zu ermutigen. Schließlich gab es ein triumphierendes Gebrüll, das von den Wänden widerhallte – *Scheiße, scheiße, SCHEISSE!* Er bog den Rücken durch und wurde steif wie eine Leiche, dann fiel er auf ihre Brust und entschuldigte sich für den unziemlichen Ausbruch.

Die *Hitze des Moments*, hatte er gekeucht. *Hab' mich vergessen.*

Schon gut, Liebling, hatte sie gesagt und ihm den Rücken getätschelt.

Gut, gut, hatte er gemurmelt. *Braves Mädchen.*

Dann war er weggerollt und eingeschlafen.

Als Hannah im Morgengrauen aufgewacht war, lag ihr neuer Ehemann in genau derselben Position neben ihr, wie in einem Sarg, vollkommen weiß bis auf die rosa Nasenspitze, und sein Schnarchen klang wie ein tiefes Grollen.

Sie erinnerte sich, wie sie unter der Decke hervorgekrochen war, sich eine Zigarette angezündet hatte, um sie dann langsam zu rauchen, nackt und ungewaschen. Sie sah aus dem Fenster, starrte auf die fernen Berge und sagte zu sich selbst: *Ich frage mich, ob ich ein weiteres Baby bekommen werde.*

Jetzt war ihre Gleichgültigkeit verschwunden. Ihr Körper war keine Hülle mehr aus Knochen und Haut. Ihr Körper wollte wieder leben, wollte schmelzen, wollte lieben.

Luciens Arme legten sich um sie.

»Hannah, es tut mir leid«, sagte er. »Weine nicht.«

Sie schüttelte den Kopf. Was sonst konnte sie tun? Sie konnte nicht sprechen. Um zu sprechen, musste man etwas Hoffnung hegen, und sie hatte keine. Entweder existierte sie weiter wie eine steinerne Pyramide, ein Monument der Treue, oder sie kehrte in Todsünde ins Leben zurück.

Irgendwie saßen sie auf dem Boden. Sie weinte in sein Hemd. Er streichelte ihr Haar.

»Ich fahre dich zurück nach Kairo«, flüsterte Lucien. »Alles wird gut.«

KAPITEL SECHS

Mallory

Mai 2008
Winthrop Island, New York

Ich betrat Winthrop Island zum ersten Mal, als ich von der Mittagsfähre aus New London ausstieg. Es war der Donnerstag vor dem Memorial-Day-Wochenende und Monk Adams' Stiefmutter sollte mich am Dock abholen. Ich stand eine geschlagene halbe Stunde allein im Nieselregen, bevor ein Oldtimer-Jeep Wagoneer mit Holzverkleidung um die Ecke raste und ruckartig vor mir zum Stehen kam. Monk Adams sprang aus dem Fahrersitz und schüttelte den Regen aus seinen Haaren. »Es tut mir so leid, Pinks«, sagte er. (Er hatte mir diesen Spitznamen gegeben, Pinkie Pie war eines der My Little Ponies.) »Becca geht es nicht gut.«

Ich erinnere mich, dass er einen Monk-untypischen Ton anschlug, eine Formulierung wie bei einem Damenfrühstück. Ich schwang mich auf die abgenutzte burgunderrote Lederbank und schnallte mich an, während Monk meine Reisetaschen nach hinten warf. »Nicht gut?«, wiederholte ich. »Was bedeutet das?«

Monk legte den Gang ein und zwinkerte mir zu. »Das bedeutet, man ist nicht in einem Zustand, in dem man fahren sollte«, erklärte er.

Das war der erste Eintrag in meinem Winthrop-Wörterbuch in diesen Sommer. »Nicht gut« bedeutet, man ist entweder betrunken oder verkatert. Ich habe nie herausgefunden, wie sie es nennen, wenn man tatsächlich krank ist.

Monk hat mir den Job besorgt. Ich meine, offensichtlich. Es war unser Juniorjahr am College und er hatte mich Ende März aus seinem Zimmer im Wohnheim in Colby angerufen, wo sie gerade mitten im sogenannten »falschen Frühling« steckten. (Er erklärte mir, der falsche Frühling sei so eine Sache in Maine; der erste Anflug milden Wetters, der Schnee schmilzt und alle haben plötzlich Frühlingsgefühle, die aber abrupt enden, sobald der unvermeidliche Blizzard am ersten April alles zunichte macht.) Er fragte, wie es mir ginge, wie es meinem Freund gehe (»Oh, wie immer«, antwortete ich), ob ich schon einen Job für den Sommer in Aussicht hätte. Ich sagte noch nicht, ein paar Praktika stünden noch aus. Er sagte: »Sag einfach, wenn das seltsam klingt, aber mein Vater und meine Stiefmutter suchen ein Kindermädchen für den Sommer in ihrem Haus auf Winthrop Island. Sie stellen gerne College-Mädchen ein und das Kindermädchen vom letzten Jahr hat einen anderen Job angenommen.« Ob ich interessiert sei?

Ich sagte klar und fragte, wie viel sie zahlen.

Er sagte, gute Frage, er könne uns zusammenbringen, um all das zu besprechen. Er meinte: »Es ist ein cooler Job, anständige Arbeitszeiten, ein schönes Gästezimmer mit eigenem Bad, nur wenige Meter vom Strand entfernt. Außerdem bin ich gleich nebenan im Haus meiner Mutter, falls du Hilfe brauchst.«

Die Art, wie er diese letzten Worte so betont beiläufig anhängte, löste einen kribbelnden Schauer aus, der im Rücken begann und sich bis in meine Finger- und Zehenspitzen und überall dazwischen ausbreitete. In diesem Moment, als ich da in einem Dopamin-Rausch auf dem billigen Kokonsessel in meinem Wohnheimzimmer versank, gab es überhaupt keine Möglichkeit, diesen Job als Kindermädchen für Monk Adams' Vater und Stiefmutter nicht anzunehmen. Noch dazu direkt neben Monk Adams, und das den ganzen Sommer lang.

Obwohl ich zu der Zeit einen ziemlich festen Freund hatte.

Ich fragte (mit genau derselben Beiläufigkeit), warum ich seine Hilfe brauchen sollte.

Ich erinnere mich an dieses unbeholfene Kichern, das er von sich gab und fast verlegen klang. »Ich schätze, Chippy und Blue können manchmal etwas anstrengend sein«, grinste er. »Und meine Stiefmutter ist …«

»Ist?«

»Ziemlich abgefahren«, sagte er. »Aber mach dir keine Sorgen. Ich arbeite den ganzen Sommer als Caddie im Club. Ich passe auf dich auf.«

Der Wagoneer setzte sich in Bewegung. Die Scheibenwischer waren alt und hinterließen Streifen; die feuchte Luft sammelte sich in Nebelflecken auf der Scheibe. Ich konnte den Hafen nicht sehr gut erkennen, bekam nur einen Eindruck von zwei oder drei schäbigen Schaufenstern und einer Feuerwache – nicht gerade die noble Enklave, die ich mir vorgestellt hatte. Monk hatte das Fahrerfenster heruntergekurbelt – Klimaanlagen waren laut Winthrop-Kodex für etwas für Verschwender und Weicheier. Sein linker Ellbogen ruhte auf der Kante. Ich war vor Aufregung, Monk wiederzusehen, ziemlich durcheinander. Er schien gleichzeitig breiter und schlanker geworden zu sein. Seine rechte Hand ruhte auf dem Lenkrad bei zwölf Uhr, kräftiger als ich mich erinnerte, die Knöchel aufgesprungen, als hätte er mit seinen Händen gearbeitet. Er warf mir einen Blick zu, lächelte kurz und lenkte den Wagoneer einen steilen Hügel hinauf. Der Motor brummte aus seiner schmutzigen Kehle.

Monk klopfte auf das Armaturenbrett. »Biest.«

»Der Klassiker. Wie alt ist er?«

»Alt. Achtziger, glaube ich? Er ist unser Sommerwagen, solange ich denken kann. Wir nennen ihn Bessie.« Er lächelte mich wieder an. »Es ist schön, dich zu sehen, Pinks. Wie lange ist es her?«

»Diese Kneipentour in Provincetown, schätze ich. In den Winterferien vor eineinhalb Jahren.«

»Richtig. Das war lustig. Die alte Nobles-Clique. Gutes Treffen. Wir sollten wieder eins planen.«

»Sollten wir.«

Ich erwähnte nicht, dass die alte Nobles-Clique seine Clique gewesen war, nicht unsere. Dass Monk derjenige war, der mich aus heiterem Himmel anrief (es gab Zeiten, in denen ich dachte, Monk würde nur aus heiterem Himmel anrufen) und sagte: »Hey, ein paar von uns treffen sich am Tag nach Weihnachten in Provincetown. Eine kleine Kneipentour.« Ob ich mitkommen wolle? Ich sagte ja. Klar. Seine Freunde behandelten mich mit der üblichen freundlichen Toleranz, fragten mich, wie es an der RISD lief. Sie alle quälten sich durch Wirtschafts- und Finanzkurse an der Ivy League oder verschiedenen Kunsthochschulen im Nordosten. Ich war das Künstler-Maskottchen, damit sie auf mich zeigen und sagen konnten: »Seht ihr? Wir sind nicht alle angehende Investmentbanker und Anwälte und Tech-Bros!« Jedenfalls waren ihre Gesprächsbemühungen nach der ersten Station der Tour erschöpft, also blieb nur noch Monk übrig und wir endeten in einer Ecknische im Black Sheep (Monk saß mir gegenüber mit den Beinen auf dem Sitz neben mir, ich kreierte abstrakte Kunst mit leeren Splenda-Päckchen), bis die anderen längst gegangen waren und die Bar schloss. Es war sicher innerhalb der Grenzen der Freundschaftszone, ihn einzuladen, auf dem Sofa bei meiner Mutter zu übernachten. Zu meiner Überraschung hellte sich sein Gesicht auf. »Ernsthaft?«, sagte er. »Wäre das okay?«

Ich bejahte: »Klar, die Unterkunft ist nicht luxuriös, aber es ist besser als betrunken den ganzen Weg zurück nach Boston zu fahren, oder?«

Er grinste und sagte, das klinge verdammt viel besser. Die fünf Meilen zu meiner Mutter fuhr er im Großvatertempo. Ich gab ihm ein Kissen und ein paar Decken (Mom stellte den Thermostat nachts immer auf Pleistozän) und eine Ersatzzahnbürste. Er bedankte sich. Wir starrten uns eine Sekunde an, bevor ich mich umdrehte und ins Bett flüchtete.

Ich erinnere mich, dass ich in dieser Nacht nicht schlafen konnte, weil ich wusste, Monk Adams lag nur wenige Meter von mir entfernt auf einem Sofa, auf der anderen Seite einer papierdünnen Wand. *Ich könnte aufstehen*, dachte ich. *Was würde passieren, wenn ich aufstünde?*

Als Nächstes erwachte ich von einem Schrei. Meine Mutter war auf dem Weg zur Kaffeemaschine durchs Wohnzimmer getappt.

Nachdem ich mir einen Bademantel übergeworfen hatte und hinausgestürzt war, um alles zu erklären, hatte Monk sie bereits für sich gewonnen. Sie unterhielten sich in der Küche. Mom braute extra Kaffee, extra stark, und holte Speck und Eier aus dem Kühlschrank. Monk rührte die Eier und spülte ab. Nach dem Frühstück verabschiedete er sich, gab mir einen beiläufigen Abschiedskuss auf die Lippen, und eine Zeitlang telefonierten wir danach regelmäßig, tauschten Nachrichten aus und versprachen uns ein Wiedersehen in den nächsten Ferien.

Bis wir es nicht mehr taten. Bis die Lücken zwischen Anrufen und Nachrichten sich ins Unendliche ausdehnten.

Um das Monk-große Loch in meinem Leben zu füllen, begann ich, mit Dillon auszugehen. Dillon war ein Senior an der University of Rhode Island und studierte etwas, dass sich Managementwissenschaften nannte. Attraktiv, witzig und anständig im Bett. Er konnte eine Unterhaltung führen, antwortete prompt auf Nachrichten. Häkchen, Häkchen, Häkchen. Eine Weile funktionierte es großartig.

Dann rief Monk Adams mich mitten im falschen Frühling in Maine an, um zu fragen, ob ich den Sommer damit verbringen wollte, mich um seinen Bruder und seine Schwester auf Winthrop Island zu kümmern.

Und ich sagte zu.

»Also erkläre mir das mit deiner Familie«, bat ich Monk.

»Ich meine, du kennst ja bereits die groben Züge. Meine Eltern ließen sich scheiden, als ich zehn war. Er heiratete Becca direkt nachdem die Papiere durch waren, also kannst du dir den Rest denken. Die Zwillinge wurden ein Jahr danach geboren.«

»Wie ist sie so? Deine Stiefmutter.«

Er kniff die Augen zusammen und blickte durch die Windschutzscheibe und die Streifen, die die Scheibenwischer hinterlassen hatten. Das Grinsen verblasste um ein oder zwei Stufen. »Also, ich will dich nicht anlügen, Pinks. Sie ist ziemlich schwierig.«

»Schwierig wie? Und warum hast du das nicht vorher erwähnt?«

»Ich habe es angedeutet. Um fair zu sein. Aber die Wahrheit ist, ich wollte dich nicht abschrecken.«

»Oh, Verschleierung. Nett.«

Das Grinsen kehrte zurück. »Siehst du, das ist es, was ich an dir liebe, Pinko. Niemand sonst, den ich kenne, streut Wörter wie ›Verschleierung‹ in Alltagsgespräche ein.«

»Kannst du einfach beim Thema bleiben? Böse Stiefmutter?«

»Sie ist nicht böse, Pinks. Sie ist wie alle anderen, hat Dinge, mit denen sie fertig werden muss. Sie geht nur nicht immer auf die gesündeste Art damit um. Sie wird … du weißt schon, schwierig. Besonders im Umgang mit Mädels wie dir, jünger und hübscher. Aber wie gesagt, mach dir keine Sorgen. Ich bin buchstäblich hundert Meter entfernt. Ich passe auf dich auf. Team Mallory, die ganze Zeit.«

Das Wort »hübscher« hatte mich aus der Fassung gebracht. Ich krächzte:

»Versprichst du es?«

Monk streckte seine Hand aus, den kleinen Finger gekrümmt. »Kleiner-Finger-Schwur.«

Wir hakten unsere kleinen Finger ein. (Unser altes Ding, wegen meines Spitznamens. Dumm, ich weiß. Aber es war unseres.)

»Jedenfalls, meinen Vater wirst du mögen«, fuhr Monk fort. »Das tun alle. Kunst ist sein Ding. Er sitzt in ein paar Vorständen und so. So hat er Becca kennengelernt. Ihre Familie besitzt diese große Kunststiftung. Du solltest ihm deine Arbeiten zeigen.«

»Ich werde deinem Vater nicht meine Kunstwerke zeigen, Monk. Das wäre ... seltsam. Und aufdringlich.«

»Er würde es lieben. Er lebt total in der Szene. Hat gerade diesen Tick, die Arbeit von Künstlerinnen zu fördern. Wegen, du weißt schon, dem Patriarchat. Eigentlich, jetzt wo ich darüber nachdenke, sind meine Künste die einzigen, die er nicht fördert.«

Monk sagte es wie einen Witz, aber ich wusste es besser.

»Benimmt er sich immer noch wie ein Arsch deswegen?«

Monk zuckte mit den Schultern. »Du weißt, wie es ist. Angeben.« Er wollte, dass ich diesen Sommer in New York ein Praktikum mit den anderen Sprösslingen mache.«

»Ich weiß nicht, was schlimmer ist, ein Bankpraktikum oder mit den Sprösslingen abzuhängen.«

»Na ja, außer *diesem* hier. Stimmt's?«

»Du bist die Ausnahme von jeder Regel, Monkfish.«

Er hob die Hand für einen Fistbump. »Bin aber hart geblieben, Pinks. Du wärst stolz auf mich gewesen. Hab ihm gesagt, nö, ich verbringe den Sommer auf der Insel und arbeite an meiner Musik. Er meinte, das sei Schwachsinn, ich bräuchte einen richtigen Job. Also erwiderte ich, okay, dann werde ich Caddy im Club.«

»War er sauer?«

Seine Stimme wurde tiefer. »Caddying ist für die Stipendiaten, Sohn. Du brauchst keinen Einstieg in diese Welt. Du bist schon drin.«

»Na, scheiß auf ihn.«

»Scheiß auf ihn«, echote Monk.

Die Straße wurde flacher. Bessies uraltes Getriebe keuchte nach einem höheren Gang und fand ihn schließlich. Ich drehte meinen Kopf zum Fenster und spähte durch die Schichten aus Nieselregen und Nebel.

»Ziemlich coole Klippen da drüben«, erklärte Monk. »Man kann den Leuchtturm und alles sehen. Sobald das Wetter aufklart, zeige ich dir die Aussicht.«

Als ich das Wohnzimmer in Seagrapes betrat und Mrs. Adams traf, dachte ich, vielleicht hatte Monk übertrieben. Sie sah überhaupt nicht betrunken aus. Sie sah makellos aus. Sie hatte blondes Haar mit helleren Honigsträhnen – Honig der Güteklasse A, wenn man so will – und passend dazu eine honigfarbene Haut, unwahrscheinlich straff. Das Weiße ihrer Augen passte zum Weiß ihrer Zähne. Zur Begrüßung öffnete sie ihre glänzenden Lippen zu einem breiten Lächeln.

»Du musst Mallory sein! Wir freuen uns so, dich hier zu haben. Monk, Schatz, könntest du Mallorys Gepäck ins Kindermädchenzimmer bringen?«

»Mach ich.« Monk verschwand mit meinen beiden Reisetaschen um die Ecke – dieselben, die er vor Jahren für mich ins Wohnheim in Nobles getragen hatte.

»Er hat uns so viel von dir erzählt«, begann Mrs. Adams.

»Oh je. Und Sie sind trotzdem noch bereit, mich aufzunehmen?«

Sie blinzelte, als hätte sie den Witz nicht verstanden. »Er sagte, du wärst großartig im Umgang mit Kindern.«

Das war neu für mich, da ich in meinem Leben bis zu diesem Zeitpunkt kaum etwas mit Kindern zu tun gehabt hatte, geschweige denn in Monks Gesellschaft.

»Ich liebe Kinder«, sagte ich. »Liebe sie. Apropos?«

»Chippy und Blue lernen zwischen zwölf und zwei oben bei ihrem Mathelehrer.« Ein Rumpeln erschütterte die Decke über uns. Mrs. Adams fuhr ohne Pause fort. »Du hast also ein bisschen Zeit zum Ausruhen und Auspacken und um etwas zu essen. Du kannst dir gerne alles aus der Küche nehmen. Grace wird dir helfen.«

»Grace?«

»Unsere Haushälterin«, erklärte sie. »Sie ist schon seit Jahren bei uns. Wirklich ein Familienmitglied.«

Jetzt bemerkte ich es – das ganz leichte Lallen bei einem oder zwei Wörtern.

Monk tauchte wieder um die Ecke auf und hellte die triste Atmosphäre im Wohnzimmer, das auf drei Seiten von französischen Fenstern umgeben war und nichts als Grau boten, mit einigen Watt auf.

»Monk, Schatz«, sagte Mrs. Adams, »würde es dir etwas ausmachen, hierzubleiben und Mallory Chippy und Blue vorzustellen? Sie sind erst um zwei mit Carson fertig, und ich muss zum Damenaktivitätskomitee im Club.«

Monk seufzte. »Ich denke, ich könnte das Opfer bringen.«

»Musst du nicht auf ein paar Golfer aufpassen?«, fragte ich.

»Nicht wenn es regnet, Pinks«, klärte er mich auf.

Ich schätze, Chippy und Blue können anstrengend sein, hatte Monk prophezeit.

Aber das Paar, das genau eine Minute nach zwei Uhr die Treppe herunterpolterte und sich auf Monk stürzte, ein Kind auf jeder Seite, schien recht zivilisiert. Chippy trug eine Kordelzug-Chinoshorts in der Farbe von Gänsekot und ein braunes T-Shirt mit der Aufschrift Brunswick Soccer. Blue war in ein ärmelloses Seersucker-Kleid in makellosem Rosa und Weiß gekleidet. Beide waren leicht gebräunt und hatten passendes strohgoldenes Haar, Chippys kurz geschnitten und Blues zu einem üppigen Pferdeschwanz zurückgebunden.

»Ratet mal, Monster?«, rief Monk. »Mallory ist da!«

Die Zwillinge drehten sich gleichzeitig zu mir um, sahen sich an und lösten sich von Monk, um schreiend in meine Arme zu laufen – einer auf jeder Seite, genau wie sie es gerade bei Monk getan hatten. Meine Arme waren voll duftender Kinderglieder. Mein Mund war voller duftendem Kinderhaar. *Maaaaallllloreee!*, zwitscherten sie, als hätten sie ihr ganzes Leben auf mein Auftauchen gewartet.

Ich hob meinen Blick zu Monk, der die Arme verschränkte und ein Lächeln mit mir austauschte.

Das wird ein Kinderspiel, dachte ich zuversichtlich.

Sechs Stunden später rief ich Monk auf seinem Handy an. Keine Antwort. Eine Minute später rief er zurück.

»Sie wollen nicht ins Bett«, murrte ich.

»Natürlich wollen sie nicht ins Bett. Es ist noch hell draußen.«

»Deine Stiefmutter sagte Punkt acht Uhr.«

»Becca hat diese Kinder seit Jahren nicht selbst ins Bett gebracht. Wahrscheinlich noch nie.«

Im Hintergrund war etwas Lärm zu hören.

»Wo bist du?«, fragte ich.

»Im Club. Mit Dad und Becca. Das jährliche Willkommensessen.«

Chippy sprang von seinem Bett und traf mich mit einem Kissen. »Ich dachte, man müsste sein Handy in schicken Clubs ausschalten«, zischte ich.

»Ich habe meins vielleicht auf Vibration gestellt, nur für den Fall. Hast du diese magischen Verdunkelungsrollos heruntergezogen?«

»Ja. Außerdem sie gebadet und gekämmt, die Schlafanzüge sind an, die Zähne geputzt. Bücher vorgelesen. Au!« Diesmal gab es Kissen von beiden Seiten.

»Was ist mit *Toy Story*?«

»Becca sagte kein Fernsehen vor dem Schlafengehen.«

»Pinks, um Gottes willen. Lass die armen Kinder einen verdammten Film sehen. Ich mache das die ganze Zeit. Ich verspreche dir, sie werden dich nicht verpetzen.«

»Nicht am ersten Abend, Monk. Noch habe ich ein bisschen Stolz.«

Er seufzte ins Telefon. »Na gut. Gib mir fünfzehn Minuten. Ich kenne einen Trick.«

»Was? Du kannst nicht einfach mitten beim *Essen* aufstehen!«

»Ich *kann* das sehr wohl, Pinks.«

»Vergiss es. Ich kriege das hin.«

Chippy stieß einen Jubelschrei aus und schlug seiner Schwester das Kissen gegen den Kopf. Blue fing an zu heulen.

»Ja, klar. Du hast alles unter Kontrolle. Ich komme sofort rüber.«

»Was ist mit deinen Eltern? Dem Essen?«

Monk ließ eines seiner tiefen, polternden Lachen hören. »Das ist ein Witz, oder?«

Zwanzig Minuten später erschien Monk in der offenen Tür zum Schlafzimmer der Zwillinge, in beigefarbenen Hosen, einem marineblauen Blazer, einem am Kragen aufgeknöpften weißen Hemd und einer Gitarre über der Schulter.

»Du bist spät«, stellte ich fest.

»Musste einen Mann wegen einer Sechssaitigen sehen.« Er nahm die Gitarre von der Schulter und ließ sich auf einen mit salbeigrünem Plüsch bezogenen Sitzsack plumpsen. Die Kinder krochen bereits über ihn und bettelten um ein Lied. »Schon gut, schon gut. Meine Güte, ihr zwei. Solltet ihr nicht längst schlafen?«

»Aber wir sind nicht *müde*!«, empörte sich Chippy und hüpfte auf dem anderen Sitzsack. Er trug einen kurzen Tom-Brady-Schlafanzug und seine Augen wirkten etwas manisch. Blue kuschelte sich auf Monks Schoß, als gehöre er ihr.

Monk sah Chippy streng an. »Bruder. Was war mit unserem kleinen Gespräch gestern? Was habe ich euch gesagt?«

Blue rief von seinem Schoß: »Tu, was Mallory sagt, und gib ihr keinen Widerspruch!«

»Richtig. Also was mache ich dann hier?«

»Uns ein Schlaflied vorspielen?«

»Süß.« Er schlug ein paar Akkorde an. »Was ich meinte, ist, eigentlich sollte ich nicht hier sein, oder? Ich sollte ein schönes Hummeressen mit Mom und Dad im Club haben. *Ihr* solltet schlafen, damit Mallory die Füße hochlegen kann.«

»Spiel das eine über die Katze«, bettelte Blue.

»Da musst du schon genauer sein, Cupcake.«

»Don Gato«, sagte sie mit überraschend gutem spanischen Akzent.

Die zufälligen Akkorde gingen in eine Melodie über, zuerst in Dur und dann geheimnisvoll nach Moll gleitend. Ich ließ mich im Schneidersitz auf den anderen Sitzsack fallen. Zu meiner Überraschung plumpste Chippy auf meinen Schoß.

»Uff«, sagte ich.

»Immer mit der Ruhe, Bruder«, ermahnte Monk.

Chippy wand sich herum, bis es sich für ihn bequem anfühlte. »Mach weiter«, sagte er großspurig.

Monk zupfte ein paar Saiten fast wie ein spanisches Gitarrensolo.

Oh, Señor Don Gato war eine Katz
Auf einem hohen roten Dach Don Gato saß
Er war dort, um einen Brief zu lesen …
(MIAU MIAU MIAU! sang-schrie Blue.)
Wo das Leselicht war besser
(MIAU MIAU MIAU! sang-schrie Chippy).
's war ein Liebesbrief für Don Gato

Die Kinder schmetterten einen Chor von Miaus. Monk winkte sie wie ein Dirigent zur Ruhe.

Ich bete dich an, schrieb die Katzendame
Die flauschig, weiß und nett und dick war
Es gab kein süßeres Kätzchen
(MIAU MIAU MIAU!)
Im Land oder in der Stadt
(MIAU MIAU MIAU!)
Und sie sagte, sie würde Don Gato heiraten

Wieder der Chor von Miaus. Monk zwinkerte mir zu und unterbrach sie.

Als sie durch die Verse fortfuhren – Don Gato so aufgeregt, dass er vom Dach fällt (*¡Ay caramba!* sangen-schrien die Kinder gemeinsam), die Ärzte halten eine Beratung ab, der arme Señor Don Gato stirbt – entspannten sich Chippys Glieder gegen mich, eines nach dem anderen. Seine kleine-Jungen-Angespanntheit wurde an den Ecken weicher. Ich schlang meine Arme um ihn und er lehnte seinen Kopf gegen die Höhlung meiner Schulter.

Als der Trauerzug den Marktplatz passierte
Lag solch ein Fischgeruch in der Luft
Obwohl die Beerdigung geplant war
(Miau miau miau, jetzt weniger schreiend)
Wurde er wiederbelebt
(Miau miau miau)
Er kam zurück ins Leben, Don Gato

Langsam ließ Monk die letzte Zeile ausklingen. Als seine butterweiche Stimme die letzte Note in der Luft hängen ließ, wandte er sich mir zu und hob eine Augenbraue.

Ich klatschte in die Hände. »Bravo!«

»Zugabe!«, murmelte Blue aus der Mulde zwischen Monks Gitarre und seinem Schoß.

»Zugabe?«, tat Monk empört. »Das singe ich nicht noch einmal. Vergiss es. Ich mag nicht einmal Katzen.«

»Dann spiel etwas anderes. Bitte, Monk?«

Monk hob einen Finger. Die Kinder wurden still und aufmerksam und beobachteten seinen Finger wie ein Paar Hunde, die sich auf einen Leckerbissen konzentrieren. »In Ordnung. Aber nur, wenn ihr beide zuerst ins Bett geht.«

»Stimmt es also?«, fragte ich. »Du magst keine Katzen?«

»Als wäre das ein Verbrechen?«

»Irgendwie schon.«

Wir saßen nebeneinander im Wagoneer und fuhren die West Cliff Road in Richtung Dorf hinunter. Mr. und Mrs. Adams waren vor einer halben Stunde nach Hause zurückgekehrt, und Monk hatte mein Handy angepiepst.

Triff mich in 10 Min am Ende der Auffahrt

Was warum, schrieb ich zurück.

Überraschung

Als ich zehn Minuten später am Ende der Auffahrt auftauchte, wartete Monk in Bessie, der Motor brummte. Die Wolken hatten sich verzogen. Die Sonne war untergegangen, die Luft feucht und kühl. Monk hatte sich über den Sitz gebeugt, um mir die Tür zu öffnen. Er hatte seinen Blazer und das Hemd mit Knopfleiste gegen ein schlichtes blaues T-Shirt unter einem lässigen Hemd mit Retroprint getauscht, das offen stand. Die Chinohose war geblieben, nur zerknitterter. Ich hatte gefragt, wohin wir fuhren.

Ins Mo, hatte er geantwortet.

Mo?

Das Mohegan Inn. Dort hängen abends alle Kindermädchen und das Clubpersonal ab. Die einzige öffentliche Bar auf der Insel. Es ist ziemlich entspannt, es wird dir gefallen.

Okay, hatte ich erwidert. Dann hatte ich nach den Katzen gefragt.

»Eigentlich«, begann er, »wenn du die Wahrheit wissen willst, bin ich ziemlich vernarrt in Katzen. Ich wollte nur dieses verdammte Lied nicht noch einmal spielen.«

»Ein Favorit, was?«

Er stützte seinen Ellbogen an der Tür ab. Die kühle Luft wehte durch das Fenster und zerzauste sein Haar. »Das Nervige mit Kindern ist, sie haben nichts dagegen, dasselbe Lied immer und immer wieder zu hören. Treibt einen Mann in den Wahnsinn.«

Ich sang – nicht besonders gut – »You broke my will.«

»But what a thrill.«

Gemeinsam, heulend – »Goodness, gracious, great balls of fire!«

Als wir ausgelacht hatten, stellte ich fest: »Jemand ist heute Abend ein bisschen übermütig.«

»Pinko«, sagte er, »du hast noch gar nichts gesehen.«

Erst als er Bessie in einer der feuchten, gewundenen Straßen im Dorf geparkt und seinen langen Arm über die Rückenlehne des Sitzes gestreckt hatte, bemerkte ich, dass er seine Gitarre dabei hatte.

»Heilige Scheiße«, sagte ich. »Wirst du etwas *spielen*?«

»Verrat es nicht Dad, aber letzten Sommer habe ich angefangen, hier aufzutreten.«

Ich drehte mich zu ihm um, dort auf dem Vordersitz von Bessie. Es gab keine Straßenbeleuchtung und er hatte den Motor ausgeschaltet, also konnte ich nicht viel von ihm sehen. Nur seine Silhouette. Die Wärme seines Körpers spürend. Wir beide, Monk und ich, inmitten der stillen Dämmerung. Ein Geheimnis teilend.

»Dein Vater weiß also nicht, dass du hier bist?«, fragte ich.

»Nein.« Er sah auf seine Uhr. »Scheiße, wir sind spät dran. Komm schon.«

Wir stiegen aus dem Auto. Ich folgte Monk den Hügel hinunter und um eine Ecke zu einem großen, weitläufigen Holzhaus, das vermuten ließ, schon George Washington hätte dort geschlafen. Mehrere Autos parkten davor, keines davon jünger als zehn Jahre. Licht strömte aus den Fenstern. Ich hatte das Gefühl, diesen Ort zu kennen; ich war schon in hundert Gebäuden wie diesem gewesen. Die Decken würden niedrig sein, die Böden von Generationen von Bier befleckt. Die Wände wären herausgerissen worden, um einen einzigen großen Raum um den zentralen, nun zugemauerten Kamin zu schaffen. Eine stumpfe Holzbar würde sich an einer Wand entlangziehen; ein Haufen zusammengewürfelter Stühle und Tische vom Flohmarkt würde den offenen Raum füllen. Die Luft würde riechen wie das Innere eines Bierfasses.

Als wir die Schwelle überquerten, ergriff Monk meine Finger. Nur für ein paar Sekunden, nur bis wir uns durch die Menge geschlagen und die Bar erreicht hatten. Der Barkeeper erblickte Monk und sein Gesicht entspannte sich erleichtert. »Dachte schon, du kommst nicht, Bruder«, stellte er fest.

»Tut mir leid, hatte einige elterliche Komplikationen. Mike, das ist Mallory. Eine Freundin von mir. Sie arbeitet diesen Sommer als Kindermädchen für meinen Vater und meine Stiefmutter.«

Mike wischte seine Hand an einem Bartuch ab und streckte sie mir entgegen. Er war etwa dreißig, rothaarig, mit einem freundlichen, breiten Gesicht und einem Akzent auf Abruf. »Mallory! Du wirst doch nicht auch Irin sein?«

»Durch und durch«, grinste ich.

»Dann bist du in meiner Bar immer willkommen, Mallory, Freundin von Monk. Was darf's sein?«

»Es gibt ein ziemlich gutes lokales IPA vom Fass«, schlug Monk vor.

»Dann nehme ich das lokale IPA«, sagte ich.

Mike sah Monk an. »Zweimal?«

Monk schüttelte den Kopf. »Nee, ich warte bis zur Pause. Mallory? Alles klar hier?«

»Ich werde für dich ein Auge auf sie haben«, meinte Mike und zapfte das Bier in ein Pintglas. »Das Mikro ist aufgebaut.«

Monk sah nach unten und für einen Moment schien es, als wollte er mich küssen. So fühlte es sich an, nachdem, wie er meine Hand genommen hatte, als wir hereinkamen, wie er mich Mike vorgestellt hatte. Ich konnte sehen, Mike nahm an, wir wären ein Paar. *Ich werde ein Auge auf sie haben für dich.* Ich wartete auf den Kuss, ein wenig schwindelig. Mit einem Anflug von Schuldgefühlen wegen Dillon.

Aber der Kuss kam nicht. Er hob seine Hand und wuschelte durch mein Haar, wie man einen Hund streicheln würde oder so, und verschwand in der Menge.

»Hey, Bruder«, grummelte Mike zu dem Mann hin, der auf dem Hocker neben mir saß. »Mach der Dame Platz, okay? Sie gehört zur Band.«

Der Mann zuckte mit den Schultern und rutschte vom Hocker. Ich kletterte hinauf und griff nach dem Glas. Monk hatte recht, das Bier schmeckte perfekt. Nicht zu hopfig, wie manches IPA. Mike stand mir gegenüber, die Arme verschränkt, das Bartuch hing von einer Hand, und er runzelte nachdenklich die Stirn in die Richtung, in die Monk verschwunden war. Ich spürte eine Bewegung in der Menge.

»Ganz schön voll hier«, stellte ich fest. »Ist es normalerweise donnerstags immer so voll?«

»Normalerweise nicht, nein. Erste Livemusik der Saison.«

Ich musste meine Stimme erheben, weil Jubel ausgebrochen war. »Tut mir leid, dass wir zu spät waren!«

»Kein Problem.«

Von der anderen Seite des Raumes kamen einige Geräusche vom Mikrofon, etwas Gelächter, Monks vertrautes Kichern. »Tut mir leid, Leute. Wurde unterwegs aufgehalten.«

Jemand rief: *Das glaube ich gern.* Ein anderer stieß einen schrillen Wolfspfiff aus. Mike sah mich an und zwinkerte grinsend, und meine Wangen wurden heiß. Ich wollte mich vorbeugen und Mike erklären, okay, ja, Monk und ich waren zusammen hierhergekommen, aber wir waren nicht *zusammen*. Ich hatte einen festen Freund! Monk hatte wahrscheinlich eine Freundin; er hatte immer Freundinnen. Wir waren einfach nur wirklich gute Freunde, das war alles, wirklich gute Freunde, die zufällig vom anderen –

Ein Akkordanschlag unterbrach diesen inneren Monolog, verstärkt durch das Mikrofon. Ein Aufstieg über eine Tonleiter, ein schneller Abstieg. Dann Monks Stimme, leicht und brummend, wie Bessies Motor, der am Ende der Auffahrt im Leerlauf lief. »Wie geht's euch allen? Ziemlich harter Winter, stimmt's?« Etwas Gelächter. »Hoffe, niemand handelt beruflich mit hypothekenbesicherten Wertpapieren.«

Ein paar Rufe durchdrangen die Luft. Ich konnte die Worte nicht verstehen.

»Jedenfalls haben wir es geschafft, oder? Zurück auf der Insel. Der Sommer steht vor der Tür. Sogar der Regen hat draußen aufgehört.« Das Strummen nahm ein Muster an, der Beginn einer Melodie. »Also, ich habe über den Winter an ein paar neuen Liedern gearbeitet. Ich hoffe, euch gefällt dieses hier. Es geht um …« Ein zartes, kompliziertes Spiel von Gitarrensaiten füllte die Pause. »Nun, ich lasse euch herausfinden, worum es geht.«

Ein paar weitere sanfte Akkorde und Monks Stimme setzte ein, melancholisch.

Seit Jahren hatte ich Monk nicht mehr auf der Bühne singen hören. Nicht seit *Guys and Dolls* im Abschlussjahr, als er (in einem Schritt, der Schockwellen durch das starre Kastensystem von Nobles sandte) auf Lacrosse verzichtete und stattdessen als Sky Masterson das Haus zum Beben brachte. Als wir am Eröffnungsabend aus dem Auditorium strömten, erinnere ich mich, wie ich jemanden sagen hörte, dieser Monk-Adams-Junge habe eine Killer-Stimme, er könnte am Broadway auftreten. Es war nicht nur diese butterweiche Stimme oder die Art, wie er Skys Zeilen sprach, als wäre er selbst mitten in Brooklyn aufgewachsen, einen Block vom Ebbets Field entfernt. Die Art, wie er die Bühne füllte. Es war die Art, wie er dich an die Geschichte glauben ließ. Diese Energie, die er hatte.

Ich konnte Monk von meinem Barhocker aus am anderen Ende der Mohegan Inn Bar nicht sehen. Nicht einmal die Spitze seines Kopfes konnte ich erblicken, die im Licht glänzte, ein paar Schattierungen dunkler als damals, als ich ihn in der neunten Klasse kennenlernte.

Alles, was ich hatte, war diese Stimme, die sich über all diese Köpfe ergoss, der Arbeiterklasse von Winthrop Island.

Ihr kennt diese Stimme. Sie ist jetzt reifer, eineinhalb Jahrzehnte älter und weiser, aber das Instrument ist dasselbe. Lässt einen hohen Ton mühelos bis in die nächste Woche schweben und taucht dann anmutig zurück in die Brust, wo sie zu flüssigem Gold schmilzt. Wo wärt ihr ohne diese Stimme für eure angespannten Nerven, eure verletzte Seele?

Ihr kennt auch das Lied. »*Winter Tale*« – es war die erste Single auf seinem Debütalbum. Erinnert ihr euch, wie es langsam und leise beginnt, als würde er nur vor sich hin sinnieren vor diesem alten Porträt des Mannes mit den *fuchsscharfen Augen und dem dreieckigen Bart, den Wust an Lügen und dem Kreuz der Angst.* Wie er sich ein ganzes Leben für diesen Mann vorstellt, ein Mädchen, das dieser Mann heiraten wollte und es nicht tat. Wie sie jemand anderen heiratete *in einer Mittwinter-Nacht, einer Mittwinter-Nacht,* und die Seele des Mannes zu Mittwinter-Knochen und Mittwinter-Verderben wurde. Der Mann wird reich und gibt vor, glücklich zu sein, bis seine alte Liebste erkrankt und stirbt *in einer Winternacht, einer Winternacht.* Die stille, kontrollierte Qual, die Monk in diese Noten packt! Sagt mir, dass ihr nicht geweint habt, wenn ihr allein im Auto sitzt, spät in der Nacht, und dieses Lied durch die Lautsprecher schmilzt. Und dann zurück zum Porträt, das sich für einen Augenblick in einen alten Mann verwandelt *in einer Winternacht, einer Winternacht,* sein feines Gesicht von Knochen und Verfall gezeichnet, aber seine fuchsschlauen Augen noch jung und hell, weil er im Mittsommerlicht, im Mittsommerlicht, nach Hause zu seiner Liebsten fliegt.

Auf dem Rückweg die West Cliff Road hinauf wollte Monk wissen, was ich dachte.

»Nicht schlecht«, sagte ich. »Du könntest da durchaus eine Zukunft haben, Kleiner.«

Er griff nach dem Radioregler. Bessies Soundsystem war ziemlich einfach, nur ein altmodisches AM/FM-Radio, und man konnte auf Winthrop sowieso nicht viele Sender empfangen. Monk drehte ein wenig herum und gab auf. »Das mit der Winternacht«, sagte er. »Findest du nicht, es war zu deprimierend?«

»Was? Nein! Es war wunderschön. Die Musik, diese Melodie, das war unglaublich. Ich habe noch nie so etwas gehört. Es klingt so einfach, bis man merkt, dass es das nicht ist.«

»Nicht zu kitschig?«

»Es hätte kitschig sein können, schätze ich. In den falschen Händen.«

Er lachte – nicht das übliche breite Monk-Glucksen, sondern etwas Schüchterneres. »Maine-Winter, nicht wahr? Diese Stimmung.«

»Ernsthaft, ich weiß nicht, wie du sie überlebt hast.«

»Ich habe einen Haufen Lieder geschrieben. Ich weiß nicht, manchmal spürst du diese Musikexplosion in dir, verstehst du?«

»Ähm, nicht wirklich?«

»Okay, wie bei deiner Kunst. Bekommst du nicht manchmal … so einen Inspirationsschub?

Irgendeine Idee, etwas in deinem Herzen, weißt du, und du wachst mitten in der Nacht auf und alles mündet in der einzigen Sprache, die du wirklich kennst. Du kannst nicht schlafen, du kannst an nichts anderes denken. Du hältst nur den Eimer und versuchst, den ganzen Regen aufzufangen, der sich über dich ergießt, bevor er weg ist.«

Ich schaute aus dem Fenster, obwohl es dunkel war und es nichts zu sehen gab außer ein paar entfernten Lichtern, die durch die Schwärze funkelten.

»Ja, ich weiß.«

»Ich weiß, dass du es weißt«, sagte er.

Er kam jetzt von seinem Hoch herunter. Seine Euphorie ebbte ab. Ich wollte etwas sagen, die Hand ausstrecken und ihn in Sicherheit ziehen, aber ich konnte die Worte nicht formen.

»Also«, brummte er, »wie geht's deinem Freund dieser Tage?«

»Dillon? Oh, gut. Er hat einen Job bei Dunkin' Donuts angenommen. Das Unternehmensmanagement-Programm?«, fügte ich schnell hinzu.

»Wow«, murmelte Monk. »Das klingt … das klingt …«

»Ja, ich weiß. Aber ich meine, Donuts, oder? Immerhin? Er wird schon klarkommen. Er ist nicht … er braucht nicht …«

»Kein wilder und verrückter Typ?«

»Nein.«

Monk griff wieder nach dem Regler. »Das ist gut, Pinks. Schön beständig, jemand, auf den du dich verlassen kannst.«

»Nein, du hast recht. Er ist ein guter Kerl.« Ich starrte auf Monks Finger, die am Regler drehten. Ich dachte daran, wie sie die Gitarre spielten und Musik aus den Saiten lockten. »Was ist mit dir? Jemand Besonderes?«

»Du meinst wie eine Freundin? Im Moment leider nicht. Da war dieses Mädchen am Colby, so eine On-Off-Sache. Wir machen gerade eine Pause. Sie arbeitet diesen Sommer in Boston. In irgendeiner Private-Equity-Firma.«

»Wirklich? Welche? Meine Schwester ist mit diesem Typen zusammen, der ist in Private Equity. In Boston.«

»Ich erinnere mich nicht an den Namen. Ein Haufen Harvard-Typen, das ist alles, was ich weiß. Ihr Vater ging mit meinem Vater zur Schule? Also, die alte Clique.«

»So läuft das wohl.«

»Vetternwirtschaft bis ganz nach unten.« Er verlangsamte Bessie, um in eine Kiesauffahrt einzubiegen. »Ich parke einfach in unserer Einfahrt und bringe dich rüber. Ist das okay?«

»Du musst mich nicht rüberbringen. Es ist ja nicht wie in der Innenstadt von Providence oder so.«

»Tu mir den Gefallen, okay? Es ist dunkel und du kennst den Weg nicht.«

Die Lichter des Familienhauses seiner Mutter erschienen zwischen den Bäumen. Die Auffahrt war zerfurcht und Bessies Oldtimer-Federung traf jedes Schlagloch, als wäre es ein Bachbett.

»Tut mir leid«, entschuldigte sich Monk. »Noch alle Zähne drin?«

Er parkte Bessie vor der Garage. Ich sprang heraus und gesellte mich auf der anderen Seite zu ihm. Er hielt den Kopf gesenkt und sah mich nicht an.

Seite an Seite liefen wir über das feuchte Wiesengras. Ich dachte, er würde vielleicht meine Hand nehmen, so wie er mich zur Bar im Mo geführt hatte, aber er hielt seine Arme an den Seiten, während er dahinschlenderte. Der Regen hatte aufgehört, aber die Wolken verdeckten immer noch den Mond, und die Mauer aus alten Feldsteinen tauchte aus dem Nichts auf. Gerade noch rechtzeitig packte Monk meinen Ellbogen. »Tut mir leid, hätte dich davor warnen sollen«, sagte er und half mir hinüber. »War kurz abgelenkt.«

Ich sprang auf der anderen Seite auf den weichen Rasen und zog meinen Arm weg, damit er nicht dachte, ich würde versuchen, ihm näher zu kommen oder so etwas. »Abgelenkt wovon?«

»Nichts. Es war nur ein Trip, das ist alles. Wieder vor allen zu singen. Vor dir zu singen.«

Ich stieß ihn mit dem Ellbogen in die Rippen. »Du warst großartig. Ehrlich. Ich war … ich war beeindruckt, wirklich.«

»Meinst du das ernst?«

»Monk, ich meine es ernst«, versicherte ich. »Du bist wirklich, *wirklich* gut. Deine *Stimme*? Unheimlich gut.«

Seine Hände in die Taschen geschoben, schaute er in die andere Richtung.

»Also, da links, du kannst es nicht sehen, ist eine Klippe – na ja, eher eine Anhöhe. Aber ziemlich steil. Runter zu diesem kleinen Strand. Sei einfach vorsichtig, okay? Es gibt einen Pfad, aber solltest du einfach betrunken in der Nacht herumstolpern oder so –«

»Ich werde nicht betrunken in der Nacht herumstolpern. Ich halte mich schon an gewisse professionelle Standards.«

Er lachte. »Ich weiß, dass du das tust. Trotzdem. Pass auf, okay? Meine Mutter hat sich einmal den Knöchel gebrochen.«

»Jawohl, Sir.« Vor uns flammte Licht auf. »Was also hat diesen verrückten kreativen manischen Schub über den Winter ausgelöst?«

»Oh, du weißt schon. Verschiedenes, schätze ich. Einfach der Gedanke, dass das College fast vorbei ist, wie …« Er neigte seinen Kopf zum Nachthimmel. »Wie du dich auf diese Wege einlässt, auf all diese Möglichkeiten. Und dann merkst du, sobald du einen Weg wählst, kannst du nicht mehr zurück. Du denkst an all die Wege, die du hättest wählen können und nicht gewählt hast. Ich schätze, davon handeln all diese Lieder wirklich. Um nicht eingeschlagene Wege.«

»Das ist eine Möglichkeit, es zu sehen«, erwiderte ich. »Du könntest aber auch einfach den Weg genießen, auf dem du bist. Einfach froh sein, welchen verrückten Weg du auch immer eingeschlagen hast, genommen zu haben.«

Monk blieb stehen. Nach ein paar Schritten blieb auch ich stehen und drehte mich zu ihm um.

»Was?«, sagte ich.

Kopfschüttelnd ging er weiter, die Hände in den Taschen, bis wir die Tür zum Vorbau erreichten.

»Das hat Spaß gemacht«, lächelte ich. »Danke, dass du mich mitgenommen hast. Nicht dass du mir eine Wahl gelassen hättest.«

»Hey, du hättest Nein sagen können. Du hättest erwidern können *Verpiss dich, Monk. Es ist mein erster Arbeitstag und ich bin erschöpft.*«

»Monkfisch«, sagte ich, ohne nachzudenken, »wann habe ich je Nein zu dir gesagt?«

Sobald die Worte draußen waren, dachte ich, *Shit.*

Das Haus war dunkel. Niemand hatte daran gedacht, das Verandalicht anzulassen. Ich konnte Monks Gesicht nicht sehen, konnte seine Gedanken nicht erkennen. Als ich mich zur Tür umdrehen wollte, öffnete er seine Arme und zog mich an seine Brust.

»Danke, dass du mitgekommen bist, Pinks«, flüsterte er.

»Jederzeit.«

»Ich meine diesen Sommer. Ich bin froh, dass du hier bist.«

Die salzige Brise raschelte um uns herum. Ich lehnte mich an sein Brustbein und lauschte seinem Herzen. Meine Arme ruhten um seine Mitte. Ich dachte, *Ich will nicht gehen. Ich will die ganze Nacht so stehen und die Schläge von Monks Herzen zählen.*

»Du solltest etwas schlafen«, murmelte er.

Ich löste mich. »Das sollte ich.«

»Also dann.« Er beugte sich herunter und küsste meine Lippen, derselbe beiläufige Abschied, den er mir in der Auffahrt des Hauses meiner Mutter auf Cape Cod gegeben hatte. »Wir sehen uns.«

KAPITEL SIEBEN

Mallory

Juni 2022
Winthrop Island, New York

Paige steuert den Fjord in den Jachthafen von Little Bay, etwa eine Meile entfernt vom größeren Hafen, wo die Fähre und die Fischerboote ihre Geschäfte erledigen. Little Bay ist der Ort, wo man seinen Spinnaker oder sein Beiboot unterbringt, wo die Kinder in ihren Optis segeln lernen. Heute gibt es keinen Nieselregen, nur eine dunstige Morgensonne, die Hitze verspricht. Die Luft riecht nach Salzwasser und nassem Holz. Die Kinder springen einer nach dem anderen auf den Steg und tragen ihre Strandsachen. Sie sind alle ausgestattet mit Hüten, Sonnencreme und Begeisterung, sogar Sam. »Fühlst du dich okay, Kumpel?«, frage ich, als er vorbeigeht.

Er verdreht die Augen und sagt *Ja, Mom.*

Ich habe dieses Bild von Paiges Yale-Freundin im Kopf, deren Familie den Sommer auf Winthrop Island verbringt, und ich liege nicht falsch. Sie entdeckt uns zuerst und quietscht. Paige stößt ein Quietschen als Antwort aus. Ich schaue mich um, bis ich eine langgliedrige Blondine mit Aviator-Sonnenbrille und einem Polokleid in der Farbe von Limetten sehe, die mit einem armreifbehangenen Arm winkt. Sie nimmt Paige in eine zarte Umarmung aus Ellbogen und Handflächen. Die Küsse verschwinden in der Luft.

»Es ist so schön, dich zu *sehen*«, begrüßt Paige sie.

»Oh mein Gott, du hast dich kein bisschen verändert«, stellt Lola fest. Sie wendet sich mir zu und schiebt die Sonnenbrille auf ihren Kopf. Sie trägt kein Make-up außer einer aprikosenfarbenen Bräune und einer

Schicht Pfirsich-Lippenbalsam. »Du musst *Mallory* sein!« Sie streckt eine Hand aus. Die Armreifen zittern und klirren gegeneinander.

»Lola Peabody.«

* * *

Im gigantischen achtsitzigen Club Car, dem Escalade unter den Golfcarts, fährt uns Lola zum Anwesen ihrer Familie. Paige sitzt vorne bei Lola, ich in der Mitte mit Sam und Ollie, und Ida und Maisie klammern sich an den Notsitz hinten, während der Wagen den gefährlichen Hügel der Little Bay Road hinaufbrettert. Ida kreischt vor Freude. Lola gibt uns die Standardführung und zeigt mit so viel Enthusiasmus auf dies und das, dass sie manchmal vergisst, das Lenkrad festzuhalten, und wir in Richtung des Unkrauts am Straßenrand abdriften.

»Die Leute denken, Winthrop sei so alt«, erklärte sie, »aber es wurde erst in den 1920er-Jahren erschlossen. Sie kauften das alte Farmland am östlichen Ende der Insel auf und verwandelten es in die Winthrop Island Association. Ich glaube, das war so um den Ersten Weltkrieg herum?«

»Das also ist das private Ende der Insel, richtig?«, fragt Paige. »Der Golfclub und alles?«

»Ja. Daves Oma – Dave ist mein Mann – stammt von den letzten Winthrops auf der Insel ab. Ihr Vater wurde so eine Art Verwalter für die Peabodys? Als sie ihr Anwesen zuerst bauten? Und dann heiratete sie einen der Peabody-Jungs. Daves Großvater.«

»Das ist so cool«, bewundert Paige. »Sind sie noch da?«

»Oh, Oma regiert immer noch wie die Königin, die sie ist. Sie wird diesen Sommer achtundneunzig. Nicht mal Covid konnte sie umbringen. Daves Großvater ist leider gestorben, als ich im College war.«

»Das tut mir so leid.«

»Herzinfarkt. Er war dieser riesige Kerl. Sanfter Riese. Meine Familie verbringt auch die Sommer hier – die Pinkertons? – und wir haben ihn alle regelrecht *vergöttert*. Dave erinnert sich, wie er ihn jedes Jahr während der Segnung der Flotte auf seinen Schultern zum Hafen trug. Als stäße man auf dem Gipfel der Welt.«

Ich beuge mich zu ihrer Schulter vor. »Segnung der Flotte?«

»Ja, das ist so eine alte portugiesische Tradition. Der katholische Priester kommt jedes Jahr zum Hafen und segnet die Fischereiflotte. Sehr coole Zeremonie. Nicht dass wir noch viel von einer Flotte hätten. Sie haben früher Hummer gefangen, aber anscheinend ist die Population unbedeutend geworden. Klimawandel oder so.«

Wir erreichen den Gipfel des Hügels und Lola bremst für die Überquerung der West Cliff Road. Die vertraute Szenerie trifft mich in die Rippen. Ich schließe die Augen und sehe das klobige burgunderrote Armaturenbrett eines Jeep Wagoneer, meine nackten Füße hochgelegt, zehn Splitter in schillerndem Meerjungfrauenblau vor dem wogenden Grashorizont. Monk zu meiner Linken, Kinder wie Welpen auf dem Rücksitz gestapelt. Die Luft riecht nach heißem Auto und Sonnencreme. Katy Perry schmettert aus dem Radio darüber, ein Mädchen geküsst zu haben. Monk hat uns zum Segeln mitgenommen und wir fahren vom Little Bay Harbor nach Hause. Mein Bauch tut vom Lachen weh. Wir biegen links in die West Cliff Road ein. Monk winkt dem Wachmann in seiner Hütte zu. Aus irgendeinem Grund starre ich weiter auf diese breite, gebräunte Hand, bis er sich zu mir dreht und grinst, wie er immer grinst, aber aus irgendeinem Grund hält dieses Grinsen eine oder zwei Sekunden länger an als es sollte, der Blick hält eine oder zwei Sekunden länger als er sollte, und (wie ihr wahrscheinlich wisst) fühlt sich ein Blick, der ein paar Sekunden länger dauert, an, als würde er eine Stunde dauern. Es fühlt sich genauso an, als hätte jemand deine Nerven in Brand gesetzt.

»Mom, ist dir *schlecht*?«, fragt Sam ungläubig.

Ich öffne die Augen. Wir passieren gerade das Wachhäuschen; Lola winkt dem Wachmann zu, genau wie Monk es früher tat.

»Mir geht's gut«, beruhige ich ihn. »Ich schwelge in Erinnerungen.«

»Erinnerungen woran?«, fragt Lola und beschleunigt.

»Oh, ich habe hier einen Sommer als Nanny verbracht, damals im College.«

»Hör auf! *Ernsthaft?* Bei welcher Familie?«

Ich wuschle durch Sams Haar. Er zieht sich weg. »Den Adamses.«

»Warte, Buzzy und *Becca*?« Lola schlägt mit der Handfläche aufs Lenkrad. »Ich habe auf deren Kinder aufgepasst! Die Höllenzwillinge, nannte meine Mutter sie.«

»So schlimm waren sie gar nicht«, erwidere ich. »Wenn man erst mal rausgefunden hatte, womit man sie bestechen konnte.«

»Sie sind jetzt alle erwachsen. Chippy hat Lacrosse in Bowdoin gespielt. Er ist jetzt in London? Bei Morgan Stanley. Datet angeblich irgendein englisches Mädchen, so was wie die Tochter eines Lords oder so. Was einfach das *Chippyste* überhaupt ist. Und Blue ist im zweiten Jahr an der Penn Law?« Lola schaut fragend in mein Spiegelbild, als gäbe es eine Chance, durch Fäden der Juristerei verbunden zu sein. Das ist noch so eine Winthrop-Sache – wie ein Paar schnüffelnder Hunde stellt man seine Referenzen bei einer neuen Bekanntschaft fest. Mit wem man verwandt ist und wie. Sie wendet den Blick wieder auf die Straße vor uns und sagt mit spektakulärer Beiläufigkeit: »Aber ich bin sicher, beide werden zur Hochzeit zurück sein.«

»Hochzeit? Welche Hochzeit?«, fragt Paige unschuldig.

Lola schlägt sie. »*Welche Hochzeit.*«

»Oh, ich sehe schon. Du bist ganz verzweifelt darauf aus, den Klatsch auszuplaudern.«

»Klatsch ist was für Basic Bitches wie dich, Schätzchen«, sagt Lola. »Ich meine, Gott weiß, wer diese Story an den *Globe* durchgestochen hat. Sicher niemand von der Insel.«

Das Golfcart rumpelt schmerzhaft über ein Schlagloch. Vom Notsitz ertönen zwei entzückte Quieker. Sam packt die Metallarmstütze und tut so, als suche er nach dem Ozean.

»Es ist so *abgefahren*«, beginnt Lola. »Ich erinnere mich, als Monk Adams nur dieser nervige kleine Mitläufer war. Ich meine, süß, aber nervig? Außerdem war er ein unverschämter Blondschopf. Am Ende des Sommers waren seine Haare *weiß*. Und seine Haut *nussbraun*.« Sie schnaubte kichernd. »Seit ich denken kann war ich beste Freundin mit seiner großen Schwester. Thayer? Wir sind im gleichen Alter. Sie ist jetzt in Kalifornien. Ging nach Berkeley und kam nie zurück. Weißt du, dass ihr Haus zwei Häuser von unserem entfernt ist? Letzte Woche habe ich die Hochzeitsplaner dorthingehen sehen.«

»Er ist nicht gerade *jetzt* hier, oder?«, erkundige ich mich. Ich versuche, genauso beiläufig zu klingen wie Lola.

»Oh Gott, nein.« Sie schaut wieder in den Spiegel. »Warte mal. Du musst ihn doch gekannt haben, oder? Wenn du für seinen Dad und das

Stiefmonster als Nanny gearbeitet hast.«

»Wir sind ein bisschen zusammen abgehangen.«

Paige dreht ihren Kopf ein paar Zentimeter und zwinkert mir zu.

Wieder schaut Lola ein paar Sekunden länger in den Spiegel auf mein Spiegelbild. Ein Hauch von Spekulation huscht über ihr Gesicht und verschwindet wieder. »Das muss dann wohl, was? Der Sommer 09 gewesen sein? 10?«

»08 eigentlich. Vierzehn Jahre ist es her.«

»Ach richtig. Das war der Sommer, als ich in Paris gearbeitet habe. Du erinnerst dich an das Praktikum, das ich nach dem College bekommen habe, oder?« Das ging an Paige.

»Diese Modesache?«

Ich drehe meinen Kopf, um die vorbeiziehenden Wiesen zu betrachten. Man sieht nicht viele Bäume auf Winthrop Island, hauptsächlich Wiesen, Teiche und Sträucher. Vielleicht ein oder zwei verbliebene Obstgärten, denen die meisten ihrer ursprünglichen Mitglieder fehlen. Ich erinnere mich, dass ich Monk einmal danach gefragt habe, und er zuckte mit den Schultern und meinte, er habe gehört, alle Bäume wären im Hurrikan von 1815 zerstört worden und erst nach dem Hurrikan von 1938 wieder zurückgekommen – in der Wildnis zumindest –, da einige Samen vom Festland herübergeweht wurden. Er sagte, er sei sich nicht sicher, ob das stimme, aber es sei eine gute Geschichte. Damals saßen wir nebeneinander auf einer Steinmauer und beobachteten, wie die Vorläufer eines Sturms das Wiesengras bogen. Die Mauer trennte das Adams-Grundstück vom Monk-Grundstück, wo er die Sommer nach der Scheidung seiner Eltern mit der Familie seiner Mutter verbrachte. Seine Mutter war eine Monk, erzählte er mir; daher stammte sein Name. Seine Eltern waren zusammen aufgewachsen und hatten die Sommer nebeneinander verbracht, Adams-Grundstück und Monk-Grundstück Seite an Seite. Alles schön und praktisch, bis es das nicht mehr war. Erste Tropfen vermischten sich mit dem Sturm, fielen auf unsere Schultern, und Monk zog seine Jacke aus, um sie wie ein Zeltdach über unsere beiden Köpfe zu halten. Gerade rechtzeitig. Während der Regen um uns herum niederprasselte und unsere Beine und Füße durchnässte, sagte er zu mir: *Willst du mein dunkelstes Geheimnis wissen, Pinks?*

Ich sagte klar.

Er sagte: *Mein Vorname ist Barclay.*

Barclay wie die Bank?, fragte ich.

Wie mein Dad, meinte er. *Barclay Benjamin Monk Adams. Jetzt weißt du es.*

Ich erinnere mich, dass ich den Namen auf meiner Zunge schmeckte. *Das bleibt unter uns, Pinko*, sagte er zu mir. *Vertrauenskreis.*

Ich schwor, es niemandem zu erzählen. Dann fragte ich nach Benjamin, und er erzählte mir, die Monks würden den ersten Jungen immer Benjamin nennen, nach dem Bruder seines Großvaters, der im Zweiten Weltkrieg über Deutschland abgeschossen wurde.

Das Cart wird langsamer. Lola zeigt an Paiges Nase vorbei. »Da drüben ist es. Das Monk-Anwesen?«

Eine schlichte Kiesauffahrt schneidet rechts durch die Wildblumenwiese, so genau wie in meiner Erinnerung, dass ich für ein oder zwei Sekunden nicht weiß, wo ich bin. Ich weiß nicht, wer ich bin. Ich umklammere die Armlehne und alles kehrt mit einem Schlag zu mir zurück. Die riesige, komplizierte Gegenwart. Ich drehe meinen Kopf und sehe Monks blaue Augen, die mich aus dem Gesicht meines Sohnes anstarren.

Paige sagt: »Und was ist mit der Braut? Lennox Lassiter. Wie ist *sie* so?«

»Ich weiß es nicht mal«, erwidert Lola. »Sie *mischt* sich nicht wirklich unter uns?«

* * *

Das Peabody-Anwesen liegt direkt am Wasser am Ende der Serenity Lane – ein großes, weitläufiges Haus mit Schindeln und Dachgauben und einem einzelnen Turm mit Blick auf den Strand, wahrscheinlich das coolste Schlafzimmer überhaupt.

Lola bringt den Club Car neben einer uralten Holzgarage zum Stehen. »Da wären wir«, sagt sie. »Summerly.«

Paige will wissen, wann es gebaut wurde.

»So um 1920, glaube ich?« Lola hüpft heraus, um das Ladekabel abzurollen und es an den Wagen anzuschließen. »Ich warne euch, Gran hält alles makellos sauber, aber sie glaubt nicht an *Renovierung* an sich. Ich vermute, Daves Mutter kann es insgeheim kaum erwarten, nach Grans Tod die Hände daran zu legen. Was *Gott verhüte*. Aber es wird kommen, oder? Und Gran und Daves Mutter sind so was wie die besten Freundinnen.«

»Die passive Aggressivität, nicht wahr? Wie in einem Flim. Manchmal denke ich mir nur: Gebt mir das Popcorn.«

Währenddessen befreien wir uns alle aus dem Club Car. In der Viertelstunde, seit wir vom Boot auf den Steg gestiegen sind, ist die Temperatur um etwa zehn Grad gestiegen. Die Sonne brennt mir im Nacken. Die Kinder fangen an, vom Strand zu schwärmen.

Lola stemmt die Hände in die Hüften. »Wisst ihr was? Geht ihr schon mal runter zum Strand. Ihr werdet die Cabana sehen, dort findet ihr alles, was ihr braucht. Ich gebe Jo Bescheid, dass wir zurück sind. Sie wird die Kleinen in ihre Badeanzüge stecken und sie runterbringen zum Spielen, okay? Macht es euch gemütlich! Mi casa es su casa!«

Sie ruft diese letzten Worte ihren galoppierenden Rücken hinterher, als sie von der Auffahrt über den Rasen stürmen, vorbei an den Seetrauben zum lockenden Ozean, Paige dicht auf den Fersen.

Wir sehen uns an. Wieder diese Welle der Spekulation. Lola Peabody ist fast vierzig, wie Paige, und hat eine gewisse Ähnlichkeit mit Summerly, insofern als sie sich makellos hält, aber nicht an Renovierung glaubt, sozusagen. Es gibt Falten um die Augen, ein leichtes Erschlaffen um Mund und Kinn, das sagt: *Ich lasse mich nicht zu Botox oder Dermaplaning herab, meine Abstammung reicht aus.*

Sie lächelt mich an. »Wie schade, dass Monk diese Woche nicht da ist. Ich wette, er wäre begeistert, dich wiederzusehen.«

Ich hieve meine Strandtasche auf die Schulter und setze meine Sonnenbrille auf. »Oh, ich bezweifle, dass er sich überhaupt an mich erinnern würde. Er, die große Berühmtheit, und ich.«

* * *

Um zwei Uhr nachmittags haben wir uns an der Bar des Mohegan Inn niedergelassen und Cosmopolitans bestellt. Ich persönlich mag keinen Cosmo – gib mir einen Manhattan oder einen Old Fashioned, wenn es sein muss, oder einen French 75, wenn du dich austoben willst – aber er scheint zu Geselligkeit zu gehören.

Schuld ist Lola. Die Kinder landeten alle nach dem Mittagessen im Familienzimmer und tippten auf ihren Handys und Tablets herum. Sie sah mich an und dann Paige und wandte sich mit einem strahlenden Gesichtsausdruck an das Kindermädchen. *Jo, macht es dir etwas aus, ein Auge auf die Kleinen zu haben, während ich den beiden hier die Sehenswürdigkeiten des Dorfes zeige?*

Mit *Dorfsehenswürdigkeiten* meinte sie offenbar die Bar im Mo.

Der Ort hat sich seit den alten Zeiten nicht verändert. Immer noch düster, selbst mitten am Tag, wie eine Goblinhöhle; immer noch stinkend nach Jahrzehnten verschütteten Biers, das in die Holzböden eingesickert ist. Die gleichen niedrigen Decken, die gleichen Barhocker mit abblätterndem avocadogrünem Kunstleder, die gleiche Ansammlung zusammengewürfelter Tische und Stühle, poliert mit Ruß. Der gleiche billige Deckenventilator, der die gleiche abgestandene Luft umwälzt. Die gleiche verdammte Babe-Ruth-Wackelkopffigur, die idiotisch von der Spitze der gleichen Registrierkasse starrt. Die gleiche erhöhte Plattform, etwa drei Meter im Quadrat, wo sie früher freitags und samstags abends die Livemusik aufbauten.

Eine weitere Erinnerung blitzt vor meinen Augen auf – Monk auf seinem Hocker, Baseballkappe, akustische Gitarre, Mikrofon. Wie er sich zu mir umdreht, während er dieses Lied spielt, das er geschrieben hat.

Und da ist Mike, hinter der Bar. Rotes Haar, jetzt stumpf und schütter. Er nimmt die Getränkebestellung entgegen und verweilt eine Sekunde oder zwei bei mir, mit spekulativem Stirnrunzeln, bevor er sich abwendet, um die Cosmos zu mixen.

»Früher im College kamen wir hierher, um unseren Eltern zu entkommen«, lächelte Lola. »Alle haben schamlos miteinander rumgemacht. Was knifflig war, weil so viele von uns Cousins sind? Obwohl ich sagen muss, dass wir, sobald wir genug getrunken hatten …« Sie lässt den Satz in der Luft hängen und kichert verschmitzt.

»Das ist irgendwie krank«, stellt Paige fest, »und doch auch seltsam erotisch. Auf eine kranke Art.«

»Ja, nun. Die Puritaner pflegten damals diese Art beschämender Tradition der Verwandtenehe. Ich meine, was hätte man sonst tun sollen? Wir reden einfach nicht darüber. Wie auch über alles andere nicht.« Sie greift nach dem Stiel eines Cosmo-Glases, das Mike gerade vor uns auf den Tresen gestellt hat. »Prost, meine Damen. Auf die guten alten Zeiten, in denen man seinen Cousin küsste und sich am nächsten Tag an nichts erinnerte.«

Wir nippen. Ich muss sagen, Mike mixt einen anständigen Cosmo, auch wenn er wahrscheinlich innerlich ein bisschen gestorben ist, als er den Cointreau abgemessen hat. Paige wackelt mit einer Augenbraue in meine Richtung, so wie sie es früher tat, als wir Kinder waren. Bei den seltenen Gelegenheiten, wo sie im Begriff war, eine ungeheuerliche Mutprobe zu begehen.

Sie wendet sich Lola zu. »Also? Hast du jemals was mit Monk Adams gehabt?«

»Iiiih. Er war wie der kleine Bruder meiner besten Freundin.«

»Na und?«

Lola zupft an der Zitronenspirale am Rand ihres Glases. »Kein Kommentar.«

»Oder erinnerst du dich nicht?«, stichelt Paige mit einem Ellbogenstoß.

»Die Wahrheit ist …« Lola nimmt einen langen Schluck. Sie stellt das Glas zurück auf die Bar, schwenkt es an den Seiten und sagt zu den rosa Wellen, die übrig bleiben: »Die Wahrheit ist, Monk war immer irgendwie anständig? Ich meine, er hatte Freundinnen und alles, aber er war kein Aufreißer. Würdest du das nicht auch sagen, Mallory?«

Lola wendet sich mir zu. Mich an etwas Alkohol verschluckend, stelle ich mein Glas ab.

»Was sagst du?«

»Ob Monk Adams gerne an den Wochenenden Mädchen aufgerissen hat? Ich meine, ich wette, du hast früher hier im Mo rumgehangen. Stimmt's? An deinen freien Abenden. Ich erinnere mich, dass er im Sommer viele Auftritte hier hatte.«

»Das stimmt. Daran erinnere ich mich. Wann immer ich eines seiner Albumcover sehe, denke ich immer an ihn auf seinem Hocker mit dieser alten Gitarre, genau da drüben.« Ich zeige auf die Plattform in der Ecke. »Wie er für einen Haufen betrunkener Einheimischer spielt.«

Lola neigt ihr Glas in meine Richtung. »Das beantwortet aber nicht meine Frage, Schlaumeier.«

»Um deine Frage zu beantworten«, sage ich gedehnt und lasse mir Zeit, »nein.«

»Nein, was?«

»Nein, ich glaube nicht, Monk wäre so sehr in die Aufreißer-Szene involviert gewesen.«

Ein paar Stunden und mehrere Runden Cosmos später fällt mir ein, auf mein Handy zu schauen. »Oh, Shit. Es ist fast Essenszeit.«

Paige schaut auf ihre Uhr. »Oh, Shit. Du hast recht.«

»Du kannst nicht nach Hause fahren«, stelle ich fest.

»Was meinst du? Mir geht's gut. Es ist ein Boot. Auf dem Wasser. Nicht eine Autobahn.«

»Trinken und Bootfahren ist buchstäblich illegal. Und auch dumm. Besonders so viel zu trinken.«

Sie wedelt mit dem Finger vor mir. »Wer ist jetzt die verantwortungsvolle Schwester?«

»Meine Damen«, sagt Lola, »keine Sorge. Ihr bleibt hier. Jede Menge Gästezimmer in Casa Peabody.«

Ich schaue wieder auf meine Uhr, als würde das die Situation verbessern. »Aber Sam hat morgen um neun Uhr in Barnstaple Dialyse.«

»Kein Problem.« Paige taumelt von ihrem Hocker und schafft es wie durch ein Wunder, auf den Füßen zu landen. »Ich bringe dich hin. Schwöre. Aufbruch im Morgengrauen. Mit den Fischersleuten.«

»Was ist mit Jake?«

»Jake ist weg, auf irgendeinem schööö-nen Golfplatz in Arizona. Nein, Palm Springs? Nein … nein, definitiv Arizona. Scottsdale. So eine Art Firmen-Retreat-Ding. Zurück am Montag.«

»Wenn die Katze aus dem Haus ist«, grinste Lola.

Mike tritt herüber und wischt ein Glas mit einem Bartuch ab. »Bereit zum Bezahlen?«

Paige öffnet ihre Geldbörse und zieht großzügig eine Kreditkarte heraus. »Ich übernehme das, Mädels.«

Mike schüttelt den Kopf. »Nur Bargeld.«

»Entschuldigung. Hast du *Bargeld* gesagt? *Nur*?«

»Es gibt einen Geldautomaten in der Harbor Street.«

Lola kramt in ihrer Handtasche. »Sei nicht albern. Ich übernehme das. Ich hätte euch vor der Bargeld-Sache warnen sollen. Ihr seid einfach ein Haufen alter Schule hier, nicht wahr, Mike?«

»Alias Steuerhinterzieher«, murmelt Paige.

»Sag mal.« Mike zeigt auf mich. »Jetzt erinnere ich mich an dich. Du und Monk, ihr kamt vor ein paar Jahren oft hierher. Mallory, richtig? Du warst Kindermädchen für seinen Vater.«

Beide Köpfe schwenken in meine Richtung.

Lola schnurrt: »Du und Monk?«

»Das ist lange her«, antworte ich.

»Gedächtnis wie ein Elefant.« Mike wischt seine Hand am Bartuch ab und streckt sie mir entgegen. »Schön, dich wiederzusehen, Mallory. Ihr zwei wart ein wirklich süßes Paar. Haltet ihr noch Kontakt?«

»Nicht wirklich.« Ich ergreife kurz seine Finger. »Eigentlich überhaupt nicht.«

»Das ist schade.« Er blickt zur Tür und senkt seine Stimme. »Weißt du, er spielt morgen hier ein paar Sets.«

»*Was?*«, kreischt Paige.

Mir wird ein bisschen schwindelig. »Ich dachte, er wäre nicht in der Stadt.«

»Hat mich heute Morgen angerufen. Er trudelt morgen ein, ganz diskret. Ich weiß nicht, vielleicht eine Art Hochzeitsüberraschung für die Zukünftige? Sagte, er würde abends hier vorbeikommen und ein paar neue Sachen am lokalen Publikum ausprobieren. Das ist ein Geheimnis«, fügt Mike hinzu und zeigt mit einem warnenden Finger auf jede von uns.

Paige verschließt ihre Lippen. »Tief im Tresor.«

Aus irgendeinem Grund ist es, als wir uns nach draußen zum Club Car schleppen und wie Maulwürfe in der Hochsommersonne blinzeln, nicht die Nachricht von Monks bevorstehendem Eintreffen oder die Vorstellung von ihm – dem *buchstäblichen Rockstar* – wie er auf der bierverschmierten Minibühne des Mo spielt, die mir einen Schlag in den Magen versetzt.

Es sind die Worte *Zukünftige*.

Lola gibt mir einen Klaps auf den Hintern. »Geheimniskrämerin. Da hast du ganz schön dichtgehalten.«

»Du hast keine Ahnung«, murmelt Paige.

»Es war nichts«, sage ich. »Es dauerte etwa eine Minute.«

»Oh, ich höre, er hält *viel* länger durch als *das.*« Lola kämpft sich auf den Fahrersitz. »Shit. Was übersehe ich?«

»Deine Nüchternheit?«

»Wir werden schon klarkommen. Es ist ja nur ein Golfcart, oder? Kann niemandem wehtun.« Sie schnippt mit den Fingern. »Die Bremse. Das ist es.«

Wir fahren los, die Harbor Street hinauf Richtung West Cliff Road. Ich lehne mich im Sitz zurück und schließe die Augen. Die Sonne brennt durch meine Augenlider, bei Weitem nicht genug, um die Erinnerungen darunter zu kauterisieren.

Zukünftige.

Vielleicht wäre es einfacher, wenn ich nicht wüsste, wie sie aussieht. Es ist *unmöglich*, nicht zu wissen, wie sie aussieht, selbst wenn man – wie ich – sich von jedem Klatschblattfoto von Monk Adams an jeder Supermarktkasse und in jedem Online-Newsfeed abwendet, auf dem er sein berühmtes Grinsen zeigt. In dieser Sekunde bekommt man einen Augenblick.

Sie ist kein Dummchen. Das wäre zu einfach. Keine übertriebenen Barbie-Merkmale. Sie ist groß und anmutig und sieht gleichermaßen fabelhaft aus im Abendkleid (an Monks Arm posierend bei den Grammys) oder in legerer Kleidung (lachend an Monks Seite bei ihrem Verlobungs-Fotoshooting für *People* – *»Monk heiratet!«*) oder natürlich im Bikini (Monk im Ozean bei einem Urlaub auf Fidschi bespritzend). Paige ertappte mich einmal dabei, wie ich einen Blick auf eines dieser Magazin-Cover warf und sagte: *Dir ist schon klar, dass sie aussieht wie du, oder?* Und Paige hat recht. Man könnte argumentieren, wir hätten die gleiche Art von Haaren, wären der gleiche Typ von Schönheit. Aber Lennox ist die glänzende Version von mir, als hätte jemand mich durch ein paar Photoshop-Filter laufen lassen, bis ich perfekt herauskam.

Was es irgendwie noch schlimmer macht. Ich bin der Entwurf; sie ist die fertige Kopie.

Das Club Car kriecht dahin. »Ich könnte schneller laufen als das fährt«, motzt Paige. »Soll ich fahren?«

»Das ist nur der Hügel«, beschwichtigt Lola. Sie macht dieses Blick-Ding im Rückspiegel, nur, dass ich diesmal hinter Paige sitze, und sie den Spiegel verstellen muss, um mich anzusehen. »Also erzähl mir davon. Du und Monk.«

»Sie redet nicht gerne darüber«, wehrt Paige ab. »Glaub mir, ich hab's versucht.«

»Schon gut, schon gut. Ich respektiere deine Privatsphäre.« Sie trommelt mit den Daumen auf das Lenkrad. Die Straße wird flacher, als wir den Gipfel erreichen. Die Klippen fallen rechts ab. Greyfriars zieht an seiner einsamen Spitze vorbei.

Wie von Lola versprochen, nimmt das Club Car etwas an Geschwindigkeit zu. Ich schließe wieder die Augen, und diesmal schirmt das Dach des Golfwagens meine Lider vor der Sonne ab. Ich höre Bessies Bass-Grollen, wie sie mich zum ersten Mal die West Cliff Road hochzieht. Das Trommeln des Regens auf dem Dach. Monks rechte Hand am Lenkrad auf zwölf Uhr, sein linker Ellbogen an der Tür. Das Fenster heruntergerollt, um die frische, feuchte Luft hereinzulassen. Monks beruhigendes Grinsen, als könnte dir in seiner Obhut nie etwas Schlimmes passieren.

Ich öffne die Augen und richte meinen Rücken auf. Die Sonne muss mir zugesetzt haben, ich sehe Flecken. Wir passieren das Wachhäuschen – winken, winken – und mein Herz beginnt zu rasen. Mein Magen dreht sich um. Ich strecke mich nach vorne und tippe Lola auf die Schulter.

»Ich glaube, mir wird schlecht«, rufe ich ihr zu.

Das Club Car kommt abrupt zum Stehen. Ich stolpere aus meinem Sitz und beuge mich über das Wiesengras.

Zurück im Haus spielen die Kinder Pickleball. Mir ist immer noch etwas schwindelig, also bitte ich Lola um eine Wegbeschreibung zur Küche, um ein Glas Wasser zu holen, und finde mich fünf Minuten später in einem kleinen Raum wieder, der einem Flohmarkt ähnelt.

»Kann ich Ihnen helfen?«, fragt ein tiefer, attraktiver Bariton.

Ich mache erschrocken eine halbe Drehung und stehe Auge in Auge mit einem dunkelhaarigen Mann etwa in meinem Alter, der ein verblichenes grünes Polohemd trägt, das über einer gelben Badehose hängt.

»Wissen Sie, Sie sehen genauso aus wie Ihre Stimme klingt«, sage ich ihm.

Seine Augenbrauen heben sich. »Ist das gut oder schlecht?«

»Es ist ein Anfang. Ich suche die Küche?«

Er blickt über meine Schulter. »Ich möchte Ihre Gefühle nicht verletzen, aber Sie befinden sich nicht einmal in der Nähe.«

»Um fair zu sein, die Wegbeschreibung war ziemlich miserabel.«

»Lola?«

»Betrunkene Lola.«

Er nickt. »Folgen Sie mir.«

Gehorsam folge ich ihm durch eine Reihe von Räumen, bis wir die Summerly-Küche erreichen, die wie jede Küche auf Winthrop ist – achtzig Jahre alt, Vintage-Geräte nach Bedarf aufgerüstet. In der Mitte eines Formica-Tisches aus den Siebzigern steht eine blau-weiße Ming-Dynastie-Schale aus dem siebzehnten Jahrhundert, gefüllt mit Zitronen und Limetten. Mein Fremdenführer öffnet die Tür eines Frigidaire, der vom Set von *I Love Lucy* hierhergekommen sein könnte, und fragt, was er mir bringen kann.

»Nur ein Glas Wasser.«

»Harter Nachmittag?«

»Lola hat uns zum Mo geschleppt.«

»Autsch.«

»Allerdings. Können Sie mir sagen, wo die Gläser sind?«

Er schließt den Kühlschrank und geht zu einem der Schränke. Ein Durcheinander von nicht zusammenpassenden Gläsern füllt ein Regal, das mit sich kräuselndem Blumenpapier ausgelegt ist. Er prüft ein Exemplar auf Schäden und füllt es für mich am Waschbecken. »Eis? Zitrone?«

»Eis nein, danke. Zitrone ja, bitte.«

Während er ein Messer aus dem Block zieht und eine Zitrone in vier Viertel hackt, ertappe ich mich dabei, wie ich seinen gebräunten Nacken studiere. Die Locke seines dunklen Haars. Er ist nicht ganz so groß wie Monk, aber gut 1,85 Meter.

»Voilà.« Er reicht mir das Glas.

»Vielen Dank, Mr. ?«

»Peabody. Sedge Peabody. Sohn des ersten Sedge Peabody.«

»Sedge Peabody der Zweite. Irgendeine Beziehung zum Besitzer dieser Absteige?«

»Meine Oma. Ich bin nur für ein paar Tage hier, um ein Auge auf sie zu haben. Sie wissen schon, sicherstellen, dass sie keine Swinger-Partys schmeißt. Den ganzen Gin austrinkt.«

»Oma ist also eine Art Wildfang?«

»Sie haben keine Ahnung. Glücklicherweise ist sie diese Woche oben und beendet ein Buch.«

»Große Leserin also.«

»Nicht lesen. Schreiben. Ms. ?«

Ich nehme das Wasserglas in die linke Hand und strecke meine rechte aus. »Dunne. Mallory Dunne. Die Erste. Entschuldigung, dass ich in Ihr Haus eingedrungen bin und Ihr Wasser gestohlen habe.«

Sedges Händedruck ist warm und fest. »Mallory Dunne die Erste. Die Invasion ist willkommen, glauben Sie mir. Und ich glaube nicht, dass es Diebstahl ist, wenn Ihr Gastgeber Ihnen den fraglichen Gegenstand serviert? Das müssen Sie mit Lola abklären. Ich habe das Jurastudium nach dem ersten Jahr abgebrochen.«

»Oh, ein Versager! Wie ich.«

»Jede Familie hat einen.« Sedge Peabody verschränkt die Arme vor der Brust und kneift die Augen zusammen, um einen schwachen braunen Fleck an der Decke zu betrachten. Er hat ein kräftiges Kinn, ein Eishockey-Kinn. Eine leichte Beule auf dem Nasenrücken. »Also. Bleiben Sie übers Wochenende, Mallory die Erste?«

»Nur für die Nacht. Sie?«

»Ich bringe Oma leider bald nach Boston zu einem Arzttermin. Gerade als der Tag interessant zu werden begann.«

»Schiffe, die in der Nacht aneinander vorbeifahren. Die Geschichte meines Lebens. Aber ich schätze die Pause zur Erfrischung.« Ich trinke den Rest des Wassers aus und stelle das Glas in die Spüle. »Sedge der Zweite. Bevor Sie gehen, würden Sie mir den Weg zum Pickleball-Platz zeigen?«

Eine Stunde später fläzen wir uns auf der Summerly-Terrasse und beobachten, wie die Kinder im Sand hin- und herrennen. Paige legt ihre Füße auf einen Korbhocker. »Das ist das Leben«, stellt sie fest. »Ernsthaft. Ich könnte den ganzen Sommer bleiben.«

»Ernsthaft? Ich wünschte, du würdest.« Lola öffnet eine rosa Limonade Spindrift, um sie über ihren Wodka zu gießen. »Die verdammte Langeweile vertreiben.«

Ich starre über den glitzernden Ozean, das goldene Licht. »*Lange*weile?«

Sie nippt an ihrem Drink und schließt die Augen. »Vor neun Jahren war ich Anwaltsassistentin in New York. Achtzig-, Hundert-Stunden-Wochen. Arschloch-Chef. Konnte den Mutterschutz kaum erwarten. Und jetzt sieh mich an. Einfach verdammt noch mal sieh mich an.«

»Sieht von hier ziemlich gut aus.«

Sie dreht den Kopf zu mir und öffnet die Augen. »Also, ich höre, du bist Sedge begegnet.«

»Dank deiner beschissenen Wegbeschreibung. Woher weißt du das?«

»Er hat mir eine Nachricht geschickt.« Sie zuckt mit den Schultern und wendet sich wieder der Sonne zu, die Augen geschlossen. Ein Lächeln biegt sich um ihren Mundwinkel.

Paige streckt sich und stupst mich mit dem Zeh an. »Weißt du, was du tun solltest, Mal? Du solltest spazieren gehen.«

»Spazieren gehen?«

»Erinnerungspfad und so? Geh. Wir passen auf die Kinder auf.«

»Auf jeden Fall«, stimmt Lola zu. »Genieß etwas Zeit für dich vor dem Abendessen.«

In meinem Kopf gibt es eine Karte von Winthrop Island, die nicht viel Ähnlichkeit mit der hat, die man in einem Atlas oder auf dem iPhone findet. Nimm die West Cliff Road fast bis zum Dorf und biege dann links ab Richtung Flugfeld und der verlassenen Armeebasis mit den Bunkern, die die Kinder gerne an bewölkten Tagen erkunden. Geh weiter vorbei am achten Loch des Winthrop Island Clubs und durch die Lücke im Gebüsch zum Monk-Anwesen. Geh rechts aus Seagrapes raus und folge den Klippen bergab Richtung Huxley-Anwesen und den Pinkertons. Umgehe die Bucht, die bei Flut etwas sumpfig wird, und du kommst zum Rand des Summerly-Strandes, wo ich jetzt, eine Million Jahre später, stehe.

Ich schaue über meine Schulter zurück zur Terrasse. Paige hebt den Arm und macht eine scheuchende Geste.

Die Sonne brennt auf mein Haar. Ich habe vergessen, einen Hut mitzunehmen, nur die übergroße Chanel-Sonnenbrille, die ich mir von Paige geliehen habe. Ich trage ein verblichenes gestreiftes T-Shirt-Kleid, ein Paar Flip-Flops. Das Armband meiner Mutter. Keine Uhr oder Telefon. Draußen auf dem Meer segelt ein einzelnes weißes, dreieckiges Segel Richtung Ufer.

Ich wende mich nach links und den Schilfrohren zu, die den Rand der Bucht säumen. Ich bahne mir vorsichtig einen Weg herum, bis ich festeren Boden erreiche, wo das Ufer beginnt, zu den Klippen anzusteigen.

Es ist seltsam, ich muss diesen Abschnitt Dutzende Male in jenem Sommer entlanggegangen sein. Mit den Zwillingen, mit Monk. Er hat sich nicht verändert. Warum sollte er auch? Das lange Gras, das in der Brise wogt. Die Sträucher, die sich im sandigen Boden zusammendrängen. Die Strandrose, die fast bis zum Rand der Klippe wuchert, sodass man vorsichtig seinen Weg wählen muss, bis der Boden sich zurückwölbt und eine Spitze bildet – die Spitze der Bucht, die den Strand formt – und die Strandrosen zurückweichen und ganz aufhören, wo das Adams-Grundstück beginnt.

Hier erreicht der Hang seine höchste Stelle, und die Aussicht von diesem Punkt raubt einem den Atem. Man kann alles von Rhode Island bis Block Island bis Long Island sehen, die Gezeiten, die am Fleet-Rock-Leuchtturm vorbeirauschen, und den weiten, wilden Atlantischen Ozean. In meinen Augen sind Tränen, und die kommen nicht nur vom Wind. Nicht wegen dieses Gefühls in meinem Bauch, das einem Schlag in die Magengrube ähnelt.

Geh zurück, sage ich mir. *Dreh dich um und geh zurück.*

Aber meine Augen können nicht widerstehen, die Seite der Klippe hinunterzugleiten zum Strand, der sich unten in der Bucht versteckt.

Niemand da.

Wenn ich zum Haus hinüberblicke – verborgen von den Meertrauben, die dem Anwesen seinen Namen geben – kann ich keinen Hauch von Bewegung erkennen, kein Zeichen menschlichen Lebens. Gott sei Dank. Ich frage mich, ob Monk es jemals betritt, ob er noch eng mit Chippy und Blue befreundet ist, die jetzt die Sommer dort verbringen. Auf der anderen Seite von Seagrapes liegt das Monk-Anwesen, das morgen vor Personal und Sicherheitsleuten wimmeln wird, vor Entourage. Mit

Hochzeitsplanern wahrscheinlich, die tun, was auch immer Hochzeitsplaner so tun. Mit Monk. Vielleicht auch seiner Verlobten.

Heute bin ich vielleicht die einzige Person auf der Insel. Nur der Wind bewegt sich.

Ich finde den Pfad und beginne den Abhang hinunterzuklettern.

Der Strand ist so still und weich, wie in meiner Erinnerung. Ich ziehe meine Flip-Flops aus und der Sand quillt zwischen meinen Zehen hervor. Das Licht hat gerade begonnen, golden zu werden. Mit meiner linken Hand drehe ich das Armband an meinem Handgelenk.

Wie gesagt, ich versuche die Klatschblätter zu meiden, wenn irgend möglich. Aber ihr wisst ja, wie das ist, wenn man an der Supermarktkasse steht und nichts anderes zu tun hat, nirgendwo anders hinschauen kann. Hatte ich mich an diesem Tag vor acht Monaten für die Selbstbedienungskasse entschieden, hätte ich die Schlagzeile vielleicht ganz verpasst, und in der nächsten Woche hätten die Schlagzeilen etwas anderes geschrien. Aber ich hatte viele Gemüsesorten, die gewogen und deren Codes nachgeschlagen werden mussten, also ging ich zur Kassiererin und da war es, die Zeitschrift *InTouch*, dieses Bild eines trauernden Monk Adams und seiner Freundin, die geschmackvoll Schwarz trugen. *Der Sohn meines Vaters*, lautete die Schlagzeile, und darunter *Monk Adams würdigt Vater, der seine Träume vom Starruhm unterstützte*, was nur zeigt, wie viel Wahrheit in einem Klatschblatt-Artikel steckt.

Ich verfiel in Trance. Ich starrte auf Monks Gesicht, starrte auf die Worte.

Tot, dachte ich. *Mr. Adams war gestorben.*

Hundert Fragen bestürmten mich. Wie war er gestorben? Wann? Wo? Wie kam Monk damit zurecht, trauerte er, hatte er die Chance, sich zu verabschieden?

Ich erinnere mich, dass ich meine Einkäufe auf dem Band liegenließ und aus dem Stop and Shop hinauslief. Ich setzte mich in mein Auto und starrte durch die Windschutzscheibe, bis die Tränen zu fließen begannen und sich in Schluchzen verwandelten. Jemand klopfte ans Fenster und fragte, ob alles in Ordnung sei. Ich nickte ja, es sei alles in Ordnung. Ich drehte den Zündschlüssel um und fuhr den ganzen Weg nach Hause, bevor mir klar wurde, dass ich meine Einkäufe zurückgelassen hatte.

An meinem Handgelenk liegt die Kobra, warm von der Sonne. Ihre Augen funkeln. Ich hebe meinen Blick zum Meer, das gegen das Ufer brandet, und stelle mir vor, dass ich, wenn ich eine Linie entlang des Globus von meinen Augen über den Ozean ziehen würde, vielleicht Irland erreichen könnte. Wo meine Mutter geboren wurde. Wo ihre Mutter ihr dieses Armband gab, das an meinem Handgelenk sitzt, bevor sie sie weggab.

Für einen Moment stelle ich mir vor, ich könne sie aus dem Wasser aufsteigen sehen, glänzend, diese geheimnisvolle Großmutter samt all ihren Geheimnissen.

Dann wird mir klar, es ist nicht meine Einbildung. Jemand erhebt sich wirklich aus dem Wasser, die Schultern breit, die nackte Haut glänzend, die dunkle Badehose um die Hüften geschlungen, Füße, die Schaum aus der Brandung treten. Er schüttelt das Wasser aus seinen Haaren und begegnet meinem versteinerten Blick.

Sein Gesichtsausdruck wird schockiert.

»Heilige Scheiße«, sagt er. »*Pinks?*«

KAPITEL ACHT

Hannah

Oktober 1951
Kairo, Ägypten

Aus irgendeinem Grund wollte Alistair nach Ismailia reisen, um den Suezkanal zu sehen.

Lucien hielt es für eine dumme Idee, ganz zu schweigen von gefährlich. »Es ist kein verdammtes Spa«, murrte er auf Englisch und wechselte dann ins Französische. »Hat er keine Ahnung, was gerade in der Kanalzone los ist? Hast du welche?«

Hannah blies etwas Rauch von ihrer Zigarette aus. »Die einheimischen Arbeiter streiken«, sagte sie.

»Ja, sie streiken. Weißt du warum?«

»Weil sie die Briten hassen. Sie wollen sie aus dem Kanal haben. Ganz aus Ägypten raus. Also streiken sie. Und sie greifen die Schifffahrt an. Und die ägyptische Polizei unternimmt nichts dagegen, weil sie dasselbe wollen wie die Arbeiter.«

»Du solltest deinem Mann all das erklären.«

»Es interessiert ihn nicht. Das ägyptische Volk ist für ihn nur eine Masse. Wie Vieh. Nein, das ist nicht fair.« Sie nahm noch einen Zug von der Zigarette und reichte sie ihm. »*Vieh* ist das falsche Wort. Was auch immer das menschliche Äquivalent zu Vieh ist.«

»Das gibt es nicht. Man ist entweder das eine oder das andere, Mensch oder Vieh.«

Ein Paar Pferde donnerte vorbei. Sie befanden sich auf dem Gezira-Polofeld und sahen einem Spiel unter der üblichen gleißenden Sonne zu. Die Ponys glänzten vor Schweiß. Die weißen Hemden klebten an den Rücken der Reiter. Irgendwann während des dritten Chukkas war es Hannah gelungen, sich von Alistair zu lösen – der über irgendeinen Witz lachte – und sich zu diesem Platz an der Absperrung zu manövrieren, die die Zuschauertribüne schützte. Einen Moment später tauchte Lucien an ihrer Seite auf. *Was für eine reizende Überraschung, Mrs. Ainsworth,* hatte er nüchtern gesagt und diese Zigarette angezündet, die sie nun zwischen sich hin- und herreichten, dem Anschein nach ein Paar, das miteinander bekannt war, und sich inmitten der Atmosphäre von heißem grünen Gras, den die Erde erschütternden Hufen, den Seufzern und Stöhnen der Zuschauer, unterhielten.

Hannahs Augen folgten der Linie des Balls, aber eigentlich beobachtete sie Luciens Hand, die die Zigarette hielt, die noch warm von ihren Lippen war. Er hob sie an seinen Mund, inhalierte und reichte sie ihr zurück. Ihre Fingerspitzen streiften einander.

»Aber du weißt, was ich meine«, sagte sie. »Massen. Ethnien. Menschenmengen, keine Individuen.«

»Nun, die Massen in Ismailia kümmern sich einen Dreck darum, was er von ihnen hält. Und die ägyptische Polizei kümmert sich auch einen Dreck darum, ein paar dumme englische Touristen zu schützen, die in Schwierigkeiten geraten. Dein Mann kann seinen eigenen Hals riskieren, wenn er will, aber er kann nicht deinen riskieren.«

Hannah gab ihm die Zigarette zurück. »Willst du damit sagen, du verbietest mir zu gehen?«

»Als ob ich dir irgendetwas verbieten könnte.«

Ein Paar Reiter donnerte auf sie zu, die Schläger schwingend. Lucien nahm sie am Ellbogen und zog sie einen oder zwei Schritte zurück. Die Pferde donnerten harmlos vorbei. Der Geruch von heißem, zerrissenem Gras und Schweiß. Das Raunen der Menge.

»Ich meine, ich komme mit euch«, erklärte er.

Zwei Tage später befanden sie sich bei Tagesanbruch auf der Straße und fuhren in die Sonne, die als wütender orangefarbener Ball aufging.

Alistair hatte die Beverleys eingeladen. Hannah hatte die beiden in den letzten paar Monaten recht gut kennengelernt. Bertie Beverley war irgendein alter Schützling ihres Mannes aus dem Außenministerium, jetzt Presseattaché oder so etwas, etwa fünfzig Jahre alt, der vorne bei Lucien saß. Alistair saß hinten bei den Frauen, Hannah in der Mitte, Lillian hinter ihrem Mann in einem weißen Leinenkleid, das an den Nähten spannte. Rundes Gesicht, abfallende Schultern. Helle, gerötete englische Haut, die zu jeder Zeit vor der Sonne geschützt werden musste. Sie sah etwa so alt aus wie ihr Mann, war aber wahrscheinlich viel jünger, dachte Hannah. Obwohl man natürlich nicht fragte.

Beverley lehnte sich über den Sitz. »Hallo, Sie da! Fahrer! Wie lange noch?«

»Sein Name ist Beck«, murmelte Hannah.

»Was? Was?«

»Meine Güte, Liebes«, sagte Lillian. »Kennen Sie Monsieur Beck nicht? Von Shepheard's?«

»Sollte ich?«

Hannah rief nach vorne auf Englisch. »Monsieur Beck, könnten Sie uns sagen, wie viele Stunden es bis zu unserem Ziel sind?«

Lucien begegnete ihren Augen im Spiegel. Grüne Funken. Sie konnte nicht atmen.

»Etwa drei Stunden, wenn der Verkehr gut läuft«, gab er zur Antwort.

Hannah riss ihren Blick los. *Shit*, dachte sie. Das würde schwieriger werden, als sie gedacht hatte.

Sie erreichten Ismailia plötzlich – einen Moment offene Wüste, dann wandte man den Kopf zurück zum Fenster und fand Straßen in einem europäischen Raster angeordnet, gesäumt von Palmen in ordentlichen Abständen.

Es sei eine Firmenstadt, informierte Lucien sie, wie ein Reiseführer. Aus dem Nichts auf Ödland erbaut, auf halbem Weg zwischen Port Said und Suez, für einen einzigen Zweck – den Kanalverkehr zu überwachen. Er bog von der Hauptstraße ab und ratterte eine Gasse hinunter, vorbei an einem Grünstreifen, wo er den Wagen anhielt. Vor ihnen endete der Wüstensand in einer Linie flachen grünbraunen Wassers.

»Endlich der Kanal«, seufzte Alastair.

»Der Timsahsee, um pedantisch zu sein«, stellte Lucien richtig. »Der Kanal folgt dem östlichen Ufer.«

Er stieg aus dem Auto und half Alistair auf die Füße, dann ging er um den Wagen herum, um die Tür für Hannah und Lillian zu öffnen. Draußen war die Luft trocken, der Wind heiß. Hannah stolperte über den Sand zum Wasser. Hinter ihr sagte Alistair etwas über die Großartigkeit der Technik des Kanals, der die Bitterseen verbinde – als ob er irgendetwas von Technik verstünde, dachte Hannah. Wann war er so lästig geworden? Oder war es allmählich über ihn gekommen, wie das Trinken? Ihre Schuhe blieben stecken und füllten sich mit Sand, also blieb sie stehen und zog sie aus, dann streifte sie ihre Strümpfe unter ihrer Hose ab und ging weiter zum Rand des Sees.

Rechts breitete sich das Wasser über ein paar flache Morgen aus, die in Salzmarschen, Docks und Lagerhäusern endeten. Links, vielleicht eine halbe Meile entfernt, glitten ein paar Schiffe südwärts. Ein Horn stöhnte über das Wasser. *Wie Spielzeuge*, dachte sie, *Spielzeuge in einer Badewanne.* Nur dass etwas Massives an ihnen war, selbst aus dieser Entfernung.

Ein neuer Geschmack schlich sich über Hannahs Gaumen – Salz und Metall und Rauch, der Geruch von verbranntem Öl.

»Da bist du ja.« (Luciens Stimme.) »Der Grund für all diese rasselnden Schwerter.«

»Was meinst du?«, flüsterte sie.

»Vor fünfzig Jahren war es Indien. Jetzt ist es Öl. Die Hälfte des weltweiten Vorrats und der Großteil Großbritanniens benötigen. Sie werden bis zum letzten Mann um diesen verdammten Wasserstreifen kämpfen. Mein Gott, geht es dir gut?«

Sie fasste sich. »Was meinst du?«

»Du siehst aus, als hättest du einen Geist gesehen.«

Hannah drehte sich um. Er stand ein paar Meter entfernt, der Wind zerzauste den Pony seiner dunklen Haare unter seinem Hut. Seine grünen Augen waren groß und wachsam in seinem gebräunten Gesicht.

»Sieh mich nicht so an«, bat Lucien.

»Ich halte das nicht aus. Du hättest nicht kommen sollen.«

»Warum nicht?« Lillian holte atemlos auf und hob eine Hand, um ihren

Hut in der Brise vom Kanal festzuhalten. Ihre Wangen waren rosa gefärbt von der Anstrengung, über den Strand zu waten. Anders als Hannah hatte sie ihre Schuhe und Strümpfe anbehalten. Sie blickte fröhlich zwischen ihnen hin und her. »Warum sollte der arme Monsieur Beck nicht mit uns kommen? Ein netter Ausflug, würde ich meinen.«

»Mrs. Ainsworth mag es nicht, andere zu belästigen«, gab Lucien Auskunft.

»Oh! Aber wir *bezahlen* Sie doch, oder?« Lillian klang verwirrt.

Alistair keuchte heran, gestützt auf seinen Gehstock, Beverley aufmerksam an seiner Seite. »Ihn bezahlen? Das will ich meinen.«

Lucien sah Hannah an. »Sehen Sie? Sie müssen sich keine Sorgen machen, Mrs. Ainsworth. Man hat mich gekauft und bezahlt.«

Hannah wandte den Kopf nach Osten. Jenseits des Kanals erstreckte sich der Horizont in einer flachen braunen Linie. »Wie seltsam, wir blicken auf Asien.«

»Es sieht genauso aus wie Afrika«, verkündete Lillian.

»Es ist eine willkürliche Unterscheidung, aus geografischer Sicht«, brummte Alistair und stützte sich mit beiden Händen auf seinen Gehstock, »aber man muss irgendwo eine Grenze ziehen, nehme ich an.«

Beverley wirbelte seinen Hut auf der Hand. »Ich stelle mir vor, es wird bald alles zu Israel gehören.«

»Oh, ich würde nicht gegen den alten Farouk wetten«, erwiderte Alistair. »Schlauer Teufel.«

»Ich würde auch nicht gegen Ben-Gurion wetten. Eh, Mr. Beck?« Beverley wandte sich an Lucien. »Was denken Sie, Beck? Wer gewinnt den Sinai? Halten die Araber ihn gegen die schmutzigen Juden?«

Lucien zog sein Taschentuch aus der Tasche und wischte das Zifferblatt seiner Uhr sauber. »Sollen wir vielleicht weitergehen und die Stadt besichtigen?«, schlug er vor.

Wie der Rest Ägyptens präsentierte sich Ismailia trotzig französisch, wo es nicht arabisch war. Nach ein oder zwei Stunden, in denen sie die breiten Alleen und die eleganten Gebäude besichtigt hatten, fanden sie ein anständiges Restaurant in der Nähe des Kanals und bestellten die Bouillabaisse und die Muscheln und eine schöne Seezunge nach Müllerin Art, hinuntergespült mit ein paar Flaschen kaltem Champagner. Lucien wartete beim Auto und rauchte eine Zigarette. Hannah konnte gerade noch seine seitliche Kopfpartie durch das Fenster erkennen, wenn sie den Hals reckte. Er lehnte an der Motorhaube, die Beine übereinandergeschlagen, und rauchte. Sein Hut war tief in die Stirn gezogen und die Ärmel hochgekrempelt. Sie war fasziniert von seinen Unterarmen, der Kurve von Sehne und Muskel, während er rauchte.

»Meine Liebe, stimmt etwas nicht mit Ihrem Hals?«, erkundigte sich Lillian.

»Ein wenig steif. Ich muss ihn wohl beim Schlafen etwas verdreht haben.«

»Sie sollten die orientalische Massage ausprobieren. Ich habe gehört, sie wirkt Wunder.«

Die Männer sprachen über die Bewegung der Freien Offiziere. Beverley glaubte, früher oder später würde es einen Putsch geben. Er dachte, der König sei am Ende und diese Armeeoffiziere die einzigen Männer, die Ägypten ins zwanzigste Jahrhundert führen könnten, die Wirtschaft modernisieren, die religiösen Fanatiker abwehren.

»Dasselbe haben sie über Hitler gesagt«, meinte Alistair. »Nehmen Sie Ihren panarabischen Nationalismus und ersetzen Sie *arabisch* durch *deutsch*. All diese neuen Gesetze gegen die Juden.«

»Alles geht auf diese verdammte Sache mit Israel zurück. Sie scheuchen ein Wespennest auf. Wenn es einen Weg gibt, die Araber zu vereinen, dann geben Sie den verdammten Juden einfach ein Stück Premiumimmobilie am Mittelmeer.«

»Bis jetzt hat sich keiner von ihnen einen Dreck um die Palästinenser geschert, wohlgemerkt.« Alistair zerdrückte seine Zigarette im Aschenbecher.

»Ich war während des Krieges in Kairo, wissen Sie«, sinnierte Beverley. »Ich war dort, als unser Mann Lampson sich gewaltsam Zutritt zum Palast verschaffte und den König zwang, Nahhas Pasha als Premierminister einzusetzen. Verdammt anmaßend. Nun, damals sagte ich zu ihm, ich sagte: ›Lampson, alter Knabe –‹«

Alistair schlug mit der Faust auf den Tisch. »Hatten keine Wahl! Überhaupt keine verdammte Wahl. Dieser Esel Farouk –«

»Farouk ist in der Tat ein Esel, aber man kann nicht einfach Minister einsetzen. Diese Schande. Das hat sie aufgebracht, besonders die ägyptischen Offiziere.« Beverley zeigte mit zwei Fingern auf Alistair, die den Stummel seiner Zigarette hielten. »Ich sage Ihnen, was ich denke, Ainsie. Das war der Tag, an dem wir diese Bewegung der Freien Offiziere erschufen. Das war der Tag, an dem wir Ägypten abgeschrieben haben.«

Alistair zuckte mit den Schultern und zündete sich eine weitere Zigarette an. Sie waren beim letzten Gang, Dessert und Kaffee, Cognac für die Herren. Die Deckenventilatoren wirbelten die heiße Luft auf. Draußen vor dem Fenster stieß sich Lucien vom Auto ab und bewegte sich aus Hannahs Blickfeld.

Lillian stellte ihr eine Frage.

»Tut mir leid, ich habe nicht aufgepasst«, sagte sie.

Ein Ausdruck von Verärgerung glättete Lillians Augenbrauen. Aber sie war die Frau eines Diplomaten – er war im Nu verschwunden. »Sieh, was du angerichtet hast, Bertie? All dieses politische Gerede. Du hast die arme Hannah bis zum Stupor gelangweilt.«

»Ich bitte um Verzeihung, Hannah«, sagte Beverley. »Ich fürchte, wir haben uns hinreißen lassen.«

Alistair sah sie liebevoll an. »Hannah hat sich nie besonders für Politik interessiert.«

»Wie, überhaupt nicht?«, fragte Lillian.

»Überhaupt nicht. Ich erinnere mich, wir waren in Nürnberg – sie war meine Übersetzerin, wissen Sie, so haben wir uns verliebt – lange Stunden, endlose grauenhafte Zeugenaussagen zu transkribieren und zu übersetzen. Ich pflegte sie mitten in der Nacht zu beobachten, an ihrer Schreibmaschine, verdammt schön – nun kommen Sie, Sie sehen, wie schön sie ist, meine Frau – und ich erinnere mich, dass ich sie einmal fragte, es war mitten in der Nacht, natürlich wollte ich verdammt noch mal lieber mit ihr ins Bett gehen –«

»Oh, Alistair, *wirklich* –«

»Es ist nur die Wahrheit, Liebling, wie du weißt. Ich war absolut verrückt nach ihr, dieser kleinen Übersetzerin von mir, diesem entzückenden Mädchen in ihrem Morgenmantel, reizende Titten alle weggesteckt –«

Lillian gab einen leisen Laut von sich. Beverley unterdrückte ein Kichern. Hannah blickte auf das leere Glas neben dem Teller ihres Mannes, die leere Weinflasche noch in ihrem silbernen Kühler.

Alistair fuhr fort. »Also fragte ich sie an einem Punkt, zwei Uhr morgens in meinem elenden Quartier, verdammt schäbiges Zimmer, beide inzwischen in unseren Morgenmänteln, ob sie vielleicht für die Nacht aufhören wolle, ob der Inhalt dieser Zeugenaussage zu schrecklich geworden sei, verdammte Nazis, die einander verrieten, um ihre eigene Haut zu retten, ob sie nicht einen schönen Sherry auf dem Sofa möchte, ein bisschen zusammensitzen, und sie sah zu mir auf – ich werde es nie vergessen, die Öllampe, verdammter Strom war wieder ausgefallen, die Öllampe warf diesen entzückenden Schein auf ihr Gesicht, sie sagte mir – verdammteste Sache – sie sagte mir, sie achte gar nicht auf die Worte, sie übersetze einfach, kümmere sich einen Dreck um diese Kerle und was sie getan haben. Die verdammteste Sache, die ich je gehört habe. Wo ist denn dieser verdammte Kellner mit dem Cognac?«

»Cognac ist alle, alter Knabe«, sagte Beverley.

Hannah streckte die Hand aus, um die ihres Mannes zu bedecken. »Alistair. Liebling. Vielleicht sollten wir besser die Rechnung begleichen, meinst du nicht? Wir haben eine lange Fahrt vor uns.«

»Verdammt noch mal, das stimmt. Ich hatte fast vergessen, dass wir den ganzen Weg zurück nach dem verdammten Kairo fahren müssen. Gott sei Dank haben wir Beck, eh? Hannah? Was würden wir ohne den alten Beck tun, der auf unseren Wink und Ruf zur Stelle ist, ha ha? Kümmert sich um all unsere Bedürfnisse, dieser Kerl.«

Beverley winkte dem Kellner. Hannah wagte es nicht, Lillian anzusehen. Mein Gott, das Mitleid einer anderen Frau – gab es etwas Schlimmeres? Hannah öffnete ihre Handtasche, kramte ihren Puderdose und Lippenstift heraus und besserte ihre Lippen nach. Beverley bot eine Zigarette an und zündete sie für sie an. Sie hielt ihre Augen gesenkt, während sie leise dankte.

* * *

Draußen stand die Sonne hoch im Westen, weiß und grell. Jetzt sah Hannah, wohin Lucien gegangen war – er lehnte an der anderen Seite des Autos, zur Straße gewandt, die Augen zusammengekniffen, die Arme verschränkt.

Alistair rief. »Beck! Ich sage Beck!«

Lucien richtete sich auf und ließ seine Zigarette auf den Bürgersteig fallen. »Haben Sie Ihr Mittagessen genossen, hoffe ich?«

»Verdammt nachlässig, diese Kerle«, murmelte Alistair.

Beverley wandte sich an Alistair. »Ich schlage dir etwas vor, alter Junge. Was hältst du davon, einen Spaziergang zu machen und eine zu rauchen, bevor wir uns wieder nach Kairo aufmachen? Beck kann ein Auge auf die Damen haben.«

»Ja, geht nur«, sagte Lillian. »Ihr werdet euch danach erfrischt fühlen.«

Alistair schwang seinen Gehstock in einem kleinen Bogen. »Sehr wohl. Schließlich würde es mir nichts ausmachen, mich ein wenig umzusehen. Das ist der Grund, warum wir gekommen sind.«

Die Männer machten sich auf den Weg, in Richtung des Kanals, und zündeten ihre Zigaretten an. Alistair hatte die Steifheit in seinem Gang verloren, aber er stützte sich schwer auf den Gehstock. Seine Stimme dröhnte selbstbewusst zu ihnen zurück – *Das Problem mit Auslandsposten, ha ha, sind die verdammten Ausländer* – gefolgt von Beverleys besänftigendem Murmeln.

»Sollten wir uns besser ins Auto setzen, was meinen Sie?«, fragte Lilian, ein wenig zu munter.

»Was, in dieser heißen Sonne? Wir würden braten. Es ist schon in Ordnung, niemand ist hier. Lassen Sie uns einen Spaziergang durch diese Arkade machen.« Hannah nickte zu dem Gebäude zu ihrer Rechten. »Mr. Beck?«

»Ja, Mrs. Ainsworth?«

»Wir gehen nur die Arkade entlang.«

»Natürlich, Mrs. Ainsworth.«

Im Schatten war die Luft kühler. Lillian hakte sich bei ihr ein. »Wie er Sie ansieht, meine Liebe!«, sagte sie mit leiser, verschwörerischer Stimme.

»Was? Wer?«

»Mr. Beck. Sie wissen es doch, oder? Über ihn und Helen?«

Hannahs Kehle schnürte sich zu, als hätte sie etwas zu Großes geschluckt. Sie zwang sich, einige Worte herauszubringen. »Helen Hill?«

»Er war ihr Liebhaber. So sagt man. Ich will nicht tratschen.«

Hannah wollte über ihre Schulter zurückblicken. In Gedanken sah sie ihn – in Weiß gekleidet, den Hut etwas schräg aufgesetzt, an eine der Säulen gelehnt, wachsam. »Woher wissen sie das?«, fragte sie.

»Nancy hat es mir erzählt. Sie stehen sich sehr nahe. Sie sagte, Helen sei immer noch verrückt nach ihm.«

Hannah dachte an den Teesalon, als sie Lucien Beck zum ersten Mal von Tisch zu Tisch gehen sah, und wie Helen Hills Wangen die Farbe einer reifen Kaki annahmen.

»Ist er immer noch ihr Liebhaber?«, fragte ich sie mit beiläufiger Stimme.

»Oh, ich habe nicht die leiseste Ahnung. Ich mag Helen nicht besonders, Sie? Man hat das Gefühl, man kann ihr nicht wirklich vertrauen. Sollen wir uns setzen?«

Sie waren fast am Ende der Arkade angekommen. Eine Bank stand am Rande des Schattens, wie man sie an einem Weg in einem europäischen Garten finden könnte, und Hannah und Lillian ließen sich darauf nieder und schlugen die Beine übereinander.

»Als ich zum ersten Mal nach Ägypten kam«, begann Lillian, »erwartete ich etwas mehr – oh, ich weiß nicht. Primitives? Aber sehen sie sich diese Gebäude an. Man könnte in Paris sein.«

Hannah faltete die Hände in ihrem Schoß und runzelte beim Anblick des schönen Apartmenthauses auf der anderen Straßenseite die Stirn. Lillian hatte recht, man könnte in Paris sein. Die Mansarden, die eisernen Geländer. Aber dann wieder doch nicht ganz. Der koloniale Hauch. Die heißen, trägen Balkone.

»Der Schlangenbiss«, wollte Lillian wissen. »War es schrecklich?«

Hannah senkte den Blick auf ihre Hand und die zwei glänzenden rosa Punkte. »Ich erinnere mich nicht mehr wirklich daran. Man sagt mir, es hätte viel schlimmer ausgehen können.«

»Ich habe eine Todesangst vor Schlangen. Bertie neckt mich deswegen. Ich weiß nicht, was ich tun würde, stünde ich einer von Angesicht zu Angesicht gegenüberstünde. Wahrscheinlich in Ohnmacht fallen. Es wäre mein Ende.«

»Glauben Sie das?«, fragte Hannah. »Ich würde behaupten, es ist unmöglich vorhersehbar, was ein Mensch tun wird, wenn er seiner größten Angst ins Auge blickt.«

Wahrscheinlich legte sie etwas zu viel Bedeutung in ihre Stimme, denn Lillian verstummte. Gemeinsam betrachteten sie das Pariser Apartmenthaus ihnen gegenüber.

Lillian schlug die Beine erneut übereinander. »In London, gegen Ende des Krieges«, erzählte sie, »traf eine dieser Raketen das Haus auf der anderen Straßenseite. Die V-2, Sie haben sicher davon gehört. Schrecklich. Zu diesem Zeitpunkt hatte die Familie dort ihre Kinder aus der Provinz zurückgeholt, weil sie dachten, es sei sicher genug. Ein kleines Mädchen und ein Junge, etwa im Alter meiner eigenen Kinder. Sie spielten oft zusammen. Es gab keine Warnung, nicht wie bei einem Blitz, als man die Flugzeuge kommen hörte. Nur dieses schreckliche Heulen, wenige Sekunden, bevor sie einschlug. Ich spürte die Explosion. Furchtbar. Ich wusste, etwas war getroffen worden, und dass es schlimm war. Ich konnte sie schreien hören. Ich dachte immer, ich würde beim Anblick von Blut in Ohnmacht fallen – solche Verletzungen, meine ich, so schreckliche Wunden. Aber das tat ich nicht. Danach war ich ziemlich stolz darauf, das muss ich sagen. Ich machte einfach weiter. Grub sie aus und leistete Erste Hilfe und so weiter. Bis der Krankenwagen kam, um sie abzuholen.«

»Haben sie überlebt?«

»Leider nicht.« Lillian glättete ihr Kleid, zupfte an einem imaginären Fleck. »Hat Alistair nicht gesagt, ihr hättet euch bei den Kriegsprozessen kennengelernt? Wie faszinierend.«

»Eigentlich«, korrigierte Hannah, »haben wir uns schon vorher getroffen. In einem Lager für Vertriebene außerhalb von Wien. Ich hatte alles an die sowjetische Armee verloren. Jeden, den ich liebte. Barfuß lief ich von Ungarn über die Grenze nach Österreich. Ich war am Verhungern und wahnsinnig vor Kummer. Als ich die Chance sah, diese Dinge als Ehefrau eines wohlhabenden Engländers hinter mir zu lassen, war ich glücklich, es zu tun, glauben Sie mir.«

Lillian wandte sich Hannah zu. Ihre Augen weiteten sich und ihr Mund formte eine Untertasse, umrandet von weißen Zähnen. Bevor sie antworten konnte, zog ein Geschrei ihre Aufmerksamkeit auf sich, vom oberen Ende der Straße, wo sie den Hauptboulevard zum Kanal kreuzte. Ein paar Männer drängten sich um die Ecke.

Wie ein Dschinn erschien Lucien an ihrer Seite. »Steigen Sie bitte ins Auto«, rief er.

Sein Gesicht war schmal und müde. Er blickte nicht sie und Lillian an, sondern die beiden Männer am oberen Ende der Straße. Hannah erhob sich von der Bank und sagte zu ihm: »Ich habe eine Pistole in meiner Handtasche.«

Seine Augen wanderten zu ihren. »Was auch immer Sie tun, benutzen Sie sie nicht.«

»Warum nicht, falls ich muss?«

»Wenn eine Engländerin einen Ägypter tötet, wird das eine Revolution auslösen. Ich kümmere mich darum. Steigen Sie ins Auto.«

Sie sprachen mit leiser, gemurmelter Stimme. Lillian stand unsicher daneben. Hannah studierte das Grün seiner Augen und warf einen Blick auf die beiden Männer an der Ecke, die bei ihrem Anblick stehen geblieben waren und nun wie wartend dastanden.

Sie nickte Lucien zu, nahm Lillians Arm und näherte sich dem Auto. Lillian tippelte in steifen, schnellen, nervösen Schritten. Als sie den verchromten Kühlergrill erreichten, den geschwungenen Radkasten, segelte eine Stimme um die Ecke hinter ihnen.

»Hallo!«

»Merde«, fluchte Lucien.

Lillian rief: »Bertie! Da bist du ja.«

Die beiden Männer kamen neben dem Auto zum Stehen. Alistair zeigte mit seinem Spazierstock auf die Männer und rief Lucien zu: »Was ist da los, alter Junge? Ärger mit den Einheimischen?«

»Das würde ich nicht sagen. Nur ein paar Kanalarbeiter, die sich ihre Zeit vertreiben.«

»Im Streik, nehme ich an«, vermutete Beverley.

Alistair murmelte: »Verdammte Kanaken.« Gerade laut genug.

Ob die Männer Englisch sprachen oder nicht, sie kannten das Wort *Kanake*. Einer von ihnen warf Alistair einen Blick zu und stieß dem anderen Mann den Ellbogen in die Rippen. Lucien stieß etwas gepresst hervor.

»Was war das?«, schnappte Alistair.

»Ich sagte, ich denke, wir sollten jetzt weiterfahren, Sir«, erwiderte Lucien. »Wir wollen keinen Ärger anfangen.«

»Sie würden es nicht wagen, einen britischen Staatsbürger anzugreifen«, keifte Alistair. »Außerdem haben Sie doch Ihre Pistole, nicht wahr?«

»Ich möchte nicht gezwungen sein, sie zu benutzen.«

»Es gibt doch um Gottes willen Polizisten. Die Rechtsstaatlichkeit herrscht doch noch, oder nicht?«

»Ägyptische Polizisten«, stelle Lucien fest.

»Oh, ich verstehe. Also beschützen die Kanaken-Polizisten die verdammten Kanaken –«

Beverley packte seinen Ellbogen. »Sei kein Narr, Ainsie«, zischte er.

Hannah blickte zu den ägyptischen Männern hinüber. Einer von ihnen trug einen dicken schwarzen Bart, der andere einen gestutzten Schnurrbart. Sie waren gleich gekleidet, in kurzärmeligen Hemden und Hosen in der Farbe von Sand. Breite schwarze Gürtel.

Alistair stampfte mit seinem Spazierstock auf die Pflastersteine. »Verdammt noch mal, Beverley. Wo zum Teufel wäre Ägypten ohne uns all diese Jahre? Korrupt, bankrott, barbarisch.«

»Komm schon«, bat Beverley.

»Sieh dich um, um Gottes willen. Ismailia. Alles hier wurde mit europäischem Geld gebaut. Europäische Ingenieurskunst. Die verdammte Demokratie, die sie einsetzen, um uns rauszuwerfen, ist nur vorhanden, weil wir sie ihnen verdammt noch mal gegeben haben.«

Waren die Männer nähergekommen? Sie schienen nicht aufzupassen, und doch mussten sie Alistairs Worte gehört haben – man konnte diese tragende Stimme nicht überhören. Einer der Männer hatte sich abgewandt, blickte aber genau in dem Moment über seine Schulter, als Hannah aufmerksam in seine Richtung blickte, und fing ihren Blick auf. Das Gift schockierte sie. Sie wandte sich schnell ab.

»Alistair, wirklich. Wenn Mr. Beck denkt, es sei nicht klug –«

»Zum Teufel mit Beck. Er wird dafür bezahlt, zu tun, was man ihm sagt.«

Hannah sah Lucien an, dessen Gesicht unter der Krempe seines Hutes grimmig war. Für ein oder zwei Sekunden trafen sich ihre Blicke. Dann schüttelte er den Kopf und öffnete die Beifahrertür.

»Es wird spät, meine Freunde. Zurück nach Kairo, bevor die Sonne untergeht, nicht wahr?«

Hannah ging auf die Tür zu. Lillian folgte ihr einen Augenblick später. »Aber ich bin dran, in der Mitte zu sitzen«, sagte sie fröhlich und schob Hannah zurück.

Dann Alistairs Gebrüll.

»Was zum *Teufel*?«

Hannah wirbelte herum.

Später würde sie sich daran erinnern, was als Nächstes geschah, als eine Reihe von Visualisierungen, ein wenig verschwommen und nicht immer in der richtigen Reihenfolge. Sie würde sich an Alistair erinnern, purpurrot, wie er die Arkade hinunterstürmte. *Sag das noch einmal, du verdammter Kanake!*

Dann Lucien, der Lillians Hand losließ, um Alistair hinterherzulaufen. Beverley keuchend hinterher. Die Ägypter schrien zurück.

Panik.

Sie würde sich daran erinnern, wie sie Lucien hinterherlief. Alistair schwang seinen Spazierstock gegen den Mann mit dem Schnurrbart.

Sie würde sich daran erinnern, wie Lucien zwischen sie sprang und einen Schlag gegen seinen Kiefer einsteckte. Der Spazierstock oder jemandes Faust? Sie konnte es nicht sagen.

Auch nicht, wie sie ihre Handtasche fallen ließ – wahrscheinlich, als sie nach Lucien griff, als er zurücktaumelte. Ob die Pistole aus der Handtasche fiel oder ob Alistair die Pistole erst darin fand, als er sich bückte, um sie aufzuheben – nun, spielte das wirklich eine Rolle?

Sie würde sich an seinen triumphierenden Schrei erinnern.

Wie sie sich gerade noch rechtzeitig umdrehte, um zu sehen, wie ihr Ehemann die Pistole hob, spannte, zielte, schoss.

KAPITEL NEUN

Mallory

Juni 2008
Winthrop Island, New York

Es war Monks Idee, jeden Abend nach dem Essen Kunstunterricht abzuhalten.

Sobald die Kinder und ich unsere Pasta, die Chicken Nuggets, Fleischbällchen oder den Teriyaki-Lachs aufgegessen und aufgeräumt hatten – ich bestand darauf, dass sie ihre eigenen Teller abspülten und in die Spülmaschine stellten – zogen wir nach draußen auf die Terrasse, die über den Rasen zu den Klippen und dem Ozean dahinter blickte. Manchmal stellten wir Staffeleien auf, und manchmal lagen wir einfach auf dem Bauch auf den Pflastersteinen, die noch warm von der Sonne waren, und ich zeigte ihnen ein paar Grundlagen, schlug ein paar Ideen vor und ließ sie mit Buntstiften oder Wasserfarben loslegen, während die Luft golden wurde und das Meer unten gegen den Strand brandete.

Monk hatte recht. Während dieser Stunde der Ruhe konnten sie all ihre Gedanken auf das Papier bringen und alles ausdrücken, was sie tagsüber erlebt und gefühlt hatten. Sobald wir aufstanden und zurück ins Haus gingen, waren sie wie reingewaschen. Sie waren bereit, zu baden und ihre Pyjamas anzuziehen, die Zähne zu putzen und ins Bett zu klettern und einer einzigen Geschichte zuzuhören, bevor sie in einen sanften Schlaf fielen.

»Nicht schlecht«, sagte Mr. Adams und blickte über Blues Schulter auf ein Aquarell mit Delfinen und Meerjungfrauen. »Mir gefällt das Lächeln im Gesicht des Schweinswals.«

»Es ist ein Delfin«, stellte sie klar.

»Schätzchen, das ist ein Schweinswal. Schau dir seine Nase an.«

»*Ich* habe es gemalt und *ich* sage, es ist ein Delfin.«

Mr. Adams lachte trocken und nervös. Er sah mich an, zwinkerte und meinte: »Okay, Schätzchen. Wie du meinst. Dann ist es eben ein Delfin.«

* * *

Eine Stunde später kam ich von oben, wo ich die Zwillinge ins Bett gebracht hatte, und ging in die Küche, wo die Haushälterin gerade das Geschirr vom Abendessen der Kinder wegräumte. Grace war eine kleine, zierliche Frau aus einer der portugiesischen Fischerfamilien auf der Insel, und das oberste Regal bereitete ihr einige Schwierigkeiten.

»Oh je, lassen Sie mich Ihnen damit helfen«, schlug ich vor.

»Nein, nein. Ich hole die Trittleiter, okay?«

»Bitte. Geben Sie mir einfach die Gläser.«

Sie reichte mir die Gläser. »Danke, Miss Mallory. Muss schön sein, so groß zu sein.«

»Ich wünschte es. Ich bin nur eins siebzig. Nicht *so* groß.«

»Für mich ist das groß.« Sie lachte. »Sie und Mr. Monk. Sie werden zusammen bestimmt ein paar *große* Babys bekommen, das ist sicher.«

Ich drehte mich um. »*Was?* Wovon reden Sie?«

»Oh, ich habe Augen im Kopf, Miss Mallory. Ich sehe, wie Sie beide einander anschauen. Sie werden meinen süßen Jungen eines Tages sehr glücklich machen.«

»Das ist nur – wir sind nur *Freunde*, Grace. *Wirklich* nur Freunde.«

»Der beste Anfang. Wie bei meinem Tommy und mir.« Sie scheuchte mich zur Tür. »Gehen Sie. Er ist im Wintergarten mit seinem Vater. Sie wissen ja, dass er ein bisschen Gesellschaft gebrauchen könnte.«

Tatsächlich fand ich Monk im Wintergarten mit Mr. Adams vertieft in ein Gespräch neben den französischen Fenstern. Mr. Adams hielt ein Whiskyglas mit braunem Inhalt, ohne Eis in der Hand. Monk ein Bier. Er sah frisch geduscht und noch feucht aus. Er hatte den ganzen Nachmittag auf dem Golfplatz gearbeitet, geduscht und sich umgezogen. Es war Ende

Juni und die Hitze hatte sich in die Erde gesetzt, in die Poren der Dielen. Die beiden drehten sich um, als ich eintrat.

»Oh, Entschuldigung«, murmelte ich. »Ich wusste nicht –«

»Kommen Sie rein, kommen Sie rein«, lächelte Mr. Adams. »Einen Drink?«

»Ich – nun …«

»Sie haben doch Feierabend, oder? Die kleinen Monster sind alle im Bett. Kommen Sie, was möchten Sie?«

»Ich denke … ein Bier?«

Monk stand auf: »Ich hole eins für dich.«

Als er auf dem Weg in die Küche an mir vorbeiging, bemerkte ich seinen versteinerten Gesichtsausdruck. Ich hob die Augenbrauen und er schüttelte den Kopf, streifte dabei kaum die Innenseite meines Ellenbogens mit seinen Fingern.

»Ich hoffe, ich habe nichts Wichtiges unterbrochen«, sagte ich zu Mr. Adams.

»Was? Oh nein. Ich versuche nur, ein paar väterliche Ratschläge weiterzugeben. Heißer Tag, nicht wahr?« Er legte seine Hand in den Nacken und blickte aus dem Fenster auf das glitzernde Wasser. »Sollen wir auf die Terrasse gehen?«

»Äh, sicher.«

Ich folgte ihm durch die Tür, die auf die Terrasse führte, die sich über die gesamte Breite des Hauses erstreckte. An einem Ende stand ein Tisch mit Stühlen, wo die Familie normalerweise bei den seltenen Gelegenheiten, wenn sie zusammen zu Hause aßen, anstatt im Club oder auf der Dinnerparty von jemand anderem, saß. An diesem Ende bildeten einige Möbel aus Korb eine Sitzecke, zusammen mit einem Barwagen, einem Couchtisch und einer zierlichen Fußstütze, allesamt aus Korbgeflecht. Mr. Adams ließ sich in einem Korbsessel nieder und deutete auf das Korbsofa. Ich setzte mich auf die Kante. Mr. Adams war in seiner dritten Ehe – der Start in die Ehe mit Monks Mutter-Vorgängerin hatte nicht gehalten – und nun irgendwo zwischen seinem fünfundfünfzigsten und sechzigsten Lebensjahr. Noch immer war er auf eine faltige, distinguierte Art, die einen an Vorstandsetagen denken ließ, gut aussehend, wie ein alternder Filmstar, der einen Vorstandsvorsitzenden spielt. Er trug ein tadelloses marineblaues Jackett, ein weißes Hemd und eine Seidenkrawatte mit dem Wappen des Winthrop Island Clubs sowie eine Chinohose in einer Farbe, die sie Nantucket-Rot nannten, was ihr oder ich als rosa bezeichnen würden. Party im Club heute Abend, erinnerte ich mich – Club mit großem C, versteht ihr, um ein subtiles Prestige gegenüber dem Little Bay Club auf der öffentlichen Seite der Insel zu vermitteln. Mrs. Adams war noch oben beim Fertigmachen. Wahrscheinlich unterstützt von einer Wodkaflasche.

»Ich muss sagen, wir sind äußerst zufrieden mit der Arbeit, die Sie leisten, Mallory«, lobte Mr. Adams. »Die Kinder gedeihen prächtig.«

»Danke. Es sind gute Kinder.«

»Seien wir ehrlich, es sind kleine Teufel. Aber Sie haben keine Angst davor, etwas Disziplin walten zu lassen. Das schätze ich.« Er nippte an seinem Scotch. »Gott weiß, es ist eine bequeme Angewohnheit, Kindern zu geben, was sie wollen, wenn wir so viel zu geben haben. Es ist nur natürlich, sie glücklich machen zu wollen. Das Problem ist, am Ende hat man Erwachsene, die die Verantwortung nicht verstehen, die mit Privilegien einhergeht. Ah, Monk. Da bist du ja.«

Schweigend reichte Monk mir das Bier und stellte sich neben mich, auf der anderen Seite der Sofalehne.

»Setz dich, setz dich«, drängte Mr. Adams. »Ich habe unserer Mallory gerade gesagt, sie sei das beste Kindermädchen, das wir je eingestellt haben. Du hast ein gutes Gespür für Talente, mein Sohn.«

Monk neigte seine Bierflasche – er schien sich auch eine weitere geholt zu haben – und trank zwei oder drei lange Schlucke. Mit seinem Handrücken berührte er seine Lippen. »Ich habe es dir gesagt, Dad. Mallory ist die Beste.«

»Nun, danke«, bemerkte ich. »Aber ich kann nicht die ganze Anerkennung für mich beanspruchen. Monk hat mir sehr geholfen. Die Kinder lieben ihn wirklich.«

»Diese Kunst, die ihr jeden Abend mit ihnen macht. Fantastisch. Einfach fantastisch.«

»Das war Monks Idee.«

»Wissen Sie, Sie haben echtes Potenzial, Mallory. Monk hat mir einige Ihrer Arbeiten gezeigt. Diese botanischen Zeichnungen sind exquisit. Wie lange interessieren Sie sich schon für Blumen?«

»Meine Güte. Seit dem Sommer nach der High School? Ich bekam diesen Job in einem Blumenladen in Provincetown. Hatte vorher nie wirklich auf Blumen geachtet. Ihre Farbe und die … die *Anziehungskraft*? Wie jede einzelne uns zu ihrem Zentrum zieht. Die Schönheit der Biologie, könnte man sagen. Ich begann zu überlegen, wie man einen Duft malen könnte und endete …« Ich blickte zu Monk, der sein Bier umklammerte und mich ernst ansah, »tut mir leid, ich will Sie nicht langweilen.«

»Ganz und gar nicht, ganz und gar nicht. Natürlich ist es nicht die *revolutionärste* Wahl des Motivs. Besonders für eine Frau.« Mr. Adams ließ das Eis in seinem Drink klirren und lächelte. »Aber gut ausgeführt.«

»Danke«, sagte ich.

»Ich weiß nicht, ob Monk es Ihnen erzählt hat, aber ich sitze zufällig im Vorstand des Gardiner Museums. Auch im MOFA. Ich verstehe also ein bisschen was von Kunst. Und einige dieser Blumen, die Sie gemalt haben, sind von bemerkenswerter Qualität.«

»Meine Güte, Mr. Adams. Ich weiß nicht, was ich sagen soll.«

»Er hat nur recht«, pflichtete Monk ihm bei.

Ich sah Mr. Adams an. »Monk war derjenige, der mir riet, ich sollte Kunst am College studieren.«

»Hey, ich habe dir zu nichts *geraten*, Pinks. *Du* wolltest dich an der Kunsthochschule bewerben, erinnerst du dich? Ich sagte nur, du solltest studieren, was du studieren möchtest. Mach dir keine Gedanken darüber, was alle anderen wählen.«

»Es war ein guter Rat«, erklärte ich. »Gab mir den Mut, es zu versuchen.«

Monk neigte seine Bierflasche zu mir. »Vielleicht hätte ich ihn selbst auch beherzigen sollen.«

»Sie sind aber an der RISD, oder?«, erkundigte sich Mr. Adams. »Eher kommerziell als bildende Kunst, liege ich da richtig?«

»Die meisten Leute behaupten, sie sei wahrscheinlich die Beste im Land, strebt man eine Karriere in den visuellen Künsten an.«

»Aber Sie haben nie in Erwägung gezogen, auf Konservatoriumsniveau zu studieren? Oder, sagen wir, an einem Liberal Arts College?«

Ich zuckte mit den Schultern. »Nicht wirklich. Ich meine, ich muss ja meinen Lebensunterhalt verdienen, oder?«

»Oh, natürlich.« Er breitete die Hände aus und lächelte. »Nennen Sie mich einen alten Knacker. Ich mache mir nur Sorgen, wir würden in diesem Zeitalter von Fernsehen und Computern Gefahr laufen, die nächste Generation großer Künstler nicht zu fördern.«

Monk stellte seine leere Flasche auf den Couchtisch. »Entschuldigt mich. Ich glaube, ich mache vor dem Abendessen noch einen Spaziergang.«

Seufzend griff Mr. Adams in die makellose Tasche seines Jacketts. Nacheinander legte er einen Ziploc-Beutel in Snack-Größe, einen Stapel Zigarettenpapiere und ein Feuerzeug heraus und begann, einen Joint zu drehen. Als Gentleman bot er ihn zuerst mir an.

Ich sagte nein danke, stellte meine halb leere Bierflasche ab und erhob mich, um Monk zum Strand zu folgen.

Genau wie Monk mich in jener ersten Nacht gewarnt hatte, endete der Rasen von Seagrapes in einer Klippe, die etwa zehn oder zwölf Meter zu einem schmalen Strand aus feinem Sand abfiel. Wir mussten uns vorsichtig den Pfad hinunterbewegen, der diesen Teil durchquerte und etwa auf halber Strecke einen Zickzackkurs nahm. Gott bewahre, dass man Flip-Flops trug, so wie ich. Ich rutschte das letzte Stück hinunter und stolperte in Monks Rippen. Er hatte sein Jackett, Schuhe und Socken ausgezogen und seine Chinohosen hochgekrempelt.

»Du wirst die noch zerknittern«, stellte ich fest. »Nicht gern gesehen.«

Er gab ein fadenscheiniges Schnauben von sich, nur um höflich zu sein.

Ich kickte etwas Sand. »Brauchst du eine Umarmung?«

Monk streckte seinen Arm aus und zog mich an seine Seite. Die andere Hand behielt er in seiner Tasche. Die Luft war schwül und warm, die Brise hatte sich gelegt. Das Wasser bewegte sich kaum, es rauschte nur leise in einem sanften Rhythmus gegen das Ufer. »Ich schmoll nicht, ich schwöre«, sagte er.

»Das dachte ich auch nicht.«

»Ich wollte ihn nur nicht schlagen.«

»Wäre chaotisch geworden.«

Etwas drückte gegen meinen Kopf. Ich dachte, *Er küsst mich. Küsst mein Haar.*

Oh, gesegnetes Haar.

»Ich verrate dir was«, sagte ich. »Das war eine verdammt beeindruckende passive Aggression. Ein Kunstwerk.«

Monk ließ mich los und setzte sich in den Sand. Ich setzte mich neben ihn, Knie an Knie. Mein dünnes Baumwollsommerkleid spannte sich zwischen meinen Beinen und bot den Krabben einen Augenschmaus.

»Als ich ein Kind war«, begann er, »stürzte sich Dad auf die Musiksache. Klavierstunden, Gitarrenstunden, Gesangsunterricht. Sommercamps. Klar, Sohn, nimm diesen AP-Musiktheorie-Kurs! Sieht toll aus in den College-Bewerbungen. Zeigt Leidenschaft. Streben nach Exzellenz. Ein vielseitiger Junge, das ganze Paket. Sport *und* Akademisches *und* die Künste. Kam zu all meinen Vorführungen. Rahmte all meine Auszeichnungen ein. Er war voll dabei.«

»Aber Musik stellte sich als Mittel zum Zweck heraus«, vermutete ich. »Nichts, wovon man jedenfalls leben kann.«

Er hob seine Hand und untersuchte die Fingerspitzen. »Schau dir diese Schwielen an.«

»Ich liebe deine Schwielen. Kampfnarben.«

»Was mich umbringt«, fährt er fort, »ist die Art, wie er sich der Welt als dieser verdammte Kunstmäzen präsentiert. Oh, lasst uns junge Künstler ermutigen. Lasst uns Stipendien und Zuschüsse und Fellowships anbieten. Lasst uns uns in unsere Abendkleider werfen und bei schicken Galas für zehntausend Dollar pro Tisch Spenden sammeln. Lasst uns all diese Musiker, Sänger und Schriftsteller sponsern. Nur solange mein eigenes Kind keiner von ihnen ist.«

»Aber *warum*? Er sollte verdammt stolz auf dein Talent sein.«

Monk legte seine tiefe Stimme auf. »Weißt du, Sohn ein Adams zu sein, ist ein Privileg. Es ist eine Bürde. Wir können nicht tun, was wir im Leben wollen. Wir können uns nicht selbst verwöhnen. Wir arbeiten für das größere Wohl.« Er zog etwas Sand zwischen seinen Füßen durch. »Aber weißt du was? Es ist alles Bullshit. Es geht ihm nicht um das größere Wohl. Es ist das Prestige der Familie.«

»Status«, warf ich ein.

»Nicht genau Status. Status ist eher eine Spießer-Besessenheit, oder? Eher wie *Habitus*.« Monk hob seine Hände und machte Anführungszeichen um das Wort. »Musiker. Schauspieler. Künstler. Die kreativen Künste. Für Leute wie uns zum *Fördern*. Zum Besitzen. Zum Urteilen darüber.«

»*Was?* Entschuldigung, in welchem Jahrhundert leben wir?«

»Er hätte mich fast umgebracht, als ich ihm sagte, dass ich mich nicht bei Harvard bewerbe. Ich meine, was zum Teufel sollte ich tun? Vier Jahre lang mit verdammter Legacy-Zulassung auf meiner Stirn herumlaufen? Oder schlimmer, verdammtes *Lacrosse*.«

»Monk, du wolltest noch nie nach Harvard. Wir haben früher darüber geredet, erinnerst du dich? Dieses ganze Klischee, du hast es gehasst.«

Erneut vertiefte er seine Stimme. »Wenn es nicht wegen diesem B+ in AP Chemie gewesen wäre, Sohn. Du hättest härter lernen sollen. Du bist die erste Generation dieser Familie, die nicht nach Harvard geht.«

»Bitte. Die sind jetzt nur noch ein Haufen Roboter. Programmiert auf Perfektion. Harvard hätte dir allen Nerv ausgesaugt. Dich in einen netten erfolgreichen Investmentbanker verwandelt.«

»Ja, nun. Ich denke, mein Vater hätte das als Plus betrachtet.«

Ich stieß mein Knie gegen seines. »Wenn du *meine* Meinung hören willst –«

»Pinks«, unterbrach er mich, »ich schwöre bei Gott, ich schwöre bei *Gott*, es gibt Zeiten, da ist deine Meinung die einzige verdammte Meinung, die mich interessiert.«

»– meiner Meinung nach, oder nach meiner Logik, schätze ich, bringt deine Musik den Menschen Freude, oder? Was bedeutend mehr für das größere Wohl tut, als Geld auf den Kapitalmärkten hin- und herzuschieben.«

»Eigentlich denkt er jetzt an Harvard und Law«, sagte Monk. »Erlösung oder so was.«

»*Willst* du Anwalt werden?«

»Ich weiß nicht. Ich schätze, falls ich mit Musikschreiben meinen Lebensunterhalt nicht verdienen kann. Weißt du ... eine Familie davon ernähren kann. Ich würde lieber Jura praktizieren als Finanzen, jedenfalls. Oder Tech.«

»Das sind deine einzigen Optionen?«

»Mallory«, erwiderte er, »Pinks, Schatz, das ist einfach die Welt, in der ich lebe. Das ist alles. Jeder liest von demselben Drehbuch ab. Du weißt, was ich meine, du hast es überall in Nobles gesehen, das gute Leben, das Geld und die Privilegien. Alles, was ich tun will, ist dieses Drehbuch in

Stücke zu reißen und zu verbrennen. Ich meine, was *ist* überhaupt das gute Leben? Scheiß drauf, ich will mein *eigenes* Drehbuch schreiben.«

»Wie zum Beispiel?«

Monk lehnte sich im Sand zurück und legte seine Arme hinter den Kopf. »Wie letzten Winter. Als ich diese Lieder schrieb. Wie die Musik und die Worte zusammenkamen, ich kann es nicht erklären. Es war Magie. So wie ich es immer tun wollte. Ich habe es einfach getan.«

»Warum? Ich meine, was hat dich dazu gebracht?«

»Weil ich so scheiße unglücklich war.« Er lachte. »Ich schätze, das ist Ironie.«

Ich legte mich seitlich neben ihn und starrte auf den Horizont hinter der scharfen, perfekten Linie seiner Nase. »Was hat dich unglücklich gemacht?«

»Ich kann es dir nicht einmal sagen, Pinkie Pie.«

»Komm schon. Beleidige mich nicht. Wir sind bessere Freunde als das.«

Monk schloss die Augen. Er sah so friedlich aus, ich wollte weinen. Sein Gesicht, seine Schultern, seine frische goldene Haut. Ein Fingernagel feiner metallischer Stoppeln, die er am Rand seines Kinns übersehen hatte. Die Wölbung seines Wangenknochens, die leichte Höhlung darunter. Ich sehnte mich so sehr danach, sie zu berühren, nur um zu wissen, wie sie sich unter meinem Finger anfühlte.

»Da war dieses Mädchen«, sinnierte er.

»Du meinst die Colby-Freundin? Die On-Off?«

Monk öffnete die Augen und lachte leise. »Nein, nicht sie. Ich meine, sie ist toll und alles. Klug, hübsch, lustig. Das ganze Paket. Unsere Familien sind eng. Mein Vater ist so: ›Sie ist die Richtige, Sohn.‹«

»Wow. Sie klingt wie ein Traum.«

»Vielleicht. Aber dieses Mädchen, von dem ich rede? Sie spielt in einer ganz anderen Liga von besonders. Jemand, für den ich früher in der Highschool ein wenig geschwärmt hatte? Und dann haben wir uns wiedergesehen, wir verbrachten diese erstaunlichen paar Stunden, nur redend. Wir verbanden uns auf dieser tiefen, ehrlichen Ebene, so wie wir es immer getan hatten. Es war, wie aus einem Brunnen zu trinken, wenn man am Verdursten ist, und ich erkannte, irgendwie war ich in sie verliebt. Dass ich sie vielleicht immer geliebt hatte. Ich meine, selbst wenn sie nicht da war, hatte ich diese Gespräche mit ihr in meinem Kopf. Wenn ich ein Gemälde sah oder eine Nachricht las, fragte ich mich, was würde sie darüber denken oder wie würden wir darüber zusammen lachen, weil sie mich einfach *verstand*, weißt du? Sie sah direkt in mich hinein. Und jetzt war sie da, sogar besser als ich sie mir vorgestellt hatte, und alles, was ich wollte, war für immer mit ihr dort zu sitzen.«

»Warum hast du ihr dann nicht gesagt, wie du fühlst?«

»Weil ich ein Feigling bin, Pinks. Weil das, was ich fühlte, als ich in ihre Augen sah, mich davonrennen ließ, so verdammt *groß* war es, weißt du? Ich wusste nicht einmal, wie ich anfangen sollte. Ich meine, ich konnte es mir nicht einmal selbst erklären. Fuhr wie benebelt nach Hause. Wir gingen zurück an unsere verschiedenen Schulen, unser normales Leben, aber wir blieben in Kontakt, und eine Weile hatte ich diesen Traum, richtig? Ich dachte, vielleicht hätte ich eine Chance bei ihr. Ich dachte, ich würde den Mut aufbringen, sie um ein Date zu bitten, sobald wir für den Sommer wieder zu Hause wären. Also kommt der April und ich frage so ganz beiläufig: ›Was machst du so diesen Sommer?‹ Und sie so: ›Oh ja, verbringe die ganze Zeit im Westen bei meinem Vater.‹«

»Und du dachtest nicht – es kam dir nicht in den Sinn, dass sie vielleicht hoffte, du würdest etwas sagen, um sie umzustimmen?«

»Das tat es nicht, Pinks. Ich schätze, ich bin nicht so subtil, weißt du? Ich nahm alles für bare Münze. Dachte, sie fühlte einfach nicht dasselbe wie ich. Sie hielt mich in der Freundschaftszone, wie sie es immer getan hatte. Ich hatte keine Hoffnung. Also kam ich eine Weile wieder mit meiner alten Freundin zusammen, versuchte weiterzumachen. Aber es war nicht mehr dasselbe mit ihr, es fühlt sich nicht *richtig* an. Lee sah mich so, wie sie mich sehen wollte, als die Person, die sie wollte, dass ich sei, nicht als die Person, die ich war. Und wenn ich bei ihr war, war es einfach leichter für mich, diese Person zu sein. Der alte Monk, das Gesicht, das ich der Welt mein ganzes Leben lang gezeigt hatte. Mit dem Strom schwimmen. Und irgendwie hasste ich mich dafür, aber ich konnte keinen anderen Weg sehen, weißt du? Ich konnte nicht herausfinden, wie ich nur für mich sein sollte.«

Er verschränkte seine Finger über seiner Brust und starrte in den Himmel. Ich vernahm das Rauschen, Rauschen der Flut, die den Sand hinaufkroch. Eine federleichte Brise bewegte sein Haar. Ich wollte ihn anstoßen, ihn zum Weitermachen bringen, aber ich konnte mich nicht bewegen. Konnte kaum atmen.

Monk schloss die Augen. Für einen Moment dachte ich, er würde zum Takt des Ozeans einschlafen, aber er öffnete den Mund und fuhr fort.

»Dann fielen die Blätter und der Maine-Winter zog ein. Verdammt dunkel und eisig die ganze Zeit. Und ich konnte einfach nicht mehr so weitermachen. Alles, woran ich denken konnte, war *sie*. Dieses sexy, lebendige, *unglaubliche* Mädchen, in das ich vernarrt war. Dieses Mädchen, das mich nicht zurückliebte. Ich hatte gehört, dass sie mit irgendeinem Typen zusammen war, es war ziemlich ernst. Ich schrieb all diese Textnachrichten an sie und löschte sie einfach wieder. Sie zu vermissen, war wie ein Loch in meinem Bauch, das sich nicht schließen wollte. Ich brauchte ihre Stimme, ich brauchte *sie*. Also nahm ich meine Gitarre und begann, etwas Musik zu machen. Das war alles, was ich tun konnte. Der einzige Weg, wie ich mit dieser – dieser scheißelenden Verzweiflung – umgehen konnte, war, sie in Musik zu verwandeln.« Er öffnete die Augen und drehte seinen Kopf zur Seite, sodass wir Auge in Auge waren. »Musik war das Einzige, was mich gerettet hat, Pinks. Das ist die Wahrheit.«

Inzwischen hatte sich meine Kehle so eng zusammengezogen, dass ich nicht sprechen konnte. Mir war ein wenig schwindelig, als ich das alles aufnahm. Ich versuchte, aus diesem Feuerwehrschlauch der Emotionen zu trinken. *Vermassle es einfach nicht*, dachte ich. *Sag einfach einmal das Richtige. Nur einmal.*

Ich hob meine Hand.

»Ja, Pinks. Ich habe gesagt, was ich zu sagen hatte. Du hast das Wort.«

Ich räusperte mich. »Also. Ich möchte nur sagen, diese letzten Wochen mit dir waren mit Abstand die glücklichsten meines Lebens und …«

»Und?«

Unsere Blicke flossen ineinander. Der Duft von warmem Sand, der Geruch von Monks Atem.

»Ach, scheiß drauf«, flüsterte Monk.

Er setzte sich auf, zog mich in seine Arme und küsste mich.

KAPITEL ZEHN

Mallory

Juni 2022
Winthrop Island, New York

In meinen Träumen, wenn Monk und ich uns wiedertreffen, sitzen wir in der Nische der Kneipe in Provincetown, wo wir bei jener längst vergangenen Kneipentour saßen.

Der Grund für dieses Wiedersehen variiert.

In den ersten Monaten, als ich schwanger und unglücklich war, ist es, weil er nach mir gesucht und mich endlich gefunden hat und mich anfleht, ihn die Dinge in Ordnung bringen zu lassen.

Später, als Sam klein war und Monk plötzlich berühmt, ist es, weil er erkannt hat, dass aller Ruhm der Welt nichts bedeutet ohne das Mädchen, das ihn liebte, bevor er berühmt geworden ist.

Dann ist es, weil er diesen Artikel auf Seite 12 des *Boston Globe* (»Frau aus Provincetown stirbt am Machu Picchu«) gelesen hat und mich trösten möchte.

Dann ist es, weil er zufällig auf diesen Artikel in der *Daily Mail* gestoßen ist (»10-jähriger Junge isst Grünen Knollenblätterpilz im Sommercamp, liegt weiterhin im Koma«) und anonym eine große Summe für Sams Pflege gespendet hat, aber ich die Identität unseres Wohltäters aufgedeckt und ihm geschrieben habe, um mich zu bedanken, und nun hat er demütig um dieses Wiedersehen gebeten.

All diese Szenarien sind natürlich unmöglich. Denn in jedem Traum-Wiedersehen hat Monk die Wahrheit bereits erfahren. Er weiß alles, was ich in dem Zettel, den ich zurückließ, nicht sagen konnte. Er versteht mich und vergibt mir und möchte, dass ich ihm vergebe.

In meinen Träumen betrete ich diese Kneipe und er wartet in unserer Nische auf mich. Ich stehe für ein oder zwei Sekunden in der Tür und sauge seinen Anblick in mich auf – die Neigung seiner Schultern gegen die abgenutzte Holzrückenlehne der Sitzbank, wie seine Hände gefaltet sind, als würde er beten. Ein Krug Bier steht auf dem Tisch, neben einem Stapel Splenda-Päckchen, bereit, in abstrakte Kunstwerke verwandelt zu werden. Er blickt auf und sieht mich, und das alte Grinsen teilt sein Gesicht. Er rutscht aus seinem Sitz und steht auf – oh, seine unbewusste Anmut. Er öffnet seine Arme und ich fliege in seine Umarmung. Ich rieche sein Hemd, seine Haut.

»Es tut mir leid, Pinks«, flüstert er in mein Haar, mein Ohr. »Es tut mir so leid.«

Aber dies ist kein Traum. Dies ist real. Der echte, lebendige Monk Adams steht ein paar Meter entfernt im knöcheltiefen Wasser, den Mund offen, die Augen weit aufgerissen. Eine Welle schlägt gegen seine Beine. Die Brise lässt seine Badeshorts flattern.

Ich kann meine Füße nicht unter mich bekommen. Ich taumle in die Höhe, schwanke, fange mich.

Endlich sammle ich genug Atem, um zu sprechen. »Es tut mir so leid! Oh mein Gott, ich dachte, du wärst weg. Ich hätte nie im Leben …«

»Mallory, warte …«

»Ich bin nur für den Tag gekommen. Ehrlich, ich dachte, du wärst weg. Die Freundin meiner Schwester. Drüben in Summerly? Wir haben unsere Kinder mitgebracht, um den Tag hier zu verbringen, und ich bin spazieren gegangen und ich bin schon weg, ich kenne den Weg nach oben.«

Ich habe mich bereits zur Flucht gewandt. Ich stolpere ein paar Schritte im weichen Sand, bevor eine Hand meinen Arm packt.

»Warte. Mallory. Bitte. Es ist okay.«

»Eigentlich ist es nicht okay. Ich weiß nicht, was ich mir dabei gedacht habe.«

Er tritt um mich herum, um mir ins Gesicht zu sehen. Beugt sich ein paar Zentimeter hinunter und schaut mir in die Augen. Hebt die Hände, die Handflächen nach außen. »Hey. Sieh mich an, okay? Ich werde nicht beißen.«

Ich fixiere mich auf den Raum zwischen seinen Augen. »Das solltest du. Eindringling und so.«

»Du dringst nicht ein. Du bist hier immer willkommen.«

»Nun, das ist nett von dir, das zu sagen.«

Das Wasser beginnt auf seinen Schultern zu trocknen. Ein paar Gänsehautpunkte erheben sich. Er stützt die Hände in die schlanken Hüften. Seine Bauchmuskeln sind wie ein Eierkarton. Nur Monk Adams konnte seine Mitte Dreißiger offenbar in noch besserer Form erreichen, als er sie in seinen frühen Zwanzigern hatte. Persönlicher Trainer, persönlicher Koch, daran habe ich keinen Zweifel. Kinderfreie Vormittage zum Trainieren und Proteinshakes trinken. Ich habe das Gefühl, dass er mich studiert, mir in die Augen schaut, obwohl ich nur vorgebe, als würde ich in seine schauen. Ich meine, wie könnte ich ihm direkt in die Augen sehen, so wie er mich ansieht? Ich würde zu Asche verbrennen.

»Woher kennst du die Peabodys?«, fragt er.

»Ähm.« Ich schiebe mir die Haare aus dem Gesicht. »Ich kenne die Peabodys nicht. Meine Schwester kennt sie. Sie war mit Lola in Yale?«

»Oh, stimmt. Ich hatte vergessen, dass Paige in Yale war.«

»Geschichte zweier Schwestern, nicht wahr? Nochmals meine Entschuldigung. Ich erinnerte mich nur an die Aussicht von hier oben, und Mike verriet mir, du würdest erst morgen zurückkommen …«

Sein Mund verzieht sich zu einem Lächeln. »Du hast Mike gesehen?«

»Lola hat uns zum Trinken dorthin geschleppt.«

»Mitten am Nachmittag?« Er lacht. »Das ist unsere Lola. Komm, komm ins Haus. Ruf sie rüber, ich habe Rosé im Kühlschrank.«

»Seit wann trinkst du Rosé?«

»Es wächst mir ans Herz. Meine …« Seine Stimme stockt bei dem Wort. »Meine Verlobte steht auf Rosé? Also habe ich ein Glas probiert und festgestellt, hey …«

»Es ist nicht nur für Frauen?«

»Ist das sexistisch?«

»Nur Spaß. Rosé ist toll. Ich liebe es. Aber ich kann nicht. Super nett von dir? Aber sie warten auf mich im Haus. Und ich habe dich definitiv schon genug gestört. Also, weißt du, ich werde gehen. Dich in Frieden lassen.«

»Warte. Mallory. Geh nicht. Es ist okay, wirklich. Ich … ich freue mich, dich zu sehen.« Er verschränkt die Arme vor der Brust und scharrt mit der Ferse im Sand. »Die Wahrheit ist, ich wollte dich schon seit einer Weile ausfindig machen. Sehen, wie es dir geht.«

»Offensichtlich nicht annähernd so spektakulär gut wie dir.«

Monk zuckt das mit einer sonnengeküssten Schulter ab. »Ich habe online gesucht, aber ich konnte deine Social-Media-Profile nicht finden.«

»Ja, ich bin auf keiner dieser Plattformen.«

»Ernsthaft? Keine sozialen Medien? Frau des Geheimnisses?«

»Verrückt, ich weiß.«

»Nein, du bist klug. Es ist eine Jauchegrube. Wünschte, ich könnte mich selbst abmelden, ehrlich.«

Ich greife nach meinem Armband, um damit herumzuspielen, und verlagere meinen Blick an Monks Ohr vorbei zum flachen, dunstigen Horizont. »Ich freue mich so für deinen Erfolg, Monk. Ich meine, ich wusste es immer. Aber trotzdem, es war erstaunlich – irgendwie surreal, ehrlich gesagt, aber großartig – zu sehen, wie all deine Träume …«

»Schönes Armband«, unterbricht er mich.

Ich schaue nach unten. »Meine Mutter hat es mir hinterlassen.«

»Oh, Shit. Pinks, du machst Witze.«

»Es ist schon eine Weile her. Freak-Unfall am Machu Picchu.«

»Ein *was*?«

»Sie ist gestürzt.« Ich starre auf meine Füße im Sand. »Das ist alles. Sie ist gestürzt und hat sich den Kopf angeschlagen.«

»*Pinks*. Oh Gott. Mallory. Es tut mir so leid. Ich weiß nicht, was ich sagen soll.« Er macht eine Bewegung, als wolle er mich berühren. Ich trete zurück, so wie man auf dem Bürgersteig zurücktritt, wenn man einen Bus in der Busspur heranrasen sieht. Er lässt seine Hand fallen und sagt: »Sie war so eine … sie hatte so eine *Kraft*. Ich habe sie über alles geliebt. Wirklich. Sie war diejenige, die … nachdem du gegangen warst, als ich versuchte herauszufinden, was passiert war, irgendwelche Neuigkeiten zu bekommen? Ich habe mich an sie gewandt. Hat sie dir das erzählt?«

Ich nicke.

»Sie war diejenige, die mir sagte, dass es dir gut geht, du zu deinem Vater gezogen bist. Sie sagte, sie würde mich wissen lassen, wenn du … wenn du deine Meinung änderst oder so.«

»Ich weiß«, murmle ich.

»Sie war etwas Besonderes, Mallory. Du hast so viel von ihr in dir. Ich dachte immer …« Er fährt sich mit der Hand über den Hinterkopf und schaut zur Seite. Seine Augenlieder blinzeln ein paar Mal. »Und sie hat dir dieses Armband hinterlassen?«

Ich halte es hoch. »Ja. Ihre Mutter hat es ihr geschenkt, also … ja. Sie wollte, dass ich es habe.«

»Ich habe noch nie etwas Ähnliches gesehen. Eine Schlange?«

»Kobra. Siehst du, die Haube?«

Monk nimmt mein Handgelenk mit ein paar sanften Fingern, um die komplizierte Metallarbeit, die winzigen Edelsteine zu untersuchen. »Das ist unglaublich, Mallory. Es ist ein Schatz.«

Ich ziehe meinen Arm weg. »Du hast es nie an ihr bemerkt?«

»Ich erinnere mich nicht. Aber ich war wohl nur ein Kind.«

»Wir waren beide nur Kinder«, stimmte ich zu.

Er blickt den Hang hinauf und fährt sich mit der Hand durch die nassen Haare, wobei die Tropfen fliegen. Wie prächtig er aussieht. Älter, schlanker, geschliffener. All das. Wie ein ausgewachsener Löwe. »Ich kann nicht glauben, dass ich hier stehe und mit dir rede«, sagt er.

»Seltsam, nicht wahr? Du hast mir fast einen Herzinfarkt verpasst, als du so aus dem Wasser stiegst.«

»*Du* hast *mir* einen Herzinfarkt verpasst, als du da am Strand saßest, als ich herauskam. Ich dachte für einen Moment, du wärst eine Halluzination.« Er grinst sein altes Grinsen. »Komm schon, Pinks. Lass uns ein Wiedersehen daraus machen. Bring alle rüber, es gibt genug zu trinken. Wäre toll, Lola wiederzusehen. Sie und Thayer waren früher eng befreundet.«

Ich schüttele entschieden den Kopf. »Ich kann nicht. Wirklich, wirklich nicht. Außerdem musst du mit all den Hochzeitsvorbereitungen beschäftigt sein. Ich glaube nicht, dass Lennon …«

»Lennox«, stellt er richtig.

»Lennox. Tut mir leid.

»Ich … wie gesagt, ich lebe in einer Höhle?«

»Hey, ist schon okay –«

»Aber ich weiß, es ist nicht der richtige Zeitpunkt, dass eine alte Flamme in deinem Leben auftaucht. Das gehört sich einfach nicht.«

»Nein, sie würde das verstehen. Wirklich. Sie ist ziemlich ausgeglichen, weißt du? Leider ist sie gerade in der Stadt. Sie wird erst am Wochenende hier sein.« Er fängt sich. »Aber was ist mit dir? Kinder, hast du gesagt?«

»Eins.« Ich drehe das Armband. »Mein Sohn. Sam.«

»Das ist großartig, Mallory. Ich würde ihn wirklich gerne kennenlernen. Und dein–« Monk wirft einen Blick auf meine linke Hand. »Ich meine, Sams Vater?«

»Eigentlich sind es nur wir.«

»Ah. Mist. Entschuldigung.«

»Kein Problem«, erwidere ich, ein paar Töne höher als meine normale Stimme ist.

»Trotzdem, es wäre toll, den kleinen Kerl kennenzulernen. Wird er morgen Abend da sein?«

»Für das Ding im Mo, meinst du?«

»*Was?* Woher weißt du –«

»Mike«, sate ich.

Das Grinsen erscheint wieder. »Oh, *richtig*. Mike. Schwatzhafter Bastard. Er sollte besser nicht der ganzen verdammten Welt davon erzählen.«

»Tut er nicht. Er hat uns zur Verschwiegenheit verpflichtet.« Ich verschließe meine Lippen. »Aber leider hat Sam … ähm, Sam hat morgen früh einen Arzttermin auf Cape. Also müssen wir gleich los.«

»Ihr bleibt auf Cape?«

»Das alte Haus meiner Mutter. Paige hat es geerbt. Hat es renoviert, du würdest es nicht wiedererkennen.«

Monk schaut zum Wasser, dann zurück zu mir. Ein Wassertropfen rinnt von seiner Schläfe; er greift hoch und wischt ihn weg. »Du siehst gut aus, Mallory.«

»Das ist nett von dir.«

»Ich meine es ernst. Es ist gut, dich zu sehen. Ich hoffe, jetzt, wo das Eis gebrochen ist, können wir –«

»Nein«, sage ich.

»Nein, was? Ich habe nicht einmal fertig geredet.«

»Nein, ich glaube nicht, das würde funktionieren. Alles, was mit *wir* anfängt. Es ist nichts Persönliches. Aber unsere Leben verlaufen jetzt so unterschiedlich. Verschiedene Welten. Du bist – du bist, wer du bist, und ich bin, wer ich bin. Außerdem heiratest du. Du wirst eine Frau haben, Kinder. Es ist gut, dich zu sehen. Ich wünsche dir alles Gute, wirklich. So, so sehr. Du kannst dir nicht vorstellen, wie sehr. Aber nein. *Wir* wird nicht funktionieren.«

Ich gehe an ihm vorbei in Richtung des Pfades am Fuß der Klippe, und ich schwöre bei Gott, es ist, als hätte jemand Krallen in meinen Rücken gegraben und ein Stück Haut herausgerissen. Tränen brennen in meinen Augen.

Ich höre seine Schritte hinter mir, wie er den Pfad hinaufklettert. »Mallory, warte. Sei nicht sauer.«

»Ich bin nicht sauer.«

»Das ist totaler Quatsch, was du gesagt hast, übrigens. Ich lebe ein ziemlich normales Leben. Unter den Umständen.«

»Es ist mir egal, was für ein Leben du führst, Monk. Solange du glücklich bist.«

»Nun, vielleicht kümmere ich mich um *dein* Leben! Vielleicht will ich wissen, ob *du* glücklich bist. Ob es etwas gibt, das ich tun kann, um –«

Ich drehe mich so schnell um, dass er einen Schritt zurückweicht. Wir stehen am Serpentinenweg, auf halber Höhe. Er hebt die Hand, um seine Augen vor dem grellen Sonnenlicht zu schützen.

»Wage es nicht, mir irgendetwas anzubieten, Monk Adams. Wage es nicht. Wenn ich auch nur das Geringste von dir gewollt hätte, auch nur einen Cent von dir, hätte ich schon vor langer Zeit danach gefragt.«

»Ich weiß«, sagt er. »Ich habe nie erwartet, dass du das tust.«

»Was willst du dann? Einen Schlussstrich? Erklärungen?«

»Ich möchte nur, dass du weißt, es ist okay, Mallory. Es ist alles okay. Ich verstehe alles. Warum du gegangen bist.«

Die Sonne brennt auf meinem Nacken, der Wind kommt in einem ungestümen Stoß von der Klippe, und für einen Moment erscheint alles wieder direkt vor mir, alles passiert wieder, die ganze Qual. Meine Glieder sind zu schwer, um sich zu bewegen. Meine Gedanken frieren ein.

Monk redet weiter, als wäre ich nicht vor ihm erstarrt. »Ich meine, es hat eine Weile gedauert, bis ich dort angekommen bin. Du hast mich blutend im Gras zurückgelassen, seien wir ehrlich. Ich war ziemlich lange ein Wrack. Jahrelang war das einzige Anständige, was aus mir herauskam, die Musik. Und dann eines Tages habe ich irgendwie nachgedacht und angefangen, dieses Lied zu schreiben, das … schau, können wir irgendwohin gehen? Ich kann all diese Sachen nicht einfach am Rand einer Klippe erklären.«

Ich schüttle den Kopf. Löse mich, Sehne für Sehne. Meine Gedanken tauen auf. »Du musst nichts erklären. Es tut mir leid, dich verletzt zu haben. Es tat mir damals leid und es tut mir seitdem leid. Ich kann dir nicht einmal sagen, wie leid es mir tut.«

Er tritt vor und fasst mich an den Armen. »Aber, Pinks, jetzt *verstehe* ich. Dieses Lied. Ich weiß nicht, ob du es jemals gehört hast. *Birds Fly*? Irgendwie hatte ich gehofft, du hörst es vielleicht. Als ich es in die Welt geschickt habe.«

Ich schaffe ein Nicken.

»Siehst du, jeder dachte, dieses Lied handle von mir, erzählt, wie ich mit irgendeinem Mädchen Schluss mache. Aber es handelt von dir, Mallory. Ich habe mich irgendwie in deine Lage versetzt. Habe angefangen, deine Stimme in meinem Kopf zu hören. Ich habe mit meinem Vater darüber gesprochen, kurz bevor er starb, und er hat mir geholfen, die Dinge zu klären. Dass du deine eigene Kunst hattest, die Angst, in meinem Schatten zu leben und nicht du selbst zu sein. Nicht in der Lage zu sein, dich auf dein eigenes Talent zu konzentrieren, dass du frei sein musstest.«

»Dein Vater hat das gesagt?«

»Du hattest recht mit ihm, Mallory. Was du gesagt hast, bevor du gegangen bist. Ich meine, am Ende haben wir es geklärt.«

»Oh, verdammt, Monk –«

»Fühl dich nicht schlecht. Das ist es, was ich sagen will. Ich verstehe es jetzt. Wirklich. Hey. Es ist okay, ich bin jetzt an einem besseren Ort. Lee hat mich zu all diesen Therapie- und Wellness-Sachen gebracht. Sie kennt sich damit wirklich aus. Ich möchte nur, dass du weißt, du sollst nicht bereuen, was du getan hast. Du musstest tun, was richtig für dich war. Das ist alles, was ich sagen wollte. Ich wollte dich schon lange aufsuchen und es dir sagen … und dann dachte ich, das Letzte, was sie braucht, ist die Monk-Show, die in die Stadt reitet … und jetzt tauchst du einfach am Strand auf wie … wie …«

Er runzelt die Stirn. Ich merke, dass er jetzt über meine Schulter hinweg zur Spitze der Klippe schaut. Ich drehe mich um, verliere das Gleichgewicht, stürze in Monk hinter mir. Er packt mich an der Taille und stellt mich wieder auf die Füße.

»Vorsicht«, sagt er.

Ein Paar Gestalten steht am Rand der Klippe und schaut hinunter. Die Sonne steht hinter ihnen, sodass ich ihre Gesichter nicht sehen kann, aber man kann erkennen, dass es eine Frau und ein Teenager-Junge sind. Die Frau winkt und ruft meinen Namen.

»Mom!«, ruft der Junge.

»Warte, ist das dein Kind?«, fragt Monk.

Aber ich renne bereits den Hügel hinauf. Ich habe meine Flip-Flops am Strand zurückgelassen. Die Kieselsteine schürfen die Sohlen meiner Füße, wie ich später feststellen werde. Ich werde auch später darüber nachdenken, dass ich es vielleicht cooler hätte spielen sollen. Sie hätte wegwinken und mein Gespräch mit Monk an der Seite der Klippe fortsetzen sollen, wo er Sams Gesicht nicht sehen konnte.

Andererseits ist es zu diesem Zeitpunkt zu spät. Die Würfel sind gefallen. Nichts auf der Erde kann verhindern, dass Monk Adams Sam gegenübersteht.

Er folgt mir die Klippe hinauf. Fröhlich rufe ich: »Zeit, zurückzugehen! Lass uns *gehen*!«

Aber Paige bleibt standhaft. Sie legt ihre Hand auf Sams Schulter. Ihr Ausdruck, als wir ihr beide entgegenhetzen, wirkt amüsiert, aber auch entschlossen. Sie wird mich nicht damit durchkommen lassen. Sie wird mich nicht weglaufen lassen.

Sie bekommt das, weshalb sie hergekommen ist.

»Pinks, warte!«, ruft Monk hinter mir.

Ich erreiche den oberen Teil des Pfades. Mir bleibt Zeit, Paige einen letzten flehenden Blick zuzuwerfen, bevor Monk neben mir steht. Ich vermute, dass er grinst, aber bin nicht fähig, das zu überprüfen. Barfuß steht er da, trägt nichts als seine Badehose, lässig wie eh und je, und streckt die Hand aus.

»Hey. Monk Adams. Ein alter Freund von Mallory. Du musst ihre Schwester sein.«

»Paige Powell.« Sie schüttelt seine Hand. »Komisch, du kommst mir irgendwie bekannt vor. Haben wir uns schon mal getroffen?«

Er lacht. »Nein, das höre ich ständig. Hab wohl ein Allerweltsgesicht.« Dann wendet er sich an Sam.

»Hey, Kumpel. Monk Adams.«

Sam steht kerzengerade. Ich denke, er ist ein wenig erschüttert, seine Augen blinzeln, aber das erkenne wohl nur ich. Ich möchte meinen Arm um seine Schulter legen, aber er würde ihn einfach abschütteln. Sein Ausdruck ist freundlich, entschlossen. »Mr. Adams. Ich bin Sam. Sam Dunne.«

»Das ist ein guter irischer Name, in der Tat. Du kannst mich Monk nennen. Ich war gerade … ich habe gerade deiner …«

Man kann sehen, wie er langsam begreift, erst Stück für Stück und dann alles auf einmal. Seine Stimme verstummt. Seine Augen weiten sich und blinzeln heftig, genau wie Sams. Sein Kinn bebt. Er sieht mich erschrocken an, dann zurück zu Sam.

»Sam«, sagt er, mit einer Stimme, als hätte er eine schlimme Erkältung. »Sam Dunne.«

»Ja, Sir.«

Monk wendet sich wieder mir zu. Die Farbe ist ihm aus dem Gesicht gewichen. Er sieht aus, als könnte er jeden Moment ohnmächtig werden. Seine Augen flehen mich um etwas an, ich weiß nicht, um was. Sag, dass es wahr ist. Sag, dass es nicht wahr ist.

»Monk, ich …«

Ich … was? *Ich kann es erklären?*

Vielleicht erklärt ihm mein hilfloses Schweigen, was er wissen muss. Er schaut auf das Gras, legt seine Handfläche auf den Nacken, atmet aus. Schaut wieder auf, blinzelt. »Hey. Sam. Darf ich dich fragen – ich würde gern wissen – wäre es okay, wenn ich –« Ein weiterer tiefer Atemzug. Mit ruhiger, kontrollierter Stimme fragt er: »Wie alt bist du, Kumpel?«

Sam ist kein Idiot. Er weiß, was hier gefragt wird. Ich bin gleichzeitig stolz und gekränkt, dass er mich nicht ansieht, um mich zu fragen, wie er antworten soll. Er verschränkt die Hände hinter dem Rücken, richtet seine Schultern auf und sagt: »Dreizehn letzten Monat.«

Die beiden starren sich einfach an. So wie man es morgens tut, wenn man vor dem Spiegel im Badezimmer steht und die Verwüstungen der Nacht betrachtet.

Ich greife nach Sams Schulter, aber er schüttelt mich ab. »Liebling, ich –«

»Sam«, sagt Monk. »Sam Dunne. Samuel?«

»Ich werde Sam genannt.«

»Es freut mich, dich kennenzulernen, Sam.«

»Ja, Sir.«

»Monk«, beginne ich, »es tut mir leid, ich wollte nicht – das ist nicht, wie ich –«

»Mom, hör auf«, murmelt Sam.

Monk starrt Sam weiterhin an. Starrt und blinzelt. »Schon gut, Sam. Es ist gut. Es ist – ich hatte keine Ahnung, das ist alles. Ich schwöre bei Gott. Keine Ahnung. Also – ich brauche nur einen Moment, um – mich zu sammeln – ich melde mich bei dir, Sam. Ganz bald. Ich schwöre. Wir werden – reden. Ich verspreche es. Nachdem ich ein paar Worte mit deiner Mutter gesprochen habe.«

»Monk, bitte –«

Er hebt seine Hand. Hält seinen Blick auf Sams Augen gerichtet. In sein eigenes Gesicht kehrt die Farbe zurück. Zu viel Farbe. Seine Wangen und Nase sind rot vor Emotion. Die Haut seiner Brust ist fleckig rosa.

»Ich – ich freue mich, dich kennenzulernen, Sam. Wirklich. Ich muss nur mit – ich muss *nachdenken* – wenn du mir nur einen Moment gibst, um – meine Gedanken zu sammeln und – bitte, entschuldige mich einfach. Es tut mir leid.«

Er dreht sich um und geht schnell über den Rasen, in direkter Linie zum Monk-Haus, das von einer Fülle von Meertrauben verborgen wird. Die Sonne verwandelt seinen breiten, dreieckigen Rücken in Gold.

Ich rufe seinen Namen.

Er hebt erneut seine Hand und geht weiter.

Auf dem Rückweg nach Summerly sagt Sam nichts. Sein Blick auf den Weg fixiert, marschiert er ein paar Schritte vor uns her.

»Er ist einfach gegangen. Kannst du das glauben?«, krächzt Paige. »Einfach *weggegangen*.«

»Er steht unter Schock, Paige. Wärst du nicht geschockt?«

»Ich würde nicht von meinem eigenen *Sohn* weglaufen.«

»Bis vor fünf Minuten wusste er nicht einmal, dass er einen Sohn *hat*.

Wir können froh sein, dass er keinen Herzinfarkt bekommen hat.«

»Ich hätte ihm nachlaufen sollen. Arschloch. *Nachdem ich ein paar Worte mit deiner Mom gewechselt habe.* Ja, klar. Er wird wahrscheinlich seine Anwälte anrufen oder so.«

»Paige, *bitte*«, ich deute mit dem Kopf in Richtung Sams Rücken.

»Tut mir leid.« Sie senkt ihre Stimme. »Aber ich stehe zu dem, was ich gesagt habe.«

Als wir in Summerly ankommen, schimmert die Sonne um die Spitzen der Dächer und Lola bedient den Grill auf der Terrasse. Es riecht nach Hamburgern. Die Kinder decken den Teakholztisch und necken sich gegenseitig. Ich frage Lola, ob ich ihr irgendwie helfen kann. Sie verneint, alles unter Kontrolle, setz dich und nimm dir einen Wein.

Ich bitte Sam, sich die Hände vor dem Abendessen zu waschen. Ich suche den Weg in das kleine weiße Gästezimmer und hole mein Handy aus meiner Handtasche.

Nachdem ich ein paar Worte mit deiner Mom gewechselt habe.

Keine Ahnung, ob ich erwarte, dort eine Nachricht zu finden oder nicht. Monk hat offensichtlich nicht meine Nummer, und ich bin nicht in irgendwelchen sozialen Medien unterwegs. Besitze nicht einmal ein privates Konto. Selbst mein Etsy-Shop existiert unter einem Markennamen. Diskrete Frau, nannte Monk mich.

Eher eine Frau, die nicht gefunden werden will.

Was auch immer ich erwarte, da steht nichts von Monk auf meinem Handy. Nur die üblichen Benachrichtigungen.

Ich setze mich aufs Bett und schließe meine Augen.

Durch die Wände des Hauses dringt das Lachen der Kinder. Ein schriller Schrei. Irgendwo fließt Wasser durch Rohre. Jeder geht seinen Beschäftigungen nach, die Welt dreht sich gelassen um ihre Achse. Ein stummer Schrei steigt aus der Tiefe meiner Brust auf – es ist die Wut, die Wut. Ein heißer Ball, elektrisiert von Schmerz und in seiner Box eingeschlossen, bis (die ganze Zeit damals in den frühen Tagen, jetzt nur noch ab und zu) das Schloss explodiert und die Wut aufsteigt, um mir die Luft zu rauben.

Ich weiß aus Erfahrung, diese Wut kann man nicht ersticken. Sie war in einer Box eingesperrt, um Gottes willen. Sie will raus und sich bemerkbar machen. Früher habe ich dagegen gekämpft und es hat die Dinge nur verschlimmert. Sie blockierte meine Kehle, ließ mich nicht atmen. Also halte ich meine Augen geschlossen und lasse sie aufsteigen. Lasse sie in meinen Kopf brodeln und kochen, in meine Gliedmaßen schießen, Funken an meine Zehen und Finger schlagen. Atme sie durch meinen Mund aus. Zähle eins, zwei, drei.

Dann schlucke ich die Reste wieder hinunter. Stelle mir Moms Arme um mich vor, ihre Stimme.

Es wird alles gut werden, Mallory.

Nein, Mom. Das wird es nicht. Ich hätte mich melden sollen, wie du gesagt hast. Schon vor langer Zeit. Ich hätte meine Große-Mädchen-Hose anziehen und ihm gegenübertreten sollen. Für Sams Wohl.

Wir alle machen Fehler, sagt sie mir. *Er wird es verstehen. Du musst es ihm nur erklären.*

Jedes Mal, wenn ich versuche, mit Sam zu sprechen, weist er mich ab. Beim Abendessen isst er etwa drei Bissen von seinem Hamburger und entschuldigt sich, um ins Bett zu gehen. Ich lege meine Gabel hin und folge ihm nach oben in das Zimmer, das Lola den Kindern zugewiesen hat. Er liegt auf einem der oberen Betten und starrt an die Decke.

»Mom, ernsthaft«, brummte er. »Geh weg. Mir geht's gut.«

»Oh, sicher. Deshalb hast du zum ersten Mal in deinem ganzen Leben dein Abendessen nicht aufgegessen.«

»Ich will einfach allein sein, okay?«

Ich klettere ein paar Sprossen der Etagenleiter hoch und umklammere die Pfosten. »Schatz, es ist nur ein Schock, das ist alles. Du hast ihn gehört. Er muss das nur erst verarbeiten. Er wird sich melden. Ich verspreche es.«

»Woher willst du das wissen?«

»Weil ich Monk kenne.«

Sam schnaubt. »Klar, tust du das.«

»Okay, gut. Es ist lange her. Aber so sehr ändern Menschen sich nicht. Er ist ein guter Mann. Er wird ein Vater für dich sein wollen. Er wird ein *guter* Vater für dich sein wollen.«

Endlich dreht Sam seinen Kopf, um mich anzusehen. »Warum habe ich ihn dann bis jetzt nicht kennengelernt?«

Die Worte treffen mich ins Herz. Die Augen, die mich anblicken, glichen noch nie mehr den Augen, die ich vor vierzehn Jahren verlassen habe. Nur ein Hauch von Grün, das sich in dieses hohe, klare Blau mischt. Für ein oder zwei Herzschläge habe ich das seltsame Gefühl, ist es Monk, der mir diese Frage stellt, Monk, der wissen will, warum ich die beiden bis jetzt so sorgfältig voneinander ferngehalten habe.

Bis zur unvermeidlichen Kollision.

Ich lasse den Pfosten los und strecke meine Hand aus, um sie auf Sams Schulter zu legen. »Wie war das für dich? Ihn zum ersten Mal zu treffen?«

Sam verdreht die Augen, um mir zu zeigen, er ist sich meiner Ablenkung bewusst. Aber er beantwortet die Frage trotzdem. »Seltsam, schätze ich.«

»Seltsam wie?«

»Mom, hör auf.«

»Komm schon, Sam. Ich weiß, dass gerade ganz viel los ist, deinem Kopf. Sprich mit mir.«

Sam stößt einen riesigen pubertären Seufzer aus. »Ich weiß nicht. Wie soll ich mich *fühlen*? Er ist mein Dad, oder? Aber er ist ein völlig Fremder. Also ist es wohl so, dass ich ihn *lieben sollte*, aber ich *kenne* ihn nicht. Außer dass er, nun ja, *Monk Adams* ist. Was es noch seltsamer macht. Es ist *er*. Aber nicht derselbe Typ von den Magazincovern. Eine echte Person.«

»*Liebst* du ihn?«

»Mom, *bitte*.«

»Was dann?«

»Ich *weiß* es nicht. Ich weiß nicht, wie ich es nennen soll. Es *ist* einfach. Ich meine, er *ist* es. Mein Dad. Ich habe mein ganzes Leben über ihn nachgedacht. Wusste, irgendwo da draußen gibt es ihn. Habe ihn sozusagen in meinem Herzen gespürt oder so.« Sam wendet sich wieder der Decke zu und faltet seine Hände auf seiner Brust. »Er scheint cool zu sein, schätze ich.«

»Er *ist* cool.« Ich forme meine Hand zu einer sanften Faust und klopfe auf Sams Schulter. »Er ist ein cooler Typ. Aber du bist es auch.«

»Ich schätze, das Seltsamste ist, dass er jetzt gerade dort drüben ist. In seinem Haus. Und an mich denkt. Ich meine, an *mich*. Wahrscheinlich fragt er sich dasselbe wie ich.«

»Und das wäre?«

Sam zuckt mit den Schultern. »Was wir als Nächstes tun sollen.«

Ich lege meine Hand auf Sams Hand. Sein Puls pocht darunter. »Schatz, es tut mir leid. Es tut mir so leid, dass es so sein musste. Ich hätte das besser machen müssen. Ich – Es ist nur so, ich konnte nicht zurückgehen. Ich hatte meine Gründe. Und vielleicht gab es einen Zeitpunkt, an dem ich es gekonnt hätte, oder vielleicht *gemusst* hätte, aber ich wusste nicht wie. Du weißt, wie wenn man in etwas feststeckt und einfach nicht herauskommt? Aber ich hätte es bestimmtes versuchen sollen. Ich hätte einen Weg finden sollen.«

»Schon okay, Mom«, tröstet er, etwa hundert Jahre weise, einziges Kind einer alleinerziehenden Mutter. »Du hast dein Bestes getan.«

»Meine Güte, danke, Kleiner.« Ich streichle seine Hand und umfasse dann wieder den Leiterpfosten. »Aber im Ernst. Ich möchte, dass du dir einer Sache immer gewiss bist. Egal was passiert. Gutes oder schlechtes.«

»Ja?«

»Ich liebe dich mehr als alles andere auf der Welt, Sam Dunne. Wir alle tun das. Wir haben dich von dem Moment an geliebt, als du geboren wurdest. Und was auch immer davor kam und was auch immer als Nächstes kommt.« Ich beuge mich vor, um in sein Ohr zu flüstern. »Du bist es wert.«

Am nächsten Morgen bei Tagesanbruch fährt Lola uns zurück zum Hafen. Sie und Paige sitzen schweigend da und pressen die Zähne zusammen wegen dem schrillen Geplapper der Kinder auf der Rückbank. Vermutlich waren letzte Nacht ein paar Flaschen Rosé im Spiel. Ich sehe Sams schwere Augen, sein geschwollenes Gesicht, und strecke meine Hand aus, um sein Knie zu tätscheln.

»Mom, hör auf«, murrt er. »Mir geht's gut.«

Als das Club Car ruckelnd am Dock zum Stehen kommt, schwingt Paige sich schmerzhaft auf die Füße und scheucht die Kinder hinaus. Ich sammle meine Sachen zusammen, schaue, ob ich auch nichts vergessen habe, und drehe mich um, um Lola für ihre Gastfreundschaft zu danken. Sie ist an ihrem Handy und checkt Nachrichten. Sie schaut auf und sieht mich an.

»Was zum Teufel«, murmelt sie. »Habe ich etwas verpasst?«

»Entschuldigung?«

Lola zeigt mir ihren Display. Ein älteres iPhone-Modell, einzelne Kameralinse, riesige Schrift.

»Monk Adams. Er will deine Nummer.«

KAPITEL ELF

Hannah

Oktober 1951
Kairo, Ägypten

Immer und immer wieder beharrte Alistair darauf, er hätte nur seine Frau verteidigt.

Dieselben Worte in der Dauerschleife wie ein Lied auf einer Schallplatte.

Ich hatte keine Wahl, oder? Der Teufel wollte sie angreifen.

Sie rasten im großen schwarzen Mercedes-Benz zurück nach Kairo. Die untergehende Sonne flammte orange vor ihnen. Lucien umklammerte das Lenkrad mit knochenweiß gewordenen Händen. Neben ihm zündete sich Beverley mit zitternden Fingern eine Zigarette an.

»Ich werde das der Botschaft melden müssen«, sagte er.

»Einen Teufel wirst du.«

»Ainsworth, um Gottes willen.«

»Beck wird nichts sagen. Nicht wahr, Beck?«

Lucien warf einen Blick in den Rückspiegel, um Hannahs Blick zu begegnen. Beverley sog an seiner Zigarette und schaute aus dem Fenster.

Lillian platzte heraus: »Das ist lächerlich. Natürlich werden wir es melden. Wir haben einen toten Mann auf den Straßen von Ismailia zurückgelassen –«

Alistair schlug mit seinem Stock auf. »Es war Notwehr!«

»Er wollte uns nicht verletzen.«

»Wollte euch nicht verletzen? Hast du nicht gesehen, wie er Beck angegriffen hat?«

Hannah warf einen Blick auf Luciens Gesicht. Im grellen Sonnenlicht konnte sie den blauen Fleck oder den Schnitt nicht gut erkennen, aber das geschwollene Kinn wölbte sich wie eine Orange.

»Wie dem auch sei«, behauptet Alistair, »ich genieße diplomatische Immunität.«

Beverley drehte ungläubig den Kopf zum Rücksitz. »Bist du *wahnsinnig*, Mann?«

Alistair drückte seine eigene Zigarette aus und warf den Stummel aus dem Fenster in die Wüste.

»Ich glaube nicht, dass dieser Kerl Mr. Beck *absichtlich* schlagen wollte«, wagte Lillian einzuwenden.

»Verdammt, Lillian. Es spielt keine Rolle, verstehst du das nicht? Wir stecken bis zum Hals drin. Wenn der Mob herausfindet, dass der Kerl von einem Engländer erschossen wurde, bricht die Hölle los.«

»Der arme Mann. Der arme Kerl.«

Hannah drehte sich um und starrte aus dem Fenster. In der Glut sah die Landschaft aus wie ein Schneefeld, das den Horizont berührte. »Vielleicht ist er nicht gestorben«, warf sie ein. »Vielleicht hat er überlebt.«

Eine mitleidige Stille erfüllte das Auto. Eine hoffnungslose Schwere.

Als sie Kairo erreichten, war die Sonne untergegangen und Alistair schlief, gegen das Autofenster gelehnt. Lucien hielt den Wagen vor dem stattlichen Haus der Beverleys in Garden City und öffnete wortlos die Türen. Hannah stieg aus und verabschiedete sich. Im Licht der Straßenlaterne sah Lillians Gesicht wächsern aus.

Beverley wandte sich Hannah zu. Die Krempe seines Trilby schattete Höhlen um seine Augen und unter seine Wangen. »Schlafen wir eine Nacht darüber, ja? Morgen früh entscheiden wir, was zu tun ist. Mit klarem Kopf.«

»Was immer Sie für das Beste halten. Ich werde mit Alistair sprechen.«

»Braves Mädchen.« Er blickte über Hannahs Schulter und wieder in ihr Gesicht. Mit gedämpfter Stimme fragte er: »Was ist mit Beck? Können wir ihm vertrauen?«

»Ja, ich denke schon.«

»Wir können uns keine Missverständnisse leisten, Hannah. Sie verstehen, was ich meine. Es steht sehr viel auf dem Spiel.« Seine Augen fixierten sie.

»Natürlich«, erwiderte sie.

»Braves Mädchen«, sagte er erneut.

Lillian beugte sich vor und umarmte sie. »Gute Nacht, Liebes. Versuchen Sie etwas zu schlafen.«

»Sie auch.«

Lillian hielt Hannah an den Schultern fest und sah sie an, als würde sie sie auf eine Krankheit untersuchen. Ihre Lippen zitterten. Sie platzte heraus: »Es war der Alkohol.«

»Ja, wahrscheinlich«, stimmte Hannah zu.

»Der Cognac. Er ist sicher ein anständiger Kerl.«

»Verdammt üble Sache«, murmelte Beverley und zog seine Frau weg.

Lucien half ihr, Alistair die Treppe hinauf in ihre Wohnung zu bringen. Sie mühte sich ab, ihren Mann zu entkleiden, ihm den Pyjama über die schlaffen Arme und Beine zu ziehen. Sie brachte ihn dazu, seine Pillen zu schlucken und ein Glas Wasser zu trinken. Er starrte leer vor sich hin, während sie ihn zudeckte.

»Ich genieße diplomatische Immunität, Liebling«, murmelte er. »Du brauchst dir keine Sorgen zu machen.«

»Ja, Liebling.«

»Du wirst völlig geschützt sein, das versichere ich dir. Als meine Frau wirst du geschützt sein.«

Sie schaltete die Lampe aus und ging ins Wohnzimmer, wo Lucien immer noch mitten im Raum stand, sein Hut baumelnd in der Hand. Wie staubig er aussah, wie erschöpft. Der Schnitt blutete nicht mehr, aber sein Kinn sah aus, als hätte jemand einen schwarzen Ball unter die Haut geschoben.

»Wie geht es ihm?«, fragte Lucien.

Hannah schloss die Tür hinter sich. »Etwas zu trinken?«

»Whiskey.«

Sie ging zum Getränketablett und goss ihm ein Glas ein, pur. »Es tut mir leid, dass wir kein Eis haben«, entschuldigte sie sich.

Er nahm ihr das Glas aus der Hand. »Ich mag kein Eis.«

»Ich meine für dein Kinn.«

»Ein feuchtes Tuch wird genügen.«

Hannah schlüpfte zurück ins Badezimmer und hielt einen Waschlappen unter den Wasserhahn. Als sie ins Wohnzimmer zurückkehrte, stand Lucien am Getränketablett und goss sich ein weiteres Glas ein.

Sie deutete auf das Sofa. »Setz dich hier hin.«

Er setzte sich auf das mittlere Polster. Hannah nahm die Whiskyflasche vom Tablett und kniete sich vor ihn. Behutsam reinigte sie seine Wunde von Staub und getrocknetem Blut und tupfte etwas Whiskey auf den Schnitt. Er starrte an die Wand und zuckte zusammen.

»Es ist nicht tief«, beruhigte sie. »Aber es wird wahrscheinlich eine Narbe zurückbleiben.«

Lucien nahm ihr den Waschlappen aus der Hand und untersuchte ihre Finger. »Hannah, erzählst du mir von deinem Mann?«

»Alistair, meinst du?«

»Nein.« Er blickte auf. Seine Augen verunsicherten sie, so grün und nah. »Dein erster Mann.«

Hannah erschrak. »*Was?* Woher wusstest du das?«

»Ich habe es nur erraten. Der Geist eines Mannes in deinem Herzen.«

Hannah zog ihre Hand weg und setzte sich auf den Teppich. Lucien rutschte vom Sofapolster herunter, um ihr gegenüber zu sitzen, den Rücken an die Polsterung gelehnt.

»Du musst es mir nicht erzählen«, meinte er.

Sie zog ihre Knie an die Brust. »Er war Ungar, wie ich. Wir haben uns an der Universität in Wien kennengelernt. In meinem ersten Jahr. Er war älter, Doktorand. Wir gingen jeden Morgen ins selbe Kaffeehaus. Monatelang beobachtete ich, wie er mit seinen Freunden sprach. Er war die Art von Mensch, die man beobachten wollte. Jede Bewegung. Jedes Wort. Ich hätte nicht gedacht, dass er mich bemerkt. Dann kam er eines Tages zu meinem Tisch und fragte, ob ich ihn in die Oper begleiten würde.«

»Was hat er studiert?«

»Philosophie.«

»Und du hast dich verliebt?«

Hannah ließ ihre Knie zu beiden Seiten fallen, sodass sie im Schneidersitz auf dem Teppich saß, zwischen Luciens gespreizten Beinen. Sie starrte auf die Kuhle an seinem Hals. Sie war glatt und perfekt geformt, sodass man eine Walnuss hineinlegen könnte. Oder man könnte seinen Mund darauflegen und die warme Haut mit der Zunge lecken.

»Ja«, sagte sie. »Ich habe mich verliebt.«

Um zwei Uhr morgens waren sie am Ufer der Donau gelandet. Irgendwie waren sie vom Opernhaus am Ring dorthin gelaufen, sie redeten die ganze Zeit. Meist war es János, der ihr Fragen stellte, und Hannah, die in langen, weitschweifigen, unbedachten Sätzen antwortete. Dann tauchte der Fluss vor ihnen auf und sie starrten verwirrt auf das dunkle, wirbelnde Wasser.

»Du wirst Ärger bekommen, wenn du so spät nach Hause kommst.«, sagte János zu ihr.

Hannah lebte damals in einer Wohnung mit drei anderen Studentinnen und einer Haushälterin, die eher wie eine Anstandsdame fungierte. Ihr Name war Bernadette und sie war streng. Möglicherweise hatte sie bereits die Polizei gerufen. Möglicherweise suchten sie in diesem Moment schon nach ihr.

»Es spielt keine Rolle«, sagte Hannah. »Ich werde ihnen irgendeine Ausrede auftischen.«

János griff nach ihrer Hand. »Oder wir könnten heiraten.«

»Heiraten? Bist du verrückt?«

»Nein. Ich habe mich monatelang gefragt, ob ich in dich verliebt sein könnte, und jetzt bin ich mir sicher.«

»Aber wir haben uns gerade erst kennengelernt. Wir kennen uns kaum.«

»Ich glaube nicht, jemals jemanden so innig gekannt zu haben. Du etwa?«

Sie dachte über die vergangenen Stunden nach. »Nein. Aber du kannst nicht leugnen, dass wir uns erst gestern richtig kennengelernt haben.«

»Ich leugne es nicht. Aber glaubst du, es ist Zufall, dass ich meinen Kaffee seit September jeden Morgen im selben Lokal getrunken habe?« Er hob ihre Handgelenke an seine Lippen, dann drehte er ihre Hand um, um ihre Handfläche zu betrachten. »Wenn du nicht dasselbe empfindest, dann sag es nur. Ich bringe dich zu deiner Wohnung zurück und belästige dich nicht weiter.«

Sie starrte auf den Mondlichtstreifen auf seinem schwarzen Haar, als er sich über ihre Hand beugte und mit den Daumen ihren Handschuh glättete. Er war prächtig gekleidet – er trug ein tintenblau-schwarzes Jackett mit Satinrevers und eine Hemdbrust, die so steif war, dass sie wohl von selbst gestanden hätte. Er hatte die Fliege gelöst, aber die Knöpfe steckten noch korrekt in ihren Knopflöchern. Als sie nicht antwortete, blickte er auf und lächelte sie an, und in diesem Moment gaben Hannahs Knie nach. Er griff nach ihren Ellbogen, um sie zu stützen.

»In diesem Fall«, sagte er, »werde ich einen Freund aus dem Bett holen, er ist Richter.«

»Einfach so?«, fragte Lucien ungläubig. »Ihr brauchtet keine Lizenz oder so etwas?«

Hannah zuckte mit den Schultern. »Anscheinend nicht. Der Richter war ein alter Freund der Familie. Er machte seine Frau und den Butler zu Trauzeugen und verheiratete uns um vier Uhr morgens in seinem Salon. Bis zum Abendessen waren wir auf unserer Hochzeitsreise in Portofino.«

»Das kann nicht wahr sein.«

»Ich schwöre dir, es war so. János konnte alles erreichen.«

»Er muss dich sehr gewollt haben.«

Wieder zuckte Hannah mit den Schultern.

»Weiß dein Mann von all dem?«, fragte Lucien.

»Nein. Er kennt nicht einmal János' Namen.«

»Aber er weiß, dass du vorher verheiratet warst.«

»Vielleicht. Ich denke schon, ja.«

»Du meinst, er hat nie danach gefragt?«

»Engländer stellen keine unangenehmen Fragen, Lucien. Das gehört sich nicht.«

Hannah saß mit einer Hand auf jedem Knie, den Rücken gerade. Lucien sackte ein wenig zusammen, sodass sie sich auf gleicher Höhe ansahen. Er nahm ihrer Hände in seine.

Und Hannah sah dabei zu. »Wo wohnst du, Lucien? Wenn du nicht im Hotel bist.«

»Liebste, *das* ist mein Zuhause. Ich habe ein paar Zimmer im obersten Stock des Anbaus.«

»Ganz allein?«

Er lachte leise. »Ja, Liebste. Ganz allein.«

»Was ist mit deiner Mutter?«

»Da gibt es nicht viel zu erzählen. Sie lebt ruhig am Meer. Ich besuche sie, wenn ich kann. Ich bin alles, was sie noch hat. Mein älterer Bruder wurde im Krieg getötet, als er Nachrichten für die Alliierten überbrachte. Meine Schwester hat geheiratet und ist weggezogen.«

»Bist du nicht ein bisschen zu alt, um in ein paar Zimmern in einem Hotel zu wohnen?«

»Es passt zu mir.« Er rieb mit seinen Daumen über ihre Fingerknöchel.

Hannahs Herz klopfte so heftig, dass ihre Stimme zitterte. »Du solltest wahrscheinlich einen Arzt aufsuchen.«

»Ärzte stellen Fragen, Hannah. Außerdem hatte ich schon Schlimmeres, glaub mir.«

»Aber was werden wir tun?«

»Fürs Erste? Nichts.«

»Du wirst nicht melden, was passiert ist?«

Er zuckte mit einer Schulter. »Was hätte das für einen Sinn? Um eine Revolution zu beginnen?«

»Ich dachte, du willst eine Revolution. Ich dachte, du wärst ein Nationalist.«

»Wie kommst du darauf? Weil meine Mutter Ägypterin ist?«

»Willst du dieses Land nicht für dich selbst?«

Lucien ließ ihre Hände los und stand auf. Sie beobachtete, wie er durch den Raum zum Sessel ging, über den er seine Jacke geworfen hatte. Seine Schuhe verursachten kein Geräusch auf den Marmorfliesen. Sie wollte weinen angesichts seines anmutigen Ganges, der Symmetrie seiner Schultern. Aus einer Tasche zog er ein Zigarettenetui. Er machte eine Geste zu ihr hin; sie schüttelte den Kopf. Er nahm eine für sich, zündete sie an und nahm einen tiefen Lungenzug, sodass das Ende der Zigarette wie ein Meteor aufglühte. Dann atmete er aus und kehrte zu ihr zurück. Er setzte sich auf die Kante des Sofas, die Augen hell und ernst.

»Was ist mit dir?«, fragte er.

»Was meinst du?«

»Du bist aus Ungarn, nicht wahr? Willst du nicht die Sowjets aus deinem Land haben?«

»Ich denke nicht darüber nach. Es ist Vergangenheit. Ich bin jetzt Engländerin.«

»Bist du das wirklich?«

Sie stand auf. »Politik ist mir scheißegal. Mich interessieren nur Menschen. Du willst dein Land von der Ausbeutung der Imperialisten befreien? Ägypten den Ägyptern? Schön, Lucien. Nimm dir das Land zurück, es ist mir egal. Lass dich nur nicht umbringen, das ist alles, worum ich dich bitte. Tu nichts Dummes.«

Er lächelte. »Was ist das, eine Art Liebeserklärung?«

»Sei nicht albern«, schnappte sie.

Lucien nahm wieder einen tiefen Zug von der Zigarette und wandte den Kopf, um aus dem Fenster auf die glitzernde Stadt hinter dem Glas zu blicken. Das Licht ließ den blauen Fleck an seinem Kinn etwas verblassen. Ein Puls schlug unter der Haut seines Halses. »Hannah«, begann er, »ich tue alles, was du willst. Ich treffe dich, wann immer du es möchtest, zu deinen Bedingungen. Ich werde deinen dummen Ehemann vor seiner eigenen Idiotie schützen. Aber glaub nicht, ich würde diese Dinge aus irgendeiner verdammten respektvollen, blutleeren, *geistigen* Achtung vor dir tun. Ich bin in dich verliebt. Das ist die Wahrheit. Das ist alles, woran ich denke. Wie ich dich küssen möchte. Wie ich dich ins Bett kriegen und lieben möchte, bis wir beide tot in den Armen des anderen liegen. Ist das ernst genug für dich?«

Durch die Wand drang Alistairs dröhnendes Schnarchen, wie der Motor eines reparaturbedürftigen Flugzeugs. Hannahs Herz schlug in lauten, langsamen Schlägen. »Vollkommen«, flüsterte sie.

Lucien wandte ihr wieder sein Gesicht zu. Seine Augen wurden zärtlich.

»Ich kann dich nicht ins Leben zurückbringen, Hannah«, bot er an. »Aber du kannst dich entscheiden, wieder zu leben, oder nicht. Und ich kann dich daran erinnern, wie es war, lebendig zu sein.«

Als Hannah und János Portofino erreichten, hatte das Versprechen des Sommers die Luft erwärmt und die Schatten golden gefärbt. Ihr Bräutigam hielt den Wagen vor einem großen Hotel, das im Sonnenuntergang erstrahlte, an, und weckte sie auf.

Das Personal schien ihn bereits zu kennen. Jedenfalls führten einige unterwürfige Angestellte sie zu einer Suite und brachten Essen unter silbernen

Hauben. Hannah ging auf den Balkon und starrte staunend auf die Sonne, die in einem blauen Meer versank. János stand hinter ihr und berührte mit seinen Lippen die Stelle, wo ihr Hals auf ihre Schulter traf.

»Stimmt etwas nicht?«, flüsterte er. »Hast du vielleicht Zweifel? Bereust du es?«

Hannah dachte an die lange Fahrt über die Berge, die Gespräche, den Klang seines Lachens, die Form seines Kinns, wenn sie ihn ansah, sein Haar, sein Lächeln.

»Nein«, erwiderte sie. »Meine Liebe zu dir ist mit nichts zu vergleichen.«

»Was dann? Überrascht dich all der Luxus?«, sagte er und küsste ihre Wange, ihre Schläfe, die weiche Stelle hinter ihrem Ohr. »Fragst du dich, welche Geheimnisse ich noch habe?«

Inzwischen fiel es Hannah schwer, klar zu denken. Bis zu diesem Moment hatten sie sich kaum geküsst, außer als der Richter sie zu Mann und Frau erklärt hatte – im Morgenmantel – eine kurze und fast keusche Berührung der Lippen. Hier schien János' Mund ihre Haut in Brand zu setzen, sie lebendig zu küssen.

»Aber um ehrlich zu sein, freue ich mich auf alle Überraschungen.«

Er löste seine Lippen von ihrer Haut und umfasste ihr Gesicht mit seinen Händen. »Was ist es dann, Hannah? Was beunruhigt dich?«

Der letzte Streifen Sonne tauchte ins Meer. Die Dämmerung färbte die Luft blau.

In János' warme Augen trat Verständnis.

»Hab' keine Angst«, bat er. »Ich bin's nur.«

* * *

Nachdem Lucien fort war, ging Hannah ins Badezimmer und drehte die Hähne in der Badewanne auf. Sie zog Morgenmantel und Unterwäsche aus, glitt vorsichtig in die Wanne und starrte auf das Wasser, das sich um ihren Bauch sammelte.

Dieser Bauch sah nicht mehr so aus wie der, den János zum ersten Mal in der Hotelsuite in Portofino entblößt hatte, jung und fast konkav. Er war sowohl dünner als auch straffer – weniger genährt, der Zeit entsprechender.

Sie fuhr mit dem Finger die Kurve nach, die silbernen Fäden, die sich von ihren Schamhaaren zu ihrem Bauchnabel schlängelten. Sie erinnerte sich an János' Mund, der die Haut dieses Bauches wärmte, seine Ausrufe des Staunens und Begehrens. Wie dieser Bauch einmal an János Bauch geklebt hatte, als sie etwa eine Stunde später vereint dalagen und versuchten zu begreifen, was geschehen war, diese Emotion zu erfassen, die die Atmosphäre um sie herum sättigte. *Liebe* schien nicht das richtige Wort, die richtige Vorstellung davon zu sein. Man liebte seine Eltern, man liebte seinen Hund, man liebte die Sonne auf den Schultern, man liebte den Geschmack von Schokolade und den Geruch von Regen. Dies war etwas anderes. Ein Gefühl der Seligkeit.

Ihre Liebe zu ihm, ihr absolutes Vertrauen in diese Liebe, woher war das alles gekommen? Es war der Glaube daran, das war alles. Instinktiv, dumm. Der Instinkt, ein wesentliches Element seiner Selbst mit dieser Person zu teilen, die man gerade erst kennengelernt, mit der man nur ein paar Stunden im Gespräch verbracht hatte. Und doch war es da.

Und natürlich war er gut aussehend. Er war so gut aussehend, dass sie ihn sich kaum noch vorstellen konnte, als blicke man ins Feuer. Sein dunkles Haar und seine jungenhaften Augen, die Neigung seiner Schultern, die Linie seines Kinns, die Art, wie er sowohl verwegen (die Fliege lose um den Hals) als auch vertrauenswürdig (die Knöpfe perfekt geschlossen) aussehen konnte, sie schmolz dahin bei seinem Anblick.

Jetzt war er Staub.

In den letzten acht Jahren hatte sie sich die Erinnerungen an János verboten. Acht Jahre lang hatte sie das Wort *János* kaum geflüstert, nicht einmal zu sich selbst.

Jetzt war er wieder hier, schwebte vor ihr, so real, dass sie dachte, sie könnte ihn berühren. Sie griff in die Dampfwolken und schrie vor Schmerz auf, weil die Luft leer war. János war Staub, die Kinder waren Staub, alles war nur noch Staub.

* * *

Inzwischen waren Hannah die Räumlichkeiten des Shepheard's Hotels vertraut. Sie eilte direkt durch die Lobby zur Arab Hall und hoffte, niemanden zu treffen, den sie kannte. Sie hoffte, dass alle zu betrunken oder zu beschäftigt waren, um diese schlichte, blasse Frau zu bemerken, die über die Gärten zum Anbau am hinteren Ende des Geländes huschte.

Bevor er die Wohnung verließ und einen wärmenden, langsamen Kuss auf ihren Mund drückte, hatte Lucien ihr erklärt, wo sie die Zimmer finden konnte, in denen er lebte. *Falls du deine Meinung änderst*, hatte er gemeint. Sie stieg die Treppen hinauf, Stockwerk für Stockwerk. Das Treppenhaus war dunkel, nur von einer einzigen Glühbirne pro Etage beleuchtet und einem Oberlicht, das ein Quadrat des Nachthimmels freigab. Auf dem letzten Treppenabsatz, gebadet in Sternenlicht, fand sie eine Tür. Sie öffnete sie. Ein kurzer, enger Flur – einige Türen. Sie waren beschriftet: Toilette, Elektrik. Am Ende des Flurs fand sie die, nach der sie suchte.

Hotelmanager.

Sie hob die Hand und klopfte.

Die Tür öffnete sich fast augenblicklich. Lucien stand vor ihr, die Hemdsärmel hochgekrempelt, der Kragen geöffnet, das Haar fiel ihm in die Stirn, der blaue Fleck war auffälliger geworden. Er hielt ein Whiskyglas, gefüllt mit Eis, gegen sein Kinn. Bevor sie ein Wort sagen konnte, zog er sie in den Raum und schloss die Tür. Er stellte das Glas auf den Beistelltisch und griff nach ihrer Taille. Im Gegensatz zu ihr hatte er noch nicht gebadet, sich nicht ausgezogen. Die Luft war dick vor Rauch, obwohl das Fenster offenstand. Sein Körper glühte vor Hitze. Als er seinen Kopf neigte, um sie zu küssen, legte sie eine Hand auf seine Brust.

»Ich muss dir sagen, warum ich hier bin«, flüsterte sie.

»Hannah.«

»Ich möchte ehrlich zu dir sein. Also muss ich dir jetzt das sagen, bevor es mit uns beginnt.«

Er zog seinen Kopf ein paar Zentimeter zurück, um ihr in die Augen blicken zu können. Seine Hände ruhten auf ihrer Taille und machten ihr das Denken schwer. Es bereitete ihr Mühe, die Worte herauszubringen. Aber es schien ihr wichtig, sie auszusprechen. Damit er sie nicht missverstand. Sie zwang sich, ihn direkt anzuschauen, bis ins Innerste seiner Augen zu blicken. Sie zwang sich zu sprechen.

»Ich möchte ein Kind«, sagte sie.

KAPITEL ZWÖLF

Mallory

August 2008
Winthrop Island, New York

Ich öffnete meine Augen, nahm den Lichtspalt durch die Vorhänge wahr. Für einen Moment oder zwei starrte ich auf diese goldene Linie und versuchte, einen Sinn darin zu erkennen. Versuchte, die Überbleibsel des panischen Traums abzuschütteln, der an mir klebte – nur Puzzleteile, durch einen Flur rennen, Feuer züngelt um meine Füße – irgendetwas steckt in meiner Brust, muss etwas finden, muss jemanden finden.

Ein Arm lag über meinem Brustkorb. Ich wandte meinen Kopf und sah einen Wirrwarr goldbrauner Haare auf dem Kissen neben mir. Eine Welle der Erleichterung. Monk. Winthrop Island. Es war wahr, es war real. Er gehörte mir. Dann –

»Shit! *Monk!*«

Ich stieß gegen seine Schulter. Er schreckte auf, hob seinen Kopf, öffnete halb seine Augen und grinste schläfrig. »Guten Morgen, Pinkie Pie.« Dann –

»*Shit!* Wie spät ist es?«

Er stürzte sich auf seine Uhr auf dem Nachttisch, fluchte, fiel aus dem Bett. Krabbelte auf dem Boden und griff nach seiner Hose. Ich lehnte mich über den Rand und fand mein Shirt. Irgendwo im Haus ertönte der Donner kleiner Füße, die eine Holztreppe hinunterstürmten.

Wir starrten einander an und erstarrten.

»Unter das Bett!«, zischte ich.

Monk zog hastig seine Hose hoch, schnappte sich sein Hemd und seine Boxershorts und verschwand darunter. Ich ließ die Bettdecke über die Seite fallen, um ihn zu verbergen, und zerrte mir mein Shirt über den Kopf. Eine Sekunde später stürmten zwei kleine Personen durch die Tür und sprangen auf das Bett.

»Mallory! Mallory! Mallory! Rate mal!«

»Was, Knirps?«

Blue hielt ihre Faust hoch und öffnete sie. »Ich habe einen Zahn verloren!«

Chippy stimmte fröhlich ein. »Und es ist *überall* Blut auf ihrem Kissen!«

»Es muss heute Morgen passiert sein, weil die Zahnfee noch nicht da war!«

»Ich hab' den Zahn gefunden! Ich! Er hing in ihren Haaren!«

»Er war in meinen Haaren und er hat ihn einfach *herausgerissen!* Hast du gehört, wie laut ich geschrien habe?«

Chippy hob ein Stück bunten Stoff von der Bettdecke auf und hielt es hoch. »Ist das deine Unterhose?«

»Wir müssen vorsichtiger sein«, sagte ich an diesem Nachmittag zu Monk, während die Kinder oben mit Carson, dem Mathelehrer, lernten. Er war Doktorand in angewandter Mathematik an der UMass Amherst, und hatte mir (bei einem Bier im Mo, während wir darauf warteten, dass Monk seinen nächsten Auftritt begann) erzählt, er würde in den drei Sommermonaten, in denen er die kleinen Sprösslinge von Winthrop unterrichtete, mehr Geld verdienen als den Rest des Jahres mit dem Unterrichten von Studenten an der Universität. (Und zwar deutlich mehr.)

»Ja und nein«, sagte Monk.

»Ja und *nein*?«

»Ich meine ja, offensichtlich ist es nicht angemessen, dass mein kleiner Bruder und meine kleine Schwester hereinplatzen und aufs Bett springen, während ich versuche, mit meiner Freundin Sex zu haben. Aber nein, ich merke langsam, wie sinnlos diese ganze Heimlichtuerei ist. Ich meine, nenn mir einen guten Grund, warum die Welt nicht wissen sollte, dass wir zusammen sind?«

»Weil ich das Kindermädchen bin. Es ist nicht professionell, mit dem Sohn des Hauses zu schlafen. Eigentlich ziemlich nuttig. Und schlimmer noch, es ist ein Klischee. Es ist ein trauriges, altes Klischee.«

Wir lagen zusammen am Strand unterhalb der Klippe, versteckt vor dem Haupthaus. Normalerweise ging ich immer mit meinem Skizzenblock hierher, während der Mathezeit. Monk versuchte, seine Nachmittagspause auf die gleiche Zeit zu legen und kam dann, mit seiner Gitarre in der Hand, dazu. Die ruhige Stunde verging. Der Ozean duftete, der Sand erhitzte sich langsam, dazu die Töne der Gitarrensaiten und das Kratzen der Zeichenkohle auf dem feinen, teuren Papier, das Monk bei Amazon bestellt hatte. Er hatte es mir genau eine Woche nach unserem ersten Kuss überreicht. Zusammengebunden mit einem schimmernden goldenen Band, das er aus der Schachtel mit recyceltem Geschenkpapier vom Dachboden genommen hatte. Eine Schachtel, wie sie alle Bewohner von Winthrop auf dem Dachboden aufbewahrten.

Fünf Wochen und möglicherweise Tausende weitere Küsse nach diesem ersten Kuss ertappte ich mich immer noch dabei, wie ich davon träumte. Wie ich zu diesem Moment der Offenbarung zurückkehrte. *Monk Adams liebte mich!* Meine Fassungslosigkeit darüber, Monks Lippen auf meinen Lippen zu spüren. Monk, der sich zurückzog, um meine Wange, mein Kinn, mein Haar zu berühren; um mich mit diesem sanften, erstaunten Ausdruck anzusehen, den ich noch nie an ihm gesehen hatte.

Du auch?, hatte er ungläubig gefragt, und ich antwortete ihm, ich könne nicht glauben, dass er fragen musste. Ich konnte nicht glauben, dass er die ganze Zeit nie wusste, dass er die Sonne zu meiner Erde war.

Er hob beide Augenbrauen und sagte, die Sonne zu deiner *Erde*? Ich dachte, ich wäre in der *Freundschaftszone.*

Ich berührte sein Gesicht, seine Augenwinkel, die Haare an seinen Schläfen und versicherte ihm, er sei ein Idiot.

Er küsste mich wieder, jetzt sanft, weil wir versuchten, uns an diese neuen Gedanken zu gewöhnen – wir beide, zusammen, wie gehen wir vor? Wie holen wir die verlorene Zeit auf? Sofort übereinander herfallen oder die Vorfreude genießen?

Ich hatte ihm gerade sein Hemd ausgezogen – hatte gerade zum ersten Mal meine Finger auf die warme Haut seines Rückens gelegt – als Mr. Adams' Stimme von der Klippe über uns herabdröhnte.

Monk? Sohn? Komm schon, wir warten auf dich!

Fluchend hob Monk seinen Kopf.

Du solltest gehen, flüsterte ich. *Er ist dein Vater. Geh zum Abendessen.*

Aber du, flüsterte er zurück. *Das hier.*

Vertrau mir, versprach ich ihm. *Das hier geht nicht weg.*

Jetzt lag Monk neben mir auf dem Rücken, möglicherweise auf derselben heiligen Stelle im Sand. Er war gerade vom Schwimmen zurückgekommen, und der Ozean perlte träge von seiner Haut. Ich konnte meinen Blick nicht von diesem einen dicken Tropfen abwenden, der auf seiner Schulter balancierte.

»Ein trauriges, altes *Klischee*?«, wiederholte er.

»Mit dem Kindermädchen schlafen, wie *unoriginell* ist das denn?«

»Also schämst du dich, mit mir gesehen zu werden. Ich verstehe. Könnte dein schönes Künstler-Image ruinieren, wenn das rauskommt.«

»Es hinterlässt ein gewisses Stigma.«

Er rollte sich auf die Seite und grinste mich an. »Ich meine, mir ist klar, dass ich mit dir den Jackpot geknackt habe –«

»Oh, den *Jackpot*, ja?«

»Verrückt, ein sexy Genie, das zufällig auch meine beste Freundin ist. Wunderschön *und* talentiert. Ich spiele weit über meiner Gewichtsklasse, das ist mir klar.«

»Ich glaube, dein Vater würde da widersprechen.«

Monk kniff ein Auge zusammen und blickte zum diesigen Himmel. »Nun, wie meine bemerkenswert intelligente Freundin einmal vorschlug, scheiß auf ihn.«

»Monk. Im Ernst. Brich nicht wegen mir mit deinem Vater. Er ist dein *Vater*. Er will das Beste für dich.«

»*Du* bist das Beste für mich. Das ist alles. Du lenkst uns beide durch den ganzen Mist. Du bist verdammt mutig.« Er nahm meine Hand und küsste die Finger. Der alte schelmische Glanz lag in seinen Augen. »Aber nicht mutig genug, um mit deinem hübschen Freund an die Öffentlichkeit zu gehen.«

Wie hätte ich ihm widerstehen können? Ganz nass und glänzend und in Sonne getränkt. Ich legte mein Skizzenbuch beiseite und neigte meinen Kopf, um das Salzwasser von seiner Schulter zu lecken.

Du schmeckst so gut, sagte ich ihm.

Er beugte sich vor und küsste meinen Scheitel. *Du auch.*

Ich schlang meine Arme um seinen Hals. Sein Mund war warm und weich und schmeckte nach dem Eistee, den wir zum Mittagessen getrunken hatten. In kürzester Zeit hatte er mein Bikinioberteil ausgezogen, mich auf den Rücken gerollt, brachte mich zum Lachen und Seufzen. Ich griff nach seinen Schultern, zog ungeduldig an seiner Badehose.

An diesem Punkt rollte er sich weg, um stöhnend im Sand zu liegen, die Arme ausgebreitet. »Wir müssen aufhören.«

Ich kroch auf ihn und küsste seine Halsbeuge. »Nein, müssen wir nicht.«

»Ich habe nichts mitgebracht.«

»Nun, das war nicht sehr klug, oder?« Ich wand mich aus meinem Bikinihöschen und ließ es über die Seite fallen.

»Tut mir leid, wenn ich nicht damit gerechnet habe, dass meine Freundin so schnell wieder horny ist.«

»Wenn du von gestern Nacht sprichst –«

»Hey, es gibt einen Grund, warum ich bis sieben Uhr morgens bewusstlos durchgeschlafen habe, oh Unersättliche.«

»Ich bin nicht unersättlich. Du befriedigst mich die ganze Zeit. Je mehr du mich befriedigst –«

Er sog scharf die Luft ein.

»– desto glücklicher bin ich.«

»Wow … Mallory …«

»Es ist okay. Meine Periode ist vor etwa zwei Tagen zu Ende gegangen. Wir sind auf der sicheren Seite.«

»Wow. *Verdammt.*«

Ich bewegte meine Hüften. »Soll ich aufhören?«

»Ich werde sterben, Pinks. Das ist alles.«

Seine Finger strichen über meine Brüste, meinen unteren Rücken, wieder meine Brüste. Ich schloss meine Augen und streckte mich der Sonne entgegen.

»Göttin.« Er bewegte seine Hüften, um meinen zu begegnen. »Hast du … *irgendeine verdammte Ahnung* … wie *gut* du da oben aussiehst. Wie gut du dich *anfühlst*.«

Ich war voller Sonnenschein, voller Monk. Voller irgendeiner Glut, die ich nicht beschreiben konnte. Wie Glück, nur mehr. Ich erinnere mich, dass ich dachte, ich würde explodieren.

Seine Hände glitten zu meiner Taille. »Verdammt, verdammt.«

»Oh mein Gott, mach weiter –«

»Mallory, *halt* mich auf –«

»Noch nicht –«

»*Ernsthaft* … Pinks, *bitte* … Ich kann mich nicht zurückhalten …«

»Oh mein Gott, noch ein bisschen länger, *bitte* Monk.«

Es war zu gut. Ich konnte nicht aufhören; er konnte nicht aufhören, weil ich nicht aufhören konnte. »Ich zieh ihn raus«, keuchte er. »Sobald du kommst, zieh ich ihn raus.«

Ich kam in langen, donnernden Wellen, die mich zum Singen brachten. Er hatte keine Chance. Ich spürte, wie er zuckte, hörte ihn schreien, hörte ihn fluchen.

Er rollte uns herum und zog sich schnell aus mir heraus. Schwebte auf seinen Ellbogen, keuchend, den Kopf gesenkt.

»Shit. Es tut mir so leid.«

»Liebster, beruhige dich. Schhh. Alles ist gut. Es kann nichts passieren. Ehrlich.«

»Ich hätte –«

»Hey, es war auch mein Fehler. Ich hab' dich provoziert.« Ich streckte mich und vergrub meine Hände in seinem Haar. Rang nach Atem. Benebelt von Endorphinen. »Ich konnte nicht aufhören, Monk. Ich konnte einfach nicht.«

Er ließ sich vorsichtig auf mich sinken, Haut an Haut. Seine Arme umrahmten meinen Kopf, seine Wange rieb an meiner. Er klang, als hätte er einen Mund voll Sand geschluckt. »Was ist passiert, Pinks? Was stimmt nicht mit mir? Ich bin ein verantwortungsvoller Kerl, ich schwöre. Ich würde niemals.«

»Ich weiß, dass du das bist. Ich weiß.«

»Es ist verdammt beängstigend, was wir haben. Das hier. Findest du nicht? Manchmal überwältigt es mich.«

»Es ist die Natur«, sagte ich. »Lebenskraft und so.«

»Deine verdammte Nacktheit. Ich verliere einfach den Verstand.«

Ich streichelte sein Haar. »Schhh. Es ist okay.«

»Shit. Mallory. Ich bin so ein Arschloch.«

»Echt, mach dir keine Sorgen. Biologisch unmöglich.«

»Nichts ist unmöglich, Pinko.«

»Außerdem ist es nur dieses eine Mal.«

»Du erinnerst dich an den Sexualkundeunterricht? Die Kalendermethode ist die unzuverlässigste Form von –«

»Oh bitte. Ich denke, ich kenne meine eigenen Eierstöcke, okay? Entspann dich.«

Er stemmte sich hoch. Die Sonne strömte über sein Haar und Gesicht, die breiten, makellosen Schultern und seine goldene Brust. Mein Inneres überschlug vor Glückseligkeit. Ich wollte gleichzeitig singen und weinen. Monk sah mit seinem ernsten Gesicht zu mir herab. »Du weißt, dass ich zu dir stehen werde, wenn irgendetwas passiert, oder? Egal, wie du dich entscheidest.«

»Es wird nichts passieren.«

»Wie in meinen Träumen. Wir sind auf einer einsamen Insel mit meiner Gitarre und vielleicht einem Dutzend nackter Kinder, die herumlaufen –«

Ich fing an zu lachen. »Hör auf.«

»Okay, vielleicht nicht ein Dutzend. Und nicht nackt. Das wäre seltsam, oder?«

»Plus Hautkrebs.«

Er nahm meine Hand und küsste sie. »Ich schätze, was ich hier gerade ungeschickt versuche zu sagen ist, dass ich möchte, dass das hier ewig hält. Nicht nur für den Sommer. Für – du weißt schon, solange du mich willst. Irgendein Ort zusammen mitten im Nirgendwo – ich weiß nicht, eine Hütte in den Bergen, Strandhaus, was auch immer du magst – wo du dein Ding machen kannst und ich mein Ding und wir einfach … die Arbeit des anderen unterstützen und morgens zusammen aufwachen und uns gegenseitig Kaffee kochen und Sex haben, wann immer wir wollen und … tut mir leid, ich höre jetzt auf.«

»Hör nicht auf«, bat ich. »Ich mag das.«

»Findest du es nicht ein bisschen – ich weiß nicht, co-abhängig?«

Ich setzte mich auf die Knie und legte meine Arme um seinen Hals. »Aber auch ein bisschen lustig.«

Der Kuss nahm kein Ende. Ich liebte es wie, seine Brusthaare meine Brüsten kitzelten, die Sonne auf meinen nackten Schultern, unsere Bäuche aneinander. Als wir unterbrachen, um Luft zu holen, stützte ich meine Arme zu beiden Seiten seines Halses ab und kreuzte meine Handgelenke hinter ihm. »Weißt du, was ich mir wünsche? Ich wünschte, ich könnte zurückgehen und meinem High-School-Ich sagen, es soll sich entspannen. Alles wird gut werden.«

»Ich wünschte, ich könnte zu meinem High-School-Ich zurückgehen und ihm sagen, er soll verdammt noch mal ein Mann sein und dich endlich um ein Date bitten«, erwiderte er.

Ich schüttelte den Kopf. »Nein. Es wäre zu früh gewesen. Ich glaube, wir mussten ein bisschen leiden, mit den falschen Leuten ausgehen, um dann zu wissen, was richtig ist.«

»Ich würde dir niemals, niemals wehtun, Pinks. Das kann ich schwören.« Er runzelte die Stirn. »Denkst du, es könnte helfen, wenn du aufstehst und, ich weiß nicht, ein bisschen im Meer schwimmst?«

Wir kletterten zusammen den Pfad hinauf. Als wir auf der Klippe ankamen, ließ Monk meine Hand los und sah auf seine Uhr. »Muss zum Golfplatz. Ich arbeite bis zum Abendessen, und heute Abend spiele ich im Mo.«

»Holst du mich am Ende der Auffahrt ab?«

Er wollte nach meinem Haar greifen, blickte dann zum Haus und zog sich zurück. »Bist du sicher, dass du wieder zuschauen willst? Ich meine, es ist das gleiche Zeug. Ich kann ein oder zwei Coversongs einstreuen, um es aufzulockern, aber –«

»Oh, würdest du? Nimmst du Wünsche an?«

»Ich spiel alles, was du willst, Pinko. Nur für dich.« Er blickte wieder zum Haus. »Scheiß drauf, weißt du was? Sie sollen damit klarkommen.«

Er nahm mein Gesicht in seine Hände und küsste mich auf die Lippen. Lang und langsam, als würde er es ernst meinen.

»Also, wirst du Monk heiraten?«, wollte Blue wissen.

Meine Lippen erstarrten auf ihrer Stirn. Ich hatte die Zwillinge gerade ins Bett gebracht, Jalousien runter, zugedeckt, Ziel fast erreicht. Die Freiheit winkte.

»Ich? Monk?«, sagte ich. »Was meinst du?«

Von Chippys Bett kam eine singende Stimme. »Monk und Mallory sitzen auf 'nem Bauuum und K-Ü-S-S-E-N –«

»Wann habt ihr uns küssen gesehen?«

»Auf dem Rasen. Direkt nach Mathe.«

Ich stand von Blues Bettkannte auf und stemmte die Hände in die Hüften. »Wir haben uns nicht geküsst.«

»Doch, habt ihr«, behauptetet Blue.

»Er hat ihr seine Zunge in den Hals gesteckt«, kicherte Chippy, bevor er dann in wahnsinniges Jungenlachen ausbrach.

»Also gut, ihr zwei. Schön. Das ist ein Geheimnis, okay? Unser Geheimnis.«

»Mom hat es auch gesehen«, warf Blue ein. »Sie hat dich eine Schlampe genannt.«

Ich stieg in Bessie ein und knallte die Tür zu. »Wir sind aufgeflogen«, sagte ich.

»Aufgeflogen? Na, das klingt ja aufregend«, antwortete eine rauchige Stimme von hinten, wie der Geist von Katharine Hepburn.

Ich riss den Kopf herum. Eine Frau saß kerzengerade auf dem ausgefransten Rücksitz, mit einer rosa Leinenbluse und Perlen, rostblondem Haar, neugierigen blauen Augen, Wangenknochen wie gemeißelt. Ein Hauch von Vertrautheit umgab sie.

Monk stellte vor: »Pinks. Das ist meine Tante Barbara. Moms große Schwester.«

Tante Barbara streckte eine schlanke, knochige Hand über die Rückenlehne. »Freut mich, Sie kennenzulernen, Mallory. Mein Neffe sagt mir, Sie seien seine Muse.« Sie dehnte das Wort Muse bis zum Äußersten.

Ich sah Monk an. »Deine Muse?«

Er grinste und zuckte mit den Schultern. »Passt doch, oder?« Er legte seine Hand oben aufs Lenkrad und beugte sich vor, um mich zu küssen, während wir die West Cliff Road Richtung Dorf hinunterdonnerten. »Anschnallen, Buttercup. Wir sind spät dran.«

»Es macht dir nichts aus, dass wir aufgeflogen sind?«

»Ich meine, ich bin nicht überrascht, wenn du das meinst. Nicht nach dem Kuss, heute Nachmittag auf dem Rasen. Haben die Zwillinge dir die Hölle heiß gemacht?«

»Deine Stiefmutter hat es gesehen. Blue sagt, sie hat mich eine Schlampe genannt.«

Tante Barbara lehnte sich vor und sprach über das Motorengeräusch hinweg. »Psychologen würden das wohl Projektion nennen, denke ich.«

»Barb ist kein Fan der dritten Mrs. Adams«, stellte Monk fest.

»Ich finde, sie ist ein Emporkömmling. Und eine Säuferin. Entsetzliche Kombination. Ich kann das eine oder das andere ertragen, aber nicht beides zusammen.«

»Warte«, wandte ich mich an Monk . »Wusstest, dass sie zusehen? Hast du das mit Absicht gemacht?«

Ein kleines Grinsen machte sich in Monks Gesicht breit, er sah weiter geradeaus auf die Straße. »Ich dachte mir schon, dass sie vielleicht zusehen. Ich wusste es natürlich nicht sicher.«

»Du Bastard. Du hast uns geoutet.«

»Hör'zu, ich hab es satt, mit dir herumzuschleichen, das ist alles. Was gibt es zu verbergen? Es ist ja nicht so, als hätten wir eine Affäre.«

»Irgendwie schon.«

»Okay, vielleicht hast du eine Affäre«, neckte er. »Ich habe eine vollwertige Beziehung.«

»Kinder, ehrlich«, mischte sich Tante Barbara ein. »Solange ihr Verhütung benutzt, ist es wirklich kein so großer Skandal. Ihr hättet sehen sollen, was wir in den Siebzigern getrieben haben. Ich erinnere mich an einen Sommer, als ich aus dem College zurückkam und alle Ehemänner und Ehefrauen irgendwie die Plätze getauscht hatten. Wie bei der Reise nach Jerusalem. Man brauchte Namensschilder, um den Überblick zu behalten.«

»Wow«, stöhnte ich. »Muss ein harter Winter gewesen sein.«

»Nein, ich glaube wirklich, sie hatten einen Riesenspaß. Natürlich könnten es auch all die Drogen gewesen sein. Monk, Liebling. Das Mohegan Inn; ist das einer dieser Orte, wo sie nur Bier servieren?«

»Ich bin sicher, sie mixen dir einen Drink, wenn du nett fragst, Tante Barbara.«

»Gut.« Sie lehnte sich gegen den Sitz zurück. »Ich vermute, dass ich einen brauchen werde.«

Die engen Straßen um das Mo waren voller parkender Autos. Monk musste Bessie in eine Lücke zwischen einem Haus und einem Baum quetschen und Barbara durch die Rückseite herausheben.

»Sind all diese Leute wegen dir hier, Liebling?«, fragte sie.

»Glaube ich kaum«, verneinte er, gerade als ich »So ziemlich« sagte.

Sie blickte zwischen uns hin und her. »Na? Was stimmt nun? Leute, ich bin zu alt, um wie früher auf einem Barhocker zu sitzen. Außerdem trage ich eine weiße Hose.«

»Ich vermute, da ist eine Party im Feuerwehrhaus, das ist alles«, beruhigte Monk sie.

Ich verdrehte die Augen. »Er ist bescheiden. Er hat jetzt eine echte Fangemeinde. Bei der letzten Show vor zwei Wochen mussten wir durch die Küche reingehen.«

Sie sah entsetzt aus. »Willst du damit sagen, mein Neffe ist ein Rockstar?«

Monk warf die Arme um seine Tante und hob sie hoch, sodass ihre rosa Tod's-Slipper etwa zehn Zentimeter über dem Boden baumelten. »Ich liebe es, wie du das sagst, Tante Barbara. Als wäre es Cholera.«

»Na ja, es gibt da Parallelen.«

Ich konnte sehen, wie Monk in Fahrt kam. Seine Augen funkelten; seine Haut glühte. Er griff in den Kofferraum des Wagens und holte seinen Gitarrenkoffer heraus, der mit Aufklebern übersät war. Er grinste uns beide an. »Seht euch an. Meine zwei Lieblingsfrauen.«

Tante Barbara hakte sich bei mir unter. »Ehrlich gesagt, verursacht er mir manchmal Zahnschmerzen.«

Monk führte uns zum Kücheneingang, wo Mike in einer Wolke nervösen Zigarettenrauchs wartete. »Der verdammte Brandschutzbeauftragte wird uns die Bude dichtmachen.« Er zog ein letztes Mal an der Zigarette, dann warf er den Stummel auf den Boden. »Doppelt so viele Leute wie erlaubt, als ich zuletzt nachgesehen habe. Ein Haufen Kids, die mit dem Boot aus Mystic gekommen sind. Irgendein Arschloch hat es auf Facebook gepostet.«

»Facebook? Was in aller Welt ist das?«, fragte Tante Barbara.

»Wie MySpace, nur cooler«, erklärte ich ihr.

»*Das* macht es natürlich viel klarer«, erwiderte sie. »Dürfte ich Sie um einen Manhattan bitten, junger Mann? So trocken, wie Sie ihn machen können.«

Die Küche roch nach abgestandenem Fett und Zigaretten, und sagte damit alles, was man über den kulinarischen Standard im Mo wissen musste. Ich folgte Mike um die Stapel von Lebensmittelkartons herum, die wahrscheinlich schon vor einiger Zeit direkt in den Kühlschrank hätten gebracht werden sollen – Speck, Hamburger-Patties, Eisbergsalat, French Onion Dip – und um ein paar geplagte Köche. Ich hörte die Menge bereits, bevor Mike die Schwingtür von der Küche aufstieß – ein dumpfes College-Gebrüll, das nach den Gesetzen der Mob-Physik an- und abschwoll. Es waren wahrscheinlich nicht mehr als ein paar hundert Leute, aber in einem uralten Gasthaus mit niedriger Decke wie dem Mo fühlte es sich wie tausend an.

»Gütiger Himmel«, seufzte Tante Barbara. »Wo soll ich mich denn hinsetzen?«

»Ich glaube, man soll sich gar nicht hinsetzen.«

»Würde nicht empfehlen, sich hinzusetzen«, stimmte Mike zu.

»Was ist mit meinem Manhattan?«

»Ich mixe Ihnen gleich Ihren verdammten Manhattan, Lady. Ich muss diesen Scheiß hier unter Kontrolle bringen, bevor wir dichtgemacht werden.«

Hinter uns legte Monk eine Hand auf meine Schulter. »Wirst du klarkommen, Pinks?«

»Mach dir keine Sorgen um uns. Ich werde deine Tante vor dem Gesindel beschützen.«

»Oh, ein bisschen Gesindel macht mir nichts aus«, lächelte Barbara. »Es sind meine Knie, um die ich mir Sorgen mache.«

Monk sah mich an. »Wünsch mir Glück.«

»Hals- und Beinbruch. Brich dir alles.«

»Hört auf mit dem Liebesgeturtel, verdammt«, sagte Mike. »Alles, was ich jetzt noch brauche, ist ein Aufstand. Bruder, willst du vorher ein Bier? Einen Shot vom guten alten Feuerwasser?«

Monk schüttelte den Kopf. Er fuhr mir mit der Hand durchs Haar und küsste mich. Für einen Moment lehnte er seine Stirn gegen meine. »Pinks. Ich liebe dich.«

Bevor ich es erwidern konnte, war er verschwunden. Ein paar Jubelrufe flogen durch die Menge, als die Leute ihn erblickten. Ich hatte diesen Moment der Angst, als würde ich ihn vielleicht nie wiedersehen. Als würde er zwischen den Kiefern irgendeines Monsters verschwinden, wie Jona und der Wal. Mein Großvater hatte Paige und mir immer wieder diese Geschichte erzählt. Wir waren Kinder und er wollte uns das Gruseln lehren. Durch das Mikro ertönte Mikes Stimme, die die Menge aufforderte, verdammt noch mal die Klappe zu halten, damit man die Musik hören konnte. Der Saal verstummte so schnell, dass es unheimlich war. Dann Monks vertrautes Kichern, vertraut und verfremdet durch das Mikro. Er sagte ein paar Worte, die ich nicht richtig verstand, mein Hirn war wohl in eine Art Trance verfallen. Aber ich erinnere mich, wie seine Stimme meinen Namen sagte.

Dieser erste Song ist für Mallory. Eigentlich – wieder dieses verlegene Kichern – *sind alle meine Songs für Mallory.*

Ich streckte die Hand aus und stützte mich an der Wand ab. Ein paar Gitarrenakkorde – ich dachte panisch, sollte er sich nicht aufwärmen oder so? Die Gitarre stimmen? Aber das war Monk. Er konnte alles.

Barbara beugte sich zu meinem Ohr.

»Tut mir leid, dass ich lästig bin«, flüsterte sie, »aber ich fürchte, ich muss die Damentoilette benutzen.«

Wie sich herausstellte, hatte Mike sich umsonst Sorgen gemacht. Der Brandschutzbeauftragte wollte das Lokal offensichtlich nicht dichtmachen. Der Brandschutzbeauftragte befand sich im Publikum und jubelte bei jedem einzelnen Song. Hinterher bat er Monk um ein Autogramm.

Tatsächlich gab es viele Leute, die Monk hinterher um ein Autogramm baten, hauptsächlich Frauen. Ich stand mit verschränkten Armen neben der Bar und versuchte, nicht finster dreinzublicken. Tante Barbara thronte auf einem Hocker neben mir und nippte an ihrem zweiten Manhattan. »Bist du sicher, dass du keinen willst, Liebes?«, fragte sie mit freundlicher Stimme. »Du siehst aus, als könntest du einen gebrauchen.«

Ich beäugte das Glas. »Was ist in einem Manhattan?«

»Die Jugend von heute«, grummelte sie. »Whiskey, Wermut, Bitters. Ich mag meinen mit einer Brandy-Kirsche, aber das scheint Mikes Fähigkeiten zu übersteigen. In Ermangelung der Kirsche tut's auch eine Zitronenscheibe.«

»In Ordnung«, stimmte ich zu.

Barbara drehte sich um und winkte Mike mit einer Fingerbewegung heran. »Noch einen Manhattan für die Dame«, gab sie die Bestellung auf.

»Jawohl, gnädige Frau«, erwiderte er gehorsam.

»Ich hatte eine kleine Unterredung mit ihm bezüglich seiner Ausdrucksweise«, erzählte sie mir. »Um Gottes willen, wie lange soll das noch dauern? Ich werde SportsCenter verpassen.«

Ich musterte die Reihe blonder Föhnfrisuren und entblößter Bauchnabel. Monk saß auf seinem Hocker und benutzte die Gitarre als Schreibunterlage, es gab keine offizielleren Merchandise-Artikel, also signierte er die Flyer, die das Konzert angekündigt hatten. »Nicht mehr allzu lange, denke ich. Sind nur noch ein Dutzend übrig.«

In diesem Moment hob Monk den Kopf und zwinkerte mir zu, über all das glänzende Haar hinweg.

»Mir hat der eine über den Mittwinter gefallen«, erklärte Barbara. »Er hat mich zu Tränen gerührt.«

»Ich wette, das passiert nicht oft.«

»Autsch«, sagte sie. »Nun, wer ist *das* denn? Er sieht mir nicht gerade wie ein Musikliebhaber aus.«

»Wer?«

»Der Herr dort an der Wand. Wartet er auf jemanden? Ich nehme an, dieses bezaubernde Mädchen ist seine Freundin. Die, die sich gerade den Arm signieren lässt und vermutlich noch nicht mal Schamhaare hat.«

Ich reckte den Hals, um den Mann sehen zu können. Mike stellte den Manhattan neben meinen Ellbogen. Ein Summen der Beklommenheit überkam meine Nerven. Ich wandte mich zu Mike und erkundigte mich: »Kümmert sich jemand um ihn? Falls ihm jemand zu nahe kommt?«

Mike sagte: »Darüber würde ich mir keine Sorgen machen, Kleines. Er hat nur Augen für dich.«

»Nein, das meine ich nicht …«

Ich konnte nicht sagen, was ich meinte. Das Wort *Leibwächter* schien falsch – etwas, das ein echter Rockstar brauchen würde, nicht Monk Adams, der im Mo für einen Haufen Hummerfischer und College-Kids Gitarre spielte. Ich nahm den Manhattan, kippte die Hälfte hinunter und meine Nebenhöhlen explodierten.

»Jesus Christus«, schluckte ich.

»Es ist ein Geschmack, an den man sich gewöhnen muss«, grinste Barbara. »Weißt du, er hat sich wirklich gut entwickelt, unter den gegebenen Umständen.«

Ich wischte mir die Tränen aus den Augen. »Du meinst Monk?«

»Mit Jackie, die ständig in der Reha aus- und eingeht, und der Vater –«

»Jackie?«

»Meine Schwester. Monks Mutter.« Barbara nippte an ihrem Manhattan. »Unsere Eltern ließen sich in unseren frühen Teenagerjahren scheiden, nachdem meine Mutter mit so ziemlich allen anderen Männern auf der Insel geschlafen hatte. Möglicherweise auch mit ein paar der Frauen, wenn ich jetzt darüber nachdenke. Jackie hat es schwerer getroffen als mich. Sie hat alles immer schwerer getroffen. Dann heiratete sie einen Fremdgänger. Typisch.«

»Mr. Adams.«

»Wohlgemerkt, er machte es diskreter. Die altmodische Methode. Nur Sekretärinnen und solche Leute, niemand, dem seine Frau und Kinder zufällig auf einer Party begegnen könnten, Gott bewahre. In dieser Hinsicht war er auf eine seltsame Art snobistisch. Tauchte seinen Pimmel nie in sein eigenes Tintenfass.«

Ich prustete ein wenig Manhattan heraus und griff nach der Cocktailserviette.

»Arme alte Jackie. Buzzy konnte einfach nicht begreifen, warum sie so aufgebracht war. Ich glaube nicht, dass er je dachte, er würde etwas Falsches tun. Wahrscheinlich war er sogar der Auffassung, er würde sie schonen. Trieb sie in den Wahnsinn.«

»Was aber war mit den Kindern? Hat es sie nicht gestört?«

»Nun, zu der Zeit hatten sie noch nicht gewusst, was Buzzy trieb. Seine kleinen Freundinnen gehörten nicht zu ihrer Welt. Was sie hart traf, war, dass Jackie durchdrehte. Die Scheidung. Also bekam *sie* die ganze Schuld, verstehst du?«

Ich blickte quer durch den Raum zu Monk. »Wo ist sie jetzt?«

»Soweit ich weiß, hält sie sich in Miami auf. Mit irgendeinem charmanten Kerl, den sie in der Reha kennengelernt hat. Buzzy schickt ihr immer noch Geld – er ist ein besserer Ex, als er je ein Ehemann war – obwohl ich mich manchmal frage, ob er das sollte.« Sie machte eine Pause, um an ihrem Drink zu nippen. »Ich hoffe, ich langweile dich nicht mit all dem? Normalerweise wasche ich nicht so viel schmutzige Wäsche auf einmal.«

»Nein, überhaupt nicht. Monk und sein Vater – es ist ziemlich undurchsichtig. Es ist ganz gut, die Hintergründe ein bisschen zu kennen.«

»Nun, ich würde nicht sagen, Buzzy sei ein *schlechter* Vater. Verglichen mit manch anderen jedenfalls. Hatte immer Zeit für sie, sorgte dafür, dass sie das Beste von allem hatten. Aber er ließ ihr nicht die Möglichkeiten, zu wachsen. Gärtnerst du, Mallory?«

»Ähm, nicht wirklich.«

»Schade. Gärtnern ist besser als Therapie, und viel billiger. Jedenfalls gibt es meiner Erfahrung nach zwei Arten von Gärtnern – die Art, die auf prächtige Blüten aus ist, die all diese Tricks kennt, um sie am größten und leuchtendsten wachsen zu lassen, in schönen ordentlichen Reihen. Holt sich Experten, macht teure Eingriffe. Und dann gibt es die Art, die sozusagen die Samen an einem schönen sonnigen Fleck auswirft und sie gießt und düngt und zuschaut, was passiert. Du verstehst, worauf ich hinauswill, oder?«

»Ich glaube schon.«

Sie leerte ihren Drink und winkte Mike heran. »Ich habe immer versucht, für Monk *präsent* zu sein, um den modischen Begriff zu verwenden. Aber ich kann wirklich nicht den Verdienst für mich beanspruchen. Ich nehme an, wenn deine Eltern dich im Stich lassen, gehst du entweder zugrunde oder du wirst der Erwachsene, der du sein willst. Oder vielleicht ist unser Monk einfach diese Art außergewöhnlicher Junge, der überall gedeihen würde, egal wohin man ihn pflanzt. Oh, da ist dieser *Mann*. Er sieht aus, als würde er dich kennen, Liebes.«

Die ganze Zeit, während Barbara erzählte, hatte ich Monk angestarrt. Die nymphomanische Großmutter, die Mutter in der Psychiatrie, der untreue Vater, Tante Barbara, die ihm die Liebe gab, die er brauchte, *meine zwei liebsten Frauen*. Nun wanderte mein Blick nach rechts, zu dem großen, schlanken Mann mit den braunen Haaren und der Bruins-Kappe, der sich jetzt mit einem Bier in der Hand auf uns zubewegte.

Er starrte mich aus vertrauten, glasigen Augen an.

»Hallo, Mallory«, sagte er. »Ich dachte schon, dass ich dich hier finden würde.«

Zwei Tage nachdem Monk mich zum ersten Mal geküsst hatte, nahm ich meinen Mut zusammen und rief Dillon an, während die Zwillinge oben mit Carson Mathe übten. In seinem Büro in der Zentrale von Dunkin' Donuts, auf der anderen Seite des Wassers in Providence.

Mallory, Babe. Was gibt's?, hatte er mich gefragt.

Ich stürzte mich direkt in die Worte, die ich den ganzen Morgen geübt hatte. *Also, das fällt mir wirklich schwer zu sagen, und ich möchte, dass du weißt, es hat nichts mit dir zu tun, ich finde, du bist ein wirklich toller Mensch, aber ich habe viel nachgedacht und mir ist klar geworden, ich empfinde einfach nicht so für dich, wie du es verdienst –*

Du machst mit mir Schluss?, hatte er ungläubig gefragt.

Irgendwie. Eigentlich ja. Ja, das tue ich, Dillon. Ich denke, es ist das Beste für uns beide, unter den gegebenen Umständen.

Welche Umstände? Gibt es jemand anderen?

Natürlich hatte ich gewusst, er würde diese Frage stellen. Tut das nicht jeder? Würdet ihr es nicht auch tun? Also wusste ich genau, wie ich ihm antworten würde.

Es tut mir leid, Dillon. Ja, den gibt es. Es ist jemand, den ich schon lange kenne und mag, und in den letzten Tagen haben wir beide erkannt, dass –

Ich wusste es, sagte er. *Ich wusste es verdammt noch mal.*

Dillon –

Ich meine, du gehst nicht an dein Telefon. Du antwortest kaum auf meine Nachrichten.

Es tut mir leid. Es war viel los –

Offensichtlich, antwortet er.

Ich saß mitten auf dem Rasen, da, wo der Handyempfang am besten war. Die Beine an die Brust gezogen. Ich legte mein Kinn zwischen meine Knie und schloss die Augen. Letzte Nacht – das Segelboot bei Sonnenuntergang, der Champagner und der Picknickkorb, den Grace für uns gepackt hatte, Monk, der mich über den Rasen zum Gästehaus führte, die Kerzen, die Stunden, die folgten – ich hatte nicht ein einziges Mal an Dillon gedacht.

Nicht ein einziges Mal.

Es liegt nicht an dir, versicherte ich Dillon. *Dieser Typ – er und ich – wir sind einfach –*

Monk, oder? Der Typ, der dir den Job besorgt hat? Monk Adams?

Ich erwiderte: *Ja. Monk. Ich kenne ihn seit der Highschool. Wir –*

Hör zu, ich verstehe schon. Reicher Privatschul-Typ. Das habe ich mir gedacht. Ich schätze, ich hatte keine Chance.

Dillon –

Ich wünsche dir alles Gute, Mallory, zischte er. Und legte auf.

Später am Abend, nachdem ich die Zwillinge ins Bett gebracht hatte und Monk an unserem Treffpunkt begegnete, auf der niedrigen Steinmauer, die die beiden Grundstücke trennte, fragte er mich, was los sei.

Ich versuchte, ihm von Dillon zu erzählen, wie schlecht ich mich fühlte, wie sehr es schmerzte, jemanden zu verletzen, auch wenn dein ganzes Herz jemand anderem gehörte.

Monk legte seinen Arm um mich. *Ich weiß, Pinks. Ich weiß.*

Eine Weile saßen wir einfach nur da auf der Mauer, Seite an Seite, und würdigten die Menschen, die wir hätten lieben können, hätten wir nicht einander gehört. Die untergehende Sonne malte den Horizont an. Ich erinnere mich, dass ich dachte, wie seltsam es war, inmitten so vielen Glücks traurig zu sein, dass man nicht einfach nur Freude empfinden konnte, ohne das Gefühl zu haben, man hätte sie irgendwo anders gestohlen. Dass es offenbar nur eine begrenzte Menge an Freude in der Welt gab.

Nach ein paar Minuten stand Monk auf und stellte sich zwischen meine Beine, hielt sanft meine Taille zwischen seinen Händen. *Letzte Nacht*, sagte er. *Ich möchte nur, dass du weißt, wie viel es mir bedeutet hat.*

Mir auch, flüsterte ich.

Ich war so verdammt nervös, Mallory. Zum ersten Mal nackt mit dir.

Monk, bitte. Du bist buchstäblich makellos.

Seine Lippen lächelten dieses schiefe, weise Lächeln. *Pinko*, wandte er ein, *das meine ich nicht.*

Dann küsste er mich, und ich muss gestehen, dass ich dem armen Dillon keinen weiteren Gedanken mehr schenkte.

* * *

Bis jetzt. Als ich Dillons Gesicht sah, konnte ich seine Anwesenheit gar nicht richtig begreifen. Hier, im warmen, holzigen Schankraum des Mohegan Inn, mit Monk auf seinem Hocker auf der Bühne, zehn Meter entfernt, nicht ganz. Es schien nicht real. Dillon gehörte zum Festland, zu meiner Vergangenheit. Es fühlte sich an, als wäre es ein Jahrzehnt her, seit ich zum letzten Mal mit Dillon geschlafen, ihn am Fähranleger in New London zum Abschied geküsst hatte. Sein Gesicht war mir mal so vertraut gewesen. Ich kannte jede Linie und Färbung und Narbe. Jetzt sah er aus wie ein Fremder, der mich an irgendjemanden erinnerte.

»Hey, Dillon«, begrüßte ich ihn. »Schön dich zu sehen. Was führt dich heute Abend hierher?«

Dillon beugte sich vor, um mich auf die Wange zu küssen. »Du siehst gut aus, Mallory. Wollte nur sehen, was du so treibst. Ein paar Lieder hören.« Er nahm einen Schluck von seinem Bier und nickte in Monks Richtung. »Er ist ziemlich gut, oder?«

»Entschuldigen Sie, junger Mann«, unterbrach Tante Barbara, »aber ich glaube, wir wurden einander noch nicht vorgestellt.«

Dillon wandte sich ihr zu. »Ich bin Dillon. Mallorys Ex-Freund.«

»Oh! Dann ja quasi Familie.« Sie streckte ihre Hand aus. »Barbara Huxley. Tante von Mallorys jetzigem Freund.«

»Sie müssen so stolz sein.«

»Das bin ich, danke. Gerne würde ich sagen, er hat sein Talent von mir, aber ich kann wirklich nur sein gutes Aussehen für mich beanspruchen.«

Ein verwirrter Ausdruck erschien auf Dillons Gesicht, so wie damals, als ich versucht hatte, ihm Chicken Fried Steak zu erklären. Die ganze Zeit hatte er gedacht, er würde Hühnchen essen.

»Na, das ist ja schön«, sagte Barbara. »Monk wird sich so freuen, dass du gekommen bist. *Ach!* Wenn man vom Teufel spricht.«

Ich hatte mich so sehr auf Dillons Gesicht konzentriert und versucht, seinen Ausdruck zu deuten, dass ich nicht bemerkt hatte, das Monk zu uns an die Bar gekommen war. Er legte einen Arm um mich und zog mich für einen Kuss zu sich, der – im Nachhinein betrachtet – vielleicht eine oder zwei Sekunden länger dauerte als unbedingt nötig. Er hob den Kopf und fragte »Whiskey?«

»Barbara hat mir einen Manhattan bestellt.«

»Gute Wahl, Bar«, meinte er und sah mich immer noch an.

»Monk, Schätzchen«, begann sie, »du wirst nie *erraten*, wer hier ist. So eine Überraschung. Es ist Mallorys Ex-Freund, Dillon – Entschuldige, Schätzchen. Ich habe deinen Nachnamen nicht mitbekommen.«

»Rooney. Dillon Rooney.«

Monk hielt meinen Blick noch ein oder zwei Sekunden, bevor er sich zu Dillon wandte. Ich hatte das Gefühl, er hatte die ganze Szene von seinem Hocker auf der fußhohen, abgenutztes Holzbühne – beobachtet. Während er Flyer und braune, schlanke Arme signierte. Er war überhaupt nicht überrascht, Dillons Namen zu hören.

Aber er zeigte nicht den Hauch von Groll. Nicht Monk Adams, von Geburt an auf die Regeln des zivilisierten Umgangs gedrillt. Er lächelte freundlich und streckte seine Hand aus. »Rooney. Angenehm. Monk Ad–«

Weiter kam er nicht, denn Dillon holte aus und verpasste Monk einen Faustschlag aufs Kinn.

KAPITEL DREIZEHN

Mallory

Juni 2022
Cape Cod, Massachusetts

Die E-Mail trifft in den frühen Morgenstunden in meinem Posteingang ein. Ich höre das Ping, widerstehe aber dem Impuls, sofort zu meinem Handy zu springen, das auf einem Stuhl auf der anderen Seite des Zimmers liegt. Ich hatte es genau dort hingelegt, weit weg von meinem Bett, damit ich nicht ununterbrochen draufschauen kann, damit ich um Himmels Willen etwas Schlaf bekomme.

Flugmodus, rät Paige mir. Aber du schaltest dein Handy nicht in den Flugmodus, wenn die Nieren deines Sohnes nicht funktionieren. Glaubt mir, ihr würdet erst recht nicht schlafen. Euch ununterbrochen fragen, was ihr verpasst.

Also höre ich das Ping und reize den Adrenalinstoß aus, bis er abklingt. Konzentriere mich auf meine Atmung, während ich in dieser Position liege, in der ich gelegentlich in einen oberflächlichen Dämmerzustand falle – das kann man nicht Schlaf nennen, soweit würde ich nicht gehen – bis die Sonne dann gegen fünf den Horizont durchbricht, und mein Wecker dann um halb sieben klingelt.

Ich schlurfe quer durch den Raum und schalte den Krach aus. Ich öffne meine E-Mail und erfahre, dass das Kloster St. Hilda's in der Grafschaft Galway keine Anfragen nach vertraulichen Unterlagen beantwortet ohne Vorlage von zwei Ausweisdokumenten einer offiziellen Regierungsbehörde und einer Kopie der Original-Adoptionsurkunde. Mit freundlichen Grüßen.

Ich werfe mein Handy aufs Bett und wühle in der Kommode nach meinen Laufsachen. Bevor ich losgehe, stecke ich den Kopf in Sams Zimmer, um sicherzugehen, dass er schläft. Und atmet.

Er muss heute um 9 Uhr zur Dialyse.

* * *

Während Sam bei der Dialyse ist, hole ich meinen Skizzenblock heraus und versuche, mich auf einen Entwurf zu konzentrieren, an dem ich arbeite, ein Hibiskus-Motiv, aber ich wandere immer wieder zurück zu der E-Mail aus dem Kloster. Keine Unterschrift, kein Mensch dahinter, nur diese förmliche Amtssprache.

An meinem Handgelenk blickt mich ein smaragdgrünes Auge spekulativ an.

Eine Nachricht lässt mein Handy auf dem Couchtisch aufleuchten. Ich starre auf den Sperrbildschirm – ein Foto von mir und Sam, aufgenommen vor zwei Wochen am Strand von Summersalt in der Dämmerung. Unter dem Handy liegt eine brandneue Ausgabe des *Us*-Magazins. Auf dem Cover das Foto eines Frauengesichts, puppenhaft zurechtretuschiert. Mein Handy bedeckt ihre Nase und Augen, sodass es ein oder zwei Minuten des Starrens braucht, bis ich erkenne, wer das ist.

Dann bemerke ich die Schlagzeile.

Hochzeitsfreude! Lennox spricht über Monk, Heirat & Familienplanung mit dem Sexiest Man der Musikszene.

Eine neue Nachricht ploppt auf. Ich greife nach dem Handy.

Hey Du, hab deine E-Mail bekommen. Bin gerade für den 4. Juli in P-town gelandet. Lust auf Mittagessen?

Auf der Heimfahrt steckt Sam sich seine AirPods in die Ohren und starrt aus dem Fenster. Ich höre das leise Geräusch, das aus seinen Ohren dringt, und erkenne einen von Monks Songs, ein älterer.

»Hast du heute schon was von dem großen Kerl gehört?«, frage ich.

Der Klang meiner Stimme dringt irgendwo in seinen Cortex. Er dreht sich zu mir und nimmt einen AirPod heraus. »Hm?«

Es ist jetzt eine Woche her, seit Monks erste Nachricht auf meinem Handy ankam, das war während wir im Wartezimmer des Nierenzentrums in Barnstaple saßen. Ich erkannte die Nummer sofort, es war dieselbe, die er vor vierzehn Jahren hatte, was mich verblüffte. Die ganze Zeit war er nur eine betrunkene SMS entfernt gewesen.

Darf ich deine Erlaubnis haben, mit Sam per SMS zu kommunizieren? Du kannst natürlich alle Nachrichten einsehen. Danke M

Während ich meine Antwort tippte, kam eine weitere Nachricht an.

Hoffe, es war okay, Lola nach deinen Kontaktdaten zu fragen, bin mir nicht sicher, wie viel sie weiß?

Ich antwortete –

Lolas Radar hat Schwingungen aufgefangen, aber sie tappt noch im Dunkeln. Danke für deine Diskretion. Sam würde sich freuen, von dir zu hören. Kontaktkarte unten.

Dann –

Bevor du dich meldest, muss ich dir etwas erzählen. Sag Bescheid, wenn du reden kannst.

Mein Handy klingelte sofort. Monks Stimme war ganz ruhig. »Ich bin's. Was gibt's?«

Ich trat aus dem Wartezimmer in den warmen, schwülen Morgen hinaus und stellte mich an den Rand des Parkplatzes, während ich Monk von dem Pilz erzählte.

Ich erinnere mich, wie ruhig er blieb, während ich die Geschichte erzählte. Er unterbrach mich kein einziges Mal. Als ich fertig war, herrschte Stille. Ich fragte, ob er okay sei, ob er noch da sei. Ich dachte, vielleicht sei die Verbindung abgebrochen.

»Ich bin hier.« Seine Stimme klang so ruhig, dass es mich erschreckte. »Was ist mit seinen Arztrechnungen?«

»Größtenteils von der Versicherung abgedeckt. Paige hilft mit den Selbstbeteiligungen und so.«

»Okay. Nierenspende?«

»Er steht auf der Warteliste. Wir haben leider nicht viele Verwandte. Und keiner von uns beiden ist kompatibel.«

»Was ist mit mir?«, fragte er.

»Ich kann nicht verlangen –«

»Wie funktioniert das Testen? Kann ich einfach einen Termin vereinbaren? Heute noch?«

»Monk«, sagte ich, »lass uns jetzt nicht darüber reden. Eine Niere zu spenden ist nichts, was man aus einer Laune heraus macht.«

»Es ist keine *Laune*, Mallory. Er ist mein *Sohn*. Er ist mein Sohn und er stirbt.«

»Er *stirbt* nicht. Im Moment ist es ein kontrollierbarer Zustand. Und du stehst unter Schock –«

»Ich stehe nicht unter *Schock*.«

»Monk, doch, das tust du. Ich kenne deine Stimme, okay? Also denk darüber nach. Sprich mit ihm darüber. Außerdem gibt es keine Garantie, dass du kompatibel bist. Glaub mir.«

»Wo ist er? Kann ich jetzt mit ihm sprechen?«

»Er ist gerade bei der Dialyse.«

»Dialyse«, stöhnt er. »Shit. *Verdammt*.«

Ich hörte ein lautes Geräusch, als würde etwas zuschlagen.

»Monk, es ist okay. Er muss dreimal die Woche dorthin. Er ist es gewohnt. Es ist ätzend, aber du siehst ja, wie gut es ihm geht. Wir müssen selbstverständlich auf seine Ernährung achten …«

»Verdammt«, sagte er. »*Verdammt*.«

»Monk, es tut mir so leid. Es tut mir so leid, dass es so gekommen ist. Ich habe mein Bestes getan. Ich habe so sehr versucht, ihn zu beschützen und –«

»Mallory –«

»Ich meine, ich dachte einfach, ein Sommercamp wäre gut für ihn. Weißt du, ihn ein bisschen aus der Mama-Blase rausholen, etwas Unabhängigkeit lernen. Ich … ich wollte einfach keine dieser Treibhaus-Mütter sein. Wie Barbara sagte. Und sieh, was ich ihm angetan habe. Es tut mir so leid. Es ist ein Schlamassel.«

»Hör auf, Mallory«, bat er. »Hör einfach auf. Gerade habe ich eine Menge mit dir zu klären, glaub mir, aber nicht das hier. Du hast ihm das nicht *angetan*. Was in diesem verdammten Sommercamp passiert ist, war nicht deine Schuld. Ich bin vielleicht gerade höllisch sauer auf dich, aber in meinem Herzen gibt es keinen Zweifel darüber, dass du die beste Mutter bist, die er haben kann.«

Ich setzte mich auf den Bordstein und starrte auf die Sträucher auf der anderen Seite des Parkplatzes, während ich versuchte zu atmen.

Seine Worte sollten mich trösten, aber es schwelte eine unausgesprochene Wahrheit zwischen uns – dass Sam, wäre Monk im Bild gewesen, wäre Monk Teil von Sams Leben gewesen, niemals diesen Pilz gegessen hätte. Er hätte nicht an diesem Sommercamp teilgenommen. Monk hätte ihn nach Winthrop mitgenommen, zum Schwimmen und Tennisspielen und Segeln lernen. Kein Feriencamp mit Übernachtung in New Hampshire.

Die Ursünde lag immer noch bei mir. Würde immer bei mir liegen.

Monk fuhr fort: »Hör zu, es tut mir einfach leid, dass du das alles allein schultern musstest. Ich bin sicher, es war die Hölle. Aber jetzt bin ich hier. Wir werden das zusammen hinbekommen. Zuerst einmal werden wir ihn gesund machen. Mit dem Rest werden wir uns später befassen. Von jetzt an wird er die beste Versorgung der Welt bekommen, das verspreche ich dir.«

Ich verspürte den Drang, etwas Scharfes zu erwidern, so etwas wie: Was zum Teufel denkst du, habe ich ihm in den letzten drei Jahren gegeben?

Aber die Worte blieben in meiner Kehle stecken. Er hatte recht. Paige hatte recht.

Mit aller Liebe dieser Welt, dem Einsatz und der Krankenversicherung konnte ich Sam nicht all das geben, was Monks Geld und Einfluss bewirken konnten. Verdammt, ein einziger Instagram-Post und seine gesamte Fangemeinde würde wahrscheinlich Schlange stehen für die Ehre, Monk Adams' Kind eine Niere zu spenden.

»Danke«, murmelte ich. »Das bedeutet mir viel.«

Als Sam an diesem Morgen aus der Dialyse kam, war eine Nachricht von Monk auf seinem Handy. Sams Augen weiteten sich und leuchteten. Er bot an, sie mir zu zeigen, aber ich schüttelte den Kopf und meinte nur: *»Das ist zwischen euch beiden, ich will mich da nicht einmischen. Gib mir einfach Bescheid, wenn du über irgendetwas reden möchtest.«*

Seitdem ploppen die Nachrichten regelmäßig zwischen Sam und Monk hin und her. *Ping ping ping.* Ich sterbe vor Neugier, was da drinsteht. Aber ich frage nicht. Sam erzählt es nicht. Auf jeden Fall erzählt er es mir jetzt nicht.

Er steckt sich die AirPods wieder ins Ohr und wendet sich erneut dem Fenster zu. »Ja, wir haben heute Morgen geschrieben.«

»Gut«, sage ich, ganz allgemein.

Als wir in Summersalt ankommen, ist Paige auf der Terrasse und spricht wütend in ihr Telefon. Sie winkt mich weg. Mehr Tapeten-Drama, denke ich. Ich gehe in die Küche, um etwas zum Mittagessen zusammenzusuchen. Zweimal pro Woche fährt Paige zum Whole Foods in Hyannis und füllt ihren Kühlschrank mit Plastikbehältern voller Lebensmittel wie Tahini und Grünkohl-Dip, bereit, um im Handumdrehen hervorgeholt zu werden, damit niemand auf die Notfall-Chicken-Nuggets zurückgreifen muss.

Als ich gerade Teller für die Kinder aus dem Schrank hole, kommt Paige von der Terrasse herein und lässt ihr Handy auf die Theke fallen.

»Wieder die Tapete?«, erkundige ich mich.

»Jake bleibt übers Wochenende in Charlotte.«

»Schon wieder? Ich dachte, er käme morgen zurück.«

»Anscheinend kommt er nicht weg. Diese neue Firma, die sie gekauft haben, die Konten sind alle durcheinander oder so. Ich hab ihn gefragt, ob das nicht die Aufgabe seiner Junior-Analysten ist? Du weißt schon, die, die keine Frauen und Kinder zu Hause haben, die, am verdammten *Wochenende des 4. Juli, auf sie warten*? Meine Güte, seine Eltern kommen extra her und alles. Ist es zu früh für Wein?«

»Ich weiß nicht, ob das jetzt der richtige Zeitpunkt ist, das zu erwähnen; ich fahre um halb eins zum Mittagessen nach Provincetown.«

»Mittagessen?«

»Ein Freund.«

Sie greift nach einem Karottenstick. »Lass mich raten. Booty Call von diesem Barkeeper-Typen?«

»Okay, erstens protestiere ich gegen deine Wortwahl. Ein Booty Call impliziert ein Machtungleichgewicht. Ich habe einfach nicht die Kapazität für eine Beziehung im Moment, das ist alles.«

»Hey, ich urteile nicht. Wir haben alle Bedürfnisse. Wenigstens hat eine von uns ab und zu Sex.«

Ich schnipse mit den Fingern. »Oh, da fällt mir was ein! Ich habe von diesem Kloster gehört.«

Sie verschluckt sich an einer Karotte. »*Kloster?*«

»Du weißt schon, das in Irland. Wo Mom geboren wurde. Sie können keine vertraulichen Unterlagen herausgeben ohne zwei Ausweisdokumente und das Original-Adoptionsformular.«

»Ist das dein Ernst? Wir reden hier von einer Adoption vor, was, siebzig Jahren!«

Ich zucke mit den Schultern. »Vorschriften.«

»Leite mir die E-Mail weiter, okay? Ich könnte jetzt wirklich einen Streit mit ein paar Nonnen gebrauchen.«

Ich hole mein Handy heraus und scrolle durch meine E-Mails. »Und zweitens – obwohl das dich eigentlich gar nichts an geht – ich treffe mich heute nicht mit Craig.«

»Was, noch einer?«, wundert sich Paige. »Hast du schon mal darüber nachgedacht, damit deinen Lebensunterhalt zu verdienen?«

»Blöde Kuh! Es ist dieser Typ, den ich von der RISD kenne, der Schmuckdesign macht. Jetzt schätzt er Sachen für Sotheby's. Ich habe ihn heute Morgen kontaktiert und stell dir vor; er ist am 4. Juli in Provincetown.«

»Ähm, ich will dir ja nicht den Spaß verderben, aber du *weißt* schon, wer am 4. Juli nach P-town kommt, oder?«

Ich lege mein Handy weg. »Das ist kein Date. Er trifft sich mit mir zum Mittagessen, um Moms Armband zu begutachten.«

»Du *verkaufst* Moms *Armband*?«

»Ja, warum nicht? Ich könnte mir ein neues Auto kaufen.« Bei Paiges entsetztem Blick verdrehe ich die Augen. »Das war ein Scherz. Er wird es sich ansehen und überlegen, ob wir herausfinden können, woher es kommt. Woher *sie* kommt. Diese, du weißt schon, *Frau*, die Mom zur Adoption freigegeben hat.«

Aus irgendeinem Grund kann ich mich nicht dazu durchringen, das Wort *Großmutter* auszusprechen.

Ich lernte Luca während der Erstsemester-Orientierung an der RISD kennen, bei einer dieser Intersektionalitätsübungen, bei denen jeder herausarbeiten soll, inwiefern er oder sie benachteiligt oder privilegiert ist. Ich erinnere mich, was ich dachte, als Luca aufstand: Er würde die wunderschönsten Ohrringe tragen, die ich je in meinem Leben gesehen hatte. »Ich bin ein schwarzer Junge, der von einer italoamerikanischen Familie adoptiert wurde«, verkündete er. »Afrikanisch, schwul, katholisch wie die Hölle. Kommt damit klar.«

Und dann setzte er sich wieder hin.

Danach ging ich zu ihm und fragte, woher seine Ohrringe stammten, und er erwiderte, er hätte sie selbst kreiert, in der Metallwerkstatt für sein Abschlussprojekt, und seitdem sind wir befreundet. Nicht beste Freunde – ich konnte nicht immer mit dem Drama umgehen, dass ihn ständig umgibt – aber eng genug, um meine Haare zu halten, als ich auf einer Halloween-Party versehentlich von Wodka-Wackelpudding-Shots betrunken wurde, eng genug, um mich an seinem Kaschmirpullover ausweinen zu lassen, als ein Junge meine romantischen Illusionen zerstörte, eng genug, um ihm den Gefallen ein paar Monate später zurückzugeben (mit dem Unterschied, dass *mein* Pullover aus Acryl war).

Eng genug, Luca anzurufen, bevor ich es meiner eigenen Mutter erzählte, als ich merkte, dass ich mit Sam schwanger war. (Nur zur Information, er warnte mich davor abzutreiben, weil ich sonst in die Hölle käme. Ich erwiderte ihm, danke für den guten Rat, vielleicht würde ich ihn dort treffen.)

Eng genug, dass ich vor ein paar Tagen seinen Eintrag im Alumni-Verzeichnis ausfindig machte und ihm eine E-Mail schrieb, um zu fragen, ob er für eine Schmuck-Herkunftsberatung zur Verfügung stünde.

Seinen ersten Vorschlag fürs Mittagessen lehne ich ab – das Black Sheep –, dieselbe Spelunke mit angeschlossenem Diner, in der ich einmal mit Monk bis zur Sperrstunde abhing. Stattdessen treffen wir uns in einem Café in der Nähe des Strandes. Die extravaganten Federohrringe wurden durch geschmackvolle Diamantstecker in der Größe von Quinoa ersetzt, und er trägt ein rosa Polohemd mit dem Brooks-Brothers-Schaf, das zart auf die linke Brust gestickt ist. »Ich bekomme hier irgendwie einen Preppy-Vibe«, sage ich zu ihm, nachdem wir uns auf beide Wangen geküsst haben. »Was ist los?«

Er zuckt mit den Schultern. »Arbeite jetzt für den Mann. Hab eine Rolle zu spielen.«

»Habe ich gehört. Sotheby's. Schön. Schmuckbewertungen, richtig? Du siehst bestimmt richtig verrückte Stücke.«

»Liebes, der Schmuck ist nicht verrückt. Der Schmuck ist erhaben. Es sind die Leute, die ihn besitzen, die völlig durchgeknallt sind.«

Wir bestellen Kaffee und Sandwiches. Luca bestellt seines ohne Brot;

er meidet Kohlenhydrate, sagt er. Er fragt nach Sam, heuchelt Interesse an Nieren. Die ganze Zeit über wirft er begehrliche Blicke auf die Kobra an meinem Handgelenk, bis ich sie abnehme und sie ihm reiche.

»Hier. Hör auf zu sabbern und leg los, okay?«

Diese zärtliche, ehrfürchtige Art, wie er das Armband aus meinen Fingern nimmt – man könnte meinen, es wäre sein neugeborenes Kind. »Heilige Mutter Gottes«, säuselte er. »Das ist etwas Besonderes.«

»Ja, oder? Ich hatte schon immer das Gefühl, es wäre irgendwie besonders. Meine Mutter trug es die ganze Zeit. Hat es praktisch niemals abgelegt.«

»Diese Verarbeitung, sie ist unglaublich. Ich habe noch nie etwas Ähnliches gesehen. Wo hat sie es her?«

»Also, das ist die verrückte Geschichte. Meine Schwester Paige ging einige alte Papiere auf dem Dachboden durch, und lange Rede, kurzer Sinn, es stellte sich heraus, Mom wurde aus einem Waisenhaus in Irland adoptiert. Und dieses Armband kam mit ihr. Die leibliche Mutter wollte, dass sie es behält.«

»Die leibliche Mutter.« Er schaut auf. »Du meinst deine Großmutter?«

»Ja. Technisch gesehen. *Biologisch.* Und wegen Sam, weißt du, der eine Niere braucht und so weiter, haben Paige und ich versucht, einige Nachforschungen darüber anzustellen, woher sie stammt. Paige hat einen DNA-Test mithilfe dieser Website gemacht, und ich … ich sitze jetzt hier in diesem Café und versuche herauszufinden, woher diese Frau ihr Armband bekam. Und warum sie es Mom gab, obwohl sie sie nicht behalten konnte. Weil … nun, weil ich hoffe, das könnte uns vielleicht in die richtige Richtung weisen.«

»Aus dem Stegreif würde ich vermuten, Ägypten.«

»*Ägypten?*«

»Zunächst mal die Kobra. Das ist eine ägyptische Kobra.«

»Woher weißt du das?«

Er zuckt mit den Schultern. »Ich interessiere mich für Schlangen. Also würde ich auf Ägypten tippen, vielleicht 1930er-Jahre. Ich sehe einige Art-Deco-Einflüsse, traditionelle Motive – man sieht viel davon in Ägypten – Europäisches vermischt mit Arabischem. Aber das ist erst mal nur eine vage Vermutung. Weißt du, sie könnte das Armband bei einem Besuch erworben haben, oder von jemandem, der dort zu Besuch war, oder was weiß ich.« Luca hebt seinen Blick und sieht mich an. »Kann ich es mitnehmen?«

»Auf keinen Fall.«

»Dann werde ich einige hochauflösende Fotos machen müssen.« Er greift in seine Handtasche und zieht eine Juwelierslupe heraus. »Für den Anfang könnte ich dir vielleicht sagen, woher die Steine kommen, aber ich muss dich warnen, Geologie ist nicht mein Ding. Und diese Information wird dir nicht unbedingt helfen herauszufinden, wo der Armreif hergestellt wurde. Juweliere beziehen ihre Edelsteine von überall her.«

»Kann ich ein Foto von dir machen, wie du diese Lupe trägst?«

»Nur, wenn du tot sein willst, Liebes.«

Als ich die lange Kiesauffahrt zu Summersalt hochfahre, entdecke ich ein anderes Auto auf dem Platz, wo ich normalerweise parke. Ein alter Jeep Wagoneer mit Vintage-Holzpaneelen, etwas schicker, als ich ihn in Erinnerung hatte.

Ich halte auf der anderen Seite, schalte den Motor aus, und bevor ich aus dem Auto steige, starre ich eine oder zwei Minuten durch die Windschutzscheibe auf Bessies vertrautes Heck. Von hinten höre ich ein Geräusch.

Auf dem Rasen, nahe der Kante, wo der geschnittene grüne Rasen in Strandgestrüpp übergeht, wirft Monk Adams Bälle mit meinem Sohn. Wie man erwarten würde, weiß Monk, wie man einen Baseball wirft. Der Ellbogen, die Schulterrotation, die Freigabe – alles kommt perfekt geformt in die Welt. Der Ball fällt direkt in Sams Handschuh. Das Klatschen des Leders könnte das Pochen meines Herzens sein. Ich stehe einige Minuten reglos da. Die Meeresbrise siebt durch mein Haar.

Sam entdeckt mich zuerst. Oder vielleicht hat Monk mich auch die ganze Zeit gesehen, wer weiß.

»Mom! Hey. Wo warst du?«

Ich gehe auf sie zu. »In P-town, hab mit einem Freund Mittag gegessen. Möchtet ihr beiden etwas zu trinken? Ist ziemlich heiß .«

»Ich nehme ein Bier«, sagt Monk.

»Ich nehme eine Cola«, sagt Sam.

»Netter Versuch, Kleiner.«

»Okay. Wasser ist gut, schätze ich.«

Ich gehe in die Küche und presse meine Hände auf die Theke, um mich zu sammeln.

»Tut mir leid«, murmelt Paige. »Hast du meine SMS nicht bekommen?«

»Ich war im Auto, du Expertin.«

»Hab' vergessen, dass deine alte Kiste keine Freisprechanlage hat. Du siehst durstig aus. Wie war Luca? Konnte er dir was über das Armband sagen?«

»Luca war toll. Er hat einen Haufen Fotos gemacht. Sie haben ein paar interne Experten für historischen Schmuck. Er denkt, es könnte aus Ägypten stammen.«

»*Ägypten?*«

»Nur eine Vermutung.« Ich gehe zum Getränkekühlschrank und nehme zwei Bier heraus. Dann ein Glas aus dem Schrank, das ich mit Wasser und Eis aus dem Spender am Kühlschrank fülle. »Wie lange ist er schon hier?«

»Ein paar Stunden.«

Ich gehe nach draußen und stelle die Getränke auf den Tisch unter dem Sonnenschirm. Monk fängt einen letzten Ball von Sam und ruft: »Das war's. Zeit für was Kaltes.«

Ich öffne die Biere und reiche Sam ein Glas Eiswasser.

»Trink langsam, Kumpel.« Ich wende mich Monk zu. »Er darf nicht zu viel trinken, weil die Nieren sonst nicht mit der Arbeit nachkommen.«

»Verstanden«, sagt Monk, eher so, als würden wir über Mathe-Hausaufgaben sprechen statt über Nierenversagen. Er gibt Sam einen sanften Schlag auf die Schulter, wie Männer das so tun. »Der Junge hat einen guten Arm. Spielst du in der Schule Baseball?«

»Klar«, antwortet Sam.

Monk nimmt einen langen, durstigen Schluck und schaut mich an. »Wenn du einen Moment hast, könnten wir kurz reden?«

Wir setzen uns an den Küchentisch. Monk hat eine Nylon-Laptoptasche bei sich, die er auf den leeren Stuhl neben sich stellt.

»Wie zum Teufel hältst du Bessie am Laufen?«, frage ich.

»Mit viel zärtlicher Pflege, glaub mir. Hab ihr vor ein paar Jahren eine komplette Motorüberholung gegönnt. Schaukelt mich immer noch ganz gut herum.«

»Ich dachte, du hättest inzwischen vielleicht aufgerüstet. Ich meine, ich nehme an, du könntest es dir leisten?«

»Was? Das kann ich Bessie nicht antun«, erwidert er. »Außerdem ist sie gut, um inkognito herumzufahren. Baseballkappe und Sonnenbrille aufsetzen, und niemand schenkt mir einen zweiten Blick. Wie war Provincetown?«

»Gut. Füllt sich schon für den 4. Juli. Also, worüber wolltest du reden?«

Monk nippt an seinem Bier und schaut aus dem Fenster zu Sam, der sich auf einer Liege niedergelassen hat, um durch sein Handy zu scrollen. »Ich habe mich gefragt, ob du es erlauben würdest, dass Sam das Wochenende zum 4. Juli bei mir verbringt. Auf Winthrop. Nur wir beide.«

»Nur ihr beide? Was ist mit Lennox?«

»Sie wird das Wochenende bei ihren Eltern in Texas verbringen.«

»Hast du es ihr nicht erzählt?«

Er zuckt überrascht. »Natürlich habe ich es ihr *erzählt.* Sie wird seine Stiefmutter sein.«

Das Wort *Stiefmutter* trifft mich in den Magen. »Und sie ist damit einverstanden?«

»Ich denke schon. Sobald sie Zeit hatte, alles zu verarbeiten. Sie –« Er holt Luft und wendet sein Gesicht wieder zum Fenster. »Wir versuchen seit ein paar Monaten, schwanger zu werden. Also kam Sams Auftauchen für sie nicht zur besten Zeit. Das ist überhaupt nicht dein Problem, aber; volle Offenlegung.«

»Verstehe«, sagte ich.

»Bleibt unter uns.«

»Natürlich.«

»Also, wie sieht's aus? Ich weiß, du machst dir Sorgen um seine Versorgung. Ich meine, mir ist durchaus bewusst, dass ich in all dem ein Neuling bin. Also habe ich vorsorglich eine Krankenschwester engagiert, die auf Abruf bereitsteht, plus einen Dialysespezialisten, der vorbeikommen und Sam seine Behandlungen geben wird –«

»Du hast *was*? Du bringst die Dialyse mit?«

»Wir haben nicht viel Zeit zusammen. Ich will alles tun, um es ihm leichter zu machen.«

Ich starre auf den Flaschenhals meines Bieres und pule etwas Folie ab, die sich in viele Folieteilchen aufkrümelt.

»Mallory«, beginnt Monk sanft, »ich weiß, es ist viel verlangt. Ich möchte ihn einfach kennenlernen, das ist alles. Wir haben viel aufzuholen. Mein Leben … Schau, du glaubst es vielleicht nicht, aber ich arbeite ziemlich hart daran, mir etwas Privatsphäre zu bewahren, die Dinge so normal wie möglich zu halten, aber mein Leben ist, wie es ist. Es ist die Welt, in der ich mich bewege. Und ich weiß, du willst ihn davor schützen. Ich verstehe, das ist einer der Gründe, warum du nie … Ich meine, ich verstehe das. Wirklich. Ich will ihn auch schützen. Für dieses Wochenende habe ich alles andere gecancelt. Nichts als Sam und ich. Ich verspreche, ich *schwöre* dir, ich versuche nicht, ihn dir wegzunehmen. Ihn in den Zirkus zu zerren. Ich möchte ihn nur kennenlernen. Einen Anfang machen.«

»In Ordnung«, nicke ich. »Natürlich. Wenn es das ist, was du willst.«

Monk atmet tief aus und leert das Bier. »Danke«, sagt er. »Und jetzt zu den langweiligen Dingen.«

Er greift nach der Laptoptasche auf dem Stuhl neben sich und zieht eine braune Mappe heraus. Es ist die Art mit der Klappe, die sich wie ein Umschlag nach unten faltet und mit einem Gummiband verschlossen wird. Er löst das Gummiband und nimmt einen Stapel Papiere heraus.

»Also. Bevor du ausflippst, das ist keine große Sache.«

»Du hast schon mit deinen *Anwälten* gesprochen? Es ist erst *eine Woche* her, Monk.«

Monk blickt wieder aus dem Fenster zu Sam auf seinem Liegestuhl. »Mallory, ich denke, es ist wichtig, dass wir unsere persönlichen Gefühle jetzt beiseitelassen und das tun, was das Beste für unseren Sohn ist.«

»Es mag dich überraschen zu erfahren, aber in den letzten dreizehn Jahren war ich verdammt beschäftigt damit, das Beste für Sam zu tun.«

»Mallory, ich weiß. Du warst eine gute Mutter. Offensichtlich. Man muss nur eine Minute mit Sam verbringen, um zu sehen, was für ein großartiges Kind er ist. Ich versuche nicht, einen Haufen verdammter Anwälte auf dich zu hetzen.« Er presst seine Knöchel gegen seine Stirn. »Okay, ja. Ich habe viele Fragen, die mir gerade durch den Kopf gehen. Warum du es mir nie gesagt hast, warum du für uns beide entschieden hast, Sam sollte ohne seinen Vater aufwachsen, der nicht einmal wusste, dass er *existierte* –«

»Monk –«

»Aber wie ich schon sagte, ich möchte diese Diskussion vorerst beiseitelassen. Wenn ich innehalte und darüber nachdenke, was passiert ist, all die Zeit, die vergangen ist, alles, was ich verpasst habe, könnte ich – ich könnte durchdrehen, Mallory. Wirklich. Aber ich will nicht wieder an diesen wütenden Ort zurückkehren, Mallory, verstehst du? Ich kann das nicht noch einmal durchstehen. Ich möchte mich nur darauf konzentrieren, was ich *jetzt gerade* für Sam tun kann. Angesichts der Situation, in der wir uns befinden. Klingt das fair für dich? Das Melodrama verschieben, bis wir die großen Dinge geklärt haben?«

Meine Hände sind in meinem Schoß verknotet. Die Worte durchbohren mich. Ich grabe meine Fingernägel in meine Handflächen, um mich von dem Schmerz des Aufpralls abzulenken.

»Einverstanden.« Ich nicke zu dem Stapel Papiere. »Tut mir leid, aber das *sieht* nach einer großen Sache aus.«

»Ich weiß, es sieht nach viel aus, aber es ist größtenteils nur Standardtext. Anscheinend machen sie viele davon. Vaterschaftsvereinbarungen werden sie genannt. Du kannst es im Detail durchlesen. Du *solltest* es lesen, um sicherzugehen, dass du alles verstehst. Aber ich verspreche dir, es gibt keine Tricks, Mallory. Du weißt, ich würde dir das niemals antun. Am Ende des Tages bin ich einfach dankbar, dass er hier ist. Ich bin über alle Maßen dankbar, einen Sohn zu haben.« Bei dem Wort *Sohn* bricht seine Stimme. Er räuspert sich und fährt mit den Fingern über den Rand der Papiere. »Ich möchte das Richtige für ihn tun. Ich möchte eine Beziehung zu ihm aufbauen. Vor allem möchte ich sicherstellen, dass er Zugang zur bestmöglichen Versorgung für seine Krankheit bekommt.«

»Das klingt alles vernünftig. Ich meine, ja. Ich vertraue dir.«

»Also, erstens. Finanzielle Vereinbarungen.« Monk greift in die Tasche seiner Jacke und zieht eine Brille heraus.

»Oh mein Gott. Ist das eine *Lesebrille*? Seit wann trägst du die?«

»Das geht dich nichts an. Und übrigens, das ist eine vertrauliche Information. Wenn das in die verdammte Page Six kommt …«

»Ich würde niemals dein Geheimnis verraten.«

Er setzt die Brille auf seine Nase. »Finanzielle Vereinbarungen –«

»Monk, hör auf. Ernsthaft. Ich will dein Geld nicht.«

»Ja, Mallory. Ich *weiß*. Aber ich habe eine moralische und rechtliche Verantwortung, mein Kind zu unterstützen, also hör mir einfach zu, okay? Ich verpflichte mich, alle medizinischen, Bildungs-, Reise- und Sicherheitskosten für Sam zu übernehmen, bis er einundzwanzig wird – das können wir dann natürlich noch mal neu besprechen, wenn er erwachsen ist – plus Unterhaltszahlungen an dich in Höhe von fünfundzwanzigtausend Dollar pro Monat –«

»*Bitte?*«

Er schaut mich über den Rand der Lesebrille an. Der Effekt ist so professorenhaft, dass mir ein Kichern in der Kehle stecken bleibt. »Hast du eine Ahnung, was Kanye zahlt? Das sind Peanuts, glaub mir.«

»Peanuts? Ich verdiene kaum fünfzigtausend im *Jahr*, Monk.«

Monk nimmt die Brille ab. »Du machst Witze, oder? Du hast *meinen Sohn* mit fünfzigtausend im *Jahr* großgezogen?«

»Newsflash. Viele Menschen ziehen Kinder mit fünfzigtausend Dollar im Jahr groß. Auch mit Weniger.«

»Shit«, flucht er.

»Paige hilft. Offensichtlich. Sie schickt mir regelmäßig Kleidung und Schuhe. Ich meine, Schuhe sind das Schlimmste. Sie haben diese Wachstumsschübe. Aber, alles okay. Und wir verbringen unsere Ferien hier am Kap, also … weißt du. Es ist alles gut. Uns geht es gut.«

Er lehnt sich in seinem Stuhl zurück und spielt mit seiner Brille. »Klingt, als wäre deine Schwester wirklich für dich da gewesen, oder?«

»Sie ist mein Schutzengel. Als er krank wurde … Paige sprang sofort ein. Sie kümmerte sich um alles. Alles.«

Monks Augen blinzeln ein paar Mal. Er wendet sich ab und setzt sich die Brille wieder auf. »In Ordnung. Kindesunterhalt. Ab letztem Monat, von Sams Geburtsdatum an, belaufen sich die Rückstände auf vier Komma zwei Millionen, die auf ein Treuhandkonto eingezahlt werden, bis –«

Diesmal springe ich auf. »*Vier Millionen Dollar?* Bist du *wahnsinnig*? Ich nehme keine vier Millionen Dollar von dir.«

»Beruhige dich, Pinks. Jesus. Denkst du, ich hätte nicht schon damit gerechnet, dass du an die Decke gehst? Wenn du dir die Papiere ansiehst, kannst du diese Klausel hier paraphieren und wir legen das Geld für Sam in einen Treuhandfonds, bis er fünfundzwanzig ist. Oder später. Oder früher. Was auch immer du für das Beste hältst.«

»Du lebst wirklich in einer anderen Welt, oder?«

»Was soll ich denn tun, Mallory? Was *willst* du, dass ich tue? Ich habe die ganze Zeit wie ein Arschloch im verdammten La-La-Luxus gelebt. Soll ich die Hände in den Schoß legen und zusehen, wie mein Sohn mit *nichts* lebt?«

»Er hat nicht nichts! Er hat alles, was er braucht. Sam ist *umgeben* von Liebe.«

»Er hat keinen *Vater*, Mallory. Du hast ihm diese Chance verweigert. Du hast *mir* diese Chance verweigert.«

Ich schaue auf meine Hände.

»Morgen habe ich einen Termin im Nierenzentrum in Barnstaple«, sagt er.

»Ich habe dir schon gesagt, es eilt nicht –«

Monks Stimme wird lauter. »Verdammt, es eilt sehr wohl. Ich muss darüber nicht nachdenken, Mallory. Warum sollte ich auch nur eine Minute darüber nachdenken müssen? Er ist mein Sohn. Wenn er meine Niere braucht, gebe ich sie ihm. Wenn er beide verdammten Nieren braucht, kann er sie haben. Meine Leber, meine Lunge. Ich würde mein Herz herausreißen, wenn ich könnte. Mein verdammtes Herz herausreißen und es ihm geben –«

»Würdest du aufhören, alles zu einem verdammten *Lied* zu machen, Monk Adams? Das ist mein *Leben*! Das bin *ich*! Und *du*, du bist nur ein Vampir, der alles aus mir heraussaugt, damit du einen eingängigen *Song* darüber schreiben kannst, damit dich alle mit Jubel und Geld überschütten und dir sagen, was für ein musikalisches verdammtes Genie du bist.«

Die Farbe weicht aus Monks Gesicht. Er nimmt die Brille von der Nase, faltet sie in seine Tasche und erhebt sich von seinem Stuhl. »Ich lasse dir diese Papiere einfach hier, okay? Es ist ein Rückumschlag dabei. Du kannst sie zurückschicken, wenn du Zeit hattest, sie durchzulesen. Ich klage nicht das Sorgerecht ein, nur Besuchsrechte. Ich hoffe, du findest das fair. Ich habe versucht, fair zu sein. Respektvoll. Ich hoffe, du wirst unterschreiben, damit wir diese Zahlungen für Sam einrichten können. Damit wir einen Besuchsplan aufstellen können, der für euch beide funktioniert. Okay?«

»Okay«, flüstere ich.

»Noch eine Sache. Irgendwann werden wir eine Art Erklärung abgeben müssen. Lee möchte bis nach der Hochzeit warten –«

»Was auch immer du willst«, murmle ich. »Lass es mich einfach wissen, wann ich mich wappnen soll.«

»Das noch, die Nachricht könnte von selbst durchsickern, bevor wir bereit sind. Das passiert. Also, unabhängig davon, was zwischen uns los ist, möchte ich, dass du weißt, du kannst mich jederzeit anrufen, Tag und Nacht, und um alles bitten, was du brauchst.«

»Was denn zum Beispiel? Personenschutz? PR?«

»Was auch immer. Es wird eine Shit-Show werden, ich warne dich. Es tut mir furchtbar leid. Du wirst Personenschutz brauchen, plus Fahrer. Ich werde sicherstellen, dass alles bereitsteht.« Er klopft mit den Knöcheln auf die Papiere. »Außerdem, könntest du deine Schwester bitten, eine Liste aller Ausgaben zu erstellen, die sie für Sam übernommen hat? Ich brauche keine Quittungen oder so, nur ungefähre Zahlen.«

»Du weißt, was sie dir antworten wird.«

»Sollte sie mir keine Liste geben, muss ich den Betrag schätzen. Ich werde mich nur noch von Sam verabschieden, bevor ich gehe.«

Monk dreht sich um und geht auf die Terrasse. Ich sinke zurück auf den Stuhl und beobachte, wie er sich Sam auf seinem Liegestuhl nähert und etwas sagt. Sam setzt sich gerade hin und legt sein Handy weg. Das alte Grinsen erscheint auf Monks Gesicht, die alte lockere Anmut um seine Schultern. Er streckt seine Hand aus und sie machen diese Arm-Umklammerung, etwas zwischen einem Händedruck und einer Umarmung.

Ich schaue auf den Stapel Papiere vor mir.

VATERSCHAFTSVEREINBARUNG ZWISCHEN BARCLAY BENJAMIN MONK ADAMS (»VATER«) UND MALLORY ROSE DUNNE (»MUTTER«) IN BEZUG AUF SAMUEL MICHAEL DUNNE (»MINDERJÄHRIGES KIND«)

»Hey«, murmelt Paige.

Ich drehe meinen Kopf. Meine Schwester steht neben der Küchentheke und nippt an den Resten von dem, was ich für einen Wodka Spindrift halte. Ihr Haar ist zu einem Pferdeschwanz zurückgebunden; ihr Lipgloss ist verdunstet. Geschwollene Augen.

»Wie ist es gelaufen? Erlaubst du Sam, bei seinem Vater zu sein?«

»Ich nehme an, er hat dir von der Sache mit dem 4. Juli erzählt.«

»Ja, als er hier ankam, haben wir kurz gesprochen. Ich muss sagen, er wirkt sehr anständig, Mallie. Er benimmt sich nicht wie ein Arschloch.« Sie nippt an ihrem Drink. »Und seien wir ehrlich, er hätte Gründe. Unter den gegebenen Umständen.«

Ich stehe auf, um zum eingebauten Küchenschreibtisch und der blauweißen Delfter Tasse voller Stifte zu gehen, die auf der makellosen Quarzoberfläche steht. »Er bat mich, dich um eine Liste der Ausgaben zu bitten, die du über die Jahre für Sam getätigt hast. Damit er sie dir erstatten kann.«

Paige knallt das Glas auf die Theke. »Was zum *Teufel*? Ich hoffe, du hast ihm gesagt, er soll sich verpissen.«

»Nicht in diesen Worten. Ich versuche, die Dinge um Sams willen im zivilisierten Rahmen zu halten.«

Wieder hebt sie das Glas und leert ihren Drink. »Ich schätze, das ist einfach seine männliche Rockstar-Art, Verantwortung für seinen Samen zu übernehmen.«

»Lass das Geld sprechen, richtig?« Ich wähle einen Stift aus und schlendere zurück zum Küchentisch. »Er will mir fünfundzwanzigtausend Dollar im *Monat* Unterhalt zahlen. Was soll ich überhaupt mit fünfundzwanzigtausend Dollar im Monat *anfangen*?«

»*Fünfundzwanzig?* Du musst diesem Geizkragen sagen, er soll nachlegen. Kanye zahlt zweihunderttausend.«

»Woher wisst ihr Leute solche Sachen?«

»*Buzzfeed.*« Sie verschwindet unter der Theke, um eine weitere Dose Sprudelwasser aus dem Kühlschrank zu holen. »Also hör mir zu. Sam ist bei seinem Vater und Jake ist das ganze Wochenende in Charlotte. Seine Eltern kommen sowieso hoch, um die Enkel zu sehen. Was hältst du davon, wenn wir beide zusammen einen kleinen Ausflug machen?«

Ich blättere durch die Papiere, bis ich zur letzten Seite komme, wo ein rot-gelber Pfeilaufkleber mich anweist, hier zu unterschreiben.

»Du meinst so einen feuchtfröhlichen Mädelsausflug? Wohin? Newport?«

Ich unterschreibe auf der Linie über den Worten mallory rose dunne (»Mutter«) und füge das Datum hinzu.

»Eigentlich«, erwidert Paige, »dachte ich an Irland.«

KAPITEL VIERZEHN

Hannah

Dezember 1951
Außerhalb von Kairo, Ägypten

Im Auto, das über die Autobahn raste, hätte man mit jeder beliebigen Geschwindigkeit unterwegs sein können. Hannah musste auf die Anzeige zwischen den Speichen des Lenkrads schauen, um festzustellen, Lucien trieb den Mercedes-Benz auf fast hundert Meilen pro Stunde an.

Lucien warf ihr einen Blick zu und lächelte. »Angst?«

»Nur neugierig. Eigentlich erschreckt mich nichts mehr. Wenn ich sterbe, sterbe ich.«

»Aber ich würde es vorziehen, wenn du nicht stirbst, Liebling.«

»Nenn mich nicht so. Ich bin nicht dein Liebling.«

Lucien griff in seine Tasche und zog ein Zigarettenetui hervor. Mit dem Daumen ließ er es aufspringen und hielt es ihr hin. Sie nahm sich eine Zigarette heraus und steckte sie sich in den Mund- Er gab ihr Feuer, dann nahm er sich selbst eine, während er den Mercedes-Benz mit einer Hand am Steuer mit hundert Meilen pro Stunde über den Asphaltstreifen lenkte.

»Ich habe eine Frage an dich, Hannah«, sagte er.

»Was denn?«

»Wenn du nicht *mein* Liebling bist, wessen Liebling bist du dann?«

Hannah drehte den Kopf, um auf die vorbeiziehenden Felder zu starren, das fruchtbare Nildelta, das sich außerhalb des Fensters ausdehnte. Sie dachte an János, wie er den Daimler um die Haarnadelkurven von Capri lenkte. Ihr Herz schnürte sich zusammen. Sie konnte nur schwer atmen.

Sie griff über den Sitz und zog Luciens Hemd aus dem Bund seiner Hose. Er sah sie erschrocken an, dann wieder auf die Straße, dann hinunter zu ihrer Hand, die seine Hose öffnete. Zurück zur Straße, während sie seinen Penis aus den Schichten von Hose und Hemd befreite.

Er blieb stumm, während sie ihn mit Mund und Zunge bearbeitete, abgesehen von diesen fast schmerzhaften, kleinen Seufzern, die seiner Lunge entwichen. Das Auto brauste fröhlich die Straße entlang. Als sich seine Hoden spannten, stöhnte er, *Hannah, ich komme gleich*, und fuhr an den Straßenrand. Das Auto kam rutschend auf dem Kies zum Stehen und er schob beide Hände in ihr Haar und rief ihren Namen.

Was Hannah am meisten überrascht hatte, als sie von dieser ersten Begegnung im Shepheard's Hotel vor sechs Wochen nach Hause fuhr, war, wie wenig Schuld sie empfand. Oh, da war ein wenig schlechtes Gewissen, natürlich. Sie war kein Unmensch. Irgendwo in ihrem Gewissen lag der Keim eines Unbehagens, klein und bescheiden wie eine Erdnuss.

Aber die Schuld war nichts im Vergleich zu dem Hochgefühl.

Dreimal hatte sie mit Lucien Beck Ehebruch begangen. Zuerst auf dem Bett, erstaunt über ihre eigene Kühnheit, über seine Nacktheit, darüber, wie sie nach dem eigentlichen Akt des Geschlechtsverkehrs noch verbunden blieben – Lucien lag an ihrer Brust, in ihrem Körper, so lange, dass sie (im Rausch des Nachspiels) fürchtete, sie könnten im Moment des Höhepunkts gemeinsam gestorben sein und wären nun für die Ewigkeit verbunden. Dann, als sie ins Leben zurückkehrten, hatten sie überall im Zimmer miteinander gevögelt (an der Wand, auf dem Teppich, an der Bettkante, im Sessel und so weiter), hatten sich gegenseitig zu schockierend unanständigen Handlungen angestachelt. Immer weiter, eine Orgie zu zweit, bis sie beide völlig erschöpft waren, auf dem Bett lagen, unfähig zu denken oder sich zu bewegen. Und schließlich – das war der berauschende Teil, der Beweis für Schicksal – konnten sie nach etwas Ruhe und einem Tablett mit Essen aus der Küche immer noch die Kraft für eine schnelle, verzweifelte, halb angezogene Abschiedsnummer am Bettpfosten aufbringen.

Hannahs Beine schmerzten, ihr Kopf dröhnte vor Müdigkeit, ihr Schoß war übervoll mit dem, wofür sie gekommen war. Und alles, was sie wollte, war noch mehr.

Als sie sich schließlich in die eheliche Wohnung schlich, schlief Alistair noch. Er hatte sich auf den Bauch gerollt und die aufgehende Sonne traf seinen Hinterkopf und ließ die silbernen Haare in strahlendem Roségold leuchten. Sie ging zurück ins Wohnzimmer und rief die Telefonzentrale des Shepheard's Hotel an. Nach einer Minute meldete sich Lucien.

Hannah, sagte er. (Keine Frage.)

Heute Nachmittag werde ich zur Teatime im Hauptsalon sein, antwortete sie ihm.

Das Cecil Hotel erinnerte Hannah an einen Palast. Prächtige Giebel und Steinmetzarbeiten. In der Nähe schlug das Meer gegen die Promenade. Die Luft war mild und roch salzig. Sie stand neben dem geschwungenen Radkasten des Mercedes-Benz, während Lucien mit dem Portier über ihr Gepäck sprach, und vor ihrem inneren Auge tauchte ein großes Haus aus hellem Stein auf, ein Wald, eine lange Kiesauffahrt, ein Brunnen mit Nymphen.

Was denkst du? (János' Stimme.)

Es ist wie ein Traum. Ein Märchen. (Ihre Stimme.)

(Sein Lachen.) *Warte, bis im Winter die Rohre einfrieren.*

»Zweifel?«, fragte Lucien an ihrer Schulter.

Sie hakte sich bei ihm ein. »Natürlich nicht.«

Wie jedes respektable Paar durchquerten sie Arm in Arm die große Marmorlobby. Hannah verspürte eine irrationale Angst, jemand könnte sie sehen, irgendein Bekannter, aber wer kam schon im Dezember in die großen Strandhotels von Alexandria? Niemand, den sie kannte, und sie kannte sowieso so wenige Menschen. Lucien schlenderte selbstbewusst an ihrer Seite, als täte er das ständig. Wahrscheinlich tat er das auch.

Was hatte Mrs. Beverley ihr erzählt? Über Lucien und Helen Hill?

Er war ihr Liebhaber. Sagt man.

Sie erreichten die Rezeption und Lucien nannte dem Angestellten ihre Namen, Mr. und Mrs. Beck, gebucht bis Mittwoch. Am Freitag kehrte Alistair von seiner Konferenz in Rom zurück, und Hannah wollte etwas Abstand zwischen ihrem schmutzigen Rendezvous mit ihrem Liebhaber und der Ankunft ihres Ehemannes schaffen. Um sich zu waschen und nachzudenken.

Als sich der Angestellte umdrehte, um den Schlüssel vom Brett hinter ihm auszuwählen, sagte Hannah: »Schläfst du mit Helen Hill?«

Er zögerte nur einen Moment. »Gegenwärtig nicht, nein.«

»Hast du sie je hierhergebracht?«

»Natürlich nicht.«

»Gut«, erwiderte sie.

Der Angestellte trat mit dem Schlüssel vor. Als Lucien die Hand ausstreckte, um ihn entgegenzunehmen, hätte Hannah schwören können, dass er lächelte.

In der Suite, die Lucien für sie reserviert hatte, lag eine Flasche Champagner gekühlt in einem Eimer bereit und das Abendessen dampfte unter einem Paar silberner Hauben. Zuerst aßen sie, unterhielten sich über deutsche Musik, zogen sich Stück für Stück aus, badeten in der großen Wanne. Lucien ließ sich Zeit damit, mit ihr zu schlafen. Danach hielt er sie im Arm, während sie eine Zigarette hin- und herreichten.

»Ich glaube, Alistair ahnt etwas«, stellte sie fest.

»Das würde mich nicht wundern. Du siehst unverkennbar aus wie eine Frau, die eine Affäre hat.«

»Als er nach Rom abreiste, sagte er, er stelle sich vor, ich würde mich in seiner Abwesenheit amüsieren.«

Lucien lachte. »Mein Gott, die Engländer. Weiß er, dass ich es bin?«

»Wahrscheinlich. Es scheint ihn jedoch nicht zu kümmern.« Sie zog an der Zigarette und gab sie ihm zurück. »Du hast nichts Neues über Ismailia gehört, oder?«

»Nein. Du?«

»Kein Wort. Als wäre es nie passiert. Niemand erwähnt es, nicht einmal Alistair. Ich frage mich, warum.«

»Schlechter Stil, vermute ich.«

Sie rollte sich auf seine Brust, Bauch an Bauch. »Oder irgendjemand hat einen Weg gefunden, die Sache ungeschehen zu machen.«

»Ich?«

»Du hast deine Geheimnisse, nicht wahr?« Als er den Mund öffnete, um zu antworten, legte sie ihren Finger auf seine Lippen. »Sag es mir nicht. Es ist nicht nötig. Ich würde es vorziehen, du sagst nichts, als etwas, das nicht wahr ist.«

»Und doch belügst du mich die ganze Zeit.«

»Ist das so?«

Er griff nach dem Aschenbecher, um die Zigarette auszudrücken, und umfasste ihre Hüften mit seinen Händen. »Ich darf dich nicht *meine Liebste* nennen. Sagst, ich bedeute dir nichts, du willst nur vögeln. Und dann; ich will ein Baby von dir.«

»Das ist die Wahrheit.«

Er drehte sie auf den Rücken und glitt in sie hinein. Sie sog scharf die Luft ein. »Verrate mir eine Sache«, sprach er mit einer Stimme, die halb zu einem Knurren geworden war.

»Wenn du von mir bekommen hast, was du willst, was passiert dann? Hören wir dann auf, uns so zu treffen?«

Stöhnend bewegte Hannah ihre Hüften, um ihn tiefer in sich aufzunehmen. Sie schlang ihre Arme um seinen Nacken und zog ihn zu einem Kuss herunter.

»Was passiert dann, Hannah? Gehst du zu diesem Ehemann und jubelst: Es ist ein Wunder, mein Liebling, du wirst endlich Vater? Nimmt er dich in die Arme und dankt Gott, dass er ihm einen Erben geschenkt hat?«

Während er sprach, stieß er in sie – lange, fordernde Stöße, die sie aufschreien ließen. Sie hob ihre Knie und grub ihre Fersen in seine Beine.

Lucien stützte sich auf seine Handflächen. Sein Gesicht war dunkel und wütend. »Und was ist mit mir, Hannah? Kehrst du zu ihm zurück, mein Kind in dir tragend, damit er es als sein eigenes großzieht?«

Hannah griff nach seinen Handgelenken. Gemeinsam rollten sie wie ein Tigerpaar, kämpfend und kratzend. Er drehte sie auf den Bauch. Sie bäumte sich auf und er packte sie an den Hüften.

»Das bedeutet nichts, oder?«

»Nichts!«

»Wie Tiere? Paarung?«

»Ja!«, keuchte sie. »*Ja!*«

Er nahm sie erbarmungslos. Als die Erlösung sie überkam, brach sie, wie eine schlaffe Puppe, zusammen. Sie lagen in einem hoffnungslosen Durcheinander, keuchend. Er zog ihr Haar zurück und biss ihr in den Nacken. *Du liebst mich*, stöhnte er. Er war noch immer in ihr. Sie spürte, wie er weich wurde, endlich erschöpft. Sein Herz hämmerte gegen ihren Rücken. Der Schweiß trocknete zu einer Schicht, die ihre Haut an seine klebte. Seine ausgebreitete Hand bedeckte ihren Bauch.

Sie schlief ein und dachte: *Dafür würde ich sterben.*

Hannah erwachte allein. Es war mitten am Vormittag. Der Champagner und das Abendessen waren weggeräumt worden; die Vorhänge waren fest zugezogen, nur ein Streifen grellen Lichts verriet die Stunde. Auf dem Nachttisch lag eine Notiz. *Bin spazieren gegangen. Bestell Frühstück.*

Sie erhob sich vom Bett und ging auf wackeligen Beinen ins Badezimmer. Es war weiß gekachelt und modern, von Sonnenlicht durchflutet. Vom Fenster aus erhaschte sie einen Blick auf einen Zipfel des Meeres. Im Spiegel betrachtete sie ihren Bauch, ihre Brüste. Sie umfasste sie mit ihren Händen. Ein wenig empfindlich, leicht geschwollen. Hatte er es bemerkt?

Sie ließ Wasser in die Badewanne laufen und wusch sich gründlich. Nachdem sie sich angezogen hatte, ging sie hinunter ins Restaurant und sagte dem Maître, ihr Mann würde bald zum Frühstück zu ihr stoßen. Der Kellner brachte ihr etwas Toast und eine Kanne duftenden Kaffee. Sie hatte gerade den Zucker eingerührt, als eine Stimme sie erschreckte.

»Aber, Gräfin Vécsey!«

Der Löffel fiel Hannah aus den Fingern. Sie blickte auf, halb erhoben von ihrem Stuhl. Ihr Körper hatte irgendwie den Impuls zu fliehen.

Eine Frau stand vor ihrem Tisch – groß, schlank, modisch gekleidet. Kurzes dunkles Haar kräuselte sich unter einem schicken Hut; ein Ausdruck von Überraschung und Freude auf ihrem blassen Gesicht, ihrem roten Mund. Sie fuhr auf Ungarisch fort: »Was machen Sie denn hier in Alexandria? Wohlauf? Ich dachte, Sie wären tot!«

Eine Bewegung erregte Hannahs Aufmerksamkeit. Sie blickte zum Eingang des Restaurants, wo Lucien Beck gerade erschienen war und die Tische nach ihr absuchte. Das Licht glänzte auf seinem Haar.

»Es tut mir leid«, sagte sie zu der Frau, die vor ihr stand. »Ich fürchte, Sie verwechseln mich mit jemandem.«

»Erzähl mir von dieser Frau beim Frühstück«, bat Lucien sie. »Der, mit der du gesprochen hast, als ich ankam.«

Sie spazierten die Promenade entlang. Zur Linken trieb ein steifer Nordwind das Meer gegen die Felsen. Eine Möwenschar kreischte über ihnen.

»Nur eine Frau, die mich mit jemandem verwechselt hat.«

Lucien blieb stehen und drehte sich um, um sich mit den Ellbogen auf das Geländer zu lehnen. Seine Augen verengten sich gegen den Wind. »Du sagtest, nur die Wahrheit zwischen uns, Hannah.«

»Aber ich habe dir doch –«

»Ihr habt beide Ungarisch gesprochen.«

Sie starrte auf die Krempe seines grauen Hutes, die exakte Linie seines Anzugs entlang seiner Schulter. »Wo bist du heute Morgen spazieren gegangen?«, fragte sie ihn. »Woher nimmst du all das Geld, um es über deine Geliebte auszuschütten. Für teure Hotels und Champagner,?«

Er drehte den Kopf, um sie anzulächeln. »*Bist* du meine Geliebte?«

»Ich respektiere deine Geheimnisse, das ist alles. Ich stelle keine Fragen. Mein Herrschaftsbereich erstreckt sich auf dein Bett und nicht weiter.«

»Also, wer ist diese Frau?«, wollte er erneut wissen.

»Warum kümmert dich das so sehr?«

»Weil sie dich aufgewühlt hat. Alles, was dich aufwühlt, kümmert mich.«

Seufzend gesellte sich Hannah zu ihm ans Geländer. »Ihr Name ist Irina Esterhazy. Sie war eine Freundin meines Mannes, bevor er mich kennenlernte. Am Ende des Krieges waren wir zusammen in Budapest.«

»Und warum hast du so getan, als würdest du sie nicht kennen?«

»Weil sie Ärger bedeutet. Erst kämpfte sie gegen die Faschisten, dann gegen die Sowjets.«

»Eine wahre ungarische Patriotin also?«

»So in der Art. Hast du eine Zigarette?«

Er zündete ihr eine an, dann sich selbst. »Nun denn. Um deine Fragen zu beantworten, ich bin heute Morgen lange spazieren gegangen – tatsächlich genau hier auf dieser Promenade –, um meinen Kopf freizubekommen.«

»Freizubekommen wovon?«

Er betrachtete das Ende seiner Zigarette, als könnte er dort die Worte finden. »Von dir. Was die Ausgaben angeht, nun, ich bin ein sparsamer Mann. Der Großteil meines Gehalts geht direkt auf die Bank, um dort vor sich hin zu brüten. Warum nicht ein wenig von diesen Ersparnissen abheben, um es für meine Geliebte auszugeben? Das ist das Mindeste, was ich für sie tun kann.«

»Du bist zu sentimental, Lucien. Man könnte meinen, du hättest das noch nie zuvor getan.«

»Ich habe *das* noch nie zuvor getan«, versicherte er ihr.

»Was meinst du mit *das*? Eine Geliebte für ein Wochenende zu entführen? Es fällt mir schwer, das zu glauben.«

Lucien drehte sich zu ihr und lehnte seinen Ellbogen auf das Geländer, nachdenklich rauchend. »Wie wird das enden, Hannah?«

»Wie enden Affären? Sag du es mir, ich bin begierig darauf, es zu erfahren.«

»Du gibst keinen Pfifferling auf Ainsworth. Warum bleibst du mit ihm verheiratet?«

»Um meinem Kind einen Namen zu geben.«

»Was ist mit *meinem* Namen?«

Sie lachte. »Das kann nicht dein Ernst sein.«

»Bin ich nicht reich genug für dich? Nicht bedeutend genug?«

Sie starrte in sein angespanntes Gesicht und schluckte einen Schmerz hinunter, der sich in ihrem Hals sammelte.

»Genau«, erwiderte sie. »Ich kann mir einfach nicht *vorstellen*, mich von meinem *wichtigen* Ehemann für den stellvertretenden Manager des Shepheard's Hotel scheiden zu lassen.«

Lucien nahm einen letzten Zug von seiner Zigarette und warf den Stummel auf die nassen Felsen. »Sag mir noch etwas. Worüber sprechen sie in Rom, Hannah?«

»Warum willst du das wissen?«

»Neugier. Dein Mann ist ein persönlicher Freund von Eden, nicht wahr? Er muss Zugang zu einigen interessanten Informationen besitzen.«

»Möchtest du, dass ich das für dich herausfinde?«

»Würdest du so etwas tun?«

Sie zuckte mit den Schultern. »Das ist das Mindeste, was ich tun kann. Warum solltet ihr Ägypter nicht euer Land für euch haben?«

»In der Tat«, murmelte er.

Sie sahen einander an, ein Moment der Vertrautheit. Die Zigarette glimmte leise zwischen Hannahs Fingern. Sie dachte, ihr Herz könnte ihre Brust zersprengen.

Lucien hob seinen Arm und streichelte mit seinem Daumen über ihren Wangenknochen. »Ich möchte, dass du jemanden kennenlernst«, sagte er.

Die Wohnung war geräumig und abgewohnt, im dritten Stock eines Gebäudes, das die würdevolle Ausstrahlung ehemaliger Größe hatte. Sie ähnelte einer Wohnung, die man vor dem Krieg in Wien hätte finden können, dachte Hannah, oder vielleicht in Paris. Eine dunkelhaarige Frau öffnete die Tür und führte sie durch eine Eingangshalle mit abgeplatzten Mosaikfliesen in ein Wohnzimmer. Dort saß eine Frau von etwa fünfzig Jahren an einem Schreibtisch nahe dem Fenster. Mit einem schwarzen Füllfederhalter schrieb sie auf ein Blatt Papier. Als sie aufblickte und sie sah, hellte sich ihr Gesicht auf. Sie legte den Stift beiseite, erhob sich vom Stuhl und streckte beide Hände aus.

»Lucien«, sagte sie auf Französisch, »welch eine freudige Überraschung.«

Er nahm ihre Hände und küsste jede Wange. »Mama. Wie fühlst du dich?«

»Besser, besser. Der Husten ist fast weg. Aber du hast einen Gast mitgebracht.«

»Ja, Mama.« Er wandte sich Hannah zu und winkte sie näher. »Ich möchte dir eine gute Freundin vorstellen. Mrs. Ainsworth.«

Luciens Mutter streckte eine zierliche Hand aus. »Mrs. Ainsworth. Ich bin entzückt, Ihre Bekanntschaft zu machen.«

»Ganz meinerseits«, erwiderte Hannah.

Eine zerbrechliche, zarte Schönheit haftete ihr noch immer an. Ihr dunkles Haar war von Silber durchzogen, kurz geschnitten, sodass es sich um ihre Ohren kräuselte; ihre Augen waren von einem faszinierenden Grün, etwas dunkler als Luciens, groß und tief. Sie fixierten Hannahs Gesicht mit scharfer Neugier.

»Darf ich Ihnen vielleicht etwas Tee anbieten?«, fragte sie.

Bei Tee und Marzipan sprach Madame Suarez (mit diesem Namen hatte sie sich Hannah vorgestellt) offen. »In einem sorglosen Alter verliebte ich mich Hals über Kopf«, erzählte sie, ihre dabei zuckenden Schultern erinnerten Hannah an eine Französin, die sie einmal gekannt hatte. Als wollte sie sagen: *Was kann man schon dagegen tun?* »Ich empfehle es nicht, aber ich bekam diesen wunderschönen Jungen.« Sie nickte zu Lucien.

»Was war mit Ihrer Familie?«, fragte Hannah. »Was dachten Ihre Eltern darüber?«

»Meine Eltern verstießen mich natürlich. Ein verheirateter Schweizer, zwanzig Jahre älter als ich! Ich kam gerade erst aus der Schule. Ich sollte eine respektable Partie machen. Nun, ich war nicht besonders erfreut über die respektable Partie, die sie für mich gefunden hatten.«

»Eine arrangierte Ehe? Ich dachte, so etwas gehörte einer anderen Zeit an.«

Madame Suarez blickte zu Lucien und lächelte. »Meine Familie verkörperte eine bestimmte Tradition. Außerhalb dieser Tradition zu heiraten – ein Kind außerhalb dieser Tradition zu bekommen, – bedeutete, man war für sie gestorben.«

»Ich denke, Mr. Becks Verhalten war nicht korrekt«, warf Hannah ein. »Ein behütetes Mädchen auszunutzen, obschon er bereits verheiratet war.«

Madame Suarez winkte auch das ab. »Seine Ehe war nicht glücklich. Und er hat gut für uns gesorgt. Nicht wahr, mein Lieber? Er sorgte großzügig für uns. Kümmerte sich um die Erziehung der Kinder.«

Hannah sah Lucien an, der auf ein gerahmtes Foto auf dem Beistelltisch neben seiner Schulter nickte.

»Meine Schwester«, erklärte er. »Sie lebt mit ihrem Mann und den Kindern im Ausland.«

Madame Suarez wischte die Krümel von ihrem Schoß. »Sie sehen also, am Ende hat sich alles zum Guten gewendet.«

»Bist du wütend auf mich?«, fragte Lucien.

Sie gingen zurück zum Hotel. Der Himmel hatte sich aufgeklärt und die Mittelmeersonne durchdrang sie mit überraschender Wärme.

»Es war ein infamer Hinterhalt«, antwortete sie, »aber dennoch ein angenehmer Nachmittag. Ich mag deine Mutter.«

»Ich auch.«

»Hat sie sich je mit ihrer Familie versöhnt?«

»Leider nicht. Ich glaube, nicht einmal jetzt sprechen sie ihren Namen aus.«

»Willst du damit sagen, du hast sie nie kennengelernt?«

»Nie.« Er nahm ihre Hand. »Ihre Leute kamen im 16. Jahrhundert aus Spanien nach Ägypten. Von der Inquisition vertrieben.«

Hannah blieb stehen und wandte sich ihm zu. »Sie waren Ketzer?«

»Man könnte es so nennen.«

Die Erkenntnis traf sie wie ein Schlag auf den Kopf. »Sie waren Juden.«

»Ja. Bist du schockiert?«

»Du hast nie etwas angedeutet.«

»Das ist nichts, womit man heutzutage hausieren geht«, sagte er. »Man erzählt es nur Menschen, denen man vertraut.«

»Ich verstehe.«

»Spielt es für dich eine Rolle?«

Er musterte sie jetzt. Seine Augenbrauen waren über dem Nasenrücken zusammengezogen, seine Augen besorgt.

»Für mich spielt es überhaupt keine Rolle«, erwiderte sie.

Lucien ergriff ihre Hand und küsste sie, dann beugte er sich vor, um ihren Mund zu küssen. Seine Lippen waren warm und sanft; seine Zunge schmeckte nach Tee. Als er den Kopf hob, liebkosten seine grünen Augen sie. Er zog an ihrer Hand. »Komm. Lass uns zum Hotel zurückkehren.«

Auf der Rückfahrt nach Kairo, zwei Tage später, fuhr Lucien in gemächlichem Tempo. Hannah schmiegte sich auf dem Sitz an seine Seite. Von Zeit zu Zeit döste sie. Der Duft von Luciens Kleidung machte sie schläfrig; seine Finger spielten in ihrem Haar.

»Woran denkst du, Liebste?«, fragte er über das Schnurren des Motors hinweg.

»An nichts«, murmelte sie. Dann – »Was für ein Wüstling du bist.«

Lucien beugte sich hinunter und küsste ihren Scheitel.

Etwa eine Meile vor ihrem Apartment hielt er am Straßenrand an und half ihr, sich aufzusetzen. »Zeit, nach hinten zu klettern«, erinnerte er sie. So war sie vor drei Tagen ins Auto gestiegen, als er vor dem Apartmentgebäude gehalten hatte – sie auf den Rücksitz, als wäre er ihr Chauffeur.

Es war dunkel und das Auto stand in der Lücke zwischen zwei Straßenlaternen. Sie sah seine Stirn, die Schwärze seines Haares, einen winzigen Lichtpunkt, wo sein rechtes Auge sein sollte. Sie wollte sagen: *Bring mich woanders hin, irgendwo anders hin, bring mich einfach weg!* Oder: *Komm mit rein, Alistair wird erst morgen zurück sein.*

Oder – *Ich glaube, ich trage dein Kind. Lass uns zusammen weglaufen.*

»Küss mich zum Abschied«, bat sie ihn.

Gehorsam beugte er sich vor und küsste sie.

»Du wirst mit deinem Mann sprechen, nicht wahr? Wegen Rom.«

»Ach, das.«

»Wenn du lieber nicht – «

»Keine Sorge, du wirst bekommen, was du brauchst.«

»Es könnte gefährlich sein. Wenn er herausfindet, was du tust.«

»Ich habe eine Pistole.«

»Du würdest deinen Mann erschießen? Deinen Ehemann?«

Sie zuckte mit den Schultern. »Wenn ich müsste.«

In der Dunkelheit suchte er ihr Gesicht und umfasste ihre Wange. »Wann hast du gelernt, mit einer Waffe umzugehen, Hannah?«

»Es gab einen Krieg, Lucien. Jeder wusste, wie man eine Waffe abfeuert.«

»Hast du je eine abgefeuert? Einen Mann getötet?«

Die Worte klangen so sanft, fast unschuldig. Sie zupften an den Nähten ihrer Erinnerung. *Einen Mann töten.* Sie wollte lachen, sie wollte weinen. Sie nahm seine Hand und zog sie weg.

»Ja«, sagte sie. »Ich habe schon Männer getötet.«

* * *

An einem Wintermorgen 1941 kam János zu Hannah ins Arbeitszimmer, wo sie mit dem kleinen Míklos auf dem Teppich vor dem Kamin spielte. Er war für einen Spaziergang in eine alte Wolljacke und hohe Lederstiefel gekleidet. Míklos kreischte vor Freude beim Anblick seines Vaters und krabbelte auf die Füße, die Arme nach oben gestreckt. János hob ihn hoch in die Luft und küsste laut seinen Bauch und jede rosige Wange. Míklos klammerte sich wie ein Käfer an ihn. János begegnete Hannahs Blick über die Schulter ihres Sohnes.

»Lass uns spazieren gehen«, meinte er.

Hannah sah zu ihrer alten Kinderfrau Sofia, die sie nach dem Tod ihrer Mutter großgezogen hatte und die nun mit ihrem Nähkorb auf dem Sofa saß. Sie war mit ihnen aufs Land gekommen, um mit dem neuen Baby zu helfen, das jeden Tag zur Welt kommen konnte. »Geh nur«, sagte sie zu Hannah. »Ich bleibe bei Miko. Geht ihr nur frische Luft schnappen.«

Der Himmel hatte nach einem zweitägigen Schneesturm endlich wieder aufgeklart, und die Luft war so kalt, dass es beim Einatmen fast in ihren Lungen schmerzte. Sie stapften schweigend über die Wiese in Richtung des schmalen Waldstreifens, der die Heufelder säumte. János trug ein Gewehr in der Armbeuge; über seinem Rücken hing ein alter Rucksack aus grünen Leinen. Während sie durch die Schneewehen wateten, fasste er von Zeit zu Zeit ihren Ellbogen, um sicherzugehen, dass sie festen Halt hatte. Manchmal vermischten sich die Wolken ihres Atems.

Als sie den Wald erreichten, hielt János an und bot ihr einen Schluck noch heißen Kaffees aus einer Flasche an. »Hannah«, begann er, »hast du jemals eine Waffe abgefeuert?«

»Nein, nie.«

»Du solltest es lernen.«

Bei diesen Worten fixierte er ihre Augen. Seine Wangen leuchteten rot; seine Nase ebenso. Er hatte einen Stiefel auf einem umgestürzten Baumstamm gestellt, und das Gewehr in seiner Armbeuge sah aus, als wäre dort ein weiterer Arm gewachsen.

»Wegen des Krieges, meinst du«, sinnierte sie. »Weil Ungarn sich den Achsenmächten angeschlossen hat.«

»Ja«, nickte er.

Den Rest des Vormittags verbrachten sie auf dem Heufeld, wo János ihr die Grundlagen des Reinigens und Ladens des Gewehrs beibrachte, dann wie man zielt und auf ein Ziel schießt. Zuerst stand er hinter ihr und zeigte ihr, wie man die Waffe hält – eine Hand an ihrem rechten Arm und die andere an ihrem linken, Anweisungen in ihr Ohr murmelnd. Als sie den Dreh raus hatte, trat er zurück und ließ sie selbst zurechtkommen. Nach etwa einer Stunde nickte er zufrieden und lehnte das Gewehr an einen Baum.

»Jetzt probieren wir die Pistole«, ermutigte er sie und zog sie aus seinem Rucksack.

Auf dem Heimweg stapften sie langsamer nebeneinanderher. Das Anwesen war János von seiner Großmutter zugefallen, die im Vorjahr gestorben war. Das Haupthaus war etwa dreihundert Jahre alt. Sofia beklagte sich über die schäbige Einrichtung und die urzeitliche Sanitäranlage, die meilenlange Straße bis zum nächsten Nachbarn, aber Hannah störte das nicht. Weiß-grauer Rauch kräuselte sich aus zwei der vielen Schornsteine. János hielt inne, um sich eine Zigarette anzuzünden.

»Willst du in den Krieg ziehen?«, fragte sie ihn.

Er sog an der Zigarette. »Es spielt keine Rolle, ob ich will oder nicht. Ich habe keine Wahl.«

»Und Ungarn? Willst du nicht für unser Land kämpfen?«

»Um mein Land zu verteidigen, ja. Aber wir werden nicht angegriffen, oder?«

»Wir fürchten die Deutschen«, wirft sie ein. »Sie sagen spring, und wir springen.«

»Du hättest den Mut, dich den Nazis entgegenzustellen?«

Sie wurde leidenschaftlich. »Wenn ich müsste ...«

János atmete schwerer, als er sich durch den Schnee mühte. »Ja«, stellte er nach einer Weile fest, »ich glaube, das würdest du.«

»Außerdem macht uns das zu Feinden der Sowjets.«

»Ja, das ist das Problem, nicht wahr? Eingeklemmt zwischen den beiden Tyrannen. Zwischen dem Fels des Faschismus und dem harten Kommunismus. Ein Mann hat selten das Glück, für das zu kämpfen, woran er glaubt. Er kämpft einfach, um am Leben zu bleiben.« János blieb stehen und wandte sich ihr zu. Er hatte sich über die Weihnachtszeit einen Bart wachsen lassen, und seine braunen Augen, an den Ecken leicht blutunterlaufen, stachen aus diesem Rahmen von borstigen dunklen Haaren und blasser Haut hervor. Er nahm die Zigarette aus dem Mund. »Hör mir zu, Hannah. Du weißt, warum ich dich heute, an diesem Tag hierhergebracht habe, nicht wahr? Obwohl du hochschwanger bist?«

»Um zu lernen, wie man eine Waffe abfeuert.«

»Um dich zu verteidigen. Ich werde fortmüssen, um zu kämpfen, und ich kann keinen Krieg führen, wenn ich mir Sorgen um dich und die Kinder mache. Ich zähle auf dich, Hannah. Verstehst du, was ich meine?«

»Ja.«

Er nickte. »Gut.«

Gemeinsam drehten sie sich wieder dem Haus zu und stapften zurück durch den Schnee. Als sie die Küchentür erreichten, bemerkte Hannah wieder die gelegentlichen Wehen, die sie seit dem Morgen verspürt hatte. Sie kamen nun in kurzen Abständen und waren stärker geworden. Sie bat János, er solle besser den Arzt rufen, und bis zum Einbruch der Nacht war die kleine Léna in die Welt geplatzt – eine winzige, kostbare Tochter, die perfekt in die Armbeuge ihres Vaters passte.

Als Hannah an der Haustür ihrer Wohnung ankam, bemerkte sie, dass sie bereits aufgeschlossen war. Sie betrat das Wohnzimmer und stellte ihren Koffer ab. Alistair erhob sich vom Sofa und wedelte eine Wolke aus Zigarettenrauch weg.

»Hallo, Liebling«, begrüßte er sie. »Hattest du eine schöne Reise?«

Sie zog ihren rechten Handschuh aus, dann den linken. »Recht schön. Du bist früh zu Hause.«

»Fühlte mich überhaupt nicht wohl. Bin heute Morgen nach Hause geflogen.«

»Oh je. Nichts Ernstes, hoffe ich? Hast du einen Arzt gerufen?«

Er hob ein Glas. »Doktor Scotch. Kann ich dir einen Gin Tonic einschenken? Du siehst ziemlich mitgenommen aus.«

»Ich *bin* ziemlich mitgenommen, um ehrlich zu sein. Das Wetter war unmöglich. Es ist nicht die Jahreszeit für Alexandria.« Sie beobachtete, wie er am Barschrank herumhantierte. »Ich bin am Meer entlangspaziert, das war schön. Erfrischend. Danke.«

Er reichte ihr den Gin Tonic und zündete ihr eine Zigarette an.

Zusammen saßen sie auf dem Sofa. Sie nahm einen langen Schluck Gin und legte ihre Hand auf sein Knie.

»Erzähl mir alles über Rom, Liebling«, bat sie.

Das Komische war, als er eine Stunde später auf ihr keuchte – *Fast, fast, verdammt noch mal, durchhalten, durchhalten, verdammt, gleich hab ich's, gleich hab ich's* – störte es sie nicht. Wirklich nicht. Sie hatte zwei Gin Tonics auf nüchternen Magen getrunken; so konnte sie alles ertragen. Die Augen fest zugekniffen, stellte sie sich Lucien vor – nein, es war János – nein, es war Lucien, Whisky und Zigaretten, und ihr Bauch spannte sich an, ihre Nerven vibrierten. Sie hob ihre Knie und grub ihre Fersen in seine Waden. Sie bog ihren Rücken durch und kippte ihre Hüften, bis sie seinem entschlossenen Stoßen genau an der richtigen Stelle begegnete – *durchhalten, durchhalten, verdammt noch mal, fast, fast* – und arbeitete und arbeitete, bis sie schließlich in Wellen der Erleichterung zum Höhepunkt kam – *Shit Shit! SHIT!!* – und er auch.

Dann fiel er auf ihre Brust, so schwer, dass sie kaum atmen konnte. Für einen Moment fragte sie sich, ob er gestorben war. In ihrem Inneren spürte sie, wie er schrumpfte und herausrutschte. Sie drückte gegen seine Schultern, bis er stöhnte und schnarchend wegrollte. Einen Moment lang starrte sie auf seine schlaffe Brust, seinen weichen Bauch, den feuchten Penis, der auf den spärlichen Haaren seines Schambereichs ruhte.

Sie stand auf, um ihre Handtasche aus dem Wohnzimmer zu holen, und wühlte darin nach ihren Zigaretten. Ihre Finger ertasteten die zerdrückte Pappschachtel und das Feuerzeug und noch etwas anderes. Ein Stück Papier, zweimal zu einem Quadrat gefaltet.

Sie faltete es auseinander und hielt es gegen das Licht, das durchs Fenster fiel.

Für Ungarn
111 rue de l'Athénée, Genève

KAPITEL FÜNFZEHN

Mallory

August 2008
Winthrop Island, New York

Ich bestand darauf, uns zurück nach Hause zu fahren. Monk saß auf dem Beifahrersitz mit dem Steak in der Hand. Ich riet ihm, er solle es wieder an seinen Kiefer halten, und er gehorchte mir für etwa eine Minute.

Der Kampf hatte nicht lange gedauert. Nur ein Schlag. Monk war vor mich und Barbara getreten und hatte den nächsten mit seinem Unterarm abgeblockt, dann war Mike über die Bar gesprungen – er war es offenbar gewohnt, Schlägereien zu beenden – und hatte Dillon zur Tür hinausgezerrt.

Es folgte Hysterie, die Groupies stolperten heran, um zu sehen, was passiert war, um Monk zu umsorgen, bis Mike (der von Dillons Rauswurf zurückkehrte) uns drei durch die Küche hinausschleuste. Im Vorbeigehen nahm er ein Steak aus dem Gefrierschrank für Monks Kiefer.

»Das war aufregend«, kicherte Barbara, als ich Bessie vorsichtig die West Cliff Road hinauffuhr. »Im Club haben wir nur selten Faustkämpfe.«

»Bist du sicher, dass es dir gut geht?«, fragte ich Monk.

»Bestens«, erwiderte er. »Beim Lacrosse-Training habe ich Schlimmeres abbekommen.«

»Ich weiß nicht, was in Dillon gefahren ist. Er trägt sogar *Spinnen* nach draußen, um sie freizulassen.«

Barbara lehnte sich über Monks Schulter nach vorne. »Das Steak kannst du noch gut verwenden, wenn du es zu Hause gleich wieder in den Eisschrank legst.«

»Das hier?« Er hielt das Steak hoch. »Komm schon, Bar. Schau dir diesen Mist an. Leder würde sich besser grillen lassen.«

»Erinnerst du dich an das eine Mal, als dein Großvater diese schönen Rippchen vom Costco in Providence mitbrachte –«

»Ihr kauft euer Fleisch bei *Costco*?«

»Mein Lieber«, tadelte Tante Barbara, »*jeder* auf der Insel kauft sein Fleisch bei Costco.«

»Je älter das Geld, desto billiger der Fisch«, munkelte Monk.

»Jedenfalls«, fuhr Tante Barbara fort, »sperrte er die arme Sadie im Haus ein –«

»Wer ist Sadie?«

»Unser Hund«, erklärte Monk. »Opa hielt sich immer so eine rotierende Abfolge von schwarzen Labrador-Hündinnen. Wenn eine anfing, in die Jahre zu kommen, holte er einen neuen Welpen. Der ältere Hund zeigte ihr dann den Trick.«

Tante Barbara klopfte ihm mit dem Handrücken auf die Schulter. »Hast du etwas dagegen, wenn ich mit der Geschichte fortfahre, junger Mann?«

»Entschuldigung. Fahre fort.«

»Nun, wir saßen alle auf der Terrasse und nippten an unseren Drinks, und *irgendjemand* ließ eine Tür offen – ich sage nicht wer –«

»Warst du das?«, fragte ich Monk.

»Vielleicht.«

»– *irgendjemand* ließ eine Tür offen und Sadie schlüpfte natürlich hinaus. Sie verschlang jedes einzelne dieser verdammten Steaks und dann – um dem Ganzen die Krone aufzusetzen – übergab sich die arme Hündin über den ganzen Rasen. Pa war außer sich. Erinnerst du dich daran, Liebling?«

»Wusste gar nicht, dass Grandpa so fluchen konnte«, grinste Monk. »Verdammt kreatives Stück Arbeit.«

Ich parkte Bessie vorsichtig unter dem Schutz der Auffahrt. Monk half Tante Barbara ins Haus und begleitete mich zurück zu Seagrapes. Wir sagten kein Wort. Als wir das Licht der Veranda erreichten, versuchte ich, Monk dazu zu bringen, mir sein Kinn zu zeigen, aber er wandte sein Gesicht ab und meinte, es gehe ihm gut. Er küsste mich zum Abschied und ging zurück zum Nachbarhaus, die Hände in den Taschen, den Gitarrenkoffer geschultert, als wäre nichts passiert.

Inzwischen war es fast Mitternacht. Ich versuchte, kein Geräusch zu machen, aber Mr. Adams rief aus dem Wintergarten, wo er an einem Drink nippte. Nicht sein erster, wie mir schien. Er stand an den französischen Türen und starrte auf das Meer hinaus, obschon man es nicht sehen konnte. Von hinten hätte er Monk sein können. Die gleiche Form der Schultern, die gleiche Größe, die gleiche Haltung. Vielleicht etwas gebeugter. Aber er näherte sich auch den Sechzigern.

Er drehte sich um und winkte mich zu einem Stuhl. »Kann ich Ihnen etwas zu trinken anbieten?«

»Nein, danke.« Ich überlegte. »Ich hole mir nur ein Glas Wasser aus der Küche, wenn Sie nichts dagegen haben.«

»Bitte.«

Das erste Glas trank ich direkt am Wasserhahn, und füllte es nach, und als ich in den Wintergarten zurückkehrte, war er leer.

»Auf der Terrasse«, rief die Stimme durch die offene Tür.

Ich trug mein Glas nach draußen, wo Mr. Adams auf einem der Korbstühle saß und einen Joint drehte.

»Meine Frau lässt mich drinnen nicht rauchen«, gab er zu. »Setzen Sie sich.«

Ich setzte mich auf die Kante des Korbsofas und nahm einen Schluck Wasser. »Was gibt's?«, fragte ich.

Er zündete das Ende des Joints an und bot ihn mir an. »Diesmal bestehe ich darauf. Sie sehen aus, als könnten Sie es gebrauchen.«

»Lustig, das höre ich heute Abend schon zum zweiten Mal.«

»Dann sollten Sie den Rat vielleicht annehmen.«

Ich starrte auf das glühende Ende des Joints und streckte die Hand aus, um ihn zu nehmen. Ich versuchte, flach zu inhalieren, aber die Wirkung setzte sofort ein.

»Ich kaufe seit Jahren bei demselben Kerl«, erklärte Mr. Adams. »Hat mich nie enttäuscht.«

Ich gab ihm den Joint zurück. »Wollten Sie etwas mit mir besprechen?«

»Meine Frau will, dass ich Sie feuere«, begann er.

»Mich feuern? Weshalb?«

Er klopfte sich aufs Bein. Er trug einen Pyjama unter einem Morgenmantel, Pantoffeln an den Füßen. Wie aus dem Lands' End Herrenkatalog, nur dass er einen Joint statt einer Pfeife rauchte. »Ich weiß nicht, wie ich es sagen soll. Ich habe von Becca erfahren, dass Sie und Monk – dass ihr eine – nun, nennen wir es eine romantische Beziehung begonnen habt«, sagte er.

»Bei allem Respekt, Mr. Adams, mein Privatleben geht niemanden etwas an.«

»Er ist mein Sohn, Mallory.«

»Dann sollten Sie vielleicht mit ihm sprechen?«

»Ich habe ihm eine Nachricht hinterlassen.«

»Gut, dann.« Ich begann mich zu erheben.

»Laufen Sie nicht weg, Mallory. Ich bin nicht hier, um zu urteilen, glauben Sie mir. Warum solltet ihr beide nicht euren Spaß haben, solange Sie hier sind? Völlig natürlich. Das habe ich auch Becca erklärt.« Er hielt mir den Joint hin.

Ich nahm noch einen Zug und gab ihn zurück. »Und?«

»Mallory. Ich möchte offen mit Ihnen sein. Ich möchte, dass wir Freunde sind, hier. Im selben Team.«

»Natürlich.«

»Monk ist … nun, er ist bemerkenswert. Das wusste ich von Anfang an, schon, als er noch ein Säugling war. Selten, begabt. Ein geborener Anführer. Geboren, um Großes zu vollbringen. Sie haben es sicherlich in der Schule schon bemerkt, da bin ich sicher. Jeder hat es gesehen.« Er rauchte den Joint zu Ende und drückte ihn im Wasserbehälter unter dem Geranientopf aus. »Diese Sache mit Harvard. Sturer Idiot. Er hätte hingehen sollen, wissen Sie. Wofür ist Harvard da, wenn nicht um einen Jungen wie ihn auf Großes vorzubereiten? Um Himmels willen. Ich wollte ihn schütteln, damit er zur Vernunft kommt. Will es immer noch. Aber auf *mich* wird er nicht hören, oder?«

Ich wollte etwas sagen, aber Mr. Adams hob die Hand.

»Aber auf sie. Er mag sie. Ich habe gesehen, wie er Sie ansieht. Ich kann's ihm nicht verdenken. Ich finde, er hat einen ziemlich guten Geschmack, wenn Sie einem alten Knacker erlauben, so etwas zu sagen.«

»Natürlich. Ähm, danke, Mr. Adams.« Das Gras ließ alles besser erscheinen. Nicht so schwerwiegend.

Mr. Adams setzte sich, um einen weiteren Joint zu drehen. »Ich meine es ernst, Mallory. Ich mag Sie sehr. Beste Nanny, die wir je hier hatten. Sie sind klug, hübsch, Sie bringen ihnen bei, wie man zeichnet. Wissen Sie, was ich zu meiner Frau gesagt habe? Sie wollte Sie feuern, hat Sie übel beschimpft. Ich habe Becca gesagt, sie soll sich um ihre eigenen Angelegenheiten kümmern und Sie weiterhin das tun lassen, was Sie so gut machen.«

Er zündete das Ende des Joints an und deutete in meine Richtung. Ich schüttelte den Kopf. Er zuckte mit den Schultern und nahm selbst einen Zug.

»Ihre Mutter hat Sie allein großgezogen, stimmt das?«, fragte er.

»So ziemlich. Mein Vater ging, als ich acht war.«

»Ich war eine Zeit lang im Vorstand von Nobles. Ich erinnere mich sogar gut an Sie. Hatte ein Auge auf Sie geworfen. Sie waren ungewöhnlich. Nicht die Art von Mädchen, die wir dort normalerweise sehen.«

»Nein«, stelle ich richtig. »Das war ich nicht.«

»Und Sie hatten schon immer künstlerisches Talent.«

»Ich weiß nicht, ob man von Talent sprechen kann.«

»Ich hatte schon immer eine Leidenschaft dafür.«

»Nun, es ist bemerkenswert, was Sie erreicht haben. Angesichts der Umstände. Wirklich bemerkenswert. Ich hoffe, Sie haben nichts dagegen, aber ich habe mir die Freiheit genommen, einigen meiner Kollegen im Gardiner Museum etwas von Ihrer Arbeit zu zeigen. Sie kennen das Gardiner natürlich. Das Isabella Stewart Gardner Museum.«

»Ich kenne das Gardiner. Natürlich.«

»Auf meine Empfehlung hin hat eines der Vorstandsmitglieder Ihr Portfolio an unser Stipendienkomitee weitergeleitet. Ich weiß nicht, ob Sie es wissen, aber wir vergeben jährlich eine Reihe von Stipendien an vielversprechende junge Künstler.«

»Wow. Das ist … Ich weiß nicht, was ich sagen soll.«

»Es ist zu meiner Mission geworden. Nachdem ich sah, wie so viele talentierte Künstlerinnen von arroganten Mistkerlen wie mir, die glauben, so verdammt viel über Kunst zu wissen, bei Stipendien und Galerieausstellungen übergangen wurden, wachte ich eines Tages auf und beschloss, dass es Zeit war zu handeln. Ich begann, das auf Vorstandsebene voranzutreiben, mich wirklich dafür einzusetzen, Künstlerinnen zu unterstützen. Sie zu ermutigen, groß zu träumen. Und Sie sind ein perfektes Beispiel. Wenn Sie es wirklich ernst meinen mit Ihrer Arbeit, sollten Sie nicht an der RISD sein, Mallory. Es ist offensichtlich eine gute Schule, aber eine echte Künstlerin muss auf Konservatoriumsniveau studieren.«

»Ich bin – wow, ich bin – das muss ich jetzt erst mal verarbeiten.«

Er beugte sich vor und tätschelte freundschaftlich mein Knie. »Ich möchte, dass Sie mich wie einen Patenonkel betrachten, Mallory. Wenn ich an die Privilegien denke, die meine eigenen Kinder genießen konnten und im Vergleich dazu Sie, wie Sie sich Ihren eigenen Weg bahnen mussten. Bei jedem Schritt. Ohne jemanden, der für Sie kämpft. Einen Vater, meine ich.«

»Meine Mutter war mir immer eine große Hilfe.«

»Ja, aber ein Kind braucht auch einen Vater.« Er lächelte, drückte den Rest des Joints aus, klopfte sich auf die Knie und erhob sich vom Stuhl. »Jedenfalls gehe ich jetzt ins Bett. Schalten Sie das Licht aus, bevor Sie schlafen gehen, ja?«

Nachdem er gegangen war, saß ich noch in paar Minuten da und starrte auf das Wasser. Der Viertelmond war bereits untergegangen und das Meer tiefschwarz. Es lag fast unsichtbar da, nur als Leere zwischen den funkelnden Lichtern von Orient Point und dem Umriss des Ufers vor mir. Ich dachte an das eine Mal, als ich mit Dillon einen Joint teilte. Ich erinnerte mich, wie wir auf seinem Sofa saßen und den Joint hin- und herreichten. Er hatte mir erzählt, er wäre nach Bob Dylan benannt worden.

Ich hatte das in meinem Kopf hin- und hergewälzt. *Bist du sicher, dass es nicht Matt Dillon war?*, wagte ich zu fragen.

Ich erinnerte mich noch daran, wie sich seine Augen konzentriert zusammengezogen hatten. *Ja*, hatte er nach einer Weile gemeint. *Vielleicht war es Matt Dillon.*

Durch die Schneisen in den Sträuchern, die Seagrapes vom Monk-Anwesen trennten, sehe ich Licht. Es kommt nicht aus dem Haupthaus, sondern aus dem Gästehaus, in das Monk sich manchmal zurückzog, um an seiner Musik zu arbeiten, nachdem alle eingeschlafen waren.

Ich trank das Wasser aus, brachte das Glas in die Küche, schaltete die Lichter aus und schlüpfte durch die Tür der Waschküche nach draußen. ch darauf achtete, den Knauf hinter mir unverschlossen zu lassen.

Nicht dass die Leute auf Winthrop Island ihre Türen jemals wirklich abschlossen.

Statt ins Bett, war Monk anscheinend ins Gästehaus gegangen. Hatte seine Gitarre herausgeholt und zupfte etwas vor sich hin. Ich konnte ihn durch das Fenster sehen, den Kopf geneigt, um seine eigenen Finger zu beobachten.

Ich klopfte an die Scheibe. Überrascht blickte er auf. Ich schätze, er konnte mich in der Dunkelheit nicht sehr gut erkennen, denn es vergingen ein paar Sekunden, bevor sich sein Gesicht entspannte und er mich hereinwinkte. Ich tastete mich um die Ecke zur Tür. Als ich nach dem Knauf griff, öffnete er sie.

»Hey«, lächelte ich. »Konntest du nicht schlafen?«

Er schnüffelte. »Bist du *bekifft*, Pinks?«

»*Nein*, ich bin nicht *bekifft*, Monkfish. Dein Vater war draußen und hat Joints gedreht. Ich habe ein paar Züge genommen, um höflich zu sein.«

Er hob die Augenbrauen. »Ah.«

»Lässt du mich rein?«

Monk trat mit einer schwungvollen Geste zurück. Als das Licht auf sein Kinn fiel, unterdrückte ich einen Schrei. Er berührte es mit dem Finger und grinste – zumindest grinste die Hälfte seines Gesichts, die nicht auf die Größe eines Baseballs angeschwollen war.

»So schlimm?«, fragte er.

»Ich fühle mich schrecklich.«

»Tu das nicht. Ernsthaft. Es ist nichts. Man kann ihm keinen Vorwurf machen, oder?«

»Was? Und ob man das kann!«

Er zuckte mit den Schultern und schloss die Tür hinter mir. »Hab sein Mädchen gestohlen.«

»Du hast mich nicht *gestohlen*, Monk. Ich bin kein *Besitz*.«

Monk ging zurück zum Sofa und nahm seine Gitarre. »Ich will damit nur sagen, hättest du mit mir Schluss gemacht und ich müsste den ganzen

Sommer in meiner Kabine bei Dunkin' Donuts sitzen und mir vorstellen, wie irgendein Arschloch Sex mit dir hat, dann ja. Dann würde ich auch in eine Bar gehen und besagtes Arschloch schlagen wollen. Tut mir leid, wenn das ein bisschen primitiv klingt. Männer sind Neandertaler, was soll ich sagen.«

Ich setzte mich auf die Sofalehne und beobachtete seine Hände, während er eine sanfte Melodie zupfte. Das Gästehaus war authentisch Mid-Century Modern, womit ich meine, es war seit seinem Bau um 1960 nicht angerührt worden. Alles Winkel und Linien, ein Studioraum mit Kochnische und Wohnbereich und Bett, wo Monk und ich vor über einem Monat zum ersten Mal miteinander geschlafen hatten. Ich verschränkte die Arme. »Du sagst das, als hätte ich in der Highschool nicht buchstäblich eine Parade von Freundinnen durch dein Bett ziehen gesehen.«

»Eine *Parade*? Komm schon. Wen denn zum Beispiel?«

»Soccer Sophie zum Beispiel.«

»Soccer Sophie? Du meinst Sophie *Sadler*?« Er lachte und wechselte die Tonart. »Nur fürs Protokoll, ich hatte keinen Sex mit Sophie Sadler. Wie alt waren wir da, vierzehn? Fünfzehn?«

»Du hattest mindestens zwei andere ernsthafte Freundinnen. Im vorletzten und letzten Jahr. Wie Julia Cooper oder: Die, die zusammen mit dir in *Guys and Dolls* im Abschlussjahr spielte? Sarah?«

»Oh, Shit. Julia Cooper, stimmt.«

»Monk, ich habe doch die ganzen Kulissen gemalt. Ich habe euch zwei während der Proben unfreiwillig hinter der Bühne gesehen, wie ihr euch die Gesichter abgeleckt habt.«

Er grinste. »Tut mir leid. Das war Method Acting.«

»Hör auf. Ich habe *tagelang* geweint.«

»Hey, Julia hat *mich* angemacht. Ich war nur ein Gentleman.« Er schlug ein paar Noten an, die ich als Variation des Hauptthemas von »*Winter Tale*« erkannte. Er sah mich von der Seite an. »Wie wär's damit; ich habe vielleicht nur auf unreife, ungeschickte Weise versucht, einen gewissen Schwarm vor Augen zu führen, dass ich zu mehr gut bin, als im AP-Literaturkurs zusammen rumzualbern.«

»Oh, *ernsthaft*? Du hast mit Julia Cooper rumgemacht, um mich *eifersüchtig* zu machen.«

»Wer weiß.«

»Komm schon. Ihr zwei wart monatelang ineinander verknallt. Ihr seid zusammen zum Abschlussball gegangen, erinnerst du dich?«

»Na gut, okay. Ich gebe zu, ich habe die Highschool nicht als Jungfrau verlassen. Wer tut das schon?«

»Ich weiß nicht. Ich?«

Er sah auf. »Du? Was ist mit Max Wie-heißt-er? Mathe-Max.«

»Lathrop. Max Lathrop. Ich war etwa fünf Minuten mit ihm zusammen und nein, wir hatten keinen Sex. Nur fürs Protokoll, Euer Ehren, ich war offiziell Jungfrau bis zum Frühjahrssemester im ersten Jahr. *College*, um das klarzustellen.«

»Niemals.«

»Doch, wirklich.«

Er blickte wieder auf seine Finger, die Gitarrensaiten zupften. »Wer war also der Glückliche? Dillon?«

»Nein, Dillon kam später. Es war so ein Typ ... wir taten, als wären wir wahnsinnig verliebt. Aber wir waren beide noch Jungfrau, das war vielleicht nicht die beste Ausgangssituation.«

»Inwiefern?«

»Ach, ich weiß nicht. Wir haben uns in Bosten ein Hotelzimmer genommen, um es irgendwie zu etwas *Besonderem* zu machen.« Ich setzte das Wort in Anführungszeichen. »Er wollte, dass ich oben bin. Und ich dachte, okay, was auch immer dich anmacht, aber es stellte sich heraus, dass diese Position für ein Mädchen beim ersten Mal ziemlich herausfordernd ist. Weil, weißt du, du machst die ganze Arbeit? Also habe ich versucht, ihn irgendwie in mich reinzubekommen, und es tat höllisch weh, und er *kam* einfach, verstehst du? Er kommt plötzlich wie ein Lastwagen, noch bevor er überhaupt ganz drin ist. Ich weine vor Schmerzen – er heult vor Vergnügen. *Oh mein Gott, Mallory, das war un-glaub-lich.* Und ich denke nur, was zum *Teufel.* Wo ist meine Liebesroman-Version davon? Dein erstes Mal soll doch diese – ich weiß nicht – diese *transzendente Erfahrung* sein, bei der dein Liebhaber dich gekonnt in die Weiblichkeit einführt, und ich liege da und frage mich, ob ich überhaupt Sex hatte oder nicht. Ich meine, ich war wirklich nicht sicher. Bis ich dann am nächsten Tag das Blut sah. Ich war einfach ... Ich war einfach *am Boden zerstört ...*

und – und *wütend*, verstehst du? Ich meine, man hat nur *ein* erstes Mal und … Entschuldige. Es tut mir leid, entschuldige bitte, ich wollte dich hier nicht so … zuschwallen.«

Während ich eine Weile gequasselt hatte, legte Monk die Gitarre weg und zog mich auf seinen Schoß. »Und dann?«, sagte er und streichelte mein Haar.

Nachdem ich wieder ein bisschen ruhiger war, redete ich weiter. »Und dann war ich so sauer, dass ich den armen Kerl geghostet habe.«

»Göttin.«

»Danach hatte ich in etwa ein Jahr lang kein Verlangen mehr danach, mit jemandem auszugehen.«

»Liebste«, flüsterte er. »Pinks, es tut mir so leid. Ich hatte keine Ahnung.«

»Es ist ja auch keine Geschichte, mit der man auf Partys herumprahlt, glaub mir.«

»Nein«, erwiderte er. »Sowas machst du nicht. Aber ich bin froh, dass du es *mir* erzählt hast.«

Ich setzte mich auf. »Aber mir geht's gut. Wirklich. Es ist schon eine Weile her, ich bin drüber hinweg, Schwamm drüber.«

»Nein, nicht Schwamm drüber. Das ist eine der ätzendsten Geschichten, die ich je gehört habe. Ich will diesem Typen eine verpassen. Ich will … Ich weiß nicht.« Er drängte meinen Kopf in die Kuhle seiner Schulter. »Ich schätze, ich möchte einfach die Zeit zurückdrehen und es für dich richtig machen. Es besser machen.«

»Er war kein schlechter Mensch. Irgendwie ein Romantiker. Er war einfach ahnungslos.«

»Er war nicht ahnungslos, Pinks. Er war egoistisch. Er machte das Ganze zu seiner Sache. So wie er sich vorstellte, wie es sei mit einem heißen Mädchen Sex zu haben.«

»Um dem Ganzen die Krone aufzusetzen«, knurrte ich, »wurde beim Auschecken seine Kreditkarte abgelehnt. Also musste *ich* am Ende für das verdammte Zimmer bezahlen. Und für das Frühstück.«

»Du machst Witze, oder?«

»Er meinte so: *Ich verstehe das nicht, ich hätte schwören können, dass die Karte noch funktioniert.*«

Monks Brust bebte verdächtig.

»Lachst du etwa? Sag mir, dass du nicht *lachst*, Monk Adams.«

»Ich – was? – *nein*, natürlich nicht. Ich lache nicht. Ich bin nur – oh Jesus, was für ein verdammter *Idiot*. Ich meine, das ist hundertprozentig *das* Beschissenste, was ich je gehört habe. Es ist nicht einmal annähernd zum Lachen.«

»Und dann wurden wir auf dem Rückweg zum Campus überfallen.«

»*Was?*«

»War nur ein Scherz.« Ich setzte mich andersherum auf seinen Schoß um ihn ansehen zu können. Mit meinen Fingerspitzen strich ich über den Baseball unter der Haut seines Kinns. Er zuckte mit einem Auge, ein Flackern.

»Pinks«, raunte er mir ins Ohr. »Mallory. Es tut mir wirklich so leid. Ich bin am Boden zerstört. Du hättest so viel Besseres verdient.«

Ich beugte mich vor, um ihn sanft zu küssen.

»Dann mach es wieder gut«, flüsterte ich. »Mach es besser.«

Die Fenster des Gästehauses hatten aus irgendeinem Grund keine Vorhänge, also wachte ich auf, sobald die Morgendämmerung den östlichen Horizont traf. Monk lag ausgestreckt auf dem Bauch neben mir. Ich drehte mich auf die Seite, zog meine Knie an meinen Bauch und beobachtete das gleichmäßige Heben und Senken seines Rückens, die Hügel und Schatten der Haut, das wirre Haar, die Beule an seinem Kinn, bis sein Kopf sich regte. Seine Augen öffneten sich langsam, dann zuckte er zusammen und drehte sich zu mir.

»Hey«, sagte er. »Wie spät ist es?«

»Zeit, auf mein Pferd zu steigen und zurück zur Ranch zu reiten.«

Er schloss die Augen und warf einen Arm über mich. »Bleib.«

»Ich kann nicht bleiben. Die Sonne geht auf. Ich muss den Gang nach Canossa antreten, bevor mich noch jemand sieht.«

»Geh nicht. Nimm dir den Tag frei.«

»Mein freier Tag ist Montag.«

»Na und? Melde dich krank. Becca soll sich zur Abwechslung mal selbst um ihre verdammten Kinder kümmern.«

»Ich bin ein Arbeitermädchen, mein Herz. Wir melden uns nicht krank. Nicht einmal, wenn wir *wirklich* krank sind.«

Monk suchte nach etwas in meinem Gesicht. Er befreite seinen Arm aus dem Laken und umfasste meine Wange mit seiner Hand.

»Was ist los?«

»Es tut weh, Pink. Mein Herz tut richtig weh, das ist kaum auszuhalten. Ich hab Angst, dich zu verlieren.«

»Du wirst mich nicht verlieren.«

»Bleib, Mallory. Noch eine Stunde. Komm schon.«

»Du weißt, dass ich nicht bleiben kann. Also versuch bitte, nicht so hinreißend auszusehen, und hilf mir, meine schändlichen Klamotten zu finden.«

Im rosa Licht liefen wir über den Rasen. Die Luft war kühler als gestern und Tau bedeckte den Rasen. Von links ertönte der verschlafene Rhythmus des Ozeans herüber. Als wir die Veranda erreichten, zog Monk mich zu sich hoch. Es war ein kurzer Kuss und als er den Kopf hob, starrte er in mein Gesicht, eine Hand an meinem Hinterkopf.

»Verrat mir etwas, Pinks«, sagte er. »Wann ist dein letzter Tag hier? Ich meine, bei Dad und Becca?«

»Der fünfzehnte? Ich glaube, das haben wir so vereinbart.«

»Das dachte ich mir. Eine Woche noch ab heute, richtig? Und dann?«

»Nun, die Uni fängt Ende des Monats an. Also, du weißt schon. Ich werde mein Leben wieder in geordnete Bahnen lenken. Ein bisschen Zeit mit meiner Mutter verbringen. Paige ist gerade in Singapur, also …« Ich zuckte mit einer Schulter.

»Ja, das hast du mir erzählt. Sie arbeitet für irgendeine Bank.« Seine Hand ließ von meinem Haar ab. »Ich würde Paige gerne kennenlernen.«

»Sie kommt Weihnachten nach Hause, glaube ich. Also vielleicht … du weißt schon, in den Winterferien …«

Ich stockte. Monk vergrub seine Hände in den Hosentaschen und sah rüber zum Meer. Er setzte an zu sprechen, räusperte sich, versuchte es erneut.

»Mallory, die Sache ist …«

Ich hob meine Hand und legte sie auf seine Brust, auf sein Herz. »Ich weiß. Das ist scheiße. Ich habe versucht, nicht darüber nachzudenken.«

»Ich auch.« Er griff nach oben und legte seine Handfläche auf meine Hand. »Und wenn ich darüber nachdenke, wenn ich mir vorstelle, dich zu dieser verdammten Fähre zu bringen und zuzusehen, wie du ablegst, wenn ich daran denke, zurück aufs College zu gehen, als wäre nichts passiert, und alles ist wieder so, wie es war, dann … das bringt mich um, Pinks. Als wäre die Sonne erloschen. Winter. Nur noch Winter ab diesem Zeitpunkt.« Er zog mich eng an sich und sprach in mein Haar, während mein Herz donnerte. »Dieser Sommer mit dir, Mallory. Die Art, wie du mich liebst, wie du mich *siehst*, wie du mir zeigst, wie ich *mich selbst* sehen kann? Es ist, als wüsste ich endlich ganz genau, wofür ich auf diese Erde gesetzt wurde. Und das alles soll ich einfach zurücklassen?«

»Ich weiß. Es bringt mich auch um«, gestand ich.

»Es gibt keinen Weg zurück, Mallory. Ich kann ohne all das nicht mehr leben. Ohne dich.«

Sein Kinn ruhte auf meinem Kopf. Über seine Schulter hinweg sah ich die aufgehende Sonne, die Streifen der Morgendämmerung. Ich dachte: *Vergiss das nicht. Vergiss nie auch nur ein einziges Detail davon.*

»Tut mir leid, wenn das viel zu verarbeiten ist«, sagte er. »Ich will dich nicht erschrecken. Aber es ist genau so. Es ist einfach wahr. Ich kann nicht länger auf cool machen. Es tut mir leid.«

»Du musst bei mir nie auf cool machen. Sag einfach, was du fühlst. Das erschreckt mich nicht.«

»Das sollte es aber. Wenn du wüsstest, wie sehr … Gott, es fällt mir so schwer, *Worte* zu finden. Dich nur zu berühren. Dein Herzschlag, Pinks, dein Atem. Dein Haar. Deine Haut. Deine Schultern und Ohren, sie sind so verdammt schön. *Mich* erschreckt das.«

Ich hob meinen Kopf, um ihn anzusehen. Sein blaues Kinn sah schrecklich aus. Ich fuhr mit meinem Daumen über die Schwellung. »Bist du sicher, dass es nicht gebrochen ist?«

»Wäre es gebrochen, könnte ich es nicht bewegen. Mach dir keine Sorgen, mir geht's gut. Wir machen einfach das Licht aus. Problem gelöst.«

»Tut es weh? Wenn ich es so berühre?«

»Glaub mir, Pinko, *nichts* tut weh, wenn du es berührst.«

Ich legte meine Wange zurück in die gemütliche Mulde, wo seine Schulter auf seine Brust traf. »Haben wir den Verstand verloren?«

»Den Verstand verloren?«

»Ich meine, wie ist sowas möglich? Wir sind erst seit ein paar Wochen zusammen.«

»Ich glaube nicht, dass das stimmt«, sinnierte er. »Wir *schlafen* seit ein paar Wochen miteinander, sicher. Was unglaublich ist, versteh mich nicht falsch – der beste Monat meines ganzen Lebens – aber wir sind doch im Grunde seit Jahren zusammen. Seit der High School. Erinnerst du dich, als wir zum ersten Mal miteinander geredet haben? Im Wohnheim, nachdem deine Mutter dich abgesetzt hatte?«

»Natürlich erinnere ich mich.«

»Dieses neue Mädchen mit den ungewöhnlichen Haaren und den grünen Augen, die alles durchschauten. Ich versuchte ständig, einen Grund zu finden, mit dir zu reden aber irgendwann verlor ich einfach den Mut. Ich meine, ich bin nur irgendein oberflächlicher Snob-Arsch, oder? Warum sollte sie ihre Zeit mit mir verschwenden? Und dann war Oktober, ich erinnere mich wie an einen Film, Dad setzte mich Sonntagabend ab, ich hörte diese Stimme rufen. Deine Mutter.«

»Buchstäblich der peinlichste Moment meines Lebens.«

Er lachte leise. »Ich dachte: *endlich*. Das ist es, Adams. Vermassle es nicht. Und es war großartig. Mit dir zu reden. Stundenlang, als würden wir uns schon kennen. Erinnerst du dich, wie das war? Das ist Liebe. Für mich. Das ist es, was Liebe ausmacht. Und dieses körperliche Ding, das wir haben, dieses unfassbare *Feuer* – letzte Nacht schon wieder? Deshalb ist es so. Weil unsere Verbindung bis ins Mark geht. Macht das Sinn, was ich hier sage? Verstehst du, was ich meine?«

Ich sah wieder auf. »Monk, warte mal. Worum geht es hier? Machst du dir Sorgen, dass ich *gehe*? Denkst du, ich werde nächste Woche einfach fortgehen und das war's?«

»Nein, natürlich nicht. Ich… –«

»Denn weißt du, ich muss, – Es tut mir leid, ich bin rhetorisch einfach nicht so gut wie du. Ich zeichne, das ist meine Sprache. Aber was ich *fühle*, Monk … Der *Gedanke* daran, dich zu verlassen, von dir getrennt zu sein, ist so trostlos. Das ist wie – es ist wie … oh Gott. Also sage ich mir einfach; es ist nur für ein paar Monate, richtig? Wir werden Ferien haben. Wochenenden. Und bevor wir uns versehen, wird wieder Mai sein. Abschluss. Du musst dir keine Sorgen machen. Egal wie weit wir voneinander entfernt sind. Du verstehst das, oder?«

Er strich mir ein paar Mal durchs Haar, als würde er seine Gedanken sammeln. »Hör zu, Pinks«, fuhr er fort. »Letzte Nacht, nachdem du eingeschlafen bist, habe ich über all das nachgedacht. Und ich dachte, nächste Woche? Wir *müssen* doch nicht getrennte Wege gehen, oder? Jedenfalls nicht sofort. Wir könnten doch vielleicht zusammen irgendwo hinfahren.«

»Du meinst, wie Urlaub?«

»Klar, Urlaub. Eine Pause von all diesem Lärm. Zur Abwechslung nur wir zwei. Du und ich – raus auf die Straße gehen, Sehenswürdigkeiten angucken. Bessie bringt uns überall hin.«

»Bis die Uni anfängt?«

»Genau, bis die Uni anfängt. Was denkst du?«

»Ich denke, das klingt …« Ich unterdrückte eine unerwartete Flut von Erleichterung, Freude, Sonnenschein. Ich wäre vom Boden abgehoben, hätte Monk mich nicht so fest gehalten. »Ich denke, das klingt unglaublich.«

»Kein Herumschleichen mehr. Zusammen einschlafen, zusammen aufwachen. Auf irgendeinem Berg rumknutschen und herausfinden, wo es mit uns hingeht.«

»Ich bin dabei«, rief ich. »Oh mein Gott. *Total* dabei.«

»Ernsthaft? Das ist ein Ja?«

»*Natürlich* ist das ein Ja! Was dachtest du denn, was ich sagen würde?«

Er zog sich zurück und hielt mich an den Schultern. Sah mir in die Augen, grinsend. »Jesus, du bist die Beste. Weißt du das? Du bist so *mutig*, Pinks. Du bist furchtlos.«

Ich lachte. »Zwei Wochen Roadtrip mit dir? Wie könnte ich denn das nicht wollen? Ich meine, du hattest mich schon bei ›auf einem Berggipfel rumknutschen‹.«

»Du musst dich um nichts kümmern. Ich habe ein bisschen Geld, das mir mein Großvater letztes Jahr hinterlassen hat. Plus, was ich diesen Sommer verdient habe. Ist nicht wahnsinnig viel, aber wir werden schon zurechtkommen. Keine zwielichtigen Motels, versprochen.«

»Wovon redest du? Je zwielichtiger, desto besser.«

Monk hob mich hoch und wirbelte mich herum. »Du bist mein Traummädchen, weißt du das? Du kannst nicht echt sein.«

»Und jetzt pass auf; du hast mich noch nicht mal gesehen, wie ich Unterwäsche in einem Waschbecken wasche.«

»Weißt du was«, lachte er, »der Waschsalon geht auf mich.«

»Oberflächlicher, snobistischer Arsch. Ich wette, du warst noch nie zelten.«

Er umfasste mein Gesicht mit seinen Händen. Sein Ausdruck wurde ernst. »Hör mal, ich möchte mit deiner Mutter sprechen, bevor wir losfahren. Ich denke, das ist das Richtige. Und mit meinem Vater, schätze ich. Er wird die Decke hochgehen, aber scheiß auf ihn.«

»Wirklich? Denkst du, er wird wütend sein? Es ist doch nur ein Roadtrip.«

»Für Dad ist nichts einfach nur irgendetwas. Aber mach dir keine Sorgen, ich werde das regeln. Ich krieg das hin.« Monk lehnte seine Stirn gegen meine. Der Himmel war bereits heller geworden, der Morgen angebrochen. Die neue Sonne glühte um die Ränder seiner Ohren. »Eine Woche. Wie klingt das?«

»Eine Woche. Einverstanden.«

»Eine Woche ab diesem Moment, genau hier. Am fünfzehnten August packen wir Bessie und hauen ab.« Er löste sich von mir und streckte seinen kleinen Finger aus. »Pinky-Schwur, okay?«

Ich schlang meinen kleinen Finger um seinen. Ich erinnere mich, wie ich dachte, wie stark er sich anfühlte, sein Musikerfinger. Wie dieser Finger großartige Dinge vollbringen würde.

»Pinky-Schwur«, sagte ich.

KAPITEL SECHZEHN

Mallory

Juli 2022
County Galway, Irland

Paige steckt ihren Kopf in den Mietwagen und wendet sich an den Mitarbeiter der Autovermietung, einen gut aussehenden Burschen mit dichtem dunklen Haar und einem dichten dunklen Bart und Augen in der Farbe des heutigen Morgenhimmels, bevor das Flugzeug in den Nieselregen hinabgesunken war. Ich höre die Stimme meiner Großmutter in meinem Kopf – *Schwarze Iren*.

»Aber es hat ein Schaltgetriebe«, sagt sie. »Ich habe Automatik bestellt.«

Souverän behält der Mitarbeiter sein professionelles Gesicht. »Ich fürchte, wir haben auf dem Hof keine Automatikfahrzeuge mehr, Miss. Sind Sie nicht in der Lage, ein manuelles Getriebe zu fahren?«

»Nun ja. Ich meine, das letzte Mal in der High School. Einmal.«

»Ich fahre«, bestimmte ich. »Sag mir einfach, wohin ich lenken soll.«

»Wo zum Teufel hast du gelernt, einen Wagen mit Schaltung zu fahren?«, will Paige wissen.

»In dem Sommer, den ich mit Dad in Ruidoso verbracht habe.«

»Hallo? Du warst … dreizehn?«

»Es war in New Mexico. Und er war betrunken.« Noch immer suche ich an der falschen Stelle nach dem Rückspiegel. Es war ein bisschen kompliziert, vom Mietparkplatz auf die Autobahn zu kommen, weil all die anderen Autos plötzlich auf der falschen Straßenseite fuhren, aber nun sind wir hier, unversehrt, und rasen nordwärts in Richtung dieses Dorfes mit dem unaussprechlichen gälischen Namen, wo unsere Mutter geboren wurde.

Paige scrollt durch ihr Handy. »Weißt du, ich fürchte den Tag, an dem dein Schutzengel in den Streik tritt, um gegen die unmenschlichen Arbeitsbedingungen zu protestieren.«

»Paige, hör auf mit dem Handy. Schalte es ab. Wir machen einen Mädchenausflug. Allen geht es gut. Mein Kind lebt mit einem schweren Nierenleiden und befindet sich in der Obhut eines kinderlosen Musikers, der ihn seit fünf Minuten kennt – und siehst du mich neurotisch aufs Handy starren?«

Sie seufzt und lässt das Handy in ihre Tasche gleiten. »Er ist nicht kinderlos, Mallie. Er ist Sams Vater.«

»Ich meinte seine Erfahrung mit Kindern. Du hast die Adoptionsurkunde eingesteckt, ja?«

»Oh mein Gott, Mallie, ich habe die Adoptionsurkunde vergessen! Ich bin so eine Versagerin.«

»Halt die Klappe, Paige. Zumindest kann *ich* einen Wagen mit Schaltung fahren.«

Paige schaut aus dem Fenster auf die vorbeiziehende nassgrüne Landschaft, übersät mit elenden weißen Schafen. »Ich schwöre bei Gott, wenn diese Nonnen uns Schwierigkeiten bereiten.«

»Hey«, frage ich sanft. »Was ist los?«

»Mit mir? Nichts.«

»Mit mir? Nichts«, singe ich zurück.

Reflexartig greift sie wieder nach ihrem Handy, zieht die Hand dann aber wieder zurück. Dann kramt sie einen Lipgloss heraus. Sie schraubt ihn auf und streicht damit über ihre Lippen.

»Glaubst du, Jake hat eine Affäre?«, fragt sie.

»*Was?* Nein! *Jake?* Komm schon. Mr. Nice Guy?« Ich greife nach einem Knopf, der der Radioregler sein könnte. »Wieso fragst du sowas?«

»Ich bin wohl einfach paranoid. Er war schon immer viel unterwegs, oder? Arbeitet die ganze Zeit. Das liegt einfach in der Natur des Jobs.«

»Genau.«

»Und heutzutage lassen sich alle einen Bart wachsen. Sogar in der Finanzbranche.«

»Oh, wir sind definitiv auf dem Höhepunkt des Barttrends, ganz sicher. Vielleicht sogar schon darüber hinaus.«

»Und diese Ruder-Phase, in der er steckt, dieses teure Rudergerät, das er gekauft hat, das ist gerade total angesagt. Den Daddykörper loswerden. Ist ein Riesending. Würdest du aufhören, an diesem verdammten Regler herumzufummeln und einfach fahren? Ich finde schon etwas für uns.«

Ich lege beide Hände ans Lenkrad. »Kannst du CarPlay dazu bringen, dein Spotify abzuspielen oder so?«

»Das hier ist Irland. Wir sollten die lokale Musik hören.«

Unter ihren Fingern ertönt ein Lied.

»Oh, verdammt«, flucht sie. »Et tu, Irland?«

»Nein, lass mal. Ich mag das.«

Das Auto biegt um eine Kurve der Autobahn und ein nebliges graues Meer kommt links in Sicht. Nieselregen trommelt auf die Windschutzscheibe. Monks Stimme singt in unsere Ohren, seine Gitarre zupft an unseren Nerven.

Paige sagt: »Ich habe eine Abbuchung auf seiner Kreditkartenabrechnung gefunden. Cartier. Siebentausend Dollar.«

Ich schalte den Blinker ein und überhole mutig einen dahinrumpelnden Minibus voller Schulkinder, die uns mit stumpfen Augen durch die Fenster anstarren.

»Siebentausendsechshundertzwanzig, um genau zu sein.«

»Vielleicht schon für deinen Geburtstag?«

»Mein Geburtstag ist im November«, erwidert Paige. Sie schließt ihre Kosmetiktäschchen, steckt sie zurück in ihre Handtasche und starrt wieder aus dem Fenster auf das rauchige Meer.

»Wenn ich mit einem Paar Schaufeln und einer Flasche Bleichmittel vorbeikommen soll, sag einfach Bescheid.«

Das Kloster St. Hilda liegt in einem Tal zwischen zwei kargen Hügeln, etwa dreißig Meilen nordwestlich von Galway, in einer Landschaft aus Gras und Schafen, übersät mit Seen. Als wir kurz vor Mittag durch die Tore fahren, liegt der Parkplatz verlassen da. Der Nieselregen hängt über dem Dach.

Ich halte das Auto an und blicke hinauf zu den kargen Steinmauern. »Sieht aus wie ein viktorianisches Gefängnis. Erwarten uns?«

»Gewissermaßen. Ich meine, ich habe ihnen *gesagt*, wir würden heute kommen. Gegen Mittag.«

Ich schalte den Motor ab und steige aus dem Auto. »Ich wette, hier haben sie früher all die schwangeren Teenager ausgepeitscht.«

»Unsere Großmutter war aber keine Teenagerin.«

»Kannst du sie bitte nicht so nennen? Das ist verwirrend. Ich denke dabei immer an Oma. Die letzte Person auf der Welt, die hier landen würde. Ich meine, diese Frauen wurden wie Leibeigene gehalten. Die Nonnen ließen die Mädchen für Kost und Logis den ganzen Tag Wäsche waschen – wie in alten Zeiten, mit Waschbrettern und Wringern, Laugenseife und verdammten kochendem Wasser. Sie gaben die Babys weg. Verkauften sie praktisch. Ganz zu schweigen von Hunger, Missbrauch, Krankheiten und all dem. Einfach grauenhaft.«

»Du bist eine Quelle erhabener Informationen, Pollyanna.«

»Ich habe etwas recherchiert. Nicht um dich zu schockieren oder so.«

Wir gehen zum Tor, einem hölzernen Ungetüm. Es gibt ein angelaufenes Schild, auf dem steht Kloster St. Hilda. Paige stößt das Tor auf und ich folge ihr in eine breite Steinhalle, mit einer Treppe am gegenüberliegenden Ende. Eine junge Frau blickt überrascht von einem Schreibtisch auf. Sie trägt eine richtige Haube. »Wir machen keine öffentlichen Führungen, tut mir leid.«, Sie spricht mit so starkem Akzent, dass ich mich sehr konzentrieren muss, um sie zu verstehen.

»Wir sind nicht wegen einer Führung hier«, antwortet Paige. »Wir sind auf der Suche nach Adoptionsunterlagen.«

»Oh, dann wollt ihr wohl zur Mutter Oberin.«

Paige weiter: »Ich habe ihr eine E-Mail geschickt, um mitzuteilen, dass wir heute gegen Mittag ankommen würden. Wir sind gerade aus Boston hergeflogen.«

»Unsere Mutter wurde 1952 von hier adoptiert«, sage ich. »Wir haben es erst vor ein paar Wochen erfahren. Und wir haben ein – ein medizinisches Problem, das es wirklich wichtig macht, herauszufinden, wer sie war. Wer ihre biologischen Eltern waren.«

»Ist eure Mutter bei euch?«

»Sie ist vor ein paar Jahren verstorben. Wir glauben nicht, dass sie überhaupt davon wusste.«

Das Gesicht der Nonne wird weicher. Sie blickt von mir zu Paige und wieder zurück. »Das tut mir leid zu hören. Ich werde schnell nachsehen, ob Mutter Bernadette Besucher empfängt.«

Sie tritt hinter ihrem Schreibtisch hervor und schwebt durch die Halle, um dann in einem Korridor zu verschwinden. Paige verschränkt die Arme und lässt ihren Blick schweifen. »Nicht gerade einladend, oder?«

Die Wände sind weiß verputzt; der Boden besteht aus nackten, abgenutzten Steinplatten. An der Wand über dem ersten Treppenabsatz, bevor diese eine scharfe Rechtskurve macht, um zum nächsten schräg Stockwerk weiterzuführen, hängt schräg ein schlichtes Holzkreuz. Mir ist, als würde es tadelnd auf uns herabstarren. Nach der Hitze des neuenglischen Sommers lässt mich die kühle, feuchte Luft erschaudern.

»Kein Ort, den ich mir aussuchen würde, um ein Baby zu bekommen«, stelle ich fest.

»Ich glaube nicht, dass diese Mädchen eine Wahl hatten.«

»Aber *sie* hatte eine. Sie war kein Mädchen. Sie war eine verheiratete Frau. Ich verstehe das nicht.«

»Vielleicht waren sie arm. Konnten sich kein weiteres Kind leisten. Oder vielleicht ist ihr Mann gestorben.«

»Verzeihung, wenn ich unterbreche.«

Wir drehen uns zur Wand, wo die Nonne im Durchgang wieder aufgetaucht ist. Sie sieht aus, als wäre sie etwa zwölf Jahre alt. Ihre Wangen sind rund, ihre Augen klein und dunkel, ihr Gesicht schlicht, abgesehen von ihrer Haut, die wie die Innenseite einer Muschel glänzt, fast perlmuttartig.

»Die Mutter Oberin sagt, sie wird euch in einer Stunde empfangen. Wollt ihr euch ein bisschen umsehen, während ihr wartet?«

»Sagten sie nicht, es gäbe keine Führungen.«

»Für die Öffentlichkeit nicht. Aber es gibt eine Verabredung innerhalb dieser Mauern, den Kindern unserer verlorenen Mädchen wird eine besondere Erlaubnis gewährt.«

Ich will jetzt nicht esoterisch werden, aber als wir nach draußen treten, um den Innenhof zu überqueren, hört der Nieselregen auf und der Nebel klebt nicht mehr an der Haut. Es könnte sogar sein, dass irgendwo da oben eine Sonne hängt. Schwester Kate geht in zügigem Tempo, ihr Schleier flattert in der Luft. Über ihre Schulter plaudert sie wie eine Fremdenführerin, wovon ich nur etwa jedes fünfte Wort verstehe. Paige noch weniger. Etwas über die Ursprünge des Klosters in den Tagen des heiligen Patrick (*Sie hat doch nicht gerade St. Patrick gesagt, oder?*, flüstert Paige) auf dem Gelände irgendeines Druiden-Dings (*Sie hat doch nicht gerade Druiden gesagt, oder?*, flüstere ich) und dieser Stein *hier* (Schwester Kate bleibt stehen; wir kommen gerade noch rechtzeitig zum Stehen) wurde von König Brión selbst gelegt (*Wer?*, flüstert Paige) – »Oder so wird es zumindest erzählt«, fügt Kate hinzu und setzt ihren Gang fort.

Ich starre auf den besagten Stein, ein paar Schattierungen dunkler und abgenutzter als seine Nachbarn.

»Das ist alles Bullshit, oder?«, meint Paige.

Ich drehe mich um, um Schwester Kates flatterndem Schleier hinterherzujagen. »Bin ich vielleicht Expertin für irische Geschichte?«

Wir erreichen die andere Seite des Innenhofs, vor uns ragt ein langes, hageres Steingebäude auf, verziert mit zwei Reihen kleiner Fenster, wie man sie von einem Gefängnistrakt kennt.

Schwester Kate hält an der Tür an. »Das hier ist der Schlafsaal, wo die Mädchen untergebracht waren. Die Wäscherei befand sich früher unten, zum Waschen und Aufhängen. Aber Mutter Bernadette hat sie jetzt in eine kleine Kapelle umgewandelt, wo wir nun hinkommen, um Kerzen für die Seelen der Mädchen und Babys anzuzünden, die hier gestorben sind. Möchtet ihr einen Blick hineinwerfen?«

Paige und ich sehen uns an. »*Ich* würde gerne«, erwidere ich.

Paige zuckt mit den Schultern. Schwester Kate öffnet die Tür zu einem großen Raum mit niedriger Decke, völlig leer bis auf ein Kreuz an der gegenüberliegenden Wand. Darunter ein Tisch mit einem weißen Altartuch bedeckt, auf dem mehrere Kerzen geduldig flackern. Eine Nonne kniet auf einer der beiden Holzbänke vor dem Altar, den Kopf gesenkt.

Schwester Kate beugt sich zu meinem Ohr und flüstert: »Wir können nach oben gehen, wenn sie möchten. Ich zeige ihnen den Schlafsaal und die Geburtszimmer.«

Sie führt uns aus der Kapelle in einen schmalen Flur und eine Treppe hinauf in den zweiten Stock. Ein langer Gang erstreckt sich vor uns,

Fenster auf der einen und Türen auf der anderen Seite. Das Licht sickerte durch das Glas. »Während ihrer Schwangerschaften schliefen die Mädchen hier«, erklärt Schwester Kate. »Vier in einem Zimmer, so war es. Es gab keine Heizung, wie ihr seht, nur die Wärme, die von der Wäscherei hochstrahlte. Es war Teil ihrer Buße, versteht ihr, denn sie waren nicht nur in Sünde *gefallen*, sondern *hineingesprungen*. Nach Ansicht der Schwestern, in jenen Tagen.«

Eine Minute oder so stehe ich da und starre durch eine der Türöffnungen in den winzigen Raum dahinter. »Haben Sie vier Mädchen gesagt?«

»Zwei Etagenbetten«, sagt Schwester Kate. »Die Schmalsten belegten die oberen Betten. Sobald die Wehen einsetzten, brachten die Krankenschwestern sie zum Entbinden den Gang hinunter in den Geburtsraum. Sie gaben den armen Mädchen Chloroform, damit sie nicht schrien. Dann wurden die kleinen Babys in die Kinderstube im eigentlichen Kloster gebracht, damit die Familien unter ihnen wählen konnten. Wenn die Mädchen danach aufwachten, sagte man ihnen, das Baby sei gestorben.«

»Mein Gott, das ist barbarisch«, stöhnt Paige.

»*Falls* das Mädchen aufwachte, wohlgemerkt. Sollten sich irgendwelche Komplikationen einstellen, retteten die Schwestern das Baby, nicht die Mutter. Die Familien, versteht ihr. Die Familien aus Amerika zahlten viel Geld für ein schönes, kräftiges, gesundes Baby. Und die Mädchen – nun, die armen Mädchen waren ja schließlich nur Sünderinnen.«

Ich wende mich Schwester Kate zu. »Ich möchte den Geburtsraum sehen.«

* * *

Am Tag vor Muttertag, kurz nach dem Mittagessen, setzten die Wehen mit Sam ein. Ich wohnte bei meinem Vater in Kalifornien, weil ich kein Risiko eingehen wollte, Monk oder einem Mitglied seiner Familie über den Weg zu laufen. Die Schwangerschaft verlief ziemlich unkompliziert, Gott sei Dank. Die Morgenübelkeit dauerte ein paar harte Wochen. Ich bekam einen Job als Barista in einem Café in Pomona und arbeitete bis zur letzten Woche, da konnte ich die Schürze dann nicht mehr über meinen Bauch binden.

Ich rief Mom an. »Ich glaube, das Baby kommt«, sagte ich ihr.

»Aber es sollte doch erst nächste Woche kommen«, erwiderte sie.

»Mom, Entbindungstermin war vor drei Tagen.«

»Ich könnte schwören, du hättest gesagt am siebzehnten.«

»Ich sagte am siebten, Mom. Siebter Mai.«

»Aber meine Flugtickets sind für den fünfzehnten.«

»Mom«, schrie ich, »wenn du am fünfzehnten herfliegst, wird dein entzückendes Enkelkind eine Woche alt sein, überleg's dir.«

Es entstand eine kurze Pause, dann – »Ich fahre in fünf Minuten zum Flughafen. Press einfach die Beine zusammen, okay?«

Dad war auf der Rennbahn, also fuhr ich selbst ins Krankenhaus. Während ich die verschiedenen Stationen des Aufnahmeprozesses durchlief, während der Untersuchung, als sie mich in die Entbindungsstation brachten und an die Geräte anschlossen, mir die Periduralanästhesie legten, fragten die Krankenschwestern immer wieder, ob der Vater denn unterwegs sei.

Der Vater ist nicht im Bild, antwortete ich ihnen. Immer und immer wieder.

Dad kam schließlich gegen neun Uhr an. Er hatte getrunken, aber nicht so viel, dass er Ärger machte. Zuerst nahmen die Krankenschwestern an, er sei der Vater des Babys, eine etwas zwielichtige Situation, aber sollten sie denken was sie wollen, ich wiederholte den Satz noch einmal. *Der Vater ist nicht im Bild.* Ab da machte ich gute Fortschritte. Gegen Mitternacht war ich fünf Zentimeter geöffnet, um ein Uhr waren es schon acht. Die Ärztin schaute von meiner Vagina auf und sagte, es würde jeden Moment so weit sein, ob ich bereit sei zu pressen.

Nein, ich bin nicht bereit zu pressen, sagte ich. *Meine Mutter ist noch nicht hier.*

Die Ärztin erklärte, sie glaube nicht, es würden dem Baby in die eine oder andere Richtung etwas ausmachen. Ob mein Vater vielleicht zur Hand gehen könne?

Ich stöhnte, mein Vater sei vor einer Stunde zu einer Zigarettenpause gegangen und nicht zurückgekehrt.

In diesem Moment traf mich eine massive Wehe, die durch das Epiduralmittel hindurchbrach wie ein rotglühendes Messer durch ein Pfund kalte Buttercreme-Glasur. Nachdem sie abgeklungen war, verspürte ich einen überwältigenden Drang, meinen Darm zu entleeren, und erwähnte diesen Wunsch der Ärztin gegenüber, da sie schließlich einen Großteil des Abends ihre Nase in meiner Vagina gehabt hatte.

Sie drehte den Kopf und rief nach einer Krankenschwester.

Ich begann zu pressen. Fünfundvierzig Minuten später schrie ich nach einem Kaiserschnitt, um Gottes willen, könnte mich jemand einfach aufschneiden und dieses verdammte Baby aus mir herausholen. Und während ich die Ärztin anschreie und die Ärztin die Krankenschwester anblafft, stürmt meine Mom in den Raum und schreit: *Nur über meine Leiche werdet ihr meine Tochter aufschneiden, so wahr mir Gott helfe!*

Madam, funkelte die Ärztin *sie an, wenn dieses Baby nicht in zehn Minuten draußen ist, werde ich sie* über *Ihre Leiche in den Operationssaal rollen, so wahr mir Gott helfe.*

Mom wandte sich mir zu und ergriff meine Hand. Sie befahl: *Sieh mir in die Augen, Mallory, tu, was ich sage, du spürst, wie die Wehe kommt, und du denkst einfach an das Arschloch, das dir das angetan hat.*

Ich sehe das Köpfchen, rief die Ärztin von meiner Vagina aus.

Zwei weitere Presswehen und Sam ergoss sich in die Welt, viereinhalb Kilo schwer, rot und höllisch laut. Sie legten ihn direkt auf meine Brust, ganz glitschig und wunderschön. Ich blickte in sein zerknautschtes Gesicht und begann zu weinen. Mom wiegte uns beide und flüsterte: *Schau, was du gemacht hast, du hast mir einen Enkel geschenkt.* Dann meinte die Krankenschwester, sie müssten ihn für einen Moment mitnehmen, die Untersuchungen machen, und ich erinnere mich, wie ich zu ihr aufblickte und dachte: *Niemand wird meinen Sohn von mir wegnehmen, niemals.*

In diesem Moment schlenderte mein Vater herein, nach Zigaretten und Alkohol stinkend, und fragte, ob er etwas verpasst hätte.

Während ich in der Mitte des kalten steinernen Geburtsraums in St. Hilda's stehe, vielleicht drei mal zweieinhalb Meter – nicht genug Platz, um eine Katze zu schwingen, wie mein Großvater gesagt hätte – und auf seine weiß verputzten Wände und das einzige kleine Fenster starre, denke ich an das Chaos bei Sams Geburt, die Ärztin, die zwischen meinen Beinen bellte, meine Mutter, die hereingaloppierte, sogar mein Vater schließlich anwesend und bereit, Paige (was ich damals gar nicht wusste) im Flieger auf dem Weg zu mir, aus Singapur, wo sie gerade an irgendeinem Devisenhandelsschalter gearbeitet hatte.

Ich erinnere mich an etwas, was ich zu Monk sagte – eine Warheit inmitten dieser seltsamen Szene in Paiges Küche, wir beide über einen Stapel juristischer Dokumente gebeugt – zu dem Monk, der mich einst in seinen Armen gehalten und geliebt hatte.

Sam ist von Liebe umgeben.

Denn das ist er. Von dem Moment seiner Geburt an waren wir in Liebe zu ihm vereint.

Paige lehnt am Türrahmen und beobachtet mich. Ihre Augen glänzen.

»Ist es nicht seltsam?«, murmelte sie. »Mom wurde in diesem Raum geboren.«

Als die Mutter Oberin uns begrüßt, bin ich ein wenig überrascht, einen Brooklyn-Akzent zu hören.

Paige beugt sich vor. »Entschuldigung, sind Sie Amerikanerin?«

»Allerdings«, nickt Mutter Bernadette. »Kam '44 rüber, um als Krankenschwester zu arbeiten. Verliebte mich in einen Bomberpiloten, der junge Dummkopf, der ich war. Natürlich wurde er getötet. Als der Krieg zu Ende war, wollte ich nicht nach Hause zurück und heiraten wie alle anderen. Ich spürte die Berufung. Landete hier '46 als Novizin. Seitdem bin ich hier.«

Ich starre auf das blasse, erschlaffte Gesicht der Frau und versuche, die Zahlen zusammenzurechnen. Paige ist besser in Mathe als ich und spricht zuerst.

»Sie müssen also mindestens sechsundneunzig sein, oder?«

»Siebenundneunzig im September.« Sie tippt sich an die Stirn. »Habe noch alle Tassen im Schrank, Gott sei Dank.«

»Und Ihren Teint«, sagt Paige.

»Nun, das kommt von diesem irischen Wetter. Habe seit Wochen keine Sonne gesehen.« Sie blickt auf einen sich welligen karamellfarbenen Ordner auf ihrem Schreibtisch, der einmal beige gewesen zu sein scheint. »Während Sie mit Schwester Kate unterwegs waren, habe ich in den Archiven gewühlt und die Akte über die Adoption Ihrer Mutter gefunden.«

Paige griff nach ihrer Handtasche. »Ich habe den Ausweis und die Originalurkunde gleich hier –«

»Vergessen Sie das alles. Ich kann sehen, wer Sie sind.« Sie nickt zu dem Armband an meinem Handgelenk. »Das ist die einzige Identifikation, die ich brauche.«

Ich schaue auf mein Handgelenk und dann wieder zu Mutter Bernadette. Sie starrt mich mit ihren kleinen, nussbraunen Augen an, als würde sie auf etwas warten.

»Sie waren dabei«, sage ich. »Sie waren dabei, als sie geboren wurde.«

Mutter Bernadette breitet ihre kleinen Handflächen über dem Ordner aus und starrt auf ihre Handrücken. »Ich erinnere mich an Ihre Großmutter, als wäre es gestern gewesen. Sie war nicht wie die anderen Mädchen, die hierherkamen. Sie war eine Frau, zum einen. Sie war hübsch, oder man könnte sagen, sie war einmal hübsch gewesen. Ein Mann brachte sie in einem großen schwarzen Auto her. Sagte, er sei ihr Ehemann. Es hätte ein Feuer gegeben, erzählte er uns, ein schreckliches Feuer. Ihr Haar war kurz und verbrannt.« Mutter Bernadette hob ihre Hände zu ihrem Schleier. »Ihr Gesicht war bandagiert. Ihre Hände waren bandagiert. Ihr rechtes Bein war gebrochen.«

Ich lehnte mich vor. »Haben Sie *Feuer* gesagt? Was für ein Feuer?«

»Der Mann erklärte es nicht. Er verbrachte etwa eine Stunde bei der Oberin, in ihrem Büro. Oh, sie war ein altes Weib, diese Frau. Geben Sie manchen Menschen ein Quäntchen moralische Autorität und sie werden zu Tyrannen, verstehen Sie. Sie werden zu Despoten, weil sie wissen, dass sie Macht haben. Er verbrachte eine Stunde bei ihr, stieg in sein Auto und fuhr weg. Ich kümmerte mich um die arme Frau, weil ich ausgebildete Krankenschwester war, verstehen Sie.«

»Was hat sie gesagt?«, fragt Paige. »Hat sie Ihnen irgendetwas über sich erzählt?«

Mutter Bernadette schüttelt den Kopf. »Kein Wort. Sie sprach kaum, die Arme. Ihre Wunden heilten und ihr Haar wuchs nach. Sie hatte Narben im Gesicht und an den Händen, aber überall sonst war sie hübsch, einfach sehr hübsch. Aber sie wollte nicht sprechen. Als sie gesund genug war, arbeitete sie in der Wäscherei, wie die anderen Mädchen. Dann kam ihre Zeit. Oh, es war schrecklich. Alles ging von Anfang an schief. Das Baby lag falsch herum, der Arzt kam zu spät und war sturzbetrunken. Er wollte einen Kaiserschnitt machen, aber ich ließ es nicht zu, nicht in seinem Zustand. Ich selbst rettete dieses Baby. Bekam es endlich gedreht und es kam es heraus. Wunderschönes kleines Mädchen. Ein bisschen zerdrückt nach dem, was es durchgemacht hatte, aber schön wie ihre Mutter.«

»Das war Mom«, sage ich. »Das war unsere Mutter.«

»Als sie aus der Chloroformnarkose aufwachte«, sprach Mutter Bernadette weiter, »gab ich ihr das Baby zum Halten. Die anderen Schwestern verlangten, dass ich es in die Säuglingsstation bringe, aber ich sagte, nur über meine Leiche, dieses Kind hat einen Vater und eine Mutter, verheiratet und alles, es ist nicht in Sünde geboren, es geht nirgendwo anders hin als in die Arme seiner Mutter. Und Mrs. Ainsworth –«

»Ainsworth! War das ihr Name?«

»Mrs. Ainsworth. Hannah Ainsworth. Er ist mir seitdem im Kopf geblieben. Sie blickt auf ihr liebes kleines Baby hinunter und legt es an die Brust, einfach so, als wüsste sie, was sie tut. Und sie schaut zu mir hoch und sagt – nicht die ersten Worte, die ich sie je sagen hörte, aber ihre ersten Worte, an die ich mich erinnere – sie sagt: *Sie hat seine Augen.*«

Paige sieht mich an. »*Du* hast Moms Augen. Ihre grünen Augen.«

»Ach, wirklich?« Mutter Bernadette findet eine Brille an der Seite ihres Schreibtisches und setzt sie auf, um mich anzuschauen. »Nun, das wüsste ich nicht. Junge Mütter sagen solche Dinge. Aber ich erinnere mich, dass ich dabei einen Schauer spürte. Ich erinnere mich, dass ich dachte, dieser Mann, der sie hergebracht hatte, der sagte, er sei ihr Ehemann – nun, ich war ziemlich sicher, seine Augen waren blau. Nicht grün.«

»Moment mal«, unterbrach Paige. »Was wollen Sie damit andeuten?«

»Ich meine, dass ich ein seltsames Gefühl bei der ganzen Sache hatte, das ist alles. Dass es der Ehemann war, der das Baby weggeben wollte, nicht sie.«

»Wie kam es dann, dass Mom adoptiert wurde?«, frage ich.

»Nun, ich tat mein Bestes. Aber die Oberin war wütend. Sie kam herauf und keifte mit dieser Stimme- ich werde ihre Stimme nie vergessen, solange ich lebe – sie keifte: *Was glauben Sie, was Sie da tun, dieses Baby von seiner Mutter stillen zu lassen. Wir haben eine nette amerikanische Familie hier, die das Kind adoptieren wird.* Und es gab nichts, was ich tun konnte, wirklich. Sie bekamen das Baby in die Hände und nahmen es fort. Oh, Sie hätten diese arme Mutter nach ihrem Kind schreien hören sollen! Wie eine dieser Banshees. Ich musste ihr etwas geben, damit sie einschlief. Als sie aufwachte, vertraute sie mir dieses Armband an. Sie bat, ich solle die Familie finden, die ihr Baby genommen hatte, und ihnen dieses Armband geben, für ihre Tochter. Natürlich waren sie da schon zu ihrem Schiff aufgebrochen. Ich musste den Bus nach Galway nehmen. Ich schaffte es gerade noch rechtzeitig zum Hafen. Fand die Eltern mit dem Baby und sagte ihnen, dies sei der letzte Wunsch der Mutter. Ich bin sicher, der Herr vergibt eine kleine unschuldige Lüge wie diese. Ich bin froh zu sehen, dass die Eltern das Versprechen gehalten haben. Sie schienen ein nettes Paar zu sein. Hier, Liebes.«

Sie reicht mir ein Taschentuch. Paige greift nach der Box auf dem Schreibtisch und nimmt sich auch eines.

»Ich hoffe, Sie haben diesen Ehemann ermordet, als er kam, um sie abzuholen«, murmelt Paige.

»Nun, das ist das Seltsame. Er kam, um sie abzuholen, in der Tat, etwa eine Woche nach der Geburt, aber sie war bereits weg.«

»Weg! Sie meinen, sie ist weggelaufen?«

Mutter Bernadette schüttelt den Kopf. »Am Tag zuvor fuhr eine Frau vor und fragte nach Mrs. Ainsworth. Natürlich verneinte die Oberin, es gäbe keine Mrs. Ainsworth im Kloster, hätte nie von ihr gehört. Aber nachdem diese Frau hinausgegangen war, rannte ich zu ihrem Auto – es regnete in Strömen– ich bat sie, mit mir zu kommen. Zu zweit brachten wir Mrs. Ainsworth die Treppe hinunter und zu diesem Auto, und das war das letzte Mal, dass ich sie sah.« Sie hebt den Ordner von ihrem Schreibtisch und hält ihn uns mit ihren kurzen, knorrigen Fingern hin. »Sie können das mitnehmen, wenn Sie möchten. Ich bin nur froh, Sie beide mit meinen alten Augen zu sehen, bevor ich sterbe. Ich habe mich immer gefragt, was aus dem Kind dieser armen Frau geworden ist.«

Die Sonne brennt durch den Nebel, als wir uns zwischen den Hügeln auf dem Weg zurück nach Galway winden, wo Paige uns ein Zimmer in einem Luxushotel gebucht hat. Ein Himmel von absurdem Blau erscheint fleckenweise, dann breitet er sich wie ein Tuch von Horizont zu Horizont aus. Der Anblick dieser grünen Hügeln bricht einem das Herz.

»Was denkst du?«, frage ich. »Glaubst du, sie hatte eine Affäre? Mom war nicht das Kind ihres Ehemanns?«

Paige starrt geradeaus. »Ich weiß nicht, was ich denken soll. Ich schätze, wir werden mehr erfahren, wenn die DNA-Sachen da sind.«

Ich strecke die Hand aus, um das Radio einzuschalten. »Zumindest haben wir jetzt einen Namen. Hannah Ainsworth. Damit können wir arbeiten.«

Paige lässt mich zuerst ins Bad. Ich weiß nicht, ob sie irgendeine Art von Rache an Jake übt oder ob sie immer so reisen, aber die Suite, die sie gebucht hat, ist größer als mein Haus. Nach einer langen, heißen Dusche stehe ich vor dem beleuchteten Spiegel und betrachte meine Augen.

Ich erinnere mich, wie ich eines Nachmittags mit Monk und den Zwillingen segeln war. Ich schätze, er muss frei gehabt haben oder so. Wie alle Winthrop-Kinder hatte er das Segeln ungefähr zur gleichen Zeit gelernt wie das Laufen, oder vielleicht kurz danach. Es war ein wunderschöner, aber schwüler Tag, und ich band mein Haar zu einem Knoten am Hinterkopf zusammen und beschwerte mich darüber, wie kraus es bei solchem Wetter wurde, und dass ich am besten in die Wüste ziehen sollte. Das war im Juni, bevor Monk und ich zusammenkamen, und eine Minute oder zwei schwieg er. Er beschäftigte sich nur mit dem Ruder und den Segeln. Aus heiterem Himmel sagte er: »Du hast die tollsten Augen.« Ich lachte es weg. Er sagte, es sei wahr, sie erinnerten ihn an König Arthurs Schloss. (Ich erinnere mich an seine genauen Worte, *König Arthurs Schloss*, weil sie alles bedeuten konnten, weil sie mich von innen her wärmten.) *Diese grüne Farbe*, sagte er mir. *Niemand hat solche Augen wie du.*

Natürlich errötete ich und wandte mich ab, um Blue vom Wasser wegzuziehen – sie hatte sich über den Rand gelehnt, um nach Fischen zu suchen – und Monk fügte schnell hinzu: *Nicht dass mit deinen Haaren etwas nicht stimmt. Deine Haare sind auch toll.* Und wir lachten, denn – seien wir ehrlich – meine Haare haben sind Straßenköterbraun und trotzen regelmäßig den Gesetzen der Physik.

Aber in dieser Nacht stand ich vor dem Badezimmerspiegel und starrte auf meine grünen Augen, so wie ich es jetzt tue. Die Augen meiner Mutter. Ich erinnere mich, an dieses seltsame Gefühl, das ich hatte, dass sie nicht wirklich meine waren, aber auch nicht ihre.

Dass sie jemand anderem gehörten, der sie mir zur Aufbewahrung geliehen hatte.

Als ich aus dem Badezimmer komme, in ein Handtuch aus Wolken gehüllt, sitzt Paige auf dem Sofa im Wohnbereich. Sie hat die Papiere aus dem Manilaordner auf dem Couchtisch ausgebreitet und beugt sich mit diesem Blick übermenschlicher Konzentration darüber, dem Blick, der sie nach Yale gebracht hat.

»Das Bad ist frei«, sage ich ihr.

Sie schaut auf, als hätte ich sie aus einer Trance geweckt. »Ich denke, ich könnte eine Dusche gebrauchen.«

»Ich wollte nichts sagen, aber ja.«

Paige verschwindet im Badezimmer. Ich gehe zu meinem Koffer und hole frische Kleidung heraus. Mein Handy piepst in meiner Handtasche. Ich ziehe es heraus und finde eine Nachricht von Monk Adams.

Shit, denke ich.

Ich klicke auf die Benachrichtigung und die Nachricht erscheint.

Sam geht es gut, mach dir keine Sorgen. Hat deine Schwester die Nachrichten gesehen?

Ich stehe in meinem Handtuch mit Wolkenmuster da und tippe zurück:
Ich weiß nicht,

was ist los?

Die grauen Punkte erscheinen (so befriedigend, diese grauen Punkte, so beruhigend) dann –

Ich glaube, ihr Mann ist in den Nachrichten.

KAPITEL SIEBZEHN

Hannah

Januar 1952
Kairo, Ägypten

An dem Tag, als János von den Toten zurückkehrte, sieben oder acht Wochen nach der Niederlage von Stalingrad, war Hannah auf die Jagd gegangen. Es war Ende März und sie hatte nicht erwartet, etwas Essbares zu finden, aber schließlich entdeckte sie einen mageren braunen Hasen, der über eine Wiese mit nassem Schnee hüpfte. Sie hob das Gewehr, das János ihr hinterlassen hatte. Der Schuss hallte; der Hase fiel. Sie trug ihn im Dämmerlicht zurück zum Haus. Der Schnee hatte begonnen zu gefrieren und ihre Stiefel knirschten, als sie sich vorwärts schleppte. Die Nähte waren schon vor langer Zeit aufgeplatzt, also hatte sie das Leder mit Schnüren zusammengebunden. Ihre Füße quatschten in den durchnässten Wollsocken.

Taub und erschöpft bemerkte sie den Geruch von Holzrauch erst, als sie die Küchentür erreichte. Sie hielt inne und schmeckte die Luft. Sie hatte das Feuer im Herd ausgehen lassen, bevor sie ging, um keinen Brennstoff zu verschwenden, und doch war hier dieser Rauchgeruch. Zu ihren Füßen sah sie die Abdrücke eines Paars großer Männerstiefel im halb gefrorenen Matsch.

Hannah legte den Hasen neben die Türschwelle und hob das Gewehr. Vorsichtig drehte sie den Griff und trat die Tür auf. Ein Mann stand von dem Stuhl neben dem Ofen auf. Er hatte seine Kleidung über das heiße Metall zum Trocknen gelegt und eine Decke um seinen ausgemergelten Körper gewickelt. Einige schmutzige Bandagen bedeckten seinen rechten

Arm und die Schulter. Seine Stiefel lagen in einer Pfütze geschmolzenen Schnees auf dem steinernen Kaminvorsprung. Seine Augen trafen ihre – ein glasiger, fiebrig brauner Blick.

Zunächst erkannte sie ihn nicht richtig. In ihrem Geist hatte sie ihn im Schlamm des Wolga-Ufers zur Ruhe gebettet. Seit November, als die ungarische 2. Armee nördlich von Stalingrad eingegraben und von der sowjetischen Artillerie in Stücke gerissen worden war, hatte man nichts mehr von ihm gehört. Und jetzt saß dieser Geist in ihrer Küche, diese sterbliche Hülle aus deren fiebrigem Schädel János' Augen leuchteten.

»Hannah«, krächzte er. »Hannah, Frau, erkennst du mich nicht?«

Freitagabend im Mena House. Irgendeine Geburtstagsfeier; die üblichen Leute. Hannah und Alistair saßen mit den Beverleys an einem Tisch in der Ecke des Ballsaals. Die Luft war dick von Zigarettenrauch, ein Orchester am anderen Ende spielte Tanzmusik. Die Männer lehnten sich nahe zueinander und sprachen mit gedämpften Stimmen über einen Angriff auf die ägyptische Polizeikaserne in Ismailia. Als Militärattaché der Botschaft war Beverley immer auf dem Laufenden.

»Exham versichert mir, sie hätten sich ergeben«, flüsterte er. »Vierzig oder fünfzig Tote.«

Alistair fluchte. »Sture Bastarde.«

»Haben es sich selbst zuzuschreiben.« Beverley ließ das Eis in seinem leeren Glas klirren. »Die verdammten Ägypter haben einfach die Hände in den Schoß gelegt, während die *Fedajin* unsere Soldaten belästigten und die rechtmäßige Schifffahrt behindert –«

Alistairs Faust traf den Tisch. »Wir haben verdammt noch mal das Recht, den verfluchten Vertrag zu verteidigen, bei Gott, die Rechtsstaatlichkeit aufrechtzuerhalten. Sie haben das verdammte Ding unterschrieben, oder nicht? Wenn eine souveräne Nation einfach von ihren rechtlichen Verträgen zurücktreten kann … hören Sie!« Er gestikulierte mit seinem leeren Glas zu einem vorbeigehenden Kellner. »Noch eines davon. Bertie? Sie? Ja? Machen Sie zwei daraus. Scotch.«

Lillian Beverley sah Hannah an. »Du siehst so *gut* aus, Liebes. Dieses reizende Kleid, das du trägst.«

Hannah trug das Kleid, das sie in der Woche zuvor bei Circurel gekauft hatte. Es war aus Crêpe in der Farbe von Palmblättern, um ihre Taille drapiert, um zu verbergen, wie sich ihr Bauch in der Höher der Hüftknochen zu wölben begann. Ihre Brüste drängten gegen das tiefe Dekolleté, gehalten von einem Paar prekärer juwelenbesetzter Träger. Kein Kleid, um sich darin zu verstecken. Sie klopfte etwas Asche von ihrer Zigarette. »Ach, dieses alte Ding? Danke.«

»Nein, wirklich. Einfach hinreißend. Ich wünschte, ich hätte deine Figur.«

Das Orchester begann einen Walzer zu spielen. Lillian hob das Martiniglas in ihrer Hand. Sie verschluckte sich heftig und begann zu husten, winkte Hannah weg, nahm noch einen Schluck. Ihr Mann wandte sich ihr zu und hob eine Augenbraue. Sie winkte auch ihn ab, und er kehrte zu seinem Gespräch mit Alistair zurück. Was dieser Esel Farouk hätte tun sollen, was er jetzt tun sollte.

»Diese schreckliche Sache in der Kaserne«, wisperte Hannah.

»*Verdammt* schrecklich. Es baut sich seit Wochen auf. Es ist alles, worüber Bertie spricht.«

Hannah lehnte sich vor. »Du glaubst nicht, dass es etwas damit zu tun hat …?«

»*Glaubst* du das? Es ist so lange her. Oktober, nicht wahr?« Lillian griff nach ihrer Zigarette im Aschenbecher. Ihre Bewegungen waren schnell, nervös. Sie ließ ihren Blick durch den Raum schweifen und sog an der Zigarette. »Bertie denkt, dass sich etwas zusammenbraut.«

»Es braut sich immer etwas zusammen.«

»Ich meine *hier*. In Kairo.«

»Was genau?«, fragte Hannah.

Lillian spielte mit der Olive am Boden ihres leeren Glases. »Ich darf nicht mehr sagen. Er hat mich schwören lassen.«

»Warum, sind wir etwa in Gefahr?«

Lillian warf einen Blick auf ihren Mann, lehnte sich zu Hannah und senkte ihre Stimme. »Sie wollen alles niederbrennen, weißt du. Um uns zum Gehen zu zwingen.«

»Wer?«

»Die Freien Offiziere, nehme ich an.« Lillian zuckte mit den Schultern. »Die Nationalisten. Du weißt schon. Es ist alles sehr … es ist alles so … oh, wohin entwickelt sich die Welt nur? Alles fällt auseinander, nicht wahr? Es ist alles so grauenvoll.«

Auf der anderen Seite des Raumes, bei den hohen französischen Türen, jenseits des Orchesters, kam ein Mann in Sichtweite; gekleidet in einen Smoking, das Haar in glatte dunkle Wellen gekämmt. Er fing Hannahs Blick auf und schlüpfte hinaus auf die Terrasse.

Hannah drückte ihre Zigarette aus und erhob sich. »Wenn du mich entschuldigst, ich werde etwas frische Luft schnappen.«

Das Mena House war berühmt für seine Gärten. Es gab üppige Rasenflächen und exotischen Bepflanzungen, geschwungene Wege, Brunnen und Bänke. Hannah und Lucien hatten in den letzten Monaten oft die Möglichkeit genutzt, hier etwas Privatsphäre zu finden; die Pyramiden auf der einen Seite und das prächtige Hotel auf der anderen. Jetzt holte sie ihn im Schatten einer Palmengruppe ein. Die Luft war kühl und trocken; der leichte Wind kam von der Wüste und roch nach Staub. Luciens Kuss war kurz und hart.

»Geht es dir gut?«, fragte er.

»*Gut?* Du warst eine Woche weg, ohne ein Wort.«

»Geschäftlich.«

Sie packte seine Ellbogen. »Was ist los? Was ist passiert?«

»Nichts. Du hast etwas für mich, oder?«

Hannah atmete tief aus. Sein Duft machte sie schwindelig vor Erleichterung. »Die Polizeikaserne in Ismailia. Sie haben sich ergeben. Vierzig oder fünfzig Tote, sagte Alistair.«

»Verfluchte Idioten«, fluchte er auf Englisch.

»Lillian denkt, es wird hier in Kairo Ärger geben. Etwas, das ihr Mann ihr erzählt hat.«

»Lillian?«

»Beverley. Ihr Mann ist Militärattaché, erinnerst du dich?«

»Ich erinnere mich.«

Er streichelte ihre Wange mit seiner Hand. Hannah schloss die Augen und lehnte sich in seine Handfläche.

»Hör mir zu, Hannah«, murmelte er sanft. »Du musst gehen.«

Sie öffnete die Augen. »Das Hotel verlassen?«

»Kairo verlassen. Ägypten verlassen.«

Jenseits der Palmen erblickte Hannah die drei großen Pyramiden auf der Ebene von Gizeh, in Mondlicht getaucht. Die kleineren gruppierten sich daneben. Sie spürte eine Bewegung in ihrer Brust, als würde ihr Herz schrumpfen. Sie schob seine Hand von ihrer Wange.

»Mach dich nicht lächerlich«, zischte sie. »Ich kann nicht einfach das Land verlassen. Es sei denn, mein Mann wird abberufen.«

»Es ist nicht sicher für dich.«

»Es war *nie* sicher, Lucien. Aber wenn du die Sache beenden willst, verstehe ich das durchaus. Du hast bekommen, was du von mir brauchtest, nicht wahr? Und ich habe bekommen, was ich von dir brauchte.«

Er blickte kurz nach unten. »Ich habe mich gefragt, wann du es mir erzählen wolltest.«

Hannah verschränkte die Arme und dachte an ihr letztes Treffen vor einer Woche – die hastige, heimliche Nummer in seinem Büro im Shepheard's, wie sie danach ihr Kleid glättete, den Lippenstift mithilfe des Spiegels ihrer Puderdosenspiegels nachzog. Als sie aufgeblickt hatte, hatte sie ihn dabei ertappt, wie er auf ihre Mitte starrte. Sie hatte die Puderdose zugeklappt.

»Lass mich deine Krawatte richten«, hatte sie gelacht. Sie hatte den Knoten seiner Krawatte genommen und ihn zärtlich für ihn zurechtgerückt. Hatte ihre Unterarme gegen seine Brust gelegt und ihn geküsst. Natürlich hatte er den Kuss erwidert. Aber sie erinnerte sich, wie sie dachte, seine Lippen hielten etwas vor ihr zurück. Sie erinnerte sich, wie sie dachte, seine Augen träfen ihre nicht ganz, schienen an etwas in der Ferne hängenzubleiben, so ähnlich wie János' Augen, als er aus Stalingrad zurückgekehrt war.

»Nun, jetzt weißt du es«, gab Hannah zu.

Sie wandte sich zum Gehen. Er fasste ihren Ellbogen.

»Hannah. Warte einen Moment.«

Am Rücken fiel Hannahs Kleid unwiderstehlich tief, fast bis zu ihrem Po. Eine Fläche makelloser, luxuriöser Haut. János hatte die Form ihres Rückens immer verehrt – wie die Kurve einer Violine, schwärmte er einmal, während er sich ihre Wirbelsäule hinabküsste. Sie hörte Luciens Atem stocken. Sie schloss die Augen und wartete darauf, dass er sprach. Ein heiseres Flüstern.

»Ich werde dich wiederfinden, Hannah. Wenn das alles vorbei ist. Ich verspreche es dir.«

Seine Lippen berührten ihren Hals, ihre Schulter. Seine Hand streifte die nackte Haut ihres Rückens, so wie ein Kind nicht widerstehen kann, seinen Finger durch die Creme im Inneren eines Éclairs zu ziehen.

Das elektrische Licht strahlte durch die Fenster des Ballsaals. Ein Lachen erklang über dem wiegenden Orchester und dem Stimmengewirr. Alle hatten offenbar eine fröhliche Zeit.

»Wegen des Kindes –«, begann er.

Hannah schüttelte seine Hand von ihrem Arm ab.

»Es wird kühl«, stellte sie fest. »Ich gehe rein.«

Sie fand Alistair in der Nähe der Bar, wo er gerade einen weiteren Drink bestellte.

»Ich möchte tanzen«, forderte sie ihn auf.

Gehorsam nahm er ihre Hand und führte sie auf die Tanzfläche des Ballsaals, wo alle betrunken tanzten. Zwischen den taumelnden Körpern erhaschte Hannah einen Blick auf den Jubilar, wie auch immer er hieß, er trug eine Papierkrone. Lippenstift auf beiden Wangen. *Blotto*, dachte sie. Die Engländer hatten so viele ausdrucksstarke Wörter für den Begriff der Trunkenheit.

Alistair war ein erfahrener, anmutiger Tänzer. Manchmal fragte sich Hannah, wie ein Mann so wunderschön tanzen, beim Sex aber wie eine Marionette sein konnte. Das Orchester spielte einen Foxtrott, der die beiden beschäftigt und atemlos hielt, sodass sie nicht reden mussten. Dann endete der Foxtrott und ein Walzer setzte ein.

»Liebling«, begann Alistair, »ich habe darüber nachgedacht, dass wir vielleicht nach England zurückkehren sollten. Ägypten ist ziemlich heiß geworden, falls du es bemerkt hast.«

»Aber es ist erst Januar«, antwortete sie.

»Ich meine die soziale Situation, Liebling.«

»Ich habe nur gescherzt. Ich weiß, was du meinst.«

Alistair runzelte die Stirn und führte eine elegante Drehung aus.

»Wo sind die Beverleys hin?«, fragte Hannah. »Du und Bertie wart heute Abend wie Pech und Schwefel.«

»Beverley wurde leider ins Büro zurückgerufen. Diese verdammte Situation in Ismailia.«

»Liebling«, sagte Hannah, »ich wollte dich schon die ganze Zeit fragen. Ich weiß nicht, ob ich es sollte. Du glaubst doch nicht – was im Oktober passiert ist –«

»Gütiger Gott. Natürlich nicht.«

»Ich meinte nicht –«

»Dann halt deinen dummen Mund. Du weißt einen verfluchten Dreck davon. Bleib bei deinem verdammten Klatsch und deinen Kleidern und –«

»Alistair, bitte. Die Leute starren.«

»Sie starren, weil du dieses verdammt unanständige Kleid trägst. Deine Titten quellen raus. Dein Arsch quillt raus. Nur eine –«

Hannah riss sich aus seinen Armen. »Ich glaube, du hast heute Abend genug getrunken, Alistair. Ich hole meinen Mantel.«

Aber sie holte ihren Mantel nicht. Sie stürmte aus dem Ballsaal und durch die Terrassentüren auf die Terrasse. Zu der Palmengruppe, wo sie auf die mondbeleuchteten Pyramiden starren und zusammenbrechen konnte. Sie lehnte sich gegen einen schlanken Stamm und rutschte Zentimeter für Zentimeter vorsichtig nach unten, bis sie auf dem feuchten Gras saß und versuchte, einen anständigen Atemzug zu nehmen, und zu schluchzen. Dieses alberne Kleid. Was hatte sie sich nur dabei gedacht? Um Lucien zu verführen, natürlich. Dumm. Wenn Männer in Ismailia massakriert wurden. Nun, der Tau würde den Crêpe ruinieren, aber was zählte das.

Luciens Stimme hallte in ihrem Ohr nach – *Wegen des Kindes.*

Sie legte ihre Hand auf ihren Bauch. Das hatte sie immerhin. Sie war nicht allein. Niemand konnte ihr dieses Kind wegnehmen, zumindest das hatte sie erreicht und für das war sie gekommen. *Ich möchte ein Kind*, hatte sie Lucien gleich zu Beginn gesagt, und er hatte es ihr ohne Fragen geschenkt, also wer war sie, dass sie mehr wollte?

Ich werde dich wiederfinden, Hannah. Ich verspreche es dir.

Die Worte, die ein Mann zu seiner Geliebten sagte, bevor er sie verstieß. Der Zoll, den er seinem eigenen Gewissen zahlte.

Hannah schloss die Augen und lauschte den kleinen, zarten Geräuschen um sie herum. Wäre es nicht lustig, dachte sie, würde jetzt zufällig eine ägyptische Kobra heranschlängeln? Würde Lucien wieder wie ein Dschinn erscheinen, um sie zu retten?

Oder war sie jetzt auf sich allein gestellt, niemand da, der sie retten würde, außer sie selbst?

Ein Schluckauf entfuhr ihr. Ihr Kopf war so schwer. Sie lehnte ihn gegen die Palme und schloss die Augen.

Ein schöner Maimorgen in der alten Küche von János' Großmutter. Ein Morgen wie ein Wunder.

Hannah hatte gerade den letzten Rest Teig aus der Schüssel in die Pfanne gekratzt, als sie ein Geräusch hinter sich hörte.

János!, keuchte sie.

Ich fühle mich heute etwas besser, sagte er. *Ich dachte, ich könnte aufstehen.*

Seit seiner Heimkehr hatte János im Bett gelegen. Er hatte die Grippe und eine entzündete Wunde am Arm. Ausgemergelt wie er war, hatte er wochenlang in Lebensgefahr geschwebt. Die meisten Nächte hatte Hannah im Sessel im Wohnzimmer verbracht – sie hatte für János eine Matratze zum Schlafen nach unten getragen, da es nicht genug Brennholz gab, um die Schlafzimmer im Obergeschoss zu heizen – und hatte jeden Tag in der Erwartung gelebt, es würde sein letzter auf Erden sein. Als sei er nach Hause zurückgekehrt, um in ihren Armen zu sterben.

Dann, vor etwa einer Woche, war das Fieber zurückgegangen. Die Wunde hatte endlich begonnen zu heilen. Er aß etwas Brot zu seiner Brühe, ein wenig Käse von dem Laib, den Hannah so sorgfältig in der Speisekammer gehütet hatte.

Jetzt stand er wie ein Skelett in ihrer Küche. Ein Windstoß durch das Fenster hätte ihn umwehen können. Hannah war losgestürzt, um ihn auf einem Stuhl zu platzieren, der von etwas Sonnenlicht beschienen wurde. Sie wärmte ihm etwas Brühe auf und brühte einen schwachen Kaffee aus den wenigen verbliebenen Bohnen auf, gemischt mit Eicheln, die sie geröstet und in der Mühle gemahlen hatte.

Als sie ihm die Tasse gereicht hatte, hatte er seine Finger um ihre geschlossen. Der Dampf kräuselte sich zwischen seinem hageren Gesicht und ihrem. Noch heute erinnerte sie sich an den Geruch des Ersatzkaffees, Holzrauch, und verheißungsvoller Frühlingsluft, die durch das Fenster strömte. Sie erinnerte sich daran, wie die Sonne mitleidig seine Wange streichelte und an den gequälten Blick, mit dem er sie ansah. Wie er seine Hand hob und die Enden ihres Haares berührte, das ein paar Zentimeter gewachsen war und wie das Fell eines zotteligen Hundes um ihren Kopf stand.

»Die Kinder«, stöhnte er.

Sie sank zwischen seinen Beinen auf die Knie und legte ihren Kopf in seinen Schoß. »Manchmal denke ich, hätte ich doch nur mehr zu essen gefunden. Sie wären stärker gewesen, sie hätten es überlebt.«

Eine Weile streichelte er ihr Haar. »Ich wollte fast aufgeben. Jede Minute wollte ich mich in den Schlamm legen und einschlafen. So verdammt kalt, so hungrig. Meine Wunden wollten nicht heilen. Ich dachte, ich sollte einfach sterben.«

»Ich dachte, du wärst tot. Das haben die Leute erzählt. Alle sagten, die ganze Armee sei tot oder gefangen. Als ich dich in der Küche sah, dachte ich, du wärst ein Geist. Ich dachte, ich würde träumen.«

»Ich sah auf und sah dich in meinem alten Mantel stehen. Schlammige Stiefel, die mit Schnur zusammengehalten wurden. Dein Haar ganz kurz.«

»Wegen des Fiebers.«

»Und ich wusste, warum ich trotzdem weitergelaufen war, durch den Schnee und den Schlamm.«

Hannah hob ihren Kopf. Sein Gesicht war nass von Tränen. Der Ersatzkaffee kühlte in der Tasse ab, die er auf der Armlehne des Stuhls abgestellt hatte.

»Es war nicht deine Schuld, Hannah«, tröstete er sie. »Du hast versucht, sie zu retten.«

Sie schüttelte den Kopf. Er nahm nur ihr Gesicht zwischen seine Hände.

»Du hast alles getan, was du konntest. Es war Typhus.«

»*Ich* habe es überlebt.«

»Das war Gottes Wille. Er nahm uns alles andere weg. Aber er ließ dich am Leben. Er verschonte uns beide.«

»Gott hat uns nicht verschont«, murmelte sie. »Wir haben überlebt, das ist alles.«

»Ja, weil du es gewollt hast. Du hast mich ins Leben zurückgewollt.«

»Warum hat Gott uns verschont, János?«, fragte sie ihn. »Sag es mir.«

Er starrte sie mit seinen Augen an, die über sie hinauszublicken schienen, auf ein fernes Objekt. Seine Daumen fuhren über ihre Wangenknochen. Sie ließ ihre Finger zum Verschluss seiner Hose gleiten und seine Hand bewegte sich, um sie aufzuhalten.

»Hannah, warte.« Sein Gesicht füllte sich mit Scham.

»Sag es nicht«, bat sie. »Es spielt keine Rolle.«

Sie stand auf und knöpfte ihr Hemd auf, öffnete ihren Gürtel und ließ ihre Hose zu Boden fallen. Ein Bein schwang sie über seinen Schoß, dann das andere. Seine Hände griffen nach ihrer Taille. Er vergrub sein Gesicht zwischen ihren weichen Brüsten. Das Stöhnen, das er von sich gab, als sie ihn in sich aufnahm, klang wie all das Elend der Welt, das aus seiner Brust in die zarte Frühlingsluft entwich.

Hannah musste für eine Minute oder zwei eingenickt sein, sie erwachte von einem Rascheln im Laub rechts neben ihr.

Ein Tier, dachte sie. *Nicht bewegen.*

Sie zwang sich, still zu halten. Ihr Herz fühlte sich an, als würde es aus ihrer Haut springen.

Eine Stimme. Eine menschliche Stimme. Und eine zweite – weiblich. Flehend.

Leise erhob sich Hannah, sie musste sich am Palmenstamm festhalten, um das Gleichgewicht nicht zu verlieren. Sie war lautlos auf dem feuchten Gras. Ihre Absätze sanken in den Rasen ein. Ein Mann und eine Frau sprachen mit leisen, mit drängenden Stimmen, sie klagen bedeutungsvoll. Die Frau etwas lauter als der Mann, als könnte sie sich nicht beherrschen. Dann gab sie ein kleines Stöhnen von sich, vor Schmerz oder Vergnügen, und seltsam; es war dieser Laut, und nicht die vorangegangenen Worte, die Hannah erkennen ließ, dass es Lillian Beverley war.

Die beiden konnten nicht mehr als ein paar Meter von Hannah entfernt sein, irgendwo zwischen dem Blattwerk. Inzwischen hatten sich Hannahs Augen an die Dunkelheit gewöhnt. Sie starrte auf die Sträucher, bis das Mondlicht eine Bewegung aufzeigte. Lillians Kleid blitzte auf – trägerlos, aprikosenfarben, nicht besonders schmeichelhaft. Der Mann trug einen schwarzen Smoking, wie die meisten, sodass sie ihn zunächst nicht deutlich erkennen konnte. Er hatte seine Arme um Lillian gelegt. Er murmelte ihr etwas zu. Die Szene war so intim, dass Hannah eigentlich fliehen wollte. Aber sie tat es nicht. Sie blieb mit den Absätzen ihrer Schuhe im Gras verwurzelt, bis sie sich absolut sicher war, dass der Mann – als er Lillian sein Gesicht zuwandte, – Lucien Beck war.

KAPITEL ACHTZEHN

Mallory

Juli 2022
Winthrop Island, New York

Paige hängt schon wieder am Telefon mit den Anwälten. Ich halte mich fern und bringe die Kinder vom Strand zurück zum Haus. Trotzdem erreichen aber Gesprächsfetzen mein Ohr, als sie auf dem Rasen auf und ab läuft.

»… werde nicht vor den Kameras stehen wie die treue verdammte Stepford-Ehefrau und …«

»… klagen auf wie viel? Ist das ein verdammter Witz? …«

»… ist mir egal, ob sie lügt oder nicht, er hätte seinen Schwanz nicht …«

»… verstehe nicht, warum ich hier das Unvertretbare verteidigen soll …«

»… na, irgendjemand muss ja ein bisschen Würde zeigen …«

Wir gehen am Gästehaus vorbei, durch die Wände ist leises Klaviergeklimper zu hören. Mittlerweile wurde das Poolhaus mit Umkleidekabinen und einer Außendusche ausgestattet. Dorthin schleppe ich die Kinder zum Abspülen des ganzen Sandes, bevor wir uns zum Seiteneingang des Haupthauses aufmachen.

Grace ruft aus der Küche: »Da sind Sie ja, Miss Mallory! Könnten Sie Mr. Monk sagen, dass die Steaks für den Grill bereit sind?«

»Mache ich! Kinder, holt euch einen Snack von Grace und lauft nach oben, um euch fürs Abendessen umzuziehen.«

Sechs Tage nachdem ich am Logan Airport gelandet und in einen schwarzen Escalade verfrachtet wurde, der mich zum Stammsitz der Monks auf Winthrop Island brachte, weiß ich nun, dass Monk Adams sein Handy ausschaltet, während er arbeitet. Ich mache mich wieder auf den Weg über den Rasen und klopfe an die Tür des Gästehauses, das jetzt sein Studio ist. Die Klaviertöne verstummen.

»Es ist offen«, ruft Monks Stimme.

Ich stoße die Tür weit auf. »Hey.«

»Hey.« Er sieht mich fragend an, nimmt dann seine Lesebrille ab und blickt zur Uhr an der Wand. »Oh, Mist. Ich soll den Grill anmachen, stimmt's?«

»Genau.«

Ich will gehen, halte aber inne.

»Hey, Monk?«

Er sammelt die Notenblätter ein, die über den Flügel verstreut liegen. Er steht an der Seite des Raumes, wo früher das Bett war. »Was gibt's, Pinks?«

»Ich wollte nur Danke sagen. Ich hoffe, wir stören dich nicht oder so. Ich meine, mir ist bewusst, wie anstrengend Kinder sein können.«

»Machst du Witze? Ihr seid großartig. Der Ort braucht dringend ein bisschen Chaos, wenn du die Wahrheit wissen willst. Genau wie in alten Zeiten. Nur dass ich jetzt der Patriarch mit der Grillgabel bin, statt meines Großvaters.«

»Nun, es ist unglaublich großzügig und ich möchte, dass du weißt, wie sehr wir das schätzen. Ich verspreche, wir werden dir nicht länger auf die Nerven gehen, sobald die … die Sache ein wenig abgeklungen ist. Die Übertragungswagen, die vor Paiges Haus parken.«

Monk lässt mir den Vortritt, wir gehen aus der Tür. »Wenn ihr euch bedeckt haltet, ist es bald vorbei. Die Öffentlichkeit hat die Aufmerksamkeitsspanne einer Mücke, glaub mir.«

»Ich kann das gar nicht fassen. Was hat er sich nur dabei gedacht? Eine Affäre mit einer Junioranwältin … das ist einfach so banal.«

»Ich vermute, der denkende Teil war an der Entscheidungsfindung nicht wirklich beteiligt.«

»Aber Jake! Ernsthaft, der netteste Kerl, den man sich vorstellen kann. Wenn auch nur die Hälfte von dem, was sie behauptet, wahr ist, muss er eine ernst zu nehmende dunkle Seite haben.«

»Jeder hat eine dunkle Seite, Pinks. Ich wette, sogar du hast irgendwo da drin eine dunkle Seite versteckt.«

Auf der anderen Seite des Rasens reißt sich Paige die Ohrhörer aus den Ohren und stampft zum Haus.

»Ich sollte mich umziehen«, sage ich. »Grace hat alles in der Küche vorbereitet. Ich schicke die Kinder runter, um den Tisch zu decken.«

»Pinks, warte.«

Ich drehe mich um.

»Tut mir leid, das kam jetzt vielleicht falsch rüber.«

»Schon okay. Ich weiß, was du meinst.«

»Es ist nur meine unbeholfene Art, dir zu sagen, dass du die integerste Person bist, die ich kenne. Das ist alles.«

Ich schiebe mein vom Wind zerzaustes Haar zurück und blicke an seinem Ohr vorbei auf den Ozean, der hinter der Spitze von Long Island heranrollt. »Ich weiß nicht.«

»Und es ist meine Art zu sagen, dass ich bereit bin zuzuhören, wann immer du bereit bist zu reden. Ohne Wut, ohne Urteile. Ich habe das Gefühl, die letzten Tage waren gut für uns. Oder? Uns wieder als Menschen zu sehen. Die gleichen Menschen, die sich früher viel bedeutet haben. Also möchte ich wirklich – ich möchte das einfach verstehen. Ich möchte dich hören.«

Shit, denke ich. Shit. Da kommt es, aus dem Nichts. Sanfte, teure Therapieworte. Wer kann sowas widerstehen? Wer möchte nicht gehört werden? Verstanden werden?

Ich verlagere mein Gewicht von einem Fuß auf den anderen und stelle mir Monk in der Praxis irgendeines Therapeuten vor, eines Fremden, der alle Details unseres gemeinsamen Sommers kennt, die Geheimnisse, die eigentlich im heiligen Raum zwischen Monk und mir hätten bleiben sollen.

Aus einem Fenster im zweiten Stock dringt Idas schrille Stimme – Das gehört mir! Gib es zurück!

»Obwohl«, gibt Monk mit seiner alten Stimme zu, der Stimme, die ich gut kenne, »bevor du mich zu einer Art Held verklärst, der wahre Grund, warum ich euch alle hierher eingeladen habe, ist, dass ich mehr Zeit mit Sam verbringen will. Bin ein egoistischer Mistkerl.«

Ich fasse mich. »Das ist nicht egoistisch. Es bedeutet Sam die Welt. Du bist … du bist großartig mit ihm. Wirklich. Als ich heute Morgen sah, wie du ihm ein paar Akkorde gezeigt hast, da habe ich irgendwie …«

Er hebt die Augenbrauen und wartet darauf, dass ich den Satz beende.

Mich wieder in dich verliebt, denke ich. Bin in eine erbärmliche Pfütze der Schwärmerei zerschmolzen.

Er trägt ein abgetragenes orangefarbenes T-Shirt über einer zerknitterten Chinohose. Die untergehende Sonne scheint in seine Augen. Die Brise zerzaust sein Haar. Ich zwinge mich zu einem Lächeln. »Jedenfalls. Geh den Grill anmachen, okay? Alle sind am Verhungern.«

Was ihr wahrscheinlich nicht über Monk Adams wisst – mehrfacher Grammy-Gewinner, Spitzenreiter der Charts, Seelenflüsterer der Nation, der Sexiest Man in Music – ist, er kann das beste verdammte Steak grillen, das ihr je gegessen habt, mit einer Bierflasche in der Hand.

»Es gibt kein Geheimnis«, vertraut er mir an, als ich ihm den Teller mit dem gedämpften Spargel bringe, um ihn über den Flammen fertig zu braten. »Ein wenig Salz und Pfeffer, hohe Hitze. Und ein Timer. Ich habe es zu Füßen eines alten Grillmeisters gelernt.«

»Dein Großvater?«

»Jedes Mal, wenn ich hier stehe, stelle ich ihn mir vor. Diese kitschige rote Schürze, die wir ihm geschenkt hatten. Weltbester Opa. Er trug sie jedes Mal. Er war ein echter Charakter. Ich wünschte, du hättest ihn kennengelernt, Pinks. Du hättest ihn geliebt.«

»Ich würde nichts Geringeres von Tante Barbaras Vater erwarten.«

»Ja, sie war sein Liebling. Ich meine, er hätte es nie zugegeben. Aber sie hatten einfach dieses Etwas, weißt du?« Monk hebt die Flasche an den Mund und trinkt. »Ich denke, das war der Ursprung vieler Probleme meiner Mutter. Sich wie das fünfte Rad am Wagen zu fühlen.«

»Wie geht es deiner Mutter heute? Sie muss so stolz auf dich sein.«

»Viel besser, danke. Endlich haben wir in eine Behandlung für sie gefunden, die wirklich funktioniert. Wir stehen uns jetzt näher, das ist gut. Sie hat ihren eigenen Platz in Maine, sie liebt es dort. Direkt am Wasser, viel Platz. Eine – äh, du weißt schon, Freundin. Sie sind ein Paar. Irgendwie überraschend, aber auch wieder nicht, oder? Tolle Frau. Sie sind gut füreinander. Alle sind glücklich.«

»Ich freue mich so, das zu hören, Monk. Wirklich.«

»Ja, ich freue mich irgendwie darauf, ihr Sam vorzustellen. Wenn die Zeit reif ist. Wenn das für dich in Ordnung ist.«

»Natürlich ist das in Ordnung für mich. Ich denke, das wäre großartig. Er könnte eine Oma gebrauchen.«

Monk schaut auf seine Uhr und wendet die Steaks, eines nach dem anderen, mit einer Silikonzange. Als er sich zu mir umdreht, glänzen seine Augen feucht. »Danke, Pinks«, sagt er. »Für dein Vertrauen.«

Wir essen draußen am Teakholz-Esstisch, den Monk ein wenig verlängert hat. Die Kinder haben etwas willkürlich mit alten Tellern und einer verwirrenden Mischung aus Gabeln und Messern gedeckt. Auf dem Tisch steht eine Schüssel mit rotem Kartoffelsalat und eine mit geröstetem Maissalat, außerdem grüner Salat mit frischen Erdbeeren und Walnüssen, alles hatte Grace am Nachmittag zubereitet. Monk entkorkt eine Flasche Rotwein, stellt die Platte mit den brutzelnden Rib-Eye-Steaks hin und bittet uns zuzugreifen.

Grace gesellt sich zu uns. Fast wäre sie über einem Haufen Wäsche zusammengebrochen, als sie mich neulich zum ersten Mal wiedersah. *Miss Mallory*!, rief sie aus. Ich fragte sie, was sie hier mache, und sie sagte, Monk habe sie hierhergeholt, als sein Vater starb, da die Zwillinge sich kaum noch in Seagrapes aufhielten. Wir hatten eine nette Plauderei, bis Grace ihre Hand auf meinen Arm legte und ihre Augen sich mit Tränen füllten.

Warum haben Sie ihn verlassen, Miss Mallory? Warum haben Sie meinem Jungen das Herz gebrochen?

Was hätte ich antworten können? Ich umarmte sie einfach und schluchzte, es habe mir das Herz gebrochen zu gehen.

Ich schenke Grace etwas Wein in ihr Glas. Sie protestiert, gibt dann aber nach. Die Steaks verschwinden; die Luft wird golden. Monk zeigt Ida, wie man einen Löffel auf der Nase balanciert. Sogar Paige beginnt zu lächeln, nach ein paar Gläsern Wein. Maisie zwingt uns, das Spiel »Stille Post« zu beginnen, und schon bald lachen alle aus vollem Herzen, so laut und heftig, dass niemand das Auto in der Einfahrt hört, niemand das Zuschlagen der Türen und die rufende Stimme. Schließlich tritt eine Frau durch die Terrassentüren und positioniert sich in der Nähe des Tisches.

Ich bemerke sie als Erste. Sie hat wallendes, sonnengebleichtes braunes Haar und ihre Haut strahlt wie eine Glühbirne. Ein eng anliegendes grünes T-Shirt umschmeichelt ihre Brüste und ihre schmale Taille und endet ein oder zwei Zentimeter über dem Bund einer weiten, seidig blauen Hose. Das Gespräch verstummt. Monk ist der Letzte, der sich zu ihr umdreht. Er verschüttet fast seinen Wein.

»Heilige Scheiße. Ich dachte, du wärst in Texas!«

Lennox Lassiter breitet ihre Arme aus. Millionen Sonnen reflektieren in den Facetten des Steins an ihrem Finger. »Tja, verdammt. Mir wurde klar, wie sehr ich dich vermisst habe, Schätzchen!«

Monk springt von seinem Stuhl auf und umrundet den Tisch, um ihre Umarmung zu erwidern. Sie küssen sich zärtlich. Meine Kehle schrumpft zu einem Sandklumpen und verweht im Wind. Lennox lacht irgendwie kehlig und wendet sich dann all den staunenden Augen zu. Ihr Lächeln landet auf Sam. Sie schlägt die Hände vor den Mund.

»Oh mein Gott! Du bist es!«, sagt sie, als hätte sie ihr ganzes Leben lang auf ihn gewartet. Sie blickt zu Monk, zu Sam, wieder zu Monk, und ihre Augen füllen sich mit Tränen. »Schätzchen! Er sieht aus wie *du*! Oh, Liebling. Komm *her* und lass mich dich kennenlernen. Ich werde deine *Stiefmutter*!«

Sam wirft mir diesen erschrockenen Blick zu. Sein Gesicht färbt sich knallrot. Morgen früh steht seine Dialyse an und sein Gesicht wirkt etwas aufgedunsen. Ich schenke ihm ein Lächeln, was hoffentlich wie ein ermutigendes Nicken aussieht – glaubt mir, das erfordert alles, was ich habe, eine völlige Konzentration mütterlichen Willens – und er steht von seinem Stuhl auf, geht auf Monk und Lennox zu und streckt seine Hand aus, wie ich es ihm beigebracht habe.

»Oh nein, Schätzchen«, haucht sie. »Ich bin eine Umarmerin.«

Sie öffnet ihre Arme und schließt ihn ein. Mir gegenüber am Tisch macht Paige ein Geräusch, als würde jemand sie erwürgen. Sam blickt mich über Lennox' Schulter an, als wäre er in einem Geiselvideo. Monk räuspert sich.

»Hey, alle zusammen. Ich möchte euch meine Verlobte vorstellen. Lee Lassiter.«

Wahrscheinlich wisst ihr mehr über Lennox Lassiter als ich. Zum einen nutze ich wie schon erwähnt keine sozialen Medien – aus all den lobenswerten Gründen, plus ein paar eigenen. Zum anderen ist Unwissenheit ein Segen. Ich komme drum herum, all die atemlosen Berichte über Monk und Lennox lesen, gedruckt oder im Netz.

Aber dank Paige, dank der Atmosphäre von Promi-Klatsch, die unsere moderne Kultur atmet, kenne ich ihre Geschichte in groben Zügen. Sie hatte ihre Wall-Street-Karriere mit Ende zwanzig aufgegeben, um ein Schönheits- und Wellness-Imperium zu gründen, das – sagt mir, wenn ich das falsch verstehe – den New-England-Lebensstil kuratiert, was auch immer das bedeutet. Wahrscheinlich folgt ihr ihr bereits auf Instagram oder TikTok. Ihr seid ihr auf der Entzugsreise ihrer Mutter gefolgt, der Endometriose-Reise ihrer besten Freundin, der Transgender-Reise ihrer Studienfreundin. Ihr kennt ihr tränenverschmiertes Gesicht ohne Make-up und ihr No-Make-up-Make-up-Gesicht. Ihr wisst als versierte Internetkonsumenten, die echte Lennox (*nenn mich Lee*, weist sie mich an) ist nicht dieselbe wie die Social-Media-Lennox.

Trotzdem ist es schwer, die beiden im Kopf zu trennen, wenn ihr neben ihr am Strand sitzt. So viel über eine Person zu wissen, die man kaum kennt.

Lennox – *Lee*, erinnere ich mich – irgendwie fällt es mir schwer umzudenken – liegt auf dem Bauch in einem Barbie-rosa Bikini in der Größe eines Taschentuchs und scrollt durch ihr Handy. Die Taschenbuch-Ausgabe von *Der Gesang der Flusskrebse* liegt neben ihrem Strandtuch im Sand.

»Weißt du, was an diesem Job nervt?«, erzählt sie mir gerade. »Ich kann keinen einzigen Tag frei nehmen.«

»Warum nicht?«

»Analysen«, murmelt sie. »Engagement.«

Sie schwingt ihre Beine und krümmt die Zehen. Ihre Daumen sausen. Ich sitze an meinem Laptop und versuche, ein Bambus-Spalier-Muster für die Kollektion des nächsten Frühlings zu optimieren. Der Schatten des

Sonnenschirms wandert ständig, während die Sonne am Himmel aufsteigt, was es schwierig macht, auf dem Bildschirm etwas zu erkennen. Als ich in Lees Richtung blicke, um mir eine Antwort zu überlegen, bemerke ich, sie hat ihr Bikini-Oberteil geöffnet. Bräunungsstreifen vorbeugen, vermute ich. Gott sei Dank ist Sam gerade wegen der Dialyse im Haus.

Ich wende meinen Blick vom Offensichtlichen ab und sage: »Ich weiß nicht, wie du dir all diese Posts ausdenken kannst. Mir wären nach einer Woche die Ideen ausgegangen.«

»Oh, das bin nicht nur ich, glaub mir. Ich habe ein Team in Austin. Wir machen jeden Montagmorgen ein großes Brainstorming, besprechen den gesamten Content für die Woche, alles, was uns gerade elektrisiert. Was die meiste Zeit frisst, sind die Videos. Danke, TikTok.« Sie seufzt. »Also muss ich jeden Tag tonnenweise Filmmaterial aufnehmen und nach Austin schicken, damit das Team alles zu einem buchstäblich einminütigen Reel zusammenschneiden kann. Es ist verrückt. Na gut, wenigstens heute ist es einfach; die Hochzeitsplaner kommen vorbei. Meine Follower lieben den ganzen Hochzeitsscheiß. Können nicht genug davon bekommen.« Sie legt das Handy beiseite und wendet mir ihren Kopf zu. »Also, was machst du so? Monk sagt, du entwirfst Stoffe und so?«

»Das stimmt. Ich bin so halbfreiberuflich. Ich mache einige Sachen für einen Kleidungshändler und auch für ein Wohndesign-Unternehmen. Das hier ist für eine neue Kollektion aufeinander abgestimmter Tapeten und Vorhänge.« Ich drehe den Laptop-Bildschirm in ihre Richtung.

»Oh, cool. Du bist so talentiert, Mallory. Ich kann kaum Strichmännchen zeichnen. Ich meine, ich habe offensichtlich ein *Auge* dafür. Ich liebe Design. Ich kann es nur nicht *umsetzen.*«

»Nun, da steckt viel Technik dahinter. Muster sind ebenso Geometrie wie Kunst. Es ist nicht nur rohes Talent, glaub mir.«

Sie legt ihren Kopf in die Armbeuge. »Ich würde gerne einige deiner Designs auf meinen Kanälen vorstellen. Das passt genau in unser Profil. Ich weiß nicht, ob du uns schon mal reingeschaut hast. Der Account dreht sich ganz um meine Leidenschaft für Body Positivity, Wellness und Empowerment. Frauen dabei helfen, mit sich selbst Freundschaft zu schließen, weißt du? Ich meine, schau dich an. Vielleicht bist du nicht das, was die Welt als *erfolgreich* betrachtet« – ihre Finger machen Anführungszeichen um das Wort *erfolgreich* – »aber du folgst deiner Leidenschaft und bringst Menschen Freude und das ist einfach *so inspirierend.*«

»Ich versuche nicht wirklich, jemanden zu inspirieren«, wehre ich ab. »Ich versuche nur, meinen Lebensunterhalt zu verdienen.«

»Dann lass mich dir helfen. Schick mir ein paar deiner Designs und so ein paar Zeilen darüber, was dich und dein Handwerk inspiriert und so. Mein Team kann daraus ein cooles Reel machen. Bumm, Millionen Augenpaare richten sich auf deine Arbeit.«

»Das ist – das ist großzügig von dir.«

»Mallory, ich fühle diese Leidenschaft. Wirklich. Ich finde, Frauen sollten einfach da draußen sein und sich gegenseitig unterstützen. Einander aufbauen!«

»Oh, absolut.«

Sie streckt eine Hand aus und drückt mein Handgelenk. »Ich bin so froh, dich kennenzulernen. Wirklich. Du bist so ein wichtiger Teil von Monks Vergangenheit. Seiner Geschichte. Und ich finde, wir sollten all das annehmen, das Gute und das Tragische, richtig? Es macht uns zu dem, was wir sind. Ich meine, denkst du, wir können Freundinnen sein, Mallory?«

»Das würde mich freuen.«

»Denn … darf ich ehrlich sein? Ich habe das Gefühl, du verhältst dich ein bisschen zurückhaltend mir gegenüber, oder? Und ich verstehe das total. Aber wir teilen diese wunderbare Sache. Uns beiden bedeutet dieser unglaubliche Mann sehr viel. Und ich weiß, wenn Monk dich geliebt hat, musst du eine erstaunliche Person sein. Also möchte ich, dass du dich mir öffnest, Mallory. Vertrau mir.«

Sie liegt auf der Seite, mühelos anmutig, langgliedrig. Dreidimensional ist sie noch fesselnder als auf einem Foto. Vielleicht ist es da Licht unter ihrer Haut, diese Ausstrahlung, die sie trägt, als wäre es für Frauen vollkommen natürlich, so zu leuchten.

Ich schließe meinen Laptop und drehe mich ein wenig, um ihr zugewandt zu sein. »Es tut mir leid, wenn ich ein wenig abweisend wirke. Das ist vielleicht so eine Ostküsten-Sache?«

Sie lacht. »Oh, ich weiß. Diese Frauen hier auf Winthrop! All dieser passive-aggressive Mist. Ich meine, du bist natürlich *nicht so*. Aber du weißt, was ich meine.«

»Es ist unsere Kultur«, sage ich.

»Wir sind einfach so *offen* im Westen. Manchmal muss ich mich daran erinnern, hier drüben könnte ich ein bisschen aufdringlich rüberkommen. Ich meine, selbst Monk hat lange gebraucht, um sich wirklich zu öffnen, weißt du? Er hat einfach alles in sich hineingefressen, alles, was er fühlte. Ich hätte mich fast zig mal von ihm getrennt. Wahrscheinlich hätte ich mich um meiner eigenen geistigen Gesundheit willen von ihm trennen sollen, aber – oh mein Gott, du weißt, wie bezaubernd er sein kann. Du hast ihn auch geliebt. Aber ich bin ein wahnsinnig empathischer Mensch. Kannst du dir das vorstellen? Es ist, als würdest du den Schmerz aller spüren.« Sie presst eine Hand auf ihre Brust. »Und ich spürte seinen Schmerz bis ins Mark und konnte nichts dagegen tun, und es brachte mich fast um.«

Ihre haselnussbraunen Augen fixieren mich mit diesem aufrichtigen Blick. Das lange, sonnengebleichte Haar fällt herab und verhüllt ihre Brüste. Sie trägt ein winziges goldenes Kreuz an einer winzigen goldenen Kette, und das Kreuz ruht genau in der Kuhle ihres Halses, um ein paar Grad geneigt, als würde es ein Nickerchen machen.

»Was ist dann passiert?«, frage ich.

»Du meinst, was den Auslöser gab? Als sein Vater starb. Er war am Boden zerstört. Ich meine, ich war es auch. Buzzy war immer so nett zu mir. Aber sie hatten so eine komplizierte Beziehung, weißt du? Die ganze Zeit nach der Krebsdiagnose war eine Achterbahnfahrt. Ich erinnere mich, dass ich mit meinem Vater zu Besuch kam – so sind Monk und ich wieder in Kontakt gekommen – und es war, als würde man versuchen, zwei streunende Katzen in denselben Raum zu bekommen. Dann hatte Buzzy die Krankheit erst mal im Griff, aber ein Jahr später kam sie zurück, und dann ging es ziemlich schnell zu Ende. Wirklich schrecklich. Monk war einfach ein Wrack. Also brachte ich ihn endlich dazu, eine Therapie anzufangen. Und es war, als würde ein Abfluss freigespült. Endlich erzählte er mir von dir. Und ich dachte nur, oh, *Schatz*. Das erklärt *alles*. Die Vertrauensprobleme und die Intimitätsprobleme. Nicht, dass ich dir die *Schuld* gebe.« Sie greift nach meinem Handgelenk und drückt es sanft. »Liebling, ich verstehe das. Ich wäre auch abgehauen, wäre ich in deiner Situation gewesen. Die *Giftigkeit* dieser Familie. Du weißt doch von seiner Mutter, oder? Seinem verzogenen Bruder. Und die Schwester? Blue? Kalt wie Eis.«

Etwas hämmert in meinem Hinterkopf.

Texas, denke ich. *Lee. Lee und ihr Vater und Monks Vater.*

Ich blicke auf ihre Hand an meinem Handgelenk hinab, es ist zufällig ihre linke Hand, an der der Ring funkelt. »Also, Lee – ich meine das jetzt nicht als Kritik, ich bin nur neugierig – wenn du aus Texas kommst mit all der ganzen Western-Mentalität, was ja toll ist, was hat dich dazu bewogen, dein ganzes Geschäft auf den Lebensstil New Englands aufzubauen?«

Sie zieht ihre Hand zurück und lacht. »Oh, ich liebe diese ganze Atmosphäre, versteh mich nicht falsch. Ich bin in Maine aufs College gegangen und habe dann einen Job in Boston angenommen. Private Equity. Also waren all meine Freunde Neuengländer, ich verbrachte Wochenenden auf Cape Cod und in Kennebunk und überall –«

»Moment mal.« In meinem Kopf dreht sich alles schnell, wie in einem Film im Schnelldurchlauf. »*Wo* hast du gesagt, bist du aufs College gegangen?«

»Colby.« Sie lächelt. »Wusstest du das nicht? So haben Monk und ich uns kennengelernt. Unsere Väter waren Freunde, noch von Harvard?«

»Oh«, brumme ich. »Richtig. Natürlich. Harvard.«

»Wir haben uns zum ersten Mal getroffen, als wir zehn waren, kannst du dir das vorstellen? Klassentreffen. Sie stecken dich ins Feriencamp, damit die Eltern sich zusammen betrinken können. Und ich tauche da auf, und es stellt sich heraus, alle anderen Kinder kannten sich von der Schule oder den Sommerferien oder was auch immer – es ist wie diese ganze Cosa-Nostra-Sache, diese verdammte Harvard-Mafia, du hast so ein Glück, dass du dich mit diesem Scheiß nicht rumschlagen musst – und ich war das Gör aus Texas mit den falschen Klamotten und dem falschen Akzent. Einfach alles falsch. Die kleinen Miststücke waren so gemein zu mir. Und dann kommt Monk daher, verstehst du? Wie mein persönlicher Lancelot. Nimmt mich buchstäblich an der Hand und zieht mich mit, um an all den verdammten Rentierspielen teilzunehmen. Und natürlich verhielten sie sich danach alle süß zu mir.«

»Das klingt nach Monk.«

»Oh, er behauptet, er erinnere sich nicht daran, aber ich wusste in dem Moment, er war der Richtige. Ich wusste aus tiefstem Herzen, wir waren füreinander bestimmt. Ich habe die nächsten acht Jahre von ihm geträumt, und ja, ich habe vielleicht einen Schnellangriff gestartet, um nach Colby zu kommen, als ich hörte, er würde dorthin gehen.« Sie zwinkert und legt einen Finger auf ihre Lippen. »Dann übernahmen unsere Väter. Haben uns im ersten Studienjahr quasi unauffällig verkuppelt. Buzzy brachte Monk dazu, mich anzurufen und zum Kaffee einzuladen, du weißt schon, wie das läuft, und dieses Mal sorgte ich dafür, dass er mich nicht mehr vergessen würde, verstehst du? Wir mochten uns auf Anhieb. So viele gute Erinnerungen.«

»Was ist dann passiert?«, bohrte ich nach.

»Oh, weißt du, es war eben das College. Er musste noch ein paar Dinge über sich herausfinden. Er war noch nicht bereit. Und ich musste ihn gehen lassen. Es brach mir das Herz, aber wenn die Zeit nicht reif ist, ist sie eben nicht reif. Also machte er sein Ding und ich meins, wartete sozusagen ab. Bis Buzzy krank wurde. Das brachte uns wieder zusammen. Es hatte so sein sollen, nicht wahr? Die Liebe meines Lebens. Und endlich trifft es auch ihn. Die Liebe *seines* Lebens.«

Im Meer vor mir surfen Paige und die Mädchen auf den trägen Wellen. Es ist fast elf und die Luft wird bereits heiß. Mir fällt auf, dass mein Laptopbildschirm wieder in der Sonne liegt, und ich stehe auf, um den Sonnenschirm zu verstellen. Meine Beine sind etwas wackelig, mein Kopf fühlt sich taub an. Eine Stimme ruft von der Klippe herab.

»Hey, Schatz! Die Hochzeitsplaner sind da.«

Lee dreht sich auf den Bauch und stützt sich auf ihre Ellbogen. »Hi, Süßer! Was gibt's?«

Monk formt mit den Händen einen Trichter um seinen Mund. »Hochzeitsplaner!«

»Aber die sind zu früh!«

Monk zuckt mit den Schultern und blinzelt zum Sonnenschirm, hinter dem ich mich in meinem bequemen Retro-Oma-Badeanzug verstecke. »Hey, Pinks! Bist du das? Wie läuft's mit der Pergola?«

Ich strecke meinen Daumen unter dem Rand des Sonnenschirms hervor.

»Warum nennt er dich so?«, erkundigt sich Lee. »Es klingt irgendwie, na ja, herabwürdigend.«

»Oh, das ist so eine Sache aus der Highschool. Meine Mutter hat ihm unaufgefordert erzählt, wie ich als Kind My Little Ponies gezeichnet habe, und Pinkie Pie war mein Lieblingspony. Ich schätze, der Spitzname war unsere Art, die Demütigung zu verarbeiten? Einfach ein dummer Witz, der nicht tot zu kriegen war, schätze ich.«

»Im Ernst? Pinkie Pie?« Sie lacht. »Ihr seid wie Kinder, ihr zwei.«

Monk ruft wieder herunter, mit einem Hauch von Ungeduld. »Schatz? Kommst du? Sie warten.«

Lee setzt sich auf und greift nach hinten, um geschickt ihr Bikini-Oberteil wieder über ihre Brüste zu ziehen. »Was hältst du von dem hier?«

»Wie bitte?«

»Diesem Bikini. Diese Designerin hat mir ihre Sachen zum Ausprobieren geschickt. Ich finde, er ist ein bisschen zu sexy, findest du nicht auch? Überhaupt nicht mein Stil.«

»Oh Gott. Ich finde, du siehst wunderschön aus, egal was du trägst.«

Sie steht auf, klopft sich den Sand ab und greift nach ihrem Überwurf. »Diplomatische Antwort, Mallie. Du wirst es weit bringen in dieser Welt.«

Die Hochzeitsplaner bleiben ein paar Stunden. Als ich um zwölf zum Mittagessen ins Haus gehe, knabbern Monk und Lee Sandwiches auf der Terrasse, Fotos und Stoffmuster sind auf dem Teakholztisch ausgebreitet, drei Frauen und ein stylischer Mann beraten sie mit wichtigen Gesichtsausdrücken. Ich husche vorbei in die Küche, wo Grace am Tresen sitzt. Sie springt auf und wischt sich die Augen.

»Grace, was ist los? Alles in Ordnung?«

»Es ist nichts.« Sie dreht sich zum Waschbecken und legt ihre Handgelenke auf den Rand. »Miss Mallory, finden Sie auch, dass ich zu altmodisch koche?«

»Wer behauptet denn so etwas? Natürlich nicht! Du bist die beste Köchin, die ich kenne.«

Wortlos nimmt sie ein paar Gläser aus dem Waschbecken und stellt sie in die Spülmaschine.

Aus irgendeinem Grund kann ich mich nicht auf die Arbeit konzentrieren. Ich wandere im Haus und auf dem Grundstück umher und versuche, eine ruhige Ecke zu finden, um meinen Laptop aufzubauen, aber alles lenkt mich ab. Um halb drei gehen die Hochzeitsplaner. Lee eilt ins Haus, um das ganze Material an ihr Team in Austin zu schicken. Monk verschwindet irgendwohin. Irgendwann finde ich mich vor dem Kühlschrank des Poolhauses wieder, auf der Suche nach einem kalten Getränk. Die Reihen von Dosen und Flaschen verschwimmen zu einer psychedelischen Collage.

Ein Geräusch lässt mich aufschrecken. Ich drehe mich zur Tür, wo Monk in Boardshorts und T-Shirt steht, von der Sonne gerahmt.

»Mallory. Da bist du ja –« Er bricht ab und macht einen Schritt nach vorn. »Hey, alles okay bei dir?«

Mir wird bewusst, dass Tränen in meinen Augen stehen, und ich blinzle sie weg. »Ich hole mir nur etwas zu trinken. Was gibt's?«

»Ich dachte, ich nehme die Kinder mit runter zu den alten Bunkern, eine kleine Erkundungstour. Ist das okay für dich?«

»Oh, klar. Klingt nach Spaß. Ich wünschte, ich könnte mitkommen.«

Er lächelt. »Warum kannst du nicht?«

Etwas an diesem Lächeln erinnert mich an das letzte Mal, als ich diese Bunker mit Monk besuchte. Ich schiebe eine lose Locke hinters Ohr. »Hab Arbeit zu erledigen. Und vielleicht ist es ja gut für euch, ein bisschen Zeit ohne mich zu haben.«

»Bist du sicher? Wir würden uns freuen, wenn du dabei wärst.«

»Absolut.«

Monk hält meinen Blick noch ein oder zwei Sekunden fest, das Grinsen klebt immer noch an seinem Mund, als wüsste er nicht, was er sonst damit anfangen soll. »Okay, dann. Bis später.«

»Viel Spaß.«

Er wendet sich ab und schwingt durch die Tür in einen Haufen Sonnenstrahlen.

»Warte!«, platze ich heraus.

»Ja? Kommst du doch mit?«

»Nein. Nein, nicht das. Nur etwas, das ich – ich weiß nicht, ich komme mir so dumm vor; mir war gar nicht klar, dass Lee damals deine Freundin war. In Colby?«

Meine Stimme klingt höher als gewöhnlich. Monk tritt zurück in den

Türrahmen. Der Sonnenstrahl fällt von seinem Gesicht.

»Ähm, ja. Ja, das war sie.« Er legt eine Hand an den Türrahmen. »Tut mir leid. Ich – ich dachte, du wüsstest das schon? Wegen der unglaublich arroganten Annahme, die ganze Welt wüsste heutzutage über meine Angelegenheiten Bescheid.«

»*Ich* wusste es nicht. Ich – ich versuche, mich größtenteils vom Internet fernzuhalten.«

»Nun, du bist klug. Mach das weiterhin so.« Er blickt auf seinen Daumen, der am Rand des Türrahmens entlangfährt. »Also hat Lee es erwähnt?«

»Oh, ich habe ein paar Fakten zusammengesetzt. Wir haben am Strand geredet. Ihr seid wieder zusammengekommen, als dein Vater krank wurde, richtig?«

»Ja. Das stimmt. Sie und ihr Vater besuchten ihn im Krankenhaus. Es war ein ziemlich schwieriger Moment für mich. Ich war, ehrlich gesagt, ziemlich neben der Spur. Vater und ich verstanden uns nicht gut. Wie du weißt. Und es wurde schlimmer, nachdem du gegangen warst. Lange Zeit gab ich ihm die Schuld dafür.«

Ich spüre einen kalten Luftzug an meinem Rücken und merke, dass die Kühlschranktür noch offen steht. Während ich mich umdrehe, um sie zu schließen, sage ich: »Wow. Warum?«

»Ich dachte, er hätte seine Finger im Spiel gehabt, das ist alles. Vielleicht hatte er dich ja überredet zu gehen, oder so. Jedenfalls war es einfacher, als mir selbst die Schuld zu geben.«

Ich drehe mich wieder zu ihm um. Er starrt immer noch auf seine Hand, die sich am Türrahmen abstützt.

»Aber Lee hat ihre Magie eingesetzt«, sage ich. »Hat euch wieder zusammengebracht.«

Seufzend hebt Monk den Kopf. »Du musst verstehen, Pinks. Sie wiederzusehen, war wie nach Hause zu kommen. Ich war ihr schon vorher wichtig – weißt du, bevor der ganze Musikscheiß passierte. Also wusste ich, ich konnte ihr vertrauen. Bei ihr war ich sicher. Ich konnte endlich zur Ruhe kommen. Und mein Vater. Mein Vater hielt große Stücke auf sie. Es fühlte sich einfach – richtig an.«

In meinem Kopf schreie ich irgendeinen Unsinn. Irgendeinen Shit, den ich anscheinend tief in dieser Kiste eingeschlossen habe, in der, die ich niemals öffne. In der, die sich von Zeit zu Zeit, von selbst öffnen will.

Nein! NEIN! Das sollte unsere *Geschichte sein! Du und ich.* Ich *sollte die alte Freundin sein, die du wiedergefunden hast.* Ich *sollte dein Happy End sein. Wiedervereinte Liebende.*

Nicht sie. Nicht Lennox Lassiter. Lee.

»Nun, du hast gut gewählt«, murmle ich. »Sie ist ziemlich unglaublich. Dieses Business von Grund auf aufzubauen. Und den Bruch mit deinem Vater zu heilen. Sie ist ein Glücksgriff.«

»Mein Vater.« Monk räuspert sich. »Mein Vater, kurz bevor er starb – er riet mir, ich solle um ihre Hand anhalten. Also tat ich es. Wir verlobten uns. Er war zu diesem Zeitpunkt nach Hause gekommen, wir hatten eine Hospizpflegerin für ihn. Sie zeigte ihm den Ring. Er war überglücklich. Am nächsten Tag starb er.«

»Das ist – wow. Es tut mir so leid. Aber zumindest – weißt du, du bist jetzt glücklich. Und wo auch immer dein Vater ist, er lächelt. Das Mädchen, das er sich immer für dich gewünscht hat.«

Monk blickt auf den Boden. Er hebt seine Hand vom Türrahmen und legt sie in seinen Nacken.

»Pinko«, sagt er.

Eine Stimme ruft von der Tür her. »Schatz?«

Monk dreht sich um. Lee Lassiter, schlank und langbeinig, sperrt die Sonne aus. Ihr Bikini blinkt unter einem Kaftan aus weißem Leinen hervor. Sie blickt von Monk zu mir und wieder zu Monk.

»Oh! Hey, Liebling«, sagt Monk. »Ich bespreche gerade mit Mallory den Bunkerplan.«

Lees Gesicht verzieht sich. »Apropos. Schlechte Nachrichten. Kevin hat mich gerade angerufen. Er hat dich nicht erreicht. Notfallkonferenz mit den Anwälten wegen dieser Urheberrechtssache. Du sollst schnell zurückrufen.«

»Shit«, flucht Monk.

Während Paige die Kinder am Pool beaufsichtigt, finde ich ein ruhiges Sofa, öffne meinen Internetbrowser und tippe in das Suchfeld.

Feuer Ägypten 1952

Ich klicke auf das oberste Ergebnis, einen Wikipedia-Eintrag – *Kairoer Brand.*

Der Kairoer Brand (Arabisch: حريق القاهرة), auch bekannt als Schwarzer Samstag. Am 26. Januar 1952 wurde in der Innenstadt von Kairo eine Serie von Anschlägen verübt, gekennzeichnet durch das Niederbrennen und Plündern von etwa 750 Gebäuden – Einzelhandelsgeschäften, Cafés, Kinos, Hotels, Restaurants, Theatern, Nachtclubs und dem Casino Opera der Stadt.

Ich wühle zwischen den Sofakissen nach meinem Handy und schicke Paige eine Nachricht. *Laut Wikipedia, es gab im Jan. 1952 einen riesigen Brand in Kairo!!!!*

PAIGE: *Und???*
ICH: *Erinnerst du dich, die Nonne sagte, Hannah kam Anfang 1952 mit Verbrennungen ins Kloster.*
PAIGE: *Warte, warum Ägypten?*
ICH: *Weil Luca denkt, das Armband stamme aus Ägypten.*
ICH: *Die Daten passen.*
PAIGE: *Weiß nicht, scheint weit hergeholt.*
PAIGE: *Wahrscheinlich Zufall. Korrelation bedeutet nicht Kausalität.*
ICH: 🙄

Ich betrachte erneut die Kobra an meinem Handgelenk, die auf der Laptoptastatur ruht. *Eine ägyptische Kobra*, stellte Luca zuversichtlich fest. *Ich kenne mich mit Schlangen aus.*

Aus einem anderen Raum dringt Lees Stimme. Sie telefoniert, glaube ich. Spricht mit ihrem Team. Wäre es nicht schön, ein Team zu haben, denke ich. Stattdessen bin *ich* das Team, oder ein Teil davon. So nennt uns die Designchefin, ihr Team. Lees Stimme bekommt eine gewisse Schärfe. Ich höre die Worte jetzt deutlich.

Aber das ist nicht die Richtung, die ich dir vorgegeben habe, Kayla. Das ist alles falsch. Wir haben darüber gesprochen, die Entwicklung der Marke.

Ich drehe das Armband so, dass die Augen zum Türrahmen blicken, sodass die winzige Rubinzunge die Luft schmeckt, die aus dem Flur hereinweht.

Glaub mir, wenn es buchstäblich irgendjemand anderen gäbe, den ich darum bitten könnte, würde ich es tun. Aber ich stecke vorerst mit dir fest, Schätzchen, also können wir uns jetzt wie große Mädchen benehmen und diesen Shit genauso erledigen, wie ich es dir gesagt habe? Danke.

Bevor ich Zeit habe zu reagieren, stürmt Lee herein. Sie sieht mich und erschrickt. »Oh, mein Gott. Es tut mir so leid, dass du das hören musstest.«

»Alles okay. Ich habe gar nicht hingehört.«

Sie lässt sich neben mir aufs Sofa plumpsen. »Menschen zu führen ist einfach das Schwierigste. Ich meine, ich geb' zu, ich bin Perfektionistin. Ich habe hohe Standards. Ist das falsch?«

»Natürlich nicht. Du solltest dich niemals dafür entschuldigen, hohe Standards zu haben.«

»Danke. Genauso sehe ich das auch.« Sie wirft einen Blick auf den Laptopbildschirm. »Ooh, Kairo. Suchst du nach Design-Inspirationen?«

»Nicht wirklich. Nur etwas genealogische Forschung.«

»Oh, cool. Das habe ich vor ein paar Jahren gemacht. Meine DNA eingeschickt, nur um zu sehen, was dabei herauskommt. Während des Lockdowns, mir war langweilig. Du weißt schon.«

»Kam was Interessantes heraus?«

»Ha. Das kann man wohl sagen. Also, ich bin teils skandinavisch und teils von den Britischen Inseln, was ich wusste. Aber dann bekam ich all diese Benachrichtigungen von irgendwelchen Leuten und, lange Rede kurzer Sinn, mein Vater war Samenspender im College, bevor er meine Mutter kennenlernte.« Sie schüttelt den Kopf. »Kannst du das glauben? Anscheinend ist skandinavisch super beliebt. Größe und Aussehen und so weiter.«

»Okay, das ist ein bisschen gruselig.«

»*Ein bisschen*? Und das ist noch nicht mal der verrückteste Teil.«

»Was ist der verrückteste Teil?«

»Mein süßer, liebevoller Grandpa, den ich mehr als alles andere auf der Welt geliebt habe – hat verdammt noch mal Grandma betrogen. Besaß eine komplette zweite Familie auf der anderen Seite des Bundesstaates.«

»Machst du Witze?«

»Nein. Meine Therapeutin meinte, Schätzchen, das passiert viel öfter, als du denkst. Sie hat jetzt ständig damit zu tun. DNA-Ergebnisse bringen all diesen verrückten Shit ans Licht. Anscheinend ist der offizielle Begriff dafür ›*Vaterschaftsvorfall*‹.« Lee macht Anführungszeichen um das Wort.

»Vaterschaftsvorfall?«

»Wenn der Typ im Stammbaum nicht der biologische Vater ist. Ist es das, wonach du forschst? Eine deiner Omas hatte eine Affäre mit einem ägyptischen Typen?«

»Vielleicht. Ich weiß es nicht. Wir haben die DNA-Ergebnisse noch nicht zurück. Aber dieses Armband, das meine Mutter mir hinterlassen hat …«

Lee nimmt mein Handgelenk und betrachtet das Armband. »Heilige Scheiße. Das ist das coolste Stück, das ich je gesehen habe. Deine Mutter hat dir das gegeben?«

»Als sie starb. Ihre Mutter hatte es damals ihr hinterlassen. Ihre biologische Mutter. Sie wurde adoptiert.«

Lee lässt mein Handgelenk los und richtet diesen aufrichtigen Blick wieder auf mein Gesicht. »Und wie gehst du mit all dem um?«

»Ich? Oh, alles okay. Ich bin einfach nur fasziniert, das ist alles.«

»Ich meine, glaub mir, ich weiß, es kann verdammt verrückt sein, all diesen Shit über Leute herauszufinden, von denen du dachtest, du würdest sie kennen. Aber dann beginnst du zu erkennen, es kann auch irgendwie cool sein. Als ich nach El Paso fuhr, um all meine neuen Tanten und Cousinen zu treffen, war es absolut erstaunlich. Ich fühlte sofort diese Verbindung. Ich konnte buchstäblich die Gesten meines Opas erkennen und – ich weiß nicht – die Art, wie er einen anschaute – surreal. Wir redeten die ganze Nacht.« Sie greift nach meiner Hand und drückt sie. »Ich bin so froh, dass wir so miteinander reden, Mallie. Ich bin so froh, dass du dich mir öffnest.«

»Nun, ich meine –«

»Ernsthaft. Das wird der einzige *friedlicher Moment* sein, um uns kennenzulernen. Bevor der ganze Hochzeitswahnsinn losgeht. Ich möchte, dass wir wie Schwestern sind. Ich meine, wir werden dieses wunderschöne Kind gemeinsam großziehen. Ist das nicht erstaunlich?«

»Es ist wunderbar. Sam ist wirklich … wirklich glücklich, dich kennenzulernen. Eine Beziehung aufzubauen.«

»Er ist so süß. Ich bin verliebt, wirklich. Er ist Monk so ähnlich, es ist unheimlich. Ich sehe ihn an und möchte sofort schwanger werden.«

Überrascht drehe ich ihr meinen Kopf zu. »Aber Monk sagte …«

»Was?«

»Nichts.«

»Nein, sag es mir.« Sie will mich ein weiteres Mal drücken. »Schätzchen, sprich mit mir. Wir sind Schwestern, richtig? Seelenschwestern.«

»Nichts. Ich hatte nur den Eindruck, ihr versucht es schon? Kinder zu bekommen?«

»Hat Monk das gesagt?« Sie lächelt. »Ich meine, klar. Er ist super begierig darauf, eine Familie zu gründen. Ich bin nur … ich weiß nicht, eins nach dem anderen, richtig? Wir werden schwanger, wenn der richtige Moment dafür da ist.« Ihr Kopf fällt zurück aufs Sofa. Sie hält ihr Handy hoch und blättert mit Blitzgeschwindigkeit durch ihre Apps. »Sieh mich an, wie zwanghaft ich scrolle. Ich werde mal Monk suchen. Sex entspannt mich immer.«

Sie springt vom Sofa auf und schwebt aus dem Raum.

Um ein Uhr morgens klopft jemand an meine Tür.

»Ich bin's«, flüstert Paige. »Bist du wach?«

Ich setze mich auf und schalte die Lampe an. »Komm rein und geselle dich zur Party.«

Mein Zimmer liegt im Erdgeschoss, ein Arbeitszimmer, das in ein Schlafzimmer umgewandelt wurde, als Monks Großvater zu alt wurde, um die Treppen zu steigen. Es gibt ein angeschlossenes Badezimmer mit Haltegriffen in der Wanne. Aus irgendeinem Grund fühle ich mich dadurch alt.

Paige trägt ein Tanktop und Loungehosen, die lose von ihren Hüften hängen. In ihrer Hand hält sie ihr Handy. Sie klettert neben mir ins Bett und zieht die Decke hoch.

»Paige, du musst etwas essen«, sage ich.

»Was soll das denn heißen?«

»Ich fühle mich, als würde ich neben einem Skelett liegen.«

Paige hebt ihr Handy. »Also, ich habe mit Lola geschrieben. Sie sagt, sie würde uns gerne in Summerly aufnehmen.«

»Du meinst für ein paar Tage?«

»Ich meine für immer. Denkst du nicht, das wäre eine gute Lösung? Sam ist nur ein paar Häuser von seinem Vater entfernt. Wir bekommen etwas Abstand.«

»Wie kommst du auf den Gedanken –«

»Mallie, um Gottes willen. Das ist nicht fair dir gegenüber. Das ist buchstäblich das Beschissenste auf der Welt und es ist meine Schuld. Okay, Jakes Schuld. Er war derjenige, der seine Praktikantin gevögelt hat. Aber es ist auch meine Schuld, weil ich ihn geheiratet habe.«

»Paige, das ist nicht deine Schuld. Das geht alles auf seine Kappe.«

»Ja, nun. Mein Drama sollte nicht dein Problem sein, also –«

»Verdammt, Paige. Dein Drama ist immer auch mein Problem. Was sagst du da, kann ich nicht auch mal *dir* zur Rettung eilen?«

»Nein«, seufzt sie. »Das ist nicht unsere Dynamik. *Du* bist die Versagerin, ich bin der große, strahlende Erfolg. Ich bin diejenige, die – die –«

Ich ziehe ihr zusammenbrechendes Gesicht an meine Schulter. Ihr Rücken hebt sich ein paar Mal. »Paige, es ist okay. Wir werden einen Weg finden. Einfach zusammenhalten, du und ich.«

Paige schluchzt noch einmal auf. »Willst du das Neueste wissen?«

»Was ist das Neueste?«

»Sie ist schwanger. Natürlich.«

»Schwanger? Machst du Witze?«

»Sie ist schwanger und sie hat ihm von dem Baby in Charlotte erzählt – weißt du, als er ihr in den Tagen um den 4. Juli die Gehirnzellen rausvögelte? – und er sagte, er wolle, dass sie abtreibt, und sie lehnte ab, und sie hatten einen großen Streit, bei dem sie drohte, an die Öffentlichkeit zu gehen, wenn er mich nicht verlassen und sie heiraten würde, und er sagte, du bluffst nur, Schätzchen, und buchte einen Flug nach Hause, um mich zu überraschen.«

»Arschloch«, zische ich.

»Arschloch. Also was soll's. Sie haben sich verdient. Aber weißt du, was mich am meisten fertig macht? Es gibt keinen klaren Schnitt. Er wird immer der Vater meiner Mädchen sein. Er wird bei Abschlussfeiern dabei sein, er wird sie zum Altar führen, wenn sie heiraten, und ich werde die Zähne zusammenbeißen müssen. Ich werde nett zu seiner neuen Frau und seinen neuen Kindern sein müssen.«

»Oh, Paige –«

»Und dann denke ich – ich kann nicht aufhören, mir vorzustellen, wie er sie *vögelt*. Ich versuche, mich davon abzuhalten, aber ich kann nicht.

Nackt mit ihr. Wie er einen *Orgasmus* in ihr hat, Mallie. *Mein* Jake. Und ich bin einfach – einfach –«

»Ich weiß, Schätzchen«, sage ich leise. »Ich weiß.«

Wir liegen nebeneinander und hören auf das Geräusch unseres Atems.

»Deshalb habe ich Lola geschrieben«, erklärt Paige. »Ich dachte, ich kann dir das nicht länger zumuten. Ich meine, dein Gesichtsausdruck, wenn sie zusammen nach oben gehen.«

»Welcher Gesichtsausdruck?«

»Als würdest du dir selbst eine Wurzelbehandlung ohne Betäubung verpassen, nur um zu beweisen, wie hart du bist.«

»Shit. Ist das sonst jemandem aufgefallen?«

»Du meinst Monk? Der hat keine Ahnung. Außerdem vögelt er gerade ein echtes Bademoden-Model, also was kümmert es ihn?«

»Paige, komm schon. Sie ist kein Bademoden-Model. Sie ist eigentlich ziemlich schlau. Sie ist Geschäftsfrau. Weißt du, dass sie mit Monk in Colby war?«

»Moment, *was*?«

»Sie war seine Ex-Freundin. Sie haben im dritten Jahr Schluss gemacht, kurz bevor – du weißt schon, dem Sommer, als ich hier war. Also –«

»Verdammt noch mal. Das hast du mir nie erzählt.«

»Ich habe es selbst gerade erst erfahren. Heute. Sie hat mir die ganze Geschichte aufgetischt. Sie ist seit ihrem zehnten Lebensjahr in ihn verliebt, Paige. Er ist die Liebe ihres Lebens.«

Paige starrt mich an. »Also stalkt sie ihn schon seit sie *zehn* ist?«

»Paige, komm schon. Sie hat ihn nicht *gestalkt*. Es war einfach Schicksal, das ist alles. Sie ist ein guter Mensch. Sie tut ihm gut.«

»*Gut* für ihn? Hast du mal durch ihr Instagram gescrollt? Sie ist *betrunken* von sich selbst. Sie verkauft diese falsche Version von sich, diese hergestellte Perfektion, diesen verdammten kuratierten Lifestyle-Mist, und sie beutet ihr Privatleben aus, sie beutet *ihn* aus, um all diesen Shit zu promoten –«

»Sie ist Geschäftsfrau, das ist alles. Dafür hat jeder Verständnis. *Du* früher auch, erinnerst du dich?«

Paige richtet auf dem Kissen auf. »Ach, leck mich, Mallory. Hör auf, so verdammt *verständnisvoll* zu sein. Ich meine, du hast sicher die Statistiken zu Depression und Selbstmord gesehen. Teenagermädchen. Was in ein paar Jahren *meine* Mädchen sein werden, übrigens. *Meine* Mädchen, die durch Instagram und TikTok scrollen und ihren verdammten erstrebenswerten photogeshoppten Körper und ihre verrückten narzisstischen Wellness-Routinen und Make-up-Tutorials sehen. Anleitungen, wie man sich in eine makellose kleine Sexpuppe verwandelt. Also ja, ich nehme diesen Shit persönlich. Und ich sehe nicht, dass sie dich auch nur mit einem Funken Sensibilität behandelt. All dieses Angeben mit den winzigen Bikinis und den öffentlichen Zärtlichkeiten. Also fick sie.«

Ich zupfe an der Bettdecke. »Bist du fertig?«

»Fürs Erste.«

»Hör zu, sie wird Sams Stiefmutter sein, okay? Sie wird Teil seines Lebens sein. Sie möchte, dass er bei der Hochzeit dabei ist. Also muss ich mit ihr klarkommen. Ich muss einen Weg finden, damit … damit umzugehen … sie zusammen zu sehen, ohne …«

»Oh, Schätzchen.« Sie zieht mich an sich und streichelt meinen Rücken. »Morgen früh packen wir und ziehen in Lolas Haus um. Sie kommt vorbei, um uns abzuholen. Das wird toll. Sie hat dieses irre Gästehaus, zwei Schlafzimmer plus einen Dachboden, wo die Kinder an Regentagen herumtollen können. Sie sagt, wir können so lange bleiben, wie wir wollen.«

Über die aufgetürmte Bettdecke schaue ich auf die Bücherregale an der gegenüberliegenden Wand, ein Relikt von Monks Großvater. Gefüllt mit männlichen Bestsellern der Jahrhundertmitte in sich ablösenden Schutzumschlägen. Norman Mailer, Graham Greene. Herman Wouk, James Michener. Leon Uris, Sloan Wilson.

»Paige, ernsthaft. Wenn du darüber reden willst.«

»Was, über Jake? Das haben wir doch schon, oder?«

»Ich meine, wie du dich fühlst. Dein schönes Leben, dass dir gerade um die Ohren fliegt. Dein Scheißkerl von Ehemann. Jederzeit, wenn du Dampf ablassen willst – ich bin da.«

»Mir geht's gut, okay? Ich hab's im Griff.« Sie schiebt mich von sich und holt ihr Handy heraus. »Ich bin eigentlich wegen etwas anderem runtergekommen, glaub's oder nicht. Es ist ziemlich Unglaublich. Schau dir das an.«

Sie klickt sich durch ein oder zwei Links und reicht mir das Handy.

»Was sehe ich mir da an?«

»Mein DNA-Profil. Also, unser DNA-Profil. Die Ergebnisse sind da. Es gibt eine Menge zu überprüfen, ich bekomme schon Benachrichtigungen von Cousinen-Übereinstimmungen. Aber das hier hat mich umgehauen.«

Ich kneife die Augen zusammen, um die Textzeilen zu lesen. »Kann das nicht bis morgen warten? Ich glaube, ich kann heute keine komplexen Zusammenhänge mehr erfassen.«

»Das musst du nicht. Hier.« Sie nimmt das Handy zurück und scrollt nach unten, bis sie zu einem Kuchendiagramm kommt. »Schau. Schau dir das an. Das ist unser geografisches, beziehungsweise ethnisches Erbe.«

Ich nehme ihr Handy und ziehe das Bild größer. Untersuche die Tortenstücke, Zahlen und Wörter. Mein Kiefer klappt herunter.

»Hör auf.« Ich drehe meinen Kopf, um Paiges grinsendes Gesicht zu sehen. »Wir sind *jüdisch*?«

»Zu einem Viertel jüdisch, Schwester. Mazel tov.«

KAPITEL NEUNZEHN

Hannah

Januar 1952
Kairo, Ägypten

Als das Taxi eine halbe Stunde später vor ihrem Apartmentgebäude hielt, trat Salah unter dem Vordach hervor, um Hannah die Tür zu öffnen. Sein Gesicht war von Kummer gezeichnet. Sie nahm seine Hand, um ihr aus dem Sitz zu helfen, und hielt sie zwischen ihren beiden Händen.

»Haben Sie etwas aus Ismailia gehört?«, fragte sie. »Von Ihrem Sohn?«

Er schüttelte den Kopf. »Es gibt noch keine Neuigkeiten. Es ist Allahs Wille.«

»Salah, ich könnte vielleicht etwas für Sie herausfinden. Mein Mann könnte möglicherweise etwas für sie in Erfahrung bringen.«

Sie versuchte, seinen Blick aufzufangen, aber er sah sie nicht an. Er zog seine Hand weg und drehte sich um, um ihr die Haustür zu öffnen. »Mr. Ainsworth ist vor einer Stunde nach Hause gekommen«, sagte er.

»Danke, Salah.«

Sie ging über die Eingangshalle in Richtung Treppe.

»Ah! Fast hätte ich es vergessen. Heute Nachmittag ist ein Päckchen für Sie angekommen, Mrs. Ainsworth.«

»Ein Päckchen?«

Salah trat hinter den Portiertresen und verschwand für einen Moment. Er kam mit einer in braunes Papier eingewickelten Schachtel, etwa so groß wie ein Taschenbuch, wieder zu Vorschein. Ihr Name und ihre Adresse waren in präzisen Blockbuchstaben mit Kohle aufgeschrieben.

Sie schob es in die Tasche ihres Mantels.
»Danke, Salah«, sagte sie erneut.

* * *

Hannah fand Alistair in der Badewanne, eine Zigarette rauchend. Der Aschenbecher war voll und eine halb leere Flasche Scotch stand auf den Fliesen neben der Wanne. Sie zog einen Hocker heran und setzte sich zu seinen Füßen.

»Ich habe wunderbare Neuigkeiten«, begann sie. »Unsere Ehe hat endlich Früchte getragen.«

Er starrte sie an. »Ein Wunder.«

»Ja. Das Baby wird im Juni geboren, denke ich. Freust du dich?«

Ihr Mann legte seinen Kopf zurück auf den Rand der Wanne und schloss die Augen. »Ich sage dir, wer sich *nicht* freuen wird. Meine Schwester Vera und ihre elende Brut.«

»Du bist ein Arsch, Alistair.«

»Ich glaube«, erwiderte ihr Mann, »das Wort, das du meinst, ist *Hahnrei.*«

Unter ihrem Mantel trug Hannah immer noch das grüne Crêpe-Kleid, vom Tau befleckt. In der dampfigen Luft des Badezimmers hatte es nun begonnen, zu welken wie ein Salatblatt. Es hatte fünfzig Pfund gekostet und Alistair hatte kein Wort gesagt. Anders als die meisten Ehemänner – selbst reiche – beschwerte er sich nie, wenn sie Geld für sich selbst ausgab.

»Ärgert es dich?«, fragte sie.

»Ärgern? Ich schulde dem Kerl etwas. Dass er eingesprungen ist, wo ich versagt habe. Solange er nicht später auftaucht und Ärger macht.«

»Ich glaube nicht, dass diese Gefahr besteht.«

»Nein, das denke ich auch nicht.«

Bei seinen Worten lag etwas in seiner Stimme. Eine selbstgefällige Note. Er nahm einen letzten Zug an der Zigarette und streckte sich über den Rand der Wanne, um sie im Aschenbecher auszudrücken.

»Warum sagst du das?«, wollte sie wissen.

»Meine Liebe, ich mag ein Hahnrei sein, aber ich bin kein Narr. Ich weiß *sehr wohl*, mit wem du den ganzen über Herbst gevögelt hast. Ich gebe zu, ich hätte nicht gedacht, dass er dein Typ ist.«

»Du hast nicht die geringste Ahnung, was *mein Typ* ist.«

»Hannah, um Gottes willen, der Kerl hat sich durch die Hälfte des britischen und amerikanischen diplomatischen Personals gevögelt, ganz zu schweigen von den Offiziersfrauen. Offensichtlich hat er es auf eine bestimmte Art von Frau abgesehen. Die Art von Frau, die Zugang zu interessanten Informationen hat.« Alistair hob die Flasche und das leere Glas von den Fliesen und schenkte sich einen Drink ein. »Natürlich habe ich ihn überprüfen lassen.«

Hannah fühlte sich, als würde sie in einen langen Tunnel blicken. »Hast du etwas Interessantes herausgefunden?«

»*Hätte* ich das sollen, Hannah? Sag du es mir.«

»Ich weiß nicht. Ich nehme an, er ist irgendeine Art Nationalist. Die meisten Ägypter wollen die Briten raus haben. Wir haben nicht über solche Dinge gesprochen.«

»Nein, natürlich nicht.« »Ein Mann mit seiner Ausbildung hätte die Information aus dir herausbekommen, ohne dass du es überhaupt gemerkt hättest.«

»Ich habe nicht die geringste Ahnung, wovon du sprichst.«

»Versteh mich nicht falsch«, fuhr er fort und zündete sich eine weitere Zigarette an, während er zur Decke blickte, »es ist ein verdammt guter Witz. Ich hätte echtes Gold dafür bezahlt, den Gesichtsausdruck meines Vaters zu sehen. Natürlich gäbe er mir die Schuld dafür.«

»Ein Witz?«, bohrte sie nach.

Er blies etwas Rauch aus. »Jüdisches Blut in der alten Familienlinie. Schrecklicher Fanatiker, mein Vater. Meine ältere Schwester wollte einmal einen Juden heiraten. Gut aussehender Kerl. Sie war achtzehn. Dem hat er einen Riegel vorgeschoben. Sie starb nicht lange danach. Schwindsucht. Schrecklich.«

Hannah starrte auf die Hautfalte, die an der Kehle ihres Mannes wackelte. »Jüdisches Blut?«

»Ein Hauch von Hebräisch.« Er senkte seinen Blick, um ihrem zu begegnen. »Oder wusstest du das nicht?«

»Ich – er könnte es erwähnt haben –«

»Hat er erwähnt, dass er für den Geheimdienst des verdammten Staates

Israel arbeitet? Ich wage zu behaupten, *das* hat er nicht erzählt.« Alistair nippte an seinem Scotch und griff über den Rand der Wanne, um die lange Asche in den Aschenbecher zu klopfen. Sie verfehlte ihr Ziel und landete in einer kleinen Pfütze. Er lächelte über ihren Schock. »Der Bericht liegt auf meinem Schreibtisch, falls du ihn lesen möchtest. Erst heute Nachmittag getippt.«

Vor dem Spirituosenschrank stehend fand sich Hannah wieder und goss sich ein Glas Gin ein. Ihre Hand zitterte und der Gin schwappte immer wieder über den Rand und landete auf dem Tablett. Sie stellte die Flasche ab und trank in ein oder zwei Schlucken aus. Sie blickte auf die Uhr und sah, es war fast ein Uhr morgens.

Eine Szene sprang aus ihrer Erinnerung. Ein Julimorgen, in einer Welt, die nicht mehr existierte.

Sie erinnerte sich, wie sie das Baby auf dem Hocker in der Ecke der Küche gestillt hatte. Sie hatte gerade den Teekessel aufgesetzt. Es gab keinen Kaffee mehr, weder echten noch Ersatz, und für Tee brühte sie die Kräuter und Wurzeln auf, die sie im Garten angebaut hatte – Minze, Kamille, Ingwer.

Das Baby war im Mai geboren worden, fast genau ein Jahr nachdem János' Fieber nicht mehr seinen Körper verbrannt hatte. Sie hatten ihren neuen Sohn Károly nach ihrem Vater benannt, und wie Hannahs Vater, hatte er blaue Augen und helles Haar. Von János' Mutterseite her war er Österreicher, also scherzte er gerne, dass Károly ihr kleines arisches Baby sei, so gefärbt, um vor den Nazis sicher zu sein. Er war ein kräftiges Baby, wollte ständig gestillt werden. Sein Appetit erschöpfte sie, aber das war ihr egal. Jedes Mal, wenn ihr Sohn nach ihr griff, verliebte sie sich ein bisschen mehr in ihn. Nachts legte Hannah ihn in eine Wiege neben ihr Bett, und obwohl er gut schlief (für ein Kleinkind jedenfalls), wachte sie ständig auf, um sicherzugehen, dass er noch lebte, um seine samtweiche Wange mit ihrem Finger zu berühren und darüber zu staunen, wie sein Mund arbeitete, während er schlief. Als würde er von Milch träumen.

Der Kessel hatte gerade zu pfeifen begonnen, als die Tür aufflog. Hannah blickte überrascht auf und sah János in die Küche stürmen. Früh am Morgen hatte er sie auf die Stirn geküsst und war gegangen, um den ganzen Tag auf den Feldern zu arbeiten. Er hatte versprochen, zum Abendessen eine Flussforelle mitzubringen. Jetzt war es erst Mittag und seine Hände waren leer, bis auf dieses Stück Papier, zweimal zu einem Quadrat gefaltet.

Sie erinnerte sich, wie er einen Stuhl vom Tisch gezogen hatte, um sich neben sie zu setzen. Wie er eine Hand auf ihr Knie gelegt und den Kopf gesenkt hatte, um das helle Haar ihres Sohnes zu küssen.

Was ist denn?, hatte sie János gefragt. *Was ist passiert?*

Er hatte das Papier entfaltet und darauf gestarrt. *Von Irina*, hatte er gemurmelt. *Dein Vater wurde letzte Woche deportiert.*

Weil ihr Sohn gerade seine Lebensmilch von ihr saugte, konnte sie nicht schreien, Gott verfluchen oder zusammenbrechen. Ohnehin kam die Nachricht nicht unerwartet. Seit deutsche Truppen im März einmarschiert waren, um Ungarn zu besetzen, waren Juden zugweise nach Norden in Richtung Polen zu den berüchtigten Todeslagern gerattert, von denen jeder wusste, aber niemand sprach. Immer wieder hatte sie ihren Vater angefleht, mit ihr und János aufs Land zu gehen, aber er hatte stets abgelehnt. Budapest sei seine Heimat, sagte er. In den höchsten Kreisen der ungarischen Regierung hätten seine ehemaligen Studenten das Sagen. Sicherlich würden sie ihn in seiner Stunde der Not beschützen. Er würde bleiben, wo er war.

So hatte Hannah seit Monaten geahnt, dass das Schicksal ihres Vaters besiegelt war. Jetzt schloss sie einfach die Augen und bat János, ihr den Zettel vorzulesen. Hatte Irina verlässliche Information? War irgendein Versuch unternommen worden, ihn zu retten?

Die Notiz war kurz. Irina hatte alles in ihrer Macht Stehende getan, um einen Schutzpass von der schwedischen Botschaft zu erhalten – die Diplomaten dort verteilten sie zu Tausenden –, aber er war zu spät eingetroffen.

Als János den letzten Satz vorlas, weinte Hannah bereits. *Was sollen wir tun?*, hatte sie ihn angefleht. *Was, wenn sie kommen, um mich und das Baby zu holen?*

Sie werden nicht kommen, um dich zu holen, war seine Antwort. *So weit im Osten, mitten im Nirgendwo. Und du bist meine Frau. Die Gräfin Vécsey. Du bist hier sicher. Du bist bei mir sicher.*

Sie erinnerte sich, wie sie in János' ernstes Gesicht blickte. Wie sie den Kopf geschüttelt und ihrem Mann erklärt hatte: *Verstehst du denn nicht, es gibt nirgendwo auf dieser Erde einen sicheren Ort. Keinen Quadratzentimeter Boden, auf dem ich ruhen kann.*

Hannah wandte den Kopf zum Fenster. Alistair hatte die Vorhänge offen gelassen und der Blick ging nach Osten, in Richtung Innenstadt, hell erleuchtet und wimmelnd. All die Nachtclubs und Kaufhäuser, die Auberge des Pyramides und Circurel, Groppi's und das Shepheard's Hotel.

Hannah holte aus und schleuderte das leere Glas gegen das Fenster.

Dann ging sie zum Schreibtisch ihres Schlafzimmers und zog ein Blatt Papier hervor. Nicht das geprägte Briefpapier mit ihrem Ehenamen, ihrer Adresse in Kairo, sondern ein einfaches Blatt. Sie schrieb hastig und steckte den Zettel in einen Umschlag. Hinten in der untersten Schreibtischschublade tastete sie, bis sie das Stück Papier fand, das bei ihrer Rückkehr aus Alexandria in ihrer Tasche aufgetaucht war. Sie kopierte die Adresse auf die Rückseite des Umschlags und versiegelte ihn.

Dann erhob sie sich vom Schreibtisch, ging nach unten und überreichte Salah den Umschlag, damit er ihn am Morgen abschicken würde.

* * *

Im Taxi steckte sie ihre Hand in die Tasche ihres Mantels, um nach einem Taschentuch zu suchen, und fand das Päckchen, das Salah ihr vor einer Stunde übergeben hatte.

Obwohl ihr Name in Blockbuchstaben geschrieben war, erkannte sie die Handschrift. Sie riss die Schnur durch und wickelte das braune Papier ab. Eine gewöhnliche Pappschachtel kam zum Vorschein. Darin lag, auf Watte gebettet, ein goldenes Armband in Form einer zubeißenden Kobra.

Es gab keine Notiz. Sie fuhr mit dem Finger an der Innenseite der Schachtel entlang, untersuchte die Watte, die andere Seite des braunen Papiers, in das die Schachtel eingewickelt gewesen war. Kein Wort. Nur ihr Name und ihre Adresse in diesen sterilen Blockbuchstaben.

Sie hob das Armband in das Licht der vorbeiziehenden Straßenlaternen. Ein Paar winziger Smaragdaugen starrte sie an; eine winzige Rubinzunge kostete die Luft. Die Haube war exquisit gespreizt. Der Schwanz wand sich in einer zarten Spirale um das Handgelenk des Trägers. Im künstlichen Licht, das mit dem Vorbeiziehen der Laternen auf- und abschwoll, hätte Hannah schwören können, sie sei lebendig. Sie wollte sie wieder in die Watte wickeln und in die Schachtel stecken.

Stattdessen ertappte sie sich dabei, wie sie das Armband über ihre rechte Hand schob, um ihr Handgelenk damit zu umschließen.

Es passte perfekt.

An der Rezeption teilte der Angestellte Hannah mit, Mr. Beck würde an diesem Abend nicht im Dienst sein. Er fragte, ob er ihr stattdessen behilflich sein könne.

Unter ihrem Mantel aus dunkelblauer Kaschmirwolle trug Hannah immer noch ihr grünes Crêpe-Kleid, befleckt vom Tau und welk vom Dampf des Badezimmers. Ihr Haar war noch immer auf einer Seite mit der Diamantspange zusammengefasst; die Perlenohrringe baumelten noch immer an ihren Ohrläppchen. Sie vermutete, dass ihr Lippenstift zu einer schändlichen rosa Linie am Rand ihrer Lippen verblasst war.

Sie lächelte den Angestellten an. »Vielleicht könnte ich eine Nachricht hinterlassen?«

Der Angestellte gab ihr einen Stift und ein Stück Papier und bewegte sich taktvoll zum anderen Ende des Tresens. Hannah schrieb: *Bitte kommen Sie – in einer Angelegenheit von großer Wichtigkeit – sofort nach oben. H.* Sie faltete das Papier zweimal zu einem Quadrat und schrieb *J. Beck* auf die Rückseite. Aus ihrer Handtasche nahm sie einen Pfundschein, den sie ebenfalls zu einem Quadrat faltete. Die Augen des Angestellten leuchteten interessiert auf. Sie reichte ihm beide Zettel.

»Bitte sorgen Sie dafür, dass Mr. Beck dies erhält, sobald er eintrifft.«

Luciens Zimmer war abgeschlossen, aber Hannah hatte das erwartet. Sie löste die Diamantspange aus ihrem Haar und kniete sich vor das Schloss. Es war ein einfacher Mechanismus; üblich für Hotelschlösser. Die Tür sprang auf. Alles ordentlich, das Bett gemacht, jedes Stückchen Papier auf seinem

Platz. Im Badezimmer würden die Handtücher ordentlich an den Stangen hängen. Sie hatte die makellose Umgebung immer geschätzt. Wenn man schmutzige Taten beging, fühlte man sich weniger schmutzig, wenn man es auf einem tadellosen Bett tat. So hatte sie es jedenfalls empfunden.

Und doch. Als sie im Zimmer umherwanderte und die vertrauten, beglückenden Gegenstände berührte – die Lampe, den Stuhl, den Bettpfosten, den Spiegel auf der Kommode – schien es ihr, als sei das Zimmer *zu* ordentlich. Wo waren die Bücher, die auf dem Nachttisch und dem Schreibtisch gestapelt waren? Die herrschaftliche silberne Haarbürste vor dem Spiegel? Sie öffnete den Kleiderschrank und fand ihn leer vor. Die Schubladen – leer. Im Badezimmer nicht einmal eine Seifenflocke, eine Zahnbürste, ein verirrtes Haar.

Hannah sank auf den Stuhl vor dem Schreibtisch und begann zu lachen.

Wie heldenhaft sie sich gefühlt hatte. Eine Figur in einem Roman, die zu ihrem Geliebten eilt, um ihn vor seiner bevorstehenden Verhaftung zu warnen, bevor es zu spät war! Doch ein früherer Vogel hatte es ihm bereits ins Ohr gezwitschert. Er war schon geflohen. Egal.

Die Hysterie in ihrer Brust ebbte bald wieder ab. Sie legte ihren Kopf auf ihre Arme und starrte in die dunklen, glitzernden Augen der Kobra, die sich um ihr Handgelenk wand. Die einzige Spur von Lucien, die im Zimmer verblieben war. Dies und sein Duft.

An einem goldenen Nachmittag Ende September saß Hannah mit ihrem Sohn auf einer Decke in der Wiese und lächelte über seine Versuche, sich auf seine Hände zu stützen. Die Luft roch nach warmem, reifem Heu. Sie hatte am Morgen die letzten Kartoffeln geerntet und sie in Körben im Keller gelagert, und obwohl ihre Hände rissig waren, arbeitete sie nun mit einem Paar Stricknadeln und versuchte, eine von János' mottenzerfressenen Wollwesten zu retten, bevor die Kälte kam. Sie bewunderte gerade den Glanz, den die Sonne auf Károlys feines Haar warf, als ein Schatten erschien und ihn auslöschte.

Sie blickte auf. »János? Was ist los?«

Er kauerte sich neben sie. Sein Gesicht war schwer vor Kummer. »Die Sowjets haben die Grenze überquert, sie sind fünfzig Meilen entfernt.«

Hannah stieß einen Schrei aus und nahm das Baby in ihre Arme.

»Pack alles zusammen, was möglich ist«, wies János sie an. »Wir haben noch etwas Benzin. Ich fahre dich, so weit ich kann.«

»Aber was ist mit dir?«

Er blickte zum östlichen Horizont, der bereits zu verblassen begann. »Ich werde kämpfen müssen«, murmelte er.

Eine Hand auf ihrer Schulter. Eine sanfte, drängende Stimme neben ihrem Ohr, die ihren Namen rief.

Hannah schreckte hoch. »János?«

»Schsch. Ich bin's. Lucien.«

Für einen Moment fühlte sie sich verloren. Dieses seltsame, antiseptische Zimmer. Die polierten Möbel. Die Luft, die nach Whiskey und Zigaretten roch. Die goldene Schlange an ihrem Handgelenk. Der gepflegte Mann in weißem Hemd, der neben ihr stand, der den peitschenartigen Körper von János besaß, aber nicht seine Augen, sein Lächeln, seine Auszehrung, sein Haar, das plötzlich grau geworden und sich an den Schläfen zu lichten begonnen hatte.

Dieser hier war robust und wohlgenährt. Sein Haar bildete dicke Wellen, in die man die Finger versenken konnte.

»Lucien«, flüsterte sie.

Er kauerte sich neben den Stuhl, sodass sie auf Augenhöhe waren. Wie János auf der Wiese. Aber diesmal waren ihre Arme leer. Károly war fort.

»Was ist los, Hannah? Warum bist du hier?«, fragte dieser Mann.

Sie lehnte sich an seine Brust und schluchzte.

Lucien ließ sie sein feines weißes Hemd vollweinen. Er schloss seine Arme um sie und murmelte beruhigend in ihr Ohr. Irgendwann, als das Schlimmste vorbei war, hob er sie in seine Arme und trug sie zum Sessel, wo sie sich auf seinem Schoß zusammenrollte. Sie erinnerte sich, wer sie war, wer er war. Wo sie waren und warum.

»Du musst gehen«, flehte sie.

»Ja, ich weiß.«

»Es ist meine Schuld. Ich hätte es merken sollen – Alistair –«

»Das macht keinen Unterschied.«

Sie hob ihren Kopf. »Du wolltest ohnehin gehen?«

»Ja«, nickte er.

»Ohne es mir zu sagen?«

»Ich habe es dir gesagt.« Er berührte die Kobra mit seinem Finger. »Ich habe dir auch gesagt, ich würde dich danach wiederfinden.«

»Nach was?«

Er versuchte, sich aus dem Sessel zu erheben, aber sie hielt ihn an den Schultern fest. »Du hättest mir sagen sollen, was du tust. Dass du für Israel spionierst.«

»Aber das habe ich, Hannah. Oder nicht?«

Lucien hielt ihrem Blick stand. Aufrichtige grüne Augen, die Farbe der Hoffnung. Hannah dachte zurück an den Nachmittag in Alexandria, an die Wohnung, die wie eine Pariser Wohnung aussah, den Tee und das Marzipan, den Sonnenschein, der durch die riesigen Fenster träumte. Luciens Mutter, zierlich und exquisit. Ihre sanfte Stimme.

Und Lucien, als sie zurück zum Hotel schlenderten. *Es ist nichts, womit man heutzutage hausieren geht. Nur Menschen, denen man vertraut.*

Was für eine Idiotin sie war. Sie hatte nur an ihr Ziel gedacht – das Hotelzimmer, das Bett, die Stunden der Leidenschaft bis zum Abendessen. Er hatte sich ihr geöffnet und sie hatte es nicht bemerkt. Zwei Körper, das war alles, was sie füreinander waren.

»Es ist in Ordnung«, raunte er ihr zu. Als hätte sie die Worte laut ausgesprochen. Für einen Moment dachte sie, sie hätte es getan.

Aber natürlich hatte sie das nicht. Hannah hatte mit ihm nie ihre Gedanken geteilt. Hatte sich ihm nie geöffnet. Ein Körper, das war alles. Ein Feld zum Besäen.

Sie legte ihren Kopf an seine Brust und lauschte seinem Herzen.

»Als die Sowjets kamen«, erzählte sie, »lebte ich mit János auf dem Gut seiner Familie im Osten. Wir hatten ein Mädchen und einen Jungen durch Typhus verloren, während er in Stalingrad kämpfte. Durch ein Wunder kam er nach Hause und wir bekamen einen weiteren Sohn. Károly. Mein Junge.«

Luciens Herz pochte in ihrem Ohr. Es schien ihr, als wäre sie irgendwie in ihn hineingeschmolzen, als wäre der Schlag seines Herzens zu ihrem eigenen geworden. Als müsste sie diese schreckliche Sache nicht laut aussprechen, weil er ihre Erinnerung in seinem eigenen Kopf sehen würde.

Trotzdem fuhr sie fort.

»János erhielt die Nachricht, die Rote Armee hätte die Grenze überquert. Nach Stalingrad dachten alle, er sei gefallen, und tat gut daran, sich tot zu stellen und zurückgezogen mit mir auf dem Land zu leben. Aber nun die Sowjets in Ungarn, das war eine andere Sache. Wir packten unsere Sachen. Ich sollte nach Budapest gehen, um bei Freunden zu bleiben. János wollte sich der Armee wieder anschließen und das Land verteidigen. Wir waren so dumm, wir dachten, wir hätten bis zum Morgen Zeit, eine letzte Nacht in unserem Haus zusammen. Eine letzte Nacht in unserem Bett zusammen. Kurz vor der Dämmerung brachen einige sowjetische Soldaten in das Haus ein.«

Lucien gab ein leises Geräusch von sich, als hätte er einen Schlag erhalten, der ihn betäubte.

»Ich weiß nicht, wie viele es waren«, sagte sie. »Sechs oder sieben, glaube ich. Sie wechselten sich damit ab, mich zu schlagen, während die anderen János festhielten und ihn zwangen zuzusehen. Ich erinnere mich, dass ich ihm zurief, er solle die Augen schließen, aber er tat es nicht. Er wollte mit mir leiden. Als sie dessen müde wurden, schossen sie János durch den Kopf. Dieses sowjetische Gewehr. Ein einziger Schuss mitten in die Stirn. Ich erinnere mich nicht an den Klang der Waffe oder daran, wie die Kugel seinen Kopf durchbohrte. Nur an den Anblick seines Gehirns an der Schlafzimmerwand. Sie ließen mich auf dem Boden zurück, wo ich seinen Körper wiegte. Ich war außer mir, ich war wie von Sinnen. Ich erinnere mich, dass ich dachte, so endet es also? So? Ich hörte sie draußen, diese Soldaten. Sie lachten. Für sie war es alles ein großer Witz, eine lustige Zeit. Ich dachte, warum haben sie mich nicht auch einfach erschossen? Dann roch ich den Rauch. Überall Rauch. Sie hatten das Haus in Brand gesetzt, um mich bei lebendigem Leib zu verbrennen. Um mich mit dem Körper meines toten Mannes zu verbrennen. Und ich dachte, *Károly*. Károly in seiner Wiege neben dem Bett. Er hatte während alldem geschlafen. Er war immer ein Tiefschläfer gewesen, wir hatten oft darüber gescherzt. Dass das Haus um ihn herum abbrennen könnte und er nicht aufwachen würde. Irgendwie schaffte ich es, mich auf Händen und Knien aufzurichten. Ich weiß nicht wie. Da war überall Blut. Meins und das von János. Auf dem Boden, dem Teppich. Ich kroch um das Bett herum zur Wiege. Und ich sah, dass sie leer war. Sie hatten ihn mitgenommen. Als ich den Körper meines toten Mannes hielt. Sie hatten meinen Sohn mitgenommen.«

Das Wort *Sohn* war nun ein Flüstern. Lucien hielt sie mit beiden Armen. Hätte er etwas gesagt, wäre sie zerfallen. Ein Wort des Mitleids hätte sie zerstört. Aber er tat es nicht. Sein Herz schlug im gleichen stetigen Rhythmus an ihrem Ohr. Sein weißes Smokinghemd roch nach Zigaretten, nach Wäschestärke. Nach dem Parfüm einer Frau.

»Irgendwie kam ich nach draußen. Ich erinnere mich nicht wie. Ich muss die Hintertreppe genommen haben. Ich schrie nach ihm. Meinem Baby. Er hatte die schönsten Locken, als hätte Gott Sonnenschein zu Seide für sein Haar gesponnen. János pflegte dieses Spiel mit ihm zu spielen, er würde einen Apfel unter dem Tisch verstecken und dann so tun, als würde er ihn hinter Károlys Kopf finden. Und er würde lachen. Den Klang seines Lachens höre ich die ganze Zeit. Ich höre ihn im Schlaf. Auf der Straße, hinter jeder Ecke. Ich wankte nach draußen durch den Rauch, schrie nach meinem Sohn, aber sie waren schon weggefahren. Ich rannte um das Haus herum und suchte nach ihnen. Die Auffahrt hinunter. Diese sowjetischen Soldaten. Sie waren mit ihm weggefahren. Oder hatten ihn getötet, ich weiß es nicht. Ich konnte den Auspuff ihrer verdammten Lastwagen riechen. Rauch und Auspuffgase und Benzin. Dieser schreckliche Gestank. Also dachte ich, *ich werde zurück ins Haus gehen und in den Armen meines Mannes verbrennen*, aber ich hatte nicht die Kraft dazu. Ich fiel einfach dort um, wo ich stand. Als ich aufwachte, war das Haus verschwunden. Nur noch ein Aschehaufen. Ich brauche etwas Wasser.«

Ohne ein Wort erhob sich Lucien aus dem Sessel und trug sie aufs Bett, lehnte sie gegen die Kissen, und ging ins Badezimmer. Sie hörte die Wasserhähne rauschen. Er kam wieder zurück mit einem Glas Wasser und setzte sich auf die Bettkante, während sie trank. Sie versuchte, ihre zitternden Hände ruhig zu halten. Vorsichtig nahm er ihr das Glas ab und stellte es auf den Nachttisch.

Sie fuhr fort. »Während der Belagerung landete ich in Budapest, bei Irina, der alten Freundin meines Mannes. Ich wollte so viele von ihnen töten wie möglich. Nazis und Sowjets, das war mir egal. Ich lernte, wie man ein Gewehr aus dem Fenster eines Wohnhauses abfeuert und einen Mann mit einer Kugel in die Stirn tötet. Es war so befriedigend, seinen zuckenden Körper zu sehen, wenn die Kugel ihn traf. Als die Stadt kapitulierte, wurde ich verhaftet. SMERSH, weißt du, was das war? Die sowjetische Spionageabwehr. Sie verhörten mich wochenlang. Ich verlor jedes Zeitgefühl. Du kennst ihre Methoden.«

»Ja«, stimmte er zu.

»Für Frauen ist es noch schlimmer. Diese Barbaren. Man muss den Geist vom Körper abtrennen, die Seele vom Leib. Man muss seinen Körper als einen Hülle betrachten, die einem nicht gehört. Ich bin nur entkommen, weil sie in der Nacht, als Berlin fiel, so betrunken waren, dass sie vergaßen, die Tür der Verhörzelle abzuschließen. Dumme Bestien. Ich bin hinausgelaufen, den ganzen Weg bis nach Österreich bin ich gelaufen. Den Rest kennst du.«

Lucien zündete ihr eine Zigarette an. Seite an Seite saßen sie auf dem Bett und reichten die Zigarette hin und her. Durch den Spalt zwischen den Vorhängen streckte die Morgendämmerung einen Finger aus.

»Du musst gehen«, bat sie. »Alistair wird seine Informationen an die Behörden weitergeleitet haben. Du kannst jeden Moment verhaftet werden.«

Er drückte die Zigarette aus und griff nach ihr. Hannah trug immer noch ihren dunkelblauen Kaschmirmantel über ihrem Kleid von der Party. Er schob den Mantel über ihre rechte Schulter und küsste die nackte Haut, dann bedeckte er sie wieder.

»Ich muss nach Alexandria fahren, um meine Mutter auf ein Schiff zu bringen«, erklärte er ihr.

»Nach Israel?«

»Ja. Jahrelang wollte sie nicht fort. Sie dachte, Ägypten wäre ihre Heimat, so wie Juden früher dachten, Deutschland wäre ihre Heimat. Ich drängte sie zu gehen, solange sie ihr Geld noch mitnehmen könne. Schließlich stimmte sie zu. Aber ich muss sie selbst auf dieses Schiff bringen. Ich muss sicher sein. Verstehst du?«

Seine Augen waren grün, ruhig und etwas blutunterlaufen. Sie erwiderte: »Du solltest mit ihr gehen. Du solltest dieses Schiff besteigen.«

»Ich kann dich nicht zurücklassen.«

»Unsinn. Du hattest doch ohnehin geplant zu gehen.«

Er nahm sie bei den Schultern. »Komm mit mir, Hannah.«

»Weil du jetzt Mitleid mit mir hast?«

»Weil ich dich liebe.«

Hannah nahm seine Hände von ihren Schultern. »Es ist nicht mehr notwendig, so etwas zu behaupten.«

»Hannah, sprich nicht so. Du hast mir gerade die ganze Wahrheit anvertraut.«

»Das bedeutet nicht, ich hätte vor, meinen Mann zu verlassen und mit dir wegzulaufen – wohin? Israel? Das muss ein Scherz sein.«

»Wohin du willst auf dieser Welt. Wir haben ein Kind, Hannah.«

»*Ich* habe ein Kind. Du bist frei, Lucien. Geh. Du bist nicht für die Vaterschaft geschaffen.«

Er zuckte zusammen. In dem Moment, bevor er sein Gesicht abwandte, sah sie den Schmerz in seinen Augen.

»Du hattest recht wegzugehen«, murmelte sie. »Es ist das Beste für uns beide. Das weißt du.«

Er erhob sich vom Bett und ging zum Fenster. »Liebst du mich, Hannah?«

»Ob ich dich liebe oder nicht spielt keine Rolle.«

»Es ist eine einfache Frage.«

Sie blickte auf ihren Schoß, fleckig und zerknittert. Auf die Wölbung ihres Bauchs. »Es ist dumm von mir …«

Er drehte sich zu ihr um. »Sag es, Hannah. Du liebst mich. Gib es zu, um Gottes willen.«

»Sei kein Idiot. Natürlich tue ich das.«

»Dann ist es doch einfach, oder? Wir gehen zusammen.«

Sie starrte auf die Hand, die er ihr entgegenstreckte.

»Geh«, bat sie. »Geh einfach.«

Er ließ seine Hand ermattet sinken, dann bewegte er sich zum Bett und ließ sich auf die Knie fallen. Hannah berührte sein Haar, streichelte seinen Kopf und küsste ihn. Sie konnte den pfefferminzigen Duft seines Haaröls riechen. Seine Hände glitten an ihren Oberschenkeln hoch, um ihren Bauch zu berühren. Durch den dünnen grünen Krepp küsste er ihn. Sie schloss die Augen, sodass es nichts anderes mehr gab als seine warmen Lippen auf ihrem Schoß, seine Hände, seinen Kopf zwischen ihren Handflächen, sein Haar an ihrem Gesicht.

Er hob den Kopf und schloss seine Hand um das Armband an ihrem Handgelenk.

»Ich muss dir etwas zeigen«, flüsterte er.

KAPITEL ZWANZIG

Mallory

Juli 2022
Winthrop Island, New York

Ich warte bis etwa halb sechs, die Sonne steht halb über dem Horizont und die Luft leuchtet rosa. Ich stehe auf und werfe mich in meine Laufkleidung. Mein Kopf ist schwer; meine Arme und Beine fühlen sich an, als wäre ich in der Nacht von einem Lastwagen überfahren worden.

Von einem metaphorischen Lastwagen, könnte man sagen.

Auf Winthrop Island im Morgengrauen laufen zu gehen, fühlt sich immer wieder so an, als wäre man unvorstellbar nah am Himmel. Zuerst trabe ich locker die Club Road hinunter. Häuser zu meiner Linken, Fairways zu meiner Rechten. Die windstille Luft schmeckt nach Salz und Erinnerung. Die Landschaft ist bevölkert von Geistern: Dort fliege ich auf einem alten Fahrrad, jage den Zwillingen zum Segelunterricht in Little Bay Harbor hinterher und passiere Monk und seinen Golfer am achten Abschlag. Er sieht uns und hebt die Hand zum Gruß.

Ich laufe an dem Wächterhäuschen vorbei, wo ich normalerweise in die Little Bay Road abbiege und zurück Richtung Hafen laufe. Die Endorphin-Ausschüttung hat früh eingesetzt, wie immer, wenn ich nach einer schlaflosen Nacht laufe. Weiter geht's die West Cliff Road hinunter, vorbei an der alten Longfellow-Wiese: Monk, der mich über die Wiese zum Pfad hinunter zur Horseshoe Cove führt, wo wir ein Feuer anmachen und Marshmallows grillen, mit denen wir einander füttern, Stück für Stück. Wir tauschen Marshmallow-Küsse in der samtenen Nacht, bis ein

Wolkenbruch das Feuer löscht und uns lachend den Hügel hinauf und über die Wiese zurückjagt. Auf der Hundedecke im Kofferraum von Bessie lieben wir uns, durchnässt und lachend.

Vorbei am alten Fisher-Anwesen, ein Blick auf den Fleet-Rock-Leuchtturm, die Klippen, der steile Abstieg zum Dorf, wo ich nach links abbiege und das Flugfeld umrunde, hin zum Pfad, der über die alten Bunker zu den Dünen und wieder zurück entlang der anderen Seite des Flugfeldes führt. Dann wieder den steilen Anstieg der West Cliff Road hinauf mit allem, was ich habe, mit jedem Atemzug, der noch in meinem Körper ist, bis ich den Kamm erreiche und high wie ein Drachen den Weg zurückcruise, den ich gekommen bin. Die Häuser erwachen jetzt, Golfer und Caddies erscheinen auf den Fairways. Vorbei an der Serenity Lane und Summerly an ihrem Ende. Ich wende meinen Blick von der Seagrapes-Einfahrt ab und biege in den Kiesweg zum Monk-Haus ein. Aus der Küche dringen ein paar Stimmen zu mir.

Ich werde langsam, gehe nun, keuchend, tropfend, die Hände in die Hüften gestemmt. Es lässt sich nicht vermeiden, sie zu hören.

Aber, Miss Lennox, Sie sagten doch –

Eine einfache Entschuldigung, Grace. Das ist alles, worum ich bitte. Ist das zu viel verlangt? Eine einfache Entschuldigung und vielleicht, nur vielleicht, *befolgen Sie das nächste Mal meine Anweisungen?*

Aber ich dachte –

Ich meine, kennen Sie allen Ernstes nicht den Unterschied zwischen Haferbrei und Overnight Oats? Sie haben mir gesagt, Sie wüssten, was das ist, Grace. Ich habe Ihnen vertraut. Also was ist das für ein Shit? Verdammtes Instant-Quaker? Voller verdammter Pestizide und GMOs? Soll ich das in meinen Körper lassen? In Monks Körper?

Es tut mir leid, Miss Lennox.

Wenn Sie nicht wissen, worum ich sie bitte, schauen Sie im verdammten Internet nach. Wenn Sie sich nicht erinnern können, schreiben Sie es sich auf. Ich nehme an, Sie können schreiben, oder? Also machen Sie eine Liste. Wissen Sie was? Ich werde es tun. Ich werde haargenau jedes verdammte Detail aufschreiben und unterstreichen, damit Sie es das nächste Mal nicht vermasseln. Okay?

Es tut mir leid, Miss Lennox.

Tut mir leid reicht hier wirklich nicht, Grace.

Inzwischen stürme ich durch den Hauswirtschaftsraum in Richtung Küche, wo eine Schüssel Haferbrei auf dem Holztresen steht, gespickt mit frischen Blaubeeren. Lee steht daneben, in einer schwarzen Caprihose und einem kurzen schwarzen Trägertop, yoga-bereit. Ihr Haar fällt ihren Rücken hinunter, als wäre sie durch einen Windkanal gegangen.

»Was zum Teufel geht hier vor?«

Lee streicht sich eine Haarsträhne hinters Ohr. »Das ist eine Sache zwischen mir und Grace, Mallory.«

»Grace ist meine Freundin.«

»Das mag sein«, schnauzte Lee, »aber sie *arbeitet* für mich.«

»Sie arbeitet für Monk.«

Lee lächelt. »Schätzchen. Ich denke, wir verstehen, was das bedeutet, oder? Sie arbeitet auch für mich.«

»Nun, es tut mir leid, aber ich kann nicht einfach danebenstehen und zuhören, wie du jemanden *beschimpfst*, der schon für die Familie gearbeitet hat, bevor du geboren wurdest. Und selbst wenn sie das gesamte Kristall zerschlagen hat; du magst mit dem Chef schlafen, aber du schuldest ihr trotzdem Respekt, okay? Benimm dich nicht wie ein Kleinkind. Grace, ich werde das hier für dich aufräumen. Geh und nimm dir einen Moment für dich.«

Lee und ich starren uns ein paar Sekunden lang an. Die Tränen laufen lautlos über ihre Wangen.

»Hör zu«, sage ich. »Ich wollte deine Gefühle nicht verletzen. Aber so sprechen wir hier einfach nicht mit Menschen.«

Sie dreht sich um und verlässt die Küche. Ich höre das schnelle Trippeln ihrer Füße, die Treppe hinauf zum Hauptschlafzimmer.

Eine Stunde später steht Monk hinter mir, während ich Sam gerade beim Packen helfe.

»Hey, Kumpel. Kann ich kurz mit deiner Mum sprechen?«

Sam sieht mich mit hochgezogenen Augenbrauen an.

»Geh nur«, sage ich ihm.

Als Sam zur Tür hinaus ist, fragt Monk: »Was ist hier los? Packst du?«

»Lola hat uns eingeladen, bei ihr in Summerly zu wohnen.«

»Wann habt ihr das beschlossen?«

»Letzte Nacht. Du und Lee seid früh ins Bett gegangen, erinnerst du dich?«

Ich höre ihn hinter mir seufzen. »Mallory. Sieh mich an.«

Ich drehe mich um. Er trägt ein T-Shirt und eine graue Jersey-Jogginghose. Sein Haar ist zerzaust, sein Gesicht angespannt. Er runzelt die Stirn. »Hör zu, ich weiß, die Situation ist ein bisschen unangenehm …«

»Es ist okay. Wirklich. Hier zu wohnen war einfach von Anfang an ein Fehler.«

»War es das, Pinks? War es so schlimm?«

Ich wende mich wieder Sams Schublade zu und ziehe ein Knäuel von Hemden heraus, werfe es aufs Bett und beginne, sie zu falten. »Es ist einfach alles etwas unangenehm.«

»Kannst du mir erklären, was gerade eben unten passiert ist? Lee liegt weinend auf dem Boden.«

»Sie war sehr respektlos zu Grace, das ist alles. Also habe ich sie darauf angesprochen.«

»Was hast du zu ihr gesagt?«

»Ich sagte, nur weil sie mit dem Chef schlafe, gebe ihr das nicht das Recht, sich wie ein Kleinkind zu benehmen.«

»Jesus, Mallory. Das hast du gesagt?«

»Monk, sogar deine alkoholkranke Stiefmutter hat Grace wie einen Menschen behandelt.«

Ein Stöhnen entfährt seiner Kehle. »Also, was genau ist da unten passiert?«

»Warum fragst du nicht deine Verlobte?« Ich lege ein ordentlich gefaltetes Hemd in Sams Reisetasche und nehme ein weiteres. »Weißt du was, vergiss es. Ich bin nicht hier, um Familiendrama zu entfachen. Wir werden in einer Stunde weg sein, und ich denke, das ist für alle das Beste.«

Monk setzt sich auf die Bettkante, ein paar Meter entfernt, und versucht meinen Blick einzufangen. »Ich weiß, Lee kann etwas anspruchsvoll sein.«

»Das ist eine Möglichkeit, es auszudrücken.«

»Aber sie ist ein guter Mensch, Mallory. Sie war für mich da. Ich war vor ein paar Jahren, als wir wieder zusammenkamen, in einer ziemlich beschissenen Lage. Ich hatte zehn Jahre lang jede Bindung, jede erwachsene Beziehungen vermieden. Und sie führte mich zurück. Sie zog mich aus einem tiefen Loch. Brachte mich dazu, eine Therapie zu beginnen, ließ mir keinen Scheiß durchgehen. Ich brauchte das. Ich brauchte sie.«

»Monk, das ist eine nette Geschichte. Ich bin sicher, sie ist wunderbar für dich. Ich bin sicher, ihr werdet unfassbar glücklich miteinander sein. Ich möchte, dass ihr zusammen glücklich seid.«

»Pinks, hör auf damit.«

»Womit aufhören?«

Er durchquert den Raum, schaut in den Spiegel an der Badezimmertür und dreht sich dann zu mir um. »Weißt du was? Lass uns reden. Ich denke, wir müssen dieses Gespräch führen.«

»Welches Gespräch?«

»Ich glaube, du verstehst es wirklich nicht. Ich glaube nicht, dass dir klar ist, wie sehr du mich zerstört hast, als du gegangen bist. Ich habe nicht nur meine Freundin verloren, die verdammte Liebe meines Lebens. Ich habe meinen besten Freund verloren. Ich habe den einen Menschen auf dieser Erde verloren, dem ich vertrauen konnte. Du hast dieses Vertrauen gebrochen, Mallory, und du hast mich gebrochen. Und jetzt stellt sich heraus, du hast mehr kaputt gemacht, als ich mir je hätte vorstellen können. Dieser Junge da draußen. Mein *Sohn*. Du hast meinen Sohn *dreizehn Jahre lang* von mir ferngehalten. Wer macht so etwas, Mallory? Wer tut so etwas einem Kerl an, den man angeblich liebt?«

»Ich dachte, du hättest das alles für dich geklärt. Du weißt schon, *ich musste meine Kunst leben* und alles. Frei sein.«

»Lag ich falsch? Was habe ich übersehen, Mallory? Was übersehe ich?«

»Nichts.«

Monk streckt die Hand aus und nimmt meine Hand, knapp unter dem Armband. »Bin ich dann der Arsch? Ist es das, was du sagen willst?«

»Nein.«

»Was habe ich getan, Mallory? Sag mir einfach, was ich dir angetan habe. Um Gottes willen. Ich brauche hier verdammt nochmal einen Abschluss.«

Eine Stimme unterbricht uns von der Tür her. »Hey, ihr zwei. Mallie, könntest du mir mit den Sachen der Mädchen helfen? Lola wird in etwa zehn Minuten hier sein.«

Monk lässt meine Hand los und steht auf. »Paige, würde es dir etwas ausmachen, uns noch eine Sekunde zu geben?«

Ich sammle den Rest der Hemden ein und werfe sie in Sams Reisetasche. »Warte, Paige. Ich komme.«

Es stellt sich heraus, dass Lolas Großmutter väterlicherseits in einer Woche ihren sechsundneunzigsten Geburtstag feiert und der gesamte Peabody-Clan sich zum Vorglühen versammelt hat. Lola entschuldigt sich für das Chaos.

»Dave hat sieben Tanten und Onkel, einschließlich der Stiefgeschwister, und ...« Sie hält inne, um zu zählen. »Neunzehn Cousins und Cousinen ersten Grades. Ich meine, natürlich sind dieses Jahr nicht alle hier. Der hundertste Geburtstag, das wird der Knaller.«

Mrs. Peabody ist eine feingliedrige, eingesunkene Frau mit scharfen, tief liegenden Augen und korallenroten Lippen. Ihr weißes Haar umrahmt flauschig ihr Gesicht. Sie kommt direkt auf mich zu, um sich vorzustellen.

»Dunne«, sagt sie. »Also sind Sie Irin.«

»Eigentlich bin ich Jüdin«, erkläre ich ihr. »Ich liebe Ihr Kleid.«

»Patronisieren Sie mich nicht. Sie hätten mich sehen sollen, als ich jung war. Damals war ich wirklich etwas Besonderes.«

»Das glaube ich gern. Ich habe gehört, Sie sind Schriftstellerin?«

Sie hält sich die Hand ans Ohr. »Eine was?«

»EINE SCHRIFTSTELLERIN!«

»Oh Gott, nein. Ich bin Historikerin. Ich bin verpflichtet, alles aufzuschreiben, damit sich die Leute erinnern.« Sie mustert mich von oben bis unten. »*Ich* habe gehört, dass ein gewisser Jemand scharf auf Sie ist.«

»Entschuldigung, *was*? *Wer*?«

»Oh, er hat mir vor ein paar Wochen auf dem Weg zum Arzt die Ohren vollgejammert. Ich kann es ihm nicht verübeln.« Sie reicht mir ihr leeres Glas. »Holen Sie mir bitte einen Gin Tonic mit Limette.«

Hinter der kleinen Bar schüttelt ein dunkelhaariger Mann gekonnt einen Cocktailshaker und siebt den Inhalt in ein Glas. Er blickt von seiner Arbeit auf und grinst.

»Mallory, die Erste«, sagt er mit einem tiefen, attraktiven Bariton. »Was kann ich für Sie tun?«

Mrs. Peabody sieht aus, als wäre sie zufrieden mit sich. Sie nimmt ihr Glas und brummt: »Ich sehe, Sie haben meinen Lieblingsenkel gefunden.«

»Lassen Sie sich davon nicht zu sehr beeindrucken. Wir sind alle ihre Lieblinge«, wehrt Sedge ab.

»Sedge hat sich kürzlich von der Freundin, die alle gehasst haben, getrennt und er ist unglaublich gut aussehend – nun, das können Sie *selbst* erkennen – *und* ich habe gehört, er verdient eine Menge Geld im Internet. Stimmt das, Sedge?«

»Es ist nicht so zwielichtig, wie sie es darstellt, das verspreche ich«, grinst Sedge.

»Hat Miss Dunne dir erzählt, dass sie Jüdin ist?«

»Für meine Freunde bin ich Mallory«, lächle ich. »Und ich bin nur zu einem Viertel jüdisch. Tut mir leid, Sie enttäuschen zu müssen.«

»Das wird reichen müssen«, flötet Mrs. Peabody. »Wir haben heute nur noch einen Juden in der Familie, und er könnte jemanden gebrauchen, der ihm hilft, die hohen Feiertage zu begehen. Sedge, nimm Mallory mit an den Strand und finde heraus, ob sie mit dir ausgehen wird. Aber pass auf den KGB auf.«

»Was meinte Ihre Großmutter damit?«, frage ich Sedge, als wir unsere Schuhe ausgezogen haben, um den Sand zwischen unseren Zehen zu spüren.

»Entschuldigung. Kümmern Sie sich nicht um Grandma, sie mischt sich gern ein.«

»Nein, ich meine das mit dem KGB.«

»Oh, das?« Er lacht. »Nur eine alte Familienlegende. Man sagt, Summerly war nach dem Krieg ein Tummelplatz für sowjetische Spione. Sie sollen irgendeinen geheimen Sender im Gästehaus versteckt haben.«

»Faszinierend. Ich wohne zufällig im Gästehaus.«

»Dann sollten Sie demnächst mal den Dachboden gründlich untersuchen.« Er nippt an seinem Bier und starrt aufs Meer hinaus. Seine Wangenknochen sind rosa gefärbt. »Ich könnte dabei helfen. Falls Sie einen Einheimischen brauchen, der Ihnen alles zeigt.«

Ich kicke etwas Sand und nippe an meinem Gin Tonic. »Bevor Sie weitere unwiderstehliche Angebote machen, sollten Sie wissen; ich habe einen dreizehnjährigen Sohn, der eine neue Niere braucht.«

»Nun«, erwidert er langsam, »damit habe ich nicht gerechnet.«

»Der Vorteil ist allerdings; ich suche nichts Ernstes.«

»Das soll ein Vorteil sein?«

»Sagen Sie es mir, Sedge der Zweite.«

Sedge hat eine Hand in der Tasche, in der anderen Bier. Die untergehende Sonne färbt die eine Seite seines Gesichts golden. Er betrachtet den Flaschenhals des Bieres und blickt dann zum Haus und den Generationen von Peabodys, die sich dort tummeln und uns keine Beachtung schenken. Mit dem Kopf deutet er nach rechts, wo ein Gewirr von Strandrosen uns vor Blicken schützt. Er legt seinen Arm um mich und küsst mich. Sein Mund schmeckt nach Bier und Geborgenheit. Meine zerquetschten, verbogenen Gefühle entrollen und strecken sich, als wollten sie sich in der Sonne wärmen. Als er seinen Kopf hebt, sagt er: »Das tut mir leid mit deinem Sohn. Das muss schwer sein.«

»Ja, es war wirklich hart.«

Er gibt mir sanfte, knabbernde Küsse entlang meines Kiefers bis zu meinem Ohr. »Du suchst also eine kleine Flucht vor der Realität, verstehe ich das richtig?«

»Du bist ein guter Zuhörer, Sedge.«

»Ich wurde von meinen früheren Besitzern gut trainiert.« Sedge stellt das Bier in den Sand und öffnet den obersten Knopf meiner Bluse, dann den nächsten. Er küsst meinen Hals, mein Kinn, meinen Mund. »Dreizehn, hm? Was warst du, eine Kindbraut?«

»Wie süß von dir. Nein, keine Braut. Nur ein dummes Kind, das einen Fehler gemacht hat.«

Ein Geräusch von links lässt uns auseinanderfahren. Bevor ich mich umdrehen kann, um zu sehen, wer da ist, tritt Sedge vor mich. »Hi Kumpel. Kann ich helfen?«

Hinter Sedges Schulter erkenne ich einen vertrauten Haarschopf.

»Tut mir leid, Mann. Mein Fehler.«

Sedge ruft: »Oh, Shit. Monk *Adams*?«

Ich springe an Sedges Seite. »Warte! Monk! Stimmt etwas nicht?«

Monk hat sich bereits umgedreht, um den Strand hinaufzugehen. Ein Strauß Wiesenblumen baumelt in seiner Hand. Er bleibt stehen und dreht sich ein kleines Stück, sodass er mit mir sprechen kann, ohne mich ganz anzusehen. »Tut mir leid, Pinks. Sie sagten, du wärst unten am Strand, ich wusste nicht –«

»Aber es ist doch alles in Ordnung, oder?«

Er blickt auf die Blumen in seiner Hand. »Ich wollte mich nur entschuldigen, das ist alles. Du hattest recht, ich war der Arsch.«

»Warte, was ist passiert?«

»Ein andermal. Wenn du frei bist.« Er dreht sich um und schreitet den Strand hinauf, nicht in Richtung Summerly, sondern am Wasser entlang, zu seinem eigenen Haus. Ich stehe da und starre ihm nach.

»Du solltest ihm wahrscheinlich hinterhergehen«, sagt Sedge leise.

»Shit.« Ich reiche ihm meinen Gin und knöpfe meine Bluse zu. »Das sollte ich wahrscheinlich.«

Ich hole Monk auf der anderen Seite der Bucht ein, gerade als der Boden beginnt, sich nach oben zu wölben, um die Klippe zu bilden. »Warte! Monk!«, rufe ich.

Er bleibt stehen und dreht sich um. Die Wiesenblumen hat er irgendwo auf dem Weg fallen gelassen.

»Pinks, es ist in Ordnung. Es kann warten.«

»Ich bin ja jetzt hier, oder? Also kannst du es mir genauso gut jetzt sagen.«

Monk fährt sich mit der Hand durchs Haar, eine so vertraute Geste, dass ich für einen Moment denke, ich sei wieder zwanzig. Als hätten wir diesen Film an den Anfang zurückgespult.

»Grace hat gekündigt«, sagt er.

»Was? Nein!«

»Sie hat, nachdem du fort warst, mit mir gesprochen. Sie war ziemlich durch den Wind. Ich habe versucht, die Situation zu retten, aber sie – sie war zu aufgebracht. Über das, was passiert ist. Über das, was anscheinend die ganze Zeit schon passiert ist, und ich habe nichts davon mitbekommen. Weil Grace zu … weil sie …«

Er wendet den Kopf ab und stemmt die Fäuste in die Hüften. Der Ozean schickt eine Windböe, die durch sein Haar weht. Er hebt eine Hand, um mit dem Knöchel unter seinem Auge etwas wegzuwischen.

»Weil sie sich zu sehr geschämt hat, es mir zu sagen, Pinks. Sie wollte meine Gefühle nicht *verletzen.*«

»Es ist nicht deine Schuld.«

Er schnaubt lachend und hebt den Kopf, um mich anzublicken. »Irgendwie schon, Pinks. Oder? Ich bin verantwortlich für das, was in meinem eigenen Haus passiert. Und ich habe weggesehen. Weil ich es nicht sehen wollte. Ich brauchte diese Beziehung, um zu funktionieren. Ich brauchte etwas in meinem Leben, das von Dauer ist. Und dann kommst *du* daher, Miss Integrität. Du lässt dir diesen Schwachsinn *überhaupt* nicht gefallen, stimmt's? Drei Tage reichen dir, um in meinem Haus für Ordnung zu sorgen.«

»Das ist nicht wirklich –«

»Hör zu, ich habe schon genug von deiner Zeit in Anspruch genommen.« Er schaut auf seine Uhr. »Ich habe einen frühen Flug morgen. Ich muss nach Hause, packen.«

»Du fliegst weg?«

»Etwas ist dazwischengekommen. Geschäftlich.«

»Was ist mit ...?«

»Lee? Sie ist heute Nachmittag gefahren. Wir hatten eine kleine Aussprache. Darüber, dass man Menschen, die sich ein Leben lang um einen gekümmert haben, nicht schlecht behandeln sollte. Sie sagt, es sei alles falsch dargestellt worden, sie selbst sei die Geschädigte. Ich bin sicher, wir werden das klären können.«

Ich kann nicht sagen, ob er den letzten Satz ironisch gemeint hat oder nicht. Vor vierzehn Jahren hätte ich es gewusst. Ich hätte jede Nuance in seiner Stimme und seinem Gesicht lesen können.

»Geh zurück, Pinks«, meint er. »Genieß die Party auf Summerly. Du hast ein bisschen Spaß verdient.«

»Nun, ich finde, das hier ist wichtiger.«

»*Das hier?* Was meinst du mit *das hier*?«

»Du bist aufgebracht. Du bist unglücklich.«

»Oh, *jetzt* ist das also wichtig?«

»Ich wollte dich nie unglücklich machen, Monk. Das ist das Allerletzte, was ich wollte.«

Monk seufzt und legt seine Hand in seinen Nacken. Er blickt aufs Meer hinaus. »Kennst du dieses Zeug, das sie während des Zweiten Weltkriegs getrunken haben? Als der echte Kaffee ausging, tranken sie diesen Ersatzkaffee. Falschen Kaffee. Er war nicht echt. Er wurde aus allem gemacht, was sie in die Hände bekommen konnten. Eicheln oder Zichorie. Ich weiß nicht was. Mein Großvater hat mir davon erzählt. Er wurde in Frankreich abgeschossen, kam über eine dieser Fluchtrouten des Widerstands nach Spanien. Es schmeckte wie Scheiße, sagte er, aber sie tranken es trotzdem, weil sie keinen echten Kaffee hatten und *irgendetwas* brauchten, verstehst du? Etwas, um sich aufzuwärmen? Sie taten so, als wäre es echt, aber das war es nicht. Und als der Krieg vorbei war und sie wieder echten Kaffee probierten, fragten sie sich, wie zum Teufel sie sich dazu gebracht hatten, diesen Ersatzmist zu trinken. Wie sie ihn überhaupt runterbekommen hatten. Wie sie so lange überlebt hatten, indem sie so taten, als würde er gut schmecken. Aber es war alles, was sie hatten. Und es brachte sie durch den Krieg, wie gesagt.«

Ich verschränke die Arme vor der Brust und starre auf meine Flip-Flops.

»Ich bin nicht *unglücklich*, Pinks. Glaub mir. Bedeutet nicht, *ich bin kein unglücklicher Mensch*. Ich habe einen Sohn. Du und ich, wir haben zusammen einen Sohn. Und ich bin dafür unendlich dankbar, Mallory. Ich bin so dankbar für Sam, ich kann es kaum beschreiben. Einfach zu wissen, dass etwas so Gutes in diesem Sommer entstanden ist, etwas Echtes. Jetzt bin ich also an der Reihe. Es ist meine Aufgabe, mich um ihn zu kümmern. Ihn für uns am Leben zu erhalten, damit wir ihn lieben dürfen.«

Ich murmle zu meinen Zehen: »Mir ist klar, ich hätte einen Weg finden sollen, dich früher zu informieren.«

»Hey. Du warst ein Kind und hast einen dummen Fehler gemacht.«

Ich schaue auf. »Oh Shit, Monk. Das tut mir leid. Das meinte ich nicht so.«

»Schon okay.« Er tritt vor, nimmt mich bei den Ellbogen und küsst mich sanft auf die Lippen. »Gute Nacht, Pinko.«

Während ich zurück zu Summerly gehe, fühlt sich an, als würde ein Kühlschrank auf meiner Brust stehen, der sie zerquetscht. Ich erreiche den Rand des Strandes und höre ein paar Rufe. Mein Mutterinstinkt springt an. Ich laufe los, um Sam zu finden. Er sieht anderen Kindern beim

Volleyballspielen zu. Heute keine Dialyse, also hat er wenig Energie. Er sitzt im Sand, die Unterarme auf die Knie gestützt, die Finger verschränkt. Sein Blick folgt dem Ball so konzentriert, dass es aussieht, als hätte er ihn herbeibeschworen, als er in einem wilden Schuss in seine Richtung fliegt. Er hebt einen dünnen Arm und fängt den Ball mit der Handfläche. Wirft ihn zurück ins Spiel. Die Kinder drehen sich um und machen weiter, und etwas würgt mich, ein Klumpen hilfloser Wut.

Um Gottes willen, Monk, er braucht dich, denke ich. *Er braucht seinen Vater.*

Aber als ich auf Sam zugehe, lässt sich ein Mädchen in seinem Alter neben ihm in den Sand fallen. Ein niedliches Mädchen. Sie sagt etwas zu ihm und er antwortet ihr. Mitten im Gehen ändere ich die Richtung und gehe weg. Ich überquere den Strand zur Terrasse, wo Paige mich entdeckt und winkt.

»Habe ich Mist gebaut?«, fragt sie. »Mir war nicht klar, dass du da draußen Gesellschaft hattest.«

»Keine Sorge. Aber ich glaube, ich habe meinen Drink verloren.«

»Alles okay?«

»Ja. Nein. Shit.« Ich nehme ihr das Glas aus der Hand und trinke es halb leer, Paige schaut mir aufmerksam dabei zu. »Ich glaube, ich brauche noch ein paar davon.«

»Also, was wollte er?«

Ich starre in das Glas. Ein paar Eiswürfel sind zu Splittern geschmolzen. »Weißt du, für einen Moment war ich fast glücklich. Wir alle zusammen, wie eine richtige Familie. Sonne und Strand, Wein und die Rippchen auf dem Grill.«

»Bis Lee auftauchte, meinst du?«

»Es ist nicht nur Lee. Es ist alles.« Ich gebe ihr das Glas zurück. »Ich muss mich aus seinem Leben zurückziehen. Ich stehe im Weg.«

»Du kannst dich nicht *zurückziehen*. Du hast einen Sohn mit ihm.«

»Ich kann das nicht. Ich passe nicht in sein Leben. *Wir* passen nicht in sein Leben. Und Sam ist derjenige, der verletzt wird.«

»Oh, *Sam* wird verletzt? Ist es das, was du dir einredest? Hör mir zu, Mallie.« Sie nimmt meinen Arm. »Sieh dich an. All die Jahre – habe ich je einen Typen *kennengelernt*, mit dem du ausgehst? Nicht ein einziges Mal. Weil du dich weigerst, dich wieder zu öffnen. Du hast nur Fickfreunde, das ist alles. Und jetzt, wo ich hier bin und dich mit ihm sehe, habe ich endlich verstanden, warum.«

»Ja? Warum?«

»Weil ein Teil von dir immer noch hofft, dass es mit dir und Monk funktionieren wird. Ein Teil von dir ist immer noch in ihn verliebt.«

Ich schüttle ihren Arm ab. »Verpiss dich, Paige.«

»Es stimmt. Wann immer er im Raum ist, blühst du auf. Du fängst an zu strahlen. Und ich sage dir, Mallie, du musst einen Weg finden, diese verdammte Kerze auszublasen, okay? Blase diese Kerze aus, damit du mit ihm im selben Raum stehen kannst, ohne zu verbrennen. Du musst über ihn hinwegkommen. Um deinetwillen und um Sams willen.«

Ich erwidere ihren Blick und bemerke, wie hart ihre Augen aussehen, wie wenig sie geschlafen hat. »Paige, weißt du was? Du hast deine eigenen Probleme. Kümmer dich nicht um meine, okay? Ausnahmsweise?«

»Mallie, ich versuche zu *helfen*. Hör mir einfach zu. Du musst nicht lernen, *ohne* ihn zu leben. Die Option gibt es nicht, das ist der beschissene Teil. Du steckst fest, wegen Sam. Also musst du einfach lernen, *mit* ihm zu leben. Du weißt schon, wie der weise Mann sang? Wenn du nicht mit dem sein kannst, den du liebst –«

»Unglaublich hilfreich, Paige. Danke.«

»– liebe den, mit dem du zusammen bist.« Sie blickt an mir vorbei zum Strand. »Habe ich dir je erzählt, dass ich Sedge Peabody ein paar Mal in Boston getroffen habe? Auf dem Partykarussell. Toller Typ.«

»Paige.«

»Im Ernst. Du weisst, dass er diese Internetfirma gegründet hat, oder? Irgendein langweiliger Back-Office-Finanzkram. Ich kann mich nicht erinnern, was genau. Er hat sie letztes Jahr für knapp unter einer Milliarde Dollar verkauft.«

»Paige, ich –«

»Eine *Milliarde Dollar*, Mallie. *Und* er ist heiß. *Und* er ist Single. Und –«

»Paige, *bitte* halt die Klappe.«

»– *und* seine Ex-Freundin ist eine Freundin dieser Mutter in Idas Klasse, und die Mutter behauptet, die Ex hätte ihr erzählt, es wäre der beste Sex gewesen, den sie je hatte – mit Sedge, meine ich, und –«

»Tut mir leid, dass ich unterbreche«, hören wir Sedge Peabody hinter uns. »Ich dachte, ich bringe dieser Dame hier ein neues Getränk? Aber ich kann auch später wiederkommen, wenn ihr noch nicht fertig seid.«

Paiges Augen weiten sich in Richtung des Raums zwischen meinen Augenbrauen. Sie hebt ihr Glas und leert den Inhalt. »Nö. Ich denke, ich bin hier fertig.«

Sie eilt über die Terrasse davon und ich blicke ihr nach. »Ich glaube, das ist der Moment, in dem sich die Erde öffnen und mich verschlingen sollte.«

»Nur für die Akten«, grinst Sedge, »es war nicht mal annähernd eine Milliarde Dollar.«

»Aber die Sache mit dem Sex …«

»Oh, das stimmt alles. Hier, trink das. Löschen die Flammen der Peinlichkeit.« Er reicht mir das Glas und wir stoßen an. »Scheint, als hättest du einen ziemlich harten Nachmittag gehabt, Miss Dunne. Gibt es irgendetwas, was ich tun kann, um dich aufzuheitern?«

Ich mustere ihn über den Rand des Glases. Die Brise zerzaust sein dunkles Haar. Seine haselnussbraunen Augen sind voller Freundlichkeit. »Für den Anfang«, erwidere ich, »kannst du mir erklären, wofür Sedge die Abkürzung ist.«

»Das ist einfach.« Er lächelt. »Sedgewick.«

Am nächsten Morgen, kurz nach Sonnenaufgang, klingelt ein Telefon. Zuerst denke ich, ich träume es nur. Es klingelt laut. Wie der Aufprall eines Steins. *Lass es aufhören*, denke ich.

Neben mir bewegt sich was. »Deins oder meins?«

Die Worte ergeben keinen Sinn. Mein Kopf schmerzt höllisch.

Das Klingeln hört auf. »Hey«, sagt ein tiefer, attraktiver Bariton. »Wie fühlst du dich?«

Meine Augen fliegen auf. Ich drehe den Kopf. Sedge Peabody. Sein Gesicht auf den Kopf gestelltes, grinst mich schläfrig von oben an. Ich liege auf dem unteren Etagenbett; eine gemusterte Shaker-Steppdecke hat sich um meine Beine gewickelt.

»Oh, *Shit.*« Ich springe in eine sitzende Position, den Rücken gekrümmt. Mein Herz rast in meiner Brust. Panik steigt in meiner Kehle auf. »Was – haben wir –«

»Hey. Entspann dich. Nichts ist passiert.« Er grinst. »Na ja, nicht viel.«

Ich schaue auf meine zerknitterte Bluse hinunter. Alle Knöpfe geschlossen, ein kleiner Fleck am Ärmel. Der Kragen eines keuschen weißen Unterhemds säumt den unteren Teil von Sedges Hals. Mein Herzschlag beruhigt sich, die Panik geht zurück. Ich frage: »Wo ist Sam?«

»Deine Schwester hat ihn gestern Abend mit ihren Kindern zurück ins Cottage gebracht.«

»Oh, verdammt. Du solltest mich aufmuntern, richtig?«

»Und? Ist es mir gelungen?«

»Vielleicht ein bisschen zu gut?«

»Wie ich schon sagte.« Er greift nach meiner Hand und küsst die Fingerspitzen. »Gut trainiert von früheren Besitzern.«

»Das kann man wohl behaupten.« Mein Blick wandert die Länge seines Arms entlang. »Bist du sicher, dass wir nicht ...?«

»Für was für einen Mistkerl hältst du mich? Wir haben ein bisschen rumgealbert, das ist alles. Erinnerst du dich?«

Ich kann mir ein Lächeln nicht verkneifen. »Ich erinnere mich an etwas Albernheit, ja.«

»Alles oberhalb der Taille, ich schwöre. Ich hätte dich in einem eigenen Zimmer untergebracht, aber die Betten sind im Moment alle belegt. Und du warst – äh, nicht bereit, dich zu trennen.«

»Oh mein Gott. Es tut mir so leid.«

Sedge schwingt sich von der oberen Koje und setzt sich auf den Rand von meiner, ein paar Zentimeter entfernt. Selbst so verschlafen sieht er gut aus. Dunkles, zerzaustes Haar. Haselnussbraune Augen. Eine beruhigende, verantwortungsvolle, erwachsene Attraktivität. Er reibt mit seinem Daumen über meine Fingerknöchel. »Hey, was ist los? War's ein Fehlkauf?«

»Gibt es eine Geld-zurück-Garantie, falls ich nicht vollständig zufrieden bin?«

»Mallory Dunne«, brummt er, »du bist wirklich etwas Besonderes.«

»Ja, ja. Das sagen sie alle.«

Mit seiner anderen Hand streicht er ein paar Haarsträhnen von meiner Stirn. Sein Ausdruck ist so freundlich, dass es mich rührt. »Also, Mallory. Hast du oft Albträume?«

»Was meinst du?«

»Letzte Nacht. Ich habe dich wachgerüttelt und dann hat es wohl aufgehört. Aber es schien ziemlich intensiv zu sein.«

Ich schließe die Augen vor der Erinnerung in meinem Kopf. »Es tut mir leid. Ich habe manchmal diesen Traum. Wenn ich … aufgewühlt bin.«

»Ein wiederkehrender Traum?«

»Ich schätze schon. Es ist mehr oder weniger der gleiche Traum, jedes Mal. Ich renne einen brennenden Flur entlang. Versuche etwas zu finden. Jemanden. Aber überall ist Feuer und ich kann nicht finden, wonach ich suche. Der Traum endet immer bevor –« Meine Augen fliegen auf. Ich greife nach meinem Handgelenk und finde die beruhigende Wölbung des Armbands. »Oh mein Gott. Oh *Gott.*«

»Was? Was ist los?«

»Nichts.« Ich ziehe meine Hand weg. »Weißt du was? Ich fühle mich beschissen. Ich sollte nach Hause gehen und mir einen Kaffee machen.«

»Kommt nicht infrage. Du ruhst dich aus. Ich hole dir Kaffee.« Sedge drückt einen Kuss auf meine Stirn und erhebt sich vom Bett. »Bin gleich zurück, Schatz. Geh nirgendwo hin.«

Als er sich seinen Weg zur Tür bahnt, klingelt das Telefon wieder. Definitiv meins. Sedge hebt es vom Boden auf und wirft einen Blick auf den Bildschirm. »Boston Children's?«, sagt er.

Ich springe auf. »Gib her.«

Fünf Minuten später renne ich im Morgennebel die Auffahrt von Summerly hinunter. Das Gästehaus schlummert in seinem Rhododendronschal. Ich reiße die Haustür auf und stürme über den Flur zum Kinderzimmer, wo Sam in der unteren Koje schläft.

»Wach auf«, rufe ich. »Pack deine Sachen.«

Er stützt sich auf einen Ellbogen und öffnet blinzelnd die Augen. »Was? Was ist los?«

»Sie haben eine Niere für dich gefunden.«

KAPITEL EINUNDZWANZIG

Lucien

Januar 1952
Die Autobahn außerhalb Kairos, Ägypten

Die Reifen des Fiats wirbeln den Staub auf. Er warf einen Blick auf den Tachometer – achtzig, und sein Fuß war voll durchgedrückt. Er hätte den verdammten Mercedes ausleihen sollen. Er hätte vieles tun sollen. Er hätte Hannah zwingen sollen, mit ihm zu kommen.

Jetzt dampfte das verdammte Schiff ohne ihn nach Tel Aviv. »Noch etwas Unerledigtes«, hatte er seiner Mutter gesagt. Er gab ihr einen Umschlag mit Geld und einer Liste von Namen. Sie wurde pathetisch. »On ne badine pas avec l'amour«, sagte sie. »Finde sie, wenn du musst.«

Er sieht auf seine Uhr. Halb eins, und er war immer noch zwanzig Minuten vom Stadtrand Kairos entfernt. Am Horizont konnte er kein Anzeichen von aufsteigendem Rauch sehen. Noch nicht.

Er hatte seine Meinung bereits geändert, als die Nachricht ihn in Alexandria erreichte. Ein Mann streifte ihn auf dem Dock; die Notiz, in seine Handfläche gedrückt, verstärkte nur seine Dringlichkeit.

Er hätte Hannah nicht in Kairo zurücklassen dürfen. Was hatte er sich dabei gedacht? Man ließ seinen Arm nicht zurück, seine Leber oder seine Rippen oder Lungen; man konnte ohne diese lebenswichtigen Teile nicht existieren. Er wollte sowieso umkehren. Er hatte bereits beschlossen, dass er Hannah finden würde, um vor ihr auf die Knie zu fallen und ihr sein Leben zu versprechen; er würde eine anständige Stelle in einer Bank oder einer Import-Export-Firma finden; er würde überallhin gehen, alles tun, um an ihrer Seite zu leben, jede Nacht in ihrem Bett zu schlafen, ihr Kind in seinen Armen zu halten. Um sie für den Rest ihres Lebens vor weiterem Übel zu schützen.

Jetzt musste er sich beeilen.

Aber wo sollte er sie finden?

Laut der Nachricht war die Menge bereits auf dem Weg von der Fuad-Universität zu den Parlamentsgebäuden in der Innenstadt. Aber das war fast zwei Stunden her. Einmal in der Innenstadt, gab es nichts, was sie davon abhalten konnte, die Unruhen loszutreten. Laut Luciens Quellen waren sie seit Wochen vorhergesagt. Gestern Abend verriet Lillian, sie habe eine Telefonnachricht für ihren Mann vom Flughafen entgegengenommen. Die Arbeiter dort würden sich weigern, die BOAC-Flugzeuge zu bedienen. Sie sagte, die Armee würde eingreifen. Sie war fast hysterisch vor Angst; er musste sie trösten, auf die übliche Weise. Diese Dinge, die er früher einfach als Teil seines Jobs betrachtetet hatte, erfüllten ihn jetzt mit Selbstverachtung.

Vielleicht war das der Grund, warum er Hannah heute Morgen im Hotel nicht bedrängt hatte. *Du bist nicht zum Vatersein geschaffen*, hatte sie ihm gesagt. Diese Worte fühlten sich an, wie ein Messer in seinem Bauch. In diesem Moment hätte er sie in seine Arme nehmen und sie lieben sollen, bis sie ihre Einwilligung gab, so wie er Lillian ein paar Stunden zuvor geliebt hatte. Als er ihren Mantel von ihrer wunderschönen Schulter zog und sie küsste, hätte er ihr den Mantel ganz ausziehen können, und dieses grüne Kleid, das ihn dazu brachte, sie verschlingen zu wollen. Er hätte ihren Verstand im Liebesspiel ausschalten können, und vielleicht wäre sie ihm dann überallhin gefolgt.

Und was hatte er, der Idiot, getan? Den Mantel zurück über ihre verdammte Schulter gelegt.

Er hätte unerbittlich sein sollen.

Jetzt, ein paar Meilen außerhalb von Kairo, sah er die erste dünne Linie schwarzen Rauchs, die sich aus dem Stadtzentrum emporschlängelte.

Bevor er wieder in sein Auto stieg, hatte er im Shepheard's angerufen und Tarek, einem Mann, dem er vertraute, einen kurzen Satz für eine Notiz diktiert – *Bleib im Zimmer, bis ich zurückkomme, um dich abzuholen.*

Schieb die Notiz unter der Tür durch und klopf zweimal, hatte er Tarek gesagt, und Tarek hatte ihm versichert, dass die Notiz zugestellt würde.

Aber was, wenn sie nicht auf ihn hörte? Was, wenn sie bereits gegangen war?

Du bist nicht zum Vatersein geschaffen, hatte sie gesagt. *Es ist das Beste für uns beide. Das weißt du.*

Da Gezira auf seinem Weg in die Innenstadt Kairos lag, fuhr er zuerst dorthin, zu dem Apartmentgebäude, in dem Hannah mit ihrem Ehemann lebte. Er suchte nach dem Portier Salah, aber der war nirgends zu sehen, also rannte er die Treppe hinauf – Aufzüge waren Zeitverschwendung, und außerdem hatte er gerade zu viel Energie zu. Er hämmerte an die Tür der Ainsworths' Wohnung. Die Tür schwang auf. Hannahs Ehemann stand unsicher in Hemdsärmeln da, seine Krawatte lose um den Hals.

»Wo ist Hannah? Ist sie zu Hause?«, schrie Lucien.

»Das geht dich einen Scheißdreck an.«

Lucien packte ihn am Hemd. »Hör mir zu. In der Innenstadt findet gerade ein verdammter Aufstand statt, verstehst du das? Ich muss wissen, wo sie ist.«

»Lass mich los, du verdammter Jude.«

Lucien holte mit der Faust aus und traf Ainsworths Kiefer mit einem befriedigenden Knirschen. Der Bastard sah ihn benommen an und fiel zu Boden. Lucien stieg über ihn hinweg und raste durch die Wohnung, Hannahs Namen rufend.

Keine Antwort.

Zurück im Wohnzimmer hob er den Hörer des Telefons ab und bat darum, mit der Telefonzentrale des Shepheard's Hotel verbunden zu werden. Die Telefonistin stellte ihn durch. Die Telefonzentrale klingelte und klingelte; es gab keine Antwort.

Er knallte den Hörer auf und stieg wieder, auf dem Weg zur Treppe, über Ainsworths Körper hinweg,

Er hatte die Brücke kaum überquert, als er den Fiat aufgeben und zu Fuß weiterhasten musste. Die Straßen wimmelten von schreienden Männern; die Luft stank nach Rauch, nach Wut. Er sah keine Polizisten. Er hielt einen Mann auf dem Bürgersteig an, einen Ägypter, der in die andere Richtung eilte, und fragte, was los sei.

»Das Opernhaus steht in Flammen«, schrie der Mann mit schockierter Stimme. »Sie werden alles niederbrennen, alle ausländischen Gebäude, alle britischen Geschäfte.«

»Shepheard's, was ist mit Shepheard's?«, verlangte Lucien zu wissen.

»Ich habe es mit eigenen Augen gesehen, der diensthabende Shawish, er hat die Randalierer einfach reingelassen!«

»Du meinst, es brennt?«

»Ich weiß es nicht! Aber an Ihrer Stelle würde ich nicht dorthin gehen!«

Der Mann riss sich aus Luciens Griff los und verschwand in der Menge.

Lucien begann zu rennen.

War sie im Zimmer geblieben? Sie hatte die ganze Nacht nicht geschlafen, war mit den Nerven am Ende. War sie eingeschlafen? Hatte sie die Notiz gesehen, die unter der Tür durchgeschoben wurde? War sie trotzdem nach Hause aufgebrochen und vom Mob erfasst worden?

Wenn es keine Antwort an der Shepheard's Telefonzentrale gab, was bedeutete das? Stand es bereits in Flammen?

Als er die Fuad el Awal hinunterrannte, füllte sich die Luft mit Rauch. Ohne den Schritt zu verlangsamen, hob er den Kragen seiner Jacke über sein Gesicht. In seiner Tasche hielt er eine kleine Pistole. Nicht sehr nützlich in einer Menschenmenge, aber immerhin etwas. Er bahnte sich mit den Ellbogen seinen Weg die Straße entlang. Zu seiner Rechten schwang jemand einen Café-Stuhl durch ein Fenster. Zwischen den Gebäuden in der Sharia Aly Pasha sah er den Turf Club, wo Ainsworth und seine Kollegen gerne Zeit ohne ihre Ehefrauen verbrachten. Rauch quoll aus dem Fenster; er hörte Rufe, Geschrei. Den Knall eines Schusses. Ein Lastwagen voller Polizisten fuhr vorbei, ohne anzuhalten. Er rannte die Sharia el-Kamel hinauf und drängte sich an Männern vorbei, links und rechts. Jemand versuchte, seinen Arm zu packen; er schüttelte ihn heftig ab. Überall Rauch. Vor ihm auf der linken Seite, wo das Shepheard's Hotel stand, seit Jahrzehnten gestanden hatte, sah er eine orangefarbene Flamme inmitten der Schwaden von Kohlenrauch. Angst schnürte ihm die Kehle zu. Eine Menschenmenge hatte sich auf der Straße versammelt, gerade außerhalb der Reichweite der Flammen. Die Veranda stürzte ein; Jubel brandete auf.

Hannah, dachte er. *Das Kind.*

Er kämpfte sich zwischen den Männern hindurch, warf sich seine Jacke über den Kopf und rannte hinein.

* * *

Er hatte tatsächlich, genau hier im Shepheard's, gesessen und seinen vierten Whiskey-Soda an der Long Bar bestellt, als er einen alten Freund aus seinen Tagen in der Wüste entdeckte, wo sie deutsche Stabsautos in die Luft gejagt hatten. Damals war der Krieg seit einem Jahr vorbei, und er versuchte, Interesse an seinem Job als ägyptischer Agent einer Import-Export-Firma vorzutäuschen, die einem seiner Schweizer Cousins gehörte – ohne viel Erfolg. Er begann die meisten seiner Abende hier im Shepheard's, gefolgt von der Auberge. Anschließend landete er im Schlafzimmer irgendeiner Frau, dann in seinem eigenen, bis die heiße Sonne um die Jalousien lugte und sein Tag von vorn begann. Er war in schlechter Stimmung, in zerstörerischer Laune. Der Anblick seines alten Freundes Shiloah munterte ihn auf. Sie bestellten noch ein paar Drinks und redeten über dies und das. Das Thema Palästina kam auf.

»Es wird passieren, weißt du«, flüsterte Shiloah und zündete sich eine Zigarette an. »Wir haben Zusicherungen von den Briten, den Amerikanern.«

»Was wird passieren?«, fragte Lucien, obwohl er ziemlich sicher war, er wusste es bereits. Shiloah war in Jerusalem geboren, der Sohn eines Rabbiners; er war Zionist, wie er Lucien nach der Euphorie von El-Alamein bei einer Flasche Scotch klargemacht hatte.

Shiloah sah ihm in die Augen. »Staatlichkeit.«

»In Ordnung«, nickte Lucien, »aber wie wollt ihr diesen Staat erhalten, wenn ihr ihn einmal habt? Du weißt, wie die Araber über Juden denken. Es ist das eine verdammte Ding, bei dem sie sich einig sind, abgesehen davon, dass sie die Briten rauswerfen wollen.«

»Zunächst einmal werden wir ein paar Augen und Ohren vor Ort brauchen«, erklärte Shiloah, und der langen Rede kurzer Sinn – Lucien landete als Assistenzmanager im Shepheard's Hotel, Augen und Ohren vor Ort, an der Bar, im Speisesaal, in den Betten der Ehefrauen britischer Diplomaten. Was würden die Briten tun, was die Ägypter? In den berauschenden Tagen von 1948, als die Long Bar zum inoffiziellen Hauptquartier einer bestimmten Gruppe von Diplomaten und Armeeoffizieren wurde, die die offizielle britische Politik unterliefen, um Farouks Beteiligung an der Arabischen Liga zu fördern, erfuhr Ben-Gurion jede Verschiebung und Nuance rechtzeitig zu seinem Morgenkaffee. Jetzt gab es diese Revolution, so unvermeidlich wie der Ruf zum Gebet. Wie viel länger konnte Farouk sich halten? Wer würde ihn ersetzen? Wie hart würden die Briten um die Kanalzone kämpfen? Ohne jegliches Aufsehen extrahierte er all diese Informationshäppchen und schmuggelte sie zu Shiloah. Es war ein Job, der ihm weitaus besser lag als die Import-Export-Firma, zumindest bis Hannah Ainsworth sich mit einigen Damen zum Tee im maurischen Salon niedergelassen und mit einem Blick sein Gleichgewicht erschüttert hatte.

Aber zumindest waren seine Jahre hier nicht vergeudet gewesen. Er kannte jeden Teppich des Shepheard's, jede Ecke und jeden Winkel, jede Rille in jeder palmenförmigen Säule, auch wenn sie jetzt in Rauch und Flammen, Schutt und Asche um ihn herum einstürzten. Er rannte die ganze Lobby hinunter zur Arab Hall. Die Verglasung in der Kuppel war zerborsten; Glas knirschte unter seinen Schuhen. Durch den aufwallenden Rauch konnte er kaum etwas sehen, kaum atmen. Die Jacke bedeckte seinen Mund und seine Nase, der Rauch brannte in seinen Augen. In seinen Ohren war das Brüllen des Feuers, der auf den Boden krachende Schutt. Die Hitze war so intensiv, dass seine Haut sich wie die Haut einer reifen Pflaume zu pellen schien.

Er stürzte aus der Arab Hall in den Garten und nahm die Jacke von seinem Gesicht. Mit aller Kraft, die er aufbringen konnte, rief er Hannahs Namen. Der Lärm verschluckte den Ruf.

Sei nicht dumm, dachte er. *Sie ist nicht hier, sie ist weg. Wäre sie hier, wäre sie bereits tot.*

Aber seine Beine bewegten sich trotzdem vorwärts.

Das Feuer hatte das Nebengebäude noch nicht vollständig erfasst. Eine Tür stand offen; er rannte hindurch, den Flur entlang zu den Treppen, die Treppen hinauf, Stockwerk um Stockwerk. Der Rauch wurde dichter. Er hörte auf, die Etagen zu zählen; er konnte nicht nach oben schauen, um die Nummern zu erkennen. Als er in der obersten Etage ankam, taumelte er den Flur entlang zu seinem Zimmer, seinem alten Zimmer, wo er im Laufe der letzten fünf Jahre eine Parade von Frauen empfangen hatte, Frauen aller Art, und auf alle Arten mit ihnen geschlafen hatte, und schließlich Hannah. Seit Hannah zum ersten Mal mit ihrer Bitte, die ihn erschütterte, in sein Bett gekommen war, hatte er keine andere Frau mehr in diese Räume gebracht. Zumindest In dieser Hinsicht war er zu treu gewesen.

Hatte Gott das zur Kenntnis genommen?

Er erreichte die Tür und trat sie auf.

Das Zimmer war leer.

Er überprüfte das Bett, das Badezimmer. Keine Spur von ihr. Er erlaubte sich einen Moment der Erleichterung, eine Hand auf der Rückenlehne des Stuhls.

Gott sei Dank, dachte er. *Gott sei Dank.*

Sie war in Sicherheit. Sie war entkommen. Sie würde leben.

Das Kind. Sein Kind würde leben.

Er drehte sich um und rannte den Flur hinunter, zurück die Treppen hinunter. Die Flammen hatten jetzt das Nebengebäude erreicht, leckten über das Dach und die Wände. Die Hitze kam in Stößen, als öffnete man einen Ofen. Er hielt den Atem an, während er die langen Treppenstufen hinuntersprang, bis er unten ankam und über das Vestibül zur offenen Tür stürzte.

Er konnte nicht sagen, was ihn dazu brachte, sich ein letztes Mal umzudrehen und durch den aufwallenden Rauch zur Treppe zu blicken. Es gab nichts zu sehen, nichts zu erkennen durch all den Ruß. Er konnte nicht einmal sagen, was er in der kleinen Nische bemerkte, da wo die Treppe auf die Wand traf – vielleicht eine Bewegung? Ein Gefühl in seinem Bauch, wie er gelernt hatte, es niemals zu ignorieren?

Er stürzte zurück zur Treppe, tastete in dem Raum zwischen Treppe und Wand. Er streckte die Hand aus und fühlte etwas Warmes, Weiches.

Er hörte seinen Namen leise stöhnen.

Hannah!, rief er. *Hannah.*

Sie hob ihren Kopf. *Geh, geh! Mein Bein.*

Er fragte nicht, was passiert war: Die Treppe hinuntergefallen, gestolpert, vom Rauch überwältigt? Es spielte keine Rolle. Er beugte sich hinunter und hob sie in seine Arme. Sie schrie vor Schmerz. Versuchte, sich loszureißen.

Geh!, schrie sie. *Du kannst mich nicht tragen, du wirst sterben!*

Er ignorierte die Faust, die gegen sein Schlüsselbein schlug, und trug sie über das Vestibül und durch die Tür hinaus in den Garten.

Der Pavillon stand in Flammen, der Pavillon, wo er die Kobra von Hannahs Arm geschleudert hatte. Feuer überall, um sie herum. Rechts, wo der lange Flügel der Gästezimmer hätte stehen sollen, gab es nur orangefarbenes Licht, Schutt, aufwallenden Rauch, bis auf ein einzelnes Mansardenfenster, das von Flammen umhüllt war.

Für eine oder zwei Sekunden stand er da, fasziniert von den Zungen, die an den Dachziegeln leckten, der Explosion von Glas aus dem Fenster. Er hörte den Knall einen Augenblick später. Dann stürzte die ganze Struktur in einem langsamen, anmutigen Bröckeln ein, wie eine Sandburg, die von einer Welle verschlungen wird. Dann ein Trümmerstück, ein Schlag auf den Kopf, ein weißer Streifen, der ihn blendete.

* * *

Er kam zu sich, als ihn ein Paar Arme heftig wachrüttelte. Eine Stimme schrie in sein Ohr.

»Lucien, steh auf! Steh auf!«

Hannah.

Er versuchte zu sprechen, aber seine Kehle war wund. Ihre Faust schlug erneut gegen seine Brust; es gelang ihm, seine Knie unter sich zu stützen, einen sengenden Atemzug einzusaugen. Schmerz, alles war Schmerz. Die ganze Welt bestand daraus.

»Geh!«, schrie sie. »Lauf! Verschwinde von hier!«

Sie lag auf dem Bauch, bedeckt mit weißem Staub und Streifen dunklen Bluts. Irgendwie bekam er seine Arme unter sie. Sie versuchte, sich herauszuwinden, ihn wegzustoßen, aber sie war jetzt wie ein Kätzchen, ein neugeborenes Kätzchen, es war keine Kraft mehr in ihr. Er zwang seine Füße an ihren Platz und hob sie beide nach oben. Hannah stieß ein qualvolles Geräusch aus und wurde schlaff. Er taumelte vorwärts. Vor ihnen, das einzige, was noch stand, die einzige erkennbare Struktur, war die Arab Hall. Er fixierte sie mit seinen Augen, seinem Geist, und seine Beine folgten ihm. Die Wellen heißer Luft, das Knirschen von Glas. Er strauchelte. Zu viel. Keine Luft. Schmerz wie Feuer in seinen Knochen.

Erinnerungen wallten vor ihm auf. Wie Luftspiegelungen. Wie Geister. Jetzt sitzt er neben Hannah auf der Pyramide, spricht über die Oper, Sand und Sonne, Schweiß. Er will sie küssen. Volle, warme Lippen. Er fährt ein Auto in den Sonnenuntergang, Hannah neben ihm. Er ist zum ersten Mal mit ihr im Bett, sie windet sich und ruft seinen Namen, er kann sich nicht zurückhalten, er wird kommen. Ekstase und Qual, er kann den Unterschied nicht erkennen, beides zerschmettert seine Nerven gleichzeitig.

Starb er? War das der Tod?

Eine Faust packte den Stoff seines Hemdes. Sie wand sich, rief seinen Namen.

Hannah. Das Kind.

Sie stürzten durch den Rauch, die einstürzenden Wände. Zu atmen hieß, heiße Asche zu schlucken. Sie befanden sich jetzt in der Lobby, oder was davon übrig war. Vor ihnen die offene Straße. Nur noch Meter zu gehen. Der Boden brannte durch seine Schuhe. Immer noch zog sie an seinem Hemd, sie schrie in sein Ohr. Seine dummen Beine, er muss sie in Bewegung halten. Wenn er stehen bliebe, würde sie sterben. Sie würden gemeinsam verbrennen, er und Hannah und das Kind. Also musste er weitergehen. Sie erreichten den Türrahmen, der einmal dort gewesen war, die Veranda, wo früher alle einen Gin Tonic schlürften und eine Zigarette rauchten. Er stürzte sich mit ihr durch das Inferno, über die Straße, während es um sie herum Trümmer regnete, Männer rannten, der Bordstein, Zusammenbruch.

Als Lucien dreizehn war und ein kleiner Teufel, hatte seine Mutter – mit den Nerven am Ende– ihn in die Schweiz geschickt, um den Sommer in der Nähe seines Vaters zu verbringen.

Natürlich konnte man selbst in einem aufgeschlossenen europäischen Land wie der Schweiz nicht einfach seinen unehelichen Sohn vor aller Welt zur Schau stellen. Also war Lucien auf einem Bauernhof in den Bergen außerhalb von Salzburg, der einigen Freunden von Beck gehörte, zur Arbeit gegangen. Die Arbeit war hart und schmutzig, genau das, was Lucien brauchte, und wenn sein Vater zu Besuch kam, gingen sie in den nahe gelegenen Bergen klettern und aßen ihre Sandwiches auf dem Gipfel irgendeines Berges. Manchmal redeten sie und manchmal nicht. Während sie im Gras lagen, in den makellosen blauen Himmel starrten und dem Summen und Rascheln der Insekten lauschten, schlief Lucien oft von der Bergluft und vor purer Erschöpfung ein.

Sobald er die Augen wieder öffnete, gab es immer einen Moment der Desorientierung, fast wie eine Amnesie – ein Gefühl, als wäre er gerade in einem neuen Körper wiedergeboren worden, nach einer Zeit im Himmel. Sein amüsierter Vater würde etwas sagen wie: *Ah, endlich zur Erde zurückgekehrt*, was das Gefühl der Unwirklichkeit nur noch verstärkte.

Schließlich würden sie ins Tal hinabsteigen und Beck würde ihn wieder in den Schweiß und die Routine des Bauernhofs zurückbringen. Aber manchmal, wenn der Himmel klar war, hielt Lucien in seiner Arbeit inne und betrachtete den fernen Berghang vor dieser Wabe aus makellosem, ewigem Blau, und für diesen Augenblick flackerte das Gefühl zurück, dass er gestorben und in einem neuen Körper, in einer frischen neuen Haut, wieder zum Leben erwacht war, um sein Glück erneut zu versuchen.

Gemeinsam lagen sie auf dem Bürgersteig. Der Lärm, das Chaos zog sich an die äußersten Grenzen des Universums zurück. Hier bei Hannah herrschte Frieden. Er starrte auf einen Fleck blauen Himmels, der zwischen den Rauchschwaden erschien und verschwand, und dachte an den blauen Himmel in Gizeh, die erste Berührung ihres Mundes. In der Schweiz würde der Himmel blau sein. Er würde sie dorthin bringen, auf den Gipfel eines Berges, den Himmel berührend. Mit dem Kopf in ihrem Schoß liegen, ihre Hand in seinem Haar, die kühle, frische Luft seine Haut umschmeichelnd. Sie würde sagen, dass sie ihn liebte. Immer wieder hörte er ihre sanfte Stimme. *Lucien, ich liebe dich.* Die Wölbung ihres Bauches an seiner Wange, das Kind, das sie gemeinsam gezeugt hatten.

Der Schmerz war jetzt verschwunden, wurde ihm bewusst. Vielleicht war er nicht so schwer verletzt, wie er gedacht hatte. Vielleicht würde er doch leben. Vielleicht würde er leben, um mit Hannah auf einem Berggipfel zu liegen, um sein Kind in den Armen zu halten.

Er musste ihr etwas sagen. Er bewegte seine Lippen.

Ich werde dir einen Thron neben der Sonne bauen.

Ihre Stimme, aus der Ferne. »Wir sind jetzt in Sicherheit, Liebling. Nichts wird uns trennen.«

KAPITEL ZWEIUNDZWANZIG

Mallory

Juli 2022
Boston, Massachusetts

Ich sitze auf einem Stuhl in einem Krankenhauszimmer und beobachte, wie der Urin meines Sohnes in einen Plastikbeutel tropft, und es ist der schönste Anblick der Welt.

Paige ist auf dem Stuhl neben mir in einen unruhigen Schlaf gefallen, unbequem gekrümmt ihre Haltung. Die Morgensonne kriecht durch die Metalljalousien vor dem Fenster und wirft lange, schräge Streifen auf die gegenüberliegende Wand. Auf dem Fernseher an der Wand flimmert tonlos eine Sportsendung. Sam ist auch wieder eingeschlafen. Die Maschinen piepen neben ihm. Ich stehe auf, drücke das Kissen hinter seinem Rücken zurecht, und eine Krankenschwester öffnet hinter mir die Tür.

»Mrs. Dunne?«

Ich bin zu müde, um sie zu korrigieren. Ich bemerke die Linien zwischen ihren Augenbrauen und frage: »Ja? Stimmt etwas nicht?«

»Ein Mr. Peabody fragt am Empfang nach Ihnen? Ich habe ihm gesagt, die Besuchszeit beginnt erst um zehn, aber er ist …«

»Hartnäckig?«

»Sehr. Und er hat Kaffee mitgebracht.«

»Ah.« Ich schaue zu Sam, der friedlich schläft. Zu Paige, deren Kopf in einem Winkel liegt, der mich zusammenzucken lässt. Zum Urinbeutel an der Seite des Bettes, der sich mit wunderschönem gelbem Urin füllt.

»Wenn Sie für ein paar Minuten hinausgehen möchten«, bietet die Krankenschwester an, »werden wir ein Auge auf ihn haben.«

* * *

Sedge Peabody erhebt sich von einem Stuhl im Wartezimmer und hält mir einen Strauß duftender, blassrosa Rosen entgegen. »Du siehst schlecht aus«, sagt er und küsst die freie Stelle zwischen der Maske und meinem Ohr.

»Ich habe nicht geschlafen, seit ich gestern Morgen in deinem Etagenbett aufgewacht bin. Tut mir leid, wenn ich müffle.«

Er nickt in Richtung Flur. »Wie geht es dem Kleinen?«

»Es geht ihm großartig. Die Operation verlief lehrbuchmäßig. Seine Vitalwerte sind hervorragend, sagt der Arzt. Und er pinkelt! In den Katheter, meine ich. Es ist wie ein Wunder.«

»Ich werde Pipi nie wieder als selbstverständlich ansehen.«

»Das solltest du auch nicht. Glaub mir.« Ich schaue auf die Blumen. »Ich bin nicht sicher, ob das die richtige Farbe für Sam ist.«

»Sie sind für dich. Für die letzte Nacht.« Er greift nach einem Starbucks-Becher auf dem Couchtisch. »Und das ist für heute Morgen. Ich habe auf Caramel Macchiato getippt. Ich dachte, du könntest den doppelten Wumms gebrauchen. Zucker *und* Koffein.«

Ich löse die Maske von einem Ohr und lasse den ersten Schluck über meine Zunge rollen. »Du bist ein Engel der Barmherzigkeit, Sedge Peabody.«

»So sehe ich mich gerne. Setzen wir uns?«

Wir lassen uns auf Plastikstühlen nieder. Das fluoreszierende Krankenhauslicht taucht uns in einen kränklichen Schein.

»Also, ich werde dich nicht lange aufhalten«, sagt Sedge. »Ich weiß, du hast Wichtigeres zu tun. Ich wollte nur vorbeischauen um sicherzugehen, dass es dir gut geht.«

»Es geht mir definitiv gut, danke. Mehr als gut. Kann-es-noch-gar-nicht-fassen-gut. Ich meine, es liegt noch ein langer Weg vor uns. Er wird praktisch sein ganzes Leben lang Immunsuppressiva nehmen müssen. Jederzeit könnte etwas schiefgehen. Aber die Niere war eine perfekte Gewebsübereinstimmung, also das ist ein guter Anfang. Sechs von sechs.«

»Tut mir leid, das sagt mir nichts. Aber ich bin begierig zu lernen.«

»Im Grunde sind es gute Nachrichten. Großartige Nachrichten. Ich habe versucht, seinen Vater zu erreichen, aber er ist geschäftlich unterwegs, also …«

»Wie läuft es mit ihm? Mit dem Vater?«

»Gut.« Ich nippe an meinem Kaffee. »Wir sind jetzt Freunde. Es ist gut.«

»Gut«, nickt er.

Gemeinsam starren wir auf meinen Kaffeebecher. Die Blumen auf meinem Schoß.

»Ich schätze, das war irgendwie eine dumme Idee«, entschuldigt er sich fast. »Blumen sind das Letzte, was du jetzt brauchst.«

»Sie sind wunderschön. Sehr lieb von dir. Ich bin sicher, sie haben hier jede Menge Vasen. Ich werde sie ins Wasser stellen und in Sams Zimmer bringen, um mich daran zu erinnern, dass ich ein Mensch bin. Nicht nur eine Mutter.«

»Und vielleicht, wenn du aus dem Krankenhaus raus bist, das Leben wieder normal wird …«

Ich begegne Sedges Blick über den Rand des Kaffeebechers. Er schenkt mir ein verlegenes Lächeln, schaut auf die künstliche Topfpalme auf der anderen Seite des Raumes und sieht mich dann wieder an.

»Ich dachte, vielleicht könnte ich dich zum Essen ausführen oder so«, meint er. »Wir könnten uns ja vielleicht ein bisschen besser kennenlernen.«

Ich hebe meine Augenbrauen. Er lacht.

»In Ordnung«, lächelt er. »Uns auf eine andere Art kennenlernen. Aber auch auf die gleiche Art. Na ja, nicht *genau* auf die gleiche Art. Vielleicht einfach die ganze Sache vergessen und ganz von vorne anfangen? Tut mir leid, ich kann ich gerade ncht auf meinen legendären Charme zurückgreifen. Was ich sagen will ist, ich habe ein wenig Schwierigkeiten damit, über das hinwegzukommen, was zwischen uns passiert ist. Oder ich schätze, man könnte sagen, was nicht zwischen uns passiert ist, und ich beginne zu denken, es ist für mich überhaupt kein Vorteil.«

»Was ist kein Vorteil?«

»Dass du nichts Ernsthafteres suchst.«

Ich hebe die Rosen von meinem Schoß und halte sie an mein Gesicht. Der Duft ist herrlich. Teuer.

»Aus dem Garten meiner Großmutter«, erklärt er. »Sie hat sie mir überlassen. Aber ich musste betteln.«

Ich strecke die Hand aus, um seine Hand zu drücken, die auf seinem Knie ruht. »Mr. Peabody. Ich würde mich freuen, an einem noch nicht näher bestimmten zukünftigen Datum mit Ihnen zu Abend zu essen.«

Als ich ein paar Minuten später ins Krankenzimmer zurückkehre, sind Sams Augen offen und auf den Fernsehbildschirm gerichtet.

»Hey, Kumpel. Wie fühlst du dich?«

»Seltsam.«

»Das werden die Schmerzmittel sein.« Ich streiche mit meinen Fingern durch sein Haar. »Die Ärzte sagen, alles läuft großartig. Du pinkelst wieder! Kannst du das glauben? Keine Dialyse mehr.«

»Ich glaube, ich muss kotzen.«

»Also, das ist ziemlich normal. Die Schüssel ist gleich hier, wenn du sie brauchst. Und deine Wasserflasche. Wenn du sonst noch etwas brauchst, ich bin gleich hier.«

»Schöne Blumen.«

»Gefallen sie dir? Sie sind für mich, stell dir vor.« Ich zwinkere. »Ein Verehrer.«

»Schön. Wo ist Dad?«

Das Wort *Dad* irritiert mich. In meinem Kopf ist Monk – nun ja, *Monk*. Nicht *Dad*. Manche Eltern nennen sich sogar gegenseitig Mam und Dad, selbst wenn die Kinder nicht in der Nähe sind, aus Gewohnheit. Furchtbar. Ich zögere ich einige Sekunden, streiche über die Decke und sage: »Weißt du was? Ich werde mal sehen, ob er auf meine Nachrichten geantwortet hat. Er ist auf Geschäftsreise. Aber ich bin sicher, er ist schon auf dem Weg hierher. Er wird deswegen völlig aus dem Häuschen sein.«

Mein Handy ist tief in meiner Handtasche vergraben. Paige hat die Kommunikation mit den wenigen Familienmitgliedern und engen Freunden übernommen, die Bescheid wissen müssen, damit ich mich auf Sam konzentrieren kann. Ich wühle jetzt danach und ziehe es heraus.

»Kein Wunder«, murmle ich. »Der Akku ist leer.«

Ich sehe mal nach, ob ich ein Ladegerät finden kann.«

»Ein Ladegerät wofür?«, fragt Paige schläfrig von ihrem Stuhl aus. Sie versucht, ihren Kopf zu heben und verzieht das Gesicht. »Ich glaube, ich habe mir den Hals gebrochen.«

Ich strecke mich und massiere ihren Nacken. »Für mein Handy.«

»Ich sollte eins in meiner Handtasche haben.«

»Natürlich hast du das.«

Ich stöpsel das Handy an. Während ich darauf warte, dass es wieder zum Leben erwacht, lächle ich Sam quer durch den Raum an. Er ist blass und sieht irgendwie verschwommen aus. Aber lebendig. Gesund. Unversehrt. Mein Herz schwillt riesig an. »Dein Vater ist wahrscheinlich gerade in einem Auto vom Flughafen unterwegs. Er würde das um nichts in der Welt verpassen.«

»Klar«, brummt Sam.

»Kumpel. Ich meine es ernst. Vielleicht kennt er dich erst seit ein paar Wochen, aber er liebt dich schon jetzt mehr als alles andere.«

Sam bringt ein halbes Lächeln zustande. »Mom, das bist du. Er liebt *dich* mehr als alles andere.«

»Was? Warum sagst du das?«

»Weil er es mir gesagt hat.«

Paige steht auf. »Ich werde mal nach Kaffee sehen. Mallie? Kaffee für dich?«

»Ich hatte schon, danke. Sam? Wann hat er dir das gesagt?«

»Ich weiß nicht. Als du in Irland warst, schätze ich. Wir haben viel geredet. Ich habe ihn gefragt, warum es mit dir und so nicht geklappt hat, und er sagte, er sei sich nicht sicher, aber er liebe dich mehr als alles andere auf der Welt und tue das immer noch.«

»Oh.« Ich lasse mich auf den Stuhl fallen. »Na ja, das ist nett von ihm, das zu sagen.«

»Mom. Er meinte es ernst.«

»Nicht so, wie du denkst, Schatz. Glaub mir. Das war vor so vielen Jahren. Wir sind jetzt beide andere Menschen. Er ist mit Lee verlobt, erinnerst du dich? Sie werden heiraten und ihre eigene Familie gründen. Außerdem, wie ich schon sagte. *Du* bist jetzt das Licht seines Lebens. Da bin ich vollkommen sicher.«

Mein Handy erwacht in einem nicht enden wollenden Puls von Pieptönen und Vibrationen zum Leben. Die Benachrichtigungen blitzen auf und häufen sich – Textnachrichten, Anrufe, Nachrichten, eine Bankeinzahlung von meinem Etsy-Shop.

»Warte einen Moment, Kumpel. Jetzt kommt gerade alles rein.«

Sams Aufmerksamkeit wendet sich wieder dem Fernseher zu. Ich gebe es auf, auf das Ende der Benachrichtigungen zu warten, und klicke auf meine Textnachrichten. Scrolle zu Monks Nummer hinunter.

Nichts. Keine Antwort auf meine letzte Nachricht, die ich spät in der Nacht geschickt hatte, direkt nachdem Sam aus dem Operationssaal gekommen war.

Ich überprüfe mein Anrufprotokoll. Nichts.

Ich schaue zu Sam auf und lächle. »Noch nichts. Sein Handy muss ausgeschaltet sein.«

»Okay«, sagt Sam.

Meinen Blick senkt sich wieder auf meinen Display. Die Euphorie fließt aus mir heraus, wird ersetzt durch das alte, unruhige Gefühl, an das ich mich gewöhnt habe, seit Sam vor drei Jahren diesen verdammten Pilz gegessen hat. Dieser Anflug von Angst. Etwas Schreckliches lauert hinter den Kulissen und wartet auf ein Stichwort.

Wie von selbst springen meine Daumen von App zu App und suchen nach etwas, worauf sie landen können. Zurück zu meinen Textnachrichten, von denen Dutzende ungelesen sind. Ich scrolle, bis eine meine Aufmerksamkeit erregt – Luca. Fünf neue Nachrichten, die letzte erst heute Morgen in Großbuchstaben geschickt.

SÜSSE BITTE ICH STERBE HIER

Ich blinzle ein paar Mal und öffne die älteste Nachricht.

Schau dir das an, SÜSSE. Der Experte des Hauses sagt, du sollst dir bitte den Schwanz der Kobra ansehen und checken, ob du die Spitze abschrauben kannst

Unter dem Text hat Luca ein vergrößertes Foto des Armbands angehängt, das eine haarfeine Linie zeigt, die den Schwanz der Schlange etwa einen Viertelzoll von der Spitze entfernt umkreist.

Die nächste Nachricht lautete –

Das war ein gängiges Gerät für SPIONE, um Nachrichten zu transportieren!!!!

Dann, ein paar Stunden später –

beeil dich Süsse, bin so GESPANNT

Um Mitternacht –

gehe jetzt schlafen, aber erwarte Antwort!!!!!!

Ich lege das Handy weg und streife das Armband von meinem Handgelenk. All diese Jahre, mein ganzes Leben lang, hat mich der Kopf der Kobra fasziniert. Die winzigen Smaragdaugen, die flackernde Rubinzunge. Die komplizierte dekorative Gravur der Haube. Wie lebendig sie wirkt, wie ihr Gesicht mich gefangen nimmt. Ich glaube nicht, dass ich mir die Schwanzsspitze je genauer angesehen habe.

Aber das ist es doch, was Schlangen tun, oder? Sie hypnotisieren ihre Beute, sodass man nicht wegsehen kann. Nicht einmal, um sich selbst zu retten.

Ich drehe die Kobra um und betrachte den Schwanz. Ich sehe keine Linie, aber selbst auf dem Foto, mehrfach vergrößert, kann man sie kaum erkennen. Ich versuche, die Spitze mit Daumen und Zeigefinger zu lockern, aber sie bewegt sich nicht.

Ich gehe zum Fenster und halte das Armband in die Vormittagssonne. *Da!* Man kann es gerade so erkennen. Der dünnste mögliche Faden, ein zarter Ring fast an der Spitze.

Ich fixiere meinen Daumen und Zeigefinger fest am Ende. Links herumdrehen.

Sitzt bombenfest.

Na ja, es sind siebzig Jahre vergangen, oder? Ich wische meine Finger an meiner Jogginghose ab und versuche es erneut.

Paige fegt durch die Tür und trägt zwei Tassen Kaffee. »Was zum Teufel machst *du* da?«, fragt sie fordernd.

»Luca hat mir geschrieben. Sein Schmuckexperte bei Sotheby's denkt, die Spitze könnte womöglich hohl sein. Um Spionage-Nachrichten zu transportieren oder so.«

»*Was?*«

Sam schaut vom Fernseher herüber. »Was hast du gesagt, Mom? Dein Armband ist so was wie ein Spionage-Gadget?«

Ich merke, wie mein Herz gegen meine Rippen hämmert. Meine Handflächen schwitzen. Ich halte Paige das Armband hin. »Hier, versuch du es. Ich bin zu nervös.«

Sie verdreht die Augen und stellt die Kaffeetasse ab. Wischt sich die Finger ab und legt sie an die Spitze der Schlange. Ihr Gesicht wird vor Anstrengung rosa.

»Wir brauchen eine Zange«, sagt sie.

»Du wirst mein Armband nicht mit einer Zange bearbeiten! Du machst es noch kaputt!«

»Ach komm. Mein Juwelier kann Dellen reparieren. Falls es welche gibt.«

Sam sagt: »Kann ich es versuchen?«

Ich werfe Paige einen Blick zu und bringe Sam das Armband. Er dreht es in seinen Händen, bekommt Körper und Schwanz zu fassen und versucht, die Spitze zu lockern. Mit einem frustrierten Grunzen beugt er sich vor, um etwas Gewicht hineinzulegen.

»Hör auf damit! Deine frischen Nähte platzen ja auf!«

Ich nehme ihm das Armband weg. Paige reicht mir eine winzige Klappzange. Auf meinen überraschten Blick hin zuckt sie mit den Schultern. »Ich habe immer eine in meiner Handtasche.«

»Natürlich hast du das.«

Ich trage das Armband zurück zum Fenster und setze vorsichtig die Backen der Zange an der Spitze an. Stück für Stück erhöhe ich den Druck.

»Bewegt es sich?«, fragt Paige.

»Gleich«, keuche ich.

Die Spitze gibt nach.

Mit zitternden Fingern schraube ich den Rest ab und drehe den hohlen Schwanz um. Ein kleines Stück zusammengerolltes Papier fällt in meine Handfläche.

»Ich glaube, ich muss kotzen«, flüstert Paige.

»Mach es auf!«, drängt Sam.

»Ich kann nicht. Meine Finger zittern zu sehr.«

Paige nimmt das Papier und reicht es Sam, der es auf seinem Schoß ausrollt.

»Was steht da? Was steht da?«, bettelt Paige.

Sam hält das Papier zwischen Daumen und Zeigefinger jeder Hand hoch und liest:

Ich nannte dich Lucile nach deinem Vater, Lucien Suarez Beck, der sein Leben gab, um dich zu retten.

Hannah Gräfin Vécsey (Ainsworth)

»Das steht in Klammern.« Sam schaut auf. »*Ainsworth* steht in Klammern.«

»Heilige *Scheiße*«, murmelt Paige. »Sie war eine *Gräfin*?«

»Fluche nicht vor dem Kind«, sage ich zu ihr.

Mein Handy klingelt. Schockiert nehme ich den Anruf an, ohne auf den Bildschirm zu schauen. Ohne nachzudenken.

Eine feste, geschäftsmäßig klingende männliche Stimme antwortet auf meine Begrüßung. »Guten Morgen. Spreche ich mit Mallory Dunne?«

»Ja. Am Apparat.«

»Mrs. Dunne, hier spricht Dr. Oswald Grenardo vom Massachusetts General. Ist es richtig, dass Sie die medizinische Vollmacht für Benjamin Monk Adams haben?«

Das Blut weicht aus mir. Ich krache auf den Sitz von Paiges Stuhl, dem nächstgelegenen. »Ich *was*?«

»Laut seinen Anmeldeformularen hat er Ihnen die medizinische Vollmacht für den Fall einer Handlungsunfähigkeit während der Operation und Genesung erteilt. Wir versuchen seit gestern, Sie zu erreichen.«

»Oh mein Gott«, flüstere ich. »Oh mein Gott.«

»Was?«, Paige dreht sich in meine Richtung. »Was ist los?«

Die Stimme fährt in meinem Ohr fort, so sanft wie ein Nachrichtensprecher. »Ich muss Sie bitten, ruhig zu bleiben, Mrs. Dunne. Hören Sie mir aufmerksam zu. Ich bedaure, Ihnen mitteilen zu müssen, dass Mr. Adams gestern Nachmittag auf dem Operationstisch einen Herzstillstand erlitt, aufgrund einer zuvor nicht diagnostizierten Herzerkrankung. Er wird derzeit auf der Intensivstation hier im Mass General unter strengen Sicherheitsvorkehrungen behandelt. Ich fürchte, wir werden Sie bitten müssen, sich so schnell wie möglich in dieses Krankenhaus zu begeben, damit Sie Entscheidungen bezüglich seiner Behandlung treffen können.«

Im Uber, benommen nach vorne starrend.

»Es wird ihm gut gehen«, muntert mich Paige auf. »Der Operationstisch ist der absolut beste Ort auf der Welt, um einen Herzinfarkt zu erleiden. Die Ärzte und die lebensrettenden Geräte sind direkt vor Ort.«

Das Uber kommt ruckartig zum Stehen. Stau. Ich starre all diese Autos an, all diese verdammten Autos. Wer sind sie? Verstehen sie nicht? Können sie uns nicht aus dem Weg gehen?

Paige scrollt durch ihr Handy. Ich werfe einen Blick auf den Bildschirm.

»Du bist auf Instagram, Paige? Ernsthaft?«

»Tut mir leid. Die Nerven.« Sie dreht das Handy mit dem Bildschirm nach unten auf ihren Schoß und schaut aus dem Fenster. »Wer zum Teufel sind all diese Leute? Können wir sie nicht aus dem Weg schaffen?«

»Bostoner Verkehr.«

»Wie kannst du so *ruhig* sein, Mallie? Jesus.«

»Ich bin nicht ruhig.« Ich betrachte meine Hände in meinem Schoß, meine weißen Knöchel, als gehörten sie jemand anderem. Das Armband fängt einen Sonnenstrahl zwischen ein paar Gebäuden auf. Die Worte kehren zu mir zurück – *Ich nannte dich Lucile nach deinem Vater, Lucien Suarez Beck, der sein Leben gab, um dich zu retten.*

Dein Vater. Gab sein Leben, um dich zu retten.

Ich greife nach der Kante des Sitzes und versuche zu schlucken, um eine Welle von Schwindel zurückzudrängen. »Hat Jake geschrieben?«, frage ich Paige.

Sie nimmt ihr Handy. »Er ist bei Sam. Sam geht es gut.«

»Jake's Eltern haben die Kinder. Alles ist geregelt, mach dir keine Sorgen. Wir können uns einfach darauf konzentrieren.«

Der Uber rast wieder weiter. Paige scrollt auf ihrem Handy.

»Was zum Teufel«, sagt sie. »Was zum *Teufel noch mal.*«

»Ehrlich, Paige –«

Sie dreht den Bildschirm zu mir. »Das musst du sehen.«

Aus Sicherheitsgründen haben wir detaillierte Anweisungen für unsere Ankunft erhalten. Die Nachricht scheint sich bereits zu verbreiten. Menschen strömen auf die Cambridge Street, überprüfen ihre Handys, mit fassungslosen Gesichtern. Der Verkehr steht still.

Der Uber-Fahrer dreht das Talkradio leiser. »Tut mir leid, meine Damen. Es geht ein Gerücht um, dass dieser Sänger hier sei. Monk Adams? Als hätte er eine Überdosis genommen oder so.«

»Ich habe gehört, er hatte auf dem Operationstisch einen Herzstillstand, weil er seinem geliebten Kind eine Niere spendete, um es zu retten«, giftet Paige. Ich ramme ihr meinen Ellbogen in die Seite.

Der Fahrer lacht. »Oder irgend so ein Scheiß, stimmt's? Sie sagten hinten rum?«

»Blossom Street«, weise ich ihn an. »Es gibt einen Seiteneingang. Wir werden erwartet.«

»Guter Plan. So umgehen wir den ganzen Mist.«

Endlich entkommen wir dem Stau rund um die Einfahrt der Rettungsstelle in der Cambridge Street und biegen in die Charles Street, dann rechts in die Blossom. Ich scanne die Seite des Gebäudes, bis ich zwei Männer in Siecurity-Uniformen neben einer kleinen Metalltür entdecke.

»Hier bitte halten«, rufe ich zu dem Fahrer nach vorne.

Als wir auf der Intensivstation ankommen, ist die erste Person, die ich sehe, Lennox Lassiter.

Sie sitzt in einem kleinen Wartebereich, der bis auf ein Paar Sicherheitsleute leer ist. Sie sehen aus wie die, die Paige, mich und den Arzt begleitet haben. Ihre Daumen fliegen über ihr Handy, das sie vor ihrem Gesicht hält. (Sie hat mir einmal berichtet, sie halte ihr Handy immer auf Augenhöhe, um Falten am Hals zu vermeiden.) Ihr Haar ist zu einem ungleichmäßigen, sonnengebleichten Pferdeschwanz zusammengebunden; die Glühbirne unter ihrer Haut ist ausgeschaltet.

»Halt mich zurück«, murmelt Paige.

Ich packe ihren Arm. »Später, okay?«

»Es ist *ihre* Schuld, dass all diese Leute hier sind.«

Wir erregen Lees Aufmerksamkeit. Sie hebt ihren Blick vom Bildschirm zu uns, und der konzentrierte Ausdruck verwandelt sich in Schock. Sie springt auf. »Wo geht ihr hin?«

Aber die Sicherheitsleute bringen uns bereits den Flur hinunter zum letzten Zimmer, wo zwei weitere Beamte die Tür bewachen. Der Arzt nickt; die Securitys treten beiseite. Einer von ihnen öffnet uns die Tür.

Man vermutet ja, man sei auf einen solchen Anblick vorbereitet: Der Arzt hatte uns ja mit einem Briefing empfangen – Herzrhythmusstörung, zuvor nicht diagnostiziert; vollständiger Herzstillstand auf dem OP- Tisch; Herz wieder zum Schlagen gebracht; stark sediert; hat drei Blutkonserven bekommen; die nächste vierundzwanzig Stunden kritisch – und eigentlich hat man genug Zeit, um sich zu sagen, bleib ruhig. Dann öffnen sie die Tür und du siehst Monk in einem Krankenhaushemd, in diesem Krankenhausbett; seine Augen geschlossen; von Maschinen umgeben, beunruhigende Geräusche, Schläuche, die an diese Arme angeschlossen sind, die dich einst hielten, an seinen Mund, der dich einst küsste.

Paige packt mich gerade noch rechtzeitig um die Taille. Ich drehe meinen Kopf in ihre Schulter, nur für eine Sekunde oder zwei. Nur um mich zu sammeln. Als ich aufblicke, erheben sich ein Mann und eine Frau von den Stühlen neben dem Bett.

»Mallory?«, sagt die Frau, zierlich und honigblond, mit Schatten unter den Augen.

»Ja?«

»Gott sei Dank, du bist hier«, seufzt sie. »Erinnerst du dich an mich?«

Ich bedecke meinen Mund mit meinen Händen. »Blue!«

Der junge Mann kommt nach vorne und nimmt mich in den Arm.

»Chippy«, schluchze ich.

»Ist diese Schlampe immer noch da draußen?«, krächzt Blue. »Hast du gesehen, was sie gepostet hat?«

»Die Hashtags waren das Schlimmste«, murmelt Paige. »Hashtag Stiefmutter? Wirklich?«

Blue beugt sich vor und flüstert mir zu. »Wir haben aufgehört, ihn zu besuchen, weil sie uns wahnsinnig gemacht hat. Aber Monk war wie besessen. Er wollte kein Wort davon hören.«

Dr. Grenardo unterbricht: »Es tut mir leid. Ich verstehe, sie alle sind aufgebracht, aber könnten wir diese Art von Gespräch außerhalb des Zimmers führen? Mrs. Dunne, wenn Sie einen Moment hatten, um sich ein Bild von Mr. Adams' Zustand zu machen, würde ich gerne ein paar Worte mit Ihnen wechseln.«

Chippy sieht mich an. »Hey, wie geht's dem Kind?«

»Sam geht es großartig«, sage ich. »Er hat eine verdammt gute neue Niere.«

Sein Gesicht sieht aus wie Wachs. Ich stelle mir vor, würde ich seine Haut berühren, wäre sie kalt und hart, wie eine Kerze. Also stehe ich da und erzähle ihm von damals, als wir zusammen mit den Zwillingen am Strand waren, bevor wir uns überhaupt geküsst hatten, als ich eine Muschel zeichnete. Erinnerst du dich daran, Monk? Irgendetwas faszinierte mich an den Rillen der Muschel, wie sie die Wellen auf der Meeresoberfläche nachahmten. Die Muster der Natur; wie sie sich anderswo wiederholen; wie sie sich bis in die Ewigkeit wiederholen.

Und du fragtest mich, was ich an Mustern so liebte, und ich erwiderte, es sei der Rhythmus, als teilten wir alle diesen grundlegenden lebendigen Takt – Pflanzen, Tiere, Menschen und alles andere, die Erde und die Sterne, Physik, Strahlung, elektromagnetische Wellen – und du nicktest und sagtest, wie Musik.

Und die ganze Zeit verbarg dein Herz dieses Geheimnis. Arrhythmie. Nicht im Einklang mit dem Takt des Universums.

Es tut weh, Pink. Wie ein Schmerz in meiner Brust, als wäre es zu viel zum Aushalten.

Ich strecke die Hand aus und berühre seine Stirn, den einzigen Fleck Haut, der frei von Schläuchen und Verbänden ist. Sie ist natürlich warm. Warme Haut, nicht Wachs.

Ich sitze im Stuhl neben Monks Bett und beobachte das stetige Tropfen von Urin durch den Katheter. Die Nachmittagssonne säumt die Kanten der Jalousien. Die Maschinen piepen weiter, halten ihn am Leben.

Die Tür knarrt. Paige kommt mit zwei Kaffeebechern herein. Sie reicht mir einen und setzt sich in den anderen Stuhl.

»Chippy und Blue opfern sich«, erzählt sie. »Haben Lee gesagt, sie müsse sich ausruhen und haben sie in ein Hotel geschleppt.«

»Sie haben nicht unrecht. Definitiv könnte sie etwas Ruhe gebrauchen.«

»Du auch, Schätzchen.«

Ich schüttle den Kopf. Ich bin jenseits von Schlaf.

»Sie liebt ihn wirklich.« Ich hebe meinen Blick zu Monks Nase, die sich gegen die Wand abzeichnet. »Das tut sie.«

Paige macht ein Geräusch. »Sie ist direkt durch den Haupteingang gegangen, Mallie. Direkt in die Menge der Paparazzi, eine hübsche Träne, die ihre linke Wange hinunterlief. Aber zumindest hat sie dieses Selfie von ihr und Sam gelöscht. Sie meint, es sei alles ein großes Missverständnis gewesen.«

Ich nippe am Kaffee. Dünn und fade. Wahrscheinlich von einer Billigfirma. *Aber wenigstens ist er heiß*, denke ich.

Er bringt dich durch die Nacht.

Ich blicke auf die Hand in meinem Schoß. Die Schlange, die sich um mein Handgelenk windet. Ein winziges, wachsames Smaragdauge. »Ich denke immer wieder …«

»Was denn, Schätzchen?«

»Wenn ich es ihm früher gesagt hätte. Ich meine, er war ein perfekter Gewebespender. Ich hätte es ihm früher sagen können und Sam hätte nicht drei Jahre an der Dialyse verbringen müssen. Ich weiß nicht, vielleicht wäre das dann nicht passiert.«

»Das weißt du nicht. Sein Herz hätte auch vor drei Jahren auf einem Operationstisch stehen bleiben können.«

»Aber wäre Monk im Bild gewesen, wäre Sam überhaupt nicht ins Sommercamp gegangen. Er hätte den Pilz gar nicht erst gegessen.«

»Dann wäre er vielleicht mit fünf Jahren von einem Segelboot gefallen. Von einem Lacrosse-Schläger am Auge getroffen worden. Man weiß es einfach nicht.«

Ich vergrabe mein Gesicht in meinen Händen. »Ich bin weggelaufen, Paige. Ich bin weggelaufen und habe mich versteckt. Ich hätte mutiger sein sollen. Monk leidet, ich habe ihn leiden lassen. Vielleicht habe ich ihn sogar getötet. Und wofür?«

»Genau«, tröstet Paige. »Wofür. Ich weiß, dass du einen Grund hattest wegzulaufen. Ich kenne dich, Mallory. Du würdest keiner Fliege etwas zuleide tun.«

»Ich war einfach ein dummes Kind, Paige.« Ich hebe meinen Kopf, um auf die Maschinen zu starren, die Monk am Leben erhalten. »Ein dummes, verängstigtes Kind, das einen blöden Fehler gemacht hat.«

Paige stellt ihren Kaffeebecher auf den Boden und nimmt meine Hand. »Dann erkläre es. Erzähl ihm davon.«

»Was, *jetzt*? Es ist zu spät. Er kann mich nicht einmal hören.«

»Woher willst du das wissen? Er ist sediert, nicht im Koma. Außerdem ist es nicht für *ihn*, oder? Nicht wirklich. Du weißt, wie Beichte funktioniert. Es ist für dich.«

Die Tür. Eine Krankenschwester kommt herein. Wir sitzen still, während sie die Maschinen und Schläuche überprüft. Den IV-Beutel wechselt. Sie nickt uns zu und geht.

»Hier ist der Deal«, beginne ich. »Das Dilemma.«

»Wovon redest du? Welches Dilemma?«

»Wenn ich es ihm sage, wenn ich mir das von der Seele rede, ihm seinen verdammten Abschluss gebe, wird er nie – ich meine, das war's dann. Was auch immer für eine Chance wir noch hatten, sie ist dann weg.«

Paige macht ein Geräusch der Verzweiflung. »Jesus, Mal. Wach endlich *auf*! Es gibt hier nur zwei mögliche Enden. *Zwei.* Verstehst du das? Und der beste dieser beiden Enden ist, dass er es übersteht, seine Verlobte heiratet und glücklich bis ans Ende seiner Tage lebt. Der *du*-Zug? Der du-und-Monk-Zug? Der ist schon vor langer Zeit abgefahren. Und du willst gar nicht in ihm sitzen. Wo dieser Zug hinfährt, da willst du nicht leben.«

Ich ziehe meine Hand aus Paiges Hand und erhebe mich vom Stuhl. Das beruhigende Piepen von Monks Herzschlag auf dem Monitor zieht mich zum Rand des Bettes. Als ich seine Hand auf der weichen ecrufarbenen Decke berühre, könnte ich schwören, seine Finger zucken gegen meine.

Oder vielleicht ist das meine Einbildung. Wunschdenken.

»Hey, Monk.« Mit meiner anderen Hand schiebe ich eine Locke beiseite, die droht, auf seine Stirn zu fallen. »Ich bin's. Mallory. Ich bin hier. Diesmal gehe nirgendwo hin, versprochen.«

Es gibt kein Anzeichen dafür, dass er mich hört. Kein Zucken der Augenlider oder Finger oder irgendetwas. Die Maschine piept im gleichen stetigen Rhythmus weiter. Ich lege meine andere Hand um Monks Hand, sodass ich seine Finger zwischen meinen Handflächen halte, wie beim Beten.

Es gab da diese eine Zeit. Ich denke, es muss in der Nacht vor dem Tag gewesen sein, an dem Monk mich zum ersten Mal küsste. Ende Juni. Ein warmer, schwüler Tag. Ich hatte gerade die Kinder ins Bett gebracht, als eine Nachricht von Monk eintraf. *Fahrradtour?*

Fünf Minuten später rollten wir die West Cliff Road hinunter, der Fahrtwind wehte durch unsere Haare. Wir fuhren am Golfplatz vorbei, am Wachhäuschen, an den Feldern, den Häusern, dem Dorf. Fröhlich folgte ich dem weißen Aufblitzen von Monks T-Shirt, den ganzen Weg bis zum Flugplatz am anderen Ende der Insel. Die alten Bunker in den Dünen, Überbleibsel aus dem Krieg. Wir warfen die Fahrräder ins Gras und stolperten zum Strand, wo wir uns in den Sand fallen ließen. Monk zauberte eine Flasche Champagner hervor, die er aus dem Keller seines Vaters geschmuggelt hatte. Wir reichten sie hin und her und redeten über … Ich erinnere mich nicht. Es spielt keine Rolle. Wir redeten uns in den Schlaf, sodass ich zu irgendeiner unbekannten Stunde die Augen öffnete, in die dunkle Nacht sah, zu den Sternen, dem warmen Sand unter meiner Haut, meine Hand in Monks Hand verschränkt. Ich weiß nicht, woher ich wusste, dass er wach war, nur dass er es war. Nur, ich wusste, dass er wusste, dass ich wach war.

Wir sahen einander nicht an. Das hätte es zerstört. Wir starrten gemeinsam in den Himmel, atmeten gemeinsam die feuchte Luft ein, schwebten gemeinsam auf unserer Champagnerwolke.

Hand in Hand. Jeder von uns tat so, als ob der andere schliefe.

Jetzt blicke ich auf Monks Hand zwischen meinen hinab. Die gleiche Hand. Der gleiche Monk.

»Monk«, sage ich. Mit leiser Stimme. »Ich muss dir etwas sagen.«

KAPITEL DREIUNDZWANZIG

Mallory

August 2008
Winthrop Island, New York

Es ist eine seltsame Sache mit der menschlichen Natur. Wenn man die Regeln einmal gebrochen hat, ist es so viel einfacher, sie wieder zu brechen.

Ich könnte euch nicht wirklich sagen, warum weder Monk noch ich in jener Nacht im Gästehaus, nachdem Dillon ihn geschlagen hatte, das Thema Kondome auch nur ansprachen. Zum eine war ich ein kleines bisschen bekifft, und zum anderen; wir hatten zuvor am Nachmittag diesen unglaublichen Sex am Strand gehabt. Alles war noch frisch in unseren Erinnerungen, was es nicht nur möglich, sondern unwiderstehlich machte, weiterhin ohne Sattel zu reiten, *nur diese eine Nacht.* Außerdem hatten wir im Hinterkopf, dass es zu diesem Zeitpunkt meines Zyklus praktisch unmöglich war, schwanger zu werden.

Praktisch.

Nur die eine Nacht, richtig? Zwei Tage nach meiner Periode? Das Risiko war so winzig und das Feuer zwischen uns loderte so heftig.

Aber als die Woche voranschritt und das Risiko größer wurde, brachen wir weiterhin die Regeln. Ich habe keine Entschuldigung. Wir waren jung, töricht und unverwundbar. Wir waren wahnsinnig verliebt, verrückt vor Plänen, verloren unseren Verstand angesichts der absoluten Gewissheit unseres gemeinsamen Lebens. Es fühlte sich so natürlich an, ohne Barrieren zu lieben – so ursprünglich, so *richtig.* Und um die Wahrheit zu sagen, ein bisschen gefährlich. Ein bisschen aufregend, danach dazuliegen, vor Vergnügen summend, nichts zwischen uns. Der aufregende kleine Schauer, wenn er sich schließlich aus mir zurückzog.

»Pinks«, begann er, zwei Nächte vor unserer geplanten Abreise, mitten beim Sex, an einem schwülen Abend, im Bett des Gästehauses, »wir spielen mit dem Feuer.«

»Es ist okay«, murmelte ich. Nicht sehr überzeugend.

»Nein, ist es nicht.« Er zog sich heraus und richtete sich auf.

»Was machst du?«

»Ich hole ein Kondom.«

Er kam einen Moment später aus dem Badezimmer zurück und wir beendeten es. Danach rollte ich mich auf die Seite, um ihn anzusehen, und sagte, vielleicht sollte ich die Pille nehmen oder so.

»Aber die Hormone«, winkte er ab. »Ich will dir das nicht antun.«

»Die Spirale ist auch nicht toll, habe ich gehört. Komplikationen.«

»Nein, wir werden vorerst einfach weiter Kondome benutzen, Pinko. Ich habe nichts dagegen.«

Er lag auf dem Rücken, einen Arm um meine Schultern, einen Arm hinter seinem Kopf, und starrte an die Decke. Ich beugte mich vor und küsste ihn. »Hey, Hübscher. Woran denkst du?«

»Noch ein Tag«, antwortete er. »Noch ein Tag, bis wir frei sind. Daran denke ich.«

Vierzehnter August. Monk hatte sich für den ganzen Tag als Caddy angemeldet. *Wir brauchen das Geld, Liebste*, erklärte er mir, als er mich im Morgengrauen küsste und zurück in sein Schlafzimmer im Haus nebenan schlich.

Ich konnte nicht wieder einschlafen, also stand ich auf und duschte im angrenzenden Badezimmer. Ich hatte dieses unruhige Gefühl in der Magengrube. Kein *Zweifel* – ich wusste bis in meine Knochen, dass ich Monk liebte und er mich liebte, und dass es richtig und perfekt für uns war, zusammen zu sein. Aber da war etwas wie eine Vorahnung. Alles war *zu* richtig, zu perfekt. So war das Leben nicht. Das Leben war chaotisch, das Leben verabscheute Perfektion. Irgendetwas würde schiefgehen.

Das heiße Wasser floss über meine Glieder. Ich umfasste meine Brüste, fuhr mit der Hand über meinen Bauch, ließ meine Finger zwischen meine Beine gleiten. Schloss die Augen und konzentrierte mich auf Monk.

Zwei Wochen gemeinsam auf der Straße. Fast wie Flitterwochen. Alles gute Schwingungen.

Alles würde gut werden, redete ich mir ein.

* * *

Als ich die Zwillinge vom Strand zu ihrem Mathematikunterricht brachte, wartete Mr. Adams im Wintergarten auf mich. Er trug die übliche Sommeruniform aus hellen Chinohosen und einem Polohemd in Mintgrün. Eine Art Wappen war diskret auf der linken Brust eingestickt.

»Mallory«, schlug er vor, »möchten Sie mit mir im Club zu Mittag essen?«

Mein Verstand suchte verzweifelt nach einer Ausrede. Ich konnte nur denken: *Aber ich fahre morgen früh mit Ihrem Sohn in den Urlaub und muss packen.*

»Ähm, natürlich.« Ich blickte auf mein sandiges Strandkleid hinunter. »Ich denke, ich sollte mich wohl umziehen?«

»Nichts zu Schickes. Der Dresscode ist tagsüber ziemlich locker.«

Damals kam es mir nicht in den Sinn, es könnte irgendetwas Unangemessenes daran geben, mit Mr. Adams im Club zu Mittag zu essen. Er saß in den Vorständen mehrerer wichtiger Institutionen! Seine angesehene Familie! Seine tadellosen Referenzen! Ich war ein College-Kind. Mr. Adams war dreimal so alt wie ich. Ich schlief mit seinem Sohn, um Gottes willen. Es erschien alles so onkelhaft. Er half mir in sein Auto – ein tiefliegendes Oldtimer-Cabrio, wahrscheinlich von seinem Vater geerbt – und wir sausten die Auffahrt hinunter.

Ich hatte den Club schon unzählige Male besucht. Die Zwillinge hatten dort dienstags und donnerstags Schwimmunterricht, und wir kamen oft zum Strand, damit sie mit den anderen jungen Prinzen und Prinzessinnen Sand schaufeln und Wellen fangen konnten. Es gab Partys und Spielverabredungen. Während der großen Feier zum 4. Juli hatte ich mich mit Monk zum Pavillon davongeschlichen, während Chippy und Blue am Limbo-Wettbewerb für Kinder teilnahmen.

Aber ich war noch nie als Gast dort gewesen, sondern immer als Personal.

Ich erinnere mich, wie überrascht ich war, als ich das Clubhaus am Memorial-Day-Wochenende zum ersten Mal sah. Ich hatte mir ein großartiges, historisches Gebäude vorgestellt oder zumindest einen majestätischen modernen Nachbau. Stattdessen erinnerte es mich an das Haus meiner Mutter auf Cape Cod, nur etwas größer. Die Wände waren mit Zedernholzschindeln verkleidet, die Dachlinien spitz zulaufend, die Verzierungen weiß. Innen roch es nach Zitronenöl und hartnäckiger Feuchtigkeit, vermischt mit einem Hauch von Mottenkugeln. Laut Monk war das ursprüngliche Clubhaus großartig gewesen – in den 1920er-Jahren erbaut – aber in den 1960er-Jahren war es unmöglich, es zu unterhalten und ein wenig peinlich geworden, also beschlossen sie, es abzureißen und in kleinerem Maßstab wieder aufzubauen. Da die Abrisskosten aber so hoch waren, erhob niemand großen Protest, als ein mysteriöses Feuer die alte Scheune spät in der Nacht zerstörte, kurz bevor die Abrissbirnen schwingen sollten.

Monk erzählte mir all das mit einem Achselzucken. *Je älter das Geld, desto geiziger der Geizhals*, grinste er.

Niemand hob eine Augenbraue, als Mr. Adams mich durch die Eingangshalle in den Speisesaal führte, wo sich Korbstühle und -tische durch die offenen französischen Türen auf die Steinterrasse ergossen, die den Fairway des sechsten Lochs überblickte. Er sprach mit dem Manager (dem gepflegten, makellosen Mr. Irwin), der uns zu einem Tisch ganz am Rand der Terrasse führte, sodass ich mich fast über die Mauer lehnen und das Gras berühren konnte. Er reichte uns die Speisekarten.

»Darf ich Ihnen etwas zu trinken anbieten?«, fragte mich Mr. Irwin, völlig ohne zu urteilen.

»Nur Wasser, danke.«

»Nein, nein«, wehrte Mr. Adams ab. »Es ist doch Ihr letzter Tag bei uns, nicht wahr? Da können wir genauso gut mit einem Glas Schaumwein feiern. Irwin? Zwei Gläser Bollinger. Nein. Warum nicht gleich die Flasche.«

»Eine Flasche Bollinger, sehr wohl«, widerholte Mr. Irwin.

Als er gegangen war, legte ich meine Serviette auf meinen Schoß und fragte fröhlich: »Ich nehme an, Monk hat Ihnen von unseren Plänen erzählt?«

»Er hat mich auf dem Weg zum Golfplatz heute Morgen angerufen.« Mr. Adams faltete seine Hände. »Ich muss sagen, ich hatte gehofft, Sie würden bis zum Ende des Monats bleiben. Das bringt uns in eine etwas schwierige Lage, was die Kinderbetreuung angeht. Meine Frau ist …«

Er griff nach seinem Wasserglas und nahm einen Schluck.

»Mrs. Adams?«

»Wir werden es natürlich regeln. Als Monk und seine Schwester klein waren, haben all die Teenager hier in der Gegend babygesittet. Jetzt halten sich die Teenager in Waisenhäusern in Haiti auf und sind in Sprachimmersionsprogrammen in Argentinien und solchen Dingen. Und sie sind gar nicht mehr daran interessiert, Taschengeld zu verdienen. Ich schätze, sie haben das Gefühl, es nicht zu brauchen. Gott sei Dank gibt es Mädchen wie Sie.«

»Es tut mir leid deswegen. Ich dachte, wir wären uns über den fünfzehnten einig gewesen. Monk und ich –«

Mr. Adams winkte ab. »Es spielt keine Rolle. Das Wichtige sind Sie beide und Ihre Zukunftspläne. Um ehrlich zu sein, habe ich ein bisschen nachgedacht. Ich meine, man kann schon behaupten, diese Entwicklung kam nicht unerwartet, hmm?« Er lächelte und duzte mich plötzlich. »Ich sage es ganz offen: Du hast nicht gerade verheimlicht, was du vorhast. In einem alten Haus wie unserem haben die Wände Ohren.«

Meine Wangen wurden heiß. Ich griff nach der Speisekarte und tat so, als würde ich sie studieren.

Mr. Adams lachte. »Keine Sorge, Mallory. Ich bin nicht hier, um dich zu tadeln. Natürlich fühlt sich Monk in diesem Moment seines Lebens zu dir hingezogen. Das ist alles gut und schön. Genießt es. Ihr seid jung und frei. Nichts ist giftiger für das Glück als Reue, glaub mir. Meine Sorge ist, dass –«

Die Ankunft des Champagners unterbrach ihn.

»Ah«, sagte er. »Da haben wir's.«

Mr. Irwin entfernte die Folie und zog den Korken mit kaum einem Zischen heraus. Nachdem die Gläser gefüllt waren, verschwand er mit dem Versprechen, gleich zurückzukommen, um unsere Essensbestellung aufzunehmen.

»Auf die Kunst«, stieß Mr. Adams an, »und die junge Liebe.«

Ich wusste nicht, wie ich darauf antworten sollte, also stieß ich schweigend mein Glas gegen seines. Ich war nervös, also trank ich zu schnell zu trinken. Der Champagner war kalt und köstlich.

Mr. Adams stellte sein Glas ab. »Mallory, ich werde dir den Gefallen tun, offen zu sprechen. Und ich möchte, dass du nicht gekränkt bist. Ich weiß, das fällt deiner Generation nicht leicht. Aber ich *habe* etwas mehr vom Leben gesehen als du, deshalb, können wir uns darauf einigen?«

»Natürlich«, sagte ich kühl.

»Du bist jung, wie ich schon sagte. Du bist verliebt. Du bist voller Träume. In deinem Alter kannst du dir natürlich nicht das Ende von all dem vorstellen. Du kannst dir nicht vorstellen, dass diese starken Gefühle zwischen euch jemals nachlassen könnten. Glaub mir, als ich meine erste Frau heiratete, dachte ich, wir würden für immer so füreinander empfinden.«

»Mr. Adams«, unterbrach ich ihn, »ich muss sagen, ich finde, Sie sind unglaublich anmaßend.«

Mr. Adams lehnte sich in seinem Stuhl zurück und hob die Augenbrauen. »Findest du?«

»Ich meine, ehrlich, Sie haben keine Ahnung, wie wir füreinander empfinden. Und wenn Sie versuchen, mich *zu warnen* oder so –«

Er hob eine Hand. »Das ist überhaupt nicht, was ich ausdrücken will.«

»Was dann? Was ist denn ihre *Sorge*?«

»Mallory, Liebes. Schau. Ich bewundere deinen Mut. Wirklich. Deine Entschlossenheit, deinen eigenen Weg zu gehen. Es ist nur so, dass eine junge Frau mit deinem Hintergrund – nun, du hast eine gewisse Freiheit. Die Welt steht dir offen. Während Monk sein ganzes Leben lang einen gewissen Standard gewohnt war. Er nimmt bestimmte Dinge als selbstverständlich hin. Er versteht die Opfer nicht, die nötig sind, um dieses Leben, an das er gewöhnt ist, zu erreichen und aufrechtzuerhalten.« Mr. Adams wandte den Kopf, um seinen Blick über die nahen Tische schweifen zu lassen. »Siehst du den Mann dort drüben? Im Seersucker-Anzug?«

Ich blinzelte nach links in den Sonnenschein. »Den Typen da drüben, der allein sitzt?«

Mr. Adams wandte sich mir wieder zu, mit einem so intensiven Blick aus diesen blauen Augen, die Monks Augen so ähnlich sahen, dass mir ein wenig übel wurde.

»Sein Name ist Cooper«, sprach er weiter. »Bud Cooper. Seine Familie machte vor über hundert Jahren ein Vermögen – mit Textilien, glaube ich. Kaufte etwas Land und baute hier ungefähr zur gleichen Zeit wie mein

Großvater ein Haus. Guter Mann, Bud. Ein paar Jahre vor mir in Harvard. Liebte Bücher, weißt du, liebte Literatur. Ich glaube, er hatte die Vorstellung, er würde Schriftsteller werden. Der nächste Fitzgerald oder Hemingway oder so. Machte ein bisschen dies, ein bisschen das. Ließ sich nie auf etwas ein, das man eine Karriere nennen könnte. Und sein Vater – guter Mann, Mr. Cooper – dachte sich, warum ihn nicht gewähren lassen? Es gab ja genug Geld, richtig?« Er machte eine Handbewegung; Mr. Irwin schwebte herbei, um unsere Gläser nachzufüllen. »Bud ist jetzt pleite, Mallory. Dieses große Sommerhaus, das sein Großvater gebaut hat, drüben in der Plum Lane? Er lebt das ganze Jahr dort. Es ist alles, was er noch besitzt. Zerfällt. Der Club hat vor etwa einem Jahrzehnt aufgehört, ihm Rechnungen zu schicken. Die Mitglieder hier begleichen alle seine Beiträge und Ausgaben. Niemand spricht darüber – ich meine, er ist ein alter Freund. Ein guter Mann.«

Ich blickte wieder zu dem Mann, der an dem kleinen quadratischen Tisch am Rand der Terrasse saß, ganz allein in einem Anzug aus vergilbendem blauem Seersucker, und vorsichtig, wohlerzogen seine Suppe löffelte. »Das ist nett von Ihnen«, murmelte ich.

»Unter uns herrscht diese Vereinbarung, Mallory, dass es vulgär ist, über Geld zu sprechen. Es sogar vulgär ist, über Geld nachzudenken. Und ich stimme zu. Geld ist nicht der Sinn des Lebens. Das *Leben* ist der Sinn des Lebens. Aber die unaussprechliche Tatsache ist, dass Geld dieses Leben erhält. *Unser* Leben. Diese schönen Häuser, diese netten Familien, dieser Lebensstil, du denkst, sie halten ewig. Aber das tun sie nicht. Man muss sich um sein Erbe kümmern, sonst löst es sich in Nichts auf. Und die Welt ist nicht mehr wie früher. Steuern und Inflation und alles andere. Es gibt kein altes Geld mehr. Alte *Familien* vielleicht, aber wenn man den Brunnen nicht auffüllt, dann – kennst du das Sprichwort? Es ist leichter, reich zu werden, als reich zu bleiben. Und du endest wie der arme alte Bud. Guter Mann, hat nie etwas zustande gebracht. Seine Kinder leben irgendwo in New Hampshire, tun Gott weiß was. Es ist nichts mehr übrig.« Er gab Mr. Irwin wieder ein Zeichen. »Ich denke, wir sind jetzt bereit zu bestellen. Mallory?«

Ich nahm wieder die Speisekarte. »Ähm, die Krabbenkuchen? Bitte?«

»Gewiss. Für Sie, Mr. Adams? Das Übliche?«

»Ja, Irwin. Danke.«

Mr. Irwin nahm unsere Speisekarten und Mr. Adams lehnte sich vor. Richtete seine volle Aufmerksamkeit wieder auf mich. »Verstehst du, was ich dir zu sagen versuche, Mallory?«

»Mr. Adams«, antwortete ich, »ich verstehe, was Sie meinen, und ich schätze Ihre Sorge, aber greifen Sie nicht ein bisschen weit voraus? Wir sind noch im College. Wir machen nur Urlaub. Nicht … wissen Sie, wir treffen hier keine lebensverändernden Entscheidungen.«

Mr. Adams stellte sein Glas ab und runzelte die Stirn. »Du denkst nicht, das College abzubrechen wäre eine lebensverändernde Entscheidung?«

»Das College *abbrechen*?«

»Tut mir leid, aber ist es nicht das, worüber wir sprechen, Mallory? Dass Monk das College abbricht, um seine sogenannte Musikkarriere zu starten? In Providence, mit dir?«

Der Club plauderte angenehm um mich herum. Die Champagnerbläschen stiegen in trägen Fäden zwischen meinen Fingern auf. Mr. Adams' Gesicht wurde verschwommen vor dem Hintergrund der bescheidenen Architektur der Mitte des Jahrhunderts, den gepflegten grünen Golfplätzen zu seiner Rechten.

»Ich … ich verstehe nicht … Hat er Ihnen das gesagt?«

»Mallory«, sagte Mr. Adams langsame, »er hat sich bereits von Colby exmatrikuliert.«

»Er hat *was*?«

»Ich nahm an, ihr hättet bereits darüber gesprochen.« Mr. Adams winkte mit der Hand zum Champagnerkühler. »Ich hoffe, ich habe keinen Fehler gemacht.«

»Ich – ich glaube, Sie haben das vielleicht missverstanden, Mr. Adams.«

»Ich glaube nicht, dass ich das habe, Mallory. Monk war sehr deutlich. Sehr sicher.«

Ich richtete mein Messer und meine Gabel neben meinem Teller aus. Griff nach meinem Glas und trank den eiskalten Champagner in einem Zug. Als ich das Glas wieder abstellte, sagte ich: »In diesem Fall unterstütze ich seine Entscheidung.«

Mr. Adams streckte die Hand aus und berührte die Finger meiner linken Hand. »Schau, Mallory. Ich möchte, dass du glücklich bist. Wirklich.

Und ich möchte, dass du weißt, ich werde hier sein, um dir eine Hand zu reichen, falls die Dinge nicht ganz so laufen wie geplant.«

»Ich denke nicht, dass das nötig sein wird. Wirklich.«

»Trotzdem.« Mr. Adams ließ meine Hand los und griff in die Tasche seiner Jacke. »Ich möchte, dass du meine Karte nimmst. Monk muss es nicht wissen. Er hat seinen Stolz, Gott weiß, stur wie die Hölle, und ich respektiere das. Aber wenn du dich in einer schwierigen Lage befindest, hier findest du mich. Du kannst auf mich zählen, Mallory. Das meine ich ernst.«

Ich sah auf die Karte, ohne sie wirklich zu lesen. »Danke«, sagte ich und steckte sie in meine Brieftasche.

Ein Kellner kam mit unserem Essen. Mr. Adams' Übliches stellte sich als ein Truthahn-Club-Sandwich mit Speck auf Vollkorntoast heraus, samt Pommes frites. Die Krabbenkuchen passten sehr gut zum Champagner.

Tatsächlich leerten wir die Flasche.

Während der Fahrt zurück nach Seagrapes klingelte mein Handy in meiner Handtasche. Ich wandte mich Mr. Adams zu und sagte entschuldigend: »Es ist Monk.«

Mr. Adams machte eine höfliche Geste.

»Hey, Monkfish«, sagte ich. »Was gibt's?«

»Hey. Wie war das Mittagsdate?«

Ich schluckte. »*Mittags*date?«

»Pinks, komm schon. Ich hab euch gesehen. Ich war Caddie am sechsten Loch und zufällig schaue ich zum Clubhaus, und da ist mein Dad beim Mittagessen mit meiner Freundin. Champagner im Kühler und alles.«

»Monk.« Ich drehte mein Gesicht zur Seite, wo der Luftzug meine Worte davontragen konnte. »Sei nicht albern. Er sitzt neben mir. Wir fahren zurück zum Haus. Er wollte über unsere Pläne reden. Darüber, was du ihm erzählt hast.«

»*Was?* Was hat er denn gesagt, was ich ihm erzählt hätte?«

»Naja– du hättest das *College abgebrochen*?«

Monk fluchte leise. »Mallory, schau. Liebste, es tut mir so leid. Ich wollte nur zuerst mit meinem Dad darüber reden, weißt du? Ich wollte seinen Segen. Den er mir nicht gab. Aber ich dachte, ich sollte das mit ihm klären, bevor ich es dir eröffne. Bist du sauer?«

»Nicht *sauer.* Nur – ich weiß nicht. Er hatte den Eindruck, wir würden praktisch durchbrennen. Ich fühle mich irgendwie in die Enge getrieben, als wäre es irgendwie meine Schuld. Dass ich dich auf Abwege geführt hätte.«

»Oh Jesus, Pinks. Das hat er gesagt?«

»Indirekt.«

»Und was hast du dann gesagt?«

»Ich habe gesagt, dass ich deine Entscheidung unterstütze. Was denn sonst?«

Monk seufzte so schwer, dass es in meinem Ohr raschelte. »Pinks, du bist die Beste. Ernsthaft. Ich verdiene es nicht einmal, was für eine verdammte Retterin in der Not du bist, weißt du das? Es tut mir nur leid wegen des Hinterhalts. Wirklich. Das alles sollte zwischen ihm und mir bleiben.«

»Aber warum? Warum hast du es mir nicht erzählt? Vertraust du mir nicht?«

»Mallory, wovon redest du? Ich vertraue dir mehr als jedem anderen Menschen auf der Welt. Du bist buchstäblich der einzige Mensch, dem ich *wirklich* vertraue. Hör zu. Ist er noch da?«

»Ja. Er fährt. Wir sind fast am Haus.«

»Verstanden. Ich mach's kurz. Der wahre Grund, warum ich angerufen habe, war eigentlich *nicht*, um dich wegen des Champagner-Lunchs mit Dad aufzuziehen. Ob du's glaubst oder nicht.«

»Nein?«

»Mike hat angerufen«, sagte Monk. »Eine Band, die heute Abend spielen sollte, ist abgesprungen. Er bittet mich, einzuspringen.«

»Wirst du es machen?«

»Es sind vierhundert Dollar, Pinks. Das ist eine Menge Benzingeld. Und Bessie schluckt viel Benzin.«

»Dann mach es.«

»Bist du sicher?«

»Natürlich. Ich übernehme morgen die erste Fahrschicht. Es wird schon klappen.«

»Du bist also noch dabei? Nicht zu sauer, um ein Auto mit mir zu teilen?«

»Ich sag doch, ich bin nicht sauer. Nur irgendwie – ich weiß nicht, ein bisschen angepisst.«

»Es tut mir leid, Pinks. Wirklich. Ich wollte dir nichts verheimlichen, ich schwöre. Ich wollte dich nur überraschen. Das ist alles. Die romantische Sache auf dem Berggipfel machen. Aber offenbar habe ich es vermasselt, und es tut mir leid. Ich wusste nicht, Dad würde – Shit, weißt du was? Ich bin ein Idiot. Ich hätte es wissen müssen. Verdammter Machiavelli. Was habe ich mir nur gedacht?«

Wir bogen von der Hauptstraße in die Auffahrt von Seagrapes ein. Der Wagen ruckelte durch die Schlaglöcher. Ich spürte, wie Mr. Adams' Ohren sich nach unserem Gespräch streckten. Ich sah ihn an und lächelte. Er hob die Augenbrauen und zuckte mit den Schultern.

»Was meinst du mit Machiavelli?«, fragte ich.

»Hör zu«, insistierte Monk, »können wir das später besprechen? Während wir durch Pennsylvania fahren? Es ist ein großer Staat. Zieht sich verdammt lange hin. Genug Zeit, um Dads manipulative Art zu psychoanalysieren. Lass ihn einfach nicht an dich ran, okay? Lass nicht zu, dass er sich in deinem Kopf einnistet.«

Ich starrte über das Wiesengras zu der bröckelnden Steinmauer, die Seagrapes vom Monk-Anwesen trennte. Die Stelle, an der ich einmal mit Monk gesessen hatte, als uns ein Regenschauer überraschte und Monk seine Jacke über unsere Köpfe hielt, während der Regen um uns herum trommelte.

»Ich habe in letzter Zeit irgendwie an New Mexico gedacht«, sagte ich. »Was hältst du von New Mexico?«

»War noch nie in New Mexico. Ich hab gehört, Santa Fe sei ein toller Ort.«

»Georgia O'Keeffe lebte in Santa Fe.«

»Verdammt, stimmt ja. Das ist ein Zeichen, Pinks. Ein Omen. Ich sehe dich morgen früh. Bringe dir Kaffee mit, wie wäre das? Grace hat versprochen, uns ein paar Sandwiches einzupacken.«

»Oh mein Gott. Wir machen das wirklich.«

»Pinko«, sagte er, »wir machen es wirklich. Schlaf ein bisschen.«

»Du auch.«

»Es wird alles gut werden, ich schwöre. Ich liebe dich, okay? Ich gehöre ganz dir.«

»Ich dir auch«, antwortete ich.

Ich legte auf und steckte das Telefon in meine Handtasche. Mein Kopf drehte sich immer noch vom Champagner. Mr. Adams brachte den Wagen vor der Garage zum Stehen und stellte den Motor ab. »Alles in Ordnung?«, fragte er.

Ich starrte durch die Windschutzscheibe auf die Zedernschindeln vor uns.

»Sie irren sich in Bezug auf Monk«, sagte ich. »Er ist ein großartiger Künstler. Vielleicht ist es nicht Ihre Art von Kunst. Nicht Ihre Art von Musik. Aber es ist etwas Besonderes. Er schreibt diese Lieder, die in deine Seele dringen. Und er kann singen, Mr. Adams, er kann wirklich singen.«

»Ich weiß das, Mallory. Er hatte schon immer eine tolle Singstimme.«

Ich drehte mich in meinem Sitz um und sah Mr. Adams an. Er konzentrierte sich auf die Garagentür vor dem Wagen, als würde er versuchen, sie mit Jedi-Gedankentricks zu öffnen. Er hörte mir überhaupt nicht zu.

»Sie sollten etwas wissen«, sprach ich weiter. »Sie sollten wissen, dass er den ganzen Sommer über Auftritte im Mohegan Inn hatte, und er rockt die Bude, Mr. Adams. Er rockt sie total. Sie kommen mit Booten vom Festland, um ihn zu hören. Sie stellen sich für Autogramme an. Man muss es gesehen haben, um es zu glauben. Sie müssen ihn hören, Mr. Adams, dann werden sie es verstehen. Das ist es, wofür er geboren wurde.«

»Dann hätte er mir vielleicht von all dem erzählen sollen. Meinst du nicht?«

»Er wollte Sie nicht enttäuschen.« Ich streckte die Hand aus und legte sie auf seinen Arm. »Hören Sie. Hören Sie mir zu, Mr. Adams. Bitte hören Sie zu. Er wird mich umbringen, weil ich Ihnen das erzähle. Aber ich denke, Sie sollten wissen, dass er heute Abend spielt. Er springt in letzter Minute ein, um etwas zusätzliches Geld zu verdienen. Sie sollten hingehen. Es beginnt gegen neun Uhr. Gehen Sie einfach hin. Ich meine, er soll Sie dort nicht sehen. Aber schauen Sie einfach zu. Bitte, Mr. Adams. Sie müssen ihn spielen sehen. Bevor er geht.«

Mr. Adams drehte sich um und sah mich an. Sein Gesicht war müde und voller Mitgefühl.

»Er bedeutet dir sehr viel, nicht wahr?«, fragte er.

»Ich liebe ihn, Mr. Adams. Ich würde alles für ihn tun.«

»Dann hat er großes Glück, der Junge.« Monks Vater schenkte mir dieses freundliche, wehmütige Lächeln und streckte die Hand aus, um mein Knie zu tätscheln. »Also gut, Mallory. Wenn du möchtest, dass ich hingehe, werde ich hingehen.«

* * *

Obwohl Mr. Adams mir versicherte, ich hätte jetzt offiziell Feierabend, ging ich, als es Abend wurde nach oben, um die Zwillinge ins Bett zu bringen. Wir hatten in Harry Potter gelesen, und es schien irgendwie falsch, nur das Kapitel zu beenden und das Lesezeichen einzulegen, ohne bis zum Ende weiterzulesen. Fast schon betrügerisch.

»Also«, sagte ich zu ihnen. »Wisst ihr noch, wie ihr mal gefragt habt, ob Monk und ich heiraten werden?«

Blue setzte sich im Bett auf. »Ihr *heiratet*? Kann ich *Brautjungfer* sein?«

»Igitt«, japste Chippy.

»Nein, Dummerchen. Wir heiraten nicht. Aber wir sind – wisst ihr, Freund und Freundin. Und wir haben beschlossen, den Rest des Sommers frei zu nehmen und zusammen einen kleinen Urlaub zu machen, bevor das College anfängt.«

Blue seufzte. »Das weiß ich schon. Mom hat es erzählt.«

»Oh.«

»Sie hat dich eine Schlampe genannt«, warf Chippy ein.

»Na, das ist ja nett. Wisst ihr, dass in alten Zeiten eine Schlampe eine Frau war, die sehr unordentlich war? So wie eine Künstlerin manchmal wird, wenn sie mitten im Erschaffen von etwas Wunderbarem ist. Also hatte eure Mom vielleicht recht. Jetzt legt euch wieder hin, damit ich euch zudecken kann.«

Blue legte sich zurück und starrte mich mit ihren Mondaugen an, während ich ihre Stirn küsste. Ein bisschen unheimlich, aber egal. »Kommt ihr wieder?«, fragte sie.

»Natürlich kommen wir wieder, Schätzchen. Monk ist euer großer Bruder, er liebt euch mehr als alles andere.«

»Liebst *du* mich?«

»Oh, Schätzchen.« Ich strich ihr feines Haar aus der Stirn. »Natürlich tue ich das. Vielleicht können du und Chippy uns irgendwann besuchen kommen. Wäre das nicht schön?«

»Ja«, flüsterte sie. Aber ihre Augen waren immer noch wie Monde.

Als ich mich Chippy zuwandte, tat er so, als würde er schlafen. Zusammengerollt auf der Seite, die Augen fest geschlossen. Ich wuschelte durch sein Haar und küsste seine glatte, feuchte Wange.

»Gute Nacht, süßer Junge«, wisperte ich. »Ich liebe dich für immer.«

* * *

Schlaf ein bisschen, hatte Monk mir geraten.

Ich versuchte es. Ich lag ewig wach im Bett, wälzte mich von einer Seite auf die andere. Der Champagner-Rausch war schon vor einer Weile verflogen. Ich versuchte, mich auf meine Atmung zu konzentrieren, an Kindheitserinnerungen, an Fernsehsendungen zu denken, To-do-Listen durchzugehen, aber die Dinge, die Mr. Adams mir beim Mittagessen gesagt hatte, brachen immer wieder durch.

Ist es nicht genau das, worüber wir sprechen, Mallory? Dass Monk das College abbricht, um seine sogenannte Musikkarriere zu beginnen?

Es gibt kein altes Geld mehr.

Und: *Glaub mir, als ich meine erste Frau heiratete, dachte ich, wir würden für immer so füreinander empfinden.*

Ich sah auf die Uhr. Fast elf. Monk würde jetzt fertig sein, Autogramme geben. Arme signieren. All diese Bauchnabel in ihren schlanken, gebräunten Bäuchen. Vergnügungssüchtige, musikliebende Mädchen. Mädchen, die nicht eine Stunde lang auf eine Muschel starrten, fasziniert von dem Muster der Rillen, das den Wellen im Ozean ähnelte.

Ich liebe dich, okay? Ich gehöre ganz dir.

Ich stand vom Bett auf und zog meinen Schlafanzug an. Gürtete meinen Morgenmantel darüber. Ich hatte den Morgenmantel bei Marshalls gekauft, bevor ich aufs College ging, und mich darin in langen Mitternachtsgesprächen im Wohnheimflur vorgestellt. Er war inzwischen etwas abgetragen, wie meine Großmutter gesagt hätte. Der türkisfarbene Satin franste an den Nähten aus. Ich schlich zum Getränketablett im Wintergarten und goss einen Schuss Wodka in ein Glas, um meine nervösen Nerven ein wenig zu betäuben. Etwas Zitronenseltzer.

»Mallory. Guten Abend.«

Ich drehte mich zu den französischen Türen um. Mr. Adams stand dort in seinem eigenen Morgenmantel, viel edler als meiner. Er rauchte seinen abendlichen Joint.

»Ich – ich dachte, Sie wären im Mo.«

»Ich bin nach dem ersten Set nach Hause gefahren. In meinem Alter kann man nicht mehr so lange ausgehen wie früher. Und Becca hat angerufen.« Er betrachtete den Joint, inhalierte, betrachtete das Ergebnis. »Sie fühlte sich nicht wohl.«

»Das tut mir leid.«

Er winkte ab. »Leistest du mir Gesellschaft?«

»Ich wollte wirklich – ich wollte gerade ins Bett gehen –«

»Komm doch. Es ist eine schöne Nacht.«

Ich folgte ihm auf die Terrasse. Er setzte sich in seinen üblichen Korbsessel; ich ließ mich auf die Kante meines üblichen Korbsofas sinken. Er bot mir den Joint an. Ich zögerte, nahm ihn dann. Es würde mir beim Einschlafen helfen, dachte ich.

»Weißt du, ich hatte auch einmal Ambitionen, Künstler zu werden«, begann Mr. Adams.

»Wirklich? Was haben Sie gemacht?«

»Oh, ich habe gemalt. Ölgemälde. Damals in der Schule dachten sie, ich hätte Talent. Das ist schon eine Weile her.« Er nahm das Glas mit der braunen Flüssigkeit vom Korbcouchtisch und schwenkte es. »Tatsächlich habe ich an der Harvard einen Nebenstudiengang in Bildender Kunst belegt. Mein Vater fand das eine gute Idee. Jeder braucht ein Hobby, sagte er mir.«

»Wünschen Sie sich manchmal, Sie hätten es weiter verfolgt?«

»Oh, nicht wirklich. Nicht in großem Umfang. Ich habe früh geheiratet. Ließ mich scheiden und heiratete wieder. Monks Schwester kam, und Monk. Pflichten, weißt du? Gott gibt uns Gewohnheit anstelle von Glück, wie Puschkin sagt.« Er trank den Scotch, stellte ihn zurück auf den Couchtisch und nahm seinen Joint. »Aber nichts geht verloren, Mallory. Denk daran. Statt meine kreativen Ambitionen auf Kosten meiner

Familie auszuleben, habe ich all meine Energie in die Unterstützung junger Künstler gesteckt.«

»Wie fanden Sie also Monks Auftritt?«, wollte ich wissen.

»Ich fand ihn sehr gut. Er ist ein Naturtalent auf der Bühne.« Er gluckste und schüttelte den Kopf. »All diese Frauen, mein Gott. Ich weiß nicht, woher sie kamen. Vom Festland, vermute ich.«

»Mike muss die Nachricht verbreitet haben. Er hat jetzt eine Art Fangemeinde. Monk, meine ich.«

»Ich glaube, ich habe eine von ihnen erkannt. Die Tochter eines alten Freundes von mir. Harvard. Ölfamilie, aus Texas. Wir pflegten ihn damit aufzuziehen. Nannten ihn Tex. Tex Lassiter. Ein guter Mann. Jetzt ist das Mädchen mit Monk in Colby.« Er lächelte. »*War*, vermute ich.«

»Oh?«

»Er gesellte sich in der Pause zu ihr an die Bar. Sie schienen sich nett zu unterhalten. Holten wohl Versäumtes nach. Hübsches junges Ding, Lee. Weißt du, ich hatte mir immer vorgestellt – nun ja. Vergiss es.« Er zog an dem Joint und schüttelte den Kopf. »Die Mädchen heutzutage, ihre Figuren. All diese Sportarten, die sie betreiben. Kann ich dir noch einen Drink anbieten?«

Ich blickte auf mein Glas und bemerkte, dass es leer war.

»Ich sollte wirklich nicht. Ich konnte nur nicht schlafen, das ist alles. Ich dachte, es könnte helfen.«

Er stand auf und nahm das Glas. »Ein zweiter wird dich direkt umhauen, glaub mir.«

Ich hörte, wie er durch die Tür hinter mir trat. Ich starrte auf den Joint, der im Aschenbecher brannte. Dachte an Monk, wie er seine Gitarre in den Koffer packte. Wie er durch die Hintertür des Mo ging, allein die Straße hinunter, allein zu Bessie. Möglicherweise gefolgt von einem oder zwei Fans. Vielleicht die eine, die sich laut Mr. Adams an der Bar zu ihm gesellt hatte. Die alte Freundin aus Colby, die Versäumtes nachholte.

Ich griff nach dem Joint und zog eine Lunge voll Gras ein.

»Mallory?«

Ich bemerkte, dass meine Augen geschlossen waren. Ich öffnete sie und da stand Mr. Adams und hielt mir einen Drink hin. »Danke«, sagte ich.

Er hatte auch sein eigenes Glas nachgefüllt. Er setzte sich, nahm den Joint und fragte: »Bin ich schon wieder ins Fettnäpfchen getreten?«

»Was? Nein.«

»Monk ist ein treuer Junge, Mallory. Du brauchst dir keine Sorgen zu machen.«

»Ich mache mir keine Sorgen.«

»Ich bin sicher, er ist jetzt auf dem Weg nach Hause.« Mit seinem Drink deutete er in Richtung des Monk-Anwesens. »Wenn du lieber dorthin gehen und auf ihn warten möchtest, anstatt hier mit einem tatterigen alten Mann wie mir herumzusitzen, verstehe ich das.«

Ich nahm das Glas und nippte daran. Ein bisschen zu viel Wodka. »Das wäre albern.«

»Das ist mein Mädchen.« Mr. Adams zog an dem Joint und legte ihn zurück an den Rand des Aschenbechers. »Also, erzähl mir ein bisschen mehr über deine Zeichnungen, Mallory. Ich möchte alles über dich wissen.«

Wenn ich an das denke, was als Nächstes geschah, und das kommt nicht oft vor, sehe ich es aus der Distanz. Ich beobachte, wie es geschieht, als wäre ich ein anderes Mädchen, eine Schauspielerin, die mich in einer Szene spielt. Selbst in diesem Moment schien es nicht real. Ich fühlte mich wie eine Marionette. Als hätte etwas anderes die Kontrolle über meine Arme, Beine und Gedanken übernommen. Meine Gefühle abgeschliffen zu einer stumpfen Mattheit. Also erinnere ich mich nicht an jedes Detail. Jedes Wort. Sie verändern sich ein wenig in meiner Erinnerung, jedes Mal, wenn ich über diese Nacht nachdenke. Was nicht oft vorkommt.

Aber das ist der Kern.

Ich erinnere mich, dass ich mit Mr. Adams über meine Zeichnungen sprach, über die sich wiederholenden Muster in der Natur und wie ich diesen Kurs in Textildesign belegt und begonnen hatte, diese Ideen in meine Arbeit einzuweben. Er fand es faszinierend. Er fragte mich nach meinem Vater, meiner Beziehung zu meinem Vater, wie alt ich war, als er ging. Er fragte, wie eng mein Vater und ich gewesen waren. Wie oft ich ihn jetzt sehe.

Ich hörte mich sagen: »Ich glaube, ich sollte jetzt besser ins Bett gehen.«

»Das denke ich auch«, stimmte Mr. Adams mir zu.

Er half mir, vom Stuhl aufzustehen. Hielt mich um die Schultern, als wir den Wintergarten zum Flur überquerten. »Ich fühle mich etwas seltsam«, murmelte ich.

»Ja, wahrscheinlich«, meinte er. »Ich habe dir etwas gegeben, um dir beim Einschlafen zu helfen. Du schienst etwas angespannt. Keine Sorge, ich kümmere mich um dich. Hier entlang, Schätzchen.«

Ich wollte ihm sagen, dass ich keine Hilfe brauchte, dass ich allein ins Bett gehen konnte. Aber meine Gliedmaßen waren schwer und mein Kopf schien keinen eigenen Willen mehr zu haben. Er führte mich um die Ecke und den Flur entlang zu meinem Zimmer. Schaltete die Lampe neben dem Bett an und löste den Gürtel meines Morgenmantels.

»Von hier an schaffe ich es allein«, murmle ich.

»Nun, Mallory. Lass mich dir einfach helfen. Ich glaube nicht, dass du diese Knöpfe allein öffnen kannst, oder?«

»Aber ich brauche … ich brauche meinen Schlafanzug …«

»Mallory, Schätzchen. Seien wir ehrlich. Du wolltest schon die ganze Zeit, dass ich das tue. Ich habe gesehen, wie du mich ansiehst. Diese schmutzigen kleinen Blicke. Und deine Gemälde, mein Gott, diese Blumen. Glaub nicht, ich wüsste nicht, was du mir damit sagen wolltest.«

»Ich glaube … ich glaube, Sie misver … Mister …«

»Niemand muss es wissen, Mallory. Unser Geheimnis.«

Ich fiel. Er fing mich auf und setzte mich aufs Bett. Das Oberteil des Schlafanzugs öffnete sich unter seinen Händen.

»So ist es richtig. Da sind wir«, sagte er mit dieser beruhigenden Baritonstimme. »Na sowas. Schau dir diese kleinen Teufel an. Noch hübscher, als ich mir vorgestellt habe.«

Er legte seine Hände auf meine Brüste. Ich erinnere mich, dass ich schockiert auf seine Finger hinabsah, die meine Brustwarzen aufrichteten. *Du musst jetzt in Panik geraten*, dachte ich. *Du musst etwas unternehmen.*

»Siehst du?«, raunte er. »Du willst das, Mallory.«

»Nein.«

Er lachte leise. »Aber ich *weiß*, wie sehr du einen guten Fick genießt. Stimmt's, Mallory? Ich habe dir nachts zugehört. Du bist einfach eines dieser Mädchen. Eines dieser Mädchen, die es brauchen.«

Ich versuchte, meine Hände zu heben, um ihn aufzuhalten, aber sie waren so schwer, als wären sie mit Eisen gefüllt. »Ich kann nicht«, stöhnte ich.

»Ich werde mich um dich kümmern, Mallory. Alles wird gut, ich verspreche es. Niemand wird es erfahren. Leg dich einfach für mich hin. Lass es geschehen.«

Er drückte mich sanft zurück aufs Bett und griff nach meiner Schlafanzughose. Ich starrte an die Decke, während er sie mir die Beine hinunterzog. Als ich meine Arme beschwor, sich gegen ihn zu erheben, bewegten sie sich nicht. *Das muss ein Traum sein*, dachte ich. *Das ist es. Ein Traum. Halluzination. Albtraum. Das ist nicht mein Körper. Das ist nicht real. Das kann nicht real sein.*

Das passiert nicht wirklich.

Aber es geschah. Es passierte. Es passiert vielen Frauen, mehr Frauen als man denkt. Frauen, die sich nie vorstellen konnten, es könnte ihnen passieren, Frauen, die der falschen Person vertrauten, Frauen, die im falschen Moment unvorsichtig wurden. Frauen, die denken, es sei vielleicht ihre Schuld gewesen. Frauen, die sich schämen und deshalb hinterher nicht darüber sprechen. Frauen, die versuchen zu vergessen, weiterzumachen mit ihrem Leben, die ganze Sache auszublenden, sie in eine Box zu packen und den Deckel verschließen. Weiterleben und lieben, es nicht bedeutsam werden lassen. Es nicht gewinnen lassen.

Aber es passierte. In dieser Nacht passierte es mir.

KAPITEL VIERUNDZWANZIG

Monk

September 2022
Mystic, Connecticut

Das Haus ist größer, als er erwartet hatte. In seinem Kopf – in seiner Befürchtung– hatte sie Sam in einer Art heruntergekommener ländlicher Hütte großgezogen, mit einer einzigen, ausgefransten Stromleitung aus der Depressionszeit, die von einem ramponierten Mast am Rand einer von streunenden Hunden durchstreiften Schotterstraße hereinführte.

Wie üblich ist er ein Idiot, wenn es um Mallory geht.

Er lenkt Bessie in die ordentlich eingefasste Kiesauffahrt, schaltet in die Parkposition und stellt den Motor ab. Ein New-England-Farmhaus aus Holzschindeln steht vor ihm, hellgelb gestrichen mit dunkelgrünen Fensterläden, Blumenkästen, die vor spätsommerlichen Blüten überquellen. Es gibt eine Veranda mit zwei himmelblauen Adirondack-Stühlen und einem kleinen Holztisch dazwischen für den Kaffee, das Bier oder die Limonade. Sieht nach etwa einem oder zwei Hektar aus. Genug Platz zum Herumstreifen, um auf Bäume zu klettern und einen Ball herumzukicken, um an einem Juniabend ein paar Glühwürmchen zu fangen.

Er umklammert das Lenkrad und denkt: *Vermassle das nicht, Adams.*

Vermassle. Das. Nicht.

Er greift nach den Blumen und der Laptoptasche und steigt aus dem Auto. Als er sich den Verandastufen nähert, ruft eine Stimme hinter ihm: »Du bist früh dran.«

Er dreht sich um. Der altvertraute Schlag in die Magengrube, die Sehnsucht, die ihm für einen Moment den Atem raubt. Sie trägt ausgewaschene Jeans und ein ärmelloses Shirt, Gummi-Gartenclogs, eine Schürze und einen Strohhut über ihrem wilden dunklen Haar, das im Nacken zusammengebunden ist. Eine kleine Schaufel hängt von einer Hand herab. Ein Schmutzfleck entlang ihres Wangenknochens bettelt geradezu um seinen Daumen.

»Hey«, begrüßt er sie. »Die Fahrt hat weniger Zeit in Anspruch genommen, als ich dachte. Mir gefällt dein Haus.«

Sie gestikuliert mit der Schaufel. »Ich bin fast fertig im Garten. Sind die für mich?«

Er hält die Blumen hoch, als hätte er sie noch nie zuvor gesehen. *Idiot*, denkt er. »Die letzten des Sommers aus Tante Barbaras Rosengarten. Ich dachte, sie würde wollen, dass du sie bekommst.«

Mallorys Gesicht verwandelt sich in pure Freude. »Oh! Das ist – Monk, ich bin gerührt. Ich habe sie so sehr geliebt. Danke. Mach es dir hinten bequem, ich stelle sie ins Wasser.«

Sie eilt an ihm vorbei, springt die Verandastufen hinauf und verschwindet durch die Haustür. Er sieht zu, wie sie sich schließt, und macht sich auf den Weg um das Haus herum, durch ein offenes Tor in einer bröckelnden Steinmauer, zum üppigsten Garten, den er je in seinem Leben gesehen hat. Überall Behälter, rankende Weinreben, wuchernde Beete, Blumen über Blumen, Gemüse. An ein paar Birnbäumen weiter hängen reife Früchte. Es gibt eine Ordnung in all dem, aber er kann sie nicht ganz erfassen. Am Haus befindet sich eine mit alten roten Ziegeln gepflasterte Terrasse. Er legt seine Laptoptasche auf den Tisch und geht den mittleren Weg entlang, bis zu einer Reihe Sonnenblumen. Er stellt sich Sam als kleinen Jungen vor, wie er hier spielt.

Die Luft ist warm und schläfrig, getränkt in Septembersonne. Die wärmt seinen Kopf. Er hat beide Hände in die Taschen geschoben, nimmt aber jetzt eine heraus, um die gelben perfekten Blütenblätter der Sonnenblume zu berühren.

Du schaffst das, denkt er.

Mit Daumen und Zeigefinger reibt er das Sonnenblumenblatt. Er geht in Gedanken seine Sätze durch, die Dinge, die er sagen muss. Er hat alles heute Morgen noch einmal unter der Dusche geprobt, während der Fahrt von

Boston hierher, nach seiner Untersuchung. Wie er das Gespräch beginnen wird, die Fragen, die er ihr stellen sollte, was sie vielleicht antworten wird, was er darauf erwidern sollte. Er hat mehrere Versionen dieses Gesprächs in seinem Kopf durchgespielt, aber sie enden alle auf die gleiche Weise.

Neulich am Telefon hatte er Mallory erklärt, er müsse einige rechtliche Dokumente mit ihr durchgehen, bevor es Zeit ist, Sam vom Fußballtraining abzuholen und ihn für das Wochenende nach Winthrop zu bringen. Den Besuchsplan für den Herbst besprechen, einige laufende Sicherheitsvorkehrungen, jetzt wo die Welt offiziell von Sams Existenz weiß (»wir bitten um Respekt und Privatsphäre, während wir körperlich und als Familie heilen«, als ob *das* die Paparazzi und Trolle in ihre Höhlen zurückschicken würde). Das stimmt alles. Er möchte zusätzliche Vorkehrungen für Sam und Mallory treffen, Sam als seinen rechtmäßigen Erben anerkennen; er möchte Mallory als Sams Treuhänderin zur Aktionärin und zum Vorstandsmitglied der Produktionsfirma machen; er hat einige Ideen, wie man die Adams- und Monk-Grundstücke auf Winthrop zu einem einzigen Anwesen zusammenlegen könnte, und möchte ihre Meinung dazu. All das. Pläne für die Zukunft. Jetzt, wo er eine Zukunft hat.

Aber alles hängt davon ab, *dieses Gespräch erst mal nicht zu vermasseln.*

Er bemerkt eine Bewegung zwischen den Sonnenblumen. Mallorys schnelle Schritte auf dem Weg.

»Da bist du ja«, lacht sie. »Ich habe dir ein Bier geholt.«

Er nimmt ihr die Flasche aus der Hand. »Schöne Blumen. Ist es das, wo du deine Inspiration herbekommst?«

Oh verdammt, du Idiot. Ist es das, wo du deine Inspiration herbekommst?

Sie lächelt. »Du kennst mich besser als jeder andere, schätze ich. Sollen wir uns setzen?«

»Klar.«

Monk folgt ihr zurück, den Weg entlang zum Terrassentisch. Sie nimmt einen Stuhl im Schatten. Sie setzt ihren Hut ab und ihr Haar kraust sich aus dem Knoten. Der Tisch ist rund und Monk setzt sich auf den Stuhl neben ihren, einen viertel Kreis entfernt. Er neigt sich zu ihr und nippt an seinem Bier. Sie streicht sich mit einer Hand die Haare zurück. Er nickt zu dem Skizzenbuch, das auf dem Tisch neben seiner Laptoptasche liegt.

»Zeichnest du in letzter Zeit viel?«

Er liebt es, wie die Röte über ihre seidige Haut kriecht, ihre blasse olivfarbene Haut, die man mit den Lippen berühren möchte, um herauszufinden, wie warm sie ist, wie sie schmeckt.

»Wenn ich kann«, meint sie.

»Darf ich sehen?«

»Jetzt gleich?«

»Klar.«

Sie schaut ihn an, dann das Skizzenbuch. »Ich denke schon. Es ist ziemlich roh, ich warne dich. Ich kopiere die besten in mein Portfolio. Das hier ist wie – ich weiß nicht, wie wenn du eine Melodie aufschreibst, die dir im Kopf summt.«

Sie reicht ihm das Skizzenbuch. Er nimmt seine Lesebrille aus der Brusttasche und schlägt das Buch auf, – die Zeichnung einer Birne –, so wunderschön geformt, so saftig und offensichtlich reif, der Stiel oben in einem erwartungsvollen Winkel wie ein Fragezeichen, dass er in die Seite greifen und das saftige, sonnenwarme Fleisch essen möchte. Obwohl sie in Kohle gezeichnet ist.

»Sag mir etwas, Pinks.« Er nimmt die Brille ab und schaut auf. »Was willst du damit machen? Ich meine, in einer idealen Welt, wie sieht da deine Arbeit aus?«

Sie sieht überrascht aus. Sie nimmt einen Schluck von ihrem Bier und schaut zur Seite, in ihren Garten. »In einer idealen Welt? Ich denke, ich würde meine Freelance-Verträge kündigen und mein eigenes Designhaus gründen. Themen aus der Natur aufgreifen, weißt du, die Muster in der natürlichen Welt. Erinnerst du dich, wie wir früher darüber gesprochen haben?«

»Ich erinnere mich.«

»Dein Vater –« Sie zögert und blickt zu Monk. Er nickt ihr zu, fortzufahren. »Dein Vater pflegte mir zu sagen, ich sollte bildende Kunst studieren, dass ich nur in die kommerzielle Kunst gedrängt wurde, weil ich eine Frau bin, und erst kürzlich habe ich erkannt, wie beschissen das war. Wie es meine Selbstwahrnehmung verzerrt hat, als würde ich irgendwie nur zweitklassige Kunst machen, als wäre kommerzielle Kunst ein Ausverkauf. Aber für mich … weißt du, ich *will* meine Zeichnungen nicht an der Wand irgendeines Museums hängen sehen. Irgendeine

Kunstgalerie, wo Leute sie anstarren. Ich möchte Menschen mit Kunst umgeben. Ich möchte, dass Menschen meine Designs berühren, damit schlafen, darauf sitzen, davon essen. So hat Kunst begonnen, alltägliche Dinge schön zu gestalten, dem Gebrauchsgegenstand Bedeutung zu verleihen. Ich weiß nicht, woher wir diese Idee haben, Kunst solle angebetet werden. Dass Künstler angebetet werden sollten. Verstehst du, was ich meine?«

»Ich verstehe dich«, sagt er.

»Ich wäre lieber eine Kunsthandwerkerin als eine Künstlerin. Würde lieber Schönheit, Bedeutung und Freude direkt in das Leben der Menschen bringen. In ihre Häuser. Und es hat eine Weile gedauert, bis ich dahin gekommen bin und es irgendwie für mich selbst akzeptiert habe, weißt du? So. Das würde ich tun. In einer idealen Welt natürlich.«

Monk schaut auf ihren Finger, der neben ihrer Bierflasche tippt, und denkt: *Vermassle das nicht.*

Er hebt seinen Blick zu ihrem Gesicht. Ihre grünen Augen, die ihn wärmen. »Wie geht es deiner Schwester, Pinks?«

»Paige? Oh, ihr geht's gut. Es geht ihr viel besser. Sie sind jetzt beim langweiligen Teil, dem Anwaltskram. Sorgerecht und finanzielle Vereinbarungen und all das …« Sie verstummt und errötet wieder. »Sie hält sich mit all dieser Ahnenforschung beschäftigt. Verfolgt, was mit unserer Großmutter passiert ist – erinnerst du dich, wie wir nach Irland gefahren sind, um die Adoptionsunterlagen einzusehen? Sie findet ständig all diese erstaunlichen Dinge heraus.«

Er könnte für immer hier sitzen und ihrer Stimme zuhören. »Zum Beispiel?«

»Oh Gott. Also dieser Typ Lucien Beck – das ist unser Großvater – es stellte sich heraus, dass er eine Art israelischer Geheimdienstler war.«

»Du meinst wie Mossad?«

»Genau. Und er war nach dem Krieg in Ägypten, um Informationen zu sammeln, und dort, denken wir, hat er Hannah getroffen. Unsere Großmutter. Sie war mit diesem britischen Diplomaten verheiratet, und Paige glaubt, sie gab Informationen an diesen Mossad-Typen, Lucien Beck, weiter, weil dieses Armband« – Mallory hebt ihren Arm, ihren anmutigen Arm – »geheime Botschaften enthält. Tut mir leid, ich bin genauso langweilig wie Paige.«

»Nein, nein. Das ist aufregend. Deine Wurzeln.«

»Jedenfalls stellte sich heraus, dass es im Januar 1952 massive Unruhen in der Innenstadt von Kairo gab. Die Demonstranten setzten am Ende Hunderte von Gebäuden in Brand. Und die Oberin im Kloster in Irland sagte, Hannah sei etwa einen Monat danach angekommen, mit all diesen Verbrennungen, weißt du? Es passt zusammen. Paiges Theorie ist, dass sie sich in diesen Mossad-Typen verliebte und schwanger wurde, aber dann passierte etwas. Sie gerieten in die Unruhen oder so, und Lucien starb bei dem Versuch, sie zu retten. Und ihr Ehemann brachte sie nach Irland, um dort das Baby zu bekommen und es danach zur Adoption freizugeben.«

»Das ist einfach völlig verrückt. Ich verstehe nicht, wie ein Mann das tun kann.«

Sie hat das Armband um ihr Handgelenk gedreht. Jetzt schaut sie auf und begegnet seinem Blick, nur für eine oder zwei Sekunden. Lang genug, dass er vergisst, wie man atmet.

Sie senkt ihren Blick wieder auf das Armband. »Aber anscheinend hatte Lucien auch eine Schwester, und die Schwester hatte Kinder. So bekam Paige diese Hinweise von der Existenz des neuen Cousins. So hat sie von der Mossad-Sache erfahren. Sie versucht, mehr über diesen Typen herauszufinden, darüber, was in Kairo passiert ist. Es hat sich bei ihr zur Besessenheit entwickelt. Sie will die Kinder mit nach Israel nehmen. Sie lernt tatsächlich Hebräisch auf Duolingo, es ist verrückt.«

»So bewältigt sie es aber, oder? Bewältigt all den Shit.«

Mallory schaut auf, ein wenig überrascht. »Ja. Genau so bewältigt sie es.«

Er entspannt sich jetzt ein wenig, dank des Biers und dem Klang von Mallorys Stimme, dem Summen der Bienen, dem trunkenen Duft der Blumen. »Was ist mit deiner Großmutter? Hannah, richtig?«

»Das ist der schöne Teil.« Mallory lehnt sich vor, lebhaft. »Die Oberin in Irland erzählte uns, sie sei von einer Frau in einem Auto gerettet worden, die direkt, nachdem meine Großeltern Mom adoptiert hatten, ankam. Und es stellt sich heraus, Hannah war *Ungarin*. Sie kehrte nach Ungarn zurück und engagierte sich in der ungarischen Unabhängigkeitsbewegung. Weißt du, hinter dem Eisernen Vorhang, um die Sowjets rauszuwerfen. Wir haben alle möglichen Aufzeichnungen gefunden. Am Ende verbrachte sie etwa ein Jahrzehnt im Gefängnis, aber sie erlebte noch, wie die letzten sowjetischen Panzer abzogen. Sie starb 1992 in Budapest.«

»Ist das dein Ernst? Das ist unglaublich.«

»Ja, wir sind ziemlich überwältigt. So war unsere Großmutter. Eine echte Kämpferin.«

»Das ergibt Sinn. Ich meine, sieh dich an. Ihre Enkelin. Du gehst deinen eigenen Weg. Stehst für das ein, woran du glaubst.«

Wieder eine Röte. Sie hebt ihre Hand und dreht das Cobra-Armband an ihrem Handgelenk. Wackelt mit ihren Zehenspitzen in den Gummischuhen. »Wir haben unser ganzes Leben lang gedacht, wir wären einfach ganz normal. Irisch-katholisch, aus Boston, Arbeiterklasse. Mein Großvater arbeitete im Baugewerbe und besaß am Ende sein eigenes Unternehmen, was uns durch Nobles brachte. Also der amerikanische Traum, weißt du? Aber nun stellt sich heraus, wir sind etwas anderes. Haben eine ganz andere Geschichte.«

»Aber du bist immer noch dieselbe Person. Ich meine, *fühlst* du dich irgendwie anders?«

»Dankbar. Ich fühle mich dankbar. Jeden Tag denke ich darüber nach, dass wir alle aufgrund einer Reihe kleiner Wunder, von denen wir nichts wissen, hier sind. Die Wunder, die mich genau hierher gebracht haben, in diesen Stuhl, neben dir sitzend. Was sie geopfert haben, damit ich leben kann.« Sie blickt ihn mit sanften Augen an. »Was du für Sam geopfert hast.«

Jetzt, denkt er. *Zeit, das Pflaster abzureißen. Ein Ende packen und ziehen.*

Nur nicht vermasseln.

Er stellt die leere Bierflasche auf den Tisch. »Also, ich denke, ich sollte es dir sagen. Ich habe Paige vor etwa einer Woche besucht.«

»Aha?« Ihre Stimme geht etwa eine Oktave nach oben. »Worüber habt ihr gesprochen?«

»Ich musste sie etwas fragen. Irgendwie hat es mich beschäftigt, seit ich aus dem Krankenhaus entlassen wurde. Ich hatte diese Erinnerung. So wie die Erinnerung an einen Traum. Ich konnte es nicht mehr aus meinem Kopf bekommen. Ich liege auf dem Bett, richtig? Kann mich nicht bewegen, kann meine Augen nicht öffnen. Aber ich kann deine Stimme hören.«

»Und was habe ich gesagt?«

»Du hast mir diese Geschichte erzählt. Diese verrückte Geschichte über etwas, das mit dir und Dad passiert ist. Etwas so Schreckliches, dass ich – ich dachte nicht, es könnte wahr sein. Oder vielleicht wollte ich einfach nicht glauben, es würde wahr sein. Aber das ist es, woran ich mich erinnerte. Also bin ich zu Paige gegangen, um sie zu fragen, ob es *wahr* war. Woran ich mich erinnerte, an deine Worte. Und sie sagte, dass es stimmte.«

Das Blut weicht aus ihrem Gesicht. »*Was?* Sie sagte – sie hat mir versprochen, sie würde nicht –«

»Pinks.«

(Vermassle das nicht, Adams. Vermassle *das auf keinen Fall.)*

Er streckt die Hand aus und berührt mit seinen Fingerspitzen ihre. »Ich möchte dir nur sagen, wie leid es mir tut. Ich weiß, das ist mehr als unzureichend. Ehrlich gesagt, stehe ich unter Schock. Dass er dir das angetan hat, ist … Dass ich es nicht bemerkt habe, von nichts wusste. Die ganze Zeit. Allein, wenn ich jetzt daran denke, wird mir schlecht. Ich konnte tagelang nicht schlafen. Ich –«

Die Worte bleiben ihm im Hals stecken. Sie starrt auf seine Finger, die sich mit ihren Fingern kreuzen, und er versucht, irgendetwas herauszubringen, irgendetwas.

»Vergiss das. Es spielt keine Rolle, wie ich mich damit fühle. Was zählt, bist du, Pinks. Was zählt, ist, du hast das allein durchgemacht, wir haben dich im Stich gelassen. Ich habe dich im Stich gelassen. Also bin ich einfach hier, um mich aus tiefstem Herzen bei dir zu entschuldigen für das, was er dir angetan hat. Und ich verstehe jetzt, warum du gegangen bist. Ich unterstütze jede Entscheidung, die du glaubtest treffen zu müssen. Und ich wünschte bei Gott, ich wüsste, wie ich es für dich besser machen könnte. Es für dich ungeschehen machen könnte.«

Sie zieht ihre Hand weg. »Ich weiß, ich hätte früher zu dir kommen sollen.«

»Mallory, ich verstehe das.«

»Niemand muss so etwas über seinen eigenen Vater wissen. Niemand sollte das tragen müssen.«

»Pinks, verdammt noch mal. Dachtest du, ich würde es nicht verstehen? Dir nicht glauben?«

»Natürlich wusste ich, dass du mir glauben würdest. Das ist ja der Punkt. Es hätte dich *zerstört*, so wie es dich jetzt zerstört.«

»Jesus, Mallory. *Dich zu verlieren* hat mich zerstört.«

»Monk, ich war kaputt. Ich war danach so am Ende. Er hat mich glauben lassen, ich hätte darum gebeten, als hätte ich es irgendwie gewollt. Dass es meine Schuld war. All diese Scham. Ich war deiner nicht mehr würdig.«

Er versucht, sich an die Worte zu erinnern, die er dafür vorbereitet hatte. Etwas darüber, dass er sie immer lieben würde, nichts auf der Welt wichtiger sei als sie. *Sag einfach* etwas, denkt er. *Idiot. Sag irgendetwas.*

»Ganz allein, auf dieser verdammten Fähre.« (*Idiot*, denkt er.) »Ganz allein.«

»Meine Mutter hat mich am Terminal abgeholt und mich nach Hause gebracht.«

»Hast du ihr erzählt, was passiert ist?«

»Irgendwie. Schließlich. Ich meine, sie wusste, dass etwas nicht stimmte. Und dann, na ja. Schwanger.«

»Pinks«, sagt er mit rauer Stimme, »ich habe dir gesagt, ich würde mich um dich kümmern. Erinnerst du dich?«

»Nicht so. Alles hätte sich zwischen uns verändert. Du hättest mich nie wieder berühren wollen, du wärst *angewidert* gewesen –«

»Oh, Mallory. *Angewidert?*«

»Das wärst du. Ganz sicher. Dein eigener *Vater.*« Sie blickt auf ihre Hände hinunter, die die Schürze in ihrem Schoß kneten. »Und, um ehrlich zu sein, umgekehrt auch. Ich glaube, tief im Inneren hatte ich irgendwie Angst, es hätte dich auch für mich ruiniert. Ich hätte dich angesehen und deinen Vater gesehen, und das hätte ich nicht ertragen.«

»Tust du das? Jetzt? Siehst du meinen Vater?«

»Nein«, antwortete sie. »Ehrlich gesagt, kann ich ihn mir gar nicht mehr vorstellen. Und du bist überhaupt nicht wie er. Du bist … na ja, du bist *du*. Du hast Sam deine Niere geschenkt, um Gottes willen.«

Er reibt mit dem Daumen über seine Stirn. »Aber das ist es ja, Mallory. Was so verdammt verkehrt ist. Mein Vater hätte auch *mir* eine Niere gegeben, wenn ich eine gebraucht hätte.«

Sie nimmt die Ecke ihrer Schürze und wischt sich die Augen, wobei sie noch ein paar Schmutzstreifen in ihrem Gesicht hinterlässt. »Na ja, als ich endlich begriffen hatte, was für ein Versager er war – mir im Grunde selbst vergeben hatte – warst du dieser *Promi.* Du warst der verdammte Monk Adams. Du warst weitergezogen. Ich konnte nicht einfach mit Sam auftauchen. Wie der dumme Fehler aus deiner Vergangenheit.«

Vorsichtig, Adams. Pass auf, wo du hintrittst. Zerbrich nichts.

Er sagt: »Erinnerst du dich, unser Gespräch, als ich dich an diesem ersten Tag an der Fähre abgeholt habe? Ich sagte, ich würde auf dich aufpassen. Du solltest dir keine Sorgen machen. Und ich habe versagt. Ich habe dich im Stich gelassen. Wenn ich an diesem Abend nicht den Auftritt im Mo angenommen hätte –«

»Bitte nicht.«

»Ich hätte mir nie vorstellen können, dass er – ich schwöre bei Gott, wenn ich auch nur eine Ahnung gehabt hätte, dass er zu so etwas fähig wäre, hätte ich dich nie nach Winthrop gebeten, dich nie auch nur für eine Sekunde mit ihm allein gelassen. Es macht mich krank, Pinks. Die ganze Zeit – *die ganze Zeit* – ich schwöre bei Gott, ich würde ihn jetzt umbringen. Wenn er nicht schon tot wäre.«

»Ich weiß«, sagt sie. »Deshalb konnte ich es dir nicht sagen.«

»Mallory«, murmelt er. »Mallory.«

Sie breitet die Schürze auf ihrem Schoß aus und glättet die Falten. Etwas Sonnenlicht spielt in ihrem Haar. In seinem Kopf hört er die Noten eines Klaviers, eine Reihe von Kaskaden wie fallender Regen. Er möchte seine Hände zu einer Schale formen, um es einzufangen, aber wie Regen gleitet es durch die Ritzen seiner Finger. Vielleicht wird er sich später daran erinnern. Manchmal funktioniert es so.

Sie sagt leise: »Er hat mir einen Brief geschickt, weißt du.«

»Einen *Brief*? Wann?«

»Er kam ein paar Wochen nach seinem Tod an. Vom Büro seines Anwalts in Boston. Aber er war von ihm. So eine Art ›Im-Falle-meines-Todes‹-Ding.«

»Was stand drin?«

»Er benutzte das Wort *Reue.* Wie jüngste Ereignisse – ich nahm an, er sprach von der ganzen MeToo-Sache? – ihn dazu gebracht hätten, seine vergangenen Handlungen zu überdenken. Ihn das Ungleichgewicht von Macht und Einwilligung erkennen ließen und bla bla. Er kam mit all diesen Ausreden über seine Ehe, die in der Krise steckte, sein Alter, das ihn einholte, all dieser Schwachsinn, nichts über seine Probleme mit dir –«

»Mit mir?«

Sie sieht ihn mit einem Ausdruck an, den man als Mitleid bezeichnen könnte. »Monk, er war eifersüchtig auf dich. Auf seinen eigenen Sohn. Hast du das nicht gesehen? Ich meine, natürlich war er stolz. Aber du warst auch der Mann, der er eigentlich sein wollte. Alles, was er hätte sein können und nicht war. Und ich, ich war das Dienstmädchen. Ich war nicht das Mädchen, das du hättest heiraten sollen. Das Mädchen, das dich auf den richtigen Weg gebracht hätte. Also musste er mich an meinen Platz verweisen. Mich außerhalb deiner Reichweite bringen.«

»Jesus, Pinks. Du warst nicht das *Dienstmädchen*. Du warst meine *Freundin*. Meine beste Freundin. Die Liebe meines verdammten *Lebens*. Er *wusste* das.«

»Genau«, sagt sie. »Und er wollte dich zurück.«

Er steht auf und geht zum Rand der Ziegelsteine. Schiebt seine Hände in die Taschen und wendet sein Gesicht zum Himmel.

»Es lag ein Scheck dabei«, sagt sie. »Eingeschlossen mit dem Brief. Für – stell dir vor – fünfundzwanzigtausend Dollar. Ich schätze, das ist der gängige Tarif?«

Er dreht sich um. »Oh Shit, Pinks.«

»Ich habe ihn natürlich zerrissen.«

Verdammt noch mal, sag etwas, quält es ihn. *Sei kein Arschloch.*

Sie spricht mit sanfter Stimme. »Schau, ich habe meine Entscheidungen getroffen. Ich dachte, ich würde das Richtige für alle tun. Und jetzt sind wir hier. Wir haben Sam. Es tut mir leid, dass es so lange gedauert hat, bis wir hier angekommen sind. Und wenn du einen DNA-Test machen willst –«

»Einen was?«

Sie begegnet seinem Blick. »Um zu sehen, ob er wirklich von dir ist.«

Irgendwo in seiner Kehle flattern Worte. Er kann sie jedoch nicht herausbringen.

»Shit«, sagt sie. »Denk darüber nach, Monk. Du meinst, du hast nicht einmal in Betracht gezogen, dass –«

Er setzt sich wieder hin und packt ihre Ellbogen. »Mallory, er ist von mir. Ich habe es nicht in Betracht gezogen, weil ich es bereits *wusste*. Willst du damit sagen –«

»*Woher* wusstest du das?«

»– all diese Jahre warst du dir *nicht sicher*? Du dachtest, du könntest *Dads* Baby bekommen haben? *Deshalb* hast du es mir nicht gesagt?«

»*Wie willst du es mit Sicherheit wissen, Monk?*«

Er lässt ihre Arme los. »Der DNA-Test, Pinks. Der Vertrag, erinnerst du dich? Es stand im Vertrag. Standardklausel für Vaterschaftsvereinbarungen. Vorbehaltlich DNA-Bestätigung. Erinnerst du dich nicht?«

Ihre grünen Augen öffnen sich weit.

»Pinks«, drängt er, »sag mir, dass du diese Vereinbarung gelesen hast, bevor du sie unterschrieben hast.«

»Na ja, ich habe dir vertraut.«

»Das spielt keine Rolle! Es ist mir egal, ob du einen Vertrag mit Gott unterschreibst, aber du liest den verdammten Vertrag zuerst! Vertrau mir in dieser Sache. Ich bin im Musikgeschäft.«

Mallory blickt auf ihren Schoß und wischt etwas Schmutz von ihrer Schürze. »Ich war vielleicht ein bisschen wütend auf die ganze Situation. Zu der Zeit.«

»Wie auch immer. Du kannst beruhigt sein. Du bist nicht – Jesus – ich meine, es spielt für mich sowieso keine Rolle, das weißt du? Er hat meine Niere. Er ist von mir. Nicht dass es mich überhaupt kümmern würde, wenn er es nicht wäre. Weil er von *dir* ist, und wir … du und ich, in diesem Sommer, wir …

»Ich gehe nur kurz rein und bringe die hier zum Recycling, okay?«

Monk starrt auf die Reihe Sonnenblumen im Garten und schlägt langsam und absichtlich seinen Kopf gegen den Holztisch.

Was haben wir besprochen, Adams? Was haben wir besprochen?

Vermassle. Das. Nicht.

Er findet sie in der Küche, wo sie die Bierflaschen mit manischer Gründlichkeit ausspült. Auf dem Tisch neben dem Fenster stehen Tante Barbaras Rosen in einer Glasvase.

»Hey«, sagt er. *Idiot.*

»Hey«, sagt sie.

Er atmet tief durch und zwingt seine Stimme in einen fröhlichen Tonfall. »Also. Du und Sedge Peabody, hm?«

Sie wirft ihm einen Seitenblick zu. »Mmm-hmm.«

»Er ist ein guter Kerl. Ich freue mich für dich.«

»Wir lassen es langsam angehen«, erklärt sie. »Ich war in den letzten paar Monaten ziemlich auf Sams Genesung fokussiert.«

»Er ist viel reicher als ich. Wäre schön für dich.«

»Oh, du kennst mich ja. Es ist mein Traum, im Privatjet zu fliegen und diese Schuhe mit den roten Sohlen zu kaufen. Limousinen oder wie die heißen.«

»Louboutins, Mallory. Persönlich finde ich, du siehst in Flip-Flops heiß aus, aber klar. Was auch immer dich glücklich macht.« Er lehnt sich gegen die Küchentheke und verschränkt die Arme. »Und hey, wenigstens einer von uns hat Sex, richtig?«

»Oh. Haben die Ärzte dich noch nicht von der Leine gelassen?«

»Pinks, es geht nicht nur darum, eine Bescheinigung vom Arzt zu haben.«

Noch ein Seitenblick.

»Also … du und Lee …?«

Er zuckt mit den Schultern. »Sie hat den Ring behalten.«

»Das tut mir leid«, murmelt sie.

»Tut es das, Pinks? Leid?«

Sie dreht den Wasserhahn zu und starrt auf die Flasche in ihren Händen. Ihr Daumen fährt um den Rand. »Ich weiß, dass sie dich liebt. Dass du die Liebe ihres Lebens bist. Also ja. Es tut mir leid.«

Er starrt auf ihren Daumen und denkt, *Vorsichtig.*

»Es tat mir leid, ihr wehzutun«, erwidert er und prüft jedes Wort, bevor es seinen Mund verlässt, »aber ich konnte ihr nicht länger etwas vormachen. Weder mir selbst noch ihr gegenüber. Was mich zu etwas anderem bringt. Ich möchte mich persönlich bei dir entschuldigen, Mallory, für das, was Lee auf Instagram gepostet hat – wie sie deine und Sams Privatsphäre verletzt hat –«

Sie winkt ab. »Jeder macht Fehler.«

»Ja, nun, mein Vater hat auch einen Fehler gemacht. Und ich würde behaupten, dieser Fehler hat mehr über ihn offenbart als dreißig Jahre, in denen ich dachte, ich würde den ganzen Mann sehen, mit all seinen Macken.« Er dreht sich zu ihr und lehnt seine Hüfte gegen die Theke.

»Ich sag dir was, Pinks. Wie wäre es, wenn ich dir beim nächsten Mal ein Vetorecht einräume? Jedes Mädchen, mit dem ich mich einlasse, muss den Mallory-Test bestehen.«

»Ich weiß nicht, ob ich mit so viel Macht umgehen kann.«

»Nun, wir sind Co-Eltern, richtig? Es geht dich also etwas an, mit wem ich zusammen bin. Und umgekehrt.«

»Oh, *umgekehrt.* Ich wusste, da ist ein Haken.«

Endlich schleicht sich ein Lächeln in ihre Mundwinkel. Er entfaltet seine Arme und legt eine Hand auf die Kante der Theke, nicht weit von ihrer.

»Ich sollte dir wohl erzählen, dass Peabody zu mir gekommen ist«, sagt er. »Ziemlich anständig von ihm, muss ich zugeben. Das war Mitte August, als ich zu Hause war und mich erholte. Er erzählte mir von seinen Gefühle für dich. Fragte, wie die Dinge zwischen dir und mir stehen.«

»Und was hast du ihm geantwortet?«

Die Küche geht zum Patio und zum Garten hinaus. Mallory sieht ihn nicht an; sie blickt auf ihre Birnbäume in der Ferne. Als würde sie versuchen, sie zum Leben zu erwecken oder so. Alle ihre Birnen fallen zu lassen, um für sie zu tanzen.

Es ist soweit, Adams. Wie wir es unter der Dusche geübt haben. Im Auto auf dem Weg hierher.

»Ich habe ihm ziemlich genau geantwortet«, sagt Monk und streicht über einen der Schmutzstreifen in ihrem Gesicht, »dass ich immer noch wahnsinnig in dich verliebt bin, ich dich mehr als alles andere auf der Welt liebe, außer Sam natürlich, dieses wunderschöne Kind, das wir zusammen gemacht haben, und selbst dann verhält es sich eher wie ein Kopf-an-Kopf-Rennen, wie die zwei gleichen Teile meines Herzens, und sollte er dir je ein Haar krümmen, würde ich ihn umbringen.«

Und da ist es. Offen ausgesprochen. *Dein Zug, Pinks.*

Sie stellt die ausgespülte Bierflasche ab. Legt ihre Handflächen auf den Rand der großen Bauernspüle und starrt auf den Abfluss.

Okay. Immer noch sein Zug.

»Mallory«, fährt er fort, »Ich hatte in den letzten paar Monaten viel Zeit allein mit meinen Gedanken. Wahrscheinlich zu viel Zeit. Ich habe darüber nachgedacht, wie mir vor einer Weile das Herz in Millionen Stücke gerissen wurde, also habe ich ein paar traurige Lieder geschrieben und diesen Feuerwehrschlauch angedreht, der zu meinem Leben wurde, der das Loch füllte, das du hinterlassen hast. Und jetzt muss ich diesen Schlauch vielleicht etwas zurückdrehen. Um Sams willen. Um deinetwillen.«

Endlich wendet sie sich ihm zu. »*Was?* Du kannst nicht mit der Musik aufhören!«

»Ich rede nicht davon, mit der Musik aufzuhören, Pinks. Musik, das bin ich. So sage ich, was in meinem Kopf vorgeht. Meinem Herzen. Und ich schätze, ich liebe den Rausch der Gigs, ich will nicht lügen. Aber jetzt ein weiteres Album aufzunehmen, eine weitere Tour zu machen – was *bringt* mir das? Nichts, was ich brauche. Nichts, was ich überhaupt will. Mehr Geld? Mehr von diesem Promi-Scheiß, sodass ich nicht einmal einen einfachen verdammten Herzinfarkt in Ruhe haben kann? Ich nicht in eine blöde Situation beim Einparken geraten kann, ohne dass die ganze Welt sich vor Lachen in die Hose macht?«

Sie schaut weg, um aus dem Fenster zu starren. »In Ordnung. Was *willst* du dann, Monk?«

Er rückt näher, sodass seine Finger ihre streifen, dort am Rand des Spülbeckens. Was hat sie an sich, dass er sie immer berühren muss? Wie Magnete oder so. Er kann nicht ohne ihre Berührung sein.

»Ich habe dir schon einmal gesagt, was ich wollte. Vor vierzehn Jahren habe ich dir alles darüber erzählt. Ehrlich gesagt hat sich daran nichts geändert. Ich will die gleichen Dinge. Vielleicht sogar mehr als damals. Aber ich war nur ein dummer Junge. Alles drehte sich nur um mich. Ich habe nie gefragt, was du wolltest.«

»Doch, hast du. Du hast mich gefragt, ob ich es auch wollte.«

»Das ist nicht dasselbe. Überhaupt nicht. Also sag mir, Pinks. Was willst du? Was kann ich für dich tun?«

»Ich habe schon, was ich will. Ich habe Sam. Ich habe wieder einen gesunden Sohn. Das hast du mir schon gegeben. Und dafür kann ich dir niemals genug danken. Und ich habe mein Haus, das ich liebe, meinen Garten. Meine Arbeit.« Sie streicht sich die Haare zurück. »Ich habe dich hier in meiner Küche stehen. Lebendig. Was könnte ich mehr verlangen?«

»Pinks, du bringst mich um. Komm schon.«

»Ich schätze, weißt du, was ich dir vorhin erzählt habe. Irgendwann möchte ich mein eigenes Designhaus gründen.«

»Schon besser«, nickt er. »Weiter.«

Sie atmet tief durch. »Bist du sicher, dass du dafür bereit bist?«

»Leg los, Pinko. Ich bin für alles bereit.«

Hastig sagt sie: »Ich will, dass Sam ein Geschwisterchen bekommt. Oder zwei. Okay? Bevor er älter wird, bevor ich älter werde. Und ich will jemanden, der das alles mit mir teilt, denn es ist verdammt einsam, um drei Uhr morgens ein Neugeborenes zu füttern, glaub mir. Und die Windeln und die Wutanfälle und der endlose verdammte Samstagsmorgen-Fußball.«

»Wovon redest du, Mädchen? Samstagsmorgen-Fußball ist das *Beste*. Je früher, desto besser. Eine Katze? Ein Plus, wette ich.«

»Ich will einen Hund.«

»Hund. Check. Noch was?«

»Wenn ich jemals heirate«, sinniert sie zum Garten draußen vor dem Fenster, »was nicht unbedingt auf der Wunschliste steht, aber falls es passiert, möchte ich, dass es klein, ruhig und perfekt ist, ohne Hochzeitsplaner oder Social Media. Und dann möchte ich nach Europa fahren und die Museen sehen.«

»Aber du hast gerade gesagt –«

»Ich weiß, was ich gesagt habe. Und nach Europa möchte ich ein paar Roadtrips machen. Ich möchte nach Santa Fe, um die O'Keeffes zu sehen. Und die ganze Kunst der amerikanischen Ureinwohner.«

»Du hast eine lange Liste, Pinks. Glaubst du, Sedge Peabody ist für all das bereit?«

Endlich dreht sie sich wieder zu ihm um. »Ich mag Sedge Peabody sehr. Er ist ein toller Kerl. Er ist lustig. Die Chemie stimmt.«

»Du kannst jetzt aufhören.«

»Und er führt ein normales Leben. Niemand will sein Autogramm. Niemand will mit ihm schlafen. Ich meine, nicht *niemand*, offensichtlich. Aber nicht *jeder*.«

»*Nicht jeder* will mit mir schlafen, Pinks. Und selbst wenn jeder wollte …«

Er wischt einen weiteren Schmutzstreifen weg.

»Hör nicht auf«, sagt sie. »Ich muss wissen, wie dieser Satz endet.«

Monk wendet sich zum Spülbecken und nimmt das Geschirrtuch, das am Wasserhahn hängt. Er macht es unter einem kurzen Wasserstrahl nass und dreht sich zurück, um sanft über ihre Wangenknochen zu wischen, diese Stelle an ihrem Kinn. An ihrer Schläfe.

»Also gut, Pinko. Das ist wichtig, okay? Hörst du zu?«

»Bin ganz Ohr.«

»Seit genau dem Moment, als ich vom Meer zurück an Land von meinem schönen kleinen ruhigen Schwimmen getaumelt bin und *dich* dort an unserem alten Strand sitzen sah, wie eine verdammte *kosmische Halluzination*, wie ein Wunder, wie Venus in ihrer gottverdammten *Muschel*, nur leider mit Kleidern an, Pinks, habe ich niemanden außer dir angesehen. Niemanden.« Er wischt ein letztes Mal und dreht ihr Gesicht hin und her. Alles sauber. »Ist das klar?«

Ihre Stirn runzelt sich. »Was ist mit …?«

»Nein, Pinks. Wir haben nicht. Nicht ein einziges Mal. Nicht während du unter meinem Dach warst, okay? Ich konnte dir das nicht antun. Und ich glaube, Lee hat das erkannt. Sie hat gesehen, wie es war. Sie war nicht ihr bestes Selbst. Und, weißt du. Es war das Beste so. Zumindest habe ich nicht ständig dieses verdammte Telefon im Gesicht.«

Mallory lacht auf und lehnt ihre Stirn an seine Brust. Er legt seine Arme um sie, um sie dort zu halten. Ihr Haar riecht nach Apfelmus.

»Außerdem ist Grace zurückgekommen. Ich musste die Herzinfarkt-Karte ausspielen. Auf die Knie gehen und betteln. Aber sie ist zurückgekommen.«

»Wirst du für mich auf die Knie gehen?«

»Wenn du willst, dass ich auf die Knie gehe, werde ich auf die Knie gehen.«

Sie greift um ihren Rücken und nimmt seine Hände. »Ich mag es irgendwie, wenn du auf die Knie gehst«, scherzt sie.

* * *

Später lässt sie ihn sich auf den Bauch drehen und fährt mit dem Finger die Narbe auf seinem unteren Rücken entlang. Er legt den Kopf auf seinen Arm und starrt in das verträumte goldene Licht, das schräg durch das Fenster fällt. Er spürt ihre Berührung, als wäre es die Sonne auf seiner Haut.

»Warum hast du mir nicht gesagt, du würdest das machen?«, fragt sie.

»Weil du dir wegen Sams Operation Sorgen machen musstest. Ich wollte nicht, dass du dich auch noch um mich sorgst«, erklärt er. »Das ist offensichtlich nach hinten losgegangen.«

Sie dreht sich neben ihm auf die Seite und legt die Hände unter ihre Wange. »Dein Herz, Monk. Es hat *aufgehört zu schlagen.*«

»Das sagten sie mir.«

»Tu das nie wieder.«

»Hab's nicht vor.«

»Wie war es?«

»Ich erinnere mich nur daran, dass ich irgendwie zu mir kam – nicht richtig bei Bewusstsein war, nur so in der Schwebe– und ich dachte, das ist schlecht, so sollte es nicht laufen.«

»Hat es wehgetan? Hattest du Schmerzen?«

Er denkt nach. »Ich erinnere mich nicht wirklich an Schmerzen. Nur daran, dass ich mich fühlte, als hätte mich ein ganzer Stall voller Pferde getreten. Aber ich wusste auch, du warst da. Irgendwie wusste ich, dass du bei mir warst. Und ich wusste, wenn du bei mir warst, dann musste es Sam gut gehen, denn du hättest Sam nicht allein gelassen, falls es ihm nicht gut ginge. Also hoffte ich einfach, es würde *dir* gut gehen. Ich dachte nur, bitte Gott, pass für mich auf sie auf. Falls ich gehen muss.«

Mallory hebt ihren Arm und schlingt ihn um seinen Hinterkopf. Ihre Augen sind feucht.

»Ich saß da neben deinem Bett und dachte, wie *dumm* war ich nur? Was für ein ängstliches, bescheuertes *Kind* war ich? Ich hätte dir vertrauen sollen. Wir hätten all diese Zeit haben können. Wir hätten so viel teilen können. Und ich hatte Angst, deine Zeit wäre abgelaufen und Sam würde dich verlieren und ich würde dich verlieren. Bis zu diesem Moment dachte ich, dass mir schon das Schlimmste auf der Welt passiert war, aber das hier wog millionenfach schlimmer. Du nicht mehr da!«

»Pinks, ich weiß. Ich habe dich gehört.«

»Du hast geschlafen.«

»Ich erinnere mich an deine Stimme. Sie war wie ein Faden, weißt du? Der mich mit der Welt verband. Und ich dachte nur, wenn ich hier lebend rauskomme, darf ich sie nicht mehr gehen lassen.«

Sie beugt sich vor und küsst ihn. Er dreht sich auf die Seite und zieht sie eng an sich. Sie kuschelt sich fest an ihn, als wolle sie unter seine Haut kriechen. Als befände sie sich nicht schon dort.

»Ich denke, wir sollten heiraten«, sagt er.

»Können wir nicht einfach eine nette Affäre haben?«

»Nein, Pinks. Diesmal nicht. Tut mir leid. Wir müssen es richtig machen. Für das Kind. Für die Kinder.«

»*Kinder?*«

»Vielleicht habe ich da vorhin etwas falsch verstanden, aber mir scheint, als würden wir es schon versuchen?« Er gibt ihr einen Kuss, weil sie ihm so vertraut ist und er sie jetzt endlich küssen darf. »Ich denke da an so ein Columbus-Day-Wochenende. Winthrop ist im Oktober wie ausgestorben; wir hätten den Ort für uns. Schön und einfach. Sam. Paige und die Mädchen. Mom und Vicky. Chippy und Blue und wer sonst noch kommen kann. Dein Vater natürlich, wenn er Lust hat. Mein Manager Kevin – du erinnerst dich, dass du Kevin getroffen hast, oder? Diese kleine Entwarnungs-Party im Krankenhaus? Der, der dich Rosebud genannt hat?«

Sie lacht in seine Halsbeuge.

»Kevin und sein Mann. Kevin ist ein guter Kerl, er war für mich da. Grace wird uns einen ihrer Kuchen backen. Sie wird begeistert sein, sie vergöttert dich. Was meinst du, Pinko? Den Bund fürs Leben schließen? Columbus-Wochenende?«

»Monk. Das ist in, was, drei Wochen.«

»Sam ist dreizehn, Pinks. Er wird auch nicht jünger. Wir auch nicht.«

»Entscheide du. Ich bin nicht derjenige mit einem verdammten *Herzschrittmacher* in der Brust.«

Sie sagt es wie einen Scherz, aber das Wort *Herzschrittmacher* bleibt ihr im Hals stecken.

Monk streichelt ihren Arm und starrt durch den Raum auf die alte braune Kommode, den Spiegel, der darauf steht. Er denkt daran, wie sie Morgen für Morgen in diesem Zimmer aus diesem Bett steigt, die Schubladen öffnet, sich anzieht, Sam für die Schule fertig macht, und wie er die ganze Zeit keine Ahnung hatte, dass sie genau hier vor seiner Nase lebten, in diesem kleinen Farmhaus auf der anderen Seite des Wassers in Mystic. Ihr Spiegelbild, Morgen für Morgen.

»Woran denkst du?«, fragt sie.

»Es war nicht, weil du das Kindermädchen warst«, meint er. »Vielleicht ein bisschen. Aber hauptsächlich, weil du vollkommen bist.«

Sie lacht. »Vollkommen? Ich?«

»Unbestechlich. Er hatte keine Macht über dich. Bei all diesen Arschlöchern geht es um Macht.«

»Hey.« Sie legt ihre Hand an seine Wange und dreht seinen Kopf. »Sieh mich an.«

Er sieht sie an. Sie blickt ihm ernst durch die Augen in seine Träume.

»Es ist wichtig zu wissen, woher man kommt«, erklärt sie. »Es ist ein Teil von dir. Aber es muss dich nicht definieren. Sie geben dir das Papier und die Tinte, aber du schreibst die Geschichte selbst.«

Diese Augen. Die Farbe des Frühlings, denkt er.

»Sag mir etwas, Pinks«, flüstert er. »Glaubst du, wir hätten es geschafft? Wenn mein Vater nicht getan hätte, was er tat. Wir zusammen auf diesen Roadtrip gegangen wären, wie wir es geplant hatten.«

»Glaubst du das?«

»Schau, alles, was ich weiß, ist, wie ich mich jetzt fühle. Und wenn du vierzehn Jahre später für mich schöner bist als je zuvor, innen und außen, dann ja. Ich denke, wir hätten alles überstehen können, was das Leben uns entgegengeworfen hätte. Was meinst du?«

»Ich denke, es wäre schwer gewesen. Wirklich. Wir waren Kinder, Monk. Wir wären Kinder mit einem Baby gewesen, hätten wirklich zu kämpfen gehabt, und die Sache mit der Musik wäre für dich nicht sofort passiert. Es wäre irgendwann passiert – ich meine, dein Talent, es ist einfach zu groß – aber selbst das wäre schwer gewesen, wegen Sam. Wegen all des Drucks.«

»Das Leben soll schwer sein. Man muss für das kämpfen, was man liebt. Und ich hätte für dich und Sam gekämpft. Ich hätte so hart dafür gekämpft.«

»Hättest du das? Mit all den glänzenden Dingen, die dir in den Weg geworfen wurden?«

Er wählt seine Worte mit Bedacht. »Pinks, erinnerst du dich, als wir zusammen an diesem Strand lagen und ich endlich den Mut aufbrachte, dir zu sagen, was ich für dich empfand? Und du sagtest, du könntest nicht glauben, dass ich nicht schon wusste, dass ich die Sonne zu deiner Erde war?«

»Oh Gott, du erinnerst dich daran? Ich kann nicht glauben, etwas so Kitschiges gesagt zu haben.«

»Nicht kitschig. Es war nur falsch. Es ist andersherum. Du bist die Sonne. Ich sauge dich nur auf, Pinks. Also ja, ich hätte für uns gekämpft. Ich hätte wie verrückt gekämpft. Weil ich zufällig weiß, wie dunkel und im Grunde beschissen meine Welt ist, wenn du nicht darin bist.«

Sie schaut weg und legt ihren Kopf wieder auf seine Brust.

»Hör zu«, beginnt er. »Es tut mir so leid, dass du all diesen Shit ertragen musst, um mit mir zusammen zu sein. Ich verstehe das, wirklich. Ich weiß, du liebst dein Haus, deinen Garten, dieses wunderschöne Leben, das du dir aufgebaut hast. Ich verlange nicht von dir oder Sam, das alles für mich aufzugeben. Wir können das machen, wie du es willst. Räum mir vielleicht einfach ein paar Schubladen frei und –«

»Oh, Monk.« Sie lacht und hebt wieder den Kopf, sodass er ihre Tränen dort sehen kann. »Ein paar *Schubladen*?«

»Ich meine, wir können Sam nicht verpflanzen, oder? Er hat hier seine Schule.«

»Nun, da du es ansprichst, sollte ich dir vielleicht sagen, ich habe dich schon für den PTA-Flohmarkt im Mai eingeplant.«

»Den *was*?«

Mallory grinst und küsst seine Nasenspitze.

»Pinko«, ereifert er sich, »melde mich an. Ich kann mir ehrlich gesagt keinen besseren Auftritt vorstellen als auf dem Schulflohmarkt meines Kindes.«

Sie rollt sich weg und lacht zur Decke. Der Klang ihres Lachens, es ist, als würde die ganze Welt golden. »Monk. Oh mein Gott, Monk. Ja. Du hast absolut recht. Ich liebe mein kleines Häuschen und meinen winzigen Garten. Aber weißt du was? Ich liebe dich mehr.«

»Also, was ich da höre, ist, du lässt mich uns ein größeres Haus kaufen? Sowass wie dein Traumhaus?«

»Ich sage, mein Traumhaus ist das, in dem du bist.«

Dafür küsst er ihren Mund, küsst ihren Hals. Allein die Berührung seines Mundes auf ihrer Haut macht ihn wieder gierig. Vor weniger als einer halben Stunde haben sie wie Wildkatzen miteinander geschlafen, verzweifelt darauf aus, dorthin zurückzukehren, wo sie gewesen waren, ihre Fahnen wieder aufeinander zu pflanzen.

Kathartisch wie die Hölle. Aber nicht genug.

Jetzt nimmt er sich Zeit, sie zu genießen. Die Unterseiten ihrer Brüste; die Rundung ihres Bauches, wo Sam herangewachsen war. Die Rückseiten ihrer Knie, zwischen ihren Beinen. Sie schmeckt immer noch genauso, es ist ein Wunder, sie berauscht ihn. Sie zieht an seinen Haaren und singt, als sie kommt. Er hebt den Kopf und versenkt sein Gesicht in der Süße ihres Bauches. Küsst sich seinen Weg über ihren Bauchnabel, ihre Rippen, zwischen ihre Brüste. Sie umfasst seine Wangen mit ihren Handflächen und lächelt ihn mit ihrem ganzen Gesicht an, ihren grünen Augen, *unbestechlich*, und er denkt mit roher, plötzlicher Scham an die anderen Hände, die seinen Körper berührt haben, die anderen Körper, die er mit seinen Händen berührt hat. Die Schuld darüber überwältigt ihn. Er kann ihr Vertrauen nicht ertragen. Er öffnet den Mund, um zu erklären, zu beichten. *Das erste Mal, dass ich mit jemand anderem schlief, war zweiundzwanzig Monate und elf Tage nachdem du gegangen warst, ich übergab mich danach und goss mir dann einen Drink ein und wankte zurück ins Bett und wir taten es wieder, ich erinnere mich an das Hotelzimmer, aber ich erinnere mich nicht an ihren Namen.*

Bevor er sprechen kann, dreht sie seinen Kopf ein paar Zentimeter zur Seite und berührt mit ihrem Daumen die Narbe an seinem Kiefer. »Lacrosse-Schläger, elf Jahre alt«, stellt sie fest.

Also dringt er wieder in sie ein und verliert den Verstand.

Vielleicht schlafen sie ein, wer weiß. Er ist sich nicht sicher, ob das Geräusch von Stimmen vor dem Fenster ihn aus einem Tagtraum oder einem echten weckt. Er blickt auf die Frau hinunter, die unter seinem Arm liegt und blinzelnd die Augen öffnet.

»Erwartest du jemanden?«, fragt er.

Sie blickt auf die Uhr auf dem Nachttisch. »Sam ist erst um vier mit dem Fußballtraining fertig. Und er weiß, dass du ihn abholen sollst.«

Er küsst ihre Stirn und schwingt sich aus dem Bett. »Ich werde nachsehen. Bleib hier.«

Er zieht sich Hemd und Hose an und späht aus dem Fenster. Mallorys Schlafzimmer liegt über der Veranda; er kann niemanden sehen, aber draußen steht ein schwarzer Mercedes SUV, der aussieht wie der von Paige.

»Ich glaube, es ist deine Schwester«, sagt er.

Mallory setzt sich auf, errötend und zerzaust, und hält sich die Laken an die Brust wie eine viktorianische Jungfrau. »Paige?«, flüstert sie. »Was macht sie hier?«

Und es trifft ihn wieder. Der sanfte, süße Schlag in die Magengrube. Wie an jenem Morgen, als sie zitternd vor dem Haus ihrer Mutter auf Cape Cod stand, um ihn zu verabschieden, und er ihre Lippen küssen musste, sie zum Abschied küssen musste. Wie an jenem Morgen, als er im Gästehausbett die Augen öffnete, nachdem er die ganze Nacht mit ihr Liebe gemacht hatte, und das Erröten der Morgendämmerung auf ihrer Haut sah. Wie an jenem Juninachmittag, als er an Land ging, sein Haar ausschüttelte und sie dort an seinem Strand, ihrem Strand, sitzen sah, die Knie unters Kinn gezogen.

Sie besitzt dich, Mann. Das ist es, das ist alles. Licht aus.

Die Haustür knarrt. Paiges Stimme ruft vom Flur herauf. »Maaaaalloreeee? Bist du hier? Ist das nicht Monks Auto in der Einfahrt?«

»Erwischt«, brummt er.

»Was machst du?«

»Ich gehe nach unten, was sonst?«

»Monk, warte!«

Er verlässt das Schlafzimmer, geht um den Treppenabsatz herum und die Treppe hinunter. Paige steht mit dem Rücken zur Haustür und blickt in die Küche. Sie dreht sich um, als sie Monk auf der Treppe hört, und nimmt ihn mit weit aufgerissenen, erschrockenen Augen wahr – seine zerknitterten Kleider, seine nackten Füße, sein unordentliches Haar.

»Hey, Paige«, grüßt er. »Kann ich dir helfen?«

»*Monk?* Hi. Hallo. Ich war … weißt du, auf der Suche nach Mallory?«

»Sie ist oben«, gibt er Auskunft. »Im Bett.«

»Ich komme!«, ruft Mallory herunter.

Paige verschränkt die Arme. »*Bitte* sag mir, dass ihr dieses Mal Verhütung benutzt habt.«

»Es ist okay, ehrlich. Wir sind verlobt.«

»Eigentlich habe ich nicht ja gesagt, weißt du!«, ruft Mallory.

»Wir arbeiten noch ein paar Kleinigkeiten aus«, grinst Monk. »Aber sie wird schon einwilligen, versprochen. Was gibt's?«

Paige sieht verwirrt aus, als könne sie sich nicht an ihren eigenen Namen erinnern. Sie sammelt sich und wendet sich dem Wohnzimmer zu, das Monk wegen des Treppenwinkels nicht ganz einsehen kann. Sie streckt die Hand aus und winkt. »Ich habe jemanden mitgebracht, damit er meine Schwester kennenlernt.«

In den Flur tritt ein älterer Mann mit Schiebermütze, weißem Bart und brauner Cordjacke über einem blauen Strickhemd und einer abgetragenen beigefarbenen Hose. Er reicht Monk die Hand.

»Sir. Monk Adams«, stellt Monk sich vor und schüttelt die Hand, wie es ihm beigebracht wurde.

Der Mann nickt und blickt die Treppe hinauf, wo Mallory gerade auf dem Treppenabsatz erschienen ist, in ihrer Jeans und ihrem ärmellosen Ginghamhemd, die Haare wieder zum Knoten zusammengebunden. Die Wangen noch rosa. Die grünen Augen leuchtend, die Brauen fragend hochgezogen.

Monk hebt den Arm und streckt ihr die Hand entgegen.

»Mallory«, sagt Paige, als würde sie einem kleinen Kind ein Geschenk auspacken. »Ich möchte dir jemanden vorstellen. Dieser Mann wurde in Ungarn geboren. Er wurde als Baby während des Zweiten Weltkriegs von sowjetischen Soldaten entführt und in der Nähe von Leningrad aufgezogen. Nach dem Fall der Berliner Mauer reiste er zurück nach Ungarn und spürte seine leibliche Mutter auf.«

Der Mann sagt: »Hannah Vécsey.«

Inzwischen ist Mallory am Fuß der Treppe angekommen und hat ihre linke Hand in Monks rechte Hand gelegt. Er verschränkt seine Finger mit ihren und denkt an Tante Barbaras Ring, der in der Innenseite der Laptoptasche verstaut ist. Wie er an ihrem Finger aussehen wird, was sie sagen wird, wenn sie ihn sieht.

Mallory wendet sich dem alten Mann zu, ein wenig verwirrt.

Zeitverzögert registriert Monk Paiges Worte. »Moment mal«, fragt er. »*Leibliche* Mutter? Willst du damit sagen …«

Der Mann tritt vor und greift nach Mallorys anderer Hand. Er umschließt sie mit einem Paar freundlicher, schwieliger Handflächen.

»Meine Liebe«, sagt er mit starkem slawischem Akzent, »ich habe deiner Großmutter versprochen, dich zu finden. Mein Name ist Károly. Graf Vécsey.«

Anmerkung der Autorin

Ich bin vor einigen Jahren zum ersten Mal auf den Begriff *Vaterschaftsvorfall* gestoßen, als ich einen Artikel über die Verwendung von DNA-Forschung las, um einige Gerüchte tief in der Abstammungslinie der britischen Königsfamilie aufzuklären. Es stellte sich heraus, dass sie ziemlich häufig sind – in der Allgemeinbevölkerung stellten sich bis zu 30 Prozent der »offiziellen« Väter als nicht die biologischen Väter ihrer Nachkommen heraus. Wir sind schockiert, geschockt. Aber es erklärt auch unsere tiefe kulturelle Faszination für Ehebruch, für eine gute Wahl des Vaters. Es ist alles Anthropologie … was zufällig mein Hauptfach im Studium war.

Während Hannah Vécsey und ihre Geschichte fiktiv sind, pflanzte ein wahres Ereignis (wie es oft geschieht) den Samen in den Boden meiner Phantasie, durch einen Artikel im *Wall Street Journal* vor einigen Jahren über den Aufstieg kommerzieller DNA-Kits und wie Sequenzierungsunternehmen beginnen, Therapeuten einzustellen. Sie helfen Kunden mit den Konsequenzen umzugehen, wenn die Ergebnisse schockierende Familiengeheimnisse aufdecken – das heißt, Vaterschaftsvorfälle. Eine für den Artikel interviewte Frau beschrieb ihren langen Forschungsweg, der von einem der berüchtigten irischen Magdalenenheime für unverheiratete Mütter zu einer Affäre einer verheirateten Frau mit dem Manager eines Überseehotels oder -clubs während der Nachkriegsauflösung des britischen Empires führte. Dieser letzte Teil faszinierte mich besonders, da mein eigener Vater 1946 in Kalkutta von britischen Eltern geboren wurde (allerdings bin ich mir ziemlich sicher, ohne jegliche Frage zu seiner Vaterschaft).

Trotzdem brauchte dieser spezielle Samen einige Zeit zum Keimen. Wegen des DNA-Elements brauchte ich eine zeitgenössische Erzählung, die mit der Nachkriegserzählung einhergeht. Also geschah es erst, als ich auf einen anderen Artikel über einen Grünen Knollenblätterpilz und eine Nierentransplantation stieß (ganz ehrlich; ich bin kein Fan von Pilzen), dass ich mich mit meinem Notizbuch hinsetzte und begann, eine Handlung zu skizzieren. Zufällig hatte ich gerade einige Recherchen über die frühe Politik des Kalten Krieges und die Suezkrise gemacht – es ist kein Zufall, dass die kurzlebige ungarische Revolution, die von den Sowjets so brutal niedergeschlagen wurde, mit dem Höhepunkt der Krise im Oktober-November 1956 zusammenfiel – also setzte ich mein Liebesdreieck in Kairo an, als die ersten Funken der ägyptischen Revolution zu fliegen begannen.

Während meine Charaktere fiktiv sind, existierten das Shepheard's Hotel und die Brände von Kairo sowie die anderen im Buch beschriebenen Ereignisse und Orte alle inmitten eines Wirrwarrs von kolonialer-, geografischer und Nachkriegspolitik. Mein Recherchestapel für dieses Buch war umfangreich und gelegentlich obskur, aber für diejenigen von Ihnen, die dieses Thema weiter erforschen möchten, empfehle ich Artemis Coopers *Cairo in the War 1939–1945*, es zeichnet ein lebendiges Bild der ägyptischen Politik und der adrenalingeladenen Manöver der britischen Militär- und Diplomatengemeinschaften in Kairo. Für Hintergründe zur ägyptisch-jüdischen Gemeinschaft und ihrer prekären Nachkriegserfahrung können Sie sich Lucette Lagnados brillantem *The Man in the Sharkskin Suit* und Viviane Bowells berührenden selbst veröffentlichten Memoiren *To Egypt with Love* zuwenden. Keith Kyles *Suez: Britain's End of Empire in the Middle East* ist ein dichter und etwas einschüchternder, aber umfassender Bericht über die Suezkrise, vom Bau des Kanals im späten neunzehnten Jahrhundert bis zu den geopolitischen Nachwirkungen danach.

Dies ist mein drittes Buch, das auf der fiktiven Winthrop Island spielt (lose inspiriert von der realen Fishers Island vor der südöstlichen Küste Connecticuts) und das erste, das in der Gegenwart spielt. Diejenigen von Ihnen, die *The Summer Wives* und *The Beach at Summerly* gelesen haben, werden einige der Familien und ihre Häuser wiedererkennen – Monk Adams ist natürlich der Enkel von Clay Monk, der den größten Teil von *The Summer Wives* damit verbringt, sich nach Isobel Fisher zu sehnen. Man sagt, man solle schreiben, was man kennt, also verstehe ich nicht ganz, warum Monk im Sommer 2022 als zeitgenössischer Musiker voll ausgebildet in meinem Kopf auftauchte. (Meine Kinder werden für immer wegen des permanenten Opernzustands in unserem Haus Therapie brauchen, und die Lektorin musste meine Schreibweise von Katy Perry korrigieren – tut mir leid, Katy! Meine Töchter lieben deine Arbeit!) Aber Monk ist, wer er ist, und wenn ich nicht viel darüber weiß, was er singt, weiß ich doch, wie er es singt, dank der tollen Interviews und Kommentare zur Gesangstechnik auf Met Opera Radio. Für Details zu Monks medizinischem Notfall wandte ich mich an meinen alten Stanford Football-Teamkollegen Ozzie Grenardo – Entschuldigung, Dr. Oswaldo Grenardo von Centura Health in Colorado –, der mich geduldig durch Zustände führte, die zu einer beinahe tödlichen Erfahrung auf dem Operationstisch führen könnten. Selbstverständlich haben etwaige medizinische Fehler oder Missverständnisse in diesem Buch nichts mit Oz zu tun, der ein brillanter Arzt und ein hervorragender Mensch ist.

Mehr Dank! Zuerst und am größten an meine wunderbare neue Lektorin, Kara Cesare, die in jeder Hinsicht praktisch perfekt ist, dafür, dass sie mich bei Ballantine und zurück in die Penguin-Random-House-Familie willkommen geheißen und *Husbands & Lovers* so viel Hingabe und Aufmerksamkeit für Details geschenkt hat. Ich fühle mich besonders glücklich, dass mein neues Verlagshaus so voller talentierter Profis ist, die zufällig auch Fans (und sogar Superfans) meiner Romane sind – keine Geringere als Random-House-Pressesprecherin Susan Corcoran mich bei unserem ersten Treffen in die Ecke drängte und mir anvertraute, dass *Her Last Flight* ihr Favorit war. Da wusste ich, dass diese Verbindung vorbestimmt war. An das restliche Team – Kara Welsh, Jennifer Hershey, Kim Hovey und Jesse Shuman auf der redaktionellen Seite; Jennifer Garza und Karen Fink in der Öffentlichkeitsarbeit; Quinne Rogers, Taylor Noel und Megan Whelan im Marketing; Produktionsredakteurin Cindy Berman; Art Director Belinda Huey; sowie all die Buchpromoter und Verkaufsvertreter, die ich noch nicht kennengelernt habe – meine Dankbarkeit für all eure harte Arbeit, ob besungen oder unbesungen.

Wenn meine Schriftstellerkarriere eine Konstante hatte, dann ist es die Führung meiner Literaturagentin Alexandra Machinist von CAA, die mein erstes Manuskript aus dem Stapel unaufgeforderter Einsendungen fischte, damals, als wir beide noch Neulinge in der Branche waren, und seither an meiner Seite geblieben ist. Dank Alexandras scharfem Urteilsvermögen und hartnäckigem Engagement konnte ich den Inhalt meiner Fantasie seit über einem Jahrzehnt in den Lebensunterhalt für meine Familie umwandeln, und ich habe gelernt, ihre Freundschaft ebenso zu schätzen wie ihre grenzenlose berufliche Energie.

Ich bin so dankbar für all die büchervernarrten Menschen, die dieser Beruf in mein Leben gebracht hat. Kathie Bennett von Magic Time Literary schwang ihren Zauberstab, um mich mit so vielen Buchhandlungen und literarischen Organisationen in Verbindung zu bringen, als ich durchs Land reiste, um über meine Bücher zu sprechen. Ich kann ihr für ihren Enthusiasmus und ihre endlose Unterstützung nicht genug danken. Und es versteht sich von selbst, dass meine Schriftstellerschwestern Karen White und Lauren Willig mich täglich beim Schreiben dieses Buches unterstützt haben, indem sie monatelang Pilzlinks (»SIE SIND ÜBERALL!«) in unserem laufenden Gruppenchat ertrugen, mit all den passenden Emojis.

Schließlich an all meine lieben Schriftstellerfreunde, die ihre Ermutigung und ihr Mitgefühl in diesem verrückten Geschäft mit mir geteilt haben, die Buchblogger und Rezensenten, die meine Geschichten unterstützt haben, und besonders die Leser, die meine Romane und die Menschen darin geliebt haben – danke. Eure freundlichen Worte bedeuten mir mehr, als ich sagen kann.

Über die Autorin

Beatriz Williams ist die *New York Times*-Bestsellerautorin von *The Beach at Summerly, Our Woman in Moscow, The Summer Wives, Her Last Flight, The Golden Hour, The Secret Life of Violet Grant, A Hundred Summers* und mehreren anderen Werken historischer Fiktion, darunter vier Romane in Zusammenarbeit mit den ebenfalls erfolgreichen Autorinnen Karen White und Lauren Willig. Die gebürtige Seattlerin machte ihren Abschluss an der Stanford University und erwarb einen MBA in Finanzen an der Columbia University. Sie lebt mit ihrem Mann und vier Kindern in der Nähe der Küste von Connecticut, wo sie ihre Zeit zwischen Schreiben und Wäschewaschen aufteilt.

beatrizwilliams.com
Facebook.com/authorbeatriz
Twitter: @authorbeatriz
Instagram: @authorbeatriz